FAUSSE-RIVIÈRE

LOUISIANE TOME II

MAURICE DENUZIÈRE

FAUSSE-RIVIÈRE

LOUISIANE TOME II

Roman

LE GRAND LIVRE DU MOIS

Le but que je m'efforce d'atteindre est, avec le seul pouvoir des mots écrits, de vous faire entendre, de vous faire sentir et avant tout de vous faire voir. Cela et rien d'autre et voilà tout. Si j'y parviens, vous trouverez là, selon vos mérites, encouragement, consolation, terreur, charme, tout ce qui peut vous plaire, et peut-être aussi cette vision de vérité que vous avez oublié de réclamer.

JOSEPH CONRAD
en préface de *Le Nègre du Narcisse*, 1897.

Première époque

LES RETOURS

1

Bobo, le palefrenier, l'échine pliée par les rhumatismes, sortit clopin-clopant des écuries, traversa le gazon gorgé d'eau et vint mettre en branle sur son chevalet la grosse-cloche qui, chaque matin, depuis plus d'un siècle, appelait les gens de Bagatelle au travail [1].

La plainte grave et soudaine du bronze giflé par le battant de fer s'enfla en ondes concentriques de plus en plus liées et mélodieuses, coula sous les chênes de la grande allée, submergea la maison des maîtres, enlaça les magnolias, s'insinua entre les hangars à charrettes, la forge, les vieux séchoirs à indigo, l'atelier des égreneuses à coton, le moulin à cannes et se répandit, comme une vague remontant une grève, jusqu'aux cabanes des esclaves pour parvenir, exténuée et ténue comme un trait de violon, au parc à bestiaux derrière l'hôpital.

Le son familier fit se retourner sur son oreiller aux festons de dentelles Virginie de Vigors, née Trégan, deux fois veuve, du marquis de Damvilliers et du général-baron Charles de Vigors. Celle qu'on appelait simplement la dame de Bagatelle ouvrit un œil pour évaluer la clarté du jour. Une raie grise à l'interstice des doubles rideaux lui apprit que le soleil ne devait pas être au rendez-vous. Elle tenta de se rendormir après avoir écarté de sa nuque des nattes serrées de cheveux sombres discrètement niellées d'argent.

Dans son appartement, relié à la galerie de la demeure principale par une passerelle de bois, Clarence Dandrige, depuis plus de trente ans intendant de la plantation, était déjà éveillé. L'appel de la cloche n'était pour lui qu'une confirmation routinière. Comme chaque jour il entendit Iléfet, son valet, qui gravissait le petit escalier de la garçonnière, échanger avec Bobo des considérations météorologiques. Il sut ainsi que la pluie continuait à tomber et nota mentalement la nécessité d'une inspection des levées qui protégeaient la plantation des débordements du Mississippi.

---

1. Voir *Louisiane*, du même auteur, chez le même éditeur.

– Sale temps encore, m'sieur Dand'ige, dit Iléfet en tirant les rideaux.

Puis, le Noir ajouta d'un air entendu :

– Quand la pluie commence à la lune des fleurs, elle dure un bon mois. Les vaches sont couchées sous les arbres. Preuve que ça va pas fini' encore c' temps, m'sieur Dand'ige.

Enfin, il enchaîna avec une phrase rituelle :

– Le café est chaud et quelle couleur que vous mettez aujourd'hui, m'sieur Dand'ige?

– Je pense que le gris paraît tout indiqué!

– Oh! oui, fit avec un soupir, le majordome en pénétrant dans le dressing-room qui était, de toutes les garde-robes de plantation, sinon la plus importante et la plus riche, du moins la mieux organisée et du meilleur goût.

Clarence Dandrige quitta promptement son lit, un meuble dit « bateau », en bois de citronnier, comme les deux fauteuils gondole et le semainier où Iléfet serrait le linge de son maître.

Sur la commode, une pendule à poser, au boîtier à fronton triangulaire recouvert d'écaille de tortue noir et rouge et signée « Robert Seignior, à Londres », indiquait six heures dix minutes. M. Dandrige pénétra dans son cabinet de toilette. Quand il en ressortit, un quart d'heure plus tard, Iléfet avait terminé le ménage de la chambre. Les rideaux de coton se gonflaient comme des voiles devant les fenêtres ouvertes. On entendait, dans le déversoir de la gouttière, l'eau glisser comme un serpent sans fin jusqu'au réservoir.

L'indiscret qui aurait observé M. Dandrige en train de passer la chemise de voile au col et aux poignets légèrement amidonnés, que son unique domestique avait disposée sur le couvre-lit de soie fuchsia avec d'autres pièces de vêtement, n'aurait jamais accepté de croire que cet homme long et souple, aux muscles durs, mais peu volumineux, aux gestes aisés, à la peau saine et lisse, avait depuis peu dépassé la soixantaine.

Seuls ses cheveux argentés, aux ondulations courtes et qu'il portait coiffés suivant leur mouvement naturel, sans leur avoir jamais imposé de coupe à la mode, auraient pu faire penser qu'il ne s'agissait plus d'un homme jeune.

Le visage imberbe, aux méplats nets, au menton carré, révélait le volontaire. Le nez fin légèrement aquilin, les lèvres minces et peu disposées au sourire indiquaient, sinon une inaptitude aux passions, du moins une capacité à les contenir, ce que confirmait, puisqu'on y voit d'ordinaire une indication d'intelligence, un front large, strié de rides à peine esquissées. Mais sous la ligne précise des sourcils, aux pointes légèrement relevées vers les tempes, les yeux, plus que tous les autres traits de ce visage, retenaient l'attention.

Le regard de jade – et, comme cette pierre dure, capable de virer du vert limpide de l'émeraude au mordoré de l'œil de tigre – aurait pu fasciner un fauve, contraindre un homme aux confidences irréfléchies, amener une femme aux derniers abandons.

Dieu merci, Clarence Dandrige n'abusait jamais de ses pouvoirs supposés. Par l'heureuse conjonction d'une naissance franco-anglaise, d'une stricte éducation bostonienne et d'un penchant naturel à l'humanisme, il se comportait, avec une grande indifférence au qu'en-dira-t-on et une tolérance raisonnée, en parfait honnête homme du Nouveau Monde. Le Sud, sa patrie d'élection, avait fait de lui un Cavalier.

Ayant passé sa redingote, il remarqua, au moment de chausser ses bottines cambrées, que celles-ci, malgré les soins d'Iléfet, montraient des craquelures sur l'empeigne. Déjà, la veille, son domestique avait observé que certaines de ses chemises ne supporteraient plus de nombreux lavages. Quant aux revers de soie de plusieurs de ses redingotes, ils étaient éraillés comme le satin des sièges de sa chambre.

En d'autres temps, cette lingerie et ces vêtements eussent été offerts à Iléfet bien avant d'atteindre ce déplorable degré d'usure. Mais en ce printemps 1865, où, dans les plantations, on avait utilisé les dernières piastres [1] ou épuisé le crédit pour acheter de la semence, du guano et payer les taxes qui allaient se multipliant, il ne pouvait être question d'aller à La Nouvelle-Orléans commander une garde-robe neuve chez Lazard, à l'angle de la rue Sainte-Anne et de la rue de La Vieille-Levée, ou acheter chez Mathias une paire de bottes à quatre dollars [2].

Suivant son habitude, M. l'Intendant prit en traversant le salon-bureau, qui constituait la pièce principale de son appartement de célibataire, la tasse de café déposée par Iléfet sur le guéridon. Puis il sortit et vint sur la galerie en dégustant à petites gorgées ce breuvage tiède, servi dans une porcelaine de Wedgwood, héritage, comme la pendule revêtue d'écaille de tortue, du colonel Dandrige, père de l'intendant, mort après une tranquille retraite dans son Sussex natal.

La grisaille uniforme du ciel inquiétait Clarence. Si cette pluie de printemps, qui eût été plus appréciée six semaines plus tôt, au moment de la végétation des cotonniers, continuait à tomber, alors que les premières capsules apparaissaient, l'humidité exagérée ferait suinter de celles-ci une matière brune gluante comme du jus de pipe et dont on verrait plus tard les traces sur les flocons blancs. Ayant pu faire ensemencer deux cents acres dès le 15 mars, M. Dandrige espérait commencer la cueillette vers la mi-août. Le mauvais temps, en retardant l'émondage, ne permettrait peut-être pas de donner air et lumière aux meilleurs plants et l'on courrait le risque de voir ces maudits champignons, que les botanistes désignent sous des noms latins, pourrir les racines ou provoquer la chute des capsules.

Clarence Dandrige, qui avait eu sa part d'épreuves, savait qu'après avoir paré de son mieux aux assauts de l'adversité l'homme

1. C'est ainsi que les Louisianais appelaient, et appellent encore, le dollar.
2. Il valait à l'époque 5 francs-or.

sage ne peut, comme le marin-pêcheur surpris dans la tempête, que mettre à la cape et attendre que le gros temps soit passé.

Ainsi Bagatelle, comme une goélette qui a abattu sa voile et mouillé l'ancre flottante, n'espérait plus que des jours meilleurs. Le ciel fermé comme un visage renfrogné, cette pluie persistante, cette moiteur qui annonçait déjà un été pénible paraissaient en harmonie avec l'apathie chagrine du Sud.

Cinq ans plus tôt, avant la guerre civile, pensait Dandrige en achevant sa tasse de café, alors que retentissait le second appel de la cloche, on aurait vu les esclaves sortir de leurs cases et s'acheminer vers les champs ou les ateliers, portant suivant la saison le sarcloir, la binette ou encore, en bandoulière, le grand sac de jute des jours de cueillette. On aurait vu les muletiers courir aux écuries pour atteler les mules aux charrettes, les forgerons allumer leurs feux, les femmes presser le pas en croquant une galette de maïs et s'efforçant de rejoindre les hommes avant que les contremaîtres, déjà à cheval, ne les traitassent de fainéantes, de marmottes ou ne fissent de grossières allusions à la façon dont elles avaient pu dépenser au cours de la nuit une énergie qu'elles eussent dû thésauriser pour le travail.

On aurait vu les retardataires, souvent les plus belles filles du village, nouer, tout en marchant, leur madras sur leur tête crépue, la lèvre humide, l'œil en coulisse et quelquefois bien conscientes, si quelque Blanc venait à passer encore bouffi de sommeil, de mettre en valeur leurs seins durs et pointus en levant haut les bras pour assurer leur coiffure. A ce jeu matinal plus d'une indolente avait gagné, avec les faveurs d'un contremaître, un moment de repos tumultueux dans un bosquet quand, la journée commencée, les autres esclaves n'étaient plus, entre les rangs de cotonniers, que des dos et des croupes anonymes.

Au temps du travail forcé, pensait Dandrige, les Noirs paraissaient paradoxalement plus joyeux que ceux qu'il voyait ce matin-là marcher, petite troupe jacassante, vers les mêmes champs pour accomplir librement les mêmes gestes. Des quatre cents esclaves que comptait la plantation en pleine prospérité, un quart seulement demeurait sur place. Et encore, ce n'était pour la plupart que des vieux, des impotents, des femmes répudiées avec leurs marmots, des gens qui se souciaient peu de se lancer dans l'aventure d'une nouvelle vie et préféraient achever leur existence chez un maître qui, autrefois, les avait achetés et ne pouvait plus aujourd'hui les vendre ou les maltraiter. Les autres, ceux qui croyaient que la liberté octroyée était comme une nouvelle naissance, avaient souvent suivi les troupes nordistes. Terrassiers, hommes de peine, charpentiers, estafettes, ils ne s'étaient pas fait prier pour servir les libérateurs, un peu par forfanterie ou curiosité, un peu pour piller et tirer leur flemme.

Les hostilités terminées, ils allaient par groupes nonchalants vers les villes qui exerçaient autrefois une telle fascination sur les esclaves alors qu'ils ne pouvaient se déplacer à leur fantaisie. Mais les cités les plus attrayantes des États agricoles du Sud étaient peu ou prou détruites, comme Atlanta brûlée par Sherman ou Richmond incendiée par les Confédérés en retraite. Dans celles qui subsistaient intactes, les affaires étaient si mauvaises, l'armée d'occupation si exigeante que même les Noirs désirant sincèrement se placer ne trouvaient pas d'emploi. Aussi en voyait-on revenir chaque jour, isolément ou en groupes, vers les plantations où bien souvent ils étaient nés, où en tout cas ils avaient travaillé dur. La Louisiane, passée depuis plus de deux ans sous le contrôle des unionistes, paraissait un havre à ceux qui avaient été déçus par l'attitude de leurs libérateurs du Nord. On disait que l'armée de la vallée du Mississippi était encombrée de plus de 25 000 Noirs, hommes, femmes, enfants, vieillards, malades, qu'on logeait sous des tentes, qu'on nourrissait tant bien que mal. La plupart de ces affranchis tentaient de retrouver leurs anciens maîtres. Bien souvent, ces derniers ayant quitté le pays, ou les plantations étant tombées en friche, à moins que le gouvernement ne s'en fût emparé « pour mettre les nègres au travail », ils s'étaient retrouvés sans but, sans possibilité d'ancrage. Beaucoup mouraient d'épuisement, de fatigue et même de désespoir. Les survivants constituaient une population de vagabonds hébétés, dépourvus de ressources et parfois même de nom. Contraints pour subsister de mendier des rations militaires ou de voler les poules et piller les vergers, de compter pour se vêtir sur les hardes que les belles dames et les beaux messieurs des associations charitables du Nord jugeaient indignes de leurs domestiques et envoyaient par wagons vers le Sud, ils croyaient tout ce que leur racontaient les gens bien intentionnés. Notamment que le 1er janvier 1866 on donnerait à chaque famille « quarante acres et un mulet ». En attendant, pour beaucoup l'allégresse des premiers jours avait cédé la place au désarroi. La mort du « grand émancipateur », assassiné par un exalté, leur avait paru un signe de mauvais augure. Le mot liberté n'était donc pas une formule magique garantissant à celui qui avait le droit de le prononcer à haute voix une vie heureuse loin de ces maudits champs de cannes à sucre et de coton auxquels le Noir paraissait contraint de revenir.

En voyant passer sur une charrette les deux fils du vieux Télémaque, qui deux ans plus tôt avaient quitté leur père et Bagatelle pour aller s'employer comme charpentiers à Cincinnatti, Dandrige se remémora le retour de ces gaillards qui possédaient plus de muscles que de cervelle. La semaine précédente, ils étaient revenus humblement demander de l'ouvrage après avoir erré d'un État à l'autre, maltraités par les militaires, méprisés par les civils, éconduits par leurs frères de race qui n'offraient rien à partager, sinon leur misère. Dandrige les avait, bien sûr, embauchés tout de suite, à dix dollars par mois, ce qui était inférieur aux salaires officiels des contrats, mais leur permettait de s'installer dans une des cases désertées et de disposer de deux arpents pour cultiver quelques légumes. Les deux bons travailleurs s'étaient montrés satisfaits. Ils connaissaient les camps ouverts par les Nordistes pour les Noirs sans feu ni lieu. Celui de Helena notamment, dans l'Arkansas. Là des soldats leur avaient pris le peu d'argent qui leur restait, les avaient obligés à faire d'humiliantes corvées. D'autres Noirs moins robustes qu'eux étaient morts sous leurs yeux faute de soins. Ils avaient vu également comment quatre-vingts esclaves affranchis amenant une cargaison de coton aux Fédéraux, en espérant en tirer profit, avaient été enfermés au camp et dépossédés d'un bien sans doute volé, mais qu'on avait néanmoins vendu au bénéfice de quelque officier débrouillard.

A ce compte, les Noirs n'avaient guère de raisons d'être satisfaits et souriants. Libres et désœuvrés, ils connaissaient la famine et le dénuement, devenaient des pillards, des voleurs, parfois des assassins, que l'on traitait avec la même rigueur particulière qu'autrefois sans accepter de circonstances atténuantes, ou se voyaient contraints de s'engager à des salaires si bas qu'ils ne pouvaient que difficilement assumer leur entretien, leur nourriture et leur logement. Les plus délurés estimaient que la meilleure solution, en attendant l'ouverture de ce fameux Bureau des affranchis créé par le gouvernement de l'Union, au mois de mars 1865, et destiné à organiser la liberté des anciens esclaves, était, pour eux, de revenir aux plantations.

Pour qui connaissait les Noirs, comme Clarence Dandrige, ces retours avaient quelque chose de lamentable, car beaucoup de planteurs éconduisaient avec hauteur ceux qui avaient déserté leurs champs ou n'acceptaient de les reprendre qu'aux plus médiocres conditions en leur faisant sentir la vanité de leurs aspirations.

Un appel joyeux de la voix qu'il préférait entre toutes entendre tira Clarence Dandrige de sa réflexion. Debout à la porte-fenêtre de sa chambre sur la galerie de la grande maison, Virginie, en peignoir du matin, l'interpellait affectueusement.

Quittez cet air sombre, Clarence. Le soleil finira bien par se montrer !

Puis elle ajouta avant de disparaître :

Je suis prête dans cinq minutes !

– C'est bien tôt pour vous, lança-t-il, il n'est pas encore sept heures.

– J'ai hâte de vous retrouver, conclut-elle dans un sourire avant de refermer sa porte.

Clarence s'était incliné, sa tasse vide à la main, comme s'il eût été au seuil d'un salon, appliqué à saluer une hôtesse accueillante.

Or cette femme, qui venait d'apparaître sur la galerie de la vieille maison, était l'être qu'il aimait le plus au monde. Il savait qu'elle lui portait en retour un amour unique et différent de tous ceux qu'elle avait vécus et dont il avait été le témoin serein et sans convoitise. Cet attachement réel et sûr, longtemps ignoré comme le sont parfois les évidences, ne devait rien aux engouements sensuels. Il n'existait entre Clarence Dandrige et la dame de Bagatelle aucune intimité banale et quotidienne. Les seules manifestations de tendresse auxquelles l'un ou l'autre se laissaient aller quelquefois relevaient de ces gestes timides qu'ont les fiancés lors de leur premier tête-à-tête.

Virginie appréciait ces élans, comme une gourmandise. Un baiser prolongé sur le bout des doigts; la manière légère et quasi féminine dont Clarence lui relevait les cheveux en lui frôlant volontairement la nuque sous prétexte de l'aider à passer un manteau; la ferme douceur avec laquelle il lui pressait le coude pour l'emmener faire cent pas sous les chênes; et, certains soirs d'hiver, ce bref moment de voluptueux silence, quand, ayant achevé son cigare, il s'asseyait près d'elle sur le canapé du salon, face à la cheminée, puis, lui entourant les épaules de son bras, lui effleurait deux ou trois fois la tempe de ses lèvres, tandis que leurs regards parallèles suivaient les dernières cabrioles des flammes.

Ainsi, au milieu du Sud tourmenté, Clarence et Virginie, par le simple fait d'exister côte à côte, étaient heureux. Elle, autrefois si ambitieuse et capable d'atteindre ses ambitions, n'en avouait plus qu'une : redécouvrir, en compagnie de son Cavalier, la vie raffinée et indolente d'avant la guerre et s'y complaire jusqu'à son dernier jour. « Ce serait là un bonheur suffisant », se disait-elle, bien qu'il lui vînt parfois dans la solitude de ses nuits, de vagues nostalgies charnelles et même des désirs précis!

Lui, si parfaitement à l'aise en apparence dans son rôle d'amant incomplet, ne souhaitait que restituer à Virginie le climat des jours sans soucis, afin que la dame de Bagatelle retrouve les plaisirs futiles et mondains dont elle savait maintenant qu'ils n'étaient pas tout le bonheur.

Leur bizarre amour en restait aux promesses, comme un cerisier pétrifié dans son état fleuri.

2

Quand, surpris par l'apparition si matinale de Virginie, Clarence Dandrige avait entendu celle-ci lui dire : « Je suis prête dans cinq minutes », il avait aussitôt traduit : une demi-heure. Mme de Vigors était de ces femmes du Sud qui n'abdiquaient pas devant les difficultés du moment et entretenaient leur beauté avec soin, même si les robes qu'elles portaient paraissaient ridiculement démodées aux parvenues yankees, même si les rares dîners qu'elles pouvaient présider se révélaient d'une frugalité monastique. Les crèmes, les poudres de riz, les eaux de beauté importées de France atteignaient des prix inaccessibles à ces nouvelles pauvres. Aussi échangeaient-elles aujourd'hui des recettes à base de lait, de cerfeuil macéré, de pétales de roses séchés pour fabriquer des onguents naturels destinés aux soins du corps comme leurs cuisinières se passaient autrefois des recettes de flans à la cannelle ou de gombo aux huîtres!

Dandrige prit donc le temps de recevoir, comme chaque matin, le contremaître alsacien qui venait donner l'état des Noirs au travail.

– Quarante-deux, dit l'homme avec l'accent du Rhin. C'est un bon jour, monsieur Dandrige; il n'y a que treize malades et sept absents sans raison. Est-ce que je les déclare? Ils avaient signé le contrat!

– Attendons un peu, Karlmeister, ne les déclarez pas au shérif avant trois jours. S'ils reviennent, retenez simplement leurs journées de salaire.

Il en était ainsi tous les matins. On ne pouvait jamais savoir exactement de combien d'ouvriers on disposerait. Et cependant, le surintendant au Travail libre à La Nouvelle-Orléans, Thomas Conway, avait édicté des règlements plutôt favorables aux Noirs qui acceptaient de travailler dans les plantations encore aux mains de leurs propriétaires.

Le commissaire général Howard, représentant du gouvernement fédéral pour le « Bureau des affranchis », qui en Louisiane s'occupait aussi des « terres abandonnées », avait délégué ses pouvoirs pour l'État à ce Thomas Conway, un ultra-radical, plein de préjugés politiques contre les gens du Sud en général et les grands propriétaires en particulier.

Alors qu'il aurait fallu, estimait-on dans les plantations, maintenir le Noir dans une dépendance sociale nullement incompatible avec sa nouvelle liberté, Conway et ses agents semblaient au contraire attiser la haine et l'insubordination à l'égard des anciens maîtres. Tout en faisant savoir aux affranchis qu'ils devaient travailler, il leur expliquait qu'ils n'étaient pas obligés, par contre, de rester avec un patron qui ne leur convenait pas, qu'ils étaient autorisés à se louer où et chez qui leur plaisait. Sous prétexte que certains planteurs se montraient durs ou rancuniers envers leurs ouvriers, il encourageait les anciens esclaves à dénoncer leurs maîtres devant une juridiction d'exception pouvant connaître de ces délits. Thomas Conway avait ordonné récemment que la lecture de la proclamation d'émancipation soit faite sur toutes les plantations et que deux copies du texte – en anglais et en français – soient remises aux affranchis, qui pour la plupart ne savaient pas lire !

Quant aux contrats types, à proposer aux Noirs suivant leur âge et leur capacité physique, ils prévoyaient des salaires de 25, 20 ou 15 piastres par mois pour les hommes, de 18, 14 à 10 piastres par mois pour les femmes. Les planteurs étaient en outre tenus d'accueillir sur les plantations les enfants des travailleurs, à moins que ces derniers ne préférassent les confier à une « colonie ». On devait, en outre, fournir aux affranchis un logement suffisant, une acre de terre pour le jardinage, les soins médicaux gratuits et prévoir une école pour leurs enfants. La journée de travail était limitée à dix heures, quelle que soit la saison. Les récoltes devenaient aux yeux de la loi le gage des salaires et le planteur n'en pouvait disposer avant d'avoir justifié le paiement des journées dues à ses ouvriers.

Ceux qui avaient si longtemps bénéficié du travail servile ne se résignaient pas aisément à ces charges auxquelles s'ajoutait la livraison à l'agent contrôleur du gouvernement de un trentième de leur coton et de leurs cannes à sucre ou de un dixième de leurs récoltes sous forme d'autres produits, ce qui les dispensait « de toutes charges ou taxes fédérales à l'exception des taxes d'État et de celle du revenu intérieur ».

Beaucoup de planteurs qui s'étaient résignés à jouer le jeu loyalement avaient vu leur ruine consommée dès la première année. Au moment de la récolte de coton, fort médiocre, en 1864, avec 40 000 balles contre plus de 600 000 en moyenne au cours des années qui avaient précédé la guerre civile, le gouvernement avait persisté à percevoir une « taxe militaire » de 5 piastres par balle de coton et de 2 piastres par boucaut de sucre, bien que Washington eût aboli cet impôt « de guerre ». Et de leur propre chef les autorités louisianaises avaient décidé de faire payer les permis de commerce 50 cents par balle de coton, 20 cents par boucaut de sucre.

Bien que la culture de la canne à sucre exige moins de bras, sauf au moment de la coupe, que la culture du coton, les planteurs de canne n'étaient guère plus enthousiastes que les « cotonniers ». Si, en 1861, 418 plantations de cannes avaient produit 196 440 boucauts de sucre, la saison 1864-1865 faisait apparaître clairement l'abandon des terres, puisqu'on ne comptait plus que 101 plantations qui avaient produit 4 268 boucauts de sucre. Une misère!

Certains planteurs, enchantés de propager ces statistiques accablantes pour l'administration abolitionniste, disaient : « Au temps de l'institution particulière, un esclave produisait sept balles de coton par saison; depuis qu'il est devenu travailleur libre, il ne fournit plus que quatre balles. »

Clarence Dandrige ne marquait, lui, nul étonnement. Il était dans l'ordre des choses, estimait-il, qu'un salarié, acceptant librement un travail, effectue celui-ci au rythme lui paraissant compatible avec ses forces et sa dignité. Les planteurs statisticiens semblaient oublier que l'activité déployée autrefois par les esclaves ne relevait pas d'un enthousiasme particulier pour la culture du coton, mais bien dans les plus mauvais cas de la brutalité des contremaîtres ou du fouet des régisseurs, dans les meilleurs cas de la crainte d'être vendu à un maître qui se montrerait encore plus exigeant.

Quand il retrouva Virginie devant la table du petit déjeuner, les préoccupations de l'intendant s'estompaient. C'était peut-être le meilleur moment de la journée, celui où l'on envisageait avec sang-froid et optimisme les difficultés qui n'allaient pas manquer de surgir. Et Virginie possédait le don de rassurer, encore que Dandrige sache bien qu'elle affectait de traiter les choses avec désinvolture, de plaisanter sur la pauvreté menaçante, répétant comme la vieille Adèle Barrow, confite en prières du matin au soir, et en imitant le timbre aigrelet de la vieille fille :

– « Aux petits des oiseaux, Dieu donne la pâture; il pourvoira à nos besoins. »

– *Amen*, répondait Clarence.

Ce matin-là, Mme de Vigors était bien décidée, puisque le temps était si maussade, à se montrer plus enjouée encore que de coutume.

– Rosa m'a conseillé, commença-t-elle, de limiter nos agapes matinales. Il ne reste plus que dix-sept pots de gelée de pomme et ses calculs lui font entrevoir une période difficile en attendant l'arrivée des prochains fruits, surtout si ce temps-là continue. Capitaine, ajouta Virginie en mimant un salut militaire qui mit en valeur la blancheur et la finesse de sa main, la cambuse vous fait savoir qu'il convient de rationner l'équipage.

Sur ce, Virginie saisit résolument sa cuillère d'argent et s'octroya une belle part de confiture.

– Matelot, rétorqua Dandrige avec une gravité exagérée, nous mangerons le mousse s'il le faut, c'est-à-dire la confiture de rhubarbe que je déteste!

Un bruit de pas rapides sur la galerie et l'ouverture brutale de la porte du salon interrompirent leurs rires. Mme Redburn entra dans le breakfast-room comme si toute la cavalerie de Sherman était à ses trousses. Sous la kichenotte tuyautée, une coiffure de paysanne qu'on ne pouvait décemment porter que pour tailler des rosiers ou ramasser des baies, la belle Nadia Redburn avait un visage d'une effrayante pâleur, baigné de larmes et agité de tics.

Dandrige lui présentait déjà un siège.

– Voyons, Nadia, qu'arrive-t-il? fit Virginie. Vous voir à cette heure-là me...

Mme Redburn ne la laissa pas achever; elle saisit le bras de Virginie d'une main, celui de Dandrige de l'autre, et dit d'une voix suffocante :

– Les Yankees veulent pendre mon fils... Ils le pendront... Ils vont le pendre.

Puis elle se laissa choir sur la chaise avancée par l'intendant, s'accouda à la table, le visage dans les mains, et se mit à sangloter.

Virginie leva sur Dandrige un regard interrogateur, puis rapprocha son visage de celui de la visiteuse et s'efforça de la calmer.

– Il s'agit de Walter? interrogea Clarence.

– Oui, Comment savez-vous? dit la mère.

– Je ne sais rien. J'ai pensé à Walter simplement parce que je connais ses sentiments!

Il n'osa pas ajouter, encore que la phrase lui soit venue à l'esprit : parce que c'est le seul Redburn capable de se trouver dans une situation hors des règles de la bienséance la plus fade.

A Bagatelle, on ne tenait pas les Redburn en grande estime. Dès la chute de La Nouvelle-Orléans, en 1862, ils avaient quitté Pointe-Coupée pour aller s'installer à Halifax, en Nouvelle-Écosse, capitale anglaise de l'ancienne Acadie, dont étaient venus les ancêtres de bon nombre de Louisianais de souche française, les parents de Virginie notamment. Dès le début de la guerre s'était constituée là une colonie de riches Sudistes qui menaient joyeuse vie à l'hôtel Halifax, dont le propriétaire, M. Heisslein, avait embauché un excellent cuisinier français. Les Redburn, très à l'aise dans cette société de planteurs en exil, avaient, un beau matin d'août 1863, vu arriver là une jeune femme française, brune, au teint mat, d'une beauté mélancolique, qui tenait toujours les yeux baissés et s'exprimait malaisément en anglais. D'une discrétion à décourager tous les Cavaliers du Sud en mal de flirts nouveaux, la mystérieuse Française débarquée du *Great Eastern* fut un moment soupçonnée d'être une espionne des abolitionnistes, chargée de surveiller les agissements des Sudistes exilés qui passaient, à tort d'ailleurs, pour des pourvoyeurs d'armes de la Confédération. Le fils aîné des Redburn, qui s'était taillé dans la paroisse de Pointe-Coupée une réputation de danseur émérite, réussit à percer le mystère de l'identité de la belle inconnue, grâce à l'indiscrétion d'un avocat local. Il s'agissait tout simplement d'Adèle Hugo, fille du grand poète, qui avait suivi incognito en Nouvelle-Écosse un certain lieutenant, Albert Andrew Pinson, du Sixteenth Foot, envoyé au Canada avec son régiment après l'affaire du paquebot *Trent* et qu'elle disait être son cousin [1]. Les Redburn ne rataient jamais une occasion depuis leur retour de raconter leur rencontre avec la fille d'un poète génial dont ils ne connaissaient peut-être pas d'autres œuvres, mais dont ils affirmaient péremptoirement que son génie équivalait à celui de Shakespeare. Pour eux la guerre civile se résumait à un séjour mondain en compagnie d'une célébrité.

En quittant Pointe-Coupée, les Redburn, trahissant la solidarité sudiste, avaient vendu discrètement tout leur stock de coton aux Yankees, puis ils s'étaient embarqués bien nantis pour Halifax, laissant pensionnaire chez les frères jésuites de Grand-Coteau leur plus jeune fils au caractère difficile. C'était ce garçon, Walter, un adolescent fougueux, enragé Sudiste, qu'il était apparemment question de pendre

Quand Nadia Redburn put parler, après avoir avalé une tasse de thé, Clarence Dandrige obtint des éclaircissements. Walter Redburn s'était mis au service d'une unité de cavalerie formée par le général Kirby Smith et qui entretenait une guérilla permanente dans le nord-est de l'État. Bien informés sur les itinéraires des détachements nordistes, des convois de ravitaillement et de munitions que l'armée fédérale envoyait au Texas, ces irréguliers, connus sous le nom de « Black Horse Cavalry », réussissaient régulièrement des coups de main qui exaspéraient les Fédéraux. Or Walter Redburn avait été intercepté par une patrouille nordiste sur la route d'Opelousas. On avait trouvé dans les fontes de sa selle des documents provenant de l'état-major du colonel Fenton et que celui-ci reconnut avoir lui-même serrés deux jours avant cette arrestation dans un meuble de sa propre chambre, à la caserne de Baton Rouge.

L'officier considérait donc, avec raison, qu'un traître opérait au sein même de son état-major. Le jeune Redburn détenait, entre autres papiers confidentiels, l'itinéraire que devait suivre, à quelques jours de là, un chariot transportant la solde des troupes envoyées au Texas.

– Si mon Walter ne livre pas le nom de celui qui l'a aidé à accomplir cet acte stupide, les Yankees vont le pendre, monsieur Dandrige, assurait Mme Redburn.

Après une nouvelle crise de sanglots, Clarence et Virginie apprirent qu'un jeune officier de l'armée des États-Unis, qui courtisait l'une des demoiselles Redburn et appartenait à l'état-major du colonel Fenton, était venu de la part de son chef informer une famille « dont la loyauté envers l'Union n'avait jamais fait de doute du regrettable comportement de son dernier rejeton ».

---

1. Le 8 novembre 1861, le *San Jacinto*, de la marine des États-Unis, arraisonnait le paquebot anglais *Trent* et le commandant américain procédait à l'arrestation de MM. Mason et Slidell, envoyés de Jefferson Davis à Londres et à Paris où ils devaient représenter la Confédération. Le gouvernement anglais, estimant sa marine outragée, menaça les États-Unis de représailles et renforça ses garnisons du Canada. Lincoln fit des excuses et ordonna l'élargissement des deux prisonniers, qui rejoignirent leur poste peu après. Cette péripétie valut aux Sudistes de nombreuses sympathies en Angleterre.

– Dans trois jours, votre fils sera transféré à Baton Rouge pour y être jugé le 15 juin comme rebelle. Si d'ici là il n'a pas livré son ou ses complices, il ne sera pas fusillé, mais pendu comme un malfaiteur, puisque le président Johnson a déclaré « que la guerre était virtuellement terminée et que la Confédération n'existait plus depuis le 22 mai, jour de l'arrestation de Jefferson Davis », avait ajouté l'envoyé de Fenton.

– La guerre est perdue mais pas terminée, Nadia, intervint vivement Virginie. La meilleure preuve que Washington le reconnaît est que l'on vient de nommer Philip Sheridan commandant en chef des forces à l'ouest du Mississippi et au sud de la rivière Arkansas, où Kirby Smith continue de se battre !

– Pendu ou fusillé, c'est tout un, fit Nadia Redburn en s'abandonnant à son chagrin.

Puis elle se ressaisit et, suppliante :

– On dit, Virginie, que vous avez été au mieux avec le général Banks, qui est le maître à La Nouvelle-Orléans. Ne pourriez-vous intervenir en faveur de mon fils?

Mme de Vigors avait blêmi. On avait su, bien sûr, par les domestiques, puis par les mauvaises langues de la paroisse, comment la dame de Bagatelle s'y était prise avec le général yankee pour sauver sa plantation de la destruction, au moment de la prise de Port Hudson [1].

– Madame Redburn, fit Virginie d'un ton sec, j'ai rencontré le général Banks une seule fois dans ma vie et dans des circonstances que vous ne risquiez pas de connaître à Halifax..., cela m'a suffi ! Mais, ajouta-t-elle avec une douceur perfide, M. Redburn, si bon unioniste, qui a vendu son coton aux Yankees, qui a signé le premier de la paroisse son certificat d'allégeance...

– Pour avoir son permis de chasse, coupa Nadia.

– ... qui va, m'a-t-on dit, donner sa fille aînée à un officier de l'armée des États-Unis, ne peut-il intervenir pour son fils? On l'écouterait, j'en suis certaine !

Mme Redburn se tourna vers Dandrige, demeuré silencieux.

– Mon mari est très fâché contre son fils, monsieur Dandrige. Il désapprouve sa conduite... et puis Walter nous a fait dire par le soupirant de ma fille qu'il ne voulait pas que son père se mêle de cette affaire, qu'il n'accepterait rien venant de lui. Il aurait même ajouté..., mais j'espère que ce n'est pas tout à fait exact, reprit Nadia Redburn, les yeux à nouveau pleins de larmes, que « son père n'était qu'une baudruche qui mangeait dans la main des Yankees » ! Je sais que Walter vous admirait beaucoup, monsieur Dandrige. Vous ne vous êtes jamais battu contre l'Union, mais vous n'avez jamais trahi les Sudistes; je vous en supplie, allez à Baton Rouge, essayez de le convaincre de sauver sa vie... pour sa mère. Vous, il vous écoutera.

Cette femme faisait pitié à Clarence. Elle avait abdiqué sa mor-

1. Voir *Louisiane*.

gue de dame du Sud. Elle était là, tassée sur une chaise, misérable, défigurée par l'angoisse, son bonnet de travers, offrant à Virginie, de qui elle ne manquait jamais de rappeler avec hauteur la modeste origine et les audaces, la plus complète revanche.

Mme de Vigors, malgré l'allusion à Banks, accorda avec condescendance sa pitié.

– Ma pauvre Nadia, dit-elle, je suis sûre que M. Dandrige fera ce qu'il pourra pour assister Walter, mais je sais aussi que jamais il ne lui demandera de sauver sa vie en dénonçant quelqu'un.

Puis elle ne put s'empêcher d'ajouter en levant les yeux sur Clarence :

– Ce petit Walter a de l'honneur, n'est-ce pas? J'imagine que même à Halifax on n'avait pas oublié ce que c'est!

Clarence Dandrige intervint :

– Rentrez chez vous, madame Redburn. J'irai à Baton Rouge dans deux jours et je demanderai à parler à Walter.

3

La pluie accompagne souvent, comme un signe de commisération du ciel, le retour des guerriers humiliés.

Le général William G. Tampleton, commandant la 5e brigade de cavalerie de ce qui avait été l'armée de la Confédération des États du Sud, figurait au nombre des vaincus qui cheminaient sous l'ondée ce 12 juin 1865.

Celui que ses amis appelaient affectueusement Willy et que les Yankees avaient surnommé « Grey Hawk » – l'épervier gris – à l'époque où il pouvait encore tomber à l'improviste sur leurs arrières à l'heure de breakfast, demeurait insensible à toute pitié, fût-elle céleste. Il ne se souciait que de parvenir à Pointe-Coupée, en Louisiane.

Là se trouvait son seul asile terrestre, les ruines des « Myrtes », la plantation familiale, l'ami le plus précieux qui lui restât, Clarence Dandrige; et la seule femme qu'il eût jamais aimée et qui, jeune fille, puis deux fois veuve, avait toujours refusé de l'épouser, Virginie.

Willy Tampleton, qui en d'autres circonstances aurait pris le temps de fêter joyeusement son cinquantième anniversaire, chevauchait depuis des semaines. Avant d'atteindre la frontière de l'« État des Bayous », où il était né, il avait dû parcourir plus de mille cinq cents miles.

Il ne lui restait plus qu'à traverser la paroisse forestière de West Feliciana, puis à franchir le Mississippi sur le bac à vapeur de Bayou Sara pour être enfin chez lui.

Sur l'ancienne piste des pionniers, défoncée par les charrois militaires, boueuse et dangereusement recouverte par endroits de rondins mal joints, le général et sa suite composaient un curieux équipage. Si curieux que les charretiers noirs, comme les citoyens blancs, mélancoliques ou renfrognés, qui conduisaient leurs buggies capotés, s'écartaient spontanément pour lui céder le passage. Tous subodoraient que ce cavalier suivi d'un caisson à munitions tiré par deux mules crottées ne dévierait pas du milieu de la chaussée, qu'il paraissait occuper de droit et avec une parfaite indifférence au trafic!

Les gens du pays, Noirs ou Blancs, qui avaient vu passer de tous temps sur cette mauvaise route des héros en quête d'un panache neuf, des prêcheurs de toutes les sectes, des aventuriers au parler incompréhensible, des trappeurs, des Indiens, des soldats vêtus de rouge, de gris ou de bleu, des comédiens ambulants, des colporteurs proposant des remèdes à tous les maux, des marins déserteurs qui croyaient à l'Eldorado, des gens pressés ayant la conscience plus lourde que leurs bagages, dépensèrent ce qui pouvait leur rester de faculté d'étonnement en l'honneur de ce groupe tragique. Peut-être comprenaient-ils que passait devant eux la vivante allégorie d'une cause perdue.

Le grand cheval maigre, aux jarrets nerveux, et celui qui le montait paraissaient sortir d'un moule unique et faits d'une même pâte terne, grise et floche qui frémissait comme gélatine en équilibre à chaque enjambée de l'animal. Le cavalier, dont l'assiette n'eût pas satisfait un maître de manège, disparaissait entièrement sous un poncho pyramidal, confectionné dans une ample couverture, grise comme la robe de sa monture. Une fente pratiquée au milieu de la pièce d'étoffe laissait passer une tête que dissimulait un feutre gris aux ailes rognées comme les oreilles d'un vieux matou batailleur et ramollies par l'ondée. Un cordon, dont les torsades avaient été de fils d'or et qui se terminait par deux glands effilochés, ceignait la coiffe du couvre-chef. Il indiquait à ceux qui savaient les grades que ce singulier fantôme était celui d'un officier supérieur.

Le cheval et son maître, malgré la chaleur moite de cette fin de printemps, dispensaient des ondes frileuses. Ils allaient pareillement penchés en avant, comme absorbés dans la contemplation de la boue du chemin. Mais on pouvait penser aussi que le poids de la honte les tenait l'un et l'autre courbés. Et Dieu seul savait quand ils oseraient se redresser. Don Quichotte revenant meurtri et désolé de ses tournois stériles contre les moulins à vent avait dû offrir un aussi piètre spectacle.

A quelques pas derrière cette apparition, que les enfants regardaient bouche ouverte et craintivement, venait le caisson tiré par les mules. Les bêtes marchaient tête basse, d'une allure d'automate, accablées par la fatigue, sans même faire l'effort de dresser leurs oreilles souples quand elles croisaient d'autres équipages. Sur le caisson métallique à la peinture éraflée se tenait, inconfortablement assis, un Noir gros et triste, emmitouflé comme son maître dans une couverture sale et coiffé d'une informe casquette à visière brisée et visiblement démilitarisée depuis longtemps.

Le cocher fataliste tenait d'une main nonchalante les rênes de ses mules et s'assurait de l'autre, quand un fort cahot ébranlait le véhicule, que le long cylindre de molesquine noire, d'où dépassait une hampe lustrée et attachée à la ridelle, ne risquait pas de choir. Le Noir savait, sans que le général ait eu à le lui dire, qu'il répondait sur sa vie de la sécurité de cet objet, et cela au mépris du XIIIe amendement de la Constitution des États-Unis, voté le 31 janvier 1865,

« événement immortel et sublime », qui avait théoriquement fait de lui un homme libre!

Ce paquet dérisoire et précieux était le drapeau de la 5e brigade de cavalerie, que le général Tampleton lui-même avait ramassé lors de l'ultime charge, juste avant qu'une giclée de mitraille lui mette le bras en bouillie dans un verger entre la voie ferrée « Southside Railroad » et la rivière James, en Virginie.

Au cours des dernières journées de la guerre civile, la cavalerie sudiste s'était battue la rage au cœur, après avoir brûlé les ponts, les navires à quai sur la James et les entreprôts de Richmond, afin que les Nordistes ne trouvent que ruines et fumées en pénétrant le 3 avril dans la capitale de la Confédération. Pendant ces combats sporadiques, violents et confus contre les troupes de Sheridan opérant l'encerclement de l'armée de Virginie du Nord, le glorieux emblème de la 5e brigade avait été successivement porté par sept cavaliers. Tous l'avaient tenu haut et droit, jusqu'à ce que la mort, relayeuse infatigable, le leur arrachât tour à tour des mains.

William Tampleton avait été le dernier obstiné à le lui disputer au soir du 8 avril, pour l'emporter hors d'atteinte de l'ennemi, et cela malgré une blessure sérieuse.

Plus de deux mois après ces événements, qui maintenant appartenaient à l'Histoire, non seulement le général Tampleton ressentait toujours l'humiliation d'avoir perdu la guerre, mais encore souffrait-il, dans son orgueil plus que dans son corps, d'avoir dû laisser aux Yankees son bras droit, qui, de l'avis objectif des chirurgiens nordistes, n'aurait pu être conservé.

La douleur physique, avant l'amputation, n'avait que peu compté par rapport au profond chagrin que le Cavalier éprouva, peu d'heures après avoir été blessé, en apprenant que Robert E. Lee, le phare de l'armée, s'était résigné à demander à Grant, qui lui proposait de capituler, quelles seraient ses conditions. Comme le général nordiste avait fait répondre qu'il n'était pas qualifié pour engager les négociations et qu'il ne pouvait offrir que la reddition pure et simple, le désir de poursuivre, coûte que coûte, le combat revint un temps aux Sudistes. Le fait qu'on eût pu remplir des musettes et les gourdes à Farmville n'était pas étranger à cette volonté de résistance malgré la fatigue, le dénuement et les désertions multipliées.

Quand, au matin du 9 avril, la cavalerie de Sheridan s'était emparée de la gare d'Appomatox et des fourgons de ravitaillement que les Virginiens comptaient y trouver, puis quand on avait su que les Fédéraux verrouillaient à l'ouest la seule voie de salut pour l'armée en retraite, tous les officiers du Sud en état de raisonner sainement comprirent qu'il ne subsistait que deux solutions : l'anéantissement ou la capitulation.

Le souvenir de cette sombre journée, un dimanche des Rameaux, dont personne en Virginie ne songea à goûter la lumière printanière, s'immisçait à tout moment dans les pensées de Tampleton.

Lorsque, au cours des haltes sur le long chemin du retour, une rencontre ou une conversation le distrayait un moment de son humeur sombre, sa mémoire inconsciente, alertée par quelque mystérieux signal, lui restituait brusquement et sans qu'il les eût sollicitées les images pathétiques d'Appomatox Court House. Il se trouvait ainsi dans la même situation qu'un veuf qui, se laissant aller trop tôt à oublier son deuil, se verrait rappeler à la décence conventionnelle par ses proches.

La mémoire de Willy Tampleton, en rabattant soudain sur ses pensées les plus anodines le voile noir qui, depuis la défaite du Sud, semblait devoir recouvrir toutes choses, l'entretenait dans un inconfortable sentiment de culpabilité.

Être simple, ayant joui d'une éducation aristocratique, formé à la politesse virile de West Point, plus courageux qu'imaginatif et se méfiant des nuances, qu'il prenait volontiers pour tergiversations, Tampleton, glorieux manchot, croyait fermement que c'eût été trahir la cause sacrée du Sud, ou plutôt la légende qui déjà exaltait son souvenir, que de ne pas penser toujours et encore à cette défunte.

C'était sans aucun plaisir que Willy Tampleton se souvenait de ce qui s'était passé le concernant exclusivement, aussitôt après la reddition de Lee à Appomatox. Prisonnier sur parole, mais libre de ses déplacements, il n'avait pu faire autrement, à cause de sa blessure au bras, que de se confier aux chirurgiens militaires de l'armée fédérale. Conduit dans un hôpital de campagne, dont il avait au passage apprécié l'organisation bien supérieure à celle des misérables services sanitaires de l'armée confédérée, il avait été, séance tenante, amputé, la gangrène menaçant l'épaule.

Pendant plus de trois semaines, Willy Tampleton avait été admirablement soigné par les Yankees. On l'avait autorisé à garder près de lui César, son domestique noir, excellent joueur de banjo, qui depuis vingt ans servait ce maître, dans la paix comme dans la guerre, avec une résignation amicale. Pendant que l'amputé se trouvait à l'hôpital, César s'occupait du cheval et des mules mis au pacage pour se refaire. Sur les ordres du général, il avait aussi conduit à Lynchburg, chez des amis sûrs, le caisson à munitions contenant les bagages de son maître et le drapeau de la 5e brigade de cavalerie.

Au cours de sa convalescence, M. Tampleton avait appris, sans plaisir, l'assassinat d'Abraham Lincoln, abattu le jour du vendredi saint au théâtre Ford, à Washington, par un acteur nommé John Walker Booth, qu'il avait autrefois applaudi dans *Richard III* à La Nouvelle-Orléans.

Quand le général Tampleton s'était senti assez fort pour rentrer chez lui, le médecin-colonel Corbett, avec lequel il entretenait des relations courtoises, lui avait proposé le chemin de fer. Mais les voies ferrées passaient pour tellement endommagées par les saboteurs des deux armées que le voyage vers la Louisiane risquait d'être inconfortable et malaisé.

Et puis Willy Tampleton avait préféré rentrer à cheval par petites étapes à travers le Sud dévasté. En s'imposant inconsciemment cette mortification, il voulait voir comment le Sud commençait à expier le péché d'une guerre perdue. Tout au long de sa route, il avait observé, s'était posé des questions auxquelles il avait trouvé parfois de bien décevantes réponses.

Pourquoi le Sud n'avait-il pas tout fait pour gagner la guerre? Comment avait-on permis aux spéculateurs, aux profiteurs du blocus, de danser dans les salons de Richmond, d'Atlanta ou de Savannah pendant que les soldats confédérés tombaient dans les vergers, au bord des rivières ou au long des voies ferrées? Et ces femmes des villes qui payaient la dentelle et les parfums au prix de l'or et singeaient avec leurs crinolines les belles des Tuileries, tandis que l'on manquait de médicaments dans les hôpitaux! Ne s'était-il trouvé personne pour les envoyer faire, avec leurs dessous affriolants, de la charpie pour les blessés? Willy Tampleton aurait voulu savoir pourquoi des gens de sa classe, des aristocrates, fins tireurs et bons cavaliers, avaient quelquefois payé d'autres hommes pour aller combattre à leur place; pourquoi des familles qui devaient leur fortune au coton et aux esclaves avaient fui leurs terres pour se réfugier confortablement au Canada, en Europe, voire dans les États du Nord, en attendant de connaître le vainqueur. Pourquoi Jefferson Davis n'était pas parvenu à imposer à tous l'effort nécessaire à la victoire du Sud. Le général souffrait aussi de voir combien certains s'étaient vite accommodés, ici ou là, de la défaite et de l'occupation nordiste.

Il en est ainsi après toutes les guerres perdues. Les soldats qui sont allés vainement jusqu'au bout de leur devoir questionnent véhémentement. Ils estiment avoir été trahis par l'arrière, négligés par les politiciens, privés, par la ladrerie des possédants, des moyens de bien combattre. Ils veulent expliquer la défaite. Et plus ils sont simples de cœur et plus ils souffrent. Patriotes sincères jusqu'au sacrifice, ils ne peuvent comprendre que la guerre n'exalte pas que les vertus, mais qu'elle ouvre aussi aux aventuriers, aux arrivistes, aux joueurs, aux poltrons même, les carrières laissées vacantes par les meilleurs qui ont choisi les armes.

Willy Tampleton avait donc pris la route fin avril. Assez amaigri – ce qui améliorait sa silhouette – encore un peu pâle, mais le regard assuré, sa manche vide serrée sans un faux pli dans son ceinturon, il représentait assez bien le combattant démobilisé, meurtri, respectable et capable d'inspirer aux dames cette tendre compassion qui remplace pour les vaincus la béate admiration que les femmes, toujours, réservent aux vainqueurs. Sous la barbe poivre et sel qu'il portait abondante et carrée, avec de fortes moustaches, le visage autrefois poupin et rose qui désespérait le West Pointer soucieux de paraître viril, énergique et pour tout dire guerrier, offrait enfin les signes de la maturité.

A l'aristocrate jovial, un peu vaniteux et trop nourri, la fréquentation de la mort avait donné le masque du condottiere qui s'est fait une vertu de la frugalité et de la violence une philosophie. Ayant eu longtemps le physique d'un adolescent, Willy Tampleton assumait enfin et avec aisance l'âge mûr. Seul le regard pervenche, un peu féminin, révélait qu'en dépit des épreuves subies, des déceptions et d'un avenir incertain, le général William G. Tampleton devait être encore capable d'accorder une confiance naïve à la vie.

Pendant les premières semaines, la marche de Willy Tampleton s'était déroulée comme une randonnée touristique. Il avait traversé le sud-ouest de la Virginie, apprécié les hautes terres d'argile sablonneuses où en 1612 des pionniers avaient planté les premiers pieds de tabac, près des rives de la Roanoke. Il s'était souvenu aussi que dans cet État, le plus orgueilleux de l'Union avant la Sécession, avait été commis le premier des péchés que le Nord reprochait au Sud. C'était à Jamestown, à l'embouchure de la James, qu'en 1619, en effet, un bateau hollandais avait débarqué trente Noirs capturés en Afrique, et que les pionniers achetèrent comme esclaves. La même année et au même endroit, on avait amené d'Europe « un lot de vierges » destiné à fournir des épouses aux colons. Ces derniers, bien que puritains, et dont le premier soin avait été de construire une église, s'étaient rendus acquéreurs des jeunes personnes. Ni les Yankees, ni les philosophes d'Europe, ni les juristes anglais, ni les papistes ne s'étaient jamais indignés du procédé. Il est vrai, reconnaissait en son for intérieur Willy Tampleton, que la pratique de l'esclavage s'était développée, alors que la vente d'épouses avait pris fin au moment de l'arrivée des « filles à la cassette », orphelines que le roi de France envoyait aux colons de La Nouvelle-Orléans.

Avant d'entrer en Caroline du Nord, Willy Tampleton s'était essayé au tir de la main gauche, avec des pistolets d'abord, puis avec une carabine légère. Il avait même participé à une chasse au renard dans la région de Galax, au bord de la Nouvelle Rivière, où un ancien West Pointer « démobilisé » comme lui possédait un ranch.

Après avoir longé les Blue Ridge Mountains et aperçu de loin le mont Mitchell qui, du haut de ses 6 684 pieds, domine toutes les montagnes situées à l'est du Mississippi, il demeura quelques jours à Asheville, petite ville blottie dans une vallée au bord de la French River.

Il y avait dégusté du poulet frit, spécialité du pays, et des biscuits brun doré. Son hôte, un vieil ami de la famille Tampleton, soutenait que sa cuisinière, une mulâtresse dodue, passait pour savoir doser au mieux le *mint julep*. Willy Tampleton, dont la mélancolie s'accommodait des boissons alcoolisées, eut le temps de se convaincre que cette réputation n'était pas usurpée.

C'est à Chattanooga, dans le Tennessee, où vivait son cousin, juge à la Cour suprême de l'État, mais suspendu, comme tous ses collègues, par les autorités nordistes, que Willy Tampleton avait appris l'arrestation intervenue le 10 mai près d'Irwinville, en Géorgie, du président de la Confédération, Jefferson Davis.

Dès ce jour, Willy Tampleton avait considéré que la Confédération avait vécu et que le Sud se devait de faire face aux conséquences de son échec. Le rêve d'indépendance poursuivi pendant quatre années venait de finir. Ce soir-là, Willy Tampleton s'était enivré avec application et méthode.

Dès lors, César, qui, chaque soir, régalait d'airs de banjo les voyageurs des auberges où son maître faisait étape, comme les domestiques des parents et amis qui accueillaient le général Tampleton chez eux – ce qui ne lui rapportait alors pas un cent – vit celui qu'il servait depuis si longtemps s'abandonner à la plus noire mélancolie.

Les vieilles chansons du Sud que, d'habitude, le général réclamait quand on faisait une pause dans un verger, près d'une rivière ou au sommet d'une colline, il ne semblait plus les entendre. *Stonewall Jackson way, Riding a raid, The bonnie Blue Flag. The valiant conscript* ou *The Southern wagon* n'étaient plus de son goût. « La guerre est finie, César, disait-il, et nous rentrons chez nous. Tes chants sont hors de propos, hein; te souviens-tu que nous chantions *Flight of Doodles* quand, avec le général de Beauregard, nous reconduisions à coups de bottes les Yankees à Washington? Les temps ont changé, nous sommes tristes comme des filles de saloons dont personne ne veut. Si tu dois jouer quelque chose, joue *My Old Kentucky Home, good night,* ou *Grand father's Clock,* c'est tout ce que je puis supporter... »

Ainsi, jour après jour, chevauchant parmi des paysages dont la beauté ou le pittoresque lui étaient devenus peu à peu indifférents, tantôt dans la fraîcheur des vallées humides, tantôt à travers la prairie lumineuse, ou sur les plateaux arides, en suivant des pistes poussiéreuses dont le soleil desséchait les berges, Willy Tampleton avait atteint l'État du Mississippi, passé Meridian, Forest et Jackson, avant de contourner Natchez afin de ne pas courir le risque de rencontrer des gens auxquels il ne souhaitait pas se montrer dans son accoutrement de vagabond. Les fatigues d'un long voyage, l'inconfort de certaines étapes – il avait dormi quelquefois à la belle étoile – le fait que sa bourse ne contenait plus que quelques dollars et cette fièvre qui le prenait parfois au beau milieu de la journée imposaient au cavalier l'allure d'un coureur de bois d'un de ces cous-rouges que les planteurs méprisaient, tant ils dévaluaient aux yeux des Noirs la condition naturelle du Blanc.

Le triste équipage descendait la rue principale de Saint-Francisville. Les sabots las de Tempête, la jument grise de Tampleton, qui toussait parfois comme une vieille femme, foulaient enfin la terre de Louisiane. Au lieu d'en tirer plaisir, ou tout au moins consolation et confiance, Willy Tampleton sentait grandir en lui le sentiment de honte qui, depuis des semaines, dominait tout ce qu'il pouvait ressentir. Le moment approchait où ceux qu'il aimait le plus au monde allaient, non pas lui demander des comptes, mais quémander des explications. Peut-être iraient-ils jusqu'à critiquer l'armée, ou, pis que cela, à plaindre les combattants vaincus avec les mots que l'on trouve pour consoler les enfants qui ont perdu leur mère.

Son frère, Percy, n'ayant jamais eu grande confiance dans les talents militaires des chefs confédérés, ne manquerait pas de lancer quelques boutades acerbes ou de conter des anecdotes scabreuses. Et, comme la Louisiane vivait depuis deux ans sous la domination nordiste, il pourrait se vanter de connaître, un peu mieux qu'un soldat, les administrateurs yankees, dont Willy, au cours de son retour à travers les États sécessionnistes, n'avait entendu dire que de mauvaises choses.

Tampleton redoutait aussi les silences indulgents de Dandrige et cette faculté particulière qu'avait l'intendant de Bagatelle de contraindre, par un regard curieusement froid et amusé, ses interlocuteurs à dévoiler des pensées qu'ils eussent préféré tenir secrètes. Et par-dessus tout Willy Tampleton craignait l'ironie doucereuse, et comme détachée, de Virginie dont il savait, par une lettre d'Adèle Barrow, jusqu'où la dame de Bagatelle avait poussé le dévouement... particulier... pour sauver par deux fois sa plantation.

« Naturellement, pensait-il, ma manche vide forcera le respect de tous, m'obtiendra même la gratitude des gens ordinaires. » Mais ceux dont l'opinion lui importait le plus, entre Sainte-Marie et Fausse-Rivière, ceux-là n'étaient pas des gens ordinaires.

Une nouvelle averse de fin d'après-midi, plus violente que les autres, obscurcit le ciel. Le vent poussait au ras des grands chênes des lambeaux de nuages sales venus de l'ouest et qui planaient au-dessus des forêts comme de fluides fantômes d'oiseaux informes, en quête d'une clairière où s'abattre.

Cette pluie fut la bienvenue. Elle permit à Willy Tampleton d'enfoncer plus profondément son chapeau et de mieux dissimuler ses traits. Elle chassa aussi de la rue Ferdinand, artère principale de Saint-Francisville, les flâneurs et les gens affairés. Les femmes, troussant leur jupe d'une main, s'efforçant de l'autre de tenir leur parapluie convenablement incliné et sautillant sur les banquettes éclaboussées par les jets des gargouilles de zinc, se précipitaient sous les galeries des boutiques en caquetant. Les hommes, moins soucieux de gâter leurs vêtements, se contentaient de hâter le pas et de baisser la tête.

Avant de quitter la route qui va de Natchez à Baton Rouge et de s'engager à droite dans la traversée de la petite ville, le général avait reconnu au passage les chemins familiers qui, de part et d'autre de la chaussée, conduisaient à ces habitations où il avait vécu d'heureux après-midi à flirter sous les chênes après les barbecues : Wakefield, ainsi nommée par son propriétaire, Lewis Stirling, en hommage à l'œuvre d'Oliver Goldsmith *Le Vicaire de Wakefield*, dont l'optimisme à toute épreuve avait enthousiasmé le planteur; Afton Gardens, une des propriétés de la famille du sénateur Barrow; Cottage, la plantation des Butler, dont les ancêtres s'étaient battus au côté de La Fayette pour l'indépendance des États-Unis; Rosedown, la plus somptueuse, que Daniel Turnbull, un descendant de Washington et un ami des Tampleton, avait fait bâtir en 1835 pour sa femme Martha Helliard Barrow. Cette dernière avait voulu que le dessin des jardins soit inspiré de ceux de Versailles. Elle y avait fait jaillir des fontaines, planter des essences rares, des buissons de gardénias, d'azalées, de camélias, de cattleyas, de bougainvillées, d'hibiscus, des parterres de tulipes de couleur pêche ou abricot. Puis elle avait peuplé cet univers floral et arborescent de statues en marbre de Carrare qui, au cœur des bosquets devenus autant de « courting yards [1] » au fil des barbecues, présidaient, divinités tutélaires, aux échanges de serments amoureux, voire de baisers hâtivement donnés.

Quelle pouvait bien être aujourd'hui la vie dans ces maisons autrefois si riches et si heureuses? Quels deuils y observait-on? Quel tribut la guerre avait-elle levé dans ces familles? Pouvait-on encore dans ces salons entendre le piano ou le clavecin, tandis que l'esclave manœuvrait le punkah ouvragé qui, dans un lent va-et-vient, faisait osciller l'air tiède chargé de l'ineffable parfum des femmes pudiquement dissous dans le parfum des fleurs? Et, quand venait l'heure du dîner, restait-il assez d'argenterie, soustraite par ruse aux pillards yankees, pour recevoir décemment, encore qu'avec frugalité, le parent ou l'ami de passage? Et ce dernier trouvait-il toujours pour l'accueillir dans l'ombre claire de la galerie, aux blanches colonnes, ces jeunes filles au teint de magnolia, aux cheveux de soie, aux yeux rieurs, aux bras ronds et souples, pirouettant dans leurs volants d'organdi? Et, derrière ces maisons, les champs de coton ne disparaissaient-ils pas sous les broussailles, les ajoncs, les taillis dévorants, comme la plupart des terres désertées que Willy avait vues au long de sa route?

Le général manchot se disait que demain, peut-être le soir même, il pourrait recevoir de son frère Percy réponse à toutes ces questions.

Deux coups de talon dans les flancs firent hâter le pas de Tempête. Willy se retourna sur sa selle. Il vit que César, courbé sous l'averse, stimulait lui aussi les mules. L'équipage aborda la pente de la rue Ferdinand sans que le général, dont le regard sous l'aile rabattue du chapeau parcourait les façades et les galeries des boutiques, ait reconnu un visage. La librairie de miss Mason conservait l'air pimpant qu'il lui avait toujours connu. L'hôtel de ville, modeste maison de bois, à la façade percée d'une seule porte, pas plus que le tribunal, qui avec son péristyle à fronton triangulaire et son dôme à horloge avait au fond d'un jardin une vague prétention de monument public, ne semblaient avoir souffert de la guerre!

Il reconnut aussi les bureaux de l'avocat Fisher, installés dans une minuscule mais coquette demeure à barrière blanche qui venait d'être repeinte. L'église des Grâces, qui cachait sa façade néo-gothique et ses briques sang-de-bœuf derrière deux gros chênes aux branches frangées de mousse espagnole dégoulinante comme une chevelure mouillée, paraissait elle aussi intacte, ainsi que, cent mètres plus loin, Notre-Dame-du-Mont-Carmel, la plus ancienne église catholique de la paroisse.

Après le carrefour de la rue Prospérité, ainsi nommée à l'époque où, les affaires étant florissantes, Saint-Francisville s'efforçait de

1. Partie des jardins où jeunes gens et jeunes filles pouvaient flirter à l'écart des familles. Littéralement : « endroits pour faire la cour ».

damer le pion à Bayou Sara, régulièrement menacée par les inondations et grignotée par les incendies, Willy Tampleton plongea du haut de sa monture un regard dans la Pilgrim's Bank, dont les vitres opacifiées à mi-hauteur interdisaient pareille possibilité d'indiscrétion aux simples piétons. Le père Brooks, assis devant son sous-main vert, sa calotte posée de guingois sur ses cheveux blancs, suçait son porte-plume comme quelqu'un qui n'a pas grand-chose à faire. Willy lui trouva l'air triste et en déduisit aussitôt que les affaires ne devaient pas marcher très fort!

Passé les dernières maisons de la ville, là ou la pente de la rue s'accentue, le général Tampleton ôta son chapeau, le secoua vigoureusement pour l'alléger des gouttes d'eau qui roulaient autour de la coiffe et mit Tempête au petit trot. Il lui restait deux miles à parcourir pour arriver au bac à vapeur qui assurait la traversée du Mississippi entre Bayou Sara et Sainte-Marie. Si Saint-Francisville ne semblait pas avoir souffert de la guerre, il n'en était pas de même de Bayou Sara. Les ruines provoquées, deux années plus tôt par les combats navals sur le fleuve et la bataille de Port Hudson, n'avaient pas été relevées et ne le seraient sans doute jamais. Les levées, ces remblais de terre, de section triangulaire, qui protégeaient autrefois la ville des débordements du « Père des Eaux », n'étant plus entretenues ou réparées, on pouvait craindre qu'à la première crue l'eau envahisse les rues. Aussi les habitants préféraient-ils peu à peu s'en aller à Saint-Francisville ou à Sainte-Marie, sur la rive droite du Mississippi, moins exposée, ou même dans les petits villages de l'intérieur. Willy Tampleton, parcourant la ville qui passait autrefois pour l'escale la plus joyeuse et la plus colorée des grands vapeurs fluviaux, vit les moulins à sucre abandonnés, une presse à coton béante et livrée aux jeux des gamins, la plantation Solitude, jadis élégante et prospère, vouée à l'inactivité et justifiant par sa tristesse et son délabrement une appellation qui n'était jusque-là que romantique. Le bureau de poste, désaffecté, avait été clos par des planches enclouées. Un semblant d'animation régnait du côté de la station du chemin de fer, où l'on devait attendre l'arrivée de la vieille « Accommodation », une locomotive qui reliait avec quelques wagons Woodville, Mississippi, à Slaughter, Louisiane.

Willy reconnut aussi avec quelque émotion une maison maintenant vide et délabrée qui lui avait été familière, celle qu'occupait avec sa femme, la gentille Mignette, venue de France en compagnie de Virginie, l'avocat Edward Barthew. Vitres brisées, volets battants, bardeaux disjoints, la maison semblait habitée par deux Noirs désœuvrés qui avaient déjà brûlé, pour cuire leurs repas, bon nombre de planches dont on pouvait constater l'absence ici ou là sous la galerie et autour de l'escalier.

A l'auvent de l'entrée se balançait en grinçant, encore retenue par une chaînette, la plaque de l'homme de loi. La rouille avait déjà corrodé le métal et rongé la partie supérieure des lettres. Il fallait savoir le nom de Barthew pour le reconnaître sous cette gale rougeâtre.

Willy amena sa monture près de l'escalier, lâcha la bride, saisit au passage l'enseigne et, d'un geste sec, l'arracha de sa potence.

Deux Noirs hébétés, qui se prélassaient dans des fauteuils défoncés en mâchant du tabac, le regardèrent s'éloigner, sans mot dire. On leur avait déjà raconté que des fantômes d'officiers sudistes parcouraient les campagnes pour effrayer les pauvres nègres.

Le cavalier n'était peut-être pas vraiment un fantôme, mais peut-être aussi en était-il un, moins mort que les autres! Le général Tampleton ne leur avait même pas accordé un regard. On pouvait abandonner la maison en ruine aux esclaves jetés dans la liberté comme des chiens à la rue, mais il ne voulait pas que cette plaque de tôle puisse leur servir de raclette, de pelle ou chaufferette. Il ne pouvait tolérer que le nom de son ami soit souillé.

Jamais d'ailleurs Tampleton n'avait vu autant de Noirs dans les rues à Bayou Sara et nulle part en Louisiane, à pareille heure. « C'est donc vrai qu'ils ne travaillent plus », pensa-t-il. Sous sa barbe mouillée il serra les mâchoires. Perdre la guerre n'était pas qu'un désastre militaire!

Willy était donc de méchante humeur quand il se présenta à l'embarcadère du bac. Du haut de la colline, en descendant vers le fleuve, il avait vu le bateau-ponton amarré à l'autre rive. Il estimait donc avoir tout son temps et s'abandonna à l'émotion que suscitèrent en lui ses retrouvailles avec le Mississippi. Le Père des Eaux, le boulevard des Amériques, le maître fleuve, le Mee-zee-see-bee ou « vieux fleuve fort et profond » des Indiens chippewas qui l'appelaient aussi : « le vieux Al qui fume sa pipe », quand le brouillard montait sur les eaux, le Meschacebé de M. de Chateaubriand, l'old man river des esclaves, tous les noms dont il avait entendu affubler le grand chemin liquide pendant son enfance et son adolescence lui revenaient en mémoire et atténuaient son irritation récente. Impavide, le fleuve coulait entre les rives boisées, suivant l'ample courbe où l'on voyait de loin s'avancer les bateaux à roues sous leurs panaches jumeaux de fumée noire et grasse. En cette fin d'après-midi, la pluie ayant cessé, on pouvait lire sur l'horizon, dans la bande rose pâle qui s'insinuait entre la grisaille du ciel et les forêts accroupies, une promesse de soleil pour le lendemain. César, fin météorologiste, faisait observer ce signe à son maître quand il fut apostrophé :

– Holà, le nègre! Où as-tu pris ce caisson à munitions, hein?

Le général Tampleton se retourna vivement pour considérer l'interpellateur. C'était un sergent sorti du poste, une baraque de bois, que l'armée avait établi afin de surveiller le va-et-vient du bac et de contrôler les passagers.

Le militaire était sans arme, les deux mains à plat sur le ventre, passées dans son ceinturon. Il levait la tête en clignant de l'œil sous sa visière carrée comme un qui veut avoir l'air perspicace.

César avait amené ses mules à la hauteur de Tempête pour observer le fleuve près de son maître. Assis sur son caisson tout encroûté de boue, il allait répondre au soldat, quand Tampleton intervint.

– Le caisson m'appartient, dit-il calmement.

– C'est au nègre que j'ai posé la question, fit l'autre, peu aimable et imbu d'autorité.

– Le nègre m'appartient aussi! répliqua sèchement Tampleton en rejetant sa couverture-poncho et découvrant ainsi son uniforme.

Le sergent fit un pas en avant et, narquois :

– Ah! Je vois, on a perdu la guerre et on rentre chez soi en croyant que tout va continuer comme avant, hein! Les nègres y sont libres maintenant et, aussi vrai que ce caisson appartient à l'armée des États-Unis, comme tout le matériel de guerre des Confédérés, ce nègre est libre de vous envoyer aux cinq cents diables...

Puis il contourna le groupe, vint se placer devant les mules et dit :

– Toi, le nègre, dételle-moi le caisson et débrouille-toi pour le vider. Il doit rester ici!

César, interloqué, tourna un regard interrogateur vers Tampleton. Il ne fut pas surpris de voir le général brusquement faire avancer son cheval vers le sergent en même temps qu'il tirait assez malaisément son sabre du fourreau.

– Allez cuver votre whisky dans votre cabane, sergent, dit le général sans colère, ou je vous corrige!

L'autre fit un pas en arrière, glissa sur la chaussée pentue et boueuse, faillit s'étaler et se mit à crier :

– A la garde, à la garde!...

Son appel demeura sans résultat et les rires fusèrent parmi les groupes de Blancs et de Noirs qui attendaient le bac. Voyant que le bateau n'était qu'à mi-parcours, le sergent, grognant comme un barbet, se précipita dans la cabane et en ressortit presque aussitôt avec un fusil.

– Mettez pied à terre, lança-t-il à Tampleton en le menaçant, et faites-moi décrocher ce caisson.

Les gens murmurèrent des choses incompréhensibles, mais traduisant l'étonnement et une molle désapprobation.

Willy demeura immobile, fit pivoter Tempête et lui imposa une croupade, comme au manège. La boue projetée par les sabots de la jument éclaboussa si bien le sergent qu'il en eut le visage constellé.

Sans attendre que le malheureux Yankee soit revenu de sa surprise, le général fit reculer sa monture qui, docilement et peut-être heureuse de cette reprise impromptue, eut un dandinement lascif de la croupe et fouetta de la queue. Le sergent, qui redoutait une ruade, fit un écart, glissa et se retrouva cette fois couché sur le dos au beau milieu d'une flaque, son fusil à trois pas de lui.

Le public rit franchement, comme au cirque à la vue des clowns.

– École espagnole..., commenta un cavalier qui avait apprécié les figures de Tempête.

On en était arrivé à cette situation humiliante pour le sergent, quand la porte du poste s'ouvrit et livra passage à un lieutenant suivi de deux soldats ahuris qu'on venait manifestement de tirer d'une sieste.

– Que se passe-t-il..., monsieur? demanda aussitôt l'officier, négligeant le sergent qui se relevait en jurant.

– Rien de grave, le sergent a émis la prétention de me confisquer ce caisson qui me sert de fourgon à bagages...

Le lieutenant avait un visage ouvert, un regard franc et portait un uniforme impeccable.

« Un West Pointer de la dernière promotion », pensa Tampleton.

– Puis-je voir votre certificat de libération sur parole, car vous semblez être un officier confédéré?

– Général Tampleton, fit Willy sèchement. J'étais à Appomatox et voici mon certificat... de vaincu!

Enervé par l'incident, maladroit du fait de son amputation, Willy faillit laisser échapper son sabre. Le lieutenant fit un geste pour rattraper la lame et vit à ce moment-là que son interlocuteur était manchot et qu'il portait au col de sa tunique grise les étoiles de général de brigade. Aussi, c'est avec respect qu'il reçut le papier délivré par le prévôt marshal de l'armée de Grant.

– Vous êtes parfaitement en règle, général, et je déplore cet incident, mais il est exact que ce caisson doit revenir, comme tout le matériel militaire des États sécessionnistes, à l'armée de l'Union.

– Il faudra donc que vous le preniez de force, lieutenant, fit sèchement Willy en portant la main sur la poignée de son sabre.

L'officier yankee sourit avec une sorte de condescendance.

– Il n'en est pas question, soyez-en certain, général, et je ne saurais vous contraindre à rechercher ici un autre chariot pour vos bagages. Il serait, par contre, juste et courtois de votre part, puisque vous habitez de l'autre côté de la rivière, de nous faire reconduire le caisson vide... disons dans quelques jours!

– Cela me paraît possible, dit Tampleton, mon nègre vous le ramènera... personnellement, lieutenant...?

– Harry Porter, du 7e d'infanterie du Kentucky, compléta l'officier en saluant.

Le bac venait d'accoster. Les Noirs préposés à la manœuvre de l'abattant et à l'amarrage s'activaient; l'incident paraissait clos. La petite foule, maintenant silencieuse, attendait que le bateau se soit vidé de ses passagers et des attelages qu'il avait amenés de l'autre rive. Des gens se reconnaissaient, se saluaient, échangeaient des nouvelles, bien que la plupart des arrivants et des candidats au passage se soient vus peu de temps auparavant. Tampleton, qui n'avait pas mis pied à terre, car Tempête, au contraire de beaucoup de chevaux, ne craignait pas d'embarquer montée, avançait déjà vers le chemin-planche, quand le sergent se mit à glapir.

– Mais, lieutenant, vous n'allez pas le laisser filer comme ça, il m'a insulté, jeté dans la boue..., c'est un esclavagiste..., faut au moins sauver ce nègre!

Le lieutenant, surpris par cette intervention, invita le sergent à se taire. Il ne pouvait cependant devant ses hommes ignorer ses protestations.

En deux enjambées, il rattrapa le cavalier et c'est d'un air ennuyé qu'il dit :

– Je vous prie de m'excuser, général, mais je dois savoir si ce nègre vous suit librement.

– Demandez-le-lui, jeta Tampleton sans s'arrêter.

Le cavalier était déjà sur le bac quand le lieutenant interpella César, qui, descendu de son caisson, tirait les mules par le mors pour les obliger à embarquer. Le Noir sursauta quand l'officier s'adressa à lui.

– Quel est ton nom? dit le lieutenant.

– César Tampleton – les Myrtes – Fausse-Rivière – Louisiane, débita d'un trait le Noir en roulant des yeux inquiets.

– Tampleton, c'est le nom de ton... du général, fit doucement le lieutenant Porter, mais ton nom à toi?

– Tampleton, m'sieur, je m'ai toujours appelé Tampleton, comme mon père et ma mère.

– Tu sais que tu n'es plus esclave, que tu es libre d'aller où tu veux, travailler chez qui tu veux.

– Je sais pas, m'sieur, moi, je vas aux Myrtes, chez nous, là, de l'aut' côté de l'eau – et il désigna de la main la rive opposée.

– As-tu un contrat de travail? Est-ce que M. Tampleton te donne un salaire..., de l'argent?

– J'ai jamais quitté m'sieur Willy depuis qu'il est revenu de l'école des militaires, m'sieur. On a fait des tas de voyages et des tas de batailles ensemble contre les Indiens et contre les Yankees. Lui allait se battre et moi j'attendais; je m'occupais de ses affaires et des chevaux... On a toujours été bien ensemble, c'est un bon maître et c'est bien triste que les Yankees y aient coupé un bras, m'sieur.

– Reçois-tu une solde, de l'argent de l'armée?

– Moi, je suis pas soldat, m'sieur. Je vas avec mon maître qu'est maintenant général, c'est tout!

– Puisque tu n'es plus esclave, mais travailleur libre, tu dois recevoir de ton... du général un salaire; tu dois recevoir au moins quinze dollars par mois!

– Et pour quoi faire, m'sieur?

– Pour acheter de la nourriture, te loger et te payer aussi des vêtements et du tabac.

Le Noir regarda le lieutenant d'un air incrédule. Pouvait-on, pensa César, être officier et ignorant à ce point? Le Noir, qui n'était pas d'un naturel craintif, prit un ton docte presque pédagogique :

– Par chez nous, m'sieur, c'est pas comme dans le Nord. Y faut le savoir. J'ai une cabane sur l'habitation des Myrtes, je mange à la cuisine avec les aut' nègres de la maison. Quand c'est que j'ai soif, je bois et j'ai du tabac à chiquer. Mon maître y m'a toujours acheté des habits et y m'a toujours donné la pièce le samedi pour que j'aie de quoi régaler les amis à la fête ou au bal congo... et, quand je chante, ses amis à lui y me donnent des piastres aussi. Par chez nous, m'sieur, on n'a pas besoin de sous comme dans les villes où on donne rien!

– Et ton maître y t'a pas fouetté des fois, y t'a pas marqué au fer rouge, hein? intervint le sergent, auquel personne ne demandait rien.

César prit cela comme une insulte. Son père était chef des palefreniers des Myrtes. C'est lui qui choisissait les chevaux et les soignait. On venait même le chercher des autres plantations quand une bête était malade. Ce père lui avait appris tout ce qu'il savait des chevaux, des mules et de la vie et seul ce Yankee pouvait ignorer la réputation du père de César et de César lui-même entre Sainte-Marie et Fausse-Rivière.

– On m'aurait fouetté que j'aurais parti, m'sieur. Chez nous, on fouette que les nègres des champs quand y volent ou qu'y disent qu'ils sont malades pour pas travailler et que c'est pas vrai!

Le sergent s'apprêtait encore à parler, mais le lieutenant l'arrêta d'un geste, puis il se tourna vers le Noir et les mules nerveuses.

– Va, César, embarque, il est temps, fit-il d'un ton résigné, pensant que l'esclavage donnait aux dominés des âmes d'esclaves!

Souriant de toutes ses dents, comme quelqu'un qui a rivé son clou à un impudent, le Noir tira son attelage sur le bac.

Le chemin-planche fut relevé et les aussières lâchées.

Willy Tampleton, descendu de cheval, fumait un cigare que venait de lui offrir un planteur, adossé au bastingage.

– Alors, César! Que voulait-il, ce lieutenant?

– Des sornettes, m'sieur, mais j'y ai répondu.

Puis, après un temps, le Noir ajouta en branlant du chef :

– Y sont pas comme nous aut', ces Yankees, m'sieur, y z'ont pas l'air de comprendre les choses comme nous. Je crois qu'y sont pas bien malins...

– Ils ont tout de même gagné la guerre, César! fit le général en se retournant vers le fleuve où le bac glissait, coupant le courant.

– Ça, c'est un mauvais coup du bon Dieu, m'sieur Willy, les Blancs, y sont pour rien. Si on n'avait pas fait des gros péchés, m'a dit un pasteur, y paraît qu'on aurait gagné!

« Et si cet énorme péché que le Sud n'a pas fini d'expier était l'esclavage? » se dit Willy Tampleton en regardant se rapprocher la rive, le cœur battant.

4

Le colonel Richard F. Fenton trouvait la vie trop capricieuse. A peine venait-il d'atteindre, avec beaucoup d'habileté, une confortable étape de sa carrière, dont le déroulement était depuis longtemps organisé, que surgissait une complication inattendue.

Campé jambes écartées, les mains au dos, devant la fenêtre ouverte de son bureau, au premier étage du quartier de cavalerie de Baton Rouge, il suivait les évolutions méfiantes et saccadées d'un écureuil gris. Le petit animal, à la longue queue ondoyante, folâtrait entre les bâtiments de la caserne, grandes bâtisses sang-de-bœuf, à colonnettes blanches, posées en arc de cercle sur le gazon, comme des parts de wedding-cake sur un tapis de billard !

Cette affaire Redburn tourmentait le colonel. Il devait maintenant interroger lui-même cet adolescent buté et présomptueux, espion amateur sans doute, mais animé du farouche désir de nuire à l'armée de l'Union, désir commun à beaucoup de rejetons de l'aristocratie sudiste. Le prévôt marshal d'Opelousas n'avait rien pu tirer du prisonnier, qui semblait tout à fait capable de se laisser pendre sans dire un mot.

Depuis qu'on connaissait l'origine des documents trouvés sur Walter Redburn, un malaise compréhensible régnait à l'état-major et empoisonnait l'atmosphère, mondaine et élégante, que le colonel Fenton s'était toujours efforcé de créer dans toutes ses garnisons. Maintenant, il regardait ses aides de camp avec suspicion, surtout ceux qui avaient des attaches dans le Sud. Les officiers s'observaient entre eux à la dérobée et le charmant Pusley, qu'on appelait « Pussy », sergent-secrétaire de la 24e demi-brigade, était tombé malade. Cet auxiliaire discret, aimable, toujours tiré à quatre épingles et qui, chaque matin, disposait sur le bureau du colonel un gardénia ou un camélia avec lequel l'officier jouait délicieusement en prenant connaissance du courrier, avait été cependant rapidement mis hors de cause.

« Dieu merci ! pensait Richard F. Fenton, qui avait ses raisons, ce ne peut pas être Pussy. » Ce ne pouvait être non plus le lieutenant Scott, que l'on disait à demi fiancé à une sœur de Redburn. Cet officier se trouvait en opération dans l'est de l'État depuis un mois et demi. Il venait de regagner Baton Rouge quand l'affaire avait été découverte.

Seulement, comme l'enquête n'avançait guère, le général Canby, informé par quelque indiscret ou déjà contrarié par les sollicitations de la famille de l'espion, avait envoyé un courrier de La Nouvelle-Orléans. Il conseillait fermement à Fenton de se montrer intraitable avec les guerilleros confédérés et l'invitait à user de la « rigueur suprême » envers les traîtres.

Officier d'état-major, dresseur de plans comptables, organisateur de convois, vérificateur des fournitures, Fenton avait toujours évité les champs de bataille. Ainsi conservait-il, depuis les manœuvres à West Point, une idée assez abstraite de la mort, même s'il connaissait théoriquement l'art de la répandre. Aidé par sa bonne étoile, elle-même stimulée par une sœur et une mère auxquelles certains membres influents du Congrès n'avaient rien à refuser, il venait de réussir au cours de quatre années de guerre à se tenir parfaitement à l'abri des balles, hors des souillures de la boue et du sang, protégé de la pénible promiscuité des campagnes.

Au moment où, le conflit virtuellement terminé, il venait d'accepter, sans risques, un commandement actif dans la cavalerie pour recevoir un galon supplémentaire, voilà que lui tombait sur les bras cette lamentable affaire d'espionnage! Si ce Redburn avait résisté au moment de son arrestation, les soldats l'auraient abattu et on n'en parlerait plus. Or, de la façon dont se présentaient les choses, il était possible que lui, Richard F. Fenton, soit amené à décider de la mort de ce garçon, fils dévoyé d'une des rares familles de la région qui – encore une malchance – n'avait jamais failli à la loyauté envers l'Union! En proposant à Walter Redburn la vie sauve contre le nom de son complice à l'état-major, le colonel escomptait à la fois passer aux yeux des planteurs irréductibles pour un vainqueur magnanime et extirper sans drame le mal qui minait son entourage. On lui saurait sans doute gré à Washington de tels résultats. Mieux valait en effet que la punition atteigne un membre de l'armée, parjure et félon, plutôt qu'un gamin qui ne se cachait pas d'être un ennemi. Et puis, une fois le traître identifié, on n'aurait plus à Baton Rouge à connaître de son sort. Ne pouvant être jugé par le tribunal de son unité, il serait conduit à La Nouvelle-Orléans – peut-être par ce type de l'agence Pinkerton que Canby avait envoyé – et fort régulièrement passé par les armes.

L'idéal, bien sûr, estimait M. Fenton, serait que le traître se suicidât après avoir signé une confession complète. Mais pouvait-on espérer un aussi beau dénouement?

Sur la pelouse, l'écureuil fit un saut carpé, puis demeura immobile, occupé à grignoter un gland. Fenton imagina tour à tour les six officiers de son état-major couchés dans leur uniforme aux galons arrachés et la poitrine criblée de balles par le peloton d'exécution. Il eut un frisson de dégoût, s'éloigna de la fenêtre, vint prendre sur sa table la branche d'hibiscus que le sergent Pussy y avait placée une heure plus tôt et se mit à marcher de long en large en faisant tournoyer entre le pouce et l'index la fleur carmin, aux pétales charnus et luisants de rosée, comme d'humides lèvres. Le colonel se complaisait dans l'examen de cette beauté végétale, quand on lui amena le prisonnier.

– Asseyez-le sur une chaise, dit-il aux gardes, attachez-le solidement et laissez-nous!

Puis il considéra l'espion.

Walter Redburn ne semblait nullement abattu. Il se tenait bien droit sur son siège, les mains liées derrière le dossier, mais les jambes allongées et croisées avec ce qu'il pouvait y mettre de désinvolture. Ses vêtements fripés, son pantalon trop court et effrangé dans le bas, les talons usés de ses bottes, son aspect dégingandé lui donnaient l'air du pensionnaire qui, ayant fait le mur, vient d'être conduit devant le préfet des études. Un poulain sauvage entravé n'aurait pas paru plus inoffensif. Le colonel Fenton lui trouva un visage ingrat, long, chevalin, une peau grasse et pustuleuse d'adolescent mal soigné. En contournant le garçon attaché, il lui vit de longues mains noueuses et rouges de paysan. Une fois assis derrière son bureau, il découvrit que Walter avait de beaux cheveux bouclés et remarqua un léger duvet sur sa lèvre supérieure. Duvet, pensa-t-il, qui n'aurait peut-être pas le temps de devenir moustache!

Le colonel émit un soupir de lassitude, comme si le garçon était le douzième espion qu'il interrogeait depuis le matin, s'éclaircit la voix et se troubla en constatant que le prisonnier fixait, d'un regard à la fois étonné et benêt, la fleur d'hibiscus posée sur le sous-main.

– Voyons, jeune homme, vous ne tenez pas à être exécuté?

– Je n'y tiens pas, monsieur, mais je l'accepte.

Walter n'avait pas du tout la voix de son physique. Il parlait net, dans un anglais correct.

– Ce serait dommage que nous en venions à ces extrémités, alors que l'été s'annonce beau et que les écureuils jouent sur les pelouses, dit tout à trac le colonel.

La surprise se peignit sur le visage du collégien. Il avait espéré un guerrier catégorique et sans pitié, disant les choses comme elles doivent être dites, et il se trouvait en face d'un officier de salon, qui s'exprimait d'un ton patelin, comme un surveillant de collège hésitant à vous donner dix psaumes à copier.

– Qui vous a remis les papiers que l'on a trouvés sur vous? lança brusquement Fenton d'une voix de tête, qu'il croyait autoritaire. Je veux le savoir!

– Je les ai pris moi-même, fit Walter, ironique.

– Ne faites pas l'idiot, jeune homme, nous savons que c'est impossible.

– Alors je les ai trouvés... sous un banc ou quelqu'un les aura glissés dans les fontes de ma selle...

– Votre persiflage est dangereusement déplacé, fit le colonel, vexé, et je ne comprends pas votre entêtement. La guerre est finie. Les opérations de vos amis de la Black Horse Cavalry, que nous attraperons bien un de ces jours, relèvent du pur banditisme... Ce n'est pas très glorieux!

– La guerre n'est pas finie, monsieur. Le général Kirby Smith se bat et va rassembler ceux qui n'ont pas déposé les armes. Et nous comptons bien affronter vos forces et reconquérir la Louisiane! répliqua d'un ton exalté Walter Redburn.

– Mais non, mais non, la guerre est finie, fit le colonel, comme pour se persuader de la véracité de cette assertion, car la perspective, même incroyable, d'une bataille avec mitraille, morts et blessés lui déplaisait fortement.

– En tout cas, vous ne saurez rien de moi, dit Walter, qui se sentait frustré, par la faute de ce colonel de théâtre, de la prestation lyrique et patriotique qu'il avait préparée.

– Mais enfin, ce n'est pas raisonnable! Pensez à votre mère que j'ai fait prévenir, à vos amis, à tous ceux qui vont pleurer, dit Fenton, un peu désorienté par cette attitude virile.

– Ils pleureraient bien davantage, monsieur, et avec plus de raison, si je vous livrais quelqu'un pour sauver une vie que je dois à la Confédération.

– Pfeu, pfeu, siffla Fenton. Laissez-moi vous dire, mon garçon, qu'il vaut mieux être un homme ordinaire vivant qu'un héros mort!

– Le jour où vous vous trouverez en face d'un tel choix, vous verrez vous-même ce que vous aurez à faire; en attendant, mon choix, à moi, est fait!

– C'est bon, fit le colonel d'un air pincé en tirant sur son dolman pour faire disparaître un faux pli. Je vais vous livrer à ce type de l'agence Pinkerton que le général Canby m'a envoyé. Il paraît que ces gens savent faire parler les autres et, demain, on réunira le tribunal militaire. Si vous n'avez pas révélé le nom du misérable qui a trahi la bannière étoilée et tous ses camarades de l'armée des États-Unis, peut-être pour de l'argent, eh bien, vous serez pendu!

– Je suis soldat, monsieur, et je devrais être fusillé! aboya Walter.

– Non, mon garçon, vous serez pendu. Vous n'appartenez à aucune armée, vous ne portez pas d'uniforme; la Confédération, comme Troie, a cessé d'exister et la guerre est finie. Vous êtes l'agent des bandits qui voulaient s'en prendre à la solde de l'armée du Texas; vous serez pendu, vous dis-je, comme un voleur de chevaux!

Et le colonel, frémissant de colère, telle une prima donna à laquelle un choriste aurait manqué de respect, ajouta tout à fait comiquement :

– D'ailleurs, il n'y a pas à revenir là-dessus, c'est le règlement et le général Canby veut qu'il soit appliqué!

Puis il rappela les gardes.

Au moment où ceux-ci emmenaient le prisonnier, le colonel l'interpella :

– Un homme a demandé à vous voir. Il est envoyé par votre mère. Il s'appelle Dandrige. J'ai autorisé la visite, car il a mission de vous faire entendre raison. Ce sera votre dernière chance.

Walter Redburn sourit et c'est le cœur léger qu'il reprit le chemin de la prison du quartier où l'on ne mettait d'ordinaire que les ivrognes et les permissionnaires qui avaient oublié l'heure.

L'agent de Pinkerton, qui interrogea plus tard Walter Redburn, n'eut pas plus de succès. C'est-à-dire qu'il ne put obtenir du prisonnier le nom de ceux ou de celui qui lui transmettaient les documents dérobés chez le colonel Fenton. La rouerie du professionnel de police, devenu chasseur d'espions depuis que son patron, Olan Pinkerton, un petit barbu à col dur et chapeau rond, avait convaincu Lincoln que les secrets de l'armée seraient mieux gardés par des détectives civils, ne put rien contre la volonté rustique et l'engagement quasi religieux de Walter Redburn.

L'agent de Pinkerton, qui avait à se faire pardonner la plus grosse gaffe de l'agence – une évaluation fantaisiste et exagérée des forces sudistes sur l'Autietam en 1862 – s'était cependant donné beaucoup de mal.

Sa seule découverte intéressante ne devait rien à Redburn. Elle résultait de l'examen minutieux et routinier des constatations, des horaires et des témoignages. L'agent de Pinkerton savait qu'au moment où l'espion avait été arrêté près de Livonia, à vingt et un miles de Baton Rouge, il n'emportait pas aux irréguliers, comme on l'avait cru tout d'abord, les documents dérobés chez Fenton, mais au contraire rapportait ceux-ci à l'état-major fédéral après que les chefs de la Black Horse Cavalry en avaient pris connaissance.

– Cela signifie, commenta le policier, après avoir éclairé le colonel, que, s'il était arrivé à bon port, votre espion aurait pu, grâce à son complice, faire remettre les documents « empruntés » à leur place et que personne, peut-être, ne se serait aperçu de rien.

Le colonel Fenton eut une moue dubitative.

– Quand on l'a arrêté, Redburn galopait vers l'est, cependant.

– Parce qu'il avait fait demi-tour en voyant de loin le barrage établi par les militaires qui cherchaient ce jour-là un déserteur de notre propre armée, parti avec la cagnotte du cercle sur le cheval d'un major.

– Mais alors, fit Fenton, si les irréguliers confédérés ignorent encore l'arrestation de Redburn, ils vont tendre leur embuscade sur l'itinéraire du fourgon du Texas? Il faut les laisser faire. Nous avons déjà modifié le cheminement de ce fourgon, mais nous allons leur en envoyer un autre, bourré de soldats et suivi de peu par un escadron qui nous débarrassera de ces bandits!

– Pour cela, il faut laisser croire à Redburn que nous pensons toujours qu'il fuyait vers les Opelousas lors de son arrestation et surtout, colonel, l'empêcher de communiquer avec qui que ce soit. Il serait même bon que personne, hormis vous et moi, ne soit au courant de ma découverte. Si le complice de Redburn est toujours dans votre entourage, comme je le suppose, il pourrait faire prévenir les Confédérés.

Le colonel approuva.

– Ma mission ne se limitant pas à l'interrogation de Redburn, dit le détective, je vais d'ailleurs m'intéresser au traître sans lequel il ne se serait rien passé.

Le colonel poussa un grognement. Il lui déplaisait que ce civil, qui gardait obstinément son chapeau sur la tête et chiquait comme une vieille Indienne, mette son nez de fouine dans la vie privée de l'état-major.

Aussi, tout en approuvant la demande de l'agent de Pinkerton d'interdire toute visite à Redburn, il accueillit M. Clarence Dandrige, espérant que cet homme dont on disait grand bien et qui devait avoir la confiance du prisonnier saurait obtenir le nom du traître. Battre le détective professionnel et régler l'affaire sans éclaboussures pour personne souriait assez au fringant colonel.

« Quel bel officier eût fait ce planteur!... » pensa Fenton en voyant Dandrige entrer avec assurance dans son bureau, son panama à la main, un pli net à son pantalon, la redingote ouverte sur un gilet de soie châtaine, le col de sa chemise sans jabot serré par un ruban de velours marron élégamment noué.

– La guerre étant terminée, colonel Fenton, dit Dandrige après les salutations, mais en refusant le siège qu'on lui proposait, il serait déplorable que l'armée des États-Unis soit amenée à exécuter un gamin de quinze ans venu là comme à un jeu. Je crois savoir que vous souhaitez la réconciliation et l'oubli des offenses passées. L'Union victorieuse peut faire, sans danger, preuve de mansuétude et (Clarence avait déjà compris à quelle catégorie de caractère appartenait le colonel Fenton) vous vous attireriez personnellement l'estime de toutes les familles de Pointe-Coupée si vous infligiez à Walter Redburn une punition à la mesure de sa sottise et non une peine réservée aux criminels.

– C'est bien mon penchant, monsieur, mais je ne peux supporter la présence d'un traître dans mon état-major. Je dois savoir qui il est!

– Walter Redburn ne dénoncera personne, je le crains et je l'espère tout à la fois, colonel!

– Vous croyez? C'est bien ennuyeux pour tout le monde, car la trahison vis-à-vis de l'Union est plus préjudiciable à l'honneur que la simple dénonciation de celui qui s'en est rendu coupable.

– C'est un point de vue, fit Dandrige. En matière d'honneur, il n'y a qu'un bon juge, colonel, c'est la conscience de celui qui est en cause.

– Mais ces opérations de guerilla sont insupportables, monsieur. Les gens que renseigne le jeune Redburn sont de simples pillards...

– Ou des desperados!

Une estafette apportant une dépêche interrompit l'entretien. L'estimant terminé, Dandrige allait prendre congé, quand le colonel, ayant parcouru le télégramme, s'approcha de son visiteur.

– Voyez-vous, monsieur Dandrige, le sacrifice de votre jeune ami serait d'autant plus inutile que cette dépêche me confirme officiellement qu'un accord a été signé à La Nouvelle-Orléans entre l'armée du Trans-Mississippi, commandée par le général Philip Sheridan, et les représentants du général Kirby Smith. Ce dernier, qui s'est rendu le 26 mai, reconnaît dont lui-même que les irréguliers, qui poursuivent les attaques contre l'armée fédérale, ne peuvent en aucun cas se réclamer de son autorité. Dites donc cela à votre jeune guérillero. Je vais le faire amener ici, vous pourrez parler sans témoin. C'est une preuve de confiance que je vous donne. Je compte que vous n'outrepasserez pas les droits que l'on reconnaît à un honnête avocat!

Clarence Dandrige s'inclina.

– Et, ajouta le colonel, n'oubliez pas, monsieur, il n'y a qu'un moyen pour Redburn de sauver sa peau : nous donner le nom de son complice!

L'intendant de Bagatelle eût été capable de répondre vertement à ce fantoche. Mais il s'abstint. Il devait voir le jeune Redburn et le verrait.

Quand on amena le prisonnier, celui-ci sourit à l'intendant et fut autorisé à lui serrer la main en présence des gardes et du colonel, puis on l'attacha sur la chaise au milieu de la pièce, le dos à la fenêtre, qui fut fermée.

– Vous allez, monsieur Dandrige, vous asseoir à mon bureau. Vous n'êtes pas autorisé à vous déplacer pendant l'entretien. Les gardes resteront derrière la porte. Quant à moi..., je vais... je vais aller faire un tour au mess. Je serai de retour dans un quart d'heure et j'espère pour ce jeune daim que vous aurez des choses à m'apprendre..., sinon, tant pis pour vous, conclut allégrement l'officier en se tournant vers le prisonnier.

Les gardes sortirent par la porte de gauche et on entendit le bruit des crosses de leurs fusils sur le plancher du palier. Quant au colonel, ayant cueilli son chapeau d'un geste arrondi de danseur, il sortit par la porte de droite, toute proche du bureau devant lequel se tenait Dandrige. Ce dernier connaissait parfaitement les lieux pour avoir rendu de fréquentes visites à des amis officiers qui avaient occupé ce local avant la guerre civile. Il savait que le colonel venait de faire une fausse sortie. La porte qu'il avait franchie conduisait à sa chambre et nulle part ailleurs. Il était donc là, prêt à écouter l'entretien et peut-être même à suivre du regard son déroulement.

Aussi, très vite l'intendant prit-il la parole avec volubilité, décrivant à Walter le chagrin de sa mère et de ses sœurs, lui annonçant que Kirby Smith avait capitulé. Puis il trouva enfin moyen de prévenir Walter. En allongeant les bras sur le sous-main du général, il réussit à saisir un crayon à mine de plomb et une enveloppe vierge. Pivotant pour tourner de trois quarts le dos à la porte derrière laquelle il imaginait aisément le colonel Fenton aux aguets, il écrivit posément *On nous surveille.* Puis, faisant semblant de jouer avec son chapeau, il parvint à faire tenir le papier contre la coiffe en le coinçant dans le ruban. Ensuite, il reposa son panama sur la table et le poussa vers le bord de celle-ci, jusqu'à l'amener sous les yeux de Walter.

D'un clin d'œil, ce dernier avertit l'intendant que son message était reçu. Dandrige fit disparaître l'enveloppe et passa aux choses plus difficiles.

– Sais-tu, Walter, que les juges militaires seront sans pitié si tu ne livres pas ton complice?

– Je ne puis, monsieur, me sauver à ce prix!

Clarence, qui connaissait peu le garçon, fut impressionné par son calme et sa détermination. Celui-là rachetait toutes les poltronneries des Redburn. La perspective d'une mort prochaine ne le troublait pas outre mesure.

– Le colonel Fenton m'a l'air d'un parfait gentleman, reprit Dandrige, dont le regard ironique démentait ses paroles destinées aux oreilles indiscrètes. Tu lui rendrais grand service en lui évitant de te faire pendre... car toi pendu, bien sûr, qui lui dira le nom qu'il veut connaître?... Personne, bien évidemment!

– Bien évidemment, fit Walter, qui avait une foule de choses à confier à Dandrige, mais ne savait pas comment les communiquer à travers des phrases banales.

Le regard clair et pénétrant de l'intendant l'encourageait, semblait solliciter son intelligence. Il eut une illumination.

– Ne parlons plus de cela, monsieur Dandrige. Je voudrais que vous disiez à ma mère que je regrette la peine que je lui fais et surtout que vous vous occupiez de mon frère de lait. Vous savez, Barbichet, celui qui est toujours sombre et dont la mère a été ma nourrice. Il faut lui dire que je pense à lui, que je le fais mon héritier et que, surtout, il ne commette aucune imprudence... à la chasse, qu'il n'essaie pas non plus de venir me voir...

– Je ferai ce qu'il te plaira. Je m'occuperai de Barbichet..., mais le plus important pour l'instant est de trouver un moyen de te sauver. Nous allons faire prévenir le général Banks et des gens de Washington que nous connaissons. Des gens qui ont fait la guerre, qui savent ce qu'est la vie et la mort, et comment l'ennemi d'aujourd'hui peut être l'allié de demain.

– Je ne demande qu'une grâce, monsieur. Je veux être fusillé comme un soldat et non pendu comme un malfaiteur.

Puis il ajouta, soudain profondément triste :

– Il faut bien qu'un Redburn paie la fuite à Halifax. On ne pourra plus désormais opposer aux miens qu'ils n'ont rien donné à la Confédération.

Clarence Dandrige demeura silencieux, ému et assez fier de la noblesse de ce garçon, plutôt laid, qui semblait éprouver face aux mortelles promesses du lendemain une étrange volupté. Walter, en dépit de la médiocrité de ses géniteurs, était un pur produit du Vieux Sud des conquérants. Mais une telle jeunesse livrée aux exécuteurs lui paraissait un stupide sacrifice. Le colonel pommadé utilisait contre son prisonnier une arme de suicide. Plus vieux de quelques années, ayant eu le temps de jouir des plaisirs de la vie, Walter Redburn aurait peut-être balancé davantage. Mais il était à l'âge de l'intolérance, celui du tout ou rien, celui de la pureté qui n'accepte pas de compromis.

L'adolescent comprit sans doute, au regard affectueux comme celui d'un père complice que Dandrige posait sur lui, que ses raisons étaient acceptées. Il voulut cependant une confirmation ou une dernière et inacceptable espérance :

– A l'honneur vous croyez, n'est-ce pas, monsieur Dandrige?

– *Credo quia absurdum*[1], fit l'intendant d'un ton las.

Ficelé sur sa chaise, l'élève des pères jésuites laissa tomber son menton sur sa poitrine et se mit à pleurer doucement.

Quand, une minute plus tard, le colonel Fenton ouvrit la porte derrière laquelle il était demeuré, marquant ainsi la fin de l'entretien, Walter Redburn portait la tête haute, un regard sec et froid, que l'officier ressentit comme chargé de mépris.

– N'oubliez pas pour Barbichet, dit simplement Walter Redburn en serrant très fort la main de Dandrige au moment où les gardes l'emmenaient.

– Alors, monsieur Dandrige, avez-vous tiré quelque chose de ce jeune fou? fit sans conviction Fenton, dès que la porte fut close.

– Vous en savez autant que moi, colonel Fenton, dit Clarence d'une voix sèche. Vous écoutiez derrière cette porte... comme un valet!

– Je ne vous permets pas!

– Vous ne me permettez pas quoi, Fenton? De vous dire par exemple qu'il y a plus de différence entre vous et Walter Redburn qu'entre moi et un nègre?

Puis, s'animant :

– Ce garçon appartient à un monde fabuleux et exigeant où vos semblables n'ont pas accès, Fenton, même sous leurs oripeaux à galons. Au cours de cette guerre, il y a ceux qui de part et d'autre se sont battus loyalement, pour ce qu'ils croyaient être de justes raisons, et puis il y a ceux que n'embarrasse pas l'honneur primordial, ceux qui ne craignent pas de proposer des marchés qu'un Cavalier ne peut accepter, comme par exemple sauver sa vie au prix d'une délation...

– Je vais appeler la garde!

– Faites donc, colonel, mais sachez encore que je vous tiens pour un pleutre. Si vous refusez à Redburn la mort du soldat à laquelle il a droit, je vous enverrai un cartel, afin d'avoir le maigre privilège de vous expédier dans un monde où vous ne serez rien!

Fenton, blême, le menton tremblant, écoutait Dandrige sans trouver de repartie. Pour se donner une contenance, il ouvrit rageusement la fenêtre.

– Vous auriez dû aérer plus tôt, lui lança l'intendant, qui déjà s'apprêtait à quitter le bureau, ici, ça sent le patchouli à bas prix, comme chez les filles du Vieux Carré!

Comme il approchait de sa jument cavecée, attachée à un anneau au mur du poste de garde, Clarence Dandrige vit surgir un

---

1. « Je crois parce que c'est absurde » (Tertullien).

jeune Noir en uniforme bleu qui, manifestement, se proposait de lui tenir l'étrier comme savaient le faire les cavalcadours de plantations.

– C'est vous, m'sieur, qui venez de parler à M. Walter de Pointe-Coupée? interrogea le soldat sans élever la voix.

Dandrige, déjà en selle, retint sa monture et jeta un regard à son interlocuteur.

– Oui... Pourquoi?...

Tandis qu'il posait cette question, la réponse lui fut donnée. Le menton du palefrenier était ridiculement agrémenté d'une demi-douzaine de longs poils follets, tout à fait inattendus chez un jeune Noir.

– On t'appelle Barbichet..., n'est-ce pas?

– Oui, m'sieur... mais est-ce qu'ils vont pendre m'sieur Walter, m'sieur?

– C'est probable... Mais que fais-tu là?

– J'étais palefrenier, m'sieur, avec l'armée, depuis deux ans que j'avais laissé la plantation, quand toute la famille Redburn est partie dans le Maine. Et puis, ce nouveau colonel, il m'a pris comme cireur.

– Et c'est toi qui donnais les papiers à M. Walter?

– Oui, m'sieur. Est-ce qu'il a dit ça, m'sieur Walter, au colonel, est-ce qu'il va le dire?

– Non, il ne dira rien, tu peux être tranquille!

Le Noir aspira fortement, visiblement rassuré, puis il ajouta :

– Si m'sieur Walter il avait pas été en retard pour revenir, peut-être qu'on l'aurait pas pris, hein, m'sieur!

– Comment ça?

Barbichet se lança dans une laborieuse explication, dont Dandrige retint ce que savait déjà l'agent de Pinkerton. Il fallait donc prévenir la Black Horse Cavalry de ne pas se risquer à l'attaque du convoi du Texas.

– Sais-tu où et à qui M. Walter portait ces papiers, Barbichet?

– Non, m'sieur, il m'a jamais rien dit. Je lui apportais là-bas (le Noir montra un groupe d'arbres derrière les écuries) tous les papiers du colonel et y prenait ce qu'il voulait. Il remettait les autres en place et, trois jours plus tard, je remettais ceux qu'il avait emportés.

– Sais-tu lire, Barbichet?

– Les numéros seulement, m'sieur, mais y paraît qu'on cherche l'ami de M. Walter. Si je dis que c'est moi, on va me pendre aussi? questionna le Noir d'une voix inquiète en avalant péniblement sa salive.

Dandrige demeura un moment silencieux, observant ce garçon qui avait partagé les jeux de Walter, qui avait été, de bonne grâce, l'aimable souffre-douleur du fils de planteur, son complice déjà pour les rapts de pots de confiture, et plus tard son compagnon pour la chasse au rat musqué et la pêche aux tortues. L'intendant évaluait ce regard confiant, ce sourire inquiet, cette peur animale aussi, que le palefrenier tentait de dissimuler. Il le rassura :

– M. Walter ne veut pas que tu te dénonces. Il ne faut rien changer à tes habitudes. C'est lui le maître, n'est-ce pas, et c'est donc lui qui doit payer.

Puis, tirant sur les rênes, Dandrige fit pivoter la tête de sa jument et l'enleva au petit trot sur l'allée ratissée.

De grosses larmes, toutes pareilles à celles que peuvent verser les Blancs, roulaient sur les joues du cireur du colonel Fenton. L'une d'elles suivit la commissure des lèvres, descendit jusqu'au menton et vint glisser le long de ces poils ridicules qui lui valaient le gentil surnom de Barbichet.

5

Au long de sa route, de Baton Rouge à Bagatelle, après avoir repassé le Mississippi sous un soleil enfin digne de juin, Clarence Dandrige, au petit trot de sa jument, méditait sur le sort de Walter Redburn. Si le garçon s'en tirait sain et sauf, le souvenir de cette épreuve le retiendrait désormais de transiger sur l'honneur et sa famille retrouverait l'estime des planteurs de la paroisse. Si les Yankees l'exécutaient, le nom de Redburn resterait à jamais dans les mémoires sudistes comme le symbole du courage et de la fierté juvéniles. Peut-être baptiserait-on un jour « Walter Redburn » une promotion d'officiers dans quelque académie militaire.

Cependant, l'intendant envisageait avec gêne le moment de rendre compte à Nadia Redburn de la mission qu'elle lui avait confiée et qui ne pouvait être qu'un échec. Aux yeux d'une mère, la délation ne constitue pas un prix exorbitant pour la vie de son enfant. Si Mme Redburn apprenait le nom du complice de Walter, elle n'hésiterait pas à dénoncer le pauvre Barbichet, avec d'autant moins de scrupules, estimait Dandrige, qu'il s'agissait d'un Noir, fils d'esclave lui appartenant, né sur sa plantation et passé au service de l'armée fédérale depuis deux ans.

Dandrige s'interrogeait aussi sur le moyen de prévenir les irascibles de la Black Horse Cavalry, dont on ignorait les refuges et qui poursuivaient à son avis un vain combat. La guerre finie, mieux valait s'efforcer de revenir aux notions rudimentaires de la vie en société. Le Sud, et c'était une des satisfactions secrètes de Clarence Dandrige, se trouvait maintenant libéré malgré lui de la redoutable responsabilité de l'esclavage. Sans l'absoudre de son long péché d'habitude, du moins la défaite l'avait-elle exorcisé par souffrance et humiliation. Ceux qui se résignaient à voir le Sud puni commençaient cependant à trouver le châtiment disproportionné à la faute. Les Yankees, exécuteurs, aux yeux de l'Histoire, des sentences abolitionnistes, semblaient profiter de la situation, mettre au compte des moyens de rédemption des méthodes relevant de la pure spoliation, accablant de taxes et d'impôts les anciens propriétaires d'esclaves, refusant le droit de suffrage à ceux qui ne courbaient pas assez souplement l'échine, ou ne reniaient pas la société dont ils étaient issus.

Beaucoup de choses allaient mal en Louisiane. Trop longtemps, l'État avait été partagé en deux zones : celle tenue par les Fédéraux, dans le sud du pays et à l'est du Mississippi depuis la prise de La Nouvelle-Orléans en 1862 et de Port Hudson en 1863, et celle, à l'ouest du fleuve, restée sous l'autorité relative des sécessionnistes jusqu'à leur défaite à Mansfield, en 1864. Opelousas et Shreveport avaient été successivement la capitale d'une Louisiane confédérée, dont la superficie avait rétréci comme une peau de chagrin au fur et à mesure que l'armée fédérale progressait au long de la rivière Rouge et du bayou Tèche. Les deux villes étaient tombées l'une après l'autre et seuls des éléments d'une troupe qui ressemblait davantage à un corps de partisans qu'à une armée organisée s'étaient entêtés à tendre des embuscades aux Fédéraux, comptant pour le gîte et le ravitaillement, sur une population qui avait déjà du mal à se nourrir et n'aspirait, après quatre années de guerre, qu'à la sécurité.

Depuis le 2 juin on savait que les responsables politiques confédérés, réfugiés à Alexandria, avaient fait acte d'allégeance à l'Union. Quelques jours, en effet, après la reddition de Kirby Smith et la chute de La Mobile, en Alabama, le dernier gouverneur confédéré de Louisiane, Henry Watkins Allen, avait invité ceux qui résistaient encore « à accepter l'inévitable ». Ce politicien intrépide, de quarante-cinq ans, homme d'action, faisait figure de héros romantique. Ayant autrefois enlevé à Grand Gulf la fille d'un riche planteur, il avait dû se battre en duel avec le père de la belle et portait la cicatrice de ce combat singulier, où, pour l'honneur de l'amour courtois, il avait risqué sa vie.

Dans son adresse d'adieu aux sécessionnistes louisianais, il déclarait : « Je suis maintenant un proscrit. J'ai lutté pour vous. Je suis resté avec vous jusqu'au dernier moment. Je dois maintenant chercher le repos pour mes membres rompus. »

Des amis ayant réuni 300 dollars, Allen avait pu partir pour Mexico, où, on venait de l'apprendre, l'empereur Maximilien lui faisait bon accueil. On prêtait déjà à H.W. Allen l'intention de fonder un journal, qui ferait entendre la voix des Sudistes vaincus, mais non résignés.

Réaliste, Clarence Dandrige ne souhaitait, lui, qu'une remise en route des cultures et un retour aux mœurs policées. L'argent, hélas! faisait cruellement défaut à tous les propriétaires terriens qui, d'une récolte à l'autre, vivaient souvent à crédit, grâce aux avances consenties par les « facteurs » de coton ou de sucre. La monnaie de la Confédération continuait, officiellement au moins, à avoir cours, mais personne n'en acceptait plus. Seuls les *greenbacks*, dollars de l'Union, étaient admis dans les transactions. Quant aux bons de la Confédération et aux papiers émis par les banques de Louisiane, on les conservait dans les familles, sans grand espoir de les voir jamais honorés. Les Noirs, devenus libres, ne représentaient plus une valeur marchande et négociable pour leurs anciens propriétaires; les récoltes à venir paraissaient si aléatoires, étant donné les caprices de la main-d'œuvre et le peu de champs ensemencés, que les planteurs ne trouvaient plus de crédit, même pour acheter la graine.

Le coton qui avait échappé aux Fédéraux ou aux incendies volontaires pourrissait dans les hangars délabrés qu'on n'avait plus les moyens de réparer. Il aurait fallu repasser les balles sous presse et les cercler à neuf, mais, là encore, main-d'œuvre et dollars faisaient défaut. Si l'on avait pu, à Bagatelle, conserver douze mules, dix paires de bœufs, neuf chevaux, vingt-six vaches et une centaine de moutons, le troupeau de bovins et les nombreux porcs qui constituaient les réserves de viande sur pied de l'exploitation avaient été soit réquisitionnés par les Confédérés, soit enlevés par les troupes nordistes, soit volés par les pillards de tous genres, Noirs ou Blancs, qui apparaissaient toujours dans le sillage des armées.

M. Dandrige ayant investi toutes ses économies dans l'achat de charrues modernes à soc d'acier, de guano du Pérou, de poudre d'os, de sel et de plâtre, afin de composer l'engrais préconisé par David Dickson pour augmenter le rendement des terres à coton, se trouvait aujourd'hui fort démuni. Sachant que Virginie vendait de temps à autre un bijou, une pendule ou quelques pièces d'argenterie à des brocanteurs, renseignés sur les ressources en objets de valeur des plantations, par des militaires de l'Union ou des fonctionnaires, l'intendant refusait, depuis des mois, de percevoir ses émoluments.

Tandis qu'il cheminait au long du fleuve, observant les remblais des levées qui, peu entretenus depuis deux saisons, donnaient par endroits des signes d'affaissement, Dandrige espérait que le dieu Mississippi, prenant en considération le sort des malheureux planteurs riverains, ne se laisserait pas aller à des débordements capables d'anéantir les modestes promesses des récoltes à venir. L'intendant de Bagatelle comptait en effet sur le Roi-Coton pour renflouer la plantation. Le vieux maître du Sud, qui, chaque saison, répandait les doux flocons de sa barbe innombrable sur les terres cultivées par ses vassaux, pouvait ramener l'aisance. Les familles qui servaient ce dieu végétal depuis qu'un nommé Le Noir avait planté un cotonnier dans son jardin de Louisiane, en 1722, gardaient confiance.

Les prévisions de Dandrige lui permettaient d'espérer une récolte de 30 000 livres de coton au moins sur les 200 acres qu'il avait pu ensemencer. Cela donnerait environ quatre-vingts balles. Les dernières ventes à La Nouvelle-Orléans avaient vu la balle de 225 kilos atteindre 270 dollars, et le coton s'était vendu à New York de 70 à 187 cents la livre, soit, pour le middling de Louisiane, un prix moyen de 101,50 cents. C'était la première fois, depuis que l'on cultivait et vendait cette fibre douillette, que la livre de coton coûtait plus de un dollar. En se basant sur un tarif qui ne se maintiendrait peut-être pas au cours de la saison 1865-1866, Dandrige évaluait à 22 000 dollars le produit de la récolte à venir, si l'été était moins pluvieux que le printemps, si les levées n'étaient pas emportées par les inondations, si les parasites et les maladies épargnaient les plants et si les Noirs voulaient bien travailler à peu près régulièrement.

– Cela fait beaucoup de si, avait observé Virginie, à qui l'intendant soumettait ses prévisions.

– « L'espérance, malgré l'illusion de ses promesses, donne encore de meilleurs conseils que la crainte », s'était empressé de répliquer Dandrige en citant Lingrée.

Naturellement, il avait déjà engagé plus de 360 dollars pour des achats d'engrais. Les salaires des ouvriers noirs atteindraient la somme fabuleuse de 7 000 dollars pour l'année, auxquels il conviendrait d'ajouter, en dépense, les gages des quinze domestiques de la maison payés 18 dollars par mois (alors que les travailleurs des champs ne recevaient que 15 dollars en moyenne), ce qui ferait encore 3 240 dollars. Les quatre contremaîtres, qui recevaient chacun 30 dollars par mois, grèveraient encore de 1 440 dollars le budget de la plantation, mais rien ne pouvait être fait sans eux.

La nourriture et les litières des mules, des chevaux et des bœufs absorberaient bien quelque 150 dollars et il faudrait verser, bien sûr, au docteur Murphy, maintenant vieillissant et singulièrement appauvri par la disparition d'une partie de sa clientèle, les 500 dollars que Virginie voulait continuer à lui assurer chaque année, pour tous les soins qu'il prodiguait aux gens, Blancs et Noirs, maîtres ou domestiques à Bagatelle.

Le chapitre des impôts et des taxes réserverait peut-être des surprises désagréables. Déjà, on était assuré de devoir payer la taxe foncière : 0,50 cent par acre possédée, soit 5 000 dollars pour les 10 000 acres de Bagatelle; la taxe sur les travailleurs noirs : 2 dollars par salarié, soit au moins 110 dollars; la taxe militaire que l'on continuait à percevoir au mépris des consignes de Washington : 2 dollars par balle de coton, soit à prévoir 160 dollars si la récolte était bonne; le permis de commerce : 0,50 cent par balle de coton mise en vente, soit encore 40 dollars; l'impôt de l'État sur les surfaces ensemencées : 0,25 cent par acre, ce qui faisait, pour 200 acres, 50 dollars. A cela s'ajouteraient l'impôt sur le revenu intérieur, qui pouvait atteindre 15 ou 20 % des produits de la récolte, et les taxes de la paroisse pour l'entretien des levées, des routes et des canaux.

En mettant les choses au mieux et en négligeant les impondérables, on escomptait à Bagatelle un bénéfice d'un millier de dollars au plus, sur lequel il faudrait assumer l'entretien des gens et des bâtiments pendant un an, prévoir l'achat de semences et d'engrais pour la saison suivante. Les cultures vivrières, maïs, patates douces, légumes, arbres fruitiers, fourniraient la nourriture dont on achèterait le moins possible, le baril de 10 kilos de bœuf salé coûtant 30 dollars, le vin : 2 dollars le gallon, presque aussi cher que le whisky : 2,50 dollars le gallon. Et il fallait déjà donner 12 dollars pour un boisseau de farine et 65 cents pour une livre de café.

Le temps était révolu, bien sûr, où l'on chargeait chaque saison, sur les vapeurs du Mississippi, quelque deux mille balles de coton, ce qui laissait alors des dizaines de milliers de dollars de bénéfice!

Clarence Dandrige avait eu la chance, aussi bien sous le règne du marquis Adrien de Damvilliers que sous celui du général Charles de Vigors, les deux maris défunts de Virginie, d'échapper aux responsabilités de la gestion financière de la plantation. Le titre d'intendant, que les gens lui décernaient pour le distinguer des membres de la famille, recouvrait plutôt une activité de conseiller, de secrétaire, d'homme de confiance, que de comptable ou de chef d'exploitation.

Devenu responsable, par la force des choses, d'une plantation à demi ruinée et qui ne lui appartenait pas, il devait faire de grands efforts pour s'intéresser aux comptes et gérer cet univers matériel dont dépendaient la sécurité et le confort de la femme à laquelle il avait consacré sa vie.

Dandrige s'efforçait d'épargner à Virginie les craintes et les soucis, mais sans lui dissimuler la réalité des contingences. Ni l'un ni l'autre n'eussent admis l'attendrissante duperie des amours banales.

Mais il souffrait de la voir réduire avec stoïcisme le train de vie de Bagatelle, bien qu'elle affirmât que l'on pouvait supprimer provisoirement bon nombre de dépenses futiles sans déchoir. Elle avait ainsi spontanément renoncé, la première de la paroisse, à la saison d'hiver à La Nouvelle-Orléans. La suite toujours réservée pour elle à l'Hôtel Saint-Charles avait été occupée, cette année-là, par la famille d'un banquier de Chicago, investisseur des chemins de fer, qui oh! horreur, buvait son porto glacé!

Pour compenser l'absence de spectacles, de musique, de bals, Virginie avait commandé chez Verlein des partitions pour piano. Au cours des veillées d'hiver, le salon de Bagatelle avait retenti des musiques de Chopin, de Liszt, de Schubert et même de celles plus faciles d'un compositeur louisianais, Louis Moreau Gottschalk, qui avait étudié à Paris où Berlioz s'était intéressé à ses œuvres. Mme de Vigors, qui brûlait de rencontrer ce musicien, interprétait avec beaucoup de sentiment trois œuvres du Louisianais, inspirées d'airs populaires de La Nouvelle-Orléans : *Bamboula, La Savane,* une ballade créole, et *Le Bananier,* connu aussi sous le titre de *Chanson nègre.*

Les « concerts de Bagatelle », comme disait Adèle Barrow, qui détestait la musique profane, avait aidé bon nombre de familiers de la plantation : les Tampleton, les Beausset, les Barthew, entre autres, à passer les heures difficiles de l'hiver, loin des distractions mondaines auxquelles ils étaient habitués.

Car les grands barbecues rassemblant des centaines d'invités, les bals au cours desquels les femmes des planteurs paradaient avec leurs perles et leurs diamants, comparant sans aménité leurs toilettes, les dîners fins, arrosés des champagnes et des vins français les plus coûteux, n'étaient que souvenirs du temps de l'abondance.

On les classait désormais comme beaucoup d'autres événements, modes, plaisirs, fantaisies, sous un vocable qui, pour le Sud, résumait toute la nostalgie des beaux jours : *antebellum.*

Dans les conversations de salons, quand deux cavaliers se rencontraient sur le chemin, quand on bavardait en attendant le bac, chez un commerçant, une phrase sur trois au moins commençait par « avant-guerre » ou, si l'on se piquait de latin, par *antebellum.*

Antebellum, c'était le bonheur. On était alors riche sans le savoir.

Les choses ne coûtaient rien, le coton était plus blanc, les gens plus courtois, le bourbon meilleur. Les Noirs, parlons-en, étaient presque tous polis, dociles, travailleurs, gais, alors que libres, on les découvrait maintenant voleurs, menteurs, paresseux, sournois. *Antebellum*, personne n'avait jamais vu un printemps aussi pluvieux. Même le soleil alors était plus chaud!

Souvent Dandrige souriait mélancoliquement quand on évoquait devant lui les délices d'avant-guerre et les avantages de la société esclavagiste. Aussitôt lui revenaient en mémoire quantité de drames et de difficultés, vécus au cours de ces années réputées fastes.

La mort de Corinne Tampleton, tuée par l'explosion de la « bouilloire » du *Rayon-d'Or*, sur le Mississippi; la fin tragique de Marie-Adrien, le jeune marquis de Damvilliers, victime de l'incendie d'un autre vapeur fluvial, le *Croissant-d'Or;* la noyade de Pierre-Adrien, son frère, dans une mare de Bagatelle; l'étrange trépas de Julie de Damvilliers, sœur des deux précédents, morte au cours de sa nuit de noces et enterrée sous un chêne près de la demeure familiale; les crises financières de La Nouvelle-Orléans; les mauvaises récoltes; la fièvre jaune; les inondations et bien d'autres malheurs domestiques ou généraux [1].

Antebellum n'avait pas offert que du bonheur à ceux de Bagatelle et aux familles amies, mais on oubliait aisément les deuils et les périls anciens. Il est vrai, pensait l'intendant, que les ennuis et les chagrins que l'on vit paraissent toujours les plus forts. C'est en bloc que l'on regrette un passé d'où la mémoire rappelle d'abord les instants heureux.

On avait déjà allumé les lampes, quand Clarence Dandrige descendit de cheval sous les chênes de Bagatelle. Le vieux Bobo, qui guettait son arrivée, s'était précipité pour retenir la jument.

– Rien à signaler, Bobo?

– Oh! si, m'sieur Dandrige, savez-vous qui est là dans la maison avec m'ame Marquise?... Le général Tampleton, hein! M'sieur Willy, vous vous rendez compte, il est bien vivant..., mais sa jument Tempête que j'ai là (il désigna les écuries), elle est toute maigre et un peu panarde de derrière...

– Eh bien! c'est une bonne nouvelle, Bobo, dit Dandrige en s'éloignant pour interrompre le flot de paroles du palefrenier.

Mais ce dernier avait encore quelque chose à dire. Il hennit comme souvent quand il était ému et aussi parce qu'il avait trop vécu avec les chevaux.

– Heuuue, heuuue, m'sieur Dandrige, faut que je vous dise, m'sieur Willy, il a plus qu'un bras... Les Yankees, y z'y ont coupé l'autre, heuuue, heuuue, et je crois bien que m'ame Marquise elle a pleuré en voyant ça!

Sans un mot, Dandrige s'avança vers la maison, gravit l'escalier et pénétra dans le salon.

1. Tous ces événements ont été racontés dans *Louisiane*.

Willy, qui avait entendu des pas sur la galerie, était déjà debout pour l'accueillir. Les amis s'observèrent un moment. Clarence vit la manche vide de la redingote, le visage amaigri, la barbe grisonnante de Willy. Le général Tampleton retrouva le regard vert de Dandrige et y lut la sincérité de l'amitié intacte. Bien que les deux hommes ne soient, ni l'un ni l'autre, portés aux démonstrations, ils se donnèrent l'accolade à la manière espagnole, comme on le fait en Louisiane.

Virginie, assise au milieu du grand canapé sous son propre portrait peint par Dubuffe en d'autres temps, suivit avec plaisir ces retrouvailles, puis prit la parole :

– Comme une bonne chose n'arrive jamais seule, Clarence, dit-elle, j'ai reçu peu de temps avant l'arrivée de Willy une lettre de Paris. Charles s'est embarqué au Havre. Il sera là dans trois semaines... Un homme de plus à Bagatelle, et un juriste de surcroît, ne pourra que rendre la vie plus facile.

» Je vous laisse bavarder, ajouta Mme de Vigors en se levant. J'ai à m'occuper du repas. Le retour du général doit être une fête.

Quand Virginie traversa le salon, Willy Tampleton accompagna du regard la silhouette fine et droite, apprécia la démarche de ballerine, reçut comme un présent le clin d'œil et le geste de la main que Virginie lui adressa avant de disparaître.

– Virginie n'a pas changé d'un iota, Dandrige, fit le général. Plus fraîche que jamais, inaltérable et sûre d'elle... Et vous non plus, vous n'avez pas changé; votre toison d'argent est diablement avantageuse...

Dandrige sourit.

– Soixante et un ans en octobre, Willy. Dix ans de plus que vous, si j'ai bonne mémoire.

– Oui, mais toujours vos deux bras, Dandrige, fit Willy d'un ton amer, et le bonheur d'être aimé... Virginie me l'a dit.

– Parce que vous l'avez encore demandée en mariage, Willy?

– Elle ne m'en a pas laissé le temps. Elle m'a jeté tout à trac qu'elle était heureuse, oui, c'est ça, « pauvre mais comblée », m'a-t-elle dit, et que son bonheur était bien au-dessus de l'amour tel qu'on le conçoit ordinairement... Allez-vous l'épouser?

– Vous me voyez en mari, général, sincèrement?

– Mais...

– Il n'y a pas de *mais*, Willy! Vous constaterez vous-même que rien n'a changé à Bagatelle. Mme de Vigors et moi-même demeurons chacun aux places que le destin nous a assignées. L'attachement n'a pas besoin... surtout à nos âges... de démonstrations charnelles et ne peut rien gagner à l'intimité physique. Voilà. Parlons d'autre chose, s'il vous plaît, de vous par exemple!

Le ton était péremptoire et le chapitre clos.

Après Virginie, les deux sujets qui intéressaient le plus le général Tampleton étaient lui-même et la guerre civile qui venait de finir.

Il raconta brièvement ses campagnes pour en venir au plus vite, sembla-t-il à Dandrige, à la reddition d'Appomatox à laquelle il avait assisté et qui lui laissait au cœur une cicatrice au moins aussi douloureuse que celle de son bras amputé.

– Ça s'est passé, raconta Tampleton, dans une petite maison tout à fait quelconque d'Appomatox Court House, près de la rivière James [1]. La veille, j'avais été blessé au bras, mais dans la pagaille des marches et des contremarches, je n'avais pu trouver aucun chirurgien de chez nous. Quand Robert Lee nous annonça qu'il irait signer la capitulation, nous avons été quelques-uns à lui proposer de n'en rien faire, mais de donner l'ordre à l'armée de se disperser. Chacun aurait pris le large avec ses armes et nous aurions entretenu la guérilla contre les Yankees. Robert Lee refusa. Aujourd'hui je crois qu'il avait raison. Pendant des mois, nous aurions pu marcher en vainqueurs, mais cela aurait provoqué une répression violente et sanguinaire de la part des Fédéraux. Le pays eût été dévasté sans que cela fasse avancer une cause à jamais compromise.

Willy expliqua ensuite comment il était entré, le bras en écharpe, dans la maison de briques rouges du major Mac Lean pour assister à la capitulation de l'armée de la Virginie du Nord.

– Tandis que Robert Lee, qui avait revêtu sa meilleure tenue, pâle mais très maître de lui, s'asseyait devant un guéridon et relisait calmement le texte dont il avait déjà discuté les termes avec le général Grant, en faisant tourner sa plume entre ses doigts, je regardais tous ces officiers aux visages graves, debout autour de la pièce. Les étoiles, les galons, les brisques, les épaulettes, les boucles de ceinturon mettaient des taches d'or et d'argent sur les uniformes bleus des Fédéraux ou gris des nôtres. La plupart de ces hommes, et j'en étais, s'entre-tuaient la veille encore. Pour l'heure, ils se faisaient face cérémonieusement dans le silence, les vainqueurs sans arrogance, croyez-moi, et nous-mêmes, à l'exemple de Lee, sans humilité. Je savais déjà, par un colonel-médecin de l'armée fédérale qui insistait pour me faire soigner, que Grant n'avait tenu aucun compte de l'avis des politiciens de Washington, hargneux et rancuniers, qui auraient voulu que notre général en chef soit arrêté comme rebelle et traduit en conseil de guerre pour trahison. C'étaient les mêmes qui avaient autrefois entravé la carrière de Grant à l'époque où on lui reprochait de boire un peu trop de whisky...

– Mais ces camps pour prisonniers sudistes dont on annonçait la création, intervint Dandrige, et ce défilé de Sudistes désarmés que l'on devait organiser à Washington comme autrefois à Rome ceux des vaincus lors des triomphes des Césars?

1. Cette demeure historique, classée « monument national », est une petite maison en briques sang-de-bœuf, dont la façade quelconque, avec portes et fenêtres à encadrements blancs, disparaît en partie derrière la galerie commune à beaucoup de maisons virginiennes. Cette maison, à l'époque, la plus confortable d'un hameau qui n'en comptais pas dix, appartenait au major Mac Lean. Le brave homme avait habité autrefois Manassas Junction, près du Bull Run, où le 21 juillet 1861 Beauregard, Johnston et Kirby Smith avaient mis en déroute les troupes fédérales. Il s'était empressé, la bataille finie, de changer de villégiature, n'appréciant pas de loger près d'un site aussi mal fréquenté! En venant s'installer à Appomatox, il ne pouvait supposer que sa seconde demeure serait au cœur de la défaite du Sud, comme la précédente avait été un balcon sur sa première victoire.

– Certains membres du Congrès avaient, paraît-il, souhaité nous infliger cette humiliation supplémentaire..., mais les militaires s'y sont opposés. Grant avait même interdit à ses troupes de tirer des salves pour fêter la victoire et quand, le 12 avril, les nôtres ont défilé entre deux haies de Fédéraux pour aller déposer les armes, à chaque tête de colonne, les clairons yankees ont sonné. Les hommes ont présenté les armes tandis que nos soldats formaient les faisceaux, déposaient leurs cartouchières et repliaient nos drapeaux effrangés et tachés de sang... – sauf le drapeau de la 5e brigade que j'ai rapporté, ajouta Willy avec un tremblement dans la voix.

» Ensuite, nous avons été libérés sur parole immédiatement et je suis allé dans un hôpital fédéral où l'on m'a coupé le bras... Il semble qu'il n'y avait rien de mieux à faire.

– Et Robert Lee? questionna Dandrige.

– Ah! oui, j'ai oublié de vous dire l'instant le plus émouvant, Clarence. Quand notre général en chef trempa sa plume dans l'encrier, le silence épaissit dans le salon où seuls quelques grincements de parquet révélaient les mouvements contenus des assistants. Le général Grant s'en fut alors ostensiblement s'asseoir à une table ronde, située à plus de six pas en arrière de celle qu'occupait Robert Lee. Nous comprîmes tous qu'Ulysses Grant, en gentleman, en West Pointer comme Robert Lee, ne voulait pas que le vaincu signât sa défaite sous l'œil trop vigilant du vainqueur.

» Tous les regards des assistants convergèrent alors sur la silhouette grise accoudée au guéridon de Mme Mac Lean. J'entendis crisser la plume, puis aussitôt Robert Lee se leva et salua Grant qui portait son uniforme de combat, une tenue de simple soldat au col dégrafé, dont seules les pattes d'épaules étoilées trahissaient le grade de celui qui l'avait endossé.

» C'est seulement au moment de monter à cheval que Robert Lee eut une brève défaillance. Il demeura un instant immobile, le front appuyé contre le cuir de sa selle. Mais vite il se redressa, enfourcha Traveller et, d'un geste large, salua Grant et ses officiers qui se tenaient nu-tête sur la galerie de la maison.

» Suivi du seul colonel Charles Marshall, chef de son état-major, Robert Lee partit sans se retourner. Voyez-vous, Dandrige, aussi longtemps que je vivrai, je reverrai ces deux silhouettes s'éloignant sur l'étroite allée entre les sentinelles qui présentaient les armes et toujours j'entendrai Grant dire à l'un de ses officiers : « Je ne puis me réjouir de la chute d'un ennemi qui a combattu si longtemps et si vaillamment... »

– Dieu merci, dit Dandrige, grâce à des hommes comme Grant et Lee, la haine et la rancune n'ont pas trouvé place dans les sentiments exprimés ce jour-là..., mais, conclut-il en voyant Brent, le majordome, pénétrer dans le salon et précédant de peu Virginie, il existe d'autres militaires, Tampleton, dont je vous parlerai après le dîner.

Brent était porteur d'un plateau d'argent aux poignées ouvragées, sur lequel trônait, comme le récipient du saint-chrême, une bouteille ventrue et poussiéreuse, au milieu de verres de cristal.

– Votre porto préféré, général, fit Mme de Vigors en esquissant une révérence. C'est, hélas! la dernière bouteille. On ne pouvait la déboucher sans vous!

Émͅu, Willy Tampleton contempla un instant cette relique des jours d'abondance que le domestique, incliné, présentait avec componction. Le général lut sur le flacon les lettres blanches peintes au pochoir à même le verre :

Noval
1830
Vintage Port
Vila Nova de Gaïa
OPORTO – Established 1670

– ... 1830, c'est l'année de votre retour en Louisiane, Virginie, dit doucement Willy... Cela me rappelle un fameux duel, sur un vapeur, pour une mèche de cheveux qu'une demoiselle coquette avait empruntée à sa suivante...

Au rappel de cette rouerie, Mme de Vigors prit un air faussement contrit.

– Vous m'avez pardonnée, Willy, je jouais alors à la femme fatale...

– C'est un heureux et étonnant souvenir, reconnut Tampleton tandis que Dandrige versait lentement le porto dans le cristal taillé autrefois à Baccarat pour les marquis de Damvilliers... L'événement a mûri au fil des années... comme ce vin, reprit le général, et comme lui il est resté à l'abri des corruptions et s'est enrichi d'un bouquet fameux...

Puis il leva son verre devant le globe opaque de la lampe à pétrole pour mieux apprécier la pâleur roussâtre du nectar portugais.

– A nos jeunesses! dit Virginie.

– A nos lendemains! relança Dandrige.

– A nos fidélités! conclut le général, dont la main tremblait légèrement.

6

La geôle du quartier de cavalerie à Baton Rouge n'avait rien d'une forteresse. C'était un petit bâtiment de briques rousses, sans étage et d'aspect anodin, proche des écuries. Avant d'abriter une salle de police et quatre chambres de sûreté, il avait connu diverses destinations. Les selliers du régiment, maintenant installés dans une bâtisse plus spacieuse, en avaient été les précédents occupants, ainsi que pouvait le rappeler aux narines sensibles une odeur atténuée de cuir assoupli par les sueurs des hommes et des chevaux.

De tels effluves étaient familiers à Walter Redburn. La sellerie de la plantation de son père n'exhalait pas un parfum très différent de celui qui l'assaillait dans sa prison. Peut-être manquait-il à la composition militaire l'arôme acide des cirages et celui plus fade du blanc d'Espagne, que les palefreniers civils utilisaient pour lustrer les harnais ou aviver l'argenture des ornements.

Le garçon, qui s'attendait chaque matin à être conduit devant un tribunal militaire, peu pressé de se réunir, ressentait au retour de la nuit une angoisse difficile à réprimer. Résolu à mourir, il l'était toujours, mais l'attente du dénouement affaiblissait l'héroïque exaltation qui avait présidé à l'acceptation d'un sort fatal.

Cela ne remettait pas en cause sa détermination, mais le simple fait de suivre, à travers les barreaux qui fermaient l'étroite fenêtre de sa cellule, la vie de la caserne, d'entendre les sonneries du clairon, le trot des chevaux, les quolibets des hommes de corvées, les commandements des maréchaux des logis, de voir sous le soleil manœuvrer les escadrons ou passer et repasser, dans leurs landaus, les femmes des officiers, démontrait amplement l'indifférence dans laquelle le reste de l'humanité tenait son destin.

Même la sentinelle, qui sans aucune conviction faisait parfois les cent pas autour de la prison et ne se privait pas de plaisanter avec les hommes des écuries, occupés à bouchonner les chevaux, semblait se soucier comme d'un mannequin du prisonnier dont elle avait la garde. Walter estimait qu'en tant que condamné à mort probable il aurait dû être surveillé avec plus d'attention et de gravité. Avec le minimum de respect que l'on doit, en tout cas, à ceux qui vont être immolés pour l'édification patriotique des autres.

Et puis, sans que Redburn en soit conscient, sa jeunesse ne renonçait pas à l'espoir d'un miracle, qui mettait honorablement fin à une aventure exceptionnelle en lui laissant la vie sauve.

La résignation hautaine du garçon détournait les gardiens de toute conversation avec leur unique et, à leurs yeux, inoffensif prisonnier. On les sentait gênés d'avoir à tenir sous les verrous un gamin courageux, dont le silence, l'immobilité et la politesse les surprenaient. L'un de ces geôliers d'occasion, un vieux soldat revenu de bien des justifications de détention et qui, par une pure humanité, avait demandé à Walter : « Qu'est-ce qui te ferait plaisir, petit? » s'était entendu répondre assez sèchement : « Que vous cessiez de fumer votre puante pipe. »

Furieux, le vétéran avait claqué le judas en grommelant contre ces enfants d'aristocrates sudistes, qui méprisaient le petit peuple.

Le 15 juin, à la nuit tombée, alors que Redburn tentait de trouver le sommeil, allongé sur son bat-flanc, les deux mains sous la nuque, attendant de voir s'inscrire dans le cadre de la fenêtre deux étoiles devenues familières depuis son incarcération, un bâton, adroitement lancé entre les barreaux, rebondit avec un bruit mat sur les dalles de la cellule.

Le garçon, sautant de sa couche, saisit le morceau de bois. C'était un gourdin long d'un mètre, taillé dans une racine de cyprès, dont les extrémités avaient été emmaillotées de chiffons afin que la chute de l'objet soit amortie.

Cette arme, car c'en était une, ne tombait pas du ciel. Cramponné aux barreaux, Walter s'efforça de discerner dans l'obscurité le lanceur de bâton. Mais la nuit était assez dense pour mêler toutes les ombres et Redburn, d'une voix contenue, interrogea :

– Qui est là?

Sans doute attendait-on cet encouragement, car aussitôt une vague silhouette se détacha de la masse d'un arbuste et se mit à parler. Walter reconnut tout de suite la voix de Barbichet.

– Demain matin à la soupe, à sept heures, m'sieur, quand y aura qu'un garde, faites-le venir dans votre chambre, m'sieur, et avec le bâton..., hein!... vous comprenez. Vous courez tout de suite de l'aut'côté, vers l'abreuvoir. J'aurai deux chevaux, compris, m'sieur Walter?

– Compris..., mais un seul cheval suffira. Je ne veux pas que tu partes avec moi...

– A demain, m'sieur, dit l'ombre de Barbichet, qui parut se diluer dans la nuit.

Avant de regagner sa couche, Walter Redburn évalua le gourdin, « une vraie massue », estima-t-il. Il déficela les tampons de chiffon qui en protégeaient les extrémités, puis saisit l'arme par le bout le plus mince et la trouva parfaitement équilibrée. Il mima quelques moulinets et, tout en contrôlant sa force, assena un coup sur sa paillasse. Puis il se coucha en sifflotant. Enfin, il allait rentrer dans l'action avec honneur. Le premier devoir d'un prisonnier n'est-il pas de s'évader? Avant d'avoir trouvé le moyen de décider dans quelques heures le geôlier à ouvrir la porte de sa cellule, il s'endormit confiant.

Réveillé comme chaque jour par le soleil, Walter se trouva parfaitement lucide et sachant ce qu'il avait à faire.

L'oreille collée à la porte de sa cellule, il attendit que l'un des deux geôliers s'en aille aux cuisines chercher le repas du matin. Par la fenêtre, il vit s'éloigner l'aimable vétéran fumeur de pipe et sut qu'il aurait donc affaire au plus jeune de ses gardes, un dadais gras et sale, venu de la Nouvelle-Angleterre. Deux jours plus tôt, en explorant tous les recoins de sa prison, Walter avait trouvé sous une dalle descellée un peu de tabac et un briquet à amadou utilisé par ses prédécesseurs, chaque tôlard se faisant un devoir de laisser à l'inconnu amené à lui succéder les moyens rudimentaires de fumer, donc de rêver un moment. Le garçon ignorait tout de la solidarité des emprisonnés, mais le briquet à amadou lui fournissait le moyen le plus efficace pour faire ouvrir sa cellule.

Un accroc dans la toile douteuse de la paillasse livra une poignée de mousse espagnole que Walter eut bien du mal à enflammer. Quand une fumée jaunâtre et irritante pour les muqueuses commença à se dégager de la torche improvisée, il ferma la fenêtre, attendit que l'atmosphère de la cellule vire au brouillard malodorant, saisit son gourdin et se mit à tousser en donnant des coups de pied dans la porte.

Le garde, occupé au balayage de la salle de police déserte, approcha d'un pas lourd.

– Allons! Allons! mon gars, que se passe-t-il?

– J'ai le feu chez moi, dépêchez-vous!

Le soldat fit jouer le volet à glissière du judas et reçut en plein visage une bouffée de fumée qui l'empêcha de rien distinguer.

– Vite, passez-moi un seau d'eau, le bat-flanc commence à brûler, cria Walter.

– Comment c'est-y que tu as mis le feu, hein?

– C'est votre ami, l'autre garde, qui m'a donné du tabac et un briquet à amadou et j'ai dû laisser tomber ma cigarette sur la paillasse... Mais dépêchez-vous d'aller chercher de l'eau, sinon la baraque va brûler et vous aurez tous des ennuis!

A cet instant, le lourdaud comprit que la responsabilité de la garde pourrait être engagée dans cette affaire et qu'il risquait d'y perdre lui-même son *cushy job* [1]. Walter l'entendit se précipiter vers le poste d'eau en jurant comme un charretier.

Quelques minutes plus tard, alors que la fumée se répandait dans le couloir donnant accès aux cellules, celui que tous ses camarades appelaient « Crumby [2] » revint au galop, posa ses seaux d'eau

1. En argot du Nord : travail facile, plaisant, pas fatigant.
2. En argot du Nord : individu sale, négligé.

pour tirer le verrou au réduit occupé par le prisonnier et lança sans méfiance :

– Tiens, gamin! voilà le *fire-lighter* [1].

Le coup qu'il reçut sur la nuque et dans lequel Walter Redburn avait mis assez de force et d'application pour assommer un bison ne permit pas au soldat d'évaluer l'importance de l'incendie.

Le prisonnier tira le corps inanimé du militaire dans la cellule, versa les deux seaux d'eau sur la paillasse qui menaçait de s'enflammer pour de bon, referma la porte, poussa le verrou et prit sa course vers la salle de police au bout de laquelle un grand rectangle de soleil annonçait la liberté.

Sans attirer l'attention de qui que ce soit, Walter sortit du bâtiment pénitentiaire et, d'un pas naturel, se dirigea vers l'abreuvoir. Barbichet attendait comme convenu, dissimulé entre deux chevaux sellés.

– A c't' heure-là, le portail est ouvert à deux battants, m'sieur Walter, pour les corvées et les relèves... Y a pas d'aut' chemin..., mais faut se dépêcher!

Tout en parlant, Barbichet s'était juché sur un cheval bai, laissant à Walter un grand anglo-normand pommelé, qui ne pourrait passer inaperçu.

– C'est le cheval du colonel Fenton, expliqua Barbichet en clignant de l'œil comme s'il avait tenu à assaisonner d'un peu d'humour la fuite de son maître.

– Reste ici, Barbichet! C'est dangereux. Je m'en vais seul, tu diras que j'ai volé le cheval à l'abreuvoir.

– Je quitte l'armée, m'sieur Walter, et je m'en retourne avec vous à la plantation...

D'un bond, sans élan, en cavalier consommé, Barbichet avait enlevé sa monture par-dessus l'abreuvoir et galopait à travers les pelouses vers le portail de la caserne.

Walter Redburn talonna les flancs du pommelé, qui hennit comme un cheval de cirque. Fouettant de la queue avec colère, la monture du colonel Fenton, d'une belle détente, sauta à son tour l'abreuvoir et se jeta à travers les massifs à la poursuite du cireur noir. Trois hommes au moins reconnurent le cheval du colonel lancé au galop, mais aucun ne parut trouver anormal qu'il soit monté par un civil. En revanche, ces mêmes témoins parurent surpris de voir un palefrenier noir se tenir en selle avec une telle assurance.

Pour les gens du poste de garde principal, qu'on appelait aussi l'aubette, c'était l'heure de pleine activité. Ils devaient, sous l'autorité d'un zélé sergent et la responsabilité d'un officier de service qui n'était jamais là : contrôler l'entrée des chargements de fourrage et de marchandises, viser les permissions, inscrire l'heure de passage des corvées, interroger les visiteurs et les fournisseurs, s'enquérir des raisons toujours avouables des retards des permissionnaires de la

1. En argot du Nord : sapeur-pompier.

veille. Aussi les factionnaires furent-ils surpris par l'apparition sur l'allée principale de deux cavaliers lancés au triple galop et devant lesquels ils durent s'écarter précipitamment. Le caporal préposé à la manœuvre de la barre de bois à contrepoids qui fermait assez symboliquement l'entrée de la caserne hésita à lever celle-ci. Il n'eut pas le temps de décider de la conduite à tenir, Walter et Barbichet enlevèrent leurs chevaux dans la foulée et franchirent l'obstacle comme au concours hippique.

– Halte-là ! aboya le sergent, mais sa voix se perdit dans le bruit des sabots.

– On vole le cheval du colonel, lança quelqu'un.

– A la garde ! Rattrapez-moi ces lascars ! ordonna le sous-officier.

L'ordre n'était pas facile à exécuter, mais la malchance voulut qu'un détachement, qui revenait d'une marche de nuit, fût assez proche de l'aubette pour comprendre la situation. L'officier qui commandait la troupe reconnut lui aussi le cheval du colonel et dégaina son revolver en invitant ses hommes à barrer la route aux fuyards.

– Suis-moi, cria Walter à Barbichet en obligeant sa monture à quitter la route pour se lancer à travers champs.

Cette manœuvre, indiquant clairement aux soldats que les deux cavaliers n'avaient pas la conscience tranquille, incita l'officier à commander le feu sans sommation.

Comme à l'exercice, on vit les hommes épauler, certains ayant mis un genou en terre, et les détonations se succédèrent. Barbichet fut touché le premier de trois balles dans le buste. Il vida ses étriers et tomba lourdement sur l'herbe, jaunie par l'été.

Walter eut à peine le temps de concevoir ce qui arrivait à son compagnon. Un choc épouvantable l'atteignit au-dessus de l'oreille gauche. Il eut le sentiment que sa monture s'enfonçait dans la prairie, tandis que la nuit brusquement chassait le soleil à une distance incalculable. Le garçon avait cessé de vivre avant de toucher terre, à demi écrasé par le beau cheval du colonel Fenton.

Les factionnaires du poste de garde et les soldats qui venaient d'interrompre les destins de Barbichet et de Walter Redburn se penchèrent ensemble sur les corps.

– *God dam !* Quelle affaire ! fit le sergent en considérant le cheval pommelé qui avait eu le cou traversé de plusieurs balles.

La nouvelle fut portée aux Redburn à la fin de l'après-midi du même jour. La mère de Walter tomba terrassée par une crise nerveuse qui se prolongea tard dans la nuit. M. Redburn s'enferma dans son cabinet de travail en maudissant la guerre. On le découvrit au petit matin endormi dans un fauteuil, sa bible sur les genoux ouverte au verset 24 du Deutéronome : « Les pères ne seront pas mis à mort à la place des enfants et les enfants ne seront pas mis à mort à la place des pères, chacun ne devra être mis à mort que pour sa propre faute. » S'estimant innocenté par le texte sacré, le planteur s'était abandonné au sommeil.

Clarence Dandrige, prévenu à son tour par le frère aîné de Walter, fut une fois de plus sollicité pour s'occuper des funérailles. Le colonel Fenton, dans un message laconique, faisait savoir à la famille que le corps du garçon pouvait être rendu aux siens, qui lui donneraient la sépulture qu'ils jugeraient la plus digne.

Mme Redburn souhaitait que son fils soit inhumé au cimetière de la paroisse, mais l'on découvrit, en interrogeant le fossoyeur de Sainte-Marie, que le caveau des Redburn était, comme beaucoup d'autres, situé dans le quartier ouest du champ de repos, aux trois quarts empli d'eau. On aurait pu obtenir du shérif l'autorisation d'enterrer Walter dans la plantation de ses parents, mais Dandrige convainquit tout le monde de mettre la dépouille de l'adolescent dans le cimetière militaire parfaitement entretenu où reposaient les morts de la bataille de Port Hudson, de l'autre côté du Mississippi. Se considérant comme un soldat, étant mort en soldat, Walter Redburn avait sa place au milieu des combattants des deux camps, tombés deux ans plus tôt sur la rive gauche du fleuve, à peu près en face de Pointe-Coupée.

Le général Tampleton, que Dandrige avait convaincu, après le dîner de Bagatelle, d'aller prévenir les irréguliers de la Black Horse Cavalry afin qu'ils se tiennent désormais tranquilles, réapparut, mission remplie, pour apprendre la fin tragique du jeune Redburn dont il avait approuvé l'intransigeance.

– Au lieu de renvoyer les guérilleros dans leurs foyers, Dandrige, j'aurais mieux fait de les ramener ici, bon sang! Avec un petit escadron, on aurait attaqué par surprise la caserne de Baton Rouge et délivré Redburn... Dieu, ajouta-t-il en serrant les poings, aurait été avec nous!

– « Dieu est d'ordinaire pour les gros escadrons contre les petits [1] », observa l'intendant, et vous oubliez qu'ayant fait acte d'allégeance à l'Union et prisonnier sur parole vous ne pourriez, sans vous parjurer, reprendre les armes contre les Fédéraux!

– J'avais complètement oublié ça, fit Tampleton, penaud. Que puis-je faire, à votre avis?

– Nous allons enterrer dignement ce garçon. S'il avait su qu'un général confédéré glorieux et manchot de surcroît assisterait à ses funérailles, peut-être en eût-il conçu, dans sa touchante puérilité, une fierté posthume.

– J'y serai, Dandrige, et en uniforme... Ce sera la dernière fois que je l'endosserai. Ensuite, je le brûlerai et je redeviendrai un homme ordinaire s'efforçant à l'indifférence et à l'égoïsme!

– Ne tombez pas d'un excès dans l'autre, Willy! Si l'on a le respect de soi-même, le souci de la dignité, de la justice et de la vérité, il y aura toujours des circonstances où il faudra prendre parti. L'hon-

1. Comte de Bussy-Rabutin.

nête homme rencontre au long de sa vie une quantité de guêpiers où il ne peut éviter d'entrer! Le tout est d'en ressortir!

Ce fut Dandrige, accompagné du fils aîné des Redburn, qui dut se rendre à Baton Rouge pour reconnaître le corps de Walter, faire charger le cercueil sur un chariot tiré par quatre mules, afin de le conduire au cimetière militaire de Port Hudson. Aucun membre de la famille du défunt n'eût été capable de régler avec sang-froid les ultimes détails.

Fenton ne se montra pas. Un officier de son état-major conduisit Clarence Dandrige dans la pièce où reposait Walter. L'ultime toilette avait fait de l'adolescent un mort bien propre, au visage grave. Un pansement volumineux lui entourait le crâne, dissimulant la blessure qui avait causé sa mort.

– Il n'a pas eu de chance, commenta l'officier, visiblement peiné. S'il n'y avait eu que les gens du poste, ils se seraient échappés, car ils eussent été hors de portée avant que les hommes aient épaulé.

– Mais comment s'étaient-ils procuré des chevaux?

– C'est le nègre, le cireur du colonel, qui avait tout manigancé.

– Où est le corps du nègre? demanda Dandrige.

– Le nègre? (L'officier parut étonné par cette question...) Je ne sais où on l'a mis. Sans doute l'a-t-on déjà enterré. A l'état-major, tout le monde l'appelait Jack et les autres nègres du service ne savaient rien de lui... Ça vous intéresse?

– Essayez de le trouver, commandant! Je l'emmènerai aussi. C'était le compagnon de jeux de Redburn et je pense qu'il ne faut pas les séparer.

L'aîné des Redburn, qui, plus pâle que son frère mort, avait suivi la conversation, eut un regard étonné. Le nègre vraiment ne l'intéressait pas et il souhaitait ardemment qu'on en finisse au plus vite avec toutes ces considérations macabres.

– Vous avez sans doute connu vous aussi Barbichet? lui demanda Dandrige.

– Ah! oui. Il y avait autrefois un petit nègre de ce nom chez nous...

– Eh bien, il mérite d'être inhumé avec votre frère, comme un soldat..., car c'est lui qui fournissait les documents que portait Walter... et c'est lui qui a tenté de le sauver, parce qu'entre vieux camarades de jeux on ne se dénonce, ni ne s'abandonne!

On retrouva le corps de Barbichet qu'une corvée s'apprêtait à jeter à la fosse commune, et deux cercueils furent chargés côte à côte sur le chariot qui prit lentement le chemin de Port Hudson.

Un vieux Noir à toison grise, gouverneur depuis trente ans des écuries des Redburn et de grande réputation, conduisait l'attelage. Il pleurait doucement en dodelinant de la tête. Ce Barbichet étendu là, entre les ridelles, dans un mauvais coffre de bois, pareil à celui où reposait son jeune maître, était son fils préféré.

A la fin de l'après-midi, au cimetière militaire – un grand gazon hérissé de centaines de petites croix blanches – Dandrige demanda que l'on creusât des fosses parallèles.

– Tiens! dit le fossoyeur, on ne m'avait annoncé qu'un cercueil... Quel nom devrons-nous mettre sur l'autre tombe?

– Barbichet, dit Clarence. Ça suffira!

Le gardien en chef du cimetière s'avança.

– Il paraît que c'est un nègre, monsieur! Il n'est donc pas possible de l'enterrer ici et je crois que la famille Redburn, qui m'a prévenu à l'instant, s'y oppose.

En trois pas, Clarence fut près du groupe familial des Redburn. Nadia, soutenue par ses filles, disparaissait sous des voiles noirs. Plus loin, le général Tampleton, en uniforme gris, se tenait près de Virginie de Vigors, au premier rang des assistants. L'intendant s'adressa au père du mort :

– Votre ancien esclave, monsieur Redburn a risqué sa vie et l'a même perdue pour tenter de sauver votre fils, Walter. Ce dernier m'avait dit combien le sort de Barbichet le préoccupait. C'était son ami d'enfance et le compagnon de sa dernière aventure. Il est donc juste qu'ils reçoivent ensemble la même sépulture, étant morts sous le même feu et pour la même cause!

– Mais c'est un nègre, monsieur Dandrige, parvint à articuler avec indignation Redburn, le visage en sueur, et n'est-ce pas, ajouta-t-il en se tournant vers les siens et par-delà vers les familles de planteurs, comme pour solliciter une approbation, personne ici ne comprendrait que...

– Qu'y a-t-il à comprendre, monsieur Redburn? coupa sèchement Dandrige.

Et Virginie de Vigors reconnut à cet instant dans le regard de l'intendant cet éclat vert et glacé, aigu comme un dard, qui disait la colère contenue.

– Quelle différence voyez-vous entre ces cercueils clos, monsieur Redburn? Où est le Blanc, où est le Noir? Où est l'esclave, où est le maître? Croyez-vous que la terre accueillera différemment ces deux garçons? C'est ici, monsieur Redburn, que les saisit la suprême égalité. Ni le pouvoir, ni la fortune, ni même l'intelligence ne peuvent empêcher cela, monsieur Redburn. On naît différents, mais on meurt semblables... Et c'est bien ainsi, monsieur Redburn! conclut Dandrige.

Puis, se tournant vers les fossoyeurs appuyés aux manches de leurs pelles :

– Faites votre travail, dit-il..., et que le prêtre remplisse son office!

Il y eut un instant d'hésitation de la part des terrassiers et dans la foule muette les gens se regardèrent les uns les autres, gênés, s'interrogeant du regard, n'osant prendre parti, mais estimant pour la plupart sans doute, et malgré tout ce qu'on pouvait reprocher aux Redburn, que l'intendant de Bagatelle y allait un peu fort.

Quelques femmes, qui autrefois, jeunes filles candides, avaient peut-être été amoureuses du beau Clarence, approuvaient, malgré elles et secrètement, l'attitude de ce beau Cavalier mince, rigide, naturellement doué d'autorité et qui, le panama à la main, ressemblait avec sa chevelure argentée à quelque grave messager des dieux sereins.

C'est alors que le général Tampleton s'avança, déployant d'un seul geste une grande pièce de soie rouge, frappée d'une croix de Saint-André bleue, portant treize étoiles d'argent, qu'il avait tenue jusque-là enroulée sous son unique bras.

Le drapeau confédéré, celui de la 5e brigade de la cavalerie de Virginie, palpita comme un grand oiseau qui va se poser et s'abattit sur les cercueils de Walter Redburn et Barbichet posés côte à côte sur le tertre.

– Allez! faites ce qu'on vous dit, lança Willy aux fossoyeurs, ces morts sont les nôtres!

Après l'absoute, quand on eut descendu les cercueils dans les fosses, au moment de les recouvrir à jamais, un fossoyeur fit mine de replier le drapeau pour le rendre au général Tampleton.

– Mettez-le sur la bière de Walter Redburn, dit Willy avec émotion, il ne saurait avoir de meilleur gardien pour l'éternité.

Dandrige, qui se trouvait à ce moment-là près du général, lui jeta un regard amical et désigna d'un signe de tête le père de Barbichet. Debout, à l'écart d'une cérémonie où sa présence était tolérée plus en qualité de palefrenier des Redburn que pour une participation à son propre deuil, le vieux Noir s'était instinctivement rapproché des jardiniers du cimetière, anciens esclaves eux aussi. Pendant que le prêtre bénissait les tombes encore ouvertes, Willy interrogea Dandrige du regard.

– Allez le chercher, sa place est ici! souffla l'intendant.

Et la foule, étonnée, vit le général se diriger vers le vieil homme brisé de chagrin, lui parler, puis revenir avec lui vers le groupe de la famille et des intimes et le pousser au premier rang tout près de son maître, Léonce Redburn. Ce dernier jeta à son domestique un regard étonné, puis il lui mit maladroitement la main sur l'épaule, sans que personne osât voir dans ce geste de la condescendance, et dit, désignant la bière de Barbichet déjà à demi recouverte de terre jaune :

– Il a porté le fardeau du Blanc!

7

Pour regagner Bagatelle, Dandrige prit place en face de Virginie et de Tampleton dans l'antique landau laqué des Damvilliers, que Bobo entretenait comme un meuble précieux. Silencieux, l'intendant prenait plaisir à caresser à pleine paume le gros bourrelet de cuir beige qui bordait la banquette. Noble et de grain fin, le chevreau lustré et assoupli par l'usage, mais aussi clair que le jour où le sellier anglais l'avait cousu, restituait la sensation du luxe, du confort raffiné, de l'élégance étudiée des objets d'autrefois.

Capitonnées de daim crème, les cloisons galbées donnaient au voyageur l'impression douillette de reposer dans une nef-écrin. D'étroits galons à torsades dorées soulignaient les pourtours des panneaux, les encoignures et décoraient les supports des accoudoirs moelleux. Des cordons de soie châtaine, terminés par des boules d'ambre et commandant le système d'ouverture des portières, se balançaient mollement contre le rembourrage de celles-ci au rythme du trot raccourci de l'attelage.

Clarence Dandrige admirait combien la femme qui lui faisait face était à l'aise dans ce décor princier. Il l'avait vue bien souvent, en robe de soie blanche, rose ou vert amande, partir avec ses époux successifs, le marquis de Damvilliers ou le baron de Vigors, le buste droit et ferme, gantée jusqu'au coude, rayonnante sous une capeline fleurie, pour quelque bal ou barbecue. Aujourd'hui, dans sa robe noire, sous sa mantille de valenciennes, elle demeurait aussi belle, mais prodigieusement présente et souveraine. Un quart de siècle tenait en deux images. Pour Dandrige, l'écoulement du temps devenait à ces moments-là cruellement évaluable. « Combien d'années encore? pensait-il, combien de moments additionnés et comparables me sera-t-il donné de connaître? Verrai-je jamais une autre Virginie que l'inaltérable? Ma vision évoluera-t-elle au fil des jours pour que me soit épargnée à moi, le miroir, la perception des flétrissures de son visage? Se pourra-t-il que jusqu'au bout demeure l'harmonie de nos déclins, que ma façon de la voir compense sa manière d'apparaître? Que toutes les Virginie approchées, du jour de notre rencontre au jour de la séparation, ne soient qu'un seul être immuable et fatal? »

Abandonnant ces pensées, il observa Willy Tampleton, dont la manche vide frôlait l'avant-bras nu de Virginie. Il vit, dans le contraste de cette chair vivante, avec le tissu insensible du vieil uniforme gris, une illustration de la déchéance lente ou soudaine des corps. Le général, comme s'il avait perçu, lui aussi, les effluves évocateurs de ce retour lent à travers la campagne, ôta son chapeau et dit :

– Nous savons maintenant que rien ne sera jamais plus comme avant. Walter Redburn fut la dernière illusion du Sud.

– Non pas une illusion, dit Dandrige, mais le coup superflu que l'on joue quand, ayant partie perdue, on veut savoir si la possession d'un pion supplémentaire eût pu changer le sort. C'est Schiller, je crois, qui a dit : « L'homme n'est lui-même que lorsqu'il joue. » Walter a joué pour être homme...

– Rien ne sera peut-être comme avant, intervint Virginie en ouvrant son ombrelle d'un geste sec, mais nous ne changerons pas. Le Sud même crucifié, même épuisé, même exploité, sera toujours différent parce qu'il a maintenant un passé, une histoire et des martyrs!

– Comme vous avez raison, Virginie, dit Tampleton. En nous faisant la guerre, le Nord nous a promus en tant que peuple. Vaincus, nous sommes encore plus inaccessibles.

Fielleusement, avec ce plissement de paupières qui accompagnait parfois ses sourires dans lesquels Dandrige décelait alors une certaine capacité de cruauté, Virginie reprit :

– Nous entrerons dans le jeu qu'on nous propose, nous simulerons la docilité, nous accueillerons, avec cette « résignation démocratique » dont parlent certains, les règles fédérales et les affairistes du Nord. Mais le jour viendra où nous saurons tirer, avec usure, des Yankees ce qu'ils nous prennent. Et nous aurons alors le plaisir de leur dire notre éternel mépris!

– Oh! là! Oh! là! beau programme! fit Dandrige en riant franchement. Croyez-vous, chère Virginie, que le Sud soit de taille à jouer collectivement un tel jeu? Sa faculté de ruser, je le crains, n'ira pas jusque-là!

– Collectivement, je l'ignore, mais ce que je sais, ce dont je suis même certaine, Clarence, repliqua-t-elle avec véhémence en se penchant vers son interlocuteur, c'est que mon fils Charles rendra à Bagatelle son orgueil et sa splendeur. Il saura, et je l'y aiderai, user à son profit des ambitions, de la cupidité, de l'outrecuidance de nos ennemis...

Cette fois ce fut Willy Tampleton qui éclata de rire :

– Il y a en vous du Machiavel, madame.

Puis il ajouta plus sérieusement :

– Et que faites-vous des nègres? Ils vont avoir leur mot à dire dans tout cela!

– Ah! ceux-là, je leur ferai regretter le temps de l'esclavage, croyez-moi..., et le jour viendra où ils maudiront leur dieu Lincoln!

Clarence prit un air grave. Aussitôt, Virginie se laissa aller au fond de la voiture, calme et attentive comme un enfant qui redoute une réprimande.

– Ne soyez pas injuste avec M. Lincoln, dit l'intendant. Ce n'était sans doute pas le génie que les Nordistes nous présentent aujourd'hui, mais il possédait une force et une volonté qui ont fait défaut à Jefferson Davis. On peut penser que ce fendeur de piquets, ambitieux et mélancolique, qui, devenu président des États-Unis, continuait à porter son vieux châle gris et son parapluie de coton, aimait par-dessus tout le pouvoir, mais on ne peut nier que sans lui le Sud eût été encore plus maltraité.

– Comment cela? fit le général Tampleton.

– Lincoln a sans doute sauvé la vie de bon nombre de propriétaires d'esclaves. En proclamant l'abolition de l'esclavage, il a désamorcé toutes les révoltes noires qui n'auraient pas manqué d'éclater à l'approche des armées fédérales. Si nos esclaves n'avaient pas cru que la liberté leur était d'avance octroyée par la loi, ils auraient tenté de la prendre. Croyez-moi, Lincoln a rendu inutile et condamnable la violence envers des maîtres qui, déjà, ne l'étaient plus!

– Votre point de vue est original, Dandrige, mais je pense personnellement que la proclamation de l'émancipation dans les États repris par l'Union a, au contraire, encouragé les fugues et stimulé la désobéissance des esclaves dans les États restés fidèles à la Confédération. » Cela dit, l'assassinat de Lincoln ne m'a pas réjoui, bien que j'aie souffert une grande honte quand je le vis le 4 avril se pavaner dans Richmond, notre capitale.

– Ayant gagné la guerre, reprit Dandrige, il ne pouvait plus souhaiter, pour exhausser sa propre gloire, que ramener la paix et la prospérité dans l'ensemble de l'Union.

» A mon avis, il était seul assez fort et assez écouté pour résister aux radicaux qui ne pensent qu'à nous écraser par esprit de vengeance. Lincoln n'avait-il pas toujours soutenu que son but était le maintien de l'unité fédérale au prix de n'importe quel sacrifice?

– Mais c'est le Sud qui a été sacrifié, n'est-ce pas? intervint Virginie, et cela parce que nous voulions seulement sortir de l'Union et ne plus laisser l'exploitation de nos richesses aux Yankees.

Dandrige sourit avec indulgence.

– Dans un siècle, on discutera encore des causes réelles de la guerre civile, dit-il. Le Nord finira bien par faire admettre au concert des nations que l'abolition de l'esclavage était une raison suffisante... Il est plus facile d'être généreux que d'être juste...

– Dans le Sud il se trouvera toujours des gens, je l'espère, pour dénoncer cette grande duperie montée par les pillards!...

Comme Virginie s'exaltait à nouveau, Willy Tampleton fit opportunément dévier une conversation que l'on aurait pu entendre dans toutes les réunions sudistes.

– Quel âge a Charles, maintenant, Virginie?

– Charles a vingt et un ans, dit-elle, et, si j'en juge par les daguerréotypes qu'il m'a envoyés, c'est un bel homme qui, de plus, est docteur en droit. Je crains qu'il ne fasse des ravages chez nos héritières désargentées. C'est un beau nom, un beau parti et qui paraîtra d'autant meilleur, par les temps qui courent, qu'il compte ouvrir un cabinet d'avocat. Ed Barthew, qui croule sous les dossiers de demandes d'indemnisations, propose déjà de le prendre comme associé, en attendant que le jeune Clarence, le filleul de Dandrige, puisse prendre la suite de son père... J'ai oublié de vous annoncer encore, acheva Virginie, que Charles n'arrive pas seul.

– Ah! fit Willy Tampleton, une femme déjà!

– Non, un ami. Un Gascon nommé Castel-Brajac, riche et bien né, musicien, poète, philosophe en même temps qu'homme d'affaires et qui apporte dans ses bagages de quoi, paraît-il, faire fortune.

– Une sonde à pétrole, meilleure que celle d'Edwin Drake? demanda Tampleton, qui suivait avec intérêt la mise en exploitation toute récente des gisements de Titusville, en Pennsylvanie.

– Une crème à blanchir les nègres? proposa Dandrige, qui se souvenait du succès de Barnum exhibant, quelques années plus tôt, un Noir aux joues pâles et qui disait avoir obtenu ce teint grâce à une herbe miraculeuse.

– Non, messieurs! fit Virginie, malicieuse. M. Gustave de Castel-Brajac, que Charles appelle familièrement Gus, apporte dans des paniers... des abeilles et compte s'enrichir en vendant leur miel, produit délicieux et actuellement introuvable chez nous!

– Ce Gascon me paraît doué, remarqua Dandrige, mais connaît-il la situation en Louisiane? Il pourrait bien ne pas trouver la villégiature à son goût!

– Charles ne lui a sans doute rien caché de nos difficultés. D'ailleurs, M. de Castel-Brajac, qui, paraît-il, s'ennuie à Paris, me demande de le recevoir comme hôte payant. La formule est anglaise, dit-on, et met tout le monde à l'aise. Je compte lui demander deux dollars par jour pour le gîte et le couvert.

– Eh bien! fit Tampleton, c'est un prix!

– Je puis vous dire aussi, reprit Virginie, que, la succession de ma tante Drouin étant réglée, je compte que Charles m'apporte un peu d'argent frais.

– Gratianne n'a-t-elle pas conservé l'hôtel de la rue du Luxembourg? demanda Clarence.

– Elle l'habite en effet, car son banquier de mari m'en a donné un prix honnête. Elle y mène, paraît-il, une vie mondaine éblouissante. C'est un des salons les plus courus de Paris. Elle reçoit entre autres le Persan Ismaïl Khan, auquel les Anglais font une pension de cinquante mille francs parce qu'il leur livra pendant la guerre des Indes la ville de Hérat. On rencontre chez elle Sainte-Beuve, Taine, Théophile Gautier, Viollet-le-Duc, Corot, Baudry, Fromentin, la baronne de Pourtalès, la comtesse Le Hou qui fut la maîtresse du duc de Morny... Ah! soupira Virginie, Gratianne connaît tous ces plaisirs qui me paraissaient autrefois le bonheur achevé et dont aujourd'hui je me passe si aisément... N'est-ce pas, monsieur Dandrige?

Clarence eut un sourire compatissant.

– N'empêche que si je disposais d'une centaine de dollars, lança Mme de Vigors avec vivacité, croyez-moi, j'irais passer une semaine à La Nouvelle-Orléans pour accueillir Charles, son ami et leurs abeilles et, là, je ferais une débauche de théâtre, de concerts et de fanfreluches... Mais, hélas! nous sommes véritablement pauvres, n'est-ce pas, Clarence?

– Vous êtes pauvre et vous serez pauvre, je le crains, jusqu'à la cueillette du coton... ou jusqu'à l'arrivée de Charles!...

– C'est embêtant, la pauvreté, Tampleton! L'argent a pris depuis quelque temps une extraordinaire importance... pour nous aussi!

Le général et Clarence échangèrent des regards amusés. Virginie ne s'était jamais préoccupée du prix des choses. Elle avait longtemps ignoré les factures, les chèques, les billets à ordre, les bank-notes.

Au cours des dernières semaines, Dandrige avait dû la dissuader plusieurs fois de vendre à un antiquaire une table de Boulle ou des vases de Sèvres. Il n'accepterait d'en arriver là qu'au jour où il s'agirait de sauver Bagatelle. On savait, à Pointe-Coupée comme ailleurs, que les planteurs, dans l'incapacité de payer leurs impôts ou les taxes, voyaient leurs propriétés adjugées à des prix dérisoires aux enchères truquées et passer ainsi aux mains des vautours nordistes ou des gens du pays alliés par intérêt aux occupants et qu'on appelait maintenant les *scallawags* [1].

Ayant traversé le Mississippi par le petit bac de Waterloo, le landau derrière lequel trottinait à l'attache la jument de Dandrige suivit le chemin qui épousait la courbe de ce bras mort du fleuve qu'on appelait « Fausse-Rivière ». En cette fin de journée lumineuse, l'eau lisse réflétait les couleurs du couchant subtropical. Bleu cobalt à la verticale du site, la calotte du ciel virait insensiblement au saphir, puis au jaspe rose, pour prendre une teinte de topaze brûlée, quand le regard s'abaissait sur l'horizon. Les grands geais verts, les carouges, les cardinaux de la génération nouvelle, déjà vigoureux et sûrs de leurs ailes, chassaient les insectes crépusculaires devant les bobolinks réservés, en escale sur le chemin des Caraïbes et sous la menace de la buse à queue blanche, rapace affamé et cruel. Dans les hautes herbes aquatiques, piétinant la vase comme des vignerons occupés à fouler le raisin, les courlis dodus, les avocettes au bec retroussé, les échasses blanches montées sur leurs pattes filiformes, se régalaient de tendres vermisseaux, tandis que les pics à bec d'ivoire grattaient frénétiquement les troncs des jeunes sassafras et des saules pleureurs.

– Cela, du moins, ne changera pas! dit Virginie en désignant ce paysage bucolique.

Les deux hommes demeurèrent silencieux. Sur son siège, Bobo, placide et voûté, coiffé du gibus à plumet et vêtu de la livrée des

1. Vauriens, fripons, coquins, qui profitaient de la situation confuse de l'après-guerre civile pour s'enrichir par des moyens peu honnêtes. Ces profiteurs peuvent être apparentés aux « collaborateurs » de l'occupation allemande en France pendant la seconde guerre mondiale.

Damvilliers, pressa le trot pour que l'on soit à Bagatelle avant la nuit. Issu d'un homme et d'une femme arrachés autrefois aux rivages de l'Afrique, le vieux palefrenier avait parcouru cent fois les rives de Fausse-Rivière. Dans ces ajoncs, il avait pêché les tortues grises et les crabes mous. Sous ces saules, aux jours de canicule, il avait courtisé plus d'une belle fille à la bouche humide et fraîche, et souvent avec le marquis, son défunt maître, il s'était mis à l'affût pour tirer le chevreuil venu se désaltérer sans méfiance.

« C'est peut-être bien la dernière fois que je passe par ici », se disait le cocher, car depuis quelque temps « les rhumatismes lui pressaient le cœur ». Il avait lu récemment dans le regard du docteur Murphy un peu trop de gentillesse. « C'est la vieillerie, mon pauvre Bobo », avait dit le médecin en lui tapotant l'épaule. Quand le docteur avait dit ça au vieux James, le majordome, ce dernier était mort peu de semaines après.

Et, comme poussé par un besoin immédiat et soudain de se sentir encore vivant parmi les vivants, Bobo se retourna sur son siège.

– Elle a bien raison dire ça, m'ame Maîtresse, ça, les Yankees y pourront jamais le prendre, ni l'emporter... On peut dire qu'il est beau, not' pays!

Les voyageurs esquissèrent un sourire, mais Virginie, qui savait par Murphy son vieux serviteur aux portes de la mort, ne put retenir une larme, ayant bien conscience que peu à peu des choses allaient finir et des gens disparaître en emportant, souvenir par souvenir, l'âge heureux du Sud.

C'est peut-être pour rompre le charme mélancolique du moment que Willy Tampleton fit la proposition à laquelle il pensait, depuis que Virginie avait parlé du retour de son fils Charles.

– Si j'osais, Virginie, et si Dandrige m'y encourageait, je vous proposerais bien de vous accompagner à La Nouvelle-Orléans pour aller chercher Charles...

– Mais je n'ai pas..., fit Mme de Vigors, surprise.

– Je dois me rendre là-bas pour régler différentes affaires : percevoir les loyers des trois maisons que Percy et moi possédons dans le quartier français..., et je suis relativement riche, ma solde de général m'ayant été réglée peu de temps avant la débâcle... Depuis, je n'ai pas eu l'occasion de beaucoup dépenser!

– C'est une excellente idée, Tampleton, intervint Clarence. Je ne puis quitter la plantation actuellement et Virginie acceptera certainement d'être votre invitée en attendant l'arrivée de Charles... N'est-ce pas?

En parlant ainsi, Dandrige étendit le bras et prit la main de Virginie.

– Eh bien! mon Dieu, si je disais que ça me déplaît, je ferais un mensonge... et le général Tampleton est un héros assez glorieux pour servir de chaperon à une vieille amie veuve, venue attendre son fils... Qui trouvera à redire à cela, Clarence?

Il y avait dans l'interrogation une pointe d'inquiétude. Virginie craignait que Dandrige, dont elle connaissait l'immense générosité, ne souffre en silence de son absence.

– Personne ne trouvera rien à redire, je vous assure, Virginie, et je serais personnellement heureux que vous vous amusiez un peu... et aidiez notre ami à dépenser des piastres dont il n'a que faire!

– Alors vous me la confiez, ami, dit Tampleton, radieux...

– A condition toutefois, Willy, que vous ne me demandiez plus en mariage... Je suis maintenant une veille dame, fit-elle avec coquetterie, et mon cœur ne m'appartient plus!

En disant ces mots, elle étendit le bras et posa sa main gantée sur le genou de Dandrige, confirmant ainsi à Tampleton une intimité qu'il connaissait déjà.

« Ce sont vraiment des êtres accordés », pensa ce dernier, sans amertume, en constatant cette complémentarité inexplicable et subtile qui fait les vrais couples.

La perspective d'être pendant quelques jours, à La Nouvelle-Orléans, le chevalier servant de Virginie procurait au général un bonheur indicible. Cette femme aux bandeaux stricts adoucis de cheveux blancs, il l'avait autrefois désirée avec toute la fougue de la jeunesse. Maintenant, vieil amoureux résigné aux reliefs d'une amitié onctueuse, il se satisfaisait de la seule présence de Mme de Vigors, des attentions sans équivoque dont il pouvait l'entourer, de souvenirs partagés et toujours prêts à surgir entre deux phrases banales. Spectateur privilégié, exonéré de jalousie, il tirait un plaisir doux-amer de la proximité du couple insolite que formaient la dame de Bagatelle et Clarence Dandrige. L'essence exacte des liens qui unissaient ces deux êtres échappait à l'analyse de Willy Tampleton. Commodément, et parce qu'il avait le cœur simple, il situait cette alliance allégée des échanges charnels tantôt dans le domaine flou des connivences mystiques qui président aux amours de la Table ronde, tantôt dans les sphères alchimiques où s'élaborait la sublimation des perversités.

La nuit était proche, quand le landau s'arrêta devant le portail des Myrtes où l'on devait déposer le général. Tandis que Bobo soufflait sur l'amadou pour allumer les lanternes de la voiture, Virginie aperçut au-delà des haies, couronnant le tertre et se découpant sur le ciel mauve, les ruines de la grande maison des Tampleton. Cette bâtisse d'un goût contestable, qui, avec ses cent dix pieds de façade, sa galerie aux balustres de fonte moulée, ses portes à poignées d'argent, ses parquets de cyprès rouge, avait été considérée vers 1840 comme le type achevé de la résidence moderne du riche planteur, pouvait aisément passer pour un symbole du Sud ruiné.

– Je me souviens, dit mélancoliquement Mme de Vigors, que la pendaison de crémaillère dans la nouvelle maison de vos parents fut l'occasion de mes débuts dans le monde de Pointe-Coupée, en 1830. Mon parrain, qui allait devenir mon mari, m'y avait amenée dans ce landau que conduisait déjà Bobo.

– Et je puis vous dire, intervint Willy, que vous portiez alors une robe de tulle blanc à festons mauves, car vous sortiez à peine du deuil de votre père...

Dandrige, lui aussi, se souvenait; spécialement de Corinne Tampleton qui, ce jour-là, lui avait paru heureuse et fragile et dont on ne pouvait alors imaginer le tragique destin.

– Et où logez-vous maintenant? demanda Virginie au moment où Willy, descendu du landau, s'apprêtait à lui baiser la main.

– Dans ce que nous appelions autrefois le pavillon des invités. C'est un peu étroit, mais ma belle-sœur, Isabelle, fait des prodiges pour que chacun soit à l'aise... Et puis Percy et moi comptons bien reconstruire les Myrtes... et vous inviter à une nouvelle crémaillère... dans quelque temps!

Tandis que Bobo stimulait les chevaux et que le général Tampleton, le chapeau à la main, regardait le landau s'éloigner, ombre mouvante encadrée de deux feux follets sous l'ombre plus dense des arbres, Virginie se retourna pour jeter un regard à ce « pavillon », médiocre résidence des premiers Tampleton.

Cette demeure sans style, construite en planches de cyprès gris, vers 1750, par les aïeux, pionniers à peine sortis de leur cabane de rondins, rappelait à la veuve de Charles de Vigors bien d'autres souvenirs. C'est là que Julie, sa fille, avait vécu sa tragique nuit de noces avec Abraham Mosley avant de s'enfuir pour venir mourir au seuil de Bagatelle.

De tous les souvenirs de Virginie, c'était le plus pénible, car, bien qu'elle repoussât le remords de toute la force de son orgueil, il lui arrivait certaines nuits de faire d'étranges cauchemars, au cours desquels le rire ironique de Julie lui faisait éclater la tête.

Aucun remords en revanche n'entachait cet après-midi de décembre où elle avait mis à l'épreuve le trop entreprenant Percy. Elle sourit dans l'ombre en revoyant le don Juan décontenancé par sa nudité et sa promptitude à solliciter qu'il s'exécutât. « Vous voulez... jouer... un moment, avait-elle dit..., allons-y! » Mais c'était le temps où elle était dotée d'un appétit sensuel exigeant... et célibataire!

Comme pour se convaincre qu'elle était devenue une autre femme, s'acheminant, apaisée, vers la fin de sa vie, en compagnie du seul être qui avait compris sa nature et auquel elle ne pouvait rien celer de ses pensées, elle s'abandonna sur l'épaule de Dandrige, pendant que le landau, dont les lanternes intriguaient les chauves-souris, roulait vers Bagatelle.

8

Tandis que Virginie, incapable de trouver le sommeil, comptait pour la centième fois, à la lueur bleue de sa veilleuse, les plis étoilés du baldaquin de soie de son grand lit, tout en imaginant son prochain séjour à La Nouvelle-Orléans, en compagnie du général Tampleton, le fils dont elle attendait le retour achevait au milieu de l'Atlantique, à bord du paquebot *La France*, un petit déjeuner digne de son appétit.

Malgré les apparences et ce que Gustave de Castel-Brajac, qui lui faisait face, appelait son « coup de fourchette de planteur », Charles de Vigors était mélancolique.

– Tu offres ce matin, cher ami, le visage inquiet de l'émigrant, fit Castel-Brajac en beurrant avec une application de laquiste chinois sa troisième tartine.

– Je n'ai pas, comme toi, le cœur « nettoyable » à volonté et plus je me rapproche de l'Amérique, plus se tendent douloureusement les liens qui me rattachent à Paris.

– C'est une phrase d'avocat... A force de se tendre, les liens finiront par se rompre, tu n'as qu'à patienter. La gentille mercière de la rue de Richelieu pas plus que Mme de Grémillon ne seront inconsolables. La première est trop près de la Bourse pour ne pas attraper un agent de change ou un banquier, la seconde a trop le souci de sa réputation mondaine pour ne pas ruiner celle-ci en devenant brusquement fidèle à son mari!

– Gus, tu ne respectes rien, fit Charles avec un sourire.

Il épousseta d'un revers de main quelques miettes retenues par son gilet de shantung, repoussa sa tasse de thé et reprit :

– Tu ne respectes rien et tu n'as rien compris.

Castel-Brajac, qui avait entrepris de meubler sa tartine d'une couche uniforme de marmelade de citron, resta la cuillère en l'air.

– Je sais ta sensibilité, je connais ton âme scrupuleuse, j'imagine que l'abstinence te pèse depuis une semaine, mais je vois de la perversité dans ton intention de me gâcher mon petit déjeuner..., mon meilleur repas!

– Bon, bon! déguste, mon vieux, mais sache que ce matin j'étais prêt à te livrer le secret de mon cœur, la raison profonde de ma mélancolie, l'inavouable chagrin qui grandit en moi... Si tu préfères consacrer ton attention à une marmelade qui est loin de valoir celle de Boissier du boulevard des Capucines, libre à toi!...

Gustave de Castel-Brajac posa délicatement sa tartine sur son assiette, évalua de la paume la température de sa tasse de chocolat, estima que celui-ci pouvait attendre un peu, s'essuya les lèvres fort délicatement et s'accouda en fixant son ami.

– Tu veux peut-être que nous parlions de Gratianne, hein! ta gentille demi-sœur, dont tu es bêtement amoureux... C'est à elle que tu penses, plus qu'à ta modiste et à ta dévote délurée... C'est une bien bonne chose, à mon avis, que tu t'en éloignes. Je te voyais embarqué dans une de ces histoires que la morale réprouve, dont les familles ricanent et qui horrifient les curés!...

– Comment as-tu su? Ça alors, tu m'épates, Gus. A-t-on jasé? Comment as-tu compris?

– T'sh, t'sh, personne n'a jasé, personne ne sait rien... car il n'y a rien à savoir..., mais moi j'ai vu simplement. Il suffisait de t'observer. Tu ne la quittais pratiquement pas du regard, tu trouvais toujours un prétexte pour lui rendre visite. Et puis, quand un homme qui a une petite amie ardente et à tout moment disponible, plus une maîtresse agréable nantie d'un mari compréhensif, préfère passer ses après-midi à suivre sa propre sœur dans les magasins de nouveautés et ses soirées à parler dividendes, coupons, change ou échéances avec un beau-frère banquier, on peut penser que cet homme a une vocation de dame de compagnie... ou qu'il est amoureux!

– Je l'étais, je le suis et je le resterai, avoua Charles, les yeux baissés, en jouant avec sa cuillère.

– Puis-je maintenant? fit Castel-Brajac en désignant sa tartine du doigt... Mon chocolat refroidit!

Charles de Vigors repoussa sa chaise, se leva, vint tapoter affectueusement l'épaule de son ami.

– Va, mon gros..., emplis-toi modérément de confiture, je vais jeter un regard à nos ruches...

– Veille surtout à ce qu'elles soient aérées, dix minutes, sans être exposées aux courants d'air et souviens-toi que Mme Beecher Stowe, la négrophile qui n'aime déjà pas les planteurs, va partout stigmatisant l'attitude de lord Byron dont l'inclination pour sa demi-sœur Augusta fait encore frémir les ladies de Kensington [1]!

---

1. Mrs. Beecher Stowe, auteur de *La Case de l'oncle Tom*, livre honni dans le Sud esclavagiste, contribua en effet à répandre les bruits qui couraient depuis longtemps sur les relations équivoques que lord Byron aurait entretenues avec sa demi-sœur Augusta Maria Leigh. La romancière publia même en 1869 dans un journal américain un article où elle n'hésitait pas à accuser le poète anglais, mort le 19 avril 1824 à Missolonghi (Grèce), du crime d'inceste. « L'innocente romancière, écrit M. Robert Boutet de Monvel dans sa biographie de Byron (Plon, 1924), se bornait à rapporter de vagues propos émis par lady Byron, qu'elle n'étayait par aucune espèce d'argument. Son article n'eut d'autre effet que de raviver des suppositions que nul n'avait osé jusqu'alors exprimer en termes formels. »

Cet avertissement énoncé, Gustave de Castel-Brajac se remit à son repas avec l'appétit que donne une conscience apaisée.

Ce Gascon jovial et raffiné, de deux ans l'aîné de Charles de Vigors, appartenait à cette race de gentilshommes de l'Armagnac qui savaient profiter des avantages du siècle sans rien abandonner de leur fierté ombrageuse. Né dans le Gers, à Lupiac, non loin du modeste château de Castelmore où Charles de Batz, plus connu grâce à Alexandre Dumas sous le nom de d'Artagnan, avait vu le jour, il comptait un capitaine de mousquetaires parmi ses ancêtres. Le dernier rejeton des Castel-Brajac eût été cependant sans fortune et paysan à particule comme son grand-père si le futur père de Gustave ne s'était vu imposer comme épouse la fille laide, mais très riche, d'un négociant en armagnac de Vic-Fezensac.

C'était une histoire un tantinet scabreuse connue seulement de quelques intimes.

Jean de Castel-Brajac, père de Gustave, avait eu une enfance des plus rudes, la famille étant pauvre, dans un pays pauvre et n'ayant plus de terres à vendre, ni de vignes à exploiter. On mangeait à sa faim, bien sûr, mais on portait des galoches et Mme de Castel-Brajac économisait son unique robe de soie, car, croyant à la résurrection des corps, elle tenait à être enterrée dans une toilette qui indiquât son rang. Tout ce que savait Jean, il le tenait de ses parents, n'ayant jamais pu fréquenter l'école. Il est vrai qu'il disposait à Brajac de l'inépuisable bibliothèque de la famille, dans laquelle, dès qu'il sut lire, il piocha avec frénésie. Il accompagnait les deux vaches au pré avec un Virgile sous le bras et, le soir, s'usait les yeux à la lueur des bûches pour déchiffrer avec la même curiosité le Tasse, Rabelais ou Pétrone. M. de Castel-Brajac contrôlait l'érudition de son fils les jours de pluie, quand toute la famille courait, seaux et cuvettes à la main, dans les combles de la vieille maison, pour recueillir les épanchements mélodieux des gouttières. Jean récitait à la demande Shakespeare ou Cervantes, à moins que son père, entre deux vidanges, ne lui réclamât vicieusement une oraison funèbre de Fléchier ou un poème de Racan.

A lire tous ces auteurs, dont quelques-uns n'eussent pas dû être accessibles à un jeune garçon, il découvrit, vers quinze ans, que les sens tiennent une place assez considérable dans l'organisation du plaisir. Il fit part de cette trouvaille au fils pâlichon d'un négociant de Vic-Fezensac qui comptait sur le grand air pour donner des couleurs à son héritier. Pâtre gersois, Castel-Brajac se sentit soudain inspiré par les mœurs que ses poètes préférés prêtaient aux pâtres grecs.

Le petit voisin, éduqué par une pieuse institutrice sous l'autorité d'une mère dévote et cajolé par une grande sœur d'autant plus vertueuse qu'un miroir impartial lui accordait peu de pouvoir de séduction, trouva que Jean de Castel-Brajac connaissait des jeux inédits et enivrants.

Par un après-midi ensoleillé et nuageux, le voisin, qui s'apprêtait à trousser une bergère dans ce qu'on appelle dans les campagnes la chambre verte – alors que sa femme le croyait sur le passage des palombes – choisit malencontreusement un bosquet déjà occupé par Jean de Castel-Brajac et son disciple. Comme on ne voyait dans ce pays sec ni rivière ni étang à proximité, le père Préchoux en conclut que la nudité des deux garçons pouvait avoir quelque chose de surprenant. Il en serait peut-être resté aux suppositions, si la gardeuse d'oies, qui tentait de réunir les pans de son corsage, n'était tombée en arrêt, comme un épagneul, devant l'expression d'une virilité exaspérée que le jeune Castel-Brajac ne parvenait pas à dissimuler.

Préchoux suivit le regard intéressé de la demoiselle et comprit dans l'instant à quels jeux se livraient les garçons. Comme le Gers n'est pas l'Arcadie, il en conçut un vif dépit paternel, renvoya la gardeuse à ses oies, expédia énergiquement ses bottes boueuses aux fesses sensibles de son rejeton, referma sa braguette avec tout ce qu'il put de dignité et ramassa son fusil.

– Petit cochon! dit-il à Jean, habille-toi, nous allons voir ton père!

Chez les Castel-Brajac, on ne recevait pas les Préchoux, dont l'armagnac frelaté ne pouvait satisfaire que les palais parisiens.

Rhabillé, le futur père de Gustave suivit le négociant, se tenant à bonne distance des coups de pied, surveillant le fusil et se privant de répondre aux injures que le géniteur de son mignon ne manquait pas de lui décerner.

En arrivant devant la maison familiale, Jean de Castel-Brajac n'en menait pas large; quand son père apparut sur le seuil, il s'enfuit dans les vergers, la larme à l'œil.

En fait, les choses se passèrent mieux qu'il ne pensait. M. de Castel-Brajac et M. Préchoux bavardèrent et le négociant, prêt à tous les chantages, ne perdit pas son sang-froid.

– Vous avez, monsieur, un fils ardent qui manifestement cherche le moyen d'épancher ses ardeurs. Il est à l'âge où le goût n'est pas encore assuré, l'âge délicat, monsieur, où les différences entre les sexes ne sont pas évidentes..., où les garçons se rendent entre eux des services qu'ils feraient mieux de réclamer aux chambrières de leur mère.

– Ma femme n'a pas de chambrière, fit le futur grand-père de Gustave avec un rien de regret dans la voix.

– Bref!... votre fils a, si j'ose dire, déshonoré le mien... Cela mérite réparation!

– On ne saurait craindre une conséquence, avait observé finement Castel-Brajac.

En bon Gersois qui ne prend pas les mots d'esprit pour des mots utiles, Préchoux poursuivit :

– J'ai une fille, monsieur, assez laide, laide, franchement laide... Si votre fils acceptait de l'épouser pour réparer le tort immense fait à son frère, tout cela resterait entre nous et il n'y aurait point de scandale!

Castel-Brajac pâlit. Voir son fils unique, l'héritier de son nom, le descendant du compagnon de d'Artagnan, épouser une Préchoux, et laide de surcroît, lui paraissait inconcevable. Il fit mine de claquer sa porte au nez de l'outrecuidant, mais un coup de tonnerre le figea sur la première marche du perron. L'orage qui menaçait éclata soudain et la pluie se mit à tomber si fort que le gentilhomme ne put qu'inviter Préchoux à se mettre à l'abri. Il préparait néanmoins une réponse cinglante, quand, venant des hauteurs confuses des greniers, la voix de Mme de Castel-Brajac lança l'appel fatidique : « Aux gouttières, aux gouttières, ça ruisselle de partout ! »

Préchoux osa sourire.

– Ma fille est laide, mais je lui donne cent mille francs de dot et mes vignes du Clos Blanc... En attendant, si je puis vous proposer un coup de main... pour les gouttières !

– C'est pas de refus, fit le gentilhomme.

Quand, chassé par la pluie et rassuré par le silence, Jean de Castel-Brajac regagna piteusement la maison paternelle, il prit naturellement sa place dans la chaîne formée pour l'évacuation des seaux d'eau. Il se retrouva entre M. Préchoux, qui paraissait de meilleure humeur, et son père, qui ne semblait pas mécontent. Il s'ensuivit un discours à deux voix alternées, que Jean accueillit non sans étonnement en prenant les récipients des mains de M. de Castel-Brajac pour les passer à M. Préchoux.

– ... Tu vas épouser Marie, la fille de M. Préchoux !...

– ... Oui, ma fille a un nez pointu, mais un cœur d'or !...

– ... Ce que tu as fait avec le fils Préchoux, il vaut mieux le faire avec une fille !...

– ... Elle t'apporte cent mille francs et des vignes !...

– ... C'est ce qui peut t'arriver de mieux, mon pauvre garçon !... et à nous aussi !

– ... Et je ferai refaire votre toit... pour la noce... Ces gouttières sont crevantes !...

« C'est ainsi, avait, un jour, confié Gustave de Castel-Brajac à Charles de Vigors, que mon père se maria jeune à une femme que je n'ai jamais trouvée laide et qui est pour moi la meilleure des mères. Évidemment, j'ai le nez un peu pointu des Préchoux, mais les Castel-Brajac l'avaient rond et fendu « à fesses », comme l'on dit chez nous..., et ce n'était pas mieux !... Et puis, n'est-ce pas, vilain clocher n'a jamais déshonoré son village ! »

Gustave de Castel-Brajac et Charles de Vigors s'étaient connus trois ans plus tôt à l'université, où le fils de Virginie préparait son droit avec application et scrupule, tandis que le Gascon s'efforçait vaguement d'acquérir les connaissances juridiques que la bibliothèque de Lupiac et les pères jésuites d'Auch n'avaient pu lui donner.

Court sur pattes, replet, dodu, rose, mais d'une aisance physique inattendue, Gustave de Castel-Brajac avait tout de suite plu à Charles.

Le Gersois, placide et naturellement porté à l'optimisme, possédait une culture dense et variée, fruit d'une curiosité toujours en éveil plutôt que résultat d'études logiquement conduites.

Malgré ses mains courtes, mais pourvues de doigts agiles et fuselés, il passait pour un remarquable pianiste qui avait abordé des pièces difficiles, telles certaines sonates de Schumann ou l'adagio du *Concerto en mi bémol majeur* de Franz Liszt, encore peu joué par les amateurs. Bibliophile, il ajoutait des éditions rares de beaux textes contemporains à la bibliothèque des Castel-Brajac que son père, devenu riche et oisif après son mariage forcé, n'avait pu épuiser, la mort l'ayant saisi peu de temps après la naissance de ce fils unique.

Capable de trousser un sonnet « pour gagner un peu de temps auprès d'une dame », il s'essayait parfois à la composition musicale et passait des nuits à rêver aux mondes inconnus aperçus dans l'oculaire de sa lunette astronomique. Il adulait M. Dominique-François Arago et fréquentait le jeune Camille Flammarion, qu'il qualifiait de poète interstellaire.

L'embonpoint de Gustave semblait justifié par un goût immodéré de la bonne chère, goût commun à beaucoup de Gascons et formé par une mère qui, veuve, avait su trouver de faciles consolations dans le foie gras et le pâté de palombe. Dénué en ce domaine, comme en d'autres, de tout sectarisme, Gustave ne rejetait rien sans y avoir goûté. Il ne dédaignait pas à l'occasion de se mettre aux fourneaux pour partager avec quelques amis choisis et des demoiselles qui n'avaient rien de muses éthérées, mais savaient se taire et se tenir à table, des mets neufs, exotiques ou conçus par son imagination gourmande. « Les deux pièces les plus importantes d'une maison, disait volontiers Gus, sont la bibliothèque et la cuisine... »

En amour, il fuyait les complications. Sacrifiant à une concupiscence saine et rustique, ce poupard débonnaire ne se mêlait pas de jouer les sigisbées. Son physique ne lui permettait pas, sans courir le risque du ridicule, de se jeter enamouré aux pieds d'une belle, aussi s'efforçait-il avec délicatesse à des conquêtes aisées et discrètes, son encolure et sa bonhomie rassurant les maris. Cavalier médiocrement décoratif, il fuyait les bals et les réunions dansantes.

Charles de Vigors ne connaissait aucune de ses maîtresses. Gus lui avait présenté seulement une vague cousine, sorte de tanagra, dont la petite taille s'accommodait de celle du Gascon et qui l'accompagnait dans les manifestations mondaines où un homme se devait de ne pas venir sans cavalière.

Visage plein et teint rose virant facilement aux tons de la pivoine en cas d'émotion ou à l'issue d'un bon repas, bouche petite, gourmande, aux lèvres colorées, cheveux bruns et plats, nez « Préchoux », regard marron, sombre, malicieux et doux, tel était au physique le gentilhomme que Charles aimait comme un frère et qui s'était décidé à l'accompagner en Louisiane.

« C'est par amitié pour toi, lui avait-il dit, que j'oserai affronter deux déserts : l'Atlantique et la langue anglaise !... »

Quant à Charles de Vigors, héritier de Bagatelle, envoyé à Paris à l'âge de huit ans et, depuis, élevé par une gouvernante, la tante Drouin et les pères jésuites, puis formé par l'université et la société parisienne, il n'avait rien d'un citoyen du Nouveau Monde. Le fait que sa famille possédât une grande plantation et des esclaves lui avait valu chez les Bons Pères quelques querelles avec les fils de bourgeois libéraux résolument abolitionnistes, mais qui traitaient comme paillassons les domestiques de leurs parents.

Adolescent, jouissant d'une étonnante liberté, car la tante Drouin, à la fin d'une vie heureuse et dissipée, entendait laisser à son petit-neveu le goût de l'initiative, Charles était plus connu à l'âge de quinze ans dans les coulisses des théâtres que dans les patronages.

A partir de 1862, à la demande expresse de sa mère, il avait dû fréquenter les Sudistes de la capitale qui gravitaient autour de la délégation de la Confédération, installée en France par John Slidell [1] que l'on traitait aussi bien qu'un ambassadeur. De la même façon, Jefferson Davis avait d'ailleurs envoyé en Angleterre William W. Randolph, de Virginie, et au Mexique John T. Pickett, du Kentucky.

Parmi tous les Sudistes qui se retrouvaient régulièrement au « Grand Café », rue Laffitte, John Slidell et Edward Lee Childe étaient ceux pour lesquels Charles avait le plus de sympathie. Il rencontrait aussi quelquefois un journaliste de La Nouvelle-Orléans, nommé Eugène Dumez, chargé par le gouvernement confédéré d'une très officieuse mission consistant à convaincre certains représentants de la presse française du bien-fondé de la cause du Sud. Ce n'était pas une tâche aisée, car, comme l'observait Dumez : « Les Français sont intraitables au sujet de l'esclavage et sympathisent à cause de cela avec le Nord. Et d'un bout à l'autre de la France il en est de même. »

Bien accueilli à la cour de Napoléon III, où il possédait des amis, John Slidell ne put jamais obtenir du gouvernement français la reconnaissance de la Confédération que demandait aussi le gouvernement britannique et qui aurait consacré la scission de l'Amérique.

Il faut dire que les Sudistes étaient desservis auprès de l'empereur par le dentiste de celui-ci, M. Thomas Evans, qui « rectifiait la propagande des Confédérés », et par les articles d'un journaliste de talent, M. Duvergier de Hauranne, grand admirateur d'Alexis de Tocqueville. Ces Français, militants abolitionnistes, avaient encore reçu, peu de temps avant la fin de la guerre, le renfort d'une plume vigoureuse, celle d'un jeune docteur en médecine, nommé Georges

1. John Slidell est considéré aujourd'hui comme un des « meilleurs fils du Sud ». Né à New York en 1793, diplômé du collège Columbia, la future université, il se destinait aux affaires quand la guerre de 1812 contre l'Angleterre et le blocus l'obligèrent à modifier ses projets. Il étudia le droit, mais, ruiné par la guerre et voyant sa réputation compromise parce qu'il s'était battu en duel pour une actrice, ce beau garçon romantique – jeune, il s'appliquait à ressembler à Chateaubriand – décida de tenter fortune à La Nouvelle-Orléans. Il y réussit. En 1835 il épousa, à l'âge de quarante-deux ans, une ravissante créole de vingt ans et d'origine française, Mathilde Deslonde. Il payait 10 000 dollars chaque année d'impôts sur le revenu. Élu sénateur, il démissionna au moment de la sécession des États du Sud et fut désigné par le président Jefferson Davis comme représentant officiel à Paris de la Confédération. Embarqué sur un navire anglais, le *Trent*, qui fut arraisonné par le *San Jacinto* de la marine des États-Unis, il fut interné à Boston jusqu'à ce que le gouvernement britannique, menaçant de déclarer la guerre aux États-Unis à la suite de cet arraisonnement injustifié, obtînt son élargissement, ce qui lui permit de rejoindre son poste en France. Après la fin de la guerre, Slidell écrivit au président Johnson pour obtenir l'autorisation de rentrer en Louisiane. Ce dernier ne répondit jamais à sa demande et John Slidell se fixa définitivement à Paris, où ses enfants se marièrent et firent souche.

Clemenceau, qui de New York, envoyait au *Temps* des articles dans lesquels il affirmait : *L'esclavage et l'esclavage seul est la cause de l'abrutissement des Noirs. Il n'y a de dignité que dans l'affranchissement, d'intelligence que dans la liberté.*

Plus par devoir que par conviction, car il était convaincu de la nécessité de supprimer l'esclavage, Charles de Vigors soutenait la cause sudiste de son mieux, évoquant ses souvenirs d'enfance au milieu des domestiques noirs de Bagatelle, esclaves qui ne lui avaient jamais paru malheureux. Il s'employait surtout à dissiper les équivoques qui faisaient, entre autres, que les ouvriers du textile, souffrant de la disette de coton, mais ignorant les vraies causes de celle-ci, attribuaient au gouvernement impérial des responsabilités qu'il n'avait pas.

Comme les bourgeois se faisaient une opinion en lisant *Le Siècle*, il avait décidé qu'on tenterait de gagner à la cause sécessionniste cet important organe de presse. Dumez, soutenu par Charles, avait demandé à Slidell les deux cent mille francs nécessaires pour « acheter » par l'intermédiaire d'un certain Chavannes, demeurant 3, rue du Helder, un journaliste bien placé. Mais le délégué officiel de Jefferson Davis n'avait pas donné suite à cette intéressante initiative et seul le journal *L'Opinion*, probablement moins coûteux à convaincre, s'était montré favorable à la cause du Sud. Quant à M. Émile Ollivier, le ministre le plus écouté de Napoléon III, fils d'un ardent républicain et beau frère de Richard Wagner [1], il s'était toujours prononcé contre les Confédérés et ne faisait rien pour leur venir en aide.

A l'issue de nombreuses démarches inutiles, Eugène Dumez, un peu découragé, avait envoyé à Henri Vignaud, un ami resté en Louisiane, une lettre qu'il avait montrée à Charles de Vigors. *Ce monde de la presse est véritablement putréfié*, écrivait-il, *et vous n'y trouverez guère de moralité. Il n'est pas impossible, toutefois, avec une bonne lanterne d'y rencontrer, çà et là, une individualité qui ne porte pas l'empreinte de la corruption. Celles qui n'ont pas été cotées sur le marché des consciences sont à l'épreuve et leur commerce est à rechercher; quant au reste de la masse, il faut du courage pour l'aborder* [2].

Aussi Charles avait-il été bien aise de voir la guerre civile finir à Appomatox, au moment précis où, ses études terminées, son diplôme d'avocat en poche et les successions de son père et de la tante Drouin réglées, il ne pouvait plus raisonnablement différer ce retour en Louisiane que souhaitait ardemment sa mère.

Ce n'était pas sans mélancolie, cependant, qu'il avait dû se résoudre à quitter Paris où, en dépit de tensions politiques auxquelles, en tant que citoyen américain, il pouvait se dispenser de prendre part, il menait une bonne vie. Le gouvernement de Napoléon III s'était montré généreux pour reconnaître les services rendus par le

---

1. Il avait épousé Blandine, fille cadette de Liszt et sœur de Cosima.
2. Department of Archives and Manuscripts. L.S.U. – Baton Rouge.

défunt général de Vigors, disparu au Mexique au cours d'une mission pour le compte de l'empereur, et Charles, orphelin, avait reçu, sans la réclamer, une rente confortable. Ses maîtres en droit, Liouville et Nollot, notamment, auraient souhaité le voir s'inscrire au barreau « pour défendre la famille, les biens, la liberté », mais Charles aimait trop à jouir des plaisirs quotidiens pour accepter de se cantonner, comme le conseillait le bâtonnier Liouville aux jeunes avocats, « dans les chastes amitiés qui éloignent la jeunesse des sociétés que souillent le vice et les liaisons, que gangrène le libertinage [1] ».

Au moment de prendre la pénible décision de rentrer au pays, Charles avait confessé à Gustave de Castel-Brajac : « J'ai l'impression de m'en aller vers l'inconnu. Ce pays d'Amérique où je suis né m'est aussi étranger que la Chine. Je l'ai trop tôt quitté pour en connaître les mœurs et je vais y arriver au moment où, dévasté par la guerre, il ne peut m'offrir que des plaies, que je ne pourrai pas soigner. Pour moi, la Louisiane, c'est une grande maison blanche au bord d'un fleuve, une jeune femme belle et parfumée qui marche sous une allée de chênes et qui est ma mère, des Noirs souriants et attentifs, des chevaux racés, des messieurs très élégants et un peu paresseux qui boivent une liqueur à la menthe dans des gobelets d'argent, et mon père, grand, fort et chaleureux, qui se balance dans un fauteuil à bascule sur une galerie, en bavardant avec un certain M. Dandrige, qui, Dieu merci, sera là pour m'accueillir. »

Car Charles de Vigors avait gardé de Clarence Dandrige, ce grand homme mince et peu bavard, une image très vivante. Il se souvenait de la patience avec laquelle l'intendant répondait à ses questions, prenant au sérieux les curiosités banales ou incongrues du gamin qu'il était alors. Plus que les nombreuses lettres de Mme de Vigors, celles moins fréquentes de Dandrige lui avaient, au cours de ces dernières années, dépeint le pays et les événements. S'il connaissait un peu aujourd'hui cette Louisiane vers laquelle il voguait, c'est à Dandrige que le jeune juriste le devait.

Pour l'heure, investi de la mission de confiance que constituait l'inspection quotidienne des douze ruches alignées dans un espace réservé et tranquille de l'entrepont, Charles de Vigors venait de soulever les housses de toile qui recouvraient les cônes d'osier contenant, d'après Castel-Brajac, une fortune en puissance. Du vague bruissement qui parvenait à ses oreilles, quand il se pencha vers les ouvertures grillagées, Charles conclut que les abeilles devaient bien supporter le voyage, mais sortaient de leur engourdissement. « Si nous avions pu voyager l'hiver, avait dit Gustave, les choses eussent été plus simples, car un rucher peut vivre en autonomie comme un couvent pendant deux mois, pourvu qu'on y laisse des provisions de miel suffisantes. Les abeilles frileuses s'accommodent de cette situation et somnolent, mais, dès que la température monte au-dessus de

1 Cité par Me André Damien, bâtonnier de Versailles, in *Les Avocats du temps passé* (Editions Henri Lefebvre, à Versailles).

quinze degrés et que le soleil se fait plus ardent, elles s'agitent et leur instinct les pousse à butiner ».

Pour pallier les inconvénients d'une traversée estivale, Castel-Brajac, qui avait lu les œuvres de Carély sur l'éducation des abeilles, *l'Élevage des abeilles par les procédés modernes* de Layens, *le Petit Cours d'apiculture pratique* de Charles Dadant et qui avait appris d'un apiculteur genevois l'art et la manière de faire voyager ces insectes généreux, s'était procuré des abeilles italiennes, jaunes et plus susceptibles de s'adapter au climat de la Louisiane que les abeilles françaises, noires et volontiers agressives. Après mûres réflexions, le Gascon avait préféré aux ruches modernes, faites de bois, les ruches d'osier, plus fraîches et plus faciles à aérer. *La France* transportait néanmoins dans ses cales des ruches de Layens à cadres mobiles, qui permettraient plus tard en Louisiane de récolter le miel sans déranger les abeilles. Pour l'instant, il ne s'agissait que d'éviter que les quelque 150 000 abeilles contenues dans les douze ruches ne meurent de faim, soient à l'abri de la chaleur et de la lumière le jour et de la fraîcheur humide la nuit. Castel-Brajac ayant calculé que dix kilos de miel au moins seraient nécessaires pendant la traversée, on en avait emporté trente par précaution, car, affirmait le Gascon, « une fois arrivés à bon port, il faudra nourrir ces demoiselles en attendant les premières miellées ». Méthodique et précis dans tout ce qu'il entreprenait, l'apiculteur amateur avait encore fait charger à bord deux enfumoirs, l'un à air froid, l'autre à pipes, système Dathe, des gants de fil de chanvre, des voiles de tulle, de l'acide phénique en cristaux et de la glycérine pour préparer les toiles phéniquées, indispensables quand on ouvre les ruches, afin de cantonner les abeilles dans le bas des rayons. Divers outils : racloirs, brosses, etc., emplissaient une caisse percée de plusieurs ouvertures obstruables, dans laquelle Castel-Brajac comptait enfermer les rayons de rechange au moment de la visite des ruches, « car, avait-il expliqué à Charles, il ne faut jamais laisser ni cire ni miel à la portée des abeilles hors des ruches ».

Le juriste, qui avait une sainte frayeur d'être piqué par les butineuses, se satisfaisait pleinement de données théoriques, dont il comptait bien laisser la mise en pratique intégrale à son génial compagnon.

Il avait été convenu avec le commandant que personne, sauf le second capitaine et un marin de confiance préposé à la surveillance de l'entrepont, ne connaîtrait la présence à bord des abeilles et qu'à la première apparition d'une de celles-ci sur le bateau les ruches seraient jetées dans les chaudières.

– Si vos pensionnaires retrouvaient la liberté en pleine mer, elles n'auraient à butiner que le nez des passagères et vous voyez d'ici le scandale !...

Son inspection du jour terminée, Charles de Vigors se lança à travers les coursives à la recherche de Gustave qui avait dû achever enfin son petit déjeuner. Il le trouva emmitouflé dans une couverture, lisant, adossé à un canot de sauvetage à l'arrière du bateau, qui sur une mer calme filait allégrement ses douze nœuds toutes voiles dehors et ses roues à aubes tournoyant dans un bruit d'eau giflée à pleines pales.

– Tu vas attraper la mort, Gustave!

Castel-Brajac leva le nez de son livre, souffla sur les escarbilles tombées des deux cheminées du vapeur et qui roulaient à la jointure des pages et imposa silence :

– Écoute-moi ça et dis-moi pourquoi tu ne m'as mieux expliqué les ressources de ton pays.

Et il commença à lire en enflant la voix pour couvrir le bruit du vent, le claquement des voiles et le halètement des 6 600 chevaux des deux machines à balanciers qui entraînaient les roues à aubes de *La France :*

– C'est au Nouvel-Orléans qu'il faut venir – disait souvent Des Grieux à Manon quand ils se furent installés en Louisiane – quand on veut goûter les vraies douceurs de l'amour. C'est ici qu'on aime sans intérêt, sans jalousie, sans inconstance. Nos compatriotes y viennent chercher de l'or, ils ne s'imaginent pas que nous y avons trouvé des trésors bien plus estimables [1].

Charles de Vigors, qui avait relevé le col de sa redingote et maintenait son chapeau, se mit à rire franchement.

– L'abbé Prévost est non seulement un libertin, mais un fumiste, et s'il faut reconnaître que les arrière-petites-filles de Manon Lescaut sont des beautés à ne pas négliger à La Nouvelle-Orléans, il faut aussi se garder d'imaginer la Louisiane comme cette vaste plaine désertique et sans arbres au milieu de laquelle il fait mourir son héroïne; il n'y a pas au contraire de pays plus humide, mieux boisé et dénué de zones sèches!

– Ah! fit Castel-Brajac, à qui se fier? Mon père, qui avait pris ses premières leçons d'amour dans Crébillon, soutenait déjà que Manon était frigide et voyait la preuve de cet état quand elle proposait à Des Grieux, dont les transports l'importunaient, des jeunes filles fraîches « pour le désennuyer un moment ». J'espère que tous les auteurs que j'ai lus pour me préparer à la connaissance de l'Amérique ne sont pas aussi fantaisites!...

– Et qu'as-tu lu encore?

– *Les Lettres d'un cultivateur américain,* de Hector Saint John de Crèvecœur, dont Washington disait qu'elles contiennent « presque tout ce qu'il est nécessaire de connaître pour qui veut émigrer dans ce pays »...

– C'est meilleur mais un peu démodé. Tocqueville a fait mieux. Mais tu découvriras par toi-même que la Louisiane n'est pas vraiment l'Amérique et tu y rencontreras des braves gens qui comprendront peut-être la langue anglaise que tu parles... mais te prieront de t'exprimer en français! Si nous n'allons pas nous mettre à l'abri, jamais nous ne verrons ce rivage béni où ma mère m'attend... On

1. *Manon Lescaut,* de l'abbé Prévost. Édition définitive de 1751, imprimée par Denys Didot (Bibliothèque de l'Arsenal).

nous aura cousus dans un sac et jetés à la mer avant longtemps, terrassés que nous allons être par la pneumonie!

Castel-Brajac se mit debout et suivit son ami au salon-fumoir, où ils obtinrent qu'on leur apportât du vermouth.

– J'ai aperçu tout à l'heure dans le boudoir des dames, dit Gustave, cette jolie petite Suissesse triste, qui était tombée à l'eau au Havre et que tu as si aimablement enveloppée dans ta redingote au risque de gâcher la doublure de celle-ci. Elle m'a souri. M'est avis que nous ne tarderons pas à avoir une invitation à prendre le thé de la part de sa grosse maman reconnaissante.

– Eh bien, moi, tandis que je te cherchais tout à l'heure, j'ai revu le marin barbu qui l'a repêchée. C'est un bien brave homme, il m'a affirmé que la demoiselle s'était bel et bien jetée à l'eau au moment où on relevait les passerelles et qu'il ne s'agissait nullement d'un faux pas.

– Ça devient romanesque comme un feuilleton du *Siècle*. Que t'a-t-il dit encore?

– Qu'elle est suisse, riche, de santé fragile, qu'elle ne pèse pas quatre-vingts livres – ce que je savais déjà – et qu'elle va à New York rejoindre son papa, lequel achète, paraît-il, les chemins de fer au kilomètre... La grosse dame qui l'accompagne n'est pas sa maman, mais sa tante... Mais sais-tu que le type qui a plongé dans l'eau grasse du port au milieu des détritus flottants pour ramener au sec cette jouvencelle helvétique est un fameux gaillard?

– Ah! tu me permettras tout de même de préférer le physique de la petite!...

– Apprends donc à respecter le courage et l'altruisme et sache que ce marin a déjà sauvé une douzaine de personnes et qu'il n'a que quarante-trois ans... Le sauvetage, chez lui, c'est une vocation.

Avec enthousiasme, Charles, dont la mélancolie du matin semblait s'être dissipée, brossa pour son ami l'édifiante biographie de Denis-Joseph-André Delacour, fils de pêcheur de Quillebœuf, qui avait vécu son premier naufrage à l'âge de douze ans. Puis il énuméra les actes de courage du marin qui dans toutes les mers du monde avait repêché des gens en train de se noyer.

– Ce rude matelot profite même de ses permissions pour sauver des imprudents en eau douce... Ainsi, il y a quelques mois, à Paris, passant sur le pont de Grenelle, il voit un sapeur-pompier en train de se noyer... Il plonge au milieu des glaçons que charriait alors la Seine et ramène à sa caserne le soldat du feu trempé! Qu'en dis-tu, ce barbu aux yeux clairs ne mériterait-il pas qu'on lui offre un bateau [1]?

---

1. Denis-Joseph-André Delacour n'en resta pas là et sa carrière de sauveteur, bien servie par les malencontreux hasards de la vie en mer, se poursuivit puisqu'en cinquante ans il sauva 46 personnes, la dernière alors qu'il avait soixante-neuf ans, le 20 juillet 1891, en se jetant tout habillé d'une hauteur de sept mètres dans l'avant-port du Havre où une jeune fille de seize ans était en train de se noyer. Titulaire de nombreuses médailles de sauvetage, André Delacour, qui termina sa carrière après trente et un ans de service à la Compagnie générale transatlantique, reçut le 17 janvier 1897 une légion d'honneur bien méritée. Père de six enfants, il fit de trois de ses fils des marins de qualité, dont un capitaine au long cours. La fille de ce dernier, Mlle Jeanne Delacour, vit aujourd'hui à Quiberon.

– J'en dis, mon cher, que je suis étonné du nombre de marins qui tombent à l'eau dans les ports... Quant à notre gentille Suissesse, ajouta Castel-Brajac en exagérant volontairement son accent gascon..., je pécherais et je repécherais volontiers avec elle!

La cloche du déjeuner interrompit cette conversation des plus masculines.

Le paquebot *La France*, sorti des nouveaux chantiers de Penhoët en 1864, passait pour la plus belle unité de la Compagnie générale transatlantique. Les frères Pereire : Émile et Isaac, qui s'étaient engagés à construire en trois ans quatorze paquebots pour exploiter les lignes postales à destination des Amériques, afin de concurrencer les Anglais, avaient misé sur la vitesse, le confort et la sécurité.

Charles et Gustave étaient de ceux qui reconnaissaient leur réussite. Avec ses 3 200 tonneaux de jauge, long de 108 mètres, propulsé par ses machines à vapeur actionnant des roues à aubes et nanti de deux mâts susceptibles de porter un nombre respectable de mètres carrés de voile, le navire avait atteint, aux essais, la vitesse remarquable de 13,40 nœuds. Les aménagements intérieurs étaient des plus soignés. Les deux amis occupaient une cabine de première classe, à deux lits superposés, dissimulés par des rideaux de velours. Un divan, toujours encombré de livres par Gustave et placé sous le hublot, faisait face à deux petits fauteuils. Un cabinet de toilette, minuscule mais complet, fournissait tous les accessoires indispensables à la vie domestique. M. de Castel-Brajac ne reprochait au système que de limiter à dix litres par jour et par personne la consommation d'eau, ce qu'il considérait comme insuffisant. Aussi le Gascon occupait-il chaque jour, pendant une bonne heure, l'une des deux salles de bains installées dans les tambours des roues à aubes. Il en ressortait abasourdi par les vibrations de la mécanique, mais propre comme un sou neuf, ses bonnes joues roses luisantes et fleurant bon la savonnette de Guerlain, dont il faisait usage.

A bord, la vie sociale se concentrait dans le grand salon rectangulaire, qui occupait le centre du bateau et qui devenait salle à manger au moment des repas, lorsque les serveurs dressaient devant les banquettes capitonnées, faites d'acajou massif et recouvertes d'une soierie tissée tout exprès à Lyon, les longues tables d'hôtes. Des lampes à pétrole en opaline blanche, suspendues entre les colonnes à chapiteaux dorés, dans des arceaux de bronze en forme de lyre, dispensaient à travers leurs globes de verre dépoli une lumière qui avivait les regards des femmes et soulignait la blancheur empesée des plastrons des messieurs. On comptait un domestique pour six passagers et le boudoir des dames ressemblait à une bonbonnière. Les hommes, jaloux de leur indépendance à l'heure du cigare, disposaient d'un fumoir confortable, protégé du côté du couloir principal par des vitres en verre opaque, ce qui interdisait à leur femme d'évaluer au passage le nombre de soucoupes posées sur les guéridons près des verres de porto ou de fine.

Le dîner terminé, les serveurs se hâtaient de rendre la salle à manger à sa destination de salon, et aussitôt le pianiste se mettait au clavier. D'après Castel-Brajac, l'artiste jouait comme un musicien de bastringue. Il reconnaissait toutefois que par mer houleuse il est malaisé de tenir les cadences.

C'est près du piano, un soir, que Charles de Vigors rejoignit la gentille demoiselle genevoise qui s'était incongrûment laissée tomber dans le bassin du Havre au moment de l'appareillage.

Au cours d'un thé très formel, auquel la tante de la jeune fille avait convié Charles et Gustave, on avait fait plus ample connaissance, sans faire la moindre allusion aux circonstances de la première rencontre. Ce soir-là, Charles voulait en savoir davantage. Profitant du moment où la tante-chaperon somnolait dans une bergère, bercée à la fois par le roulis et l'air de la *Lettre à Élise* que le pianiste s'efforçait de rendre plus romantique encore, de Vigors s'approcha de la jeune fille qui, accoudée à une desserte, la main sous le menton, semblait fixer quelque image mélancolique, par-delà les cloisons du salon, par-delà la nuit océane, par-delà le temps.

– Bonsoir, Marie-Gabrielle, dit-il doucement, usant sans permission d'un prénom qu'il trouvait chaste et désuet.

Elle sursauta, puis sourit.

– Mon Dieu, monsieur! Cette musique incite à la rêverie et je ne vous avais pas vu approcher.

– Vous suivez le vol des papillons noirs, n'est-ce pas?... Ce n'est pas bien. J'aimerais vous voir sourire. J'ai remarqué qu'au dîner vous avez refusé la plupart des plats. Je ne voudrais pas être indiscret, mais nous avons tous nos chagrins d'amour.

Marie-Gabrielle considéra le jeune homme, partagée entre le réflexe de la femme intransigeante qui sait éluder un entretien qu'elle n'a pas souhaité et celui de l'être désemparé auquel le hasard apporte peut-être une distraction inconsciemment souhaitée.

Charles de Vigors passait d'ordinaire pour un homme séduisant. Robuste et de haute taille, comme l'avait été son père, il portait l'habit – de rigueur pour le dîner – avec beaucoup plus d'aisance que la plupart des passagers, que l'on aurait parfois confondus avec les maîtres d'hôtel.

Visage rectangulaire net, joues fermes, moustache drue et luisante sans le secours d'un cosmétique, cheveux châtains bouclés à reflets fauves, teint rosé du descendant de campagnard après deux générations citadines, regard marron, honnête, sans malice et facilement rieur, tout en lui inspirait d'emblée confiance. Marie-Gabrielle choisit de lui accorder la sienne. Seul un étranger, presque un inconnu, pouvait faire écran un instant à des pensées obstinément présentes et qu'elle ne parvenait pas à disperser.

– Il ne s'agit pas d'un chagrin d'amour, monsieur, et, puisqu'il est vain de tenter de vous faire admettre la thèse officielle de ma chute accidentelle dans le port du Havre, sachez que je ne suis plus une petite fille capricieuse et que si j'ai tenté maladroitement d'en finir avec la vie, c'est par lâcheté, pour fuir une situation inextricable et sans issue.

Charles de Vigors, surpris par la spontanéité de la confidence, proposa :

– Puisque vous me faites l'honneur de cette confiance, nous pourrions nous asseoir, commander un rafraîchissement et bavarder plus confortablement.

M. de Vigors tenait de sa mère un pouvoir inné de persuasion dont il n'avait pas encore organisé l'usage mais dont il connaissait les effets.

Marie-Gabrielle jeta un regard vers son chaperon qui, affalé dans une bergère, reposait la tête appuyée sur sa haute et forte poitrine par l'intermédiaire d'un triple menton. Elle dit doucement :

– Je vais envoyer ma tante au lit, si elle y consent. Elle est morte de fatigue, car elle dépense une incroyable force de volonté depuis mon... accident... pour ne pas dormir, craignant que j'aille renouveler mon geste et me jeter à l'eau... Elle ferme à double tour la porte de notre cabine et place la clef sous son oreiller !

La jeune fille, qui portait une robe de soie rose indien, au décolleté carré souligné d'une frise de dentelle, rejoignit la vieille dame à demi assoupie, se pencha sur elle et entreprit de la convaincre.

A distance, Charles, qui avait apprécié la démarche lente et un peu lasse de la mélancolique demoiselle, put à loisir détailler son physique. Elle paraissait frêle, presque maigre. Tandis qu'il lui parlait quelques instants plus tôt, il avait remarqué les plis que faisait sa robe à hauteur du buste et autour des épaules, l'étoffe lâche au-dessus du renflement à peine marqué des seins. A l'époque où la couturière avait confectionné cette robe, Marie-Gabrielle devait la remplir plus agréablement. « Mignonne, avait jugé Castel-Brajac après le thé de l'autre après-midi, mignonne, mais il lui manque une demi-douzaine de livres pour être à point ! »

Mis à part cette minceur exagérée et que l'on pouvait estimer transitoire, Marie-Gabrielle Cramer était une jeune fille racée, dotée de l'assurance de bon aloi que donne une fortune familiale, digne produit de la bourgeoisie genevoise. Blonde aux yeux bleus, légèrement myope, elle posait d'ordinaire sur les êtres et les choses des regards faussement extasiés. On la croyait aimable et surprise alors qu'elle n'était qu'attentive et sur ses gardes. Plus gracieuse que jolie, elle dissimulait sous une apparente réserve une fougue que Charles de Vigors avait décelée dès leur premier tête-àtête.

La tante consentit à se mettre au lit. Après s'être péniblement extraite de son siège, elle vint, soutenue par sa nièce, jusqu'à Charles.

– Je vous confie Marie-Gabrielle un moment, monsieur, car je sais que dans une demi-heure au plus vous la reconduirez à notre cabine ; je tombe de fatigue, toutes ces émotions m'ont brisée... et puis la nourriture sur ce bateau est si lourde !

Charles accompagna les deux femmes jusqu'à la porte de leur chambre et attendit dans la coursive que Marie-Gabrielle réapparaisse. Par le hublot cerclé de cuivre brillant comme de l'or, il essayait de percer l'obscurité, imaginant qu'à cette heure-là, à Paris, Gratianne devait se préparer pour quelque dîner en ville, plantureuse et blanche, peut-être dans cette robe vert d'eau, moulante et échancrée, qui, ne laissant rien ignorer d'un buste royal, mettait en valeur, grâce à un empiècement triangulaire, la finesse de sa taille et s'achevait par une crinoline d'ampleur raisonnable.

Plus d'une fois admis dans la chambre de Gratianne au moment de l'habillage, parce que venu exprès trop tôt pour chercher sa demi-sœur, qu'il accompagnait dans ses sorties en l'absence de son beau-frère, Charles avait convoité ce corps magistralement équilibré, cette chair épanouie, exubérante, irradiant une sensualité franche et joyeuse. Gratianne, inconsciemment provocante, ne se contraignait pas devant lui à ces cachotteries de femme pudibonde qui, hors des moments secrets où l'amour excuse tous les abandons, ne pense, surprise dans son intimité, qu'à dissimuler même à son mari ou à son amant le sein que découvre le glissement d'une bretelle ou la jambe qui, soudain, émerge jusqu'à la cuisse d'un déshabillé entrouvert.

– Me trouves-tu belle... encore? lui avait-elle demandé un soir, alors que, pivotant sur le tabouret de sa coiffeuse, elle lui faisait face audacieusement en soulevant la masse brune de ses cheveux que la camériste s'apprêtait à dresser en chignon.

Elle lui avait offert ainsi, bras levés, dans le bouillonnement soyeux de son peignoir dénoué, le spectacle d'une gorge somptueuse, telle Vénus acquiesçant à la curiosité d'Apollon.

– Si tu n'étais pas ma sœur..., je te dirais que te voir ainsi pourrait donner des idées libertines à saint Antoine lui-même, avait répondu Charles, dont le désir devenait d'autant plus intense qu'il s'efforçait de le dissimuler sous une attitude désinvolte!

– Ta demi-sœur... seulement..., avait-elle lancé, à la fois moqueuse et aguichante, comme pour atténuer l'importance d'un lien de sang qui interdisait à Charles de se comporter comme un homme ordinaire, mais qui, en revanche, l'autorisait, elle, Gratianne, à une liberté d'allure... fraternelle.

Charles savait Gratianne fidèle à son mari, bien que ses admirateurs soient nombreux et assidus. Appelé à de fréquents déplacements pour ses affaires, le banquier, qui eût été facilement jaloux, se tranquillisait tout naturellement en sachant que sa femme, ayant auprès d'elle son jeune demi-frère, n'avait pas besoin de chevalier servant quand elle souhaitait sortir en son absence. Gratianne, d'ailleurs, n'en souhaitait pas d'autres. Il existait une telle complicité de goûts et de sentiments entre ces deux enfants de Virginie, que des gens mal informés, les voyant plaisanter, rire, échanger des attentions ou danser ensemble la valse ou la polka, les eussent facilement pris pour des amants heureux ou des mariés de la quinzaine.

Gratianne, de dix ans l'aînée de Charles, témoignait d'une telle santé, déployait de telles grâces et affichait une telle aisance, qu'elle n'avait pas à user d'artifices pour paraître de cinq ans plus jeune que son âge. Quant à Charles, il s'était contraint à porter très tôt une moustache fournie, afin de prétendre plus aisément à l'homme mûr, d'une part pour « faire sérieux et réfléchi », comme l'exigeait de tous ses stagiaires son maître, l'avocat Liouville, d'autre part pour offrir en tous lieux son bras à sa demi-sœur sans faire courir à celle-ci le risque de ressembler à ces demoiselles d'honneur des noces villageoises qu'on affuble d'un cavalier imberbe et emprunté.

Regardant sans le voir l'Océan noir à travers le hublot où se reflétaient les lueurs des appliques de la coursive, Charles de Vigors connut soudain un profond sentiment de solitude au souvenir de l'émotion de Gratianne au jour de leur séparation. Les gouttes d'eau glissant sur le verre épais lui rappelaient les larmes qu'elle n'avait pu retenir, elle qui jamais ne pleurait. Il revoyait son visage bouleversé, son nez un peu trop long, un peu trop fin et retroussé, qui lui faisait un profil comique et que le chagrin soudain rendait pathétique comme les attributs démesurés des clowns tristes – « Un nez qui jappe à la lune », disait autrefois la nounou noire, « Un nez, ma pauvre fille, qui t'interdit à jamais les mines tragiques », affirmait sa mère.

« Avocette, tu vas avoir le nez rouge!... » C'est ainsi qu'il avait tenté de la consoler, ressortant ce vieux sobriquet qu'il lui donnait quand, gamin, il osait comparer l'appendice nasal de sa sœur au bec arqué du plus doux des échassiers.

Il se souvenait surtout du baiser fougueux, long et appuyé qu'elle lui avait plaqué sur la bouche avant de le pousser vers le tilbury où Castel-Brajac avait déjà pris place. A cet instant, il avait compris confusément que Gratianne, elle aussi, avait pu connaître parfois un trouble identique au sien. Mais près de deux semaines déjà avaient passé sur cet événement et Charles n'était plus très sûr d'avoir bien interprété ce geste que seule, peut-être, l'ambiguïté de ses sentiments rendait équivoque et significatif.

– Je suis là, monsieur, fit une voix douce à l'accent genevois, dans son dos.

Il se retourna d'un bloc et fit face à Marie-Gabrielle. N'eût été l'invitation qu'il avait faite à la jeune fille un quart d'heure plus tôt, il eût été bien aise de rester seul avec ses pensées.

La jeune fille accepta une infusion de tilleul, mais Charles, qui ne s'abandonnait jamais bien longtemps à la mélancolie, commanda du bourbon.

– Pour me préparer aux retrouvailles avec les habitudes de la Louisiane, dit-il.

Puis il enchaîna sur sa situation de fils de planteur ruiné – comme bon nombre de Sudistes – parla de sa mère, de Bagatelle, de l'univers heureux et élégant des plantations d'avant-guerre, du Mississippi, du climat et des Noirs.

– Vous avez devant vous un esclavagiste par force repenti, dit-il en souriant, un Américain qui ne connaît rien de l'Amérique, un fils longtemps séparé de sa mère et un homme qui va devoir reconstruire sa fortune avec des moyens qu'il ignore.

– Comme c'est exaltant, fit Marie-Gabrielle sans que Charles soit certain de la sincérité de l'intérêt qu'elle semblait porter à son cas.

Puis elle accepta de parler d'elle-même et de sa famille. Les Cramer, banquiers à Genève depuis 1707, n'avaient jamais connu de revers de fortune.

– J'aurais pu avoir des liens avec la Louisiane, observa Marie-Gabrielle, car mon arrière-grand-père fut un moment en relation avec Law quand ce dernier organisa la Compagnie des Indes orientales. Il fut heureusement assez prudent pour se retirer à temps du système, non sans en avoir obtenu certains bénéfices.

Depuis 1721, les Cramer habitaient dans la ville haute, au n° 2 de la rue du Cloître-Saint-Pierre, un hôtel de style Régence construit par l'architecte français Jean-François Blondel, qui passait pour une des plus belles demeures de Genève avec son escalier à double révolution et ses fenêtres surmontées de mascarons. Dans cette grande maison austère, Marie-Gabrielle vivait seule avec son père, calviniste convaincu, sa mère étant morte en la mettant au monde. Bien qu'il adorât sa fille, Eusèbe Cramer se montrait peu expansif, ne s'intéressant qu'aux affaires et aux investissements. Depuis six mois, il se trouvait à Washington où, tout en dispensant des conseils aux banquiers américains engagés dans la construction des chemins de fer, il ne manquait pas, quand l'occasion lui paraissait sûre, de placer son argent avec profit. C'est l'absence du père Cramer qui avait d'ailleurs déclenché la crise curieuse, crise dont Marie-Gabrielle ne parvenait pas à se remettre. Avec beaucoup de simplicité, elle s'en ouvrit à Charles.

– Vous êtes, je crois, la première personne avec laquelle j'aborde ce sujet douloureux. Ma tante, elle-même, ignore le détail de la situation. Mais votre sentiment désintéressé sur une affaire qui ne peut vous toucher et que vous oublierez aussitôt me sera peut-être utile.

Ce qu'elle confia ensuite sans grand émoi à M. de Vigors eût été à Paris d'une banalité sans mystère. A Genève, il en allait tout autrement. Marie-Gabrielle avait un parrain, sorte de bohème célibataire, organiste, qui achevait de manger une fortune familiale pour laquelle il n'y avait pas d'héritier. Cet homme d'esprit, érudit, séduisant, l'avait initiée à la musique, aux arts, à la littérature. Avec lui, elle courait les concerts, les musées et les expositions, faisait des excursions en montagne, car, grand admirateur de Horace-Bénédict de Saussure qui, le premier, escalada le mont Blanc, il était sensible à la poésie de la nature.

Un beau matin, elle s'aperçut que ce parrain semblait prendre un vif plaisir aux baisers très innocents qu'elle lui donnait à l'occasion. Elle en vint à accepter qu'il lui en donnât à son tour hors de circonstance, puis elle mit sur le compte d'une tendresse attentive des caresses dont elle n'imaginait pas la portée et auxquelles elle ne céda avec un peu de répulsion que pour satisfaire l'homme aux allures patriarcales qu'elle aimait tendrement.

Elle crut aussitôt que c'était là ce que l'on appelait l'amour dans les romans et se ressaisit, effrayée par la tournure que prenaient des relations jusque-là sans équivoque.

Quand, au cours d'une promenade dans le Valais, le mentor de Marie-Gabrielle s'enhardit jusqu'à lui révéler la passion qui couvait dans son cœur et lui demanda sur-le-champ de se donner à lui, elle s'évanouit d'émotion. Ramenée rue du Cloître-Saint-Pierre, elle s'enferma avec une cruelle interrogation. Pendant sa perte de connaissance, son parrain n'avait-il pas abusé de sa vertu? Certains petits désordres physiologiques que le médecin de famille mit sur le compte du surmenage lui donnaient à penser que l'homme qu'elle affectionnait le plus au monde, après son père, avait commis sur elle un acte criminel.

Quand, quelques jours plus tard, il se présenta, le teint gris, la barbe négligée, pour prendre de ses nouvelles, elle n'osa le questionner, mais crut voir une confirmation des soupçons qui la tourmentaient dans le fait qu'il lui proposa de l'épouser ou de l'emmener... à la Jamaïque où il possédait des terres.

– Depuis ce jour-là, je ne vis plus, monsieur, car je dois tant de choses à cet homme, l'éveil de mon esprit à la beauté, tout ce qui fait l'intérêt de la vie intellectuelle, que je ne puis me résoudre à le mépriser, d'autant plus qu'il ne le mérite peut-être pas!

– Et pourquoi ne l'épousez-vous pas, Marie-Gabrielle?

– Il a plus de soixante ans, monsieur, et je n'en ai pas dix-neuf... et puis mon père est très vétilleux en ce qui concerne ma réputation... Non, tout ce que j'aurais voulu, c'est que notre vie et nos relations continuent comme par le passé; j'étais heureuse, il me communiquait son savoir, il m'expliquait le monde.

– L'amour, Marie-Gabrielle, ne consiste pas seulement à être le disciple de quelqu'un. Il ne se satisfait pas que de la convergence des esprits et des goûts. Les sens y tiennent un rôle. Votre... parrain... n'a fait que céder à la passion impétueuse que ressentent parfois les hommes âgés devant des jeunes filles. Il s'est abandonné au déraisonnable, mais, si vous l'aimiez, vous y auriez cédé aussi.

– Mais je l'aime... autrement!

– C'est illusion que vous vous faites. Vous lui êtes reconnaissante, c'est tout, mais votre gratitude ne va pas jusqu'à lui permettre de vous approcher... charnellement.

– Maintenant peut-être l'accepterais-je... si je savais qu'il n'a pas profité de mon évanouissement... autrefois.

– Et c'est pour cela que vous vous êtes jetée à l'eau au Havre et que ce brave Delacour a dû plonger pour vous sauver.

– J'étais à bout de forces et de pensées, maintenant j'ai accepté ma situation et, si j'ai choisi de rejoindre mon père, c'est pour tout lui avouer de l'amour impossible que me porte mon parrain.

– Les amours impossibles sont les seules amours durables, dit mélancoliquement Charles, je crois avoir compris ça récemment. Aussi ne mêlez pas votre père à tout cela. Laissez passer le temps, découvrez l'Amérique, où de robustes jeunes gens qui ne connaissent pas les peintres suisses ni le *Ranz des vaches* vous feront danser à perdre haleine et ne vous embrasseront que si vraiment ça ne vous déplaît pas!

Marie-Gabrielle sourit.

– Vous êtes réconfortant, dit-elle, et je crois volontiers en vous écoutant que la vie me cache encore beaucoup de choses qu'il me faudra découvrir.

– L'amour notamment, fit Charles en tapotant la main de la jeune fille..., et croyez-moi, jolie comme vous êtes, on ne manquera pas de vous le proposer!

Gustave de Castel-Brajac choisit ce moment-là pour faire son entrée dans le salon, le visage rubicond, la démarche légèrement hésitante, l'air jovial.

– *Voici l'heure,* déclama-t-il, *propice aux sorcelleries, où les tombes bâillent, où l'enfer lui-même souffle la contagion sur le monde. Maintenant, je pourrais boire du sang tout chaud et faire une de ces actions amères que le jour tremblerait de regarder* [1].

Il ponctua la dernière proposition d'un roulement d'yeux qui se voulait effrayant. Marie-Gabrielle éclata de rire et Charles évalua combien, heureuse, cette petite Genevoise devait être charmante.

Un peu plus tard, en se mettant au lit, le bon Gascon, qui avait passé sa soirée à jouer au whist, à fumer des cigares et à comparer, au moyen de dégustations alternées, les qualités du cognac et de l'armagnac en compagnie de quelques passagers, interrogea son ami :

– Alors! l'as-tu confessée, cette mignonnette?

– Tout son drame vient de ce qu'elle est aimée d'un sexagénaire libidineux... qui l'a peut-être violée sans qu'elle s'en soit aperçue!

– Les femmes helvètes, c'est bien connu, ont le sommeil profond et les fils de Guillaume Tell passent pour avoir en matière de copulation des promptitudes de garenne..., mais il me semble que cette demoiselle veut fuir ses responsabilités!

– Ne sois pas grivois, elle est sincère et désespérée. Imagine un peu que son vert parrain lui ait fait un enfant!

– Ce n'est tout de même pas une raison pour tenter de se noyer dans les eaux territoriales françaises, alors qu'on dispose à Genève d'un lac assez vaste pour ce faire! Et souviens-toi de ce que disait Voltaire qui connaissait bien les Suisses : « On prétend que les Genevois ont beaucoup d'esprit et beaucoup d'argent, mais ils cachent fort bien l'un et l'autre... »

– Tu ne prends rien au sérieux, répliqua Charles, déjà allongé sur sa couchette, ni le cas de cette pauvre Marie-Gabrielle, ni le mien, et les deux cependant provoquent des angoisses et des souffrances que tu ne peux apprécier!

– Pour la demoiselle suisse, je ne suis guère compétent, encore que trouver mauvais qu'un vieillard soit amoureux de sa pupille est aussi bête que reprocher à un bedeau d'être malade, mais je compatis sincèrement à ton sort car *l'état le plus incommode pour un honnête homme est de ne pouvoir pas accorder son cœur avec sa conduite* [2].

1. Soliloque d'*Hamlet* (acte III, scène 2).
2. *Les Confessions du comte de ****, par Charles Duclos (1741).

La couchette supérieure gémit sous le poids de Gustave quand celui-ci s'y étendit après avoir éteint la lampe à pétrole qui répandait une odeur acide.

– ... Tout cela n'empêchera pas, Dieu merci, ce bateau d'arriver à New York dans cinq jours. Les croisières rendent les hommes rêveurs et les femmes sentimentales. Si j'étais à ta place, je mettrais ce délai à profit pour montrer à cette fille de banquier que l'amour sans complication est encore ce qu'il y a de meilleur...

– Et en admettant qu'elle succombe... je lui laisserais le souvenir d'un goujat profiteur...

– Non! mon vieux, tu lui laisserais un souvenir éblouissant... – enfin, je l'espère... – qui aurait le mérite non négligeable de lever tous les doutes sur sa virginité.

9

L'émancipation des esclaves avait considérablement réduit la domesticité féminine de Bagatelle. Anna, la cuisinière, rachetée autrefois aux Barrow par Dandrige, à l'instigation de Mignette – devenue depuis Mme Edward Barthew – était restée fidèle à sa maîtresse et à ses fourneaux. Sa fille, Rosa, qui cumulait les fonctions de femme de chambre et de gouvernante, attendait un troisième enfant de Brent, le majordome que toute la paroisse enviait à Mme de Vigors. En dehors de ces serviteurs chevronnés, indifférents à leur nouvelle condition d'affranchis, car, considérés depuis longtemps comme faisant partie de la communauté familiale, l'esclavage ne leur avait pas paru aussi contraignant qu'aux autres, on ne rencontrait plus dans la grande maison que deux bonnes à tout faire, nommées Olympe et Manon, et un jeune griffe [1] qui répondait au nom de Citoyen. Brent, qui jouissait d'une autorité incontestée, comptait faire de ce bel adolescent un maître d'hôtel acceptable en moins d'un an, grâce à une méthode d'enseignement à base de coups de pied aux fesses et d'astiquage d'argenterie.

Si le garçon travaillait au rythme traditionnel de la plantation, les filles passaient le plus clair de leur temps cachées dans les recoins, un balai alibi à portée de la main, à rire en sourdine, à bavarder de tout et de rien, en rognant des tronçons de canne à sucre.

Anna, qui savait se déplacer pieds nus sans faire grincer parquets ou escaliers, les délogeait parfois à coups de taloches et leurs glapissements emplissaient la maison.

C'était bien peu de monde par rapport à la douzaine d'esclaves « de maison » qui jusqu'en 1863 assuraient le service de Bagatelle. Les jeunes Noires, filles des travailleurs des champs parmi lesquelles on choisissait autrefois femmes de chambre et lingères, servantes et « filles à vaisselle », s'étaient éclipsées au fil des mois, espérant trouver des galants qui les entretiendraient comme des octavones, ou de

1. Né d'un Noir et d'une Indienne.

l'embauche dans des magasins de nouveautés ou chez des modistes de Saint-Francisville et de Baton Rouge.

– Elles attendront pas longtemps de suer des carvelles et on les verra tomber dans les fosses à Black avant un an d'ici [1], pronostiquait Anna, qui estimait que toutes ces écervelées avaient « un tour de lune ».

Aussi, quand il s'était agi pour Virginie de préparer une garde-robe décente pour son séjour à La Nouvelle-Orléans, Rosa avait mobilisé tout le monde, y compris Citoyen qui n'en finissait pas de lustrer à la crème de lait les escarpins et les sacs à main vernis. Nadia Redburn fut, elle aussi, fort bien accueillie le jour où elle offrit à sa voisine une pièce de soie vert céladon, qui permit à Rosa de confectionner pour sa maîtresse une toilette du soir digne de figurer à l'Opéra français de La Nouvelle-Orléans.

Dandrige suivait tous ces préparatifs d'un air amusé. La joie de Virginie l'aidait à oublier un moment les soucis que lui causaient, entre autres, les affaissements des levées protégeant les terres à coton des débordements du fleuve. On répétait bien à tous les capitaines des vapeurs fluviaux qu'ils devaient ralentir au voisinage des rives, dans les courbes notamment, afin que les ondes de sillage des roues à aubes ne mordent pas trop violemment les berges, mais c'était peine perdue. « Ces marins d'eau douce n'en font qu'à leur tête », disait le vieux Télémaque, qui, malgré son grand âge, arpentait chaque jour les talus, avec une équipe, pour étayer les remblais donnant des signes de faiblesse.

Le général Tampleton, qui entendait bien faire les choses, avait retenu les passages sur le bateau préféré des planteurs : le *Prince-du-Delta III*, qu'on appelait plus simplement au long du Mississippi le *Delta III*. Construit en 1860, ce vapeur bénéficiait d'une invention qui augmentait la sécurité. La « machine du docteur » – c'est ainsi que la nommaient les marins – permettait aux paquebots d'utiliser l'eau du fleuve pour alimenter leurs chaudières. Aspirée par une pompe, l'onde boueuse du Mississippi se décantait dans un réservoir dit « tonneau à fange » et les chaudières ne recevaient ainsi qu'un liquide filtré, ce qui évitait l'encrassement des tubulures et, partant, certains risques d'explosion. Le *Delta III* succédait au *Prince-du-Delta*, détruit au cours d'une collision, et au *Prince-du-Delta II*, qu'une brusque crue du fleuve avait, en 1860, transporté au milieu d'un champ de maïs où le vapeur s'était disloqué. Le *Delta III*, promu hôpital flottant pour les officiers confédérés, avait traversé la guerre entre les États sans dommages. Repeint à neuf, il pouvait prétendre, avec ses chaudières supportant des pressions de 125 à 150 livres [2], à des vitesses de 6 à 7 miles à l'heure dans la remontée du fleuve, de 10 à 12 miles à l'heure dans le sens du courant.

---

1. « Elles ne tarderont pas à connaître de grandes difficultés et on les verra se trouver mal. »

2. De 8,75 kg à 10,5 kg par cm².

Pourvu d'une rangée de cabines de luxe sur le pont-promenade, ou pont « Texas » [1] dans le jargon des mariniers, il passait pour le plus confortable des « lévriers » du fleuve. Les meubles d'acajou, les planchers de cyprès rouge, les tapis de laine, les « pâtisseries » romantiques aux reliefs surdorés qui agrémentaient le plafond du grand salon et, surtout, la qualité de la nourriture servie à bord autorisaient le propriétaire de ce navire, qui reliait Cincinnati à La Nouvelle-Orléans, à réclamer des prix de passage supérieurs à tous les autres. Les habitués commençaient à l'appeler le *Vieux-Delta*, car nul n'ignorait, au long du fleuve, que la durée de vie des steamboats, dont les longues coques de bois à faible tirant d'eau étaient d'une flexibilité à la fois utile et redoutable, excédait rarement cinq ans. Bien que son vaisseau soit classé avec sa roue arrière à pales sang-de-bœuf parmi les « bateaux-brouettes » par les officiers des vapeurs à roues latérales, le capitaine Charel était très fier de la maniabilité de son navire, obtenue grâce à de nouveaux gouvernails à double safran dont la mèche se trouvait au milieu du plan mobile.

– Ton bateau manœuvre plus facilement en marche arrière qu'en marche avant, disaient les officiers des steamboats concurrents, ce qui était exact, car, en marche arrière, l'eau brassée par les pales de la roue à aubes exerçait sur les gouvernails une pression qui aidait à la manœuvre.

Tandis que la flotte du Mississippi, sérieusement affaiblie par les destructions de la guerre civile, se reconstituait peu à peu, le *Prince-du-Delta*, troisième du nom, poursuivait une carrière enviable. On pouvait craindre, bien sûr, que les vapeurs fluviaux ne soient bientôt sérieusement concurrencés par le chemin de fer, situation que l'on connaissait dans le Nord où, grâce à l'invention du frein à air comprimé de Westinghouse, à l'attelage automatique des wagons, à la normalisation de la signalisation, à la construction de locomotives plus puissantes et plus rapides, les compagnies ferroviaires avaient contraint les compagnies de navigation à baisser leurs tarifs de 10 %.

Mais entre Saint Louis et La Nouvelle-Orléans, dans les États où les lignes de chemins de fer, peu nombreuses et sérieusement endommagées par la guerre [2], ne pouvaient pas assurer un trafic suffisant et régulier, les bateaux fluviaux avaient encore de belles années devant eux.

---

1. Parce que la mode de ces cabines supplémentaires avait été lancée au moment de la guerre du Texas et qu'on réservait habituellement ces chambres élevées à des officiers allant combattre.

2. Les Nordistes avaient mis au point une technique très efficace pour détruire les voies ferrées. Voici comment la décrit dans ses Mémoires le général comte Régis de Trobriand (1816-1897), qui, élu colonel par le 55ᵉ régiment des volontaires de New York, fit quatre ans de campagne avec les Nordistes avant d'être nommé général de l'armée des États-Unis, grade que seul La Fayette avait mérité avant lui : « Voici comment l'opération se pratique : toute la division se range en bataille sans intervalle sur le bord du chemin de fer et forme les faisceaux. Au premier commandement (« Ready! ») tous les hommes se courbent et saisissent à deux mains l'extrémité des traverses qui se trouvent devant eux. Au second commandement, le premier régiment qui se trouve près d'un tronçon ou d'une coupure soulève d'un commun effort les traverses et les rails. Tous les autres font successivement la même manœuvre et la

C'est donc sur le *Prince-du-Delta III* repeint à neuf que s'embarquèrent à Bayou Sara, par un brûlant matin de juillet, Mme de Vigors et le général Tampleton. Au moment de dire au revoir à Dandrige, Virginie se montra émue comme un trottin qui voit partir son bon ami au régiment!

– J'ai un peu honte, Clarence, je ne suis pas raisonnable et c'est faire preuve d'égoïsme que de courir vers des distractions alors que vous supportez seul tout le poids de nos difficultés... et puis je ne suis plus très sûre que j'ai tellement envie d'aller à La Nouvelle-Orléans!

– Allez sans scrupules ni inquiétude, Virginie, grisez-vous un peu, c'est une récréation, un verre de champagne auxquels vous avez droit, et revenez avec votre fils heureuse et sereine... Essuyez vos yeux et ne faites pas attendre Tampleton, qui piaffe comme un fiancé!

– Mon fiancé, mon éternel fiancé, Clarence, c'est vous!

Et Mme de Vigors, qui portait ce jour-là une ample robe de coton écru à manches flottantes et un chapeau de paille d'Italie à larges ailes, que Rosa avait paré d'un flot de rubans frais et multicolores, ouvrit son ombrelle d'un geste sec, souleva d'une main le bas de sa jupe et gravit la passerelle en faisant claquer ses talons. Deux jeunes officiers de l'Union, accoudés au bastingage et auxquels personne ne prêtait attention, échangèrent un signe d'intelligence en voyant Virginie tendre son ticket au préposé. Quand le général Tampleton, déjà à bord, offrit son bras à l'élégante pour la conduire à l'ombre de la galerie, les deux Yankees estimèrent que ce manchot à redingote grise et panama de planteur formait avec cette femme, dont on ne pouvait aisément deviner l'âge, un couple assez réussi.

– S'ils ont des filles, j'aimerais bien les connaître, fit l'un.

– Elles ne seraient pas pour nous, dit l'autre; nous avons gagné la guerre, mon vieux, mais c'est tout ce que nous avons gagné!

Ces considérations furent interrompues par l'orgue à vapeur du bord qui toujours régalait d'un concert les accompagnateurs des passagers tandis que s'accomplissaient les manœuvres du déhalage. Les airs de Stephen Foster faisaient partie du répertoire de tous les joueurs de calliope du fleuve qui, pour ne pas provoquer les Yankees, évitaient les airs guerriers célèbres dans l'armée confédérée. Ce jour-là cependant, le capitaine Charel, qui avait vu monter à bord le général Tampleton, ordonna que l'on joue *Dixie*, l'hymne du Sud, que l'on reprit en chœur aussi bien sur les ponts que sur la berge.

Les notes nasillardes et approximatives, projetées en plein ciel par le chuintement puissant de la vapeur contrainte de fuser par les 32 tubes de cuivre au rythme de la vieille chanson composée en 1859 par Dan Emmett, rappelèrent à Willy Tampleton ces journées de

---

voie ferrée, avec ses supports, se dresse d'un côté et se renverse de l'autre, roulant dans sa longueur comme un long ruban qu'on retourne... » Il ne restait plus ensuite qu'à faire de grands feux avec les traverses, afin de chauffer à blanc le milieu de chaque rail que l'on tordait aisément autour d'un arbre afin de le rendre inutilisable. Il existe une photo de ce genre de « sabotage » dans *la Guerre de Sécession en photo* de Renée Lemaître (Elsevier Sequoia éditeurs).

1861 où le Sud croyait à la victoire. Il se tourna vers Virginie et vit que celle-ci fixait par-delà l'embarcadère un cabriolet qui s'éloignait dans un nuage de poussière. Dandrige rentrait à Bagatelle.

A peine le bateau avait-il pris sa vitesse qu'un grand gaillard au sourire épanoui s'approcha de Tampleton. Il s'inclina devant Virginie et dit d'une voix qui fit se retourner une douzaine de personnes :

– Morbleu, général! comme je suis heureux de vous savoir sur ce bateau... J'avais l'intention de vous faire visite aux Myrtes...

Willy fit les présentations :

– M. Dubard... Mme de Vigors.

– Je vous laisse bavarder, messieurs, je dois installer ma cabine, dit aussitôt Virginie, qui venait d'éprouver la vigueur de la poignée de main à la française de Paul Dubard.

Les deux hommes se dirigèrent aussitôt vers l'escalier aux larges rampes d'acajou, aux marches recouvertes d'un tapis moelleux à motifs floraux vert et jaune, qui conduisait au bar.

Au cours du dîner, au soir de cette première journée de voyage qui rappelait à Virginie l'époque heureuse où l'on trouvait toujours prétexte à s'en aller passer quelques jours à La Nouvelle-Orléans, elle interrogea Willy Tampleton, tout en dégustant à la lueur des lampes d'opaline ce nouveau mets à la mode : l'écrevisse à la sauce piquante.

– Qui est ce M. Dubard que vous m'avez présenté ce matin? Un fort bel homme, me semble-t-il.

– Et un bien brave homme, honnête, serviable et très fortuné, ce qui ne gâte rien.

– Son gilet à carreaux jaunes n'est peut-être pas du meilleur goût...

– C'est un *Cadien*, ma chère, comme l'était votre père, fit avec un rien d'ironie le général, mais le cœur qui bat sous ce gilet un peu... agressif est bon... et bien français!

» Les Dubard sont propriétaires de vastes terres sur la paroisse de Vermilion [1]. C'est une de ces familles acadiennes qui ont construit la Louisiane au moins autant que celles des aristocrates venus comme les Damvilliers sur les traces des découvreurs. J'ai fait la guerre avec le frère de celui que vous avez vu. Il était diplômé de West Point comme moi et a été tué à la bataille de Mansfield l'année dernière avec le général Jean-Jacques-Alfred Mouton, autre Cadien de bon lignage.

Tandis que la dame de Bagatelle achevait son repas en se délectant avec des mines de chatte gourmande d'une coupe de crème glacée, le général lui répéta que les Dubard comme les Trégan – ancêtres de Virginie – appartenaient à cette caste des colons exilés d'Acadie, que les créoles et les descendants d'aristocrates méprisaient un peu. Chassés par les Anglais quand ils ne voulaient pas faire acte d'allégeance ou persécutés quand ils tentaient de résister, ces défricheurs

1. Aujourd'hui Lafayette.

des établissements français du nord de l'Amérique maudissaient toujours le traité d'Utrecht d'où avaient découlé tous leurs malheurs. En 1755, bon nombre de ceux qui voulaient se cramponner à leurs biens avaient compris que la volonté britannique n'était pas seulement de jouir des territoires revenant à la Couronne par traité, mais encore de déporter ceux qui avaient ensemencé les champs et apporté dans cette région du monde la civilisation. De la Grand'Prée, de Port-Royal, de Louisbourg, de Beaubassin, des Mines et d'autres villages, les Acadiens furent contraints de s'embarquer pour les colonies anglaises d'Amérique où l'on manquait de bras.

Irène et Baptiste Dubard, espérant échapper à leur sort, se cachèrent un moment avec leur fils, Alfred, dans la forêt, vivant pendant plusieurs jours de baies et de racines et redoutant de tomber aux mains des soldats qui les recherchaient comme « déserteurs ». Se résignant finalement à leur sort, ils avaient été embarqués à Piziquid sur une goélette à destination du Maryland, où ils arrivèrent en novembre 1755 avec 260 autres Acadiens. D'Annapolis, les Dubard s'étaient rendus à Philadelphie, où ils avaient choisi de monter à bord d'un vaisseau à destination de la Guadeloupe, alors que d'autres Acadiens partaient pour Saint-Domingue, la Guyane ou la Martinique où des terres leur étaient promises. Cette longue épopée de la déportation, les Acadiens l'appelaient toujours le Grand Dérangement. Incapables de s'adapter au climat des Antilles, beaucoup ne pensèrent plus bientôt qu'à rejoindre la dernière colonie française du continent américain : la Louisiane. Les Dubard y parvinrent et on les vit en 1765 s'installer entre le bayou Tèche et le bayou Vermilion. Comme les quelque cinquante familles acadiennes arrivées l'année précédente, ils croyaient être au bout de leurs peines et sur des terres bien françaises. Ils ne tardèrent pas à apprendre qu'une clause secrète du traité de Fontainebleau de 1762 avait livré à l'Espagne tous les territoires louisianais à l'est du Mississippi. Cependant, comme les autorités espagnoles semblaient faire preuve de mansuétude à l'égard des nouveaux colons, ceux-ci se mirent à défricher une partie des territoires des Attakapas et des Opelousas, tribus indiennes fort pacifiques. L'ordonnateur français, M. Foucault, prenant en pitié les nouveaux arrivants, réussit à leur fournir des vivres, des munitions, des remèdes et même, à des conditions avantageuses, cinq vaches et un bœuf par famille. Pour payer les premiers investissements indispensables, ces Acadiens – qu'une déformation du vocable allait bientôt faire appeler « Cadiens » puis « Cajuns » – ne disposaient en fait d'argent que de « papier du Canada » dont personne ne voulait et dont le remboursement était depuis longtemps forclos. Malgré toutes ces difficultés, les Dubard, comme bien d'autres, qui s'appelaient : Mouton, Arseneau, Braux, Broussard, Poirier, Doucet, Cormier, Landry, Hébert, se mirent au travail sur des concessions proches des bayous, car l'eau restait un élément vital. Ils y firent tout d'abord des cultures vivrières : maïs, avoine, pommes de terre, légumes, élevant en pleine nature des troupeaux de bœufs et de vaches, chassant la dinde sauvage et le chevreuil, pêchant dans les bayous quantité de poissons succulents. Plus tard, imitant les grands planteurs des bords du Mississippi qui semblaient ignorer la présence de ces « compatriotes » moins fortunés qu'eux, les Cadiens se mirent à la culture du coton et de la canne à sucre, à l'élevage intensif, et certains y réussirent fort bien. Quand Alfred Dubard, aîné de onze enfants, prit la succession de son père en 1804 à l'âge de cinquante ans, après avoir épousé la fille d'un chirurgien de renom de La Nouvelle-Orléans, qui devait lui donner douze enfants, c'était un homme riche et considéré. Il possédait un des plus vastes et plus fertiles domaines de la région à Bayou Carencro, des presses à coton et des moulins à cannes. Étant resté en bons termes avec les Indiens qu'on avait refoulés vers l'ouest, il dirigeait aussi un commerce de peaux très prospère. Comme tous les Cajuns qui avaient, très jeunes, souffert du Grand Dérangement, il connaissait la saveur de la liberté. Ainsi, Alfred Dubard avait-il toujours traité ses esclaves comme s'ils eussent été des travailleurs libres. Il affranchissait d'office tous les enfants noirs nés sur ses terres, ce qui lui avait valu quelques critiques de la part des planteurs aristocrates plus soucieux d'augmenter leur main-d'œuvre servile que d'émanciper des enfants qui échapperaient à leur autorité.

Paul, le deuxième fils d'Alfred, qui voyageait sur le *Prince-du-Delta III*, avait, comme ses quatre frères, un sobriquet à la mode acadienne. On l'appelait « Rondin », parce qu'il avait créé la « Cypress and Oak Company » qui comptait plusieurs scieries et exploitait près de 50 000 hectares de forêt au bord de la rivière des Perles.

Paul Dubard avait été très fier de confier au général Tampleton qu'on achevait « asteur [1] » une ligne de chemin de fer qui relierait directement sa scierie de Calcassieu à La Nouvelle-Orléans où ses bois seraient embarqués sur des bateaux appartenant à son frère, Alex Dubard, dit « Fraise » en raison du goût immodéré qu'il portait à ce fruit.

– Avec les navires de « Fraise », disait Paul, on peut livrer maintenant à l'Amérique du Sud et à l'Europe plus d'un million de pieds de bois par mois. Le cyprès sert pour les constructions navales, les meubles, les planchers et les façades, le pin pour le chauffage et les caisses, le chêne pour la futaille et les grosses pièces de charpente... Rochefort et Toulon sont nos deux meilleurs clients pour le bois à bateaux... Vous devriez acheter quelques hectares de forêt, général, croyez-moi, ce sera bon...

La présence de Paul Dubard sur ce bateau s'expliquait par le fait qu'il revenait du mariage d'une de ses nièces, la fille de son frère aîné Louis Dubard, dit « le Fils » parce que héritier du grand domaine paternel. Louis, comme tous les Dubard, avait une nombreuse famille, sept garçons et deux filles, et c'est l'une d'elles qu'on venait de marier à un ingénieur des chemins de fer.

– La seconde sera plus difficile à caser, avait dit Paul Dubard,

1. A cette heure, en ce moment.

qui, ayant lui-même douze enfants, savait ce que coûtait leur établissement.

– Pourquoi? avait demandé Tampleton, n'est-elle pas jolie?... et riche?

– Riche, pour sûr qu'elle l'est, et économe, presque serrée qu'on dit, mais jolie... je sais pas. Elle a toujours été faiblarde et blanche comme le coton, mais elle est instruite de tout. Je crois que les hommes lui font un peu peur...

Complètement informée sur les Dubard, Mme de Vigors, née Trégan, fit une moue.

– Ces familles cajuns, dit-elle, sont incroyablement prolifiques... et puis avouez qu'ils parlent, du côté des bayous, un drôle de français et qu'ils ont un drôle d'accent.

Comme le général Tampleton et Virginie quittaient la salle à manger, ils aperçurent à une table Paul Dubard qui, le cigare aux lèvres prêt à être allumé, semblait contester devant un maître d'hôtel noir le fumet d'un cognac :

– C'est pas avec ça qu'on sera mourive [1]! Hein! Ce cognac, y vaut pas rien...

– Vous avez entendu, fit Virginie..., un vrai paysan!

Jouir du coucher de soleil avait toujours été un des agréments des croisières fluviales. La frise sombre de la forêt, inégale et festonnée, se découpait sur le fond rouge et or de l'horizon comme un métal surchauffé.

Virginie paraissait rêveuse.

Willy Tampleton, accoudé au bastingage à son côté, se gardait de troubler cette méditation crépusculaire et suivait les évolutions des martins-pêcheurs, quand surgit un homme jeune, cigare aux lèvres, un chapeau du genre dit melon incliné sur l'oreille.

– Dans le Nord, on ne connaît pas cette lumière, dit-il en s'appuyant bras tendu à la main courante avec l'air assuré que l'on voit aux vieux marins sur les dunettes, en pleine tempête.

Willy Tampleton jeta un regard circulaire pour bien montrer à l'importun qu'on supposait sa phrase destinée à quelqu'un d'autre, mais Virginie, tout sourire, l'ovale clair de son visage mis en valeur par l'écharpe de soie qu'elle avait nouée sous son menton, se montra plus sociable :

– Et d'où venez-vous, monsieur?

– De l'Illinois – de Chicago, précisément. Nous avons aussi des couchers de soleil sur le lac Michigan, mais ils n'ont pas cette luminosité. La Louisiane est un beau pays et je compte bien m'y installer.

– Vous avez une profession? questionna Tampleton, un peu acerbe et voyant déjà dans l'inconnu un aventurier.

– Mon nom est Oliver Oscar Oswald, dit l'homme en se découvrant, ce qui révéla une chevelure rousse et bouclée..., et je n'ai pas encore de profession..., n'ayant pas eu le temps d'en chercher une!

1. Ivre.

Tampleton se nomma mais négligea de présenter Virginie, estimant que l'autre, la prenant pour sa femme, se montrerait circonspect.

– Et que comptez-vous faire à La Nouvelle-Orléans, si je ne suis pas indiscrète? fit l'épouse supposée.

– Des affaires, bien sûr, et aussi de la politique, car j'ai des idées pour améliorer les relations entre le Nord et le Sud, qui, la guerre terminée, doivent se réconcilier, n'est-ce pas?

– C'est un but élevé, fit le général un peu ironiquement. Mais le Sud a toujours géré seul ses propres affaires et entend, je pense, continuer à le faire!

Malgré le ton désagréable, Oliver Oswald ne se laissa pas démonter.

– J'ai quelques recommandations pour des gens influents du parti républicain, dit-il, et je compte bien me faire une place sous ce soleil en train de disparaître.

– Nous pourrions poursuivre cette conversation à l'intérieur, fit Virginie, que l'irritation de Tampleton amusait, il fait un peu frais maintenant.

L'inconnu n'attendait qu'un encouragement. Le trio se dirigea donc vers le grand salon où, sous les lustres, on bavardait par petits groupes autour des guéridons, les dames assises dans les bergères capitonnées de soie beige ou sur les canapés, les messieurs debout ou installés sur des poufs enjuponnés. L'homme de Chicago offrit de prendre des rafraîchissements. Tampleton déclina la proposition, mais Virginie accepta une tasse de tilleul. La conversation reprit, le rouquin se montrant d'une loquacité enjouée, racontant qu'il avait commencé sa carrière en posant des traverses de chemin de fer, « comme Lincoln », avant d'être embauché par Barnum qui lui avait légué une devise fort utile pour réussir : « Chaque minute naît un jobard! »

– Car, fit-il en clignant de l'œil à l'intention de Virginie, la seule mine inépuisable est la bêtise humaine, n'est-ce pas?

Puis il raconta, pour illustrer ces propos un peu cyniques, comment Phineas Taylor Barnum, son maître à vivre, apparemment, avait su mystifier avec élégance et profit des foules de gens, notamment en présentant une vieille négresse gâteuse, Joice Heth, comme étant la nourrice de George Washington, né, il le rappela, en 1732!

– Au moment de sa mort, en 1836, elle aurait dû avoir cent soixante et un ans, mais l'autopsie révéla qu'elle était seulement nonagénaire!

– Oh! quelle audace! dit Virginie, admirative et subjuguée par le bagou d'Oswald.

– Et ce n'est pas tout, madame. Barnum, croyez-moi, est génial. La sirène des îles Fidji, hein, que croyez-vous que c'était? Une tête de guenon cousue à un corps de poisson. Et le nègre qui avait blanchi en mangeant de l'herbe : un mulâtre plus clair que les autres! Et le cheval à toison de laine, et la femme-montagne qui pesait 618 livres, et George Constantin tatoué des orteils aux cheveux par des Chinois tartares...

– Mais Tom Pouce est bien un vrai nain?

– Oui, bien sûr, comme Anna Swan est une vraie géante avec ses deux mètres quarante-sept, comme Joséphine Clofuttia est une authentique femme à barbe, comme Chang et Eng sont des frères siamois, mais l'habileté de Barnum a toujours été de mêler le vrai et le faux, ce qui lui a permis de gagner, croyez-moi, beaucoup d'argent.

– Et peut-on savoir pourquoi vous avez quitté ce maître admirable, monsieur Oswald? demanda Tampleton.

– Parce que nous nous sommes fâchés au moment de la sécession des États du Sud. Il était démocrate et n'est devenu républicain qu'après le commencement des hostilités. Je m'étais déjà engagé dans l'armée fédérale.

Le général Tampleton apprécia cette franchise, mais n'en conserva pas moins une attitude guindée. Oswald choisit d'ailleurs de prendre congé, prétextant une lettre à écrire, qu'il devait mettre à la poste lors de l'escale du lendemain.

– Peu scrupuleux sans doute mais distrayant, non? fit Virginie quand l'homme de Chicago se fut éclipsé.

– Je n'aime guère ce genre d'aventurier, répondit le général. J'ai toujours peur en le quittant de ne plus avoir de montre...

Le *Prince-du-Delta*, comme tous les grands vapeurs du Mississippi, autres que les show-boats qu'on amarrait pour la nuit près des agglomérations afin de drainer une clientèle éprise d'amusements, s'était arrêté, lui, dans une courbe tranquille du fleuve en attendant le jour.

Au salon, le chanteur noir Horace Jefferson, célèbre sur la ligne, venait de faire son entrée, son banjo sous le bras, pour distraire une assemblée qui ne semblait pas pressée d'aller au lit. Un musicien blanc l'accompagnait au piano et bientôt les chansons connues se succédèrent, les auditeurs reprenant en chœur les refrains. Quand il attaqua *Oh! Susanna*, une ballade de Stephen C. Foster, les gens se turent car la mélodie rappelait à tous l'heureux temps où les maîtres blancs regardaient les esclaves cueillir le coton dans les champs aujourd'hui désertés. Horace chantait en exagérant les déformations que les Noirs faisaient subir aux mots anglais. Au dernier refrain, plus d'une femme avait l'œil humide et plus d'un homme se sentait la gorge serrée.

Go down to de cotton field!
Go down, I say
Go down and call de nigga boys all :
We'll work more today!

Chaleureusement sifflé et applaudi, Horace se retira satisfait en s'épongeant le front avec un mouchoir rouge, indiquant qu'il pourrait peut-être revenir plus tard.

– N'y a-t-il pas dans la noble assemblée un monsieur... ou une dame... qui saurait nous chanter un refrain? lança le capitaine Charel, qui venait de rejoindre les passagers.

A la stupéfaction du général Tampleton, Virginie se leva :

– Si, moi, dit-elle.

Un murmure étonné et légèrement désapprobateur parcourut l'assistance. Qu'une dame de qualité, connue de plusieurs passagers pour être veuve de deux gentilshommes, propose ainsi de chanter en public devant des gens qui ne lui avaient pas tous été présentés avait de quoi surprendre. Tampleton bougonna dans sa barbe, mais ne tenta pas de retenir sa vieille amie. « Après tout, se dit-il, elle fait ce voyage pour s'amuser un peu, comme le lui a conseillé Dandrige, et puis, à son âge, cela ne peut plus tirer à conséquence. Et enfin, depuis la guerre civile, les femmes ont acquis une indépendance de décision et de mouvement dont on ne les privera pas de sitôt! »

Très à l'aise dans une robe de faille noire, un fichu de soie à longues franges jeté sur les épaules, Virginie se dirigea vers le piano, dit au pianiste qu'elle s'accompagnerait elle-même et, après une brève ritournelle qui indiqua à l'assistance qu'on allait avoir affaire à une vraie musicienne, elle attaqua d'une voix douce et moelleuse une mélodie lancée l'année précédente, une sorte de berceuse mélancolique et assez sentimentale pour plaire à toutes les femmes :

Beautiful dreamer wake unto me,
Starlight and dewdrops are waiting for thee;
Sounds of the rude world heard in the day
Lull'd by the moonlight have all pass'd away.
Beautiful dreamer, queen of my song,
List while I woo the with soft melody :
Gone are the cares of life's busy throng.
Beautiful dreamer awake unto me
Beautiful dreamer awake unto me!

Le succès de l'interprète dérida Willy, car l'ovation qu'elle reçut fut sincère et chaleureuse. Invitée à poursuivre, Virginie opta résolument pour un air populaire que tout le monde pouvait reprendre : *My Old Kentucky Home, good night.*

Paul Dubard révéla à cette occasion une belle voix de basse. Il vint se placer près de Willy Tampleton pour stimuler ce dernier qui ne semblait pas avoir de grandes dispositions pour le chant choral.

Quand Virginie regagna son fauteuil entre deux haies de gentlemen enthousiastes, au nombre desquels figuraient les deux jeunes officiers de l'Union qui, à Bayou Sara, avaient assisté à son embarquement, le propriétaire de la « Cypress and Oak Company » commanda « du champagne de France pour l'artiste ».

Cette dernière rayonnait de plaisir. Tampleton retrouva à cet instant, sur le visage rosi par l'effort de cette femme de cinquante-trois ans, les couleurs de la jeunesse et dans son regard cette flamme provocante et téméraire qui, plus de trente ans auparavant sur le *Prince-*

du-Delta I [1], lui avait valu un duel et une balle dans la cuisse!

Il ne put s'empêcher de prendre la main de Virginie.

– Vous ne changerez donc jamais, toujours ce besoin de surprendre les autres? dit-il sur le ton du précepteur grondant affectueusement son élève.

– Nous changeons, Willy, mais la vie ne change pas. Nous devons jusqu'au bout être associés à ses caprices, disponibles pour ses hasards. Il faut s'y cramponner comme l'on s'accroche à la crinière d'une jument au galop quand on a lâché les guides... et que l'on craint de vider les étriers!

– Vous souvenez-vous de cette mèche de cheveux pour laquelle autrefois je pris le risque de tuer Edward Barthew?... Vous m'aviez déjà étonné alors et aussi, je ne l'appris que plus tard, cruellement floué...

– Tant de choses plus tristes et plus douloureuses se sont passées depuis ce temps, Willy! Aujourd'hui, mes cheveux sont gris et personne n'en accepterait une mèche comme enjeu aux cartes...C'est égal, conclut-elle d'un ton volontairement badin, comme pour ne pas laisser se dissoudre dans la mélancolie des souvenirs l'instant plaisant qu'elle venait de vivre, c'est égal, si vous aviez tué Ed ce jour-là, Mignette ne serait pas devenue la femme d'un avocat et Clarence n'aurait pas de filleul... et si Ed avait été moins adroit... vous ne seriez pas là à me tenir la main!

Oliver Oswald réapparut au moment où le maître d'hôtel faisait sauter le bouchon de la bouteille de champagne. Virginie prit la coupe que lui tendait Paul Dubard, but une gorgée et, avec ce regard appuyé qui, autrefois, interdisait aux hommes d'éluder les défis qu'elle lançait, elle dit d'une voix neutre :

– M. Oswald connaît sûrement des chansons lui aussi. A Chicago, on chante, n'est-ce pas?... dans les bars...

Le beau rouquin, dont la toison rappelait à Virginie celle plus soignée d'un poète famélique habitué du salon de sa tante Drouin à Paris, n'était pas homme à se dérober.

– A vrai dire, madame, je connais surtout des chansons de soldats, qui parlent de gloire, de mort et... de liberté.

– Allez, monsieur! faites-nous entendre votre voix. Nous savons ce que sont les militaires!...

Gaillardement, M. Oliver Oscar Oswald se mit au piano à son tour et, dès les premières notes, on vit quelques visages d'hommes se renfrogner. Il faut dire que *Marching through Georgia* était une des dernières marches de l'armée de l'Union où il était question d'une offensive irrésistible des Fédéraux d'Atlanta jusqu'à la mer à travers la Géorgie. Henry Clay Work, l'auteur de cette rengaine, n'hésitait pas à soutenir que les patates douces sortaient joyeusement de terre sous les pas des soldats de la liberté!

Sans les deux lieutenants yankees, Oliver Oswald eût été le seul

---

1. Voir *Louisiane*.

à chanter le refrain. Les militaires soutinrent à pleine voix l'homme de Chicago, tout en lançant à droite et à gauche, à un auditoire compassé, des regards qui signifiaient clairement qu'ils étaient prêts à ramasser tous les gants qu'on pourrait leur lancer.

Un silence pesant succéda au dernier accord plaqué sur un *while we were marching through Georgia* qui fit vibrer les pendeloques de verre des appliques.

– Bravo! cria très vite Virginie en applaudissant, ce qui obligea Tampleton, Dubard et quelques autres à en faire autant avant que la foule elle-même s'y mette sans grand enthousiasme, mais pour montrer que dans le Sud on savait apprécier les belles voix!

– A vous, général! lança Oswald en venant prendre la coupe qu'on fut bien obligé de lui offrir.

Willy Tampleton se redressa, montra sa manche vide.

– En traversant la Géorgie... et la Virginie, monsieur, vos amis m'ont pris une main, ce qui me laisse encore la latitude de jouer du pistolet, pas, hélas! de jouer du piano... Mais, si quelqu'un veut bien accompagner les quelques vétérans confédérés que je reconnais ici, nous pourrons vous chanter... *Riding a Raid*, par exemple, ou *Bonnie Blue flag?*

Ils chantèrent les deux airs en détonnant parfois, mais avec assez d'émotion et de foi pour qu'Oswald et les militaires de l'Union paraissent pénétrés de respect.

Cette fois, les applaudissements furent nourris. Comme Virginie craignait en voyant l'homme de Chicago et les deux officiers se concerter qu'on en arrive à un duel vocal Nord-Sud, qui pourrait bien dégénérer, elle reprit résolument possession du piano après avoir glissé une phrase à l'oreille du capitaine Charel.

– Mme de Vigors veut bien nous interpréter pour terminer la soirée une vieille ballade que tous les Américains connaissent : *Lorena* [1].

– Vous avez bien joué, Virginie, comme toujours, dit plus tard Tampleton en raccompagnant son amie jusqu'à la porte de sa cabine. Votre sang-froid a, je crois, évité une bagarre qui eût été déplacée, les Nordistes étant nettement minoritaires.

Le général venait à peine d'éteindre sa lampe et de se mettre au lit qu'on frappa impérativement à sa porte.

– Willy, il se passe une chose affreuse, ouvrez-moi.

Il reconnut tout de suite la voix de Virginie et l'exhorta à patienter pendant qu'il passait un pantalon et une robe de chambre, exercices qui n'allaient pas sans difficulté depuis qu'il était manchot. Enfin il put ouvrir la porte.

– Que se passe-t-il, mon Dieu?

– On m'a volé mes bijoux... et des objets que j'emportais pour les vendre à La Nouvelle-Orléans, c'est affreux, des choses qui me

1. Cette vieille mélodie du Sud, que chantaient souvent à la veillée les soldats confédérés, a été popularisée par le film *Autant en emporte le vent*, tiré du célèbre roman de Margaret Mitchell.

venaient de la famille d'Adrien et d'autres de Charles... Je suis désespérée!

– Allons voir et prévenir le capitaine. Le voleur a pu, bien sûr, venir de la rive où nous sommes amarrés, ou s'enfuir du bateau s'il y était déjà...

Ils trouvèrent le capitaine devant sa cabine, en robe de chambre lui aussi, mais dignement coiffé de sa casquette et recevant les doléances d'une douzaine de couples se plaignant eux aussi d'avoir été délestés de bijoux d'or et d'argent, de bank-notes et même de pièces de vêtement.

– Il faut convoquer tous les membres de l'équipage et tous les domestiques, disaient les uns.

– Il faut faire lever tout le monde et fouiller toutes les cabines, proposaient les autres.

– Il faut boucler tous les passagers suspects dans le grand salon, suggérait encore quelqu'un.

Le capitaine Charel, homme de sang-froid, leva la main pour obtenir le silence.

– Nous sommes amarrés depuis neuf heures du soir à cet endroit. Il est près de minuit. Le ou les voleurs ont dû visiter les cabines pendant le dîner ou pendant que vous chantiez. Je vais déhaler et mettre le bateau au milieu du fleuve, bien que les règlements l'interdisent et qu'il soit sans doute trop tard. Et puis nous aviserons!

Des gens murmurèrent, trouvant ces mesures insuffisantes.

Une heure plus tard, l'officier en second, promu secrétaire, s'efforçait avec les plaignants d'établir la liste des objets volés, tandis que, tous fanaux allumés, le *Prince-du-Delta,* utilisant des ancres qui ne servaient que rarement, se dandinait doucement sur le Mississippi.

La plupart des passagers s'étaient levés et avec l'équipage guettaient sans trop savoir quoi au long du bastingage, comme si l'on redoutait un abordage par les écumeurs du fleuve, dont les nounous noires racontaient encore les exploits aux enfants de leurs maîtres, le soir, quand les choucas tournoyaient au-dessus des bayous.

Au petit matin, le capitaine fit l'appel. Il ne manquait ni un homme de manœuvre, ni une femme de chambre noire, ni un passager.

– Ou les voleurs sont venus et repartis cette nuit, dit Charel, ou ils sont encore à bord avec leur butin.

– Il faut fouiller le bateau... et les cabines, exigèrent plusieurs victimes.

– Allons-y! dit, sans plaisir, le capitaine.

Tampleton prit la tête d'un groupe. Des dames furent déléguées pour accompagner les officiers du bord chargés d'inspecter les chambres des passagères.

Ces recherches minutieuses ne donnèrent rien – sauf la découverte de trois bouteilles de whisky que les chauffeurs noirs dissimulaient, en contravention avec le règlement du bord, et d'une guenon apprivoisée, embarquée clandestinement par un médecin.

A dix heures du matin, le *Prince-du-Delta* reprit sa navigation vers Donaldsonville, où le capitaine se proposait de prévenir le shérif.

Au début de l'après-midi, le shérif vint à bord. Il fit observer que les vols ayant eu lieu sur le fleuve mais pendant la traversée de la paroisse d'Iberville, et non pendant celle de la paroisse d'Ascension dont il était responsable, il ne pouvait connaître de cette affaire. L'honorable chef de la police vida une bouteille de cognac et s'en fut le pas aussi assuré que s'il avait bu un verre de lait!

Chaque tour de la roue à aubes et chaque heure qui passait augmentaient la résignation des volés qui s'étaient embarqués « à leurs risques et périls », ainsi que l'indiquait une notice affichée à bord.

M. Oliver Oscar Oswald, bien que ne figurant pas au nombre des victimes – « Je n'ai rien, hélas! qui puisse intéresser un voleur », avait-il dit – s'était dévoué plus spécialement pour Virginie qu'il entourait d'égards, ce qui ne l'empêchait pas de fumer en sa présence sans solliciter de permission et de cracher par-dessus le bastingage avec le naturel que confère une longue pratique de la désinvolture.

Au soir du deuxième jour de navigation, alors que le bateau, à la nuit tombante, allait être amarré dans la courbe de Bonnet-Carré, à une quarantaine de miles de La Nouvelle-Orléans, le secrétaire de Paul Dubard, un mulâtre des plus futés, repéra un homme qui avait l'air de vérifier le nœud d'un mince cordage attaché sous un renfort du bardage et qui se perdait dans l'eau jaune du fleuve. Il courut prévenir le marchand de bois et celui-ci, par un hublot de coursive, identifia parfaitement l'individu que lui désignait son employé. Il s'agissait d'Oliver Oswald, le rouquin de Chicago.

Le capitaine, informé des soupçons de M. Dubard, parut vivement intéressé :

– Il est possible, dit-il, que les bijoux aient été placés dans un sac imperméable et immergés, ce qui s'est déjà vu..., mais ce type de Chicago n'est pas forcément le voleur, peut-être a-t-il été seulement intrigué par ce filin.

Un plan fut mis au point et rapidement exécuté. Virginie y joua un rôle et Willy Tampleton aussi. Mme de Vigors fut chargée, en compagnie du général, de retrouver M. Oswald et de l'entraîner pour bavarder sur le bord opposé à celui où pendait le mystérieux cordage. Cette manœuvre fut réalisée de point en point sans aucune difficulté, car le rouquin ne pouvait être que flatté des amabilités d'une dame de qualité. Quand la conversation fut engagée, Tampleton s'esquiva sous prétexte d'aller quérir un châle pour Virginie et vint prévenir Dubard et le capitaine qu'ils pouvaient maintenant haler le câble, pour voir s'il était ou non lesté d'un paquet suspect.

En deux tractions, on amena sur le pont un gros sac de moleskine dégoulinant et confectionné sans doute avec un de ces ponchos imperméables que les soldats de Lee enviaient, les jours de pluie, aux cavaliers nordistes. Le paquet, bien ficelé, pesait une bonne vingtaine de livres. Il contenait, bien sûr, enveloppés dans des châles de soie, les bijoux disparus la veille des cabines des passagers.

– Notre rouquin est un corsaire, il ne reste qu'à le cueillir, dit Tampleton d'un ton assuré.

Mais le capitaine fut d'avis qu'il valait mieux le prendre sur le fait au moment où, au cours de la nuit, le voleur viendrait probablement récupérer son butin.

Le sac fut vidé de son précieux contenu, rempli de lest et à nouveau immergé. Un tour de garde fut établi et Tampleton rejoignit Virginie et l'homme qu'il savait maintenant être un malfaiteur. La cloche du dîner vint à propos disperser le groupe. Le général et Mme de Vigors se retrouvèrent seuls à leur table dans la salle à manger.

– Vos bijoux sont retrouvés, Virginie, et je ne sais ce qui me retient de jeter l'homme à la chevelure flamboyante par-dessus bord! dit Willy.

– Ainsi c'est un voleur! fit Virginie, pensive.

– Ça vous étonne? Ces gens qui viennent du Nord avec pour tout bagage un sac taillé dans un vieux tapis [1] sont des aventuriers, des pillards! Il paraît qu'ils sont légion à La Nouvelle-Orléans.

– Et que va-t-on faire de lui?

– Le remettre au shérif, je pense, en arrivant en ville. Encore que le capitaine, étant maître après Dieu à son bord et légal représentant de la loi, pourrait, sans doute, le faire pendre à un mât de charge... tout simplement! Il se trouvera certainement des gens pour proposer cette solution. En tout cas, lorsque notre homme viendra relever son filet tout à l'heure, la pêche sera mauvaise. Il ne trouvera à la place des bijoux que de vieilles poulies et des gens qui lui mettront la main au collet.

Pour l'heure, Oswald discourait à la table d'hôtes à l'autre bout de la salle à manger. Son appétit semblait le fait d'une conscience à l'aise. Le repas terminé, il se dirigea comme la plupart des messieurs vers le fumoir.

– Ce soir, dit Virginie en quittant la table, je me coucherai tôt... Quand pourrai-je reconnaître mes bijoux, Willy?

– Dès que le voleur sera arrêté, j'imagine. Nous ne sommes que quelques-uns à être au courant de la découverte du paquet, mieux vaut ne pas éveiller son attention.

Tampleton reconduisit sa vieille amie au seuil de sa cabine et s'en fut faire un tour du côté du sac. Paul Dubard venait de relayer l'officier en second qui était allé dîner.

– Le front est calme, dit le Cajun.

– Et la nuit est belle, fit Tampleton.

– Une nuit à faire des macaqueries [2], comme dit l'ami Bois-sec qui joue dans les fais-dodo [3] de chez nous!

– Je vous relaie dans un quart d'heure, conclut Tampleton en poursuivant sa promenade.

---

1. D'où leur nom de *carpetbaggers*.
2. Singeries.
3. Bal cajun.

En passant devant la cabine de Virginie, le général remarqua que la clef se trouvait dans la serrure, à l'extérieur. Il frappa pour en prévenir Mme de Vigors. N'obtenant pas de réponse, il poussa le battant, découvrit la chambre vide et la lampe allumée.

Perplexe, il referma l'huis, s'en fut lentement faire un nouveau tour du pont en se demandant où pouvait se trouver Virginie. Un coup d'œil au salon des dames lui suffit pour savoir qu'elle ne papotait pas avec les autres passagères. Elle n'était pas non plus dans le grand salon où l'orchestre se préparait pour le bal. Il revint sur ses pas, déjà inquiet. La clef n'était plus dans la serrure de la cabine de Mme de Vigors, mais la lumière filtrait entre les rideaux tirés et le bord de la fenêtre donnant sur le pont-promenoir. Le général colla son oreille à la porte et entendit Virginie fredonner *Beautiful Dreamer.* Il s'en fut, rassuré, relever le Cajun devant l'appât.

Le lendemain, au début de l'après-midi, quand le *Prince-du-Delta* vint s'amarrer au quai Saint-Pierre, au bout de la rue du Canal, à La Nouvelle-Orléans, personne n'était venu prendre le sac censé toujours contenir les bijoux. Dubard, Tampleton, le capitaine et son second avaient passé une nuit blanche à guetter un gibier qui ne s'était pas manifesté. M. Oliver Oscar Oswald avait eu une chance insolente au poker et Mme de Vigors, sachant ses bijoux en lieu sûr, avait très bien dormi.

Au moment du débarquement, le capitaine fit savoir aux victimes des vols qu'elles pouvaient reconnaître leurs biens dans son bureau.

– Comment avez-vous retrouvé nos bijoux, capitaine? minauda une dame. Et quel est le bandit qui a osé visiter nos cabines?

– Nous avons retrouvé vos colliers et vos bracelets, mais pas le voleur, madame, et, comme personne n'a quitté le bord depuis le vol, il faut en déduire qu'il s'agissait vraiment d'un écumeur de rivière qui n'a pas osé venir rechercher son butin.

A l'évocation des corsaires du Mississippi, plusieurs dames manquèrent de tomber en pâmoison. Ces redoutables bandits s'en prenaient parfois à la vertu des femmes, embrassaient les demoiselles quand ils ne leur coupaient pas les cheveux pour vendre leurs mèches aux perruquiers! Sur le *Prince-du-Delta,* on l'avait échappé belle.

En prenant congé du général Tampleton et de Mme de Vigors, M. Oliver Oswald, son sac de tapisserie à la main, avait l'air faraud d'un homme qui évalue favorablement son avenir.

– Peut-être nous reverrons-nous, madame, fit-il en se découvrant.

– Il n'y a que les montagnes qui ne se rencontrent pas, monsieur, répliqua malicieusement Virginie.

Quant au général, il grogna un « Bonne chance » du ton sur lequel il aurait dit : « Allez au diable. »

– Vous voyez que vous vous étiez trompé, Willy, il ne faut pas se fier aux apparences, cet homme est probablement un aventurier... honnête.

– A moins qu'il ne soit un voleur avisé, Virginie. Le renard sait aussi renoncer à sa proie quand sa sécurité le commande.

– Et maintenant, au Saint-Charles, lança Mme de Vigors en ouvrant son ombrelle, tandis qu'un petit Noir au regard pétillant courait sur ses pieds nus chercher un fiacre pour les voyageurs.

10

Après être sorti du grouillement des quais, où l'on comptait moins de balles de coton que de fûts de whisky et plus de nègres désœuvrés que de citadins flâneurs, le fiacre gravit la pente de la levée et brusquement le regard de Virginie plongea sur la ville plate, exténuée de soleil.

Comme une exilée retrouvant son rivage natal, elle prit une profonde inspiration et, se tournant vers son compagnon, dit avec chaleur :

– Je vous remercie, Willy, de m'avoir amenée là!

– Ce n'est pas la bonne saison, Virginie, et je crains que la plupart de vos amies ne soient dans leur campagne...

– C'est égal, Willy, j'avais envie de revoir ces rues, ces maisons, ces vitrines, ces gens inconnus, venus on ne sait d'où. J'avais envie d'un dîner chez Boudro ou chez Victor, d'un brunch dans le patio de Brennan's, d'une praline poisseuse de la vieille Cala. J'avais envie d'entendre la trompette de Dekemel, le marchand de vieilles bouteilles, et les cloches des pompiers... J'avais envie de la ville!

– Vous aurez tout cela, Virginie!

– En attendant, dites, Willy, faisons le tour par la place d'Armes et la cathédrale...

Le général donna un ordre au cocher. Celui-ci, transpirant sous un chapeau de cuir bouilli hérité d'un marin ivre, parut étonné de voir que des gens pouvaient choisir de ne pas aller par le plus court chemin se mettre au frais sous les hauts plafonds de l'hôtel Saint-Charles. L'attelage, déjà engagé dans la rue du Canal où filaient en brinquebalant ces omnibus sur rails tirés par des chevaux et qu'on appelait street-cars, effectua un changement de direction à droite. Empruntant la rue Saint-Pierre, le fiacre longea la façade puissante, grise et rébarbative de la Maison de la Douane. Commencée en 1848 par l'architecte Alexander T. Wood qui avait le goût des façades hautes et lourdes et une propension à tout bâtir en granit, le siège des douanes de l'État n'était toujours pas achevé. La guerre civile, il est vrai, avait interrompu les travaux. On prêtait au général Toutant de Beauregard – le « Napoléon gris », disaient les hommes; le « beau créole », disaient les femmes; l'homme surtout qui avait fait tirer les premiers coups de feu de la guerre civile à Fort Sumter – l'intention de prendre en main l'achèvement des travaux. Cette immense bâtisse avait servi de bureau de poste en même temps qu'elle abritait les collaborateurs de M. le Collecteur des Douanes. Et quand Butler s'était emparé de La Nouvelle-Orléans, en 1862, on y avait enfermé deux mille soldats confédérés.

– Il paraît que ce palais a déjà coûté plus de trois millions de dollars, fit Tampleton en désignant la façade percée de hautes et étroites fenêtres, de part et d'autre d'un péristyle purement ornemental, car il ne débouchait sur rien, malgré les promesses de quatre gigantesques colonnes à chapiteaux corinthiens dignes des propylées de l'Acropole.

En roulant au long de la rue Decatur, Virginie repéra quelques boutiques d'antiquaires dont les affaires devaient être aussi florissantes que celles de leurs collègues plus huppés de la rue Royale. Depuis que les planteurs vendaient leurs meubles rares et leurs objets précieux pour subvenir à leurs plus élémentaires besoins, ce genre de commerce assurait de bons bénéfices.

La place d'Armes, devenue jardin-promenade depuis qu'en 1856 le sculpteur Clark Mills y avait dressé, sur commande de la municipalité, la statue équestre du général Andrew Jackson, réjouit fort la vue de Virginie. La perspective, Tampleton l'admit, ne manquait ni de charme ni de noblesse, mais il soutint que le plus bel ornement en était « le Vieux Noyer [1] » saluant du bicorne sur son cheval cabré.

Andrew Jackson, gamin bagarreur, joueur repenti, ancien avocat et duelliste intrépide, avait réussi en 1815, parce qu'il ignorait encore que le traité de Gand avait mis fin à la guerre avec l'Angleterre, à déloger 10 000 soldats de Sa Majesté de La Nouvelle-Orléans. Suivi de 5 000 miliciens, parmi lesquels on comptait, aux côtés des créoles, des Noirs et des pirates, enrôlés par Lafitte, il avait livré bataille à Chalmette, tuant 291 ennemis parmi lesquels trois généraux anglais, dont l'un était le beau-frère du célèbre duc de Wellington.

Dans les rangs des « Américains », on avait déploré seulement 13 morts et 39 blessés. Devenu l'homme le plus populaire du pays, Jackson, nommé gouverneur de Floride, réussit aussi bien dans la politique puisqu'il devint en 1828 président des États-Unis et fut réélu pour un second mandat en 1832.

– C'était bien l'un des meilleurs cavaliers du monde! dit Tampleton.

– Mais il jouait aux courses, dit Virginie..., par amour du cheval sans doute... et puis il avait une épouse impossible, cette Rachel qui dansait comme une servante « l'opossum en haut du gommier » et dont Adrien disait, tant elle était grosse, qu'« elle montrait jusqu'où la peau peut s'étendre ».

1. Surnom de Jackson que les Anglais appelaient « Old Hickory ».

– Il s'est cependant battu en duel pour elle plus d'une fois; vous manquez de charité, Virginie.

– En effet, chaque fois que quelqu'un osait insinuer devant lui qu'il vivait en concubinage, puisque la belle Rachel n'était pas divorcée de ce M. Robard, auquel Jackson l'avait enlevée!

– Vous savez bien que Jackson la croyait libre! Et vous savez aussi qu'il l'épousa une seconde fois quand tous les papiers furent en règle.

– C'était tout de même un curieux homme et je me demande si la postérité approuvera l'honneur qu'on lui a fait en le statufiant dans le bronze pour 10 000 dollars...

– La postérité dira que c'est un héros de la nation et un ami du peuple et elle aura raison!

Mme de Vigors éclata de rire devant l'air tragique de Willy et lui caressa la main.

– Je préfère les héros dans votre genre, Willy, aussi courageux et plus raffinés. Aujourd'hui M. Jackson sert de perchoir aux pigeons, fit-elle en désignant le bronze maculé de fiente. J'espère que ce brave Henry Clay, dont la statue a été reléguée au bout de la rue du Canal, peut voir ça..., car il détestait ce général mal embouché!

La statue d'Andrew Jackson, la première, affirmait-on à La Nouvelle-Orléans, figurant un cheval supporté par ses deux seules jambes antérieures, dominait un grand gazon circulaire partagé en quarts par des allées sablées et ceinturé par une haie admirablement taillée. Sur le pourtour de ce grand massif, les lauriers, les jeunes magnolias et des arbres d'essences variées promettaient, pour les années à venir, des musoirs frais et odorants, des parcours discrets pour amoureux en quête d'un isolement relatif au cœur de la ville.

Une longue grille, percée de deux portails, et pareille à une haie de lances dressées, fermait ce jardin sur la rue Decatur, au-delà de laquelle la levée pentue et herbeuse dissimulait le Mississippi cependant tout proche.

A l'opposé du fleuve, la place d'Armes, rebaptisée « Jackson Square » par les Américains, avait pour toile de fond le fameux ensemble architectural que tous les marins emportaient dans leurs souvenirs et que les peintres s'évertuaient à fixer sur leurs toiles : la cathédrale Saint-Louis, gris-rose, surmontée de ses trois clochers aigus et flanquée, à gauche, de l'ancien Cabildo [1], tantôt palais, tantôt prison au fil des ans, où l'on avait enfermé Lafitte, en 1814, et royalement hébergé La Fayette en 1825, et, à droite, le presbytère, bâtiment identique au précédent et abritant, pour l'heure, la Cour suprême de l'État.

Latéralement, de part et d'autre de la place s'étiraient deux longs immeubles de briques rouges, à deux étages de balcons ouvragés et posés sur des galeries à colonnes ombreuses, abritant de belles bouti-

1. Hôtel de ville espagnol construit en 1795. Il abrite aujourd'hui le musée historique de La Nouvelle-Orléans.

ques. En offrant dans les années cinquante ces bâtiments locatifs aux Orléanais, Micaela, comtesse de Pontalba et fille de don Andres Almonaster y Roxas, avait voulu prouver aux Anglo-Américains que l'on pouvait, hors de leurs quartiers neufs, se loger confortablement dans le vieux carré franco-espagnol.

Le fiacre, après avoir contourné la place, enfila la rue Sainte-Anne et prit à gauche la rue Royale, pour revenir vers la rue du Canal. Au carrefour, Virginie jeta un regard à la maison de Balthazar Languille abritant ce « Café des Exilés » où Adrien de Damvilliers, petit garçon et accompagnant son père, se souvenait avoir vu des royalistes français qui avaient échappé à la Révolution. En passant devant la maison de François Seignouret, 520, rue Royale, elle se demanda si la fabrique de meubles continuait à produire ces belles chaises d'acajou dessinées par le marchand de vins bordelais. Une minute plus tard, en apercevant la colonnade de la Banque de Louisiane, il lui vint à l'esprit que le compte qu'elle y avait autrefois n'était peut-être pas complètement vide...

La traversée de la rue du Canal était toujours malaisée. La grande artère, dotée d'une esplanade centrale plantée de sycomores et qui, de la berge du Mississippi, filait large et rectiligne en direction du lac Pontchartrain, constituait la frontière entre les vieux quartiers et les territoires que le développement urbain avait conquis après 1830. Depuis qu'on avait élevé au milieu de l'avenue, à l'endroit où d'un côté finissait la rue Royale et où commençait de l'autre la rue Saint-Charles, la statue de Henry Clay [1], la circulation était encore plus compliquée. Le fait que les omnibus sur rails, tirés par des locomotives bruyantes, fumantes et malodorantes, circulent rue Saint-Charles, sur la ligne du « New Orleans and Carrolton Railroad », alors que rue du Canal on continuait à utiliser les omnibus sur rails à traction hippomobile, augmentait les risques. Il ne se passait pas une semaine, en effet, sans qu'un cheval attelé à un tilbury, une calèche ou un wagon de livraison ne s'emballât, effrayé par une machine à vapeur.

– Il est question, dit le cocher, qu'on remette les chevaux sur le Carrolton Railroad, jusqu'au rond-point de Tivoli... Après ça, les machines pourront faire le travail jusqu'à Carrolton. On sera tranquille en ville!

» Pas plus tard qu'hier, dit encore le Noir, le cheval d'un buggy, effrayé par la locomotive de la ligne de la rue de la Levée, qui courait au moins à vingt miles à l'heure, s'est emballé, la lady qui était dans le panier est tombée et s'est cassé la tête. Son mari, y voulait tuer le nègre qui conduisait la machine...

Tout ce discours avait aussi pour but, bien sûr, de faire comprendre aux voyageurs à quels dangers ils venaient d'échapper... grâce à

---

1. Homme politique (Richmond 1777 – Washington 1852), membre du Sénat et de la Chambre des représentants, négocia la paix avec l'Angleterre en 1814. Auteur du « compromis du Missouri » qui en 1820 et en 1850 permit de maintenir l'accord entre le Nord et le Sud.

la prudence et à l'adresse de leur cocher, auquel décemment, ils ne pourraient refuser un pourboire!

Quand, dans la courbe de la rue Saint-Charles, en passant à hauteur du Washington Exchange, Virginie aperçut le fronton triangulaire, l'imposante colonnade et le dôme de l'hôtel le plus fameux du Sud, elle se retint de battre des mains. Dans ce caravansérail de luxe de 350 chambres, surmonté d'une coupole à galerie, de 46 pieds de diamètre et 185 pieds de haut, visible à 4 miles à la ronde, elle était longtemps venue, chaque hiver, pour la saison mondaine. D'abord comme marquise de Damvilliers avec Adrien, son premier mari, ensuite comme baronne de Vigors, avec Charles, son deuxième époux.

Cent fois, alors qu'elle traversait l'immense hall éclairé le jour par la coupole que soutenaient douze colonnes ioniques, le soir par vingt lustres, elle avait senti les regards des hommes surgir, au-dessus des journaux déployés, et l'accompagner jusqu'au comptoir d'acajou du portier.

En avançant maintenant sur les dalles de marbre, elle se sentait des fourmillements de faiblesse dans les jambes. La manche vide de Tampleton attirait plus de regards que le chapeau fleuri qu'elle portait cependant avec brio. Quand le directeur s'avança vivement à sa rencontre, en faisant voler les pans de son frac, elle fut rassurée, on la reconnaissait.

– Madame, madame, fit l'homme, comme nous sommes heureux de vous revoir chez nous! Vous constaterez qu'ici rien n'a changé. Votre suite est prête ainsi que la chambre du général.

– Mais..., fit Virginie...

– Je sais, reprit le directeur en fermant à demi les yeux et avec un sourire large comme sa cravate. La suite, nous vous l'offrons. Ce n'est pas parce que les événements ont provisoirement réduit les moyens d'une dame de qualité que celle-ci doit, chez nous, changer ses habitudes. Et pour les vétérans confédérés c'est gratuit, ajouta-t-il en se tournant vers le général.

Puis, clignant de l'œil, il désigna des petits groupes où l'on parlait un peu trop fort un anglais râpeux qui sentait le Nord :

– Ceux-là ont des *greenbacks* aisément gagnés! Ils paient pour les autres. C'est notre façon de rétablir la justice..., n'est-ce pas!

Joyeusement, Mme de Vigors prit possession de son appartement, évaluant les améliorations apportées dans la salle de bains notamment, appréciant sa silhouette que lui renvoyait une psyché pivotante, tandis que la femme de chambre noire, manifestement heureuse de servir une « vraie dame », rangeait le linge et défroissait les vêtements. A cet instant, Virginie connut un court moment de honte. Autrefois, quand elle débarquait au Saint-Charles, la femme de chambre devait toujours partir à la recherche de cintres supplémentaires pour suspendre robes, manteaux et déshabillés. Aujourd'hui, ce n'était plus nécessaire. Quand la domestique eut déballé la modeste garde-robe de Virginie, plusieurs cintres vides se balançaient encore ironiquement sur leur tringle de cuivre, dans le dressing-room.

– Comme je ne reste qu'une semaine, j'ai pris peu de chose.

– Bien sûr, m'ame, bien sûr, c'est pas la peine de se charger pour aussi peu de temps, m'ame!

La domestique, à qui d'autres dames de plantation avaient déjà fait la même réflexion, pour expliquer l'absence de robes neuves dans leurs valises, eut, en quittant la chambre, un petit balancement de la tête et un soupir, signes d'une réelle commisération en même temps que d'une résignation anticipée en prévoyant la modicité du pourboire à attendre.

Le soir même, Virginie et son chevalier servant dînèrent chez Victor, un des restaurants de la bonne société, où ils retrouvèrent avec plaisir Edouard, le cuisinier français. Ce dernier, pendant toute la guerre civile, avait servi les officiers de la 5e compagnie du 1er régiment de cavalerie levé en Louisiane, lequel avait participé à plus de soixante engagements.

– J'allais d'un feu à l'autre, expliqua avec humour le « maître queux » en déposant dans l'assiette de Virginie des filets de pompano au vin blanc, que personne ne réussissait comme lui.

Le lendemain soir, on vit le général Tampleton et son invitée chez Lucien Boudro [1] dont les spécialités restaient le court-bouillon et la blanquette de veau. Boudro avait été engagé autrefois par la baronne de Pontalba pour tenir les fourneaux de la cantatrice Jenny Lind, « le rossignol suédois », quand celle-ci était venue chanter à La Nouvelle-Orléans le *Messie* de Haendel, la *Création* de Haydn, le *Stabat Mater* de Rossini et l'air de Casta Diva dans *Norma*. Le cuisinier conservait un souvenir ému de cette chanteuse, si vertueuse, qui avait enflammé le cœur de Barnum et autorisé le restaurateur à donner son prénom à une saucisse!

Ainsi que Tampleton l'avait fait remarquer à Virginie, la ville, comme chaque année de mai à octobre, paraissait abandonnée par les citadins aisés qui, redoutant la fièvre jaune, s'en étaient allés avec leur famille dans leur maison de campagne à l'ouest du Mississippi ou dans leur habitation de plantation. Seuls parmi les amis de Virginie, les Pritchard, qui possédaient un des plus beaux hôtels particuliers du district des Jardins sur l'avenue Saint-Charles, étaient chez eux. Ils accueillirent chaleureusement la dame de Bagatelle qui leur apportait les nouvelles de « la campagne ».

Les deux plantations que possédaient les Pritchard, l'une dans la paroisse de Feliciana, l'autre dans la paroisse de Pointe-Coupée, avaient été détruites par des incendies, le premier allumé par les Nordistes pendant l'offensive de 1863, le second par les Sudistes en retraite du côté de Shreveport, au début de l'année 1865.

---

1. William Makepeace Thackeray, qui dîna chez Boudro en 1856 à La Nouvelle-Orléans, consacra dans *Mississippi Bubble* quelques lignes très élogieuses au restaurateur français.

– Le même sort aurait pu échoir à Bagatelle, si vous n'aviez pas fait face courageusement, ma bonne Virginie, dit Mme Pritchard, sans malice.

– J'ai fait ce que j'ai cru devoir faire, mon amie, c'est tout..., et mon fils Charles qui arrive de France dans trois ou quatre jours trouvera son patrimoine, sinon intact, du moins exploitable.

Les Pritchard, considérés comme de bons maîtres, avaient conservé tous leurs domestiques. Ils pouvaient donc encore recevoir dignement, malgré les pertes matérielles éprouvées, car la manufacture de machines à vapeur pour moulins à sucre et presses à coton qu'ils possédaient à Métairie, banlieue de La Nouvelle-Orléans, leur assurait des ressources suffisantes.

Ils avaient eu, en revanche, le chagrin de perdre deux de leurs fils pendant la guerre civile et venaient encore d'apprendre, quelque temps avant l'arrivée de Virginie, que leur troisième garçon, qui, désirant devenir armateur, s'initiait à la navigation fluviale, avait péri le 27 avril près de Memphis, sur le Mississippi, lors de l'explosion du *Sultana*. La catastrophe avait entraîné la mort de 1 450 prisonniers de guerre yankees, récemment libérés, que le bateau ramenait au Nord.

– Peut-être sont-ils les dernières victimes de la guerre fratricide entre les Etats? dit M. Pritchard.

– Hélas! non, observa Tampleton, j'ai appris que le 29 juin notre dernier croiseur confédéré, le *Shenandoah*, qui naviguait dans le détroit de Béring, a détruit vingt et un bateaux qui chassaient la baleine sous le pavillon de l'Union. Ce n'est pas une victoire très honorable..., mais nos marins ignoraient sans doute la fin des hostilités.

– Plus édifiante fut l'odyssée du *Williams H. Webb*, navire à éperon qui partit le 16 avril de Shreveport, s'engagea sur le Mississippi le 23 et à toute vapeur descendit jusqu'à La Nouvelle-Orléans, traversa la flotte fédérale, qui, cependant prévenue par télégramme, était en alerte, et ne fut repéré que vingt-cinq milles plus bas, alors qu'il fonçait vers la mer, par la vigie du *Hollyhock*, de l'U.S. Navy. Lancé à la poursuite du confédéré, le navire de l'Union le força à s'échouer sur un banc de sable où son équipage le fit sauter, avant de fuir sur des barques, à travers les marécages...

– Tous ces exploits sont bien inutiles aujourd'hui, soupira Mme Pritchard en donnant l'ordre de servir le thé.

Si l'on avait peu commenté, dans les salons de La Nouvelle-Orléans, la pendaison à Washington de quatre complices de Wilkes Booth, l'assassin du président Lincoln, on discutait ferme, en revanche, de la situation politique de plus en plus confuse dans l'Etat.

Grâce au général Banks, libéral et tolérant, qui avait reçu en 1862 du président Lincoln les pleins pouvoirs « pour réorganiser la Louisiane en Etat libre dans les meilleurs délais », les affaires du pays étaient encore gérées par des modérés. Mais les républicains radicaux et les unionistes intransigeants estimaient maintenant que l'on avait fait avec l'appui des autorités d'occupation et du président Lincoln la part un peu trop belle aux anciens Confédérés. Certains voyaient pour preuve de cet abus le fait que les conservateurs unionistes, favorables à un retour à la situation d'avant 1860, ne montraient aucune hostilité à l'administration en place, issue du parti de l'Etat libre, formation composée de républicains ayant l'appui de Banks.

Quand le général Banks avait décidé d'autoriser des élections pour le début de l'année 1864, il s'était référé aux consignes données par Lincoln qui, pour faciliter une réconciliation nationale loyale, ne souhaitait priver de leurs droits de suffrage ou d'éligibilité que les fonctionnaires qui avaient abandonné le service de l'Union pour se mettre à celui du gouvernement confédéré, les officiers de haut rang des armées rebelles et les responsables politiques qui avaient suivi Jefferson Davis.

Tous les autres, même les soldats de l'armée vaincue, pouvaient rentrer en pleine possession de leurs droits civiques en signant un acte d'allégeance et de loyauté à l'Union [1].

On remettait aux signataires, en échange de cet engagement, une autorisation d'inscription sur les listes électorales.

Banks, qui désirait aller vite, avait tout fait pour faciliter en Louisiane le rassemblement des dix pour cent d'électeurs loyaux exigés par le plan Lincoln et il s'était murmuré à l'époque que le général avait réussi à trouver plus de vétérans électeurs qu'il n'y avait jamais eu de soldats de Louisiane dans l'armée confédérée!

En acceptant la Constitution de 1852 comme toujours valable, à condition que l'on fît disparaître les articles relatifs à l'esclavage, le commandant des territoires du golfe avait brûlé une étape, ignorant les récriminations des radicaux qui eussent préféré que l'on s'en tînt au cheminement normal, en élisant d'abord des délégués capables de proposer une nouvelle Constitution. Bien que mettant la charrue avant les bœufs, Banks n'avait pas été désavoué par Lincoln et avait pu lancer la campagne pour l'élection d'un gouverneur, de six responsables des affaires publiques, des sénateurs et des représentants qui constitueraient la future législature, laquelle ferait une Constitution. Celle-ci serait alors soumise à l'agrément du Congrès, seul habilité à décider en dernier ressort de la réadmission dans l'Union des Etats sécessionnistes.

La convention ainsi désignée après les élections de février 1864 avait, au mois de juillet, doté la Louisiane d'une nouvelle Constitution aussitôt adoptée par les électeurs. Le nouveau texte confirmait l'abolition de l'esclavage, fixait à l'âge de vingt et un ans pour les

1. Ces documents, délivrés et reçus par le « Provost Marshal general » du quartier général des départements du golfe placés sous l'autorité du général Banks, étaient ainsi conçus : « Je, soussigné (citoyen ou prisonnier de guerre sur parole), fais le serment solennel devant Dieu tout-puissant que, dorénavant, le respecterai, soutiendrai et défendrai la Constitution des Etats-Unis et toutes les lois faites en vertu de celle-ci. »

« Blancs mâles » le droit de suffrage, disait que ce droit pourrait être étendu aux Noirs, « à la discrétion de la législature ». Cette Constitution ne pouvait que déplaire aux radicaux, tant en Louisiane qu'à Washington, et le Congrès la rejeta.

Les électeurs avaient alors envoyé au Sénat et à la Chambre des représentants de Louisiane quatre-vingt-six élus, dont une majorité de modérés qui avaient aussitôt désigné Michael Hahn, un Bavarois, comme gouverneur, James Madison Wells, un fils de planteur de Grand Rapides, comme lieutenant gouverneur, un secrétaire d'Etat polonais arrivé en Louisiane en 1849, un procureur général venu d'Irlande en 1851.

Le trésorier était médecin, le superintendant à l'éducation professeur et le commissaire aux comptes dentiste. Mais tous passaient pour des Louisianais de bonne souche.

Tout le monde se souvenait, à La Nouvelle-Orléans, de l'installation, le 4 mars 1864, du gouverneur Michael Hahn.

– Ils ont dépensé ce jour-là 10 000 dollars, soutenait M. Pritchard. Il y avait six barriques de whisky à 100 dollars la barrique et les orchestres coûtèrent 250 dollars. Six mille enfants des écoles chantèrent. On tirait le canon et des feux de mousqueteries. Il y avait trente mille personnes dans les rues; c'était la grande fête..., tout le monde croyait que la Louisiane était redevenue un Etat libre et entendre Banks prendre la parole après Hahn rassurait les plus inquiets. En réalité, si Lincoln avait reconnu Hahn comme gouverneur sous la Constitution de 1862, c'était encore les baïonnettes fédérales qui faisaient la loi, puisque la guerre n'étant pas terminée, une partie de l'Etat restait sous l'autorité de la Confédération... mourante!... et nous gardions un gouverneur militaire nanti de pouvoirs dictatoriaux.

Puisque la nouvelle Constitution confiait le sort civique des anciens esclaves et des gens de couleur en général à la législature, celle-ci fut bien contrainte de s'y intéresser. Lors de la session d'octobre 1864, le gouverneur Hahn avait invité les élus à définir clairement le statut des Noirs. Un républicain fit aussitôt valoir que, ces citoyens étant libres comme tous les autres citoyens, ils devaient vivre sous les mêmes lois. Il se trouva des gens pour reconnaître le bien-fondé de cette affirmation, mais, quand un représentant présenta un projet de loi destiné à légaliser les mariages mixtes, le texte fut rejeté. Il apparut très vite que la grande majorité des élus était opposée au suffrage des Noirs et, quand une pétition visant à accorder au moins le droit de vote aux Noirs qui s'étaient battus pour la liberté de leurs frères dans les armées fédérales fut déposée, non seulement elle ne fut pas acceptée, mais on interdit de la lire devant l'assemblée.

Un législateur avait alors exprimé le sentiment de beaucoup d'autres en disant qu'il accepterait de considérer l'éventualité du vote des Noirs quand les Etats du Nord, qui avaient tellement soutenu les abolitionnistes, auraient donné l'exemple.

Il faut dire que le général Banks s'était totalement désintéressé, non seulement des esclaves affranchis, mais aussi des quelque 10 000 Noirs, depuis longtemps libres et installés à La Nouvelle-Orléans dans le commerce ou les affaires. Ces gens de bonne éducation, cultivés, dont les propriétés étaient évaluées à plus de 15 millions de dollars, s'attendaient à être enfin considérés comme des citoyens à part entière. Dans aucun autre Etat du Sud, en effet, on ne rencontrait des Noirs aussi dignes et aussi capables de participer aux affaires publiques et à la vie culturelle de la cité.

Les esclavagistes, devenus depuis l'émancipation des Noirs, des ségrégationnistes méprisants, ignoraient le plus souvent, ou feignaient d'ignorer, qu'il existait depuis le premier quart du siècle à La Nouvelle-Orléans une élite noire, à laquelle appartenait notamment Victor Séjour, un quarteron libre, né en 1817, qui avait fréquenté l'académie Sainte-Barbe, rue Saint-Philippe, école fondée par un autre Noir, Michel Séligny, demi-frère de Camille Thierry, lequel passait pour l'un des meilleurs poètes du Sud. Membre d'une autre société littéraire et artistique pour Noirs libres, « l'Artisan », Victor Séjour avait pris goût à la littérature et au théâtre. Ses parents ayant les moyens de l'envoyer étudier en France, comme les fils des riches planteurs blancs, il avait publié à Paris un poème héroïque inspiré par le retour des cendres de l'Empereur, avant de se mettre à écrire pour le théâtre. Devenu l'ami d'Alexandre Dumas, avec qui il avait peut-être de lointaines affinités raciales, et d'Emile Augier, qui reconnaissait ses talents, Victor Séjour avait faite représenter avec succès un certain nombre de pièces : *L'Argent du Diable*, aux Variétés; *André Gérard*, avec Frédéric Lemaitre, à l'Odéon; *La Tireuse de cartes*, à la Porte Saint-Martin. Mais pour les Louisianais de Paris, et Charles de Vigors en était, son triomphe avait été en 1862 un drame en cinq actes : *Les Volontaires de 1814*, où il exaltait l'héroïsme des Louisianais qui, à Chalmette, entraînés par Andrew Jackson, avaient sauvé La Nouvelle-Orléans.

Victor Séjour, qui continuait en France une carrière plus qu'honorable, appartenait à cette catégorie des boulevardiers qui dînaient chez Paillard et fréquentaient assidûment le Tortoni et le Napolitain.

Il n'était d'ailleurs pas le seul auteur noir à être publié bien avant la guerre civile. En 1845 avait paru à La Nouvelle-Orléans un recueil intitulé *les Cénelles* [1], qui réunissait les œuvres de dix-sept auteurs de couleur. Tous ces poètes s'exprimaient en français avec élégance et certains créoles ne dédaignaient pas de les fréquenter et de les lire. Et puis la bonne société louisianaise, qui, au siècle précédent, avait été très satisfaite de trouver parmi les Noirs des forgerons, ferronniers d'art, pour doter les maisons du Vieux Carré de balcons ouvragés, connaissait bien ces joailliers, ces professeurs de musique, ces tailleurs, ces lithographes, ces peintres... et même ces marchands d'esclaves, qui, chacun dans sa spécialité, égalaient les Blancs.

1. Réédité en 1945, sous la direction d'Edward Macco Coleman, professeur au Morgan State College, par « The Associated Publishers » (Washington).

Les citoyens les plus ouverts aux idées nouvelles et rejetant le vieux principe esclavagiste d'après lequel le Noir n'était pas perfectible souhaitaient que les Noirs libres instruits et éduqués puissent faire valoir démocratiquement les droits des anciens esclaves à l'instruction et à l'exercice de professions nouvelles. Il ne s'agissait, bien sûr, que d'une minorité de Blancs, moins égoïstes que les autres et qui se méfiaient du soutien équivoque des radicaux. Ces derniers, en se déclarant pour le suffrage des Noirs, escomptaient utiliser à leur profit un potentiel électoral qui ne pouvait pencher du côté des conservateurs.

En janvier 1864, un groupe de Noirs libres avaient présenté au général Shepley, alors gouverneur militaire, une pétition pour obtenir le droit de suffrage puisqu'ils « savaient lire, écrire, compter et payaient des impôts ». La pétition étant restée lettre morte, les Noirs libres, qui ne voulaient pas être confondus avec leurs frères de race récemment émancipés, s'étaient groupés dans une Association de l'Union radicale. Un membre de cette société, P.M. Touné, avait été envoyé à Washington, où Lincoln l'avait aimablement reçu. Quelques jours plus tard, le président des Etats-Unis avait fait savoir officieusement à Banks qu'il recommandait d'octroyer le droit de vote « aux Noirs les plus qualifiés ». Il ne fut tenu aucun compte de cette recommandation. C'est ainsi peut-être que les républicains radicaux, qui comptaient sur les voix des Noirs pour l'emporter, avaient été battus et que le parti de l'Etat libre s'était révélé assez puissant pour désigner le gouverneur Michael Hahn, lequel, ayant choisi de démissionner un an plus tard, fut remplacé, en mars 1865, par James Madison Wells.

Tandis que Virginie courait les boutiques, le général Tampleton allait à ses affaires et renouait avec cette ville de plus de 270 000 habitants qui semblait, en cette saison, livrée à la seule population noire. Celle-ci représentait, il est vrai, plus de quarante pour cent du total depuis que les esclaves émancipés s'étaient précipités dans les zones urbaines, loin des champs de coton, en espérant une vie plus facile.

A l'hôtel Saint-Louis, où les « créoles [1] » descendaient plus souvent qu'au Saint-Charles, davantage fréquenté par les Anglo-Américains, le général Tampleton retrouva quelques membres du Boston Club.

Dans un coin du fumoir, ceux-ci, tous officiers confédérés rendus à la vie civile, achevaient, cartes en mains, une partie de boston, ce jeu qui avait donné son nom au club le plus sélect et le plus fermé de La Nouvelle-Orléans. Willy Tampleton, élu membre à la veille de la guerre, n'avait pas eu l'occasion de fréquenter souvent les salons et le restaurant du club, installé dans une annexe du « Merchants Exchange », 126, rue Royale. Tous les membres, aristocrates, négo-

1. A La Nouvelle-Orléans on appelle « créoles » tous les descendants des familles françaises et espagnoles appartenant à l'aristocratie.

ciants, planteurs, médecins ou avocats, maudissaient ce 15 août 1862, jour où le colonel Stafford, de l'armée des Etats-Unis, avait fermé le club dans lequel il voyait un foyer de résistance à l'Union. La vieille institution pouvant reprendre ses activités, une assemblée des « bostoniens », parmi lesquels, en vertu des statuts, on ne pouvait admettre « ni Noirs, ni Juifs, ni Italiens, ni Sud-Américains », devait se réunir le 29 juillet à l'hôtel Saint-Charles.

– Nous aurons à élire un nouveau président, Tampleton, dit l'un des joueurs, et W.H. Avery me paraît tout indiqué pour remplacer Phoenix N. Wood... Et puis il faudra examiner la liste d'attente des candidats, car la guerre a éclairci nos rangs. Des gens proposeront sans doute qu'on augmente jusqu'à deux cents le nombre des membres, mais je crois qu'il est préférable, par les temps qui courent, de maintenir le quota à cent cinquante... Déjà, des Yankees recommandés par des anciens qui sont en affaires avec eux voudraient entrer chez nous !

On convint à l'unanimité, tandis que le garçon apportait le *mint julep* exactement dosé, qu'il convenait de rester au Boston Club entre gentlemen sudistes de tradition et d'interdire aux intrus nordistes la porte d'une institution fondée en 1841, « qui avait été, qui était et qui serait toujours » et dont seuls « l'Union Club de New-York », fondé en 1836, et « le Philadelphia Club », ouvert en 1834, pouvaient se targuer d'être les aînés.

– Il se pourrait qu'un jour nous ayons quelque utilité politique, fit observer un des membres. Nous ne sommes d'ailleurs pas étrangers à l'écartement des radicaux de Flanders et de sa bande, qui nous auraient amené les nègres à la législature.

Comme souvent quand des anciens officiers de la Confédération se trouvaient réunis, on reconstruisit le Sud sur des perspectives qui n'eussent pas plu au président Johnson et aux radicaux, tout en vidant quelques gobelets de bourbon.

Quand, à la fin de l'après-midi, Tampleton se rendit chez les frères Mertaux, les notaires jumeaux chargés de ses affaires, il avait oublié sa manche droite vide et retrouvé son allure martiale de planteur du temps où le coton était roi.

Les notaires, c'est bien connu, sont ennemis du changement et le général se sentit rajeunir de vingt ans quand il se retrouva assis dans un fauteuil de cuir au capitonnage fatigué, face aux deux juristes aux toisons blanches, aux sourcils broussailleux et qui, identiques et voûtés, ressemblaient à des santons d'un autre âge.

– Quelle misère que ces temps, général ! dit Louis en soupirant.

– Quelle tragédie que la guerre ! renchérit Alexandre.

– Nous allons nous retirer des affaires bientôt, firent-ils en chœur.

– A qui confierons-nous nos intérêts à La Nouvelle-Orléans, messieurs ? fit Tampleton. Sans vous, les propriétaires seront grugés.

– Nous n'avons pas de successeurs...

– ... et nous ne saurions vous recommander quelqu'un...

– ... en qui avoir confiance maintenant...

– ... que les nègres veulent commander...

– ... et que les aventuriers du Nord veulent tout acheter!

La conversation se poursuivit sur ce ton, entrecoupée de jérémiades, jusqu'au moment où les deux frères se dirigèrent vers le coffre-fort à double serrure, afin de compter à Willy Tampleton les loyers encaissés au nom de sa famille.

Avec un certain mépris pour les *greenbacks*, ces dollars verts du Nord, les jumeaux comptèrent et recomptèrent 650 dollars que le général empocha. Quand vint le moment de signer le livre de comptes et le reçu, Willy se trouva bien embarrassé.

– Je vais apprendre à écrire de la main gauche, mais ce n'est pas facile!

– J'écris votre nom et vous faites une croix..., dit Louis Mertaux.

– ... et vous touchez le porte-plume pendant que mon frère écrit..., proposa Alexandre.

– C'est ça, comme on fait pour les nègres qui ne savent pas écrire..., dit avec humeur le général en s'exécutant.

L'absence de ce bras constituait tout de même un handicap et l'euphorie ressentie une heure plus tôt disparut de l'esprit de Tampleton. Comme les deux notaires chenus, il se sentit soudain vieux, très vieux, et Virginie qu'il retrouva un moment plus tard chez Antoine, le restaurant le plus bourgeois de la ville, ne paraissait pas d'humeur à lui remonter le moral.

– J'ai assez de la ville, Willy! J'ai envie de rentrer à Bagatelle. Si ce n'était pour accueillir Charles et son ami qui doivent maintenant avoir quitté New York, je prendrais le bateau aujourd'hui même. Rien n'est plus comme avant. Les gens sont tristes, renfrognés, inquiets et, partant, égoïstes. Il y a trop de nègres partout, qui mendient devant la cathédrale, qui chapardent aux étalages du marché français, qui s'enivrent avec du mauvais alcool et dansent dans les rues, comme à Paris les révolutionnaires dansaient la carmagnole.

– Quelques bons coups de trique!... dit Willy.

– C'est le seul moyen! J'en ai vu qui ne voulaient pas monter dans le « wagon à étoile » qui leur est réservé sur les street-cars, sous le prétexte qu'ils étaient de l'armée de l'Union. Il a fallu que la police intervienne!... Je me faisais une telle fête de ce séjour!

– La fête est finie, Virginie, pour nous tous. Regardez autour de nous ces Yankees arrogants qui fument à table, mettent de la glace dans le vin et trouvent notre café amer. On m'a dit que les dépenses de la législature actuelle se montent à 1 162 000 dollars, alors que les recettes n'ont pas atteint 900 000 dollars... Qui paiera la différence?... Nous, bien sûr. Et ce gouverneur Madison Wells qui essaie de se concilier nos bonnes grâces. On dit partout qu'au temps où il était percepteur à Grand Rapides il a détourné l'argent de l'Etat.

– On m'a parlé d'un certain John Davison Rockefeller dont le père était bonimenteur-colporteur de remèdes de charlatan et condamné pour viol, qui maintenant fait une fortune dans le pétrole, après avoir évincé ses associés de Cleveland, Andrews et Clark. Ce sont ces gens, les spéculateurs des chemins de fer et les politiciens véreux, qui seront bientôt les maîtres de l'Amérique.

– Notre temps est passé, je le crains, Virginie, dit Tampleton mélancoliquement.

– Le nôtre peut-être, Willy, dit Mme de Vigors en se redressant avec une lueur méchante dans le regard, mais pas celui de nos enfants et j'espère, bon sang, que Charles saura se montrer loup au milieu des chacals!...

11

Bien que déçue par ses retrouvailles avec la ville – elle avait fort bien exprimé ces sentiments dans une longue lettre à Clarence Dandrige – Mme de Vigors faisait courses et emplettes avec l'autorité d'une maîtresse de maison qui sait choisir et acheter. On avait d'abord vu la dame de Bagatelle dans les bureaux du *Propagateur catholique*, où elle avait renouvelé son abonnement annuel pour cinq dollars à l'« Association catholique de la morale chrétienne » dont elle était membre.

Peut-être eût-elle préféré employer autrement cette somme – pour acquérir de la soie ou du shantung, par exemple – mais sa situation sociale l'obligeait à en passer par là. Elle s'était rendue aussi chez Planche et Wiltz, les facteurs de coton de la rue Carondelet, où Dandrige lui avait demandé de passer « pour voir s'il ne restait pas un petit quelque chose ». Une heureuse surprise l'attendait : les comptes apurés, on lui avait versé 230 dollars dont elle avait vite trouvé l'emploi. A plusieurs reprises au cours de son séjour, elle s'était assise sur le fauteuil intimidant de M. Roussel, le premier dentiste de la ville, car, disait-elle : « Une femme vieillit par les dents plus que par les cheveux. » Chez Holmes, le grand magasin du 125 de la rue du Canal, elle avait choisi du drap, des serviettes en tissu-éponge et une baignoire en zinc avec soupape que Charles lui avait demandé de se procurer et qui valait 24 dollars. Chez Dansereau et Feltz, on avait pris commande de vins et spiritueux à expédier d'urgence. Le pharmacien, Monteuse, lui avait délivré du phénol Babœuf, du camphre en bloc, du papier à cautère, du thé Saint-Germain, du cold cream, de l'eau Valerian et des « pilules argentées ». Virginie avait été désagréablement surprise quand Basile Bares, l'accordeur de pianos de la rue Royale, lui avait fait part de ses tarifs : 85 dollars pour se rendre à Bagatelle, afin d'accorder le grand Pleyel.

Comme elle voulait rapporter un cadeau à Clarence Dandrige, Mme de Vigors entra un matin dans la boutique de J.J. Albert (successeur de Albert et Reinerth) chez qui l'intendant achetait ses chapeaux. Sans marquer le moindre étonnement, un vendeur en redingote gris souris et lavallière à pois tira d'un classeur une fiche de carton portant sur une silhouette de crâne les mensurations de « Monsieur C.C. Dandrige, Esquire ».

– Si Stonewall Jackson [1] nous revenait, dit l'employé, nous pourrions de la même façon lui proposer des coiffures à sa taille.

Après avoir hésité entre un « leghorn » et un « campeachy », Virginie se rabattit finalement, au grand soulagement du chapelier, sur un feutre de laine gris clair, très léger, à larges ailes, au bord roulé et à coiffe souple, ceinturé d'un ruban marron.

Enfin, pensant à sa toilette, Mme de Vigors acquit un de ces nouveaux corsets de Schwartz et fils et une « tournure » avant de choisir deux métrages de tissu chez Lazard, où elle dut attendre qu'on ait servi une octavone accompagnée de son amant yankee. Elle vit la belle retenir de quoi faire vingt robes. L'Américain régla sans sourciller, comme s'il se fût agi de l'achat d'un mouchoir de coton.

– *Ils* font marcher le commerce, madame la Marquise, dit M. Lazard en refermant la porte sur le couple, comme s'il voulait se faire pardonner l'empressement qu'il avait manifesté envers la courtisane et son cavalier.

M. Lazard, connaissant les usages, donnait toujours à Virginie le titre qui, parmi ceux que lui avaient valus ses deux mariages, lui paraissait le plus élevé, donc le plus flatteur.

Toutes les visites que fit Mme de Vigors n'étaient pas aussi avouables. Elle se rendit à pied, une mousseline nouée sous le menton et jouant de l'inclinaison de son ombrelle pour dissimuler son visage quand elle craignait d'être reconnue, chez une créole qui tenait commerce de brocante à l'angle des rues de Chartres et Dumaine. Dans l'arrière-boutique, elle déballa de son sac deux sautoirs en or qui lui venaient de la tante Drouin, les timbales et gobelets en vermeil qu'avaient reçus à leur baptême ses fils Marie-Adrien et Pierre-Adrien, tragiquement décédés avant la guerre civile. Elle ajouta à cela des objets de moindre valeur et des bijoux qui avaient appartenu à la première femme du marquis de Damvilliers, Dorothée Lepas, depuis bien longtemps enterrée. Avant de quitter Bagatelle, elle avait joint à ces reliques une montre en or, cadeau fait autrefois par Dandrige à Pierre-Adrien, mais elle n'avait pas récupéré cet objet au moment de la restitution des bijoux volés à bord du *Prince-du-Delta III*. La brocanteuse, à la fois exubérante et plaintive, comme beaucoup de créoles, lui donna 100 dollars du tout, ce qui était peu payé.

Virginie fit encore une autre visite, à la nuit tombée, un soir où Tampleton dînait avec ses amis du Boston Club. Personne heureusement ne la vit entrer dans un petit cottage fait de planches disjointes, au numéro 1020 de la rue Sainte-Anne, adresse que tout le monde connaissait à La Nouvelle-Orléans pour être celle de Marie Laveau,

1. Thomas Jonathan Jackson, surnommé « Stonewall », célèbre général sudiste formé à West Point qui donna plusieurs victoires à l'armée confédérée. Il mourut le 10 mai 1863 après avoir été amputé du bras à la bataille de Chancellorsville (Virginie).

la Reine Vaudou [1]. Cette quarteronne libre était une ancienne coiffeuse à domicile qui, connaissant les secrets des familles aussi bien que les pratiques vaudou, s'était imposée comme reine à tous les fidèles de ce culte rapporté de Saint-Domingue par les esclaves venus avec les planteurs français chassés par la révolution de Toussaint Louverture. Elle laissait dire que son père était un noble qui l'avait confiée à un mulâtre nommé Charles Laveau, lequel l'aimait comme sa fille. En réalité, personne ne connaissait les origines exactes de cette femme, née aux environs de 1794, qui, par son intelligence et sa connaissance du cœur humain, avait su s'attirer les bonnes grâces aussi bien des dames de la haute société que des autorités. Sorcière patentée de la ville, elle était consultée par les politiciens et son commerce de gris-gris passait pour extrêmement florissant.

Ayant abandonné la coiffure en 1826, elle se consacrait entièrement au vaudouisme et chaque jour recevait discrètement des demoiselles dont les amours n'étaient pas partagées et des dames qui souffraient de l'indifférence de leur mari ou de leurs amants. Marie Laveau fournissait des gris-gris qui protégeaient de la fièvre jaune, des remèdes à certaines maladies et des tisanes capables de conjurer à temps les maternités importunes. Le cottage qu'elle habitait lui venait d'un riche créole dont le fils, soupçonné de viol, avait été innocenté par le tribunal. Marie Laveau, le matin du procès, avait ellemême placé sous la chaise du juge un gris-gris de sa fabrication qui, inspirant favorablement le magistrat, avait conduit celui-ci à prononcer la relaxe de l'accusé.

La consultation que sollicitait Mme de Vigors était des plus délicates. Puisque le docteur Murphy lui avait dit autrefois qu'aucun médecin ni aucune chirurgie ne pourrait rendre à Clarence Dandrige la moindre capacité sexuelle [2], elle avait pensé s'adresser à la sorcière, dont les philtres et les potions donnaient parfois d'étonnants résultats.

La vieille femme aux cheveux blancs, au nez crochu, au regard à la fois doux et pénétrant, se tenait dans un lourd rocking-chair de bois grossier, enveloppée d'un châle. Sa fille, une belle femme vêtue d'une longue robe droite qui, dans l'ombre douteuse de sa pièce, parut à Virginie d'une blancheur immaculée, semblait veiller sur la reine [3]. La visiteuse remarqua les mains longues, fines et sèches de la prêtresse. Elles lui rappelèrent celles de Planche, la vieille esclave à la peau grise, qui l'avait aidée à mettre au monde la plupart de ses enfants.

– Je voudrais vous parler seule à seule, dit Virginie.

D'un geste la sorcière congédia sa fille, ramena les pointes de son châle dans son giron et croisa les mains sur ses genoux. L'exposé de

1. Morte en 1881, Marie Laveau est enterrée au cimetière Saint-Louis, à La Nouvelle-Orléans, où sa tombe reçoit de nombreuses visites.
2. Voir *Louisiane*.
3. Le dessinateur Edward W. Kemple a donné dans *Creole slave songs* un saisissant portrait de Marie Laveau et de sa fille.

Mme de Vigors fut long, détaillé, émaillé de périphrases, car le cas n'était pas facile à expliquer et certains mots ne pouvaient être prononcés.

– Et vous aimez cet homme? demanda Marie Laveau.

Virginie acquiesça, mais crut utile de préciser qu'elle ne pensait guère à elle dans cette affaire. Si elle souhaitait guérir ce monsieur, c'était pour qu'il puisse retrouver la plénitude de son humanité.

– Bien sûr, fit la sorcière, avec dans les rides qui entouraient sa bouche édentée un vague mouvement traduisant peut-être un sourire.

Elle parut réfléchir, se concentrer, et la question qu'elle posa à Virginie fit rougir celle-ci jusqu'aux oreilles.

– Ce n'est pas possible, je ne puis faire ce genre de chose... Nous n'avons jamais... eu... d'intimité!

– Je vais vous donner un gris-gris, que je ferai spécialement pour vous et que vous placerez dans l'oreiller de la personne au premier quartier de la lune, et aussi une poudre, que vous mettrez dans une bouteille de porto ou de xérès...

– Ce n'est pas dangereux?

– Du tout; c'est de l'écorce broyée d'un arbre de la cordillère des Andes et qui est toujours vert.

Bien qu'à demi rassurée, Virginie remercia. Après tout, elle était venue pour ça. La sorcière rappela sa fille, qui l'aida à s'extraire de son rocking-chair, et les deux femmes disparurent dans une autre pièce, laissant Virgine suivre le cheminement d'une « cucaracha » sur le rond de clarté fait par une chandelle plantée dans le goulot d'une bouteille.

Au bout d'un quart d'heure, Marie Laveau revint, portant dans la coupe de ses mains noires une boule grosse comme une orange et faite, autant que Virginie puisse s'en rendre compte, de plumes de coq sauvage parfaitement entrecroisées.

– Voilà, ma belle, dit la sorcière, tout ce que peut ma science. Si après une lunaison il n'y a pas eu d'effet, jetez le gris-gris dans une flambée de sassafras... sans chercher à voir ce qu'il contient... Ça vous apporterait le malheur!

Virginie reçut avec respect la boule de plume, la mit dans son sac et acquitta le prix de la consultation : dix dollars.

En quittant le repaire de la sorcière, Mme de Vigors fut bien aise de retrouver le cabriolet fermé qui l'avait amenée là, et davantage encore, après une course rapide, le hall illuminé de l'hôtel Saint-Charles. Elle dîna ce soir-là d'un foie de volaille sauté aux champignons et d'une meringue suisse, nappée d'un coulis de fraises.

Avant de se mettre au lit, la dame de Bagatelle entrouvrit le tiroir où elle avait déposé le gris-gris de la Reine Vaudou. Il lui parut dégager une odeur peu agréable.

Le général Tampleton étant invité à la distribution des prix de l'« Académie louisianaise », rue de l'Hôpital, école privée qu'il avait fréquentée autrefois, Mme de Vigors accepta de l'accompagner pour tromper son ennui en attendant l'arrivée du *Florida* qui amenait de New York son fils Charles et M. de Castel-Brajac.

Dirigée par le colonel Ferrier, l'« Académie louisianaise » était une de ces institutions huppées où l'on enseignait aux rejetons des grandes familles le grec, le latin, la philosophie, les mathématiques, l'histoire, la géographie, l'anglais, l'italien, l'allemand, l'espagnol, mais aussi l'escrime, la tenue des livres de comptes, la musique, le dessin et la calligraphie.

Les invités durent d'abord entendre, récités par les meilleurs élèves, des morceaux choisis en anglais et en français, puis suivirent les évolutions incertaines d'un groupe de petites filles de quatre à sept ans interprétant *Le Petit Oreiller*, une comptine tirée d'une poésie de Mme de Valmore, avant de subir les déclamations ampoulées d'acteurs amateurs dans des scènes des *Fourberies de Scapin* et du *Mariage forcé*, de Molière, de *Ruy Blas* et *Hernani*, de Victor Hugo, ainsi que trois actes en anglais de *L'Ecole buissonnière*, d'un auteur inconnu.

Chargé du discours français, un étudiant en philosophie, M. Charles Claiborne, parut au général Tampleton d'une maturité au-dessus de son âge. Parlant de l'avenir de sa génération, mais aussi de celui de la Louisiane « si profondément éprouvée », le jeune homme regretta avec une belle assurance « ces carrières perdues » faute d'une instruction supérieure.

– Ne serait-ce pas une véritable déchéance morale, dit-il, pour notre belle Louisiane, si ses enfants ne pouvaient égaler dans l'exercice des professions libérales les hommes arrivant des autres Etats, s'ils se voyaient contraints de faire l'aveu tacite de leur infériorité intellectuelle en abandonnant les places aux nouveaux venus?

On applaudit très fort ce défi, lancé aux gens du Nord par un enfant du Sud.

Au cours du bal qui suivit, on fit beaucoup de cas d'un officier de marine français, le capitaine de frégate Maxime Bastard, commandant de la corvette *La Mégère*, qui, disaient les gens informés, sortait tout juste d'un incident diplomatique où l'avaient entraîné son courage et son souci de faire respecter les personnes et les biens des ressortissants français.

Basée depuis un an à La Nouvelle-Orléans, *La Mégère*, une corvette mixte de l'escadre des Antilles, avait été envoyée là par le ministre de la Marine de Napoléon III, à la fois pour soutenir les intérêts des nationaux français en Louisiane et pour surveiller le secteur maritime pendant la guerre du Mexique. Polytechnicien, descendant d'une très vieille famille de fermiers généraux du bas Poitou, homme du monde brillant et cultivé, le commandant Bastard avait lié de solides amitiés avec des planteurs d'origine française. Quand, au mois de mars 1865, on avait vu camper dans un faubourg de La Nouvelle-Orléans ce que le commandant appela plus tard « dix-huit à vingt mille sacripants, parfaitement indisciplinés, venus des provinces du Nord par le Mississippi » et qui devaient constituer le noyau du corps expéditionnaire fédéral du général Canby, chargé de chasser les dernières troupes confédérées de La Mobile, on s'était attendu à des incidents. Ils ne manquèrent pas de se produire. Dans la paroisse Saint-Bernard, notamment, des vols, des maraudages et parfois des exactions plus graves furent commis par les soldats yankees, particulièrement au préjudice de fermiers, de maraîchers et de laitiers d'origine française, nommés Marc Claverie, Isidore Maugel, Alexandre Lacoste, Bonaventure Vital, Joseph Lanusse, etc.

Ces braves gens, à demi ruinés par la soldatesque, s'étaient adressés au commandant de *La Mégère,* estimant sans doute qu'il aurait plus de poids et d'autorité que le consul de France, M. Fauconnet.

Le tempérament du commandant Bastard l'aurait sans doute poussé à quelque vigoureuse intervention auprès des autorités locales si son sens de la diplomatie ne l'avait emporté. Connaissant toutes les critiques formulées contre la France par les Fédéraux, à cause de la présence impériale au Mexique, et contre les Français résidant à La Nouvelle-Orléans qu'ils appelaient en général du sobriquet peu flatteur de « John Crapaud », Maxime Bastard avait adressé au général Canby une lettre dénonçant les méfaits des soldats de l'Union et demandant que les autorités fédérales prennent en considération le sort des spoliés. L'officier français rappelait à l'officier américain que *dans tous les pays civilisés, il est d'usage, en pareil cas, de retenir sur la solde des coupables les avances faites par l'Etat pour indemniser les victimes.*

Canby avait renvoyé une réponse aimable conseillant aux plaignants de s'adresser à un « Proper officer of the U.S. government »... que personne ne connaissait. Ne se décourageant pas, le commandant Bastard avait écrit à nouveau au général Canby, mais, celui-ci guerroyant du côté de La Mobile, la lettre du Français était parvenue au successeur de Canby, un certain général Hurlbul, qui fit, lui, une réponse assez insolente. Dans le même temps, le consul de France, bien qu'informé par Bastard des démarches qu'il entretenait, estima que le marin avait fait bon marché des prérogatives diplomatiques. Il se plaignit à M. Geoffroy, le chargé d'affaires de France à Washington, qui s'empressa de dénoncer les agissements du commandant Bastard au chef de ce dernier, le contre-amiral Bosse, commandant la division navale des Antilles et du golfe du Mexique basée à La Havane.

Contrairement à ce qu'espéraient l'agent consulaire français à La Nouvelle-Orléans et le pseudo-ambassadeur à Washington, le contre-amiral écrivit une lettre chaleureuse au commandant Bastard où il lui disait notamment : *J'ai confiance en votre zèle et en votre sagesse pour protéger jusqu'à la fin les résidents français placés dans la sphère de votre action.*

Entre-temps, grâce aux interventions du « pacha » de *La Mégère,* les fermiers français avaient été mis à l'abri des débordements des militaires yankees. Il ne restait qu'à les faire indemniser.

Tel était l'homme que les Français de La Nouvelle-Orléans félicitaient à chaque occasion. Virginie et Tampleton, qui lui furent présentés, ne manquèrent pas d'ajouter leurs compliments à ceux déjà décernés d'autant plus joyeusement que le fameux général Hurlbul, auteur de la réponse insolente, venait d'être jeté en prison pour concussion.

En quittant l'« Académie louisianaise », le général Tampleton et Mme de Vigors se virent assurer d'une invitation en bonne et due forme pour la fête que les marins de *La Mégère* se promettaient de donner au printemps suivant.

– Il y a dans le caractère français, dit Tampleton, une audace de langage et une assurance dans l'attitude qui, si elles n'étaient pas confirmées par l'action, ressembleraient fort à des fanfaronnades. Nos Yankees volontiers hâbleurs, mais plus sobres dans l'expression, ne voient souvent chez le Français que le fanfaron et sont surpris quand ses agissements se révèlent conformes à ses paroles les plus osées. Le commandant Bastard a le sang rouge et vif, c'est avec de tels hommes que les femmes et les patries sont respectées... Ils n'admettent pas qu'on les bouscule sans s'excuser!

– Je reconnais bien là votre sens de la chevalerie, mon bon Willy, mais, dans le monde qui se prépare, je crains bien que les Cavaliers ne soient broyés par les tricheurs... A quoi sert un code de l'honneur face à des gens qui n'ont pas d'honneur?...

– Il sert à rassembler ceux qui en ont encore assez pour tenir tête le plus longtemps possible...

Ce soir-là, le dernier de leur séjour, puisque le *Florida*, annoncé par le télégraphe de la station des pilotes de La Balise, serait à quai le lendemain à huit heures, Virginie et Tampleton choisirent de dîner à l'hôtel. Le directeur les avait informés que l'enfant chéri de La Nouvelle-Orléans, le pianiste virtuose le plus fameux des Etats-Unis, compositeur charmant et coureur de jupons invétéré, Louis Moreau Gottschalk, arriverait dans la soirée et que la direction de l'hôtel comptait bien qu'il donnerait dans le salon de musique un concert imprévu.

– Si nous décidons le maître et si le concert a lieu, nous vous préviendrons, ne vous éloignez pas!

Ce que le manager du Saint-Charles n'avait pas dit, c'est que M. Gottschalk ne tenait pas, pour une fois, à se faire trop remarquer. S'il repassait par sa ville natale, c'était, affirmaient les initiés, pour s'embarquer discrètement à destination du Pérou où il espérait trouver un refuge. A San Francisco, où il venait de donner une série de concerts, il avait eu une aventure amoureuse très poussée avec une écolière charmante, mais beaucoup trop jeune pour qu'il n'y ait pas scandale. Louis Moreau Gottschalk, éternel célibataire, éternel amoureux, jouisseur obsédé du beau sexe, avait sur les bras une histoire qui pouvait mal tourner tant qu'il serait sous les lois fédérales, trop puritaines à son goût, mais bien gênantes dans son cas.

– Comme c'est romantique! dit Virginie à Mme Pritchard qu'on avait fait prévenir de l'aubaine probable d'un concert privé.

– Il y a des filles de douze ans, ma chère, qui cherchent déjà à aguicher les hommes, c'est une affaire de tempérament.

Mme Pritchard parlait à voix basse, car elle avait amené sa fille

Gloria, qui allait sur ses dix-huit ans, mais dont elle avait garanti la parfaite innocence. Gloria, belle brune à la peau mate, nettement plus mate que celle de ses frères et sœurs, aux narines un peu trop ouvertes – sa mère était née Gonzales et avait longtemps vécu à Cuba – ne songeait guère à écouter une conversation qui ne l'aurait peut-être pas intéressée. Elle se régalait, aussi méthodiquement qu'un joaillier démontant un diadème, d'une pièce montée où les fruits fourrés, les boules de glace, les supports meringués ruisselaient de crème au chocolat tiède, qu'elle cueillait avec des langues de chat, dont le maître d'hôtel renouvelait régulièrement le stock.

– Tu vas être malade, ma chérie; tant de crème!

– Non, maman, ça passera très bien, je t'assure.

On devinait un peu de jalousie et d'envie dans le ton de Mme Pritchard, qui elle, « avait un foie ».

– Pour en revenir à Gottschalk, reprit-elle mezza voce, on dit qu'il a beaucoup baissé. J'ai lu quelque part l'article d'un critique de Chicago qui écrivait à peu près : *Je n'aime pas la musique et de tous les instrumentistes ceux que je peux le moins supporter ce sont les pianistes; aussi ne me suis-je pas ennuyé au concert de M. Gottschalk, car je n'ai entendu là ni musique ni pianiste!*

– C'est méchant et injuste, lança vigoureusement Virginie; souvenez-vous du succès qu'il avait eu en mai 53 quand le maire, M. Crossman, lui a offert, en notre nom, cette médaille en or de seize onces à laquelle vous aviez vous aussi participé.

– Il s'est beaucoup fatigué depuis, à ce qu'on dit; trois ans dans les Caraïbes après un voyage avec la Patti, ses mille concerts donnés dans le Nord pendant la guerre et ses voyages incessants en train, en bateau, en diligence...

– Même s'il jouait dans le Nord, il envoyait beaucoup d'argent pour les hôpitaux et les orphelins de la Louisiane; c'est un bohème, un homme qui dévore la vie impétueusement, dont la religion est le plaisir immédiat, mais sa musique est fraîche, poétique, originale; on y retrouve le romantisme de Chopin et de Liszt porté par les sonorités et les rythmes créoles et nègres de La Nouvelle-Orléans. Quel qu'il soit et quoi qu'il fasse, je l'aime, conclut Virginie avec chaleur, et quand je suis lasse, à Bagatelle, je joue ses musiques... Ah! si nous pouvions l'entendre ce soir, ça me consolerait de toutes les déceptions que j'ai connues ici...

Tampleton, qui était allé aux nouvelles, revint pour apporter à Virginie la réponse à ses vœux. Le maître était arrivé, il prenait un bain. Il avait accepté de donner un concert pour les clients de l'hôtel. Il voulait au moins cinquante personnes et demandait en s'excusant, car il avait comme toujours besoin d'argent, deux cent cinquante dollars.

– Ça met les places à cinq dollars, dit le général. J'en ai retenu quatre...

Contrairement à ce qu'on avait pu penser, le virtuose en route pour l'exil n'était pas du tout morose ou abattu; il avait lutiné la femme de chambre et exigé une savonnette parfumée au lilas.

Louis Moreau Gottschalk, que les nouveaux Orléanais considéraient comme l'un des leurs, était plus européen qu'américain. Né le 8 mai 1829 à La Nouvelle-Orléans, d'un négociant anglais, juif, et d'une créole issue d'une famille aristocratique française, il avait montré dès l'âge de treize ans de telles dispositions pour le piano que ses parents l'avaient expédié à Paris. Elève de Hallé, Maledan et Stamaty, il avait pour la première fois en 1845 dans un salon parisien interprété des œuvres de Thalberg, Liszt et Chopin. Ce dernier, qui assistait au concert, vint à ce gamin de seize ans et lui dit avec chaleur : « Donnez-moi vos mains, mon enfant, je prédis que vous deviendrez le roi des pianistes. » Quatre ans plus tard, lors de ses débuts publics, Louis Moreau Gottschalk jouait ses deux premières compositions, *le Bananier* et *Bamboula.* Ce fut un succès. Le lendemain, Paris connaissait ce pianiste venu d'Amérique. Théophile Gautier et Victor Hugo écrivaient sur lui des choses du genre : *Il a sa place à côté des maîtres* ou *C'est un poète à l'imagination joyeuse.* Pour ces Parisiens, qui croyaient que le Sud des Etats-Unis était un pays de sauvages et La Nouvelle-Orléans un repaire de bandits et de prostituées, Gottschalk avait été une révélation. De Paris, il lui avait été facile de conquérir une audience européenne. A Moscou, la grande-duchesse Anna se disait son amie; à Madrid, la reine Isabelle II patronnait ses concerts. Si Wagner grinçait des dents en écoutant *Bamboula,* si Saint-Saëns, qui avait étudié la composition avec Gottschalk dans la classe de Pierre Maldedan, souriait ironiquement, si Georges Bizet ne comprenait pas l'engouement de son maître, Camille Stamaty, pour ce dandy qui jouait en envoyant des œillades aux femmes, Berlioz, lui, se faisait son champion.

L'Amérique avait accueilli plus fraîchement ce pianiste-compositeur fabriqué par l'Europe. Mais le style, le ton, la sonorité de Gottschalk avaient fini par plaire et son charme avait fait le reste. Quand le compositeur-interprète s'était inspiré des airs populaires du Sud, des rythmes créoles, quand il s'était mis à broder de surprenantes variations sur des hymnes ou des chants que tout le monde pouvait fredonner, la gloire était venue et on lui avait pardonné de s'être un peu laissé aller parfois à plagier Chopin.

Quand il parut ce soir-là dans le salon de musique de l'hôtel Saint-Charles, où trônait un Steinway d'acajou, Louis Moreau Gottschalk, les cheveux rejetés en arrière, le col serré par une large cravate de soie noire, la manchette exubérante, le regard vif et fureteur, malgré les cernes bistres du viveur qui lui mangeaient les yeux, troussa vivement les basques de son habit et se mit au clavier. Il parut réfléchir, comme s'il hésitait sur le choix de la pièce à jouer, face au public si spontanément rassemblé, puis il attaqua *The Union.*

On applaudit l'interprète, surtout pour les broderies adroites qu'il mettait autour d'un hymne qui ne pouvait, dans le Sud, susciter l'enthousiasme. Aussitôt Gottschalk enchaîna avec *le Grand Scherzo* auquel succédèrent la *Mazurka en ut mineur* et *la Gallina,* sa dernière composition en forme de danse cubaine. Cette dernière pièce obtint une approbation chaleureuse et sans retenue. Bissé, le pianiste donna encore deux autres de ses plus charmantes œuvres, légères et spirituelles, comme les dames de La Nouvelle-Orléans les aimaient : *Suis-moi* et *Oh! ma charmante, épargne-moi.* Cette dernière parut une supplication assez ironique venant d'un luron qui avait été l'amant d'Adelina Patti, alors que la future cantatrice venait tout juste d'avoir quatorze ans, et dont on connaissait le goût pour ce que les journalistes du Nord appelaient pudiquement « extra curricular pleasures ».

Au lendemain de ce concert, leurs bagages étant déjà chargés à bord du *Créole*, un des nouveaux vapeurs du Mississippi, le général Tampleton et Mme de Vigors vinrent assister à l'arrivée du *Florida*. Virginie, refusant de rester à l'ombre des bureaux de l'immigration, s'était avancée sous son ombrelle dans la foule qui emplissait le quai, cherchant du regard sur le pont du navire la silhouette de l'homme qui devait être son fils.

– Je ne le vois pas, Willy, je ne le reconnais pas; ne serait-il pas sur ce bateau?

L'anxiété de cette mère qui n'avait jamais montré dans le passé autant d'attention passionnée pour aucun de ses enfants surprit Tampleton.

– C'est un homme, que diable, il saura bien vous trouver, lui!

Quand les passagers commencèrent à débarquer, l'agitation de Virginie redoubla. Elle dévisageait les arrivants avec des regards interrogateurs, croyait reconnaître Charles, s'efforçait d'identifier Castel-Brajac, prête à s'élancer vers des inconnus.

Aussi, quand une voix joyeuse et grave lui demanda à travers la soie de l'ombrelle qu'elle tenait rejetée sur l'épaule : « Ne seriez-vous pas madame ma mère, par hasard? » elle sursauta, faillit éborgner Charles en faisant brusquement demi-tour et reconnut enfin son fils, qui lui parut immense, fort et incroyablement vieux.

Sans se soucier des passants, Charles prit sa mère à bras-le-corps, la souleva de terre, la couvrit de baisers, compromettant l'équilibre d'une capeline singulièrement démodée par rapport aux bibis des Parisiennes qu'il avait quittées trois semaines plus tôt.

Tampleton osa enfin s'approcher.

– Pendant les guerres, les enfants grandissent au loin sans qu'on s'en aperçoive, dit-il à Charles en lui tendant son unique main.

– Dandrige n'est pas là? questionna immédiatement le jeune homme.

– Il y a fort à faire à la plantation, Charles, et on ne peut pas abandonner les maisons en ce moment, fit Virginie avec sérieux.

Puis, saisissant le bras que son fils lui offrait et s'y suspendant comme une amoureuse, elle ajouta :

– C'est égal, je suis contente que vous soyez là! La Louisiane que vous avez connue enfant n'existe plus. C'est un autre monde, avec d'autres gens et d'autres mœurs... Mais où est donc votre ami?... Il faut nous hâter, Le *Créole* part à midi.

Gustave de Castel-Brajac s'occupait des bagages. Spécialement des douze ruches. Depuis l'étape de New York, le Gascon se montrait très préoccupé de la survie des abeilles. Il s'était procuré, lors du transbordement des ruches, soixante mètres de mousseline. Chaque cône de paille avait été empaqueté, comme un doigt blessé, de tissu léger qu'on devait asperger d'eau trois fois par jour au moyen de vaporisateurs arrachés à prix d'or à un coiffeur italien de Broadway. Le Gascon comptait sur l'évaporation pour rendre quelque fraîcheur aux butineuses.

– Si nous en sauvons un tiers, nous aurons de la chance, avait-il dit à Charles.

Il fallut à ce dernier une bonne demi-heure pour retrouver son ami dans l'encombrement du quai. Ayant réquisitionné un grand chariot à quatre roues, destiné au transport des balles de coton, Gustave s'employait en vociférant à y faire charger les ruches par deux Noirs à demi terrorisés. Le Gascon s'efforçait aussi de rassembler avec l'aide de porteurs indolents les deux douzaines de caisses, malles, coffres, valises, cantines, sacs et paquets qui constituaient le bagage des deux amis.

Présenté à Virginie et à Tampleton, Castel-Brajac s'excusa avec volubilité pour cette arrivée peu protocolaire en s'épongeant le front avec un mouchoir de batiste dont Virginie remarqua la finesse. Ecarlate, mais digne, prompt, efficace, l'œil à tout et l'invective sonore, il finit par houspiller aussi Charles qui bavardait tranquillement avec sa mère.

– Les retrouvailles sont les retrouvailles, bien sûr, madame, mais si Charles voulait bien recompter nos paquets, vérifier si la caisse de ma lunette astronomique a été débarquée et si ce nègre imbécile a convenablement attaché les ruches, cela ferait gagner du temps pendant que je cherche un second chariot.

Le général Tampleton, ayant proposé ses services, fut immédiatement embauché pour surveiller le premier attelage, qui ne manquait pas d'attirer l'attention, les douze ruches enveloppées de mousseline prenant dans la cohue l'aspect d'un chargement d'énormes choux à la crème.

Les passagers débarquant s'arrachaient les porteurs, tandis que les « rustabouts », ces athlètes spécialisés dans le déchargement des gros colis et des balles de coton, attendaient en équipe d'être appelés par leur contremaître. Castel-Brajac finit par repérer un Noir, robuste et assez correctement vêtu d'un tricot de marin et d'un pantalon bleu, mains sous la nuque, un béret sur les yeux, qui semblait dormir, allongé sur la plate-forme inclinée d'une charrette aux brancards dressés vers le ciel.

– Allez, ouste, par ici! fit le Gascon en frappant la ridelle de sa canne pour ramener le portefaix aux réalités du moment.

– Hé là, hé là, doucement! fit le Noir en se soulevant sur les coudes.

– Comment hé là, hé là! Au travail et vite; un dollar pour toi si tu transportes mes bagages jusqu'au *Créole*... là-bas!

– Foutez-moi la paix et portez-les vous-même, monseigneur!

Le fait que le Noir parlât un français étonnamment correct

aurait dû inciter Castel-Brajac à plus de circonspection. Mais il avait chaud, se sentait las, respirait difficilement dans cette atmosphère d'étuve, désirait un bain tiède et un grand pot de bière fraîche. Et puis on lui avait dit qu'esclave ou pas les Noirs dans ce pays ne devaient jamais discuter les ordres des Blancs.

– Fainéant, sac de cirage, pithécanthrope inachevé, pendard, mangeur de bananes, cria-t-il, libérant tous les qualificatifs que lui soufflait son imagination méridionale face à une situation neuve.

Le Noir, qui ne comprenait pas tous les termes, mais qui, fort justement, les supposait injurieux, se laissa glisser du chariot, enfonça avec un regard mauvais son béret sur sa toison bouclée et se dressa dans le soleil, poings sur les hanches, pareil au géant Atlas prêt à soulever le monde.

Déjà les badauds, voyageurs fraîchement débarqués, douaniers, porteurs, flâneurs, facteurs de coton, marins, s'étaient attroupés, subodorant l'altercation comique entre un Noir énorme et un petit Blanc rond, rose et qui, visiblement, n'était pas du pays.

Les vociférations de Gustave ayant alerté Virginie, Charles et Tampleton, ils arrivèrent juste à temps pour voir le Gascon porter un vigoureux coup de canne sur l'épaule du Noir.

Ce dernier prit très mal cette brutalité, fit un pas en avant en roulant des yeux blancs, saisit le jonc qui venait de le frapper et le tira vivement à lui. Cramponné au pommeau, Gustave eut le temps de presser le bouton qui libérait la lame contenue dans cette canne comme un fourreau. Le Noir, emporté par sa traction, perdit l'équilibre, s'affala sur la charrette, qui, mal calée, roula sur trois mètres juste assez loin pour détruire un échafaudage de panières que des porteurs venaient de dresser. Le public rit comme au théâtre. Quand le Noir se releva, humilié et furieux, l'épée brandie par Castel-Brajac le tint à distance.

– Alors, Bamboula, on se fâche? Je te percerais volontiers la bedaine pour voir si ton sang est aussi noir que ta peau et ton âme. On aurait dû y regarder à deux fois avant de t'émanciper.

– J'ai jamais été esclave, moi, écuma l'autre. Je suis le maître coq du *Bon-Père* de Bordeaux, je suis français et j'ai rien à voir avec les nègres d'ici..., mais si je vous attrape, je vous étrangle!

Tampleton fit un pas en avant comme pour s'interposer, car déjà d'autres Noirs approchaient, prêts à prendre parti pour leur frère, dont l'aisance de parole les étonnait.

Castel-Brajac, bombant le torse, jeta un regard circulaire sur l'assistance.

– Si j'avais su que tu n'étais pas un simple porteur, je t'aurais laissé tranquille, lança le Gascon, mais tu n'es qu'un nègre parmi les nègres, et je ne pouvais deviner que j'avais affaire à un cuisinier, profession que je respecte autant que celle d'archevêque. Aussi je vais te faire une proposition honnête, t'offrir réparation. Bien qu'il fasse diablement chaud, nous allons nous battre à mains nues... en évitant de nous étrangler tout de même. Si je gagne, tu portes mes bagages jusqu'au *Créole;* si je perds, je te porte sur mon dos jusqu'à ton bateau... C'est d'accord?

Au cours de ses années de mer, le Noir, philosophe à sa manière, avait déjà rencontré des capitaines maniaques ou ivrognes, des femmes folles ou hystériques, des lords qui jouaient de la trompe de chasse en passant l'équateur, des Chinois qui comptaient avec des boules, des hindous capables de se tenir pendant trois heures en équilibre sur la tête, mais jamais, au grand jamais, il n'avait reçu pareille proposition de la part d'un petit homme dodu comme un cochon de lait et qu'il allait asseoir d'une seule gifle.

– D'accord, dit le cuisinier du *Bon-Père*, mais je ne veux pas d'ennui, hein! Que tout le monde ici voie bien que c'est vous qui proposez la bagarre.

– Aucun ennui, Bamboula, je t'assure et ce monsieur qui n'a qu'un bras et qui est général sera l'arbitre!

– Voyons, dit Tampleton, vous ne croyez pas...

– Ce qui est dit est dit, fit Castel-Brajac. Il faut vivre dangereusement... et puis il faut bien aussi que ce garçon, cuisinier ou pas, porte nos bagages au *Créole*.

Virginie se tourna vers Charles :

– Ce monstre noir ne va faire qu'une bouchée de ton ami. Il faut empêcher ça, prévenir le shérif et faire arrêter ce nègre fou. On n'a jamais vu ça, un Blanc se battre avec un nègre!

– Vous ne connaissez pas encore M. de Castel-Brajac, fit Charles sans émotion. C'est un mousquetaire. Il se fera tuer plutôt que d'en démordre. Il n'avait pas à asticoter ce nègre, mais je ne me fais pas grand souci pour lui.

Le Noir commença par jeter son béret, puis il tira par-dessus sa tête son tricot de marin à rayures blanches et bleues qu'il déposa sur la charrette. Apparut alors un torse prodigieusement musclé, luisant comme un bronze, des pectoraux galbés comme des coussins de cuir et des biceps lourds et mobiles et qu'on devinait équivalents en dureté aux gros mâts de chêne des voiliers qui se balançaient sur le fleuve.

Le dépouillement de Castel-Brajac causa moins d'impression, encore que mis à part sa bedaine, d'une émouvante rondeur, la musculature du petit homme parut loin d'être négligeable. Il confia gilet de soie, montre et papiers divers à Charles, invita Virginie à préparer de la charpie avec la chemise qu'il lui abandonna.

– Allons-y, mon gars, dit-il joyeusement en serrant les poings, comme ces écoliers bagarreurs qui dissimulent leur poltronnerie sous des attitudes de matamores.

– Ne vous laissez pas saisir à bras-le-corps, monsieur, cria Tampleton, et frappez vite et fort!

Sûr de sa force, le cuisinier du *Bon-Père* se jeta en avant, les deux bras tendus et écartés, mais il n'enserra que le vide : Gustave s'était laissé tomber à quatre pattes avec une promptitude surprenante. Personne ne vit d'ailleurs comment le Gascon bloqua au passage la jambe de son adversaire qui, emporté par son élan, pivota et tomba lourdement sur le sol.

Avant que le nègre, dont le crâne avait heurté le pavé avec un bruit sec, ait eu le temps de revenir de sa surprise, Castel-Brajac lui sautait à pieds joints sur le sternum, ce qui ne parut pas gêner beaucoup le costaud.

– Ce type est fou, dit à Tampleton un officier qui se présenta comme le second du *Bon-Père*.

Et il ajouta aussitôt :

– J'ai vu notre coq porter seul un piano sur ses épaules, il va écraser ce gentleman!

– Je parie deux dollars sur le nègre, dit quelqu'un.

– Et moi cinq sur M. de Castel-Brajac, rétorqua Virginie.

– Tenu, fit l'homme, un armateur de La Mobile.

Entre-temps, le Noir s'était relevé et tentait de saisir son adversaire qui tantôt tournoyait comme une toupie, tantôt roulait avec une étonnante souplesse, esquivant les coups, sautant de droite et de gauche comme si ses mollets ronds eussent renfermé des ressorts.

Le public commençait à rire au spectacle de ce curieux ballet. Lourd et pataud, le cuisinier ne pouvait employer sa force; son torse luisait de sueur et il commençait à connaître le sentiment du ridicule qu'avait dû ressentir Goliath face à David.

Décidé à en finir, le cuisinier réussit à porter un coup à l'épaule de Gustave qui, grimaçant de douleur, se laissa tomber sur le dos, replia vivement ses jambes, les genoux collés au ventre comme s'il avait été touché à l'abdomen. Croyant le Français bien atteint, le Noir, les poings pendant comme des massues au bout de ses bras, s'approcha. Virginie poussa un cri et se cacha le visage dans l'épaule de Charles; un murmure inquiet parcourut la foule.

Recroquevillé sur le dos, se tenant les genoux à deux mains, M. de Castel-Brajac manquait singulièrement de dignité. Il figurait l'animal qui, à l'abattoir, se résigne à succomber face au tueur déterminé.

Les choses allèrent si vite que, par la suite, certains spectateurs mal placés durent se faire mimer, par ceux du premier rang, la dernière phase du combat. Au moment où le géant noir se laissait tomber de tout son poids sur son adversaire, ce dernier, d'une détente rapide comme l'éclair, lui expédia dans le bas-ventre ses talons joints puis, le coup porté, se laissa rouler sur le côté droit, tandis qu'avec un gémissement sa victime s'étalait brutalement sur la terre battue.

Ayant éprouvé la résistance du cuisinier, M. de Castel-Brajac était déjà debout et, pour faire bonne mesure, frappait du bout de sa chaussure la tempe du marin, qui demeura immobile, à plat ventre, bras en croix.

– Et voilà! dit le Gascon, très essoufflé, maculé de poussière, mais apparemment intact.

Les Blancs applaudirent. Virginie lança au Gascon sa chemise et son gilet. Un portefaix jeta un seau d'eau sur le Noir, qui s'ébroua et finit par cligner de l'œil dans le soleil, très surpris de se retrouver le visage parmi les chaussures de gens debout, qui riaient et se moquaient de lui.

L'officier en second du *Bon-Père* s'approcha de Gustave, qui posément s'épongeait le front.

– Votre coup à la tempe aurait pu tuer, monsieur, cela m'étonne de la part d'un gentilhomme.

– Question de dosage de force, monsieur, fit l'autre, superbe; si j'avais voulu tuer ce brave nègre, je l'aurais pu. Il méritait seulement une correction. Je la lui ai donnée. Il saura désormais que la force bestiale ne triomphe pas toujours du muscle modeste, mais intelligent!... Et maintenant ce n'est pas tout, ce garçon va devoir porter nos bagages sur le *Créole* comme il s'y était engagé.

Le Noir, qui par instants se frottait la tête comme quelqu'un dont les idées n'ont pas encore repris leur place, ne se fit pas prier. Sans un mot, il saisit les brancards de la charrette qui, une demi-heure plus tôt, lui servait de lit de repos, la poussa de quelques mètres et, spontanément aidé par quelques porteurs noirs que sa défaite avait émus, il chargea cantines et valises et se mit en route vers le quai Saint-Pierre où, parmi quantité d'autres vapeurs amarrés, se trouvait le *Créole* dont l'orgue battait sur trois notes le rappel des retardataires.

Mme de Vigors, toujours accrochée au bras de Charles, accepta les cinq dollars du Yankee, enjeu d'un pari gagné, et, Tampleton assurant Gustave que le bar du steamboat avait de quoi étancher sa soif, tout le monde embarqua pour Pointe-Coupée. Bon prince, M. de Castel-Brajac remit deux dollars à son adversaire malheureux.

– Tu es un brave gars, Bamboula, mais ton cerveau fonctionne moins bien que tes biceps et ça te jouera des tours!

– Je m'appelle pas Bamboula. Je m'appelle Fred, fit le cuisinier, et vous pouvez vous vanter, monsieur, d'être le premier qui me bat... à la lutte.

– En tout cas, maintenant nous sommes amis et serre-moi la main!

Surpris par le geste, Fred le cuisinier saisit dans sa grande patte la main potelée et ridiculement courte du curieux citoyen qu'il avait affronté.

12

Avec le retour de Mme de Vigors, accompagnée de son fils Charles et de M. de Castel-Brajac, Bagatelle retrouva quelque animation. La situation cependant n'était pas fameuse et Clarence Dandrige ne cacha pas que les inondations venaient compromettre une partie de la récolte de coton sur laquelle il comptait. La levée ayant cédé au nord de la paroisse de Pointe-Coupée, beaucoup de terres étaient submergées. Il en était de même plus bas sur le fleuve, à Plaquemines. Le bayou Lafourche débordait lui aussi et des lacs de trente ou cinquante miles de long s'étalaient, couvrant les champs, noyant les bestiaux, chassant les habitants.

Dans le même temps, les chenilles avaient fait leur apparition. De toutes parts, le coton était menacé par ses ennemis traditionnels.

Gustave de Castel-Brajac, à qui on avait donné deux chambres sur la galerie de derrière – celles autrefois occupées par Pierre-Adrien et Marie-Adrien de Damvilliers, les fils défunts de Virginie – s'initiait à la vie de la plantation. Ayant tout de suite sympathisé avec Clarence Dandrige, bien que les deux hommes soient radicalement opposés, il s'efforçait de pénétrer cet univers bouleversé par la guerre et l'abolition de l'esclavage. Tout y était bien différent de la vie rustique et paisible de son Gers natal.

Virginie, comme toutes les dames de la bonne société qui fréquentaient Bagatelle, ne cessait de l'entretenir de l'heureux temps d'*antebellum*, quand les esclaves dociles travaillaient aux champs sans rechigner et que le coton, tel l'or blanc du Sud, permettait tous les luxes, tous les plaisirs, toutes les folies.

Les abeilles – sept ruches sur douze s'étaient révélées au bout du voyage contenir encore des colonies vivantes – avaient été installées dans l'un des deux grands pigeonniers qui, à quelque distance de la maison et de part et d'autre de la grande allée de chênes, dressaient leur silhouette de tours octogonales à toits pointus. Depuis longtemps les pigeons avaient disparu de ces bâtiments, soit qu'ils aient choisi de retourner à des habitats sauvages, soit qu'ils aient péri sous les serres des rapaces. Dans la fraîcheur relative de leurs ruches posées sur des tréteaux à l'abri des murs et de la voûte alvéolée d'un pigeonnier, les abeilles avaient repris peu à peu leur vie industrieuse. Les magnolias, les roses, les œillets sauvages, les lauriers et les mille fleurettes des champs leur offraient des sucs aux goûts nouveaux.

– Je me demande quel parfum aura notre miel avec cette végétation subtropicale, s'interrogeait Gustave, soucieux avant tout, d'accélérer la reproduction de son cheptel ailé.

Afin de fêter le retour de son fils et de présenter M. de Castel-Brajac, qu'elle appelait volontiers le nouveau colon, Virginie décida d'organiser un barbecue. Ce ne fut pas l'abondance, ni le déferlement des toilettes neuves, mais, autour de cinq dindes sauvages tuées par Charles et son ami, d'une soupe d'huîtres et de quelques gâteaux de maïs cuits par Rosa, on se rassembla comme au bon vieux temps. Télémaque, grattant son banjo, convainquit quelques-uns des anciens esclaves de venir chanter leurs malheurs passés pour distraire les Blancs.

On revit donc sous les chênes de Bagatelle Clément Barrow, l'unijambiste, encadré de ses sœurs, Adèle à la langue redoutable et Louise la timide. Charles reconnut tout de suite Edward Barthew, grâce à cette indomptable mèche de cheveux – maintenant grise – qui surmontait l'œil gauche de l'avocat comme un accent. Le juriste expliqua que son cabinet aurait été des plus prospères si les clients avaient pu honorer dignement les services qu'il leur rendait. Mignette Barthew, sa femme, que la plupart des invités avaient connue autrefois suivante de Virginie, jeunette et efflanquée, avait pris, avec la cinquantaine et trop de pâtisseries, un embonpoint des plus bourgeois. Le fils des Barthew, Clarence, filleul de Dandrige, gamin de cinq ans vif et éveillé qui avait pour gouvernante Imilie, ancienne nourrice noire des enfants Damvilliers, causa bien involontairement un malaise. Jouant avec une petite pelle, il mit au jour, au pied d'un chêne, une modeste plaque de marbre indiquant la tombe de Julie de Damvilliers. Aussitôt, le destin tragique de cette jeune fille, morte au soir de ses noces, revint à la mémoire de ceux qui, alertés par les cris joyeux du gamin devant sa trouvaille, lirent l'inscription *Julie de Damvilliers, 1837-1852* et l'épitaphe dictée autrefois par Dandrige : *Tous me doivent cet ombrage.*

Virginie intervint avec sang-froid.

– Vois-tu, mon chéri, dit-elle au jeune Clarence, il y a au pied de ce chêne ma petite fille qui dort à jamais. Cette pierre est là pour qu'on s'en souvienne. Nous allons la remettre à sa place et, si tu veux être gentil avec moi et avec ma pauvre Julie qui était si sage, tu vas bien arranger la mousse avec ta pelle comme un petit jardin pour qu'on voie mieux la pierre... et qu'on pense à Julie toutes les fois qu'on passe par là.

– Oh! oui tante Vi, dit le gamin, qui se mit aussitôt en devoir d'arracher les mauvaises herbes au pied de l'arbre.

– Cette plaque n'aurait jamais dû porter le nom des Damvilliers, observa aigrement Adèle Barrow à l'intention de Nadia Redburn. Julie était mariée. Elle s'appelait depuis le matin, Mme Abraham Mosley... C'est Virginie qui, se sentant responsable de ce mariage hideux et un peu de cette mort étrange, ne voulut pas qu'il restât trace du nom de l'époux.

– A quoi bon remuer toutes ces vieilles histoires, Adèle? Vous croyez que je ne me sens pas un peu responsable du destin de mon petit Walter? Si nous l'avions emmené à Halifax avec nous, il n'aurait pas pris toutes ces idées qui l'ont conduit à se battre pour une cause perdue. Il est mort, aujourd'hui, comme Julie et au même âge qu'elle.

– La mort de Walter est un honneur, Nadia; celle de Julie fut une honte.

On vit aussi, déchiquetant à belles dents une cuisse de dinde, Percy Tampleton, puissant, sanguin et à demi chauve. Don Juan avait vieilli. Son regard qui se posait autrefois sur les femmes avec curiosité et insolence n'était plus celui du conquérant. Les yeux injectés de sang, globuleux, indiquaient que le frère du général Tampleton ne cherchait plus l'aventure que dans le whisky. Son menton carré et ses maxillaires nerveux de condottiere disparaissaient sous la graisse molle des bajoues. Monter vingt marches essoufflait ce planteur, jadis infatigable, qui maintenant ne laissait jamais passer une occasion de rosser un nègre, race qu'il rendait responsable de tous ses malheurs. Isabelle, son épouse, terne et résignée, n'avait qu'un seul souci : éviter que Percy ne trouve un prétexte à colère. Les trois filles du couple, Lucie, Clotilde et Nancy, avaient acquis, au fil des années, un art de la dissimulation, fort utile pour qui est affligé d'un père irascible. Dès le début du barbecue, elles avaient entrepris Charles et Castel-Brajac pour se faire raconter la vie parisienne et leurs rires rappelaient à Virginie le temps béni où toutes les jeunes filles riaient ainsi... en flirtant sous les magnolias.

Léonce Redburn regardait aussi du côté des jeunes gens rieurs. Il regrettait que sa propre fille, Clara, ne soit pas dans ce groupe. Pour l'heure, la cadette des Redburn, qui avait rompu avec son boyfriend, officier de l'Union, après ce qu'elle appelait « l'assassinat de son frère Walter par les sales Yankees », bavardait avec Clément Barrow assis dans un fauteuil d'osier. Clara était sèche, noiraude, acide comme une baie de genièvre et assez indifférente à sa toilette pour se satisfaire des robes dont ses deux sœurs ne voulaient plus. Elle avait cependant un regard ardent et noir et de jolis traits, mais paraissait, à cause de son caractère entier et de son intransigeance, bien difficile à marier dans un milieu où la guerre avait enlevé tant de futurs maris aux jeunes filles fortunées.

Quand M. Redburn vit Virginie prendre Clara par le bras pour la conduire à son fils, il se dit que Mme de Vigors savait, comme lui, que la fille d'un planteur qui avait vendu son coton aux Fédéraux et ne craignait pas de recevoir chez lui des hommes d'affaires de New York et de Boston pouvait être un meilleur parti pour un avocat qu'une fille Tampleton mal accoutrée et sans « espérances ».

Bien que Walter soit mort héroïquement pour le Sud, il arrivait encore que l'on traitât M. Redburn de *scallawag*. Il s'en moquait, persuadé d'avoir opté pour le bon camp, celui où l'on savait faire du dollar. Il comptait bien, le moment venu, décrocher un siège de sénateur ou de représentant, car il s'estimait capable de réunir les suffrages des conservateurs qui avaient apprécié le sacrifice de son fils et ceux des républicains que devait lui valoir sa loyauté envers l'Union.

Cette méditation, qui conduisait Redburn à envisager l'avenir avec optimisme, fut interrompue par l'arrivée du docteur Murphy. Le vieux médecin, qui avait mis au monde à peu près tous les gens de moins de trente-cinq ans réunis cet après-midi-là sous les chênes de Bagatelle, était accompagné d'un homme jeune, svelte, portant un chapeau anglais à ailes étroites et coiffe rigide. A ce couvre-chef, tout le monde reconnut un homme du Nord, et quand, présenté à Virginie, on vit le propriétaire de cette coiffure joindre les talons et s'incliner sur la main de la maîtresse de maison, quelques-uns décelèrent un militaire.

– Je vous ai amené mon jeune successeur, le docteur Horace Finks! cria Murphy en saisissant son compagnon par l'épaule. Il a étudié à Boston et à Londres et s'est fait la main dans les ambulances du 5e corps, sous les ordres du médecin-général Millot comme médecin-opérateur. Il a coupé plus de bras et de jambes que n'importe qui avant d'aller à City Point trépaner les plus amochés. Vous allez me dire : « C'est un Yankee. » Hein! Eh bien, non! C'est un médecin. A Welton ou à Mansfield il a soigné autant de Nordistes que de gars de chez nous et, comme le pays lui plaît et qu'il boit du bourbon, il a décidé, redevenu civil, de rester avec nous, voilà! Maintenant ce discours m'a donné soif, qu'on m'apporte un verre!

Murphy fut abondamment abreuvé et entouré par tous ses vieux amis dont il connaissait les maux avoués, les petites misères secrètes et pour certains, même, le jour de leur mort à un ou deux mois près.

Le docteur Finks plut immédiatement aux dames et aux demoiselles. Il était jeune, blond, sérieux, sans ostentation et s'exprimait avec courtoisie. On sut très vite qu'il était bon cavalier, aimait la musique et la danse et connaissait les noms de toutes les fleurs du Sud. Seule Adèle Barrow se montra réticente.

– Jamais je ne confierai ma santé à ce gamin, Murphy! Vous continuerez à me soigner. Vous durerez bien autant que moi... On dit qu'il y a autant de vieux ivrognes que de vieux médecins.

– Adèle, nous avons le même âge; j'ai failli, il y a un peu plus d'un demi-siècle de cela, vous demander en mariage...

– Vous auriez été bien reçu, tiens!... Un loustic comme vous qui soignait les angines au punch flambé et l'acné des filles par le flirt!

– Chaque jour, je remercie le Seigneur d'avoir rencontré sur le chemin de Barrow Home le père Landry qui m'invita à « boire une goutte ». Si je ne m'étais pas saoulé ce jour-là..., je suis sûr que vous m'auriez accepté pour mari... Je vous faisais de l'effet, Adèle, à cette époque!

– Si j'avais été assez gourde pour vous accueillir, je l'aurais regretté toute ma vie.

– En somme, Adèle, nous l'avons échappé belle tous les deux... Allons arroser ça... Je vous promets de vous soigner jusqu'à votre mort, qui vous viendra par médisance accumulée..., à moins que le diable ne vous fasse avaler votre langue vipérine!

– Donnez-moi un porto, Murphy! Vous êtes le dernier des hommes, mais, comme médecin, je sais que vous ne me raconterez pas d'histoires. Quand la fin sera proche, vous me le direz sans ambages.

– Avec plaisir, Adèle, je vous le dirai plutôt deux fois qu'une... Mais je crois bien que c'est vous qui viendrez à mon enterrement.

– Cramponnez-vous, Murphy, je ne veux pas être soignée par ce freluquet yankee, qui est sans doute aussi ivrogne que vous!

Le médecin tendit à la vieille fille un verre de porto, se fit verser un nouveau bourbon, puis ils trinquèrent comme deux vieux ennemis ayant chacun ses vices. Dans l'alcool ou la méchanceté, quelle rance insatisfaction dissimulaient-ils l'un et l'autre? Eux-mêmes, peut-être, depuis le temps l'avaient oublié.

Au cours de ce barbecue, tandis que les femmes parlaient chiffons, parfums ou lotions – le Sherkis des Sultanes, de Guerlain, était à la mode cette année-là – les hommes évoquaient le cas de ces Noirs, désœuvrés et pillards, que les militaires de l'Union avaient arrêtés parce qu'ils ne pouvaient pas justifier de moyens d'existence, et qu'ils envoyaient travailler pour le gouvernement, à la réfection des routes et à la consolidation des levées.

– Un peu tard, observa Dandrige, pour les levées, le fleuve les ronge et déjà des douzaines d'acres de coton sont noyées.

– Heureusement que la récolte de céréales sera bonne, on ne mourra pas de faim, dit un planteur.

– Pour la canne, on a planté seulement le trentième des années normales... C'est comme pour le coton, fit Percy Tampleton.

– Moi, j'ai choisi d'investir à plus long terme. Je vais planter des pacaniers. Dans huit ou dix ans, j'aurai une récolte de noix qui me permettra de vivre. Savez-vous que dans le Nord, maintenant qu'ils ont découvert chez nous les noix de pécan, ils en mettent partout, dans les gâteaux, les sauces, les pralines, les boissons? Je connais un type du Kentucky qui a planté mille pacaniers.

On évoqua aussi la remise en route des chemins de fer, la demi-douzaine de lignes en construction dans l'Etat – celle de La Nouvelle-Orléans à Opelousas notamment – qui intéressaient les planteurs de la région et qu'on allait prolonger jusqu'à Houston, au Texas. Certains, assurant que « le pays était fini », regrettaient d'être trop âgés pour s'en aller à Matamoros, ville neuve située sur la rive mexicaine du rio Grande, à vingt-cinq miles de la mer, et qui passait pour le nouvel Eldorado des négociants. Depuis qu'un règlement de commerce avait donné aux seuls « citoyens loyaux » de La Nouvelle-Orléans le droit d'exercer des professions commerciales ou libérales, beaucoup de gens passaient à Matamoros pour traiter des affaires avec l'étranger. La ville, dont quelques alarmistes affirmaient qu'elle pourrait bientôt détrôner La Nouvelle-Orléans, grandissait de jour en jour. Cela donnait du travail à des centaines d'ouvriers, mais inquiétait les autorités louisianaises.

Aussi, prenant prétexte d'un incident entre le général mexicain

Mejia et le consul des Etats-Unis à Matamoros, les autorités venaient-elles de suspendre tous les départs de navires pour cette ville.

– Si le curage des passes du Mississippi n'avait pas été négligé, ce qui fait que les navires s'échouent souvent en remontant vers La Nouvelle-Orléans, le fort de Matamoros n'attirerait pas autant d'armateurs, observa Tampleton.

La baisse de l'or, les prix exorbitants des produits de première nécessité, la dette énorme de la ville de La Nouvelle-Orléans, les conflits répétés entre l'administration civile et les autorités militaires – qui avaient provoqué en deux mois trois changements de maire – une menace de fièvre jaune, démentie par le docteur Beugnot, directeur des services sanitaires de l'Etat, lequel affirmait qu'il ne s'agissait que de « fièvres ordinaires et intermittentes », fournissaient aussi des sujets de conversation.

Les ruches de M. de Castel-Brajac, montrées à distance aux invités de Virginie, furent appréciées par ceux-ci comme d'intéressantes curiosités plutôt que moyen nouveau de faire des piastres.

L'apiculteur amateur, dont la jovialité réjouissait ses interlocuteurs, avait aussitôt ouvert un carnet de commandes à livrer l'année suivante.

– Quand vous aurez goûté à mon miel, mesdames, vous ne pourrez plus vous en passer. Inscrivez-vous dès aujourd'hui, il n'y en aura pas pour tout le monde.

Gustave s'était d'ailleurs installé à Bagatelle comme quelqu'un qui n'envisage pas de changer d'adresse avant longtemps. Alors que Charles de Vigors, né sur la plantation, élevé sous ces chênes centenaires jusqu'à l'âge de dix ans, semblait avoir grand mal à s'adapter au climat du pays, au confort relatif de la vieille demeure et à une rusticité de vie acceptée depuis toujours par les planteurs, mais aggravée par le manque d'argent, Gustave évoluait parfaitement à l'aise et visiblement heureux.

– Finalement, tu es un animal urbain, disait-il à Charles. La ville avec ses innombrables vies dissimulées derrière de mornes façades te manque comme les théâtres, les cafés et les rues où l'on se côtoie sans se connaître. Moi, au contraire, quand j'ouvre ma fenêtre au matin sur les grands espaces vides du fleuve ou des champs, je me sens tout ragaillardi, tout neuf, tout aéré!

Souvent, le soir, quand Mme de Vigors s'était retirée et que Dandrige regagnait son appartement, les deux amis prolongeaient la veillée, dans le petit salon que Gustave avait aménagé dans l'une des deux pièces que lui louait Virginie.

Avec une autorité souriante et un sens de l'organisation qui lui permettait de s'adapter aux villégiatures aussi bien qu'aux circonstances, Castel-Brajac avait promu deux Noirs plâtriers peintres, un troisième tapissier, afin de créer un décor selon son goût.

– Le style qui convient au pays est du genre Compagnie des Indes. Je veux des murs blancs, des rideaux blancs, des meubles blancs, un miroir à cadre de laque bordeaux, des lampes en opaline et une profusion de coussins du même ton!

Pendant deux semaines, on avait gratté, lessivé, repeint, et quand Virginie, conviée un jour à l'heure du thé pour juger de l'effet, s'était présentée, elle avait félicité le Gascon pour son goût neuf, son imagination et son sens du confort. Instruits des principes rudimentaires de professions qu'ils ignoraient un mois plus tôt, les ouvriers noirs ne marquèrent nul empressement à retourner aux champs. Castel-Brajac, prenant leurs salaires à sa charge, les convainquit de transformer, suivant ses plans, une case abandonnée, en observatoire astrologique. Il y fit également installer la baignoire achetée pour son compte à La Nouvelle-Orléans par Mme de Vigors.

C'est au cours d'une de ces soirées en tête à tête, cigares allumés, que Gustave voulut savoir comment avaient évolué les relations entre son ami et la jeune Suissesse désenchantée, Marie-Gabrielle. Au moment de la dispersion des passagers à New York, le Gascon avait bien remarqué un baiser envoyé du bout des doigts au beau Charles par la jeune fille, visiblement réconciliée avec la vie, mais il s'était interdit toute question et toute déduction hâtive.

Nullement gêné par la question, Charles prit un air gaillard, tira une bouffée de son havane, allongea les jambes et dit :

– Eh bien! mon cher, j'ai pu la rassurer... Son chaleureux parrain l'avait respectée... Elle était intacte!

– Tu l'as auscultée?

– De la meilleure manière, et, crois-moi, cette nymphe bourgeoise des bords du Léman ne manque pas de dispositions pour l'amour...

– Ça alors, je n'aurais jamais cru que cette jeune fille soit si facile... Les femmes sont étonnantes. Elles tremblent en imaginant qu'un homme qu'elles connaissent depuis toujours et qu'elles aiment d'une certaine façon ait pu abuser de leur abandon au cours d'une pâmoison..., puis elles se livrent au premier venu... comme ça, pour savoir si elles sont encore vierges!

– D'abord je ne suis pas le premier venu et, ensuite, j'ai dû la convaincre avec tendresse que la chose n'était pas si terrible, voire agréable, et que je pouvais la délivrer d'un doute qui l'avait conduite aux portes de la mort!

– Et le risque inhérent à ce genre d'« auscultation », elle l'a accepté?

– J'ai toujours, mon cher Gustave, dans ma trousse de voyage, quelques-uns de ces gants à un seul doigt dont tu connais l'usage... Cela m'a permis de passer quelques moments agréables... L'ennui, c'est que Marie-Gabrielle est tombée amoureuse de moi et qu'elle souhaite ardemment me revoir... Elle va m'écrire et envisage sérieusement de faire un détour avec son papa par La Nouvelle-Orléans.

– Ouille, ouille! te voilà donc à demi fiancé à une banque!

– Tu sais bien que j'aime ailleurs et que le mariage ne me tente pas... Marie-Gabrielle n'est qu'une aventure de voyage. Elle m'a donné du plaisir et je lui ai rendu sa sérénité, c'est tout!

– On en reparlera, vieux frère... Cette demoiselle me paraît assez sentimentale pour s'abandonner à nouveau à la mélancolie..., celle-ci ayant seulement changé d'objet... Tu as pris là une sacrée responsabilité!

Charles eut un geste du bras qui renvoyait ce genre de risque à la fatalité et tira de son cigare une bouffée voluptueuse.

D'autres soirs, quand Charles de Vigors était retenu chez Edward Barthew, qui l'initiait aux mœurs et coutumes juridiques de l'Etat, Clarence Dandrige et Castel-Brajac s'attardaient sous la galerie. Se balançant dans les vieux rocking-chairs en goûtant la fraîcheur relative de la nuit peuplée de lucioles, de chauves-souris frôleuses et, dans les hautes branches des chênes, de hiboux attentifs, l'intendant et le locataire de Bagatelle abordaient tous les sujets. Une sympathie mutuelle rapprochait ces deux hommes, et le Gascon écoutait passionnément ce philosophe, qui se défendait de l'être, parler d'une civilisation que la guerre civile avait, sinon anéantie, du moins contrainte à une évolution radicale dont on ne pouvait encore apprécier toutes les conséquences.

– Avouez, monsieur Dandrige, que c'est tout de même une bonne chose que l'esclavage soit aboli. Il y a quantité de gens auxquels cette plaie interdisait d'aimer sans arrière-pensée la société intelligente et raffinée du Sud. Il n'y aura désormais plus de différence entre un enfant de race noire et un enfant de race blanche. Tous deux seront aux yeux de la loi des citoyens égaux, bénéficiant des mêmes protections et soumis aux mêmes devoirs...

– Sauf qu'en cas de désaccord entre eux, c'est le Noir qui devra céder, fit Dandrige avec ironie.

– Et pourquoi, mon Dieu?

– Parce qu'une société ne change pas d'attitude aussi promptement qu'un individu. De la même façon que le nègre aujourd'hui déserte les champs parce que le coton est lié dans son esprit rustique à l'idée du travail forcé, le Blanc, qui a toujours traité le Noir en inférieur et l'a maintenu dans son infériorité, ne peut accepter de le considérer comme son égal.

– C'est aux abolitionnistes vainqueurs de s'entremettre pour que les deux races cohabitent. Si les Blancs reconnaissent aux nègres l'aptitude à s'instruire et à se perfectionner, les nègres trouveront au travail le même sens que les Blancs et cesseront de le mépriser.

– Les abolitionnistes, monsieur de Castel-Brajac, sont au contraire en train de creuser un fossé entre les deux races, après avoir abattu le mur de l'esclavage. Je ne veux parler que des abolitionnistes sincères, qui ne sont pas légion. Ces gens, comme tous les philanthropes, ont des œillères. Seul le sort des nègres les émeut. Les malheurs des Blancs ne les touchent guère. « Ils ont le cœur noir », disait un de vos écrivains, M. Oscar Commettant, qui, dès 1858, avait été frappé par le fanatisme des Yankees abolitionnistes. Il les comparait à ce philanthrope spécialisé dans l'aide aux forçats libérés qui éconduisait un honnête ouvrier venu lui demander du travail parce qu'il ne venait ni du bagne de Toulon, ni de celui de Brest, ni de celui de Rochefort, en lui disant : « Plus tard, si, entraîné fatalement par la misère, vous succombez et que les galères soient le châtiment imposé à vos méfaits, venez me trouver, je me ferai alors un véritable plaisir de vous aider! » Cette perversion est si courante chez nos abolitionnistes louisianais qu'un certain M. Camille, de La Nouvelle-Orléans, en a fait une fable. Il est question d'un enfant qui pleure parce qu'un domestique va égorger son poulet à plumes noires. La mère intervient, on laisse la vie au chapon et le cuisinier tranche le cou d'un autre poulet, blanc celui-ci. Et le poète dit :

Cependant, rassuré sur son oiseau chéri, tranquille et souriant,
Il écouta le cri de la volaille égorgée,
– Ne pensez-vous donc pas, lui dis-je, mon enfant,
Que ce poulet-ci souffre autant?
– Oh! ça m'est bien égal, répondit le doux ange.
Il faut bien qu'on en tue; il faut bien qu'on en mange!
Leurs vilains poulets blancs peuvent souffrir vraiment.
Mon poulet noir, c'est différent!

» Vous me direz, se hâta d'ajouter Clarence Dandrige, que certains de nos Noirs ont une antériorité de souffrance qui peut justifier aux yeux des personnes sensibles une commisération plus attentive, mais, si l'on veut se livrer à la compensation rétroactive des préjudices, jamais nous n'en sortirons.

– A mon avis, tous les rapports devraient s'établir sur de nouvelles bases, franches et loyales, même s'il est difficile aux uns d'oublier leurs rancœurs, aux autres de reconnaître leurs fautes.

– Si les hommes, blancs ou noirs, étaient des saints, je souscrirais volontiers à votre utopie, mais il faut être lucide et réaliste. Les nègres ne sont pas venus en Amérique de leur plein gré et ceux qui vous affirment que la traite est depuis longtemps interdite et révolue ignorent sans doute qu'en 1857, il y a moins de dix ans, on amenait encore clandestinement des Africains dans ce pays.

– C'est une honte! lança vivement Castel-Brajac.

– Et c'est pourquoi l'honneur du Sud est en pénitence, dit tristement Dandrige. Les arrière-petits-fils de nos esclaves reprocheront encore aux nôtres ce commerce odieux. Les nègres que nous avons transplantés de force, l'Amérique tout entière, et pas seulement le Sud, doit maintenant les adopter, comme tous les immigrants qui ont, eux, choisi librement de venir ici.

– Cela suppose un effort particulier de la part des Blancs du Sud, n'est-ce pas?

– L'ennui, c'est qu'on le leur demande au moment où le pays compte ses morts et tente de relever ses ruines, au moment où la main-d'œuvre noire abandonne l'agriculture, au moment où les propriétaires sont accablés d'impôts et de taxes et où les populations des Etats sécessionnistes sont soumises aux exactions des troupes d'occupation et aux filouteries des *carpetbaggers*... Et cependant, conclut Dandrige après un moment de silence, c'est aux Blancs du Sud, comme vous le dites, de faire l'effort, car c'est d'eux seuls que dépend l'avenir de ce pays. Ce qui pourrait arriver de plus grave, c'est que les anciens propriétaires d'esclaves se vengent de la liberté donnée aux nègres, non pas en tentant de la leur reprendre, mais au contraire en les abandonnant à une fallacieuse indépendance. Les nègres doivent apprendre à être libres et nous à être justes... Il y faudra du temps.

C'est au cours de conversations de ce genre que Castel-Brajac avait appris à mieux connaître Clarence Dandrige, dont l'élégance naturelle le fascinait.

Cet homme long et sec entrait dans la vieillesse, de la même démarche tranquille qu'il avait parcouru l'adolescence et l'âge mûr. Si sa santé lui avait donné des inquiétudes, personne ne l'aurait su. Seul le vieil Iléfet, qui lui préparait parfois des tisanes, aurait pu dire si M. l'Intendant reprochait à son corps quelques déficiences organiques. En tout cas, il n'y paraissait pas. Frugal, actif, montant chaque jour à cheval, M. Dandrige marchait moins qu'autrefois, non pas parce que la fatigue se faisait sentir, mais parce qu'il n'avait plus de chiens pour l'accompagner. Mic et Mac, les deux derniers dalmates d'une longue lignée, étaient morts sans descendance, et Clarence Dandrige ne voulait pas de chiens d'une autre race.

Plus que ses goûts formels en matière canine, Gustave de Castel-Brajac admirait la sérénité foncière et communicative de l'intendant. Il appréciait aussi son égalité d'humeur et cette sorte d'indifférence sans ostentation qui était la sienne, devant le succès ou l'échec temporel d'une société à laquelle il avait, avec lucidité et clairvoyance, consacré son énergie, sans en approuver tous les choix. Leur intimité intellectuelle ayant grandi au fil des semaines, Gustave osa, un matin, quelques questions plus personnelles. Il accompagnait Dandrige dans les champs de coton où venaient d'éclater les premières capsules, quand la réflexion suivante lui vint à l'esprit :

– Vous me paraissez un homme sans passions, monsieur Dandrige. J'envie votre maîtrise et votre quiétude.

Clarence, sans marquer de surprise, répondit par une citation de Chuang Tzen :

– « L'homme sans passions est celui qui ne permet ni au bien ni au mal de troubler son économie intérieure, mais se conforme à ce qui arrive et n'ajoute pas à la somme de sa mortalité. »

– Le bonheur serait donc, d'après vous, la soumission au destin.

– Non pas le bonheur, mais la quiétude seulement, Gustave. Le bonheur, c'est autre chose...

– C'est du fatalisme, cela, non?

– Le fatalisme consiste à accepter passivement, « se conformer à ce qui arrive », comme dit Chuang Tzen, c'est autre chose. C'est agir en conformité avec ce que le destin nous propose, c'est-à-dire user des moyens qu'il concède pour tenter d'infléchir les circonstances, dans l'intérêt de ce qui nous paraît, en conscience, le plus digne d'humanité. Après cela, seulement, on peut envisager la soumission au destin et aux conséquences de nos propres réactions.

– On demandait un jour à saint Ignace de Loyola quels seraient ses sentiments si le pape décidait de dissoudre la Compagnie de

Jésus : « Un quart d'heure de prière, répondit-il, après je n'y penserais plus! » Ce serait un peu votre attitude, non, si demain Mme de Vigors décidait de vendre Bagatelle?

– Je remplacerais le quart d'heure de prière par un quart d'heure d'action, fit Dandrige en souriant, car je n'ai jamais compté sur Dieu!

– Vous croyez que Dieu n'existe pas? fit Castel-Brajac, surpris.

– Je ne crois même pas ça, lança l'intendant en se penchant pour arracher une capsule à un cotonnier.

– N'avez-vous jamais eu envie de voyager, dit Castel-Brajac pour relancer la conversation, envie de voir le monde, de vérifier les éléments de votre culture, de satisfaire des curiosités?

– Une ou deux fois seulement, j'ai senti le vague désir de me trouver ailleurs. Mais cela tenait à des circonstances particulières émotionnelles et ne répondait pas à un besoin réel de découverte. J'ai toujours su, même dans ces moments-là, que ma vraie place était ici, entre le fleuve et ces champs de coton. Ce que cherche le voyageur, ce ne sont ni les paysages ou les aventures, ni les impressions ou les émotions, ce sont des êtres plus malaisés à explorer que des jungles, plus difficiles à conquérir que des trésors, plus impitoyables parfois que des oiseaux déchaînés. Or les êtres que je pouvais souhaiter sont venus à moi sur ce lopin de terre où le sort m'avait jeté. Et j'ai eu la chance de savoir très vite ce qu'ils attendaient de moi : une fidélité, une référence, un ancrage. Les hommes qui furent les maîtres de cette plantation, depuis le premier marquis de Damvilliers, qui défricha ces forêts et construisit cette demeure, jusqu'à Mme de Vigors, n'ont eu qu'une pensée, maintenir le domaine et ce qu'il est peut-être pédant d'appeler l'esprit de Bagatelle. Je les ai, non seulement aidés, mais conduits sans qu'ils s'en doutent, et je dois maintenant préparer Charles à assurer la pérennité de ce petit univers, qui est plus qu'une terre et une maison...

Jamais Clarence Dandrige ne s'était autant épanché. Castel-Brajac l'avait deviné, car il savait l'intendant économe de ses paroles. Il lui vint à l'idée que ces confidences, suscitées par des questions presque indiscrètes, Dandrige souhaitait les faire. Mais pourquoi le choisir, lui, l'étranger, le passant, l'indifférent? Un commencement de réponse lui fut donné alors que, chevauchant côte à côte, les deux hommes revenaient vers Bagatelle par le chemin de la levée.

– Savez-vous, Gustave, que j'envie parfois votre faculté de jouissance, votre appétit et ce que l'on doit appeler votre heureux caractère, votre forte santé morale et physique?

– Certains résument cela d'un mot : jouisseur, mais je ne me vexe pas. J'entends bien jouir de la vie et j'ai fait mienne une maxime de Ducis : « Le grand art d'être heureux n'est que l'art de bien vivre [1]. » Que voulez-vous, monsieur, j'ai la vocation du bonheur!

1. J.-F. Ducis (1732-1816) : *Épître à M. Droz.*

– Bravo, fit l'intendant en riant. Voilà une bonne vocation. Vous êtes un homme auquel les choses doivent réussir... Ainsi, vos ruches, je suis certain que vous en tirerez de bons bénéfices dans quelques années.

– Je l'espère bien, car voyez-vous, si l'on peut toujours se procurer quelque bénéfice ou aboutir à quelques résultats en se donnant beaucoup de mal, il est, à mon avis, plus agréable d'arriver à de moins grands profits mais sans trop d'efforts. J'aime, monsieur, me laisser porter par la vie... Je ne la crois pas si mauvaise que certains le disent.

Comme, ayant mis pied à terre, Gustave et Clarence confiaient les brides de leurs chevaux au jeune palefrenier qui assistait le vieux Bobo, des cris et des lamentations leur parvinrent des salons dont les portes-fenêtres donnant sur la galerie étaient grandes ouvertes. Les deux cavaliers échangèrent des regards interrogateurs.

– Ce n'est pas Virginie, dit Clarence Dandrige.

Mais Gustave de Castel-Brajac, en dépit de son poids et de ses courtes jambes, se trouvait déjà au milieu de l'escalier. Une femme en larmes mérite toujours qu'on se hâte!

13

La dame en pleurs n'était autre que la plus jeune des sœurs Barrow. Affalée dans un fauteuil à oreillettes, jambes tendues, ses grands pieds chaussés de robustes brodequins émergeant du bas de sa jupe en faille noire, elle pleurait à gros sanglots, comme un enfant désespéré. A l'autre bout du salon, sous le grand portrait de Virginie peint par Dubuffe, se tenaient côte à côte Mme de Vigors et Adèle Barrow. Cette dernière avait les yeux rouges, son chapeau de travers et pressait sous son nez, en reniflant, une de ces affreuses mitaines de soie, au crochet, roulée en boule. Castel-Brajac s'arrêta près du fauteuil où gisait Louise, indécis sur la conduite à tenir. A l'entrée de Clarence Dandrige, Virginie se leva et vint à la rencontre de l'intendant :

– Un collecteur d'impôts, particulièrement odieux, s'est présenté aujourd'hui chez les Barrow. Comme ils n'ont pas payé leurs taxes, cet homme venait pour mettre l'embargo sur les futures récoltes de coton et de cannes. Mais les Barrow n'ont pas ensemencé de terres cette année. L'homme a donc dit que s'il n'était pas payé demain, à onze heures, il ferait mettre Barrow Home en vente judiciaire. Clément est très abattu et ses sœurs souhaitent l'assistance d'un avocat. Elles ont également fait prévenir Tampleton.

– Combien devez-vous au collecteur, Adèle? demanda Dandrige.

– La somme incroyable de 3 550 piastres. Or il nous en reste à peine 1 000 pour vivre jusqu'au printemps prochain, en attendant les loyers de nos terres en métayage... Je crains qu'il n'arrive un malheur, monsieur Dandrige; ces Yankees nous poussent à bout. Clément est capable de laisser vendre la maison...

Virgine reprit la parole :

– Si nous le pouvions, Adèle, nous vous prêterions de l'argent, mais, hélas! nous n'en avons guère, n'est-ce pas, Clarence?

Castel-Brajac fit un pas en avant.

– Moi, je peux vous prêter 1 000 piastres, madame..., sans intérêt!

Adèle eut un sourire minable. C'était la première fois que Virginie lui voyait cette expression humble et aimable.

– Merci, monsieur, nous ne pourrions sans doute pas vous rendre cette somme avant longtemps et nous serions déshonorés. Devoir aux Yankees est un honneur au contraire. Il faut les laisser assumer toutes leurs responsabilités en tant que malfaiteurs, vendre notre maison à vil prix, nous spolier, nous jeter nus aux buissons..., c'est une épreuve que Dieu nous envoie..., mais il nous vengera !

Les sanglots de la cadette redoublèrent à l'évocation que venait de faire l'aînée : les trois Barrow, l'infirme sur son fauteuil à roulettes poussé par les deux sœurs, tous fuyant nus sous l'orage, leur vieille maison livrée aux Yankees, rapaces grimaçants. L'orage paraissait de mise à Louise, en tant que symbole de la colère divine.

– Tais-toi, lança Adèle d'une voix sèche, tu es idiote. Pleurer ne sert à rien. D'ailleurs, nous allons rentrer.

Puis, se tournant vers Clarence Dandrige :

– Si vous veniez demain avec Charles, Clément serait sûrement content, monsieur Dandrige.

– Nous irons tous, Adèle, comptez-y, et si l'on peut faire entendre raison à ce collecteur, nous nous y emploierons.

C'était sans grande conviction que l'intendant avait prononcé cette dernière phrase. Il savait bien qu'un collecteur d'impôts soutenu par les baïonnettes fédérales se montrerait intransigeant et que les Barrow verraient leur maison et leurs terres vendues à l'encan, comme celles des Laurent et des Pilser, ou transformées en plantation du gouvernement, à moins que le Bureau des affranchis ne décide de diviser le domaine en minuscules parcelles offertes en métayage à des esclaves émancipés.

– Aux termes de la loi, dit Charles, on ne leur laissera que les vêtements qu'ils ont sur le dos, un lit par personne ou par couple, une table et autant de chaises qu'il y a d'individus, des ustensiles de cuisine, un cheval et un chariot bâché qui leur servira de maison. Tout le reste sera vendu aux enchères publiques, y compris les dessous des dames !

C'est exactement ce qu'annonça, le lendemain, à onze heures, M. Conrad Potter, fonctionnaire du Trésor de l'Etat, chargé du recouvrement des impôts impayés. C'était un petit homme funèbre et frêle, qui s'excusait à chaque instant pour les désagréments qu'il était bien obligé de causer. Assisté du shérif de la paroisse, d'un sergent et de deux soldats de la petite garnison de l'armée de l'Union installée à Bayou Sara, il représentait ce que le Sud exécrait le plus : l'Administration nordiste.

– Essayez de payer, monsieur Barrow, je vous en prie, c'est désolant de voir où cela va vous conduire.

Un observateur superficiel aurait pu se laisser prendre à l'air apitoyé et compatissant du collecteur, mais Dandrige et Clément Barrow, l'un parce qu'il savait jauger les êtres avec une exceptionnelle acuité, l'autre parce que, intéressé au premier chef, il ne pouvait être dupe de telles simagrées, avaient surpris dans le regard du bonhomme une lueur de jouissance hypocrite.

Désignant le général Tampleton, Dandrige, Castel-Brajac et

Charles, qui faisaient cercle autour de l'infirme, encadré par ses deux sœurs, M. Potter suggéra d'une voix mielleuse :

– C'est une assez grosse somme, bien sûr, que vous devez à l'État, monsieur Barrow, mais vos amis ici présents ne peuvent-ils vous aider?

– Vous savez bien, espèce de puant rapace, que tous les gens honorables de ce pays sont ruinés, lança Tampleton.

Aussitôt, le shérif intervint :

– Vous ne devez pas insulter un fonctionnaire du Trésor dans l'exercice de ses fonctions, monsieur. Si vous récidivez, je mentionnerai vos insultes dans le procès-verbal et ce monsieur sera fondé à vous demander des dommages et intérêts!

Un silence pesant s'établit, les militaires s'absorbant dans la contemplation des tableaux, le shérif surveillant Tampleton, Dandrige et Castel-Brajac, Charles examinant les sommations écrites du collecteur avec l'attention du professionnel.

– Tout cela me paraît très exagéré, dit l'avocat, nous allons demander une expertise et un arpentage de la propriété.

– Vous savez bien, monsieur l'attorney, qu'une telle demande n'est pas suspensive du paiement. Quand l'expertise aura eu lieu, le Trésor vous remboursera si le juge constate des erreurs dans l'appréciation et le calcul de l'impôt. En attendant, ou M. Barrow s'exécute ou j'appose des scellés sur la maison avec tout ce qu'elle contient. Naturellement, M. Barrow et ses sœurs pourront prendre des vêtements et leurs papiers de famille, à l'exclusion des bijoux et des valeurs. Ils seront, j'imagine, hébergés par leurs amis et, au jour de la vente aux enchères, M. Barrow aura la possibilité de se porter acquéreur à condition que son enchère soit égale à la mise à prix augmentée de deux fois le montant des impôts dus.

– Mais c'est inique! ne put se retenir de crier Charles.

– C'est une réglementation décidée par M. le Collecteur général, dont je ne suis que le représentant, confessa humblement Potter.

Des scènes de ce genre, il en avait vécu des douzaines, depuis quelques mois, le collecteur Potter, et il connaissait toutes les répliques du mélodrame. La présence du shérif et des militaires le rassurait, car on avait vu des *tax payers,* comme les appelait la loi fédérale, en venir aux brutalités les plus dérisoires. Toujours, Dieu merci, force restait au Trésor et les encanteurs patentés, qui trouvaient leur profit aux ventes forcées, savaient reconnaître les courageuses interventions des fonctionnaires chargés de recouvrer l'impôt.

Adèle, qui gardait le silence depuis l'arrivée du collecteur, prit soudain la parole avec un calme étonnant :

– Il n'y aura pas de miracle, Clément. Nous devons en passer par où veulent ces brutes. Nos bagages sont déjà prêts, qu'on amène notre calèche. Nous irons habiter Bagatelle, où Virginie m'a proposé de nous recevoir.

Puis elle se tourna vers Potter, un peu étonné et peut-être même un peu déçu par une résignation si prompte :

– Une malédiction fondra, monsieur, sur cette maison où nous sommes nés, dès lors que vous nous en arrachez. Et, croyez-moi, je ne donne pas cher de votre avenir...

Dandrige, à son tour, intervint et, forçant le frêle fonctionnaire à soutenir son regard, il cita Massias :

– « La justice est la vengeance de l'homme social, comme la vengeance est la justice de l'homme sauvage. » Le temps de la justice viendra, monsieur, et vous serez jugé avec les sauvages de notre temps !

Adèle et Louise, à qui sa sœur avait interdit toute démonstration de chagrin, disparurent dans les chambres pour aller quérir leurs sacs. Clément Barrow, qui longtemps s'était tenu debout sur sa jambe unique soutenu par des béquilles qu'il n'employait que rarement, se laissa tomber dans son fauteuil à roues sans un mot et sortit sur la galerie avec tout le groupe.

– Nous vous laissons un moment pour vous préparer, dit M. Potter en descendant l'escalier avec le shérif et les militaires. Nous vous attendons près des voitures. Quand vous aurez quitté la maison, je mettrai les scellés en présence de ces messieurs et de vos amis.

Dandrige, Tampleton, Castel-Brajac et Charles s'éloignèrent eux aussi sur la pelouse, se retournant au bout de quelques pas pour regarder cette grande demeure blanche avec sa colonnade et son fronton de temple grec, semblable à cent autres maisons de plantation opulentes et sûres.

– Ce doit être bien triste de quitter une aussi belle maison, fit le sergent, qui était né dans une cabane de rondins au pied des Smoky Mountains, dans le Tennessee.

– C'est un peu quitter la vie, sergent, dit Tampleton, et je regrette qu'une vaillante armée que j'ai combattue et qui loyalement m'a pris un bras sur le champ de bataille soit aujourd'hui associée, à travers votre personne, à ces basses besognes de pillages organisés...

Le soldat, ne trouvant que répondre, se tut, visiblement ennuyé d'être mêlé à ce genre d'affaire. Il n'était là que pour prévenir les violences éventuelles. Il n'y en avait pas eu, donc il considérait sa mission à peu près terminée et s'éloigna de quelques pas, suivi de ses hommes.

C'est à cet instant que Clément Barrow, qui se trouvait maintenant seul sur la galerie où il avait roulé son fauteuil, interpella M. Potter.

– Monsieur le collecteur, j'aimerais vous dire seul à seul... un dernier mot !

Potter marqua un instant d'hésitation, jeta un regard au shérif, puis, l'infirme lui paraissant inoffensif et presque déférent, il s'avança sur la pelouse en direction de la maison.

Les choses allèrent si vite que même Tampleton, qui se trouvait le mieux placé à ce moment-là, ne sut dire plus tard exactement où avait pu être préalablement cachée la carabine que l'on vit soudain dans les mains de l'infirme.

Apercevant l'arme avant tous les autres, le collecteur demeura pétrifié de frayeur :

– Ne faites pas ça..., cria-t-il.

Marquant l'arrêt, il permit à Clément Barrow d'ajuster son tir. Il ne vint à l'esprit d'aucun des témoins, qui connaissaient l'habileté de l'infirme, de supposer que les horribles et douloureuses blessures faites par la cartouche pour gros gibier dans le bas-ventre de Potter étaient le résultat d'une maladresse.

Tandis que le collecteur se recroquevillait sur le gazon, le shérif, sortant son revolver, fit mine de s'élancer vers la maison. Un croc-en-jambe de Castel-Brajac déséquilibra le policier, qui lâcha son arme avant de s'étaler. Dans le même temps, on entendit Tampleton lancer aux militaires qui revenaient dare-dare, leurs armes pointées :

– Ne tirez pas, nom de Dieu! Le mal est fait!

C'est alors qu'une autre détonation retentit sous la galerie, couvrant les cris des sœurs du meurtrier. S'étant précipitées sur le seuil en entendant le premier coup de feu, elles apparurent à l'instant où Barrow, ayant placé le canon de la Winchester sous son menton, se faisait sauter la tête. Louise, éclaboussée de sang et de débris dégoûtants, s'effondra comme si une balle l'eût atteinte elle aussi. Adèle, hébétée, incrédule, contourna le fauteuil à roues que la dernière déflagration avait fait pivoter, comme si le décapité voulait soudain rentrer chez lui.

Prévenu par un militaire, Murphy vint, une heure après ce drame, se pencher sur le collecteur. L'homme respirait encore et poussait parfois un hurlement étouffé de bête écartelée. Son examen terminé, le médecin se releva avec cette grimace que Dandrige lui connaissait trop. Une certaine façon d'avancer la lèvre inférieure en serrant les mâchoires, qui annonçait l'imminence de la mort.

Les seuls devoirs que Murphy put rendre à Clément Barrow consistèrent à envelopper de serviettes ce qui restait du chef éclaté de l'infirme. Quand il fut allongé sur le grand lit d'acajou à baldaquin où Henry Clay avait dormi quelquefois lors de ses visites, le frère d'Adèle et de Louise apparut comme une de ces vieilles poupées de son dont les traits ont été effacés par les soins trop attentifs de trois générations de fillettes et dont la tête n'est plus qu'une boule de chiffons.

14

A Bagatelle, alors que l'automne s'annonçait et que, la cueillette du coton achevée, on évaluait la médiocrité de la récolte, inférieure de moitié à ce que Dandrige avait prévu, un événement domestique mineur vint ajouter au désenchantement.

Un soir, après avoir desservi la table du dîner, Brent et Rosa se présentèrent au salon, embarrassés, comme s'ils avaient une faute à avouer.

– Que se passe-t-il? dit nonchalamment Virginie, qui, sur le grand Pleyel, accordé aux frais de Castel-Brajac, triait des partitions.

– Eh bien! m'ame, commença Brent en s'étranglant à demi, Rosa et moi, nous allons quitter... la maison...

– Quoi? Qu'est-ce qui vous prend à tous deux? Quelle mouche vous a piqués? Vous n'êtes pas bien ici?

Dandrige, Castel-Brajac et Charles, penchés sur un plan de la propriété, car on envisageait de reconvertir une large parcelle en prairies, afin de développer l'élevage des bovins, levèrent la tête simultanément.

– Oh! nous n'irons pas loin, m'ame, et quand on aura besoin de nous m'ame pourra compter sur Brent et Rosa, mais v'là qu'on m'offre un bon travail dans l'administration... parce que, ajouta aussitôt le majordome en se rengorgeant, moi, je sais lire, écrire et compter et bien parler le français, le congo et un peu bien l'anglais!

– Ne dis pas que tu vas remplacer l'attorney général, Brent, fit Virginie en se moquant.

– Non, m'ame, je dois remplir les papiers du Bureau des affranchis de la paroisse. Je pourrai aider les nègres à s'embaucher d'ici de là, leur expliquer pour l'école de leurs enfants et parler de tout ça avec les messieurs blancs du Bureau qui comprennent pas toujours bien nous autres!

– Mais dis donc, Brent, qui t'a appris à lire et à écrire, hein? Qui t'a emmené en France, à Paris, où tu as vu et connu des choses que les nègres d'ici ne sauront jamais? C'est mon fils Marie-Adrien et moi; on ne t'a pas éduqué pour que tu ailles faire le pitre chez les Yankees. Sans nous, tu n'aurais été qu'un esclave aussi stupide que les autres. Ta place est ici, tu y restes et Rosa avec toi !

Rosa se mit à pleurer doucement en triturant son tablier et Brent lui jeta un regard d'une grande tendresse. Résolument, il se retourna vers sa maîtresse.

– Maintenant, m'ame, y faut penser que les nègres comme moi, qui ont eu des bons maîtres, qui les ont bien éduqués et pas souvent battus, y peuvent avoir envie de travailler à des choses plus... plus... importantes que servir le potage ou cirer les meubles. Je voudrais que Rosa soye un jour une petite dame noire et que nos petits y puissent apprendre à l'école et devenir des maîtres ou des employés aux écritures. On pourrait dire aux autres nègres comme ça que s'ils travaillent comme nous on a travaillé, eux aussi ils pourraient sortir du coton, de la canne ou des cuisines... C'est pas un péché, m'ame, et ça empêche pas qu'on vous aime bien, Rosa et moi. Mais voilà, y faut qu'on prenne notre chance maintenant.

– Qui t'a mis ces idées dans la tête, animal? Ces types venus du Nord, ce nouveau chef du Bureau des affranchis qui veut contrôler les gages de tous les nègres qui restent encore sur les plantations?... Va-t'en si tu veux te mettre au service de ces olibrius, mais Rosa reste, elle, j'en ai besoin !

– Non, m'ame, elle peut pas rester si je m'en vais.

– Et pourquoi, mon Dieu? Tu as peur qu'on te l'abîme, ta négresse?

Brent ferma à demi les yeux et renifla douloureusement. Vaincre l'incompréhension des Blancs n'était pas une entreprise aisée. Dandrige heureusement vint à son secours :

– La femme d'un fonctionnaire noir, Virginie, ne peut pas être domestique. C'est une question de dignité et je crois que Brent essaie de nous faire comprendre ça !

Le majordome acquiesça.

– Depuis qu'ils sont libres, ils veulent tout avoir, les piastres, la considération, de beaux habits et ne rien faire. Qu'ont-ils besoin de dignité, ces gens-là, ils oublient d'où ils sortent, non !

– Ils en ont plus besoin que quiconque, intervint Charles, et si nous voulons aider les meilleurs d'entre eux, ceux qui ne nous détestent pas encore, à sortir de leur condition, il faut les aider, mère !

– Les aider à nous quitter, lança Virginie vivement, voilà ce que vous proposez !

– Les aider à se séparer de nous, c'est exactement cela, Virginie, fit doucement Dandrige.

– Alors, qu'ils aillent au diable et qu'ils crèvent, cria Mme de Vigors. Qu'ils prennent leurs cliques et leurs claques et quittent la plantation tout de suite, je ne veux plus les voir...

Rosa sanglotait, la tête dans ses mains aux longs doigts secs et spatulés. Brent baissait les yeux, malheureux, déçu, chagrin. Il avait espéré vaguement que tout se passerait bien, qu'on lui prodiguerait des encouragements, qu'on ferait des vœux pour sa réussite, et qu'un jour, bien vêtu d'une redingote qu'il aurait lui-même achetée chez un tailleur, accompagné de Rosa qui porterait un chapeau à fleurs qu'il aurait payé de ses propres piastres, il reviendrait faire une visite à Mme de Vigors pour lui montrer comme il avait bien avancé dans la vie, lui, l'esclave aimé de ses maîtres. Il découvrait au contraire qu'on ne les aimait pas assez, Rosa et lui, pour souhaiter leur élévation. La maîtresse avait seulement une affection de surface pour son majordome et sa femme de chambre en tant que tels. Brent imaginait que Mme de Vigors aurait pu montrer un peu de tristesse en voyant s'éloigner deux bons serviteurs, qui n'avaient en rien changé d'attitude depuis l'émancipation des Noirs. Elle n'éprouvait finalement que de la colère.

– Nous pourrons continuer à habiter notre case sur la plantation, m'ame? interrogea timidement Brent.

– Ah! ça alors! Non! Ce serait trop facile. Vous ne voulez pas aussi qu'on vous nourrisse avec vos gosses? Allez demander cela à vos nouveaux maîtres... Vous partirez d'ici...

Dandrige coupa d'un ton sec la parole à Virginie :

– Naturellement, vous continuerez à habiter la plantation aussi longtemps que vous n'aurez pas un logement décent, Brent, et je vous réglerai vos gages dès que le coton sera vendu... Et, si les choses ne vont pas comme vous voulez dans votre nouveau métier, on vous trouvera de l'emploi!

Boudeuse, Virginie s'était jetée sur le canapé, tournant le dos à ses domestiques.

– Bonne chance! leur lança Charles quand ces derniers se retirèrent.

Rosa eut un mouvement pour s'approcher de sa maîtresse, mais Brent la retint. Alors elle dénoua calmement son tablier de cotonnade et le laissa glisser sur le tapis, où il demeura comme une dépouille... ou un symbole.

Tard dans la soirée, Mme de Vigors vint frapper à la porte de Dandrige. Il lui ouvrit et ils eurent un long tête-à-tête.

– Pourquoi m'avez-vous contredite, Clarence? Pourquoi m'avez-vous humiliée devant des nègres?

– Parce que je ne voulais pas que Brent et Rosa partent en vous détestant, Virginie. Ils ne peuvent vous connaître comme je vous connais, ni savoir ce qu'est la complexité des sentiments et la rigueur de l'orgueil d'une femme comme vous. Si vous regardez au fond de vous-même, mon amie, quand Brent a parlé, qu'avez-vous ressenti, indépendamment des mots que vous avez prononcés? Dites-le-moi.

– Du chagrin, Clarence, du chagrin devant un abandon. J'ai connu Brent gamin et il a vu mourir mon fils!

– Pourquoi ne pas l'avoir montré au lieu de dire des choses blessantes?

– Parce qu'une dame de qualité n'a pas de chagrin quand ses domestiques la quittent. Elle n'a pas à dévoiler ses sentiments, elle commande ou congédie, c'est tout! L'émancipation ne lui laisse d'ailleurs pas d'autre alternative! Nous ne sommes plus responsables de ces gens. Brent et Rosa me l'ont bien fait sentir. Qu'ils aillent ailleurs vivre leur vie...

– C'est exactement ce qu'ils veulent, depuis qu'on les a restitués à eux-mêmes, depuis qu'ils sont libres.

– Pftt! Quelle liberté leur a donnée M. Lincoln, je vous le demande?

– La liberté d'être noir, Virginie, et, croyez-moi, c'est beaucoup... dans un monde où depuis deux siècles on ne pouvait qu'être blanc... ou rien!...

Longtemps ils supputèrent les chances de cet univers en mutation dans lequel la dernière partie de leur vie allait se dérouler. La mauvaise récolte de coton ne laisserait guère que 2 000 à 2 500 dollars quand tous les frais et les salaires seraient payés. Fort heureusement, on tirerait quelques profits de la canne à sucre et Charles, à qui Ed Barthew confiait des dossiers, commençait à se constituer une clientèle. Ses honoraires s'ajouteraient bientôt à la pension que payait M. de Castel-Brajac et à la petite participation des sœurs Barrow, hébergées en attendant la fin de leur deuil. Ces ressources réunies permettraient à Virginie de ne pas trop écorner le petit capital que son fils lui avait rapporté de France. Quant à l'avenir, on ne savait trop comment l'envisager. Planter des pacaniers, davantage de cannes et développer l'élevage paraissait sage au moment où la main-d'œuvre se raréfiait malgré les interventions des militaires qui menaçaient d'envoyer aux travaux publics tous les Noirs pris en état de vagabondage.

La vie à Bagatelle suivait son cours comme un voilier son cap. On disait dans la paroisse que la plantation passait pour la plus accueillante. Si l'on ne donnait plus de grands dîners, on organisait des veillées au cours desquelles Castel-Brajac se mettait au piano, révélant à un auditoire formé aux harmonies de Bach, de Mozart, de Beethoven, de Chopin ou de Strauss des compositeurs encore peu joués en Amérique, comme Brahms, Liszt, Schumann, César Franck.

Virginie s'asseyait parfois devant le vieux clavecin, qu'elle avait autrefois tiré d'un débarras où l'instrument sommeillait depuis un quart de siècle, alors qu'Adrien de Damvilliers, son parrain et son futur mari, régnait sur Bagatelle et ses quatre cents esclaves.

Les sons aigrelets, les mélodies ornées, les arpèges, les trilles de Couperin, les harmonies chantournées et l'ampleur polyphonique de Rameau, les langueurs mélodieuses de Siret, le lyrisme bucolique de Daquin, valaient certains soirs à Mme de Vigors de grandes ovations de la part d'un public qui voyait déjà dans le clavecin un instrument d'un autre âge que personne ne savait plus « toucher ».

La poste, qui fonctionnait à peu près normalement, apportait régulièrement les journaux, donc les nouvelles du Nord et du reste du monde. On apprit ainsi que le général Robert Lee avait accepté au mois de septembre la présidence du Washington College à Lexington (Virginie) et qu'une colonne de l'armée du général Connor, commandée par le colonel Cole, avait infligé une sévère défaite à un parti de 3 000 Indiens, Sioux, Cherokees et Arapahos, rassemblés dans l'Idaho. La bataille avait duré trois jours et fait des centaines de victimes.

Ces événements rendirent Tampleton morose. Le retour à une activité civile et officielle de son idole, le grand Robert Lee, qui venait de signer un acte d'allégeance, le décevait. Et c'était encore de l'amertume que lui causait l'évocation d'une expédition contre les Indiens à laquelle il n'avait pas pris part.

– Je suis bien convaincu que l'armée des États-Unis fera appel à vous, général, pour régler un de ces jours le compte de quelques Peaux-Rouges rebelles! avait lancé Dandrige.

– J'aimerais mieux me faire trancher le bras qui me reste avec une hache plutôt qu'endosser un uniforme bleu!

A Bagatelle, comme dans beaucoup de familles sudistes, on commenta avec indignation un éditorial publié par le *New York Times* le 4 septembre 1865, exigeant que Jefferson Davis soit déféré devant la Cour suprême pour répondre de l'accusation de trahison déjà formulée contre l'ancien président de la Confédération. *Il faut faire savoir à tous les citoyens,* disait l'éditorialiste, *que l'incitation à la sécession n'a pas été seulement une erreur, mais un crime!*

Ce sentiment s'estompa rapidement, toutefois, devant la honte que ressentirent tous les anciens officiers confédérés en apprenant, un mois plus tard, qu'un des leurs, le capitaine Henry Wirz, commandant le camp de prisonniers d'Andersonville (Géorgie), avait été condamné à mort par un tribunal militaire fédéral et pendu. Cet officier n'avait pu nier les atrocités commises sous sa responsabilité à l'encontre de nombreux prisonniers nordistes.

Les journaux n'apportaient pas cependant que des informations tragiques. Ainsi, on avait pu lire dans le *Saturday Press* de New York, que recevaient régulièrement les Redburn, une très amusante histoire écrite par un jeune reporter de San Francisco, qui signait Mark Twain. Sous le titre *La célèbre grenouille sauteuse du comté de Calaveras,* le journaliste racontait comment un parieur roublard avait floué un vaniteux, propriétaire d'une grenouille sauteuse, en faisant avaler à cette dernière quelques cuillerées de petit plomb. L'histoire, donnée pour véridique, paraissait un peu grosse et les gens informés soutenaient qu'elle n'avait pas plus d'authenticité que le nom de son auteur. Derrière le pseudonyme de Mark Twain, inspiré par la litanie codée des sondeurs de rivière, se cachait, affirmait-on, un ancien pilote du Mississippi nommé Samuel Clemens. Ce garçon s'était engagé comme sous-lieutenant en 1861, dans les « Marion Rangers » du Missouri, groupe improvisé de jeunes Confédérés. Mais, ayant récolté une entorse au cours d'une marche de nuit, il s'était converti à la cause de l'Union. Et cela d'autant plus aisément que, n'étant pas un foudre de guerre, il avait préféré rejoindre son frère Orion Clemens, nommé secrétaire du territoire du Nevada.

De France, Mme de Castel-Brajac envoyait à son fils des lettres fort spirituelles et parfois un peu imprudentes, car elle ne ménageait guère ses critiques à l'égard du pouvoir impérial. C'est ainsi qu'on avait su à Pointe-Coupée la mort survenue à Paris, au mois d'août, de miss Howard, la maîtresse de Napoléon III, que Charles et son ami avaient rencontrée plusieurs fois et qu'ils nommaient comme tous les Parisiens informés « la Chaîne anglaise ».

Quand, à la fin de l'année, on sut que vingt-sept États avaient adopté le XIIIe amendement à la Constitution des États-Unis, lequel déclarait l'esclavage illégal sur l'ensemble du territoire, personne n'en fut étonné. Les citoyens louisianais étaient plus attentifs aux déclarations qu'avait faites en novembre, devant l'assemblée générale de la législature de l'État, le gouverneur Madison Wells.

« La législature, avait expliqué ce dernier, qui devra assurer à celui qui a son travail à vendre une juste protection et une rémunération équitable, et au capital, qui achètera le travail, une sécurité absolue et un profit raisonnable, sera aussi difficile qu'embarrassante. Depuis la création du monde, aucune relation fixe n'a jamais été établie entre le capital et le travail et aucun sage, ni aucun homme d'État, n'a jamais esquissé un plan par lequel les différends qui ont toujours existé entre eux puissent être efficacement conciliés. Les gens éclairés paraissent avoir acquis la conviction que plus le travail et le capital peuvent être liés d'une façon directe et intime, moins il y aura d'obstacles à une entente réciproque, et que moins il y aura d'interventions législatives ou autres entre ceux qui ont leur travail à vendre et ceux qui ont le capital pour l'acheter, mieux cela vaudra pour les parties intéressées et pour la société en général. En d'autres termes, la véritable sagesse consiste à donner à chaque individu un contrôle sur le marché qu'il doit faire, aussi étendu que le supportent la bonne foi et l'intérêt public. »

Ce discours, prononcé devant les sénateurs et les représentants issus des élections de 1864, plut assez, et Madison Wells obtint, ce jour-là, un beau succès. Un certain nombre de discussions en découlèrent, qui firent naître une bouffée d'espoir. La législature recommanda la création d'une milice d'Etat pour remplacer les troupes fédérales qui devraient bien s'en aller un jour ou l'autre! Les élus proposèrent aussi des moyens pour faciliter l'immigration et allèrent jusqu'à suggérer l'abandon du nègre à lui-même et le recrutement en Chine de coolies pour remplacer sur les chantiers des chemins de fer et dans les champs les anciens esclaves qui, « trompés et excités par des démagogues fanatiques et sans préjugés, se montraient plus enclins au vagabondage qu'au travail et même parfois tout disposés à la révolte et à l'insurrection ».

La nomination au Bureau des affranchis d'un nouveau responsable, le général Baird, permit aussi de clarifier les choses. A peine installé, le haut fonctionnaire fit savoir aux Noirs qu'il n'y aurait pas de distribution de terres, comme certains le leur avaient fait croire, et qu'ils devaient se mettre au travail. Les règles nouvelles prévoyaient pour les Noirs vingt-huit jours de travail par mois : dix heures par jour en été, neuf heures en hiver. Les salaires étaient à débattre, mais une somme pouvait être retenue pour l'entretien des écoles noires, et tout travailleur ayant manqué de respect à son employeur pouvait être renvoyé. Enfin, toute absence non motivée valait au coupable une perte du double du salaire qu'il aurait touché pour la période intéressée. Les planteurs, de leur côté, se voyaient imposer une nouvelle taxe d'un dollar par travailleur et par an, pour l'entretien des anciens esclaves trop âgés pour travailler.

Ces décisions ne satisfirent pas complètement les grands planteurs que l'on appelait volontiers « les bourbons » et indisposèrent carrément les radicaux, qui sentaient bien que le but recherché était le maintien des privilèges ancestraux d'une certaine classe.

Plus qu'à ces combinaisons politiques et administratives, les dames de la ville, comme celles des plantations, furent sensibles à la vente aux enchères du théâtre Saint-Charles organisée à la demande expresse du directeur de la Compagnie du Gaz de La Nouvelle-Orléans. Ce dernier détenait assez de notes impayées pour obliger Noah Ludlow et Sol Smith, les propriétaires, à passer la main. Il faut dire qu'avec ses trois cents becs, ses lustres suspendus et ses torchères à potences accrochées aux colonnes qui soutenaient le balcon et la première galerie, le théâtre Saint-Charles était le plus gros consommateur de gaz de la ville.

Ouvert en 1843, ce théâtre avait succédé à l'inoubliable salle qui portait le même nom et qui, sur le même site, avait été détruite par un incendie en 1842. Le Saint-Charles, premier du nom, construit en 1835 par l'architecte Mondelli pour le compte d'un certain Caldwell, avait coûté 350 000 dollars et pouvait contenir 4 100 spectateurs. C'était, affirmaient tous les amateurs, le plus beau théâtre des États-Unis. Le grand lustre de 36 pieds de diamètre et 12 pieds de haut ne comportait pas moins de 250 chandeliers à gaz et 23 300 pendeloques de cristal...

Moins somptueuse, la nouvelle salle à l'italienne de Ludlow et Smith était cependant fort prisée des acteurs et des chanteurs, qui en appréciaient les qualités acoustiques.

– Ce théâtre finira, comme le précédent, dans un incendie, diagnostiquait Virginie. Le gaz, quoi qu'en disent nos Parisiens – c'est ainsi qu'elle appelait encore Charles et Gustave – a parfois des sautes d'humeur, capables d'enflammer à distance un voile ou un chapeau...

– Il n'est point besoin de fréquenter les théâtres, soutenait Adèle Barrow qui assimilait encore les actrices aux prostituées. Le fait que bien souvent ces lieux soient détruits par le feu prouve assez leur vocation infernale...

Depuis la mort tragique de Clément, les deux sœurs Barrow s'étaient installées à Bagatelle et participaient quelquefois aux veillées. Vierge endurcie et acide, Adèle suffoquait parfois d'indignation en entendant, complaisamment développées par Gustave et Charles, les joyeusetés de la vie parisienne. Louise, dont la raison fragile n'avait pas résisté au drame vécu à Barrow Home, tricotait mécaniquement d'interminables écharpes en souriant, inquiète seulement de savoir si la maison de famille était vendue et les impôts payés. Quand ces formalités furent accomplies et qu'une somme de quelques milliers de dollars revint aux deux sœurs, Adèle déclara qu'elle allait se mettre en quête d'une maison à louer. Elle préférait, disait-elle, se perdre dans l'anonymat de La Nouvelle-Orléans, où sa sœur et elle-même pourraient finir paisiblement leurs jours en priant pour le salut de l'âme de Clément.

Si Charles de Vigors acceptait souvent des invitations à dîner chez les Redburn, les Tiercelin, les Tampleton ou même chez des Cajuns aisés, clients de l'étude « Barthew et Vigors », Castel-Brajac, lui, ne sortait que rarement. S'occupant activement de ses abeilles, secondant volontiers Dandrige dans l'administration de la plantation, il préférait, aux heures de loisirs, l'ambiance de Bagatelle et surtout la cuisine de la vieille Anna.

– Charles aime à dîner partout où il y a de jolies filles, dit-il un jour à Virginie; moi, je préfère l'atmosphère familiale de votre maison, votre aimable compagnie et le gombo d'Anna!

La cuisinière, affligée par le départ un peu tumultueux de sa fille et de son gendre, avait tout de suite reconnu dans la personne du gros Gascon réjoui un amateur de bonne chère.

Souvent, à l'heure où tout le monde se retirait pour aller dormir, Gustave, muni d'un pot de café qu'il pouvait réchauffer sur une veilleuse à alcool et d'une provision de cigares, s'isolait dans ce qu'il appelait pompeusement son observatoire. Il s'agissait de cette case à esclaves abandonnée, qu'il avait fait surélever suffisamment pour disposer d'un local assez spacieux et dominant la forêt environnante. Du haut de cette tour, le regard parcourait l'horizon sur 360 degrés et ne rencontrait nul écran ou obstacle pour observer la calotte céleste. Grâce à un système de panneaux à glissières, mis au point par Castel-Brajac et construit sous ses ordres par « ses ouvriers », l'ami de Charles passait là-haut des nuits enchanteresses. Le Gascon y avait fait monter, sur un lourd pied de fonte, la lunette astronomique de quatre pouces, fabriquée par M. Bardou, 55, rue de Chabrol, à Paris, pour le prix déjà élevé de 600 francs.

L'instrument, de longueur focale 1,60 m, muni d'une petite lunette chercheuse pour amener plus aisément l'étoile à étudier dans le champ de la grosse, possédait trois oculaires célestes grossissant 100, 160 et 250 fois, plus un oculaire terrestre grossissant 80 fois.

– Cet engin – identique à celui que l'empereur Napoléon Ier avait fait fabriquer quand il rassemblait le camp de Boulogne et projetait un débarquement en Angleterre – me permet de pénétrer le ciel jusqu'aux étoiles de douzième grandeur, soutenait Castel-Brajac.

– J'ai bien peur qu'un jour de grand vent la tour, la lunette et l'astronome ne finissent écrasés sur le sol! s'était inquiété Clarence Dandrige.

Castel-Brajac, brandissant des feuillets couverts de calculs trigonométriques, avait aussitôt rassuré l'intendant : « l'observatoire » n'avait pas été construit à la légère. Il résisterait aux ouragans, grâce à des haubans d'acier tendus aux bons endroits.

Pour prouver sa confiance à Gustave, Dandrige avait gravi les escaliers intérieurs, surpris de découvrir là canapé, guéridon, table à cartes et sur les cloisons quelques portraits de savants dont celui de Galilée.

– J'ai aussi encadré le plus beau monument jamais élevé à la bêtise humaine, dit Gustave, la sentence prononcée contre Galileo Galilei et l'abjuration que dut prononcer ce dernier, le 22 juin 1633, à l'âge de soixante-dix ans devant « les éminentissimes et révérendissimes cardinaux de la République universelle chrétienne, inquisiteurs généraux contre la malice hérétique ».

Dandrige lut le texte de la sentence des illustres ministres de l'époque : *L'opinion que le soleil est au centre du monde et immobile est absurde, fausse en philosophie et formellement hérétique parce qu'elle est expressément contraire à la Sainte Écriture.*

– Pauvre Galilée! conclut l'intendant.

– Heureux Galilée, au contraire, heureux de savoir qu'il avait raison seul contre tous et qu'un jour le Saint-Office tomberait pour l'éternité dans le ridicule où s'abîment toujours les sectaires.

– Est-ce en contemplant la lune et les étoiles que le grand scepticisme vous est venu, Gustave? Est-ce ainsi que vous avez remis Dieu en question?

– Pas du tout! Le magistral équilibre de la création ne peut être nommé « hasard » seulement parce que l'intelligence originelle qui dut y présider échappe à toute identification. Je ne sais pas si Dieu existe ni s'il est bon ou mauvais. Tout ce que je crois, c'est que Dieu n'est certainement pas un père fouettard barbu qui guette nos manquements à des lois fixées par des types du genre de ceux qui ont condamné Galilée! Dieu, pour moi, c'est tout simplement l'Inexplicable.

– Mais, puisque la science explique un peu plus chaque jour, admettez-vous, Gustave, que Dieu, peu à peu, voit sa substance grignotée?

– Au contraire, Dandrige, l'Inexplicable croît, chaque jour, puisque chaque découverte n'est qu'une nouvelle constatation d'ignorance. L'homme, finalement, ne trouve que des questions même s'il a la vanité de croire que ce sont des réponses!

– Alors qu'est-ce que le progrès, d'après vous? Et ne peut-on imaginer l'homme capable de répondre un jour aux trois questions élémentaires : Qui sommes-nous? D'où venons-nous? Où allons-nous?

– Je crois l'homme doué d'une capacité d'imagination et de création immense pour améliorer le confort, la sécurité et l'agrément de la vie. Je crois aussi à la manifestation, de temps en temps, de quelques génies comme Platon, Galilée, Michel-Ange ou Fulton, capables de faire faire au progrès un grand pas dans un domaine donné. Mais les choses intéressantes ne commenceront pour l'homo sapiens que le jour où il aura fait son plein de progrès matériels, où il ne pourra plus imaginer de désirs insatisfaits.

– Pourquoi? Parce qu'il sera rendu à l'humilité?

– Parce qu'il ne lui restera plus alors qu'une seule aventure à tenter : l'aventure spirituelle!

– Un univers de contemplatifs serait rapidement voué à l'anéantissement par renoncement à la vie, les peuples en extase mourraient d'inanition!

– Ce serait de toutes les fins possibles pour ce monde sans doute la plus sage..., n'est-ce pas? conclut le Gascon qui, l'œil à l'oculaire, invita ce soir-là Dandrige à contempler Antarès.

C'est au cours d'une nuit particulièrement claire du mois de janvier 1866 que l'attention de l'astronome fut attirée par un phénomène qui n'avait rien de céleste. Alors qu'il procédait, vers deux heures du matin, à la fermeture des panneaux à glissières de son observatoire, après quelques heures passées en tête à tête avec la lune, il vit par-dessus la laque sombre de la forêt, du côté de Fausse-Rivière, mais au-delà du bras mort du fleuve qui portait ce nom romantique, les lueurs d'un incendie.

Dandrige, alerté, gravit les marches de l'observatoire et se repéra aisément :

– C'est au sud du village de Waterloo, dit-il, du côté de Barrow Home... Si nous y allions?

Galoper au clair de lune a toujours été pour les bons cavaliers... et les bons chevaux un plaisir sans mélange. Botte à botte, Gustave de Castel-Brajac et Clarence Dandrige traversèrent Sainte-Marie endormie, faisant aboyer les chiens et fuir les chats en conversation aux carrefours. Puis ils longèrent, en file indienne, à cause des branches basses des saules, le bras nord de Fausse-Rivière, troublant le concert des grenouilles, tirant de leur sommeil vertical les échassiers repus, obligeant les rats musqués à plonger entre les roseaux, suscitant la curiosité des hiboux aux yeux jaunes.

A Waterloo, tous les villageois étaient debout. Les pompiers, depuis belle lurette sur les lieux du sinistre, avaient envoyé un émissaire chercher le curé. Il y avait des morts à ensevelir et des mourants à assister. La grande maison de plantation des Barrow, devenue depuis trois semaines la propriété d'un banquier de Chicago, investisseur dans les chemins de fer, achevait de brûler.

Dandrige et Castel-Brajac arrivèrent pour assister à l'effondrement de l'habitation principale dans un jaillissement d'étincelles. Quand les flammes faiblirent et que l'âcre fumée se dissipa, ils virent, dressées vers le ciel, les quatre grosses colonnes à chapiteaux corinthiens qui supportaient quelques instants auparavant le fronton triangulaire sculpté, où l'on voyait Zeus et sa seconde épouse, Mnémosyne, entourée de ses filles, les neuf Muses.

Ils apprirent très vite d'un nègre hébété, qui soutenait de sa main droite son avant-bras gauche brisé, que toute la famille Goldsmith avait péri dans l'incendie, le feu ayant pris aux quatre coins du rez-de-chaussée et sous le grand escalier ciré.

Castel-Brajac et Dandrige, qui eurent au même moment la même pensée, échangèrent des regards éloquents et se remirent en selle.

L'incendie, après ce qu'ils venaient d'apprendre, ne pouvait avoir pour origine la chute d'une lampe à pétrole près d'un rideau, comme l'expliquait le capitaine des pompiers avec l'assurance de l'expert. Ce feu avait été allumé par quelqu'un connaissant bien les lieux et qui savait qu'en enflammant d'abord l'unique escalier, il condamnait à une mort quasi certaine les gens endormis au premier étage.

– La croyez-vous capable d'un tel geste? demanda Gustave à Clarence, tandis que leurs chevaux trottaient vers Bagatelle.

– C'est une pauvre folle, vous le savez bien, et souvenez-vous comme elle a suivi attentivement la conversation quand quelqu'un racontait l'autre jour l'incendie du théâtre Saint-Charles.

Les cavaliers regagnèrent la plantation avant le jour, mais ils décidèrent d'attendre ensemble le réveil de la maisonnée. Castel-Brajac mit la cuisine sens dessus dessous pour préparer du café. Il venait à peine de le servir quand Adèle Barrow apparut dans le salon. Elle sursauta à la vue des deux hommes.

– Je me croyais la plus matinale, mais je me suis trompée... N'avez-vous pas vu Louise? Nous avons l'habitude, depuis toujours, de dire le chapelet ensemble à cinq heures et demie. Elle n'est pas dans sa chambre et je me demande où elle est passée!

– Nous ne savons pas où elle est actuellement, Adèle, mais nous savons peut-être où elle est allée cette nuit. Votre maison, Barrow Home, a complètement brûlé. Votre sœur serait-elle capable d'allumer un incendie? demanda Dandrige.

– Mais il y a plus de cinq miles d'ici à chez nous et Louise n'a pas monté un cheval depuis vingt ans!

– C'est très faisable à pied en deux heures, dit Castel-Brajac, surtout quand il y a le clair de lune et que l'on connaît bien les chemins!

Adèle Barrow se laissa tomber dans un fauteuil.

– Donnez-moi un peu de café, s'il vous plaît, dit-elle d'un ton las. Il va falloir la retrouver, la pauvre créature. Je la crois bien capable d'un tel geste. Elle me disait souvent ces temps-ci que notre pauvre frère pourrait, avec notre aide, chasser les intrus... Mais parle-t-on déjà, là-bas, d'un incendie criminel?

– Non, les pompiers et le shérif avaient l'air de croire à un accident... et comme il n'y a pas eu de survivants, sauf un nègre que personne n'écoutera, Louise, si elle est coupable, ne sera peut-être pas mise en cause, expliqua Castel-Brajac.

– C'est égal, quelle tragédie, tous ces morts! Combien, cinq, six?

– Huit! dit Dandrige : le père, la mère, quatre enfants, une institutrice anglaise et le secrétaire du banquier.

– Ces pauvres gens n'étaient pour rien dans nos malheurs. Certes, ils avaient eu la maison pour une bouchée de pain après s'être acoquinés avec le collecteur des impôts, mais enfin, comme disait Mme de La Sablière, « la vengeance procède toujours d'une âme qui n'est pas capable de supporter les injures ».

Dès que tous les habitants de Bagatelle furent sur pied, on se mit à la recherche de la cadette des Barrow, les uns optant pour la forêt, d'autres pour les bords du Mississippi. Finalement, peu avant l'heure du déjeuner, ce fut le docteur Murphy qui la ramena dans son buggy.

– J'ai trouvé Louise chez Criquet, le boulanger de Sainte-Marie.

Elle s'empiffrait de petites brioches et déclarait à qui voulait l'entendre qu'on ne lui donnait rien à manger et que sa sœur Adèle dépensait tout l'argent de la famille en fanfreluches et en chapeaux! Elle m'a suivi sans difficulté, ajouta le médecin, et m'a offert, pour le prix de la course et d'une consultation que je ne lui ai pas donnée, un jeu de cartes dans un étui de cuir. Le voilà! J'imagine qu'il vous appartient!

Adèle prit l'étui de maroquin patiné, puis elle se tourna vers Dandrige :

– C'est ce jeu que Clément utilisait pour faire des réussites. Il le rangeait toujours dans le placard sous l'escalier. C'est là que Louise a dû le trouver... cette nuit!

– Non, pas cette nuit, minauda la vieille fille, pas cette nuit. Une autre nuit, avant Noël... Cette nuit, j'ai apporté ça!

Elle ouvrit la main, et sur sa mitaine noire apparurent deux dominos, le double-six et le double-blanc.

– Et il ne s'est rien passé cette nuit... là-bas, Louise? dit doucement Virginie.

– Oh! si. J'ai vu Clément qui m'a dit de ne plus revenir, car il allait mettre le feu à la maison avant de prendre le bateau. Il a dit aussi que dans une semaine il viendrait nous chercher, Adèle et moi, pour habiter à La Nouvelle-Orléans une belle maison neuve.

– Et crois-tu vraiment que la maison a brûlé, Louise? fit Adèle en s'efforçant au naturel.

– Bien sûr qu'elle a brûlé..., tiens! J'ai aidé Clément à mettre le feu partout et puis on est parti tous les deux. Mais sur la route de Sainte-Marie il m'a laissée! Alors, comme j'avais faim, je suis entrée chez Criquet où j'avais rendez-vous avec Murphy! Voilà... Je suis bien contente et je boirais bien une tasse de thé...

– Que vais-je devenir, mon Dieu, avec ma sœur folle, et sans argent! gémit Adèle dès qu'on eut emmené Louise dans sa chambre.

Murphy fit immédiatement une proposition qui fut agréée :

– La pauvre Louise peut devenir dangereuse, bien malgré elle. Aussi faut-il la surveiller en permanence. Si Adèle y consent, je puis la faire admettre à l'hôpital de charité à La Nouvelle-Orléans.

– Et je pourrais prendre un logement à proximité pour aller la voir tous les jours, approuva Adèle Barrow, à moins que les clarisses ne veuillent m'admettre chez elles...

– Qu'avez-vous besoin d'aller vous enterrer dans un couvent! lança Murphy. Il y a mieux à faire de vos forces, Adèle. Que diable, vous ne trouvez pas que la dose de renoncement est suffisante pour vous?

– Mon bon Murphy, dit la vieille fille, je connais depuis trop longtemps votre gentillesse et votre générosité – d'ailleurs les ivrognes sont toujours généreux, ne put-elle s'empêcher d'ajouter – mais, voyez-vous, enterrée, je le suis déjà!... Je suis morte avec notre vieux Sud et, si Dieu me porte quelque intérêt, qu'il me rappelle à lui le plus vite possible, ainsi que Louise...

Le médecin haussa les épaules et se tourna résolument vers Virginie.

– Moi qui suis encore coupablement attaché aux jouissances terrestres, je boirais volontiers un verre de liquide alcoolisé, dit-il. Ensuite, j'irai soigner mes malades, accoucher quelque jeune femme ou réparer un tour de reins. C'est évidemment moins agréable à Dieu que de se réfugier dans les pans de son manteau, quand tout va mal pour vos petites affaires, à la fin d'une vie au cours de laquelle on n'a manqué de rien et qu'on a passée à dire du mal de ses semblables en croquant des macarons !

– C'est pour moi que vous dites ça, Murphy? lança Adèle Barrow en se redressant.

– Ouais, c'est pour vous, ma belle, pour vous qui vouez à l'enfer celui qui boit un verre de trop et la fille de ferme qui se fait trousser par un berger. En fait de péché, hein ! les Barrow, vous vous défendez pas mal ces temps-ci; entre Clément et Louise, ça fait neuf morts et un suicide sur la conscience de la famille... Mais naturellement, comme vous êtes bien avec le ciel, tout ça s'arrangera !

– Taisez-vous, Murphy ! intervint Virginie en voyant Adèle sangloter, vous êtes injuste !

Le médecin but une gorgée du bourbon qu'on venait de lui servir, reposa son verre, s'approcha d'Adèle et, au grand étonnement de l'assemblée, lui mit la main sur l'épaule :

– Mon jeune ami le docteur Horace Finks, qui prendra ma suite avant qu'il ne soit longtemps, va ouvrir un dispensaire – c'est un maniaque de l'hygiène, de la vaccination et de la surveillance médicale. Il a besoin d'une femme... autoritaire... pour tenir la boutique... Ça serait autrement plus utile que vous alliez travailler avec lui plutôt que vous enfermer dans un couvent mal aéré !... Peut-être découvrirez-vous pendant qu'il en est encore temps que le bon Dieu a une fâcheuse propension à se désintéresser des pauvres !

Adèle Barrow se redressa :

– Ce n'est pas un parpaillot doublé d'un ivrogne qui dictera sa conduite à une Barrow, Murphy. Je ne veux plus jamais vous voir... Pour moi, vous êtes déjà mort !

– *Requiescat in pace !* dit le médecin en vidant son verre. Surveillez tout de même étroitement la douce Louise, ajouta-t-il en se dirigeant vers la porte... Elle pourrait tous vous expédier en fumée vers le ciel serein !...

– Quel mufle ! Venir m'accabler de sarcasmes, alors que je me débats dans d'incroyables ennuis, que je suis ruinée, que mon frère est mort, ma sœur folle et que je n'ai plus de toit ! cria la vieille fille, indignée.

Dandrige sortit avec le médecin et accompagna ce dernier jusqu'à son cabriolet.

– Vous ne trouvez pas que vous êtes allé un peu fort avec Adèle?

– J'ai horreur de voir les gens en bonne santé gaspiller leur vie. Adèle n'a jamais rien fait pour ses semblables, que dire des patenôtres et tenir des ouvroirs. Il serait temps qu'elle se mette au travail, afin de payer sa quote-part sociale, ne croyez-vous pas?

Affectueusement, Dandrige pressa l'épaule de Murphy.

– Des gens comme Adèle constituaient le superflu de notre Vieux Sud... Vous et moi n'avons jamais considéré que le nécessaire... et croyez-moi, toubib, nous avons été plus heureux.

– La peste soit tout de même des vierges rances et des incendiaires demeurées, Dandrige!

15

Le vieil Iléfet, qui allait sur ses soixante-douze ans, n'avait jamais eu, au cours de sa carrière de valet de chambre – dont une quarantaine d'années au service de M. Clarence Dandrige – à résoudre pareil problème. Que doit faire un domestique de confiance quand il découvre, en changeant la taie d'oreiller de son maître, un gris-gris de sorcière caché dans le duvet? Le brave homme à toison blanche en savait assez sur la symbolique vaudou pour ne pas s'inquiéter outre mesure. Le fait que l'étui du gris-gris soit fait de plumes rouges indiquait qu'on voulait plutôt du bien à son maître. Si les plumes eussent été noires, il se serait affolé. La vraie question était de savoir s'il devait ou non prévenir M. Dandrige de sa découverte. Pour soutenir sa réflexion, Iléfet réchauffa le reste de café du matin, en versa une partie dans une tasse de porcelaine, ajouta une dose convenable de sucre brun dit « à la ficelle » que son maître faisait venir d'Angleterre, puis il agita le mélange avec une cuillère d'argent en prenant garde de ne pas faire de bruit et en s'efforçant de tenir l'auriculaire soudé aux autres doigts, comme le faisait M. Dandrige. Le breuvage agréablement dégusté se révéla sans effet immédiat.

Si Brent était encore là, lui qui savait lire et qui connaissait des drôles de choses que lui avait apprises M. Marie-Adrien, son défunt maître, Iléfet aurait pu le consulter. Mais Brent était parti à Sainte-Marie, où il devait gagner des mille et des cents. S'il s'adressait au vieux Bobo, qui entre parenthèses n'allait pas fort, il ne recueillerait que des hennissements intraduisibles. S'il questionnait Anna, il se ferait moquer. Quant à Télémaque, comme il était lui-même un peu sorcier, mieux valait ne lui faire aucune confidence. Mme Maîtresse, M. Charles et l'ami de ce dernier, qui parlait fort en ajoutant partout des *r* comme s'il n'en existait pas déjà trop dans les mots, il ne pouvait être question de les approcher.

Une seconde tasse de café déclencha opportunément le processus mystérieux de l'inspiration chez Iléfet. Il poserait le problème à M. Dandrige, son maître bien-aimé, sans lui dire qui était en cause. Et, suivant la réponse de l'intendant, il l'informerait ou ne l'informerait pas de ce qui se trouvait dans son oreiller.

Quand, de retour des champs, où les labours venaient de commencer, Dandrige passa par son appartement pour changer de bottes, Iléfet l'accueillit avec un large sourire.

– Dites-moi un peu, monsieur Dandrige, si un valet, un bon valet, hein, qui aime bien son maître, trouve dans le lit, là où son maître pose sa tête, un gris-gris de sorcier, est-ce qu'il doit dire ou pas dire?

– Pourquoi, tu as trouvé quelque chose dans mon lit, Iléfet?

– Ben, c'est-à-dire, je voudrais d'abord, monsieur Dandrige, savoir si un valet qui trouve quelque chose y doit dire ou pas dire!

– Il doit tout dire à son maître, Iléfet!

– Alors voilà ça que j'ai trouvé dans l'oreiller, dit le domestique, soulagé, en tendant à l'intendant une boule de plumes rouges et jaunes.

Dandrige soupesa l'objet.

– C'est bien un gris-gris, mais un gris-gris bénéfique, Iléfet!

– Oui, oui, et je peux vous dire, m'sieur Dandrige, que c'est un gris-gris pour le bien, pas pour le mal!

– Et qui a pu le mettre dans mon lit d'après toi?

– Ça alors, on peut pas savoir, votre porte elle est jamais fermée... C'est peut-être une demoiselle qui voudrait que vous l'aimiez!

Le Noir avait un large sourire, révélant une regrettable absence de dents, mais une satisfaction sincère à l'évocation du bonheur qui pouvait échoir à son maître.

– Va me chercher le vieux Télémaque, il sait le vaudou.

– Il sait trop peut-être, m'sieur Dandrige!

– T'occupe, va le chercher!

Clarence Dandrige n'était pas superstitieux, mais il souhaitait connaître l'exacte signification du gris-gris. Comme il ne tenait pas à se ridiculiser, il décida de questionner Télémaque comme s'il entendait consulter pour le compte d'un ami.

Le vieux nègre, qui jouissait d'une autorité morale incontestable sur tous les travailleurs de la plantation, identique à celle que lui reconnaissaient autrefois les esclaves dont il avait été longtemps le délégué, prit la boule de plumes avec un grand respect.

– Qu'est-ce que c'est, Télémaque?

– Un beau gris-gris, m'sieur Dandrige!

– Mais encore!

– C'est un gris-gris de Reine Vaudou, ça, un gris-gris à dix dollars comme seule sait en faire la Marie Laveau de La Nouvelle-Orléans! Vous avez trouvé ça chez vous? demanda Télémaque en reniflant la boule de plumes.

– Non!... C'est un ami qui l'a découvert dans son oreiller... Il aimerait savoir ce qu'on veut provoquer avec ça!

Iléfet, qui, posté sur la galerie, près de la fenêtre entrouverte, ne perdait pas un mot de la conversation, eut un sourire satisfait. Le maître utilisait la même méthode que lui et se cachait, pour savoir, derrière un personnage imaginaire.

– Je ne peux pas ouvrir le gris-gris, m'sieur, ça porterait le malheur à vous, à moi, à votre ami, à tous ceux qui l'ont touché..., mais peut-être je peux penser, avec ces plumes de coq et ce que ça sent là..., que votre ami c'est un homme déjà un peu vieux qui a une femme ou une bonne amie plus jeune et qui a pas assez de quoi... au lit... Vous comprenez ça que je voudrais dire, m'sieur Dandrige!

– Oh! oui, très bien, Télémaque!... Et ce gris-gris peut suffire à... donner des forces à mon ami?

– Souvent les sorciers vaudou y donnent en plus des médecines qu'on met dans le manger ou le boire..., paraît que ça aide le gris-gris..., mais maintenant qu'on l'a trouvé y sert plus à rien... Y faut le brûler sur un feu de sassafras..., pas le jeter comme ça n'importe où, parce qu'il en sortirait plein des bêtes malfaisantes et aussi des vilaines maladies...

– Je le brûlerai sur du sassafras, Télémaque, je te le promets.

Congédié avec un quart de piastre, le vieux Noir s'en fut en se demandant quelle dame ou quelle demoiselle de plantation pouvait bien trouver M. Dandrige... fatigué. Car, bien sûr, il n'avait pas été dupe de l'ami fictif introduit par l'intendant dans un débat aussi intime.

A l'heure du dîner, Clarence Dandrige parut à tous d'excellente humeur. Ce soir-là, Virginie avait convié le docteur Murphy, son jeune assistant, les Barthew et le général Tampleton à partager les cuissots d'un chevreuil tué par Castel-Brajac.

Comme dans toutes les vieilles plantations, on commentait avec satisfaction une nouvelle, venue du Congrès de Washington. Le président Johnson, réagissant contre les exigences des radicaux, venait d'opposer son veto à la prolongation définitive du Bureau des affranchis, exigée par les politiciens du Nord, et à l'extension des attributions de cet organisme, déjà mal supporté par les États autrefois esclavagistes. Ce danger écarté, un autre menaçait, puisque le Congrès voulait exiger maintenant l'introduction d'un XIVe amendement à la Constitution, qui garantirait aux Noirs les mêmes droits civiques qu'aux Blancs.

– Étant donné qu'on a émancipé dans le Sud plus de quatre millions de nègres, observa Tampleton, autant dire, si une telle décision est adoptée, qu'ils seront les maîtres dans plusieurs États.

– Johnson, qui n'est pas fou, opposera encore son veto, dit Virginie.

– Il sait bien que la résistance à la reconstruction se développe dans le Sud et j'imagine qu'après une guerre gagnée il ne souhaite pas voir se développer une révolution, ajouta Charles de Vigors.

– D'ailleurs, si j'en crois un auteur français, qui me paraît avoir des vues très originales sur l'avenir de la race noire aux États-Unis, nos problèmes raciaux seront terminés dans trois ou quatre générations!

Des exclamations diverses accueillirent cette déclaration de Murphy.

– Je prouve ce que j'avance, dit le médecin en brandissant un petit volume qu'il ouvrit aux dernières pages. Écoutez ce qu'écrit M. Auguste Laugel [1] dans cet ouvrage que j'ai reçu avant-hier. *Les représentants des États-Unis, qui se réorganisent actuellement dans le Sud sous la protection des armes fédérales, dans la confusion de tous les pouvoirs, au milieu d'une sorte d'anarchie morale et politique, n'espèrent pas sans doute rentrer en triomphateurs dans ces salles du Congrès où depuis quatre ans leurs sièges restent vides. Le Congrès vérifiera leurs pouvoirs et pourra les renvoyer dans leurs provinces, s'ils représentent la rébellion au lieu de l'Union, le privilège au lieu de la justice. Si pourtant on ne peut amener les États à détruire une à une dans leur constitution nouvelle les distinctions fondées sur la couleur, il ne reste qu'une ressource : c'est celle d'un amendement à la Constitution semblable à celui qui a consacré l'acte d'émancipation. Sans s'ingérer dans le détail des lois organiques des divers États, il suffirait de voter un article ainsi conçu : « Aucun État ne pourra, dans ses lois, introduire de distinctions fondées sur la race ou sur la couleur. » Cela suffirait pour sauvegarder l'avenir de la race affranchie. Cet amendement serait le digne couronnement de la grande œuvre qui s'est accomplie depuis cinq ans aux États-Unis.*

– Il en parle à son aise, ce Français. Il n'y a que les étrangers pour venir ainsi nous donner des leçons... On voit qu'il ne connaît pas les nègres, commenta Virginie, pendant que le lecteur vidait un verre de porto.

– Attendez, ce n'est pas fini, vous allez voir que tout ne va pas aussi bien que l'on croit pour les pauvres nègres. Écoutez notre auteur : *L'avenir de la race noire serait trop affreux si la justice des États-Unis ne devait point s'étendre sur elle comme une protection et une espérance. Tant que le nègre était esclave, l'homme du Sud le méprisait sans le haïr; libre, il le haïra en même temps qu'il le méprisera. On doit d'autant plus une tardive justice à la race noire* qu'elle est destinée à disparaître assez promptement dans le Sud : *l'esclavage lui soufflait une vitalité factice et monstrueuse, la population dans les haras humains des États frontières s'accroissait avec une vitesse anormale. Librement mêlée à la race blanche, la race noire, sous l'influence des lois naturelles et fatales, perdra graduellement sa force reproductive. Le sang noir se perdra dans le sang blanc, comme un grand fleuve dans la mer. Il n'en restera sans doute qu'assez de traces pour préparer dans les États du Sud l'avènement d'une race mieux disposée à en subir le climat sans s'énerver et sans perdre le goût du travail. Puisque les jours de la race noire sont comptés et que des lois fatales la condamnent à mourir ou plutôt à se transformer, qu'on lui épargne au moins de nouveaux outrages et de nouvelles injustices. Si la liberté la condamne à la stérilité, qu'elle lui donne au moins le repos.*

» Et voilà, dit Murphy, nos nègres devenus blancs et enterrés en quelques décennies. Ce philosophe français me paraît tout à fait digne d'inspirer de bons discours aux *carpetbaggers*...

– Je crois en tout cas qu'il a fortement tort sur un point, observa Tampleton. Il est patent que les minorités évoluant dans un milieu

1. *Les États-Unis pendant la guerre* (Germer Baillière, libraire-éditeur, Paris, 1866).

qui, sans être hostile, n'est pas particulièrement chaleureux prolifèrent anormalement pour se renforcer. Je crains donc que la race noire, au contraire de ce que prévoit ce M. Laugel, ne se développe considérablement chez nous...

– Eh bien! je ne suis pas de votre avis, Willy, intervint Dandrige, et si j'étais noir je prendrais plus au sérieux les considérations de M. Laugel. En 1840, si j'ai bonne mémoire, nous étions en Louisiane environ 150 000 Blancs pour 200 000 Noirs. Or, d'après les derniers chiffres fournis à la législature, nous serions maintenant environ 340 000 Blancs pour 360 000 Noirs. La proportion a donc baissé et, d'après les experts, elle baissera encore. La fin du siècle devrait marquer une nouvelle diminution du nombre des Noirs.

– On ne peut raisonner sur la situation actuelle, Dandrige, trop de Noirs ont quitté le Sud pour le Nord. Sachant la race prolifique, je ne doute pas que Tampleton ait raison et notre philosophe français tort! fit remarquer Murphy.

– En attendant, on leur construit déjà des écoles supérieures. A Nashville, dans le Tennessee, vient d'ouvrir, dans une ancienne caserne, le premier collège pour nègres et c'est le général Clinton Fisk qui en prend la direction, annonça avec humeur Mme de Vigors.

– C'est sans aucun doute l'éducation qui facilitera la cohabitation des deux communautés et permettra aux nègres de se sentir américains... dans quelques décennies.

Horace Finks, le jeune médecin venu du Nord et choisi par Murphy comme successeur, n'était encore admis que dans peu de familles de la paroisse. Il s'attira avec cette considération un haussement d'épaules de la part de la maîtresse de maison.

– Vous êtes un de ces défenseurs utopistes du principe d'égalité des races. Si vous connaissiez les nègres, comme nous les connaissons, avec leur insolence et leurs superstitions, vous ne seriez pas aussi confiant dans leurs capacités!

– A propos de superstitions, intervint brusquement Dandrige, je voudrais vous montrer à tous quelque chose.

Les invités, qui, pour déguster le porto d'après dîner, faisaient cercle autour de la cheminée où crépitait un feu de bois justifié par la fraîcheur de la saison, se penchèrent vers l'intendant.

– Voici, dit Dandrige, un gris-gris vaudou qu'un gentleman, que je connais bien, a trouvé ce matin même dans son oreiller.

La boule de plumes de coq circula de mains en mains jusqu'à Virginie, qui la reçut avec réticence de Willy Tampleton.

– Curieux objet, n'est-ce pas? fit Clarence en allongeant ses longues jambes vers le foyer, mains croisées sous le menton, le regard ironique rendu plus pétillant par les reflets sautillants des flammes.

Personne, excepté l'intendant, ne remarqua la pâleur soudaine de Mme de Vigors.

– On dit, balbutia-t-elle, que ce genre de talisman doit être brûlé... après... usage, sinon le malheur arrive.

– Et à quoi sert-il? questionna Horace Finks...

– A ranimer les amours défaillantes, à rappeler les infidèles ou peut-être à rendre aux jeunes filles la vertu qu'elles ont perdue, répondit Murphy en riant. J'en ai même vu qui étaient censés protéger de la fièvre jaune, de l'incendie et de la petite vérole!

– On m'a assuré qu'il ne fallait pas plaisanter avec ces choses-là, dit gravement Mignette Barthew... On devrait jeter ce... cette chose dans le feu, non?

– Pas dans n'importe quel feu..., se hâta de dire Virginie, dont la nervosité amusait Dandrige.

– En effet, il faut que ce soit un feu de branches de sassafras..., n'est-ce pas, Virginie? coupa l'intendant en fixant Mme de Vigors d'un regard amusé.

« Ainsi, pensa-t-elle, il a tout découvert! » Et, bien qu'à demi rassurée par la manière souriante dont Dandrige semblait prendre la chose, elle redouta à partir de cet instant le moment du tête-à-tête.

Mais, déjà, Citoyen, appelé par Mignette, attendait les ordres.

– Va chercher de l'écorce de sassafras! commanda Dandrige. Tu en trouveras sous l'appentis.

– Si c'est pour la tisane, on en a plein un pot à la cuisine, répliqua le jeune maître d'hôtel, très fier d'arborer pour la première fois une veste blanche abandonnée par Brent.

– C'est pour le feu, Citoyen. Prends un panier et fais ce qu'on te dit, ajouta Mme de Vigors.

– ... Cérémonie vaudou hautement significative, plaisanta Murphy, quand Tampleton jeta quelques poignées d'écorce odorante sur les braises du foyer.

– Peut-être allons-nous voir le diable s'enfuir par la cheminée! avertit Barthew en rejetant la mèche de cheveux qui, toujours, lui barrait le front.

– Allez, Virginie! déposez le gris-gris avant que le sassafras soit consumé... Qu'on purifie l'atmosphère de cette maison, insista Dandrige.

Mme de Vigors s'exécuta vivement puis, d'un geste machinal, essuya ses paumes à sa robe, comme si le contact de la boule de plumes avait souillé ses mains.

Tous les assistants silencieux regardèrent l'objet magique s'ouvrir sous l'action des flammes courtes comme une fleur vénéneuse, puis se recroqueviller en dégageant une fumée noire dont la puanteur submergea un instant l'odeur suave des écorces parfumées. Il ne subsista plus bientôt qu'une sorte de boulette charbonneuse que l'intendant écrasa d'un coup de tisonnier au grand soulagement de Virginie.

– « La superstition obéit à l'orgueil comme à son père », conclut Dandrige, citant Stobée, en souriant à celle qui toujours serait pardonnée.

Comme chaque fois qu'une séquelle de malentendu pouvait subsister entre eux, Mme de Vigors, quand tous les invités se dispersèrent et que Bagatelle s'enfonça dans le sommeil, vint gratter discrètement à la porte de Dandrige. Ce dernier attendait sa visite. Avant qu'un seul mot eût été prononcé, il attira Virginie sur son épaule où, encore penaude, elle s'abandonna puis se mit à pleurer doucement, épanchant avec sa honte l'humiliation d'avoir été découverte.

Vieux amoureux, joignant leurs têtes grises, s'étreignant sans voir les rides de leurs visages soudés par un flux de tendresse intense et grave, parce que libéré des banales exigences des sens, ils demeurèrent un instant confondus et muets.

Puis, lentement, ils se séparèrent et, s'éloignant d'un pas, se scrutèrent au profond des yeux, souriants et ravis de leur inexprimable connivence. Enfin, ils redevinrent mobiles et humains comme des adolescents après l'amour.

– Si vous avez encore, pour augmenter les effets escomptés du gris-gris vaudou, versé quelque philtre dans mon vin, Virginie, sachez que je ne lui ai trouvé aucun goût spécial et que je n'ai ressenti aucun... malaise!

– Taisez-vous, Clarence, ne m'accablez pas! supplia Virginie.

– Je devine ce que vous souhaitiez réveiller en moi par ce procédé douteux et, j'en suis sûr, tout à fait inoffensif. Mais vous savez trop, Virginie, reprit Dandrige en s'animant, que cette particulière incapacité des sens qui est mon lot fut sans doute notre chance. Sans cela, nous eussions été des amants ordinaires, qui se prennent et se déprennent..., fatalement.

– Savez-vous, Clarence, que certaines nuits j'ai regretté que nous ne soyons pas des amants ordinaires. Combien de fois ai-je vu dans ce qui vous différencie des autres hommes une pénitence imposée par Dieu pour mes péchés anciens et à venir, que vous connaissez et que vous connaîtrez inévitablement.

– Je n'ai guère la notion du péché, Virginie, et moins encore celle de la pénitence.

– N'est-ce pas cruel de ne pouvoir appartenir charnellement au seul être auquel on aurait voulu se donner?

– Imaginons que cela fut... Notre âge nous offre ce souvenir factice... et c'est une félicité merveilleuse de posséder de vous plus que vous n'auriez jamais pu m'offrir : l'être vrai!

Pour moi, je me suis fait à cette amour austère
Qui dans les seuls regards trouve à se satisfaire [1].

Se sachant totalement pardonnée, Virginie osa rire. Puis elle souhaita le bonsoir à Dandrige, qui lui baisa la main et l'accompagna jusqu'au bout de la galerie. En regardant son appartement, il vit au-dessus des arbres un carré de lumière jaune plaqué sur le ciel étoilé. M. de Castel-Brajac avait rendez-vous avec Bételgeuse ou Astarté.

---

1. Dandrige parodie ici deux vers de Molière, l'exacte citation étant :

Pour moi, je suis peu fait à cette amour austère
Qui dans les seuls regards trouve à se satisfaire.

16

Les débordements du Mississippi, au cours du printemps de 1866, ne dérangèrent pas que les vivants. Les morts eux-mêmes ne furent pas épargnés, et l'on vit dans certains cimetières, proches des rives du fleuve, des tombes inondées, des caveaux crevés et des cercueils disjoints livrant des ossements aux flaques.

Grâce aux travaux et à la surveillance constante des levées ordonnés par Clarence Dandrige, le domaine de Bagatelle, où l'on venait de confier à la terre gorgée d'eau les graines de cotonniers, semblait à l'abri de l'inondation. Mais à Sainte-Marie, où le bras de Fausse-Rivière avait grossi démesurément, quand le Père des Eaux, s'efforçant de réoccuper son ancien lit, avait franchi les vieilles digues qui fermaient le lac artificiel, on voyait l'eau dans les rues et les sépultures étaient menacées.

Craignant que le tombeau des Damvilliers, monument imposant proche de l'entrée du cimetière, ne soit abîmé, Mme de Vigors avait demandé à l'intendant d'y faire une visite.

En passant le portail du champ de repos, Clarence sut tout de suite que le monument ne courait aucun danger. Il s'en approcha néanmoins en pateaugeant dans la boue pour voir s'il n'était pas nécessaire de jointoyer en quelque endroit la maçonnerie. C'est alors qu'il aperçut, suspendu à l'un des pitons qui, aux jours de funérailles, servaient à maintenir les couronnes sur la face verticale du tombeau, un bouquet de fleurs fraîchement cueillies, serrées par un ruban blanc sur lequel il lut, tracé à l'encre : *A Pierre-Adrien, mon maître et mon ami.* Intrigué, Dandrige se mit à la recherche du fossoyeur, qui avait fort à faire pour prévenir les dégâts de l'inondation.

– Sais-tu qui a déposé ce bouquet?

Le Noir, son bonnet à la main, ne se fit guère prier pour répondre :

– Ce matin, bonne heure, une belle négresse est venue qu'elle a croché ces fleurs-là, m'sieur. Elle m'a parlé pour savoir comment étaient les gens de Bagatelle. J'ai répondu que c'était tout mort, qui restait plus que Mme Maîtresse et son garçon Vigors, mais que la grande maison tenait toujours debout.

L'intendant s'éloigna, perplexe, passant mentalement en revue celles des anciennes nourrices, domestiques ou esclaves qui auraient pu connaître et aimer assez Pierre-Adrien pour accomplir ce geste pieux et inattendu. Peut-être aurait-il la réponse en rentrant à Bagatelle..., à moins que la demoiselle au bouquet ne soit cette Ivy que le second fils de Virginie avait quittée peu avant de tomber dans la mare où il s'était noyé une nuit de l'automne 1850 [1].

Jamais, après ce qui s'était passé cette nuit-là, elle n'oserait affronter le regard de Mme de Vigors. Une inspiration subite poussa l'intendant à entrer chez le docteur Murphy, que l'on savait souffrant.

– Nous avons de la visite, Dandrige, cria le médecin. Entrez vite, c'est une surprise!

Avant même qu'il ait eu le temps d'ôter son chapeau, l'intendant vit deux bras noirs et lisses lui enlacer le cou et reçut sur les joues deux baisers mouillés de larmes.

– Je vous prie de m'excuser, monsieur Dandrige, ça ne se fait pas, bien sûr, mais vous m'avez autrefois, non seulement sauvé la vie, mais apporté la vie et j'attendais le moment de vous le dire depuis si longtemps!

L'intendant recula d'un pas pour admirer la belle fille qui venait ainsi de le ramener au jour lointain où il avait confié une esclave, gamine de quatorze ou quinze ans, à Harriet Tubman, dans une clairière des environs de Gallatin, pour la faire passer au Nord par le fameux chemin de fer souterrain des « marrons ».

Depuis plus de quarante ans qu'il côtoyait des Noirs, Clarence Dandrige n'avait jamais vu pareille beauté de cette race. Strictement vêtue d'une robe rose à col et poignets blancs, coiffée d'un petit chapeau de paille orné d'un simple ruban dans le ton de sa robe et non pas d'un parterre de fleurs comme les « dames » noires les aimaient, Ivy, grande et mince, le buste haut et ferme, la taille assez fine pour être encerclée par deux mains masculines, le profil aquilin, la peau mate, l'œil en amande sous l'arc parfait des sourcils, apparaissait telle une Vénus noire, capable de faire tourner la tête à plus d'un aristocrate difficile.

– J'ai plaisir à vous voir, si belle, si épanouie, Ivy...

– *Thank you, Mister Dandrige,* fit la jeune femme, sacrifiant à la mode yankee qui voulait qu'une dame remercie pour un compliment et cela du même ton qu'elle aurait employé quand on lui passait le sel ou le sucre.

– Vous avez oublié votre français?

– Oh! certes non, bien au contraire, fit Ivy qui s'exprimait avec aisance et distinction. J'ai appris le français de France aussi bien que l'anglais pour pouvoir enseigner... C'est d'ailleurs pourquoi je suis ici, pour ouvrir la première école noire de la paroisse.

– Quelle chance auront tes élèves! Ne pourrais-je pas m'ins-

1. Voir *Louisiane*.

crire? plaisanta Murphy, tutoyant l'institutrice comme autrefois l'esclave de l'hôpital de Bagatelle qui vidait les seaux et lavait les draps.

– Et où se tiendra cette école?

– De l'autre côté de la rue, près du tribunal. Il faudra que les pères des élèves viennent réparer la case que me donne le Bureau des affranchis, mais on commencera avec ce qu'on aura et le surintendant à l'éducation m'a promis des bancs, des tables, un tableau et de la craie.

Ivy rayonnait d'optimisme et de joie de vivre. Son enthousiasme plut à Dandrige.

– Je vous souhaite réussite et bonheur, Ivy, et, si je puis vous aider, vous savez où me trouver... Vous aurez sans doute les enfants de Brent et de Rosa parmi vos élèves.

– Brent s'est marié... et il a des enfants! Mon Dieu, monsieur Dandrige, comme j'ai vieilli à Boston!

– Nous avons encore plus vieilli par ici, Ivy, fit Murphy, et nous sommes un certain nombre qui touchons au bout du chemin..., mais je me demande si vous n'auriez pas été plus heureuse dans le Massachusetts. En Louisiane, ça ne va pas fort pour les... nèg... affranchis!

– C'est moi qui ai voulu venir ici. C'est mon pays, docteur, et quand j'ai vu du bateau les vieux moulins à cannes de Bayou Sara mon cœur a battu très fort.

Dandrige échangea avec le médecin des regards amusés. Que représentait aujourd'hui la lointaine Afrique de leurs ancêtres pour les Noirs comme Ivy, instruits, appréciant la civilisation des Blancs et décidés à s'y faire une place? L'étonnement des deux hommes n'avait pas échappé à l'institutrice.

– Oui, je sais, mon pays ce devrait être l'Afrique! Nous avons été enlevés de force à notre terre, à nos mœurs primitives, à nos parents. Si j'avais eu un grand-père, si je n'avais pas été séparée de mon père et de ma mère par un encanteur de l'hôtel Saint-Louis, j'aurais appris, comme tous les esclaves vivant en famille, la légende du vieux pays africain, où tout était bon, où personne ne voulait de mal à personne, où l'on travaillait juste assez pour subsister. Mais j'ai eu à la fois le chagrin et la chance d'être seule, lancée au milieu des Blancs, et tout ce que je sais, tout ce que je pense, c'est d'eux que je le tiens. Et d'abord de Pierre-Adrien de Damvilliers, qui m'apprit à lire et à écrire. Je sais aujourd'hui que les ancêtres des maîtres blancs n'étaient, eux aussi, que d'anciens sauvages, que certains de ceux-ci avaient été des esclaves à Athènes, à Rome et en Turquie. Nous autres nègres, nous avons seulement un grand retard sur le monde blanc. Mais, maintenant que nous sommes américains et égaux, nous allons apprendre et vous rattraper...

Ivy avait dit cela d'un ton posé avec foi et chaleur, sans cette agressivité que l'on percevait trop souvent dans le propos des affranchis, quand ils évaluaient leurs chances pour l'avenir.

– Je ne sais pas si les choses iront aussi simplement que cela, Ivy, fit Dandrige, ému par la force sereine qu'il devinait chez l'ancienne esclave.

– Il y aura toujours cette couleur de peau et les siècles d'esclavage, ma petite, dit Murphy. Les nègres d'ici ne veulent plus travailler, ils ont cru que l'émancipation c'était « quarante acres et une mule », comme le leur avaient promis des inconscients. Les anciens esclaves ont trop de reproches à formuler à notre société... et, chez les Blancs, les négrophobes et les négrophiles s'affrontent pour des raisons auxquelles les nègres n'ont parfois rien à voir.

– Le reproche le plus grave que l'on peut faire aux Blancs, qu'aucun nègre n'ose faire à vous les Blancs qui fûtes nos maîtres et le serez encore longtemps, c'est de nous avoir fait détester notre peau noire... Le jour viendra où un nègre pourra voter, faire des études supérieures, traiter des affaires et même devenir riche, mais jamais il ne parviendra à être semblable aux Blancs et toujours ceux-ci l'approcheront d'une façon particulière..., car on peut tout dissimuler aux yeux des autres, sauf la couleur de sa peau!

– La jolie formule suivant laquelle « chacun est noir jusqu'à ce qu'il ait fait la preuve qu'il est blanc » est une boutade de journaliste flagorneur, n'est-ce pas? fit remarquer Clarence.

– Exactement, monsieur Dandrige! c'est une de ces phrases qui sonnent comme une cloche et qui, comme une cloche, sont vides... Pour que les Blancs nous acceptent en tant que citoyens égaux, il faut d'abord que nous-mêmes nous nous acceptions en tant que Noirs... égaux aux Blancs..., mais je pense qu'il faudra du temps.

– Soyez patiente, Ivy, vous êtes sur la seule voie possible, dit Dandrige en prenant congé.

En descendant l'escalier, il prit soudain conscience que, pour la première fois de sa vie, il venait de bavarder avec une négresse exactement comme il l'aurait fait avec une fille de planteur. Il en conclut que l'inégalité naturelle des races pouvait être compensée par l'égalité de l'éducation et du savoir... et que, finalement, l'intelligence et la sensibilité n'avaient pas de couleur, comme trop de gens dans le Sud le croyaient encore.

Quelques semaines après le retour inopiné d'Ivy, l'ancienne esclave de Bagatelle, que les Noirs de la paroisse et ses élèves appelaient miss Ivy Barnett, du nom de sa bienfaitrice quaker de Boston, qui l'avait légalement adoptée, une autre surprise de taille attendait Dandrige un soir où il rentrait harassé de fatigue à la plantation.

En gravissant l'escalier de la galerie, il entendit une voix sonore et voilée comme celle du basson et un gros rire qui ne lui parurent pas inconnus.

Quand il pénétra dans le salon, il vit de dos, faisant face à Virginie et à Charles de Vigors, assis côte à côte sur le canapé, un homme de forte carrure haut et droit, à la tignasse argentée et bouclée. Quand le visiteur se mit debout et se retourna vers Dandrige avec un sourire engageant en forme de question – « Alors, me reconnaissez-vous? » – l'intendant mit trente secondes à retrouver sous cette chevelure de vieux berger d'Arcadie et à travers l'écran de la peau ridée, sombre comme un cuir de Cordoue, les traits, autrefois mobiles et vulgaires, de l'ordonnance du général de Vigors.

– Mallibert!... lança Clarence en saisissant aux biceps le vieux soldat... On vous croyait mort et enterré... depuis longtemps!

– Plus d'une fois, Dandrige – tout le monde nota que le grognard avait négligé de dire « monsieur », comme si son âge et son aventure le dispensaient maintenant de cette marque de respect – j'ai failli périr par la malignité des hommes ou les caprices des circonstances. Mais me voilà encore solide, malgré mes soixante-cinq ans sonnés!

C'était un Mallibert beaucoup plus loquace et sûr de lui qui resurgissait du passé. Un homme à l'aise dans son personnage de voyageur intrépide. Il poursuivit :

– J'ai voulu revenir à Bagatelle pour rapporter à Mme de Vigors, veuve du meilleur homme qui j'aie jamais rencontré dans ma vie, que j'aimais comme un père et qui m'a fait connaître le monde, la lettre qu'il rédigea la veille de sa mort..., car il aimait à prendre ses précautions.

Avant que Dandrige arrive, Virginie avait déjà pris connaissance du dernier message de son mari, cacheté quatre ans plus tôt au Mexique. Il était tendre et banal, bref et chaleureux. *Quoi qu'il arrive, Virginie,* disait le général, *et même si nous ne devions jamais nous revoir, sachez que vous demeurerez dans la forêt de mes souvenirs un arbre à feuilles persistantes*... Le général-baron puisait dans une poétique personnelle des comparaisons toujours surprenantes. Il avait été simple, bon, courageux, mais sa veuve en repliant la lettre eut du mal à retrouver dans sa mémoire les traits de son visage. L'enveloppe dans laquelle elle glissa le papier était fripée, maculée de taches, et des brins de tabac brun y restaient incrustés. Elle était passée de poches en poches, de havresacs en portefeuilles au cours des vagabondages continentaux du maréchal des logis Mallibert.

Sitôt son général enterré, le 6 mai 1862, au flanc de la montagne des Cumbres, près de Puebla où les soldats de Juarez avaient tué plus de cinq cents Français, l'ordonnance s'était repliée avec l'armée sur Orizaba.

Au soir de son retour à Bagatelle, encore vêtu de sa veste de daim à longues franges comme en portaient les aventuriers de la Frontière, Mallibert fit le récit que tout le monde attendait.

– A Orizaba, je compris tout de suite, commença-t-il, que cette conquête du Mexique était mal engagée. Moi qui me serais volontiers fait tuer pour le général de Vigors dont j'avais dû abandonner la dépouille ensevelie sous six pieds de rocaille afin d'éviter que les coyottes ne la dévorent, je me souciais comme d'une guigne de me faire tuer pour Badinguet, dont le règne tourne aujourd'hui à la cabriole!

» Comme je n'appartenais pas au corps expéditionnaire, puisque la mission du général de Vigors était particulière, plus espionnage que déploiement de forces, je décidai de prendre congé. Non sans mal, sur un cheval confisqué à un Mexicain auquel j'empruntai aussi son sombrero, ses bottes et ses jambières de cuir, histoire de faciliter aux choucas la dégustation de sa carcasse, j'arrivai à La Vera

Cruz. Ayant appris qu'à quelques lieues de là le village de San Rafael était peuplé de colons français qui prudemment restaient en dehors du conflit ouvert par un lointain empereur qu'ils ne connaissaient pas, je m'y rendis.

» J'y fus bien accueilli et une veuve toute fraîche m'offrit le gîte, le couvert... et tout ce qu'elle attendait impatiemment de donner à un homme! Elle m'aurait même offert le mariage si, au lendemain du 14 juillet, que l'on fêtait là-bas avec une ferveur tropicale et néanmoins républicaine, je n'avais vu poindre sous l'aimable maîtresse l'épouse contrôleuse. Ma cuite patriotique lui ayant trop rappelé son défunt mari, je décidai de m'embarquer illico pour Matamoros, dont on affirmait à La Vera Cruz que ça deviendrait promptement un nouvel Eldorado depuis que La Nouvelle-Orléans pâtissait de l'occupation yankee. Et puis je me disais que ce déplacement me rapprocherait de la Louisiane, où vivait la veuve de mon bon maître. Une fois à Matamoros, je traversais le Texas et hop! j'étais chez vous!

» A Matamoros, vraie ville-chantier qui croyait à son destin, j'appris trois choses : premièrement, que les gens enferment dans les mots des illusions que rien ne justifie; deuxièmement, que les banquiers mexicains sont des filous; troisièmement, que la Louisiane, moitié confédérée, moitié sous contrôle nordiste, ne valait pas une visite immédiate. Je me joignis donc à un groupe de fougueux coureurs de fortune en partance pour le Nevada où, paraît-il, on ramassait les pépites d'argent comme à Perros-Guirec les coquillages! Le type qui me décida à sacrifier mes derniers dollars pour payer mon passage avait reçu le matin même une lettre de son frère déjà sur place. Ce dernier affirmait avoir attrapé un tour de reins et assurait son cadet que dorénavant il ne se baisserait plus que pour ramasser des morceaux pesant au moins la livre!

» En sept semaines riches en tribulations, lors du passage de l'isthme de Panama, nous fûmes à San Francisco. De là, je me transportai dans les monts Washoes, à Virginia City, ville de mineurs construite à flanc de montagne sur les taupinières creusées par des pauvres types payés quatre dollars par jour et récoltant le minerai d'où leurs employeurs tiraient, paraît-il, de l'argent! Tous les tenanciers des bars à dix cents ou à un dollar la consommation, les patrons des beuglants comme les filles des saloons, théâtreuses ratées venues sur des chariots avec leur miroir et leur boîte à maquillage, ne pensaient qu'à s'emparer des salaires des uns et des magots des autres, car le chercheur solitaire égaré dans les Comstock venait lui aussi se faire plumer dans cette cité qui se nourrissait de sa propre substance. La fortune souriait aux boutiquiers plus qu'aux ramasseurs d'argent. Quant au frère de mon compagnon de voyage, si doué pour la littérature épistolaire, il surveillait un groupe de portefaix chinois, chargés de livrer aux mines les madriers coupés dans les forêts voisines par des bûcherons indiens au service d'un Juif venu de Denver. Cet aimable affabulateur n'avait jamais vu de sa vie une pépite d'argent, le métal précieux se cachant d'ailleurs au cœur des rocs enfouis où il n'était pas question d'aller le chercher à la pointe d'un couteau. Je laissai les deux frères à leurs explications et j'achetai, pour une bouchée de pain, une mine abandonnée dont je restaurai l'entrée, afin d'attirer l'attention des chalands. J'embauchai quatre Chinois dont personne ne voulait, exigeant seulement qu'ils entrent et sortent de la mine à intervalles réguliers en poussant le même wagonnet, histoire de prouver l'intense activité de l'entreprise. Grâce à une putain française, j'entrai aussi en possession d'une flatteuse analyse de minerai révélant une teneur en argent digne de l'Ophir [1]. J'arrangeai le document à mon goût et j'allai mettre ma mine en vente, faisant courir le bruit à Virginia City que, bien nanti et atteint d'une maladie incurable, je ne souhaitais plus qu'aller déposer une fleur sur la tombe de Lola Montès et mourir! Dans le flot des nouveaux arrivants, prêts à gober tous les hameçons, mon histoire plut beaucoup et je tirai, sur présentation de l'analyse truquée d'un minerai extrait d'une mine où je n'étais pas descendu, la somme étonnante de 10 000 dollars... Une place retenue dans la diligence de la Wells Fargo me permit de quitter les monts Washoes avant que le nouveau propriétaire de la Mallibert Mining Limited ait chargé ses pistolets et allumé son cigare avec un certificat qui, dans son genre, pouvait être considéré comme une œuvre d'art.

– Ce n'était pas très honnête, tout cela, monsieur Mallibert, observa Virginie, et je suis certaine que le général aurait désapprouvé une telle conduite.

– Dans certains cas, madame, la vie de l'honnête homme isolé au milieu des coquins de tout acabit est insupportable. Dans l'Ouest, voyez-vous, les définitions ne sont pas les mêmes que dans la société policée où vous avez toujours vécu. Ainsi est reconnu comme honnête homme, pardonnez-moi l'expression, tout fils de putain qui, une fois acheté, ne se dédie pas!

– Continuez, je vous prie, Mallibert, dit Charles après un regard sur le visage éberlué de sa mère.

L'ordonnance du général de Vigors reprit son récit :

– Je comptais donc revenir chez vous par la voie de terre. Comme tous les gens qui se bercent d'illusions, je fis un détour par la montagne au Trésor, dans le Colorado, histoire d'essayer de retrouver quelques-uns des lingots d'or qu'y auraient cachés, en 1791, les membres d'une expédition française après la découverte d'un prodigieux filon. Naturellement, je ne trouvai pas plus de trace du trésor que ne le firent les deux détachements envoyés en 1802 par Napoléon, qui ne voulait pas courir le risque de céder la Louisiane aux Américains pour quinze millions de dollars en leur laissant une fortune enterrée. Si le cœur vous en dit, je tiens l'adresse à votre disposition!

Citoyen, qui avait regardé Mallibert comme un phénomène et s'efforçait, l'oreille collée à la porte séparant le salon de la salle à manger, de ne rien perdre de ses aventures, sursauta quand retentit

1. Le plus riche gisement des Comstock.

la clochette agitée par sa maîtresse, le convoquant pour le service des rafraîchissements.

Ayant ajouté à une forte rasade de bourbon deux cuillerées de glace pilée, le maréchal des logis prit le temps de déguster une part du breuvage avant de poursuivre :

– Je dois maintenant aborder le récit d'un des meilleurs moments de mon existence, et, quoi qu'il m'advienne, je ne regretterai jamais le temps que j'ai passé dans la cité du lac Salé, chez les mormons.

– Ça alors, ne put s'empêcher de dire Castel-Brajac, c'est une expérience passionnante, vous devriez écrire cela.

– Un jour peut-être, répondit négligemment Mallibert avant de vider son verre.

» Il y a bien longtemps que les mormons m'intriguaient, reprit-il. J'avais même eu à une époque une longue discussion à leur sujet avec le général. C'est pourquoi je décidai d'aller voir de près et chez eux ces gens dont les chefs se disaient prophètes et se révélaient capables de constituer en Utah un territoire quasiment autonome. On n'entrait pas dans la cité du lac Salé comme à Virginia City. Les mormons, en conflit avec les autorités fédérales, se montraient méfiants, mais, comme j'avais assez de dollars pour habiter le meilleur hôtel de la ville, on ne fit aucune difficulté pour m'admettre dans la catégorie des gentils, c'est-à-dire des résidents non mormons.

» Bientôt je connus tout de cette ville étonnante, ses rues, ses temples, ses magasins, son théâtre et la fameuse résidence des Lions où vivait le prophète Brigham Young [1] avec son harem de vingt-six épouses. Les autorités fédérales s'étaient prononcées contre la polygamie, mais les Saints des Derniers Jours s'en moquaient. Ils n'ajoutaient foi qu'aux révélations que leur prophète recevait directement de Dieu le Père qui m'a toujours paru être de l'avis de Brigham Young! Quoique ce barbu pédant et palabreur soit un vieux libidineux qui justifie tous les adultères, un faux-monnayeur, un homme d'affaires retors et même un criminel qui fit tuer par ses Danites, ou Anges Exécuteurs, quantité de gens qui le gênaient, son peuple le vénère, l'admire et lui obéit au doigt et à l'œil.

» Ayant eu une bagarre avec un malotru que je rossai à coups de bâton, je fus remarqué par un dignitaire de l'Église mormone qui voulut me connaître. Ayant appris mon passé militaire, il me proposa le poste de conseiller aux armes si je me convertissais au mormonisme. Baptisé à la manière mormone, je fus le même jour « scellé », c'est ainsi que disent les mormons, à ma première épouse, une des veuves d'un grand prêtre qui laissait quatorze femmes et vingt-neuf enfants. On m'avait présenté ce mariage comme un service à rendre à la communauté. Ma femme, douce et mélancolique, vivait à l'autre bout de la ville dans une maison qu'elle partageait avec une demi-douzaine d'autres veuves du même bonhomme. Elle

1. Successeur de Joseph Smith, fondateur de la secte.

venait chaque matin faire le ménage et la cuisine, puis elle retournait chez elle. L'idée ne me vint pas un instant de consommer une union pareillement conclue. La veuve était laide et ressemblait plutôt à une bonne sœur qu'à une concubine élue! Et puis les belles filles ne manquaient pas dans ce pays! Je dois dire que le commerce des armes se révéla lucratif. Je touchais des commissions des fabricants, des négociants, des transporteurs et je facturais aux mormons le prix qui me convenait. En six mois, j'avais gagné 3 000 dollars et je comptais faire un magot pour peu que l'armée fédérale vienne, comme elle le laissait entendre, saisir le stock de fusils et de canons que j'avais constitué. Tous ces engins se trouvaient bien sûr à l'abri dans des caches, mais j'avais prévu de faire connaître discrètement aux Fédéraux les emplacements de celles-ci. Une telle saisie obligerait les mormons désarmés à renouveler leur arsenal en passant par mon intermédiaire.

» Les autorités de Washington n'exigèrent jamais, hélas! le désarmement de la milice mormone et je dus me reconvertir dans l'importation des tissus français, ce qui me laissa de bons bénéfices, les mormones devant toujours rivaliser d'élégance pour s'assurer une bonne position dans les harems de leurs époux. Ayant donc les moyens d'entretenir des épouses, je demandai à être scellé à deux jumelles quasiment interchangeables, ce qui me fut accordé. Après le dîner, je jouais à deviner laquelle de Marthe ou de Mathilde occupait mon lit. En cas d'erreur, celle que j'avais désignée comme étant présente et qui ne l'était pas rejoignait sa sœur. Nous passions ainsi de bons moments, car je me trompais souvent.

– Hum... Hum..., fit Virginie pour enrayer les confidences de Mallibert, qui menaçaient de devenir scabreuses.

– Eh bien! lança Charles, les mormones me plaisent. Trouver des femmes qui ne soient pas jalouses est une chose plaisante.

– Mais elles sont jalouses comme des tigresses. Mes deux jumelles constituaient une exception! Dans certains harems, on se crêpe le chignon et les épouses négligées tourmentent leurs maris jusqu'à ce qu'ils remplissent les devoirs qu'ils ont eux-mêmes multipliés! Un médecin de Lac Salé m'a cité plusieurs cas de polygames scrupuleux morts d'épuisement, mais j'ai connu en revanche des époux moins doués qui, lassés des querelles domestiques, avaient renoncé à la polygamie pour retrouver la quiétude!

– Et peut-on savoir pourquoi vous avez vous-même quitté cet heureux pays où la fornication est quasiment sacramentale?

– Tout simplement parce que j'ai refusé de prendre deux nouvelles épouses! Les polygames chargés d'enfants ne pensent qu'à marier leurs filles au plus vite par mesure d'économie. Un grand prêtre, père entre autres de jumelles charmantes, me croyant un goût particulier pour ces êtres dont chacun est le duplicata de l'autre, me convia à ajouter à ma collection Cléo et Cléa, qui se déclaraient prêtes à me partager conjointement avec mes épouses jumelles et aussi entre elles deux si certains soirs je préférais le duo au quatuor!

» Comme je déclinais une si flatteuse proposition, le grand prêtre, qui remplissait les fonctions de trésorier de la communauté, me donna clairement à entendre que, si l'on m'avait permis de gagner quelque argent, on attendait de moi un peu de reconnaissance et une participation à l'entretien des grandes familles.

» Avec Marthe et Mathilde et ma toute première épouse, dont le nom m'a échappé, excellente ménagère sans exigences d'aucune sorte, j'étais le plus heureux des polygames, car je n'avais pas le sentiment de l'être. Les deux sœurs apparaissaient si semblables que je ne disposais en fait que d'une seule femme tirée à deux exemplaires. Introduire à mon foyer une nouvelle épouse double m'aurait gêné considérablement. Je me serais trouvé dans la situation du mari de Marthe-Mathilde trompant celle-ci avec Cléo-Cléa! Bref, je ne me sentais pas fait pour la polygamie intégrale. Et puis je supportais de plus en plus difficilement les hypocrisies locales, les prêches fallacieux et la naïveté flagorneuse d'un peuple que M. Brigham Young menait par le bout du nez.

» La cité de Lac Salé m'apparut soudain comme le plus grand lupanar des États-Unis et l'envie me prit d'en sortir avant d'être gâteux ou contraint à faire, sous la menace des Danites, des choses que ma conscience eût réprouvées.

» Discrètement, je me mis donc en route, abandonnant mes femmes. Un convoi de l'armée que je suivis me ramena par Fort Bridger, Scottsbluff, la Platte River et Onxana, jusqu'au Missouri par lequel je rejoignis Saint Louis. Là je m'embarquai sur un vapeur du Mississippi à destination de Memphis et de La Nouvelle-Orléans. Me voici plus vieux de cent ans, le cœur et les reins solides et toujours confiant dans mon étoile. Si vous voulez de ma compagnie, je me réinstalle demain sur la plantation de Feliciana Garden que le général avait achetée pour M. Charles près de Saint-Francisville et je me mets au travail.

– Je n'ai pas mis les pieds à Feliciana Garden depuis mon retour, mon pauvre Mallibert, dit Charles de Vigors, et la maison a dû être pillée par les militaires ou par les nègres. J'ai bien peur que la forêt et la brousse n'aient repris possession des terres que vous aviez défrichées. Je me demande où vous trouverez des travailleurs. Et je dois vous dire encore que je n'ai pas d'argent...

– Chaque chose en son temps, monsieur. Je ne suis pas pauvre. Je vais là-bas, j'évalue les possibilités, j'investis ce qu'il faut et nous signons un bon contrat qui me permette de me rembourser avec un honnête intérêt et d'assurer le confort de mes vieux jours..., car je n'irai pas mourir ailleurs!

– C'est une assez bonne idée, intervint Dandrige. Toutes les volontés, toutes les compétences sont les bienvenues dans ce pays et Charles ne peut pas refuser de voir mettre en exploitation une partie de son patrimoine, n'est-ce-pas?

Charles de Vigors acquiesça chaleureusement.

– En attendant que vous puissiez vous installer à Feliciana Garden, on vous logera ici, ajouta Virginie. Les sœurs Barrow ayant quitté Bagatelle, nous avons une bonne chambre pour vous!

Les yeux du vieux maréchal des logis, au physique de dur-à-cuire de la Prairie, s'embuèrent de larmes.

– C'est comme si je retrouvais une famille, dit-il d'une voix voilée. A Bagatelle, on respire un air différent de celui qui baigne le reste du monde. C'est un endroit particulier, ce que le général, mon maître, appelait « un lieu de préférence », où le corps et l'esprit paraissent avoir plus d'aisance, où l'on se sent à couvert des forces mauvaises. Un bon endroit, en vérité, pour accepter que finisse la vie!

Ainsi, en ce printemps, où l'on escomptait pour la Louisiane une future récolte de 1 200 000 balles de coton, alors que les Cavaliers constataient que les anciens esclaves reprenaient peu à peu le chemin des champs, Bagatelle retrouvait les siens.

Sous les chênes tutélaires, plantés un siècle plus tôt par le premier marquis de Damvilliers, les réchappés de la grande débâcle du Sud, ceux de la diaspora qui venaient de rejoindre la vieille terre et les nouveaux venus, chaleureusement admis au partage de ce que Castel-Brajac appelait déjà « la mémoire bagatellienne », se trouvaient rassemblés pour restaurer la majesté de cet univers borné qui avait nom : plantation.

Bonifiée par la légende, l'Histoire en ces lieux privilégiés virait au mythe irréfutable et chacun subissait à son insu le pouvoir sacré de celui-ci, en tirait des règles de conduite et se sentait tout naturellement porté à le servir et à l'accroître.

Quelques initiés pressentaient, quoi qu'il advienne sur ces dix mille acres de terre à coton entre le Mississippi et Fausse-Rivière, que Bagatelle vivrait comme vit une idée.

Deuxième époque

LA RELÈVE

1

Il ne faisait aucun doute pour les gens éclairés, comme Clarence Dandrige, Charles de Vigors ou Edward Barthew, que la situation en Louisiane se détériorait de mois en mois. Le gouvernement d'État mis en place par Madison Wells, après les élections de 1864, auxquelles avaient participé douze mille électeurs, ayant fait plus ou moins sincèrement acte d'allégeance à l'Union, ne pouvait satisfaire les républicains radicaux, ni conduire convenablement les affaires. Les radicaux, les unionistes, les affranchis, les gens venus du Nord, aventuriers ou idéalistes, voyaient sans plaisir les ex-Confédérés relever la tête, s'emparer peu à peu de tous les leviers de l'administration et préparer, parfois ouvertement, de nouveaux codes noirs, afin de reprendre en main leurs anciens esclaves. Le fait que le très select et très conservateur Boston Club ait pu réouvrir dans un immeuble situé à l'angle des rues Royale et de la Douane était un signe qui ne trompait pas. Quand les deux chambres du Congrès eurent voté, le 16 juin 1866, malgré le veto du président Johnson, ce fameux XIVe amendement à la Constitution des États-Unis redouté par les Sudistes, et qui donnait aux Noirs une pleine citoyenneté en déniant à tous les États la possibilité de priver du droit de vote tout « mâle de plus de vingt et un ans », les radicaux louisianais et leurs supporters exigèrent la convocation d'une convention capable de doter l'État d'une nouvelle Constitution. Celle-ci se révélait d'ailleurs indispensable puisque le Congrès des États-Unis avait invalidé la Constitution de 1864, acceptée par le général Banks, et refusait aux élus de la Louisiane la permission de siéger à Washington. Il était regrettable, en effet, comme l'avait remarqué le président Johnson, que dix États du Sud soient encore sans voix au Congrès, puisque cinquante sièges restaient vacants à la Chambre des représentants et vingt au Sénat.

Une émeute survenue après un meeting électoral à l'hôtel Saint-Charles, le 10 juillet 1866 à La Nouvelle-Orléans, fit prendre conscience aux plus indifférents de la gravité de la situation. Cet après-midi-là, trente-huit personnes – des Noirs pour la plupart – furent tuées et cent quarante-sept blessées. Les témoins soutinrent que l'intervention tardive des troupes fédérales, envoyées pour soutenir une police débordée, avait laissé le temps aux *carpetbaggers* et aux *scallawags*, qui orchestraient la manifestation, de régler quelques comptes. Cet affrontement spectaculaire n'était pas le premier. Dans tout le pays, la tension montait et l'on ne comptait plus les incidents qui mettaient aux prises Blancs et Noirs. A Iberia, des soldats noirs ivres avaient tiré sur des passants blancs. Une grève dans une plantation de Natchitoches avait dégénéré et, des affranchis « en état d'insurrection » refusant d'entendre raison, la police était intervenue. Cette bagarre avait fait un mort et des blessés, tous noirs évidemment.

A Algiers, sur la rive droite du Mississippi, en face de La Nouvelle-Orléans, des Noirs constitués en milice tout à fait irrégulière pillaient les plantations et molestaient les gens. A Baton Rouge, les Blancs n'osaient plus sortir la nuit depuis que les agressions se multipliaient. Dans les paroisses de Caddo, de Tensas, ou à Shreveport, les journaux locaux faisaient état chaque jour de meurtres, de vols et parfois de viols perpétrés par d'anciens esclaves. Une statistique indiquait, à la fin de l'été 1866, que soixante-dix Noirs avaient été tués par des Blancs en état de légitime défense et que deux cent soixante-dix agressions avaient été commises par des Noirs contre des Blancs ou les biens de ceux-ci.

Les citoyens, estimant les autorités trop indulgentes et incapables, avaient de plus en plus tendance à faire justice eux-mêmes. C'est ainsi que huit voleurs, arrêtés dans la paroisse de Caldwell, avaient été interceptés par des inconnus sur le chemin du tribunal où ils devaient être jugés. Les « justiciers », soupçonnés d'appartenir à la « Black Horse Cavalry », avaient tué sur place deux des accusés avant d'emmener les autres que personne n'avait plus revus! Les policiers de l'escorte s'étaient prudemment abstenus de toute intervention.

Tous ces événements, quand les élections législatives de 1866 donnèrent la victoire aux radicaux, incitèrent le Congrès des États-Unis à se convoquer lui-même en session extraordinaire au mois de mars 1867, ce qui constituait une nouvelle usurpation des droits du président.

Dès le 2 mars, les élus fédéraux adoptèrent le premier acte législatif pour la Reconstruction du Sud malgré le veto présidentiel. Le Congrès établit ainsi la loi martiale dans dix États sudistes qui n'avaient pas, comme le Tennessee, ratifié le XIVe amendement. Ces États, répartis en cinq districts militaires, furent aussitôt placés sous l'autorité de généraux de l'armée des États-Unis, véritables proconsuls détenant tous les pouvoirs civils, judiciaires et de police, et chargés de réunir des conventions, afin de faire adopter de nouvelles Constitutions garantissant le droit de vote aux Noirs. Les États ex-rebelles, qui d'après Charles Sumner « avaient cessé d'exister en faisant sécession », devaient être rabaissés au rang de « territoires », c'est-à-dire placés sous la tutelle du Congrès tant que leurs gouvernements, où ne devrait figurer aucun ancien responsable confédéré, n'auraient pas ratifié le XIVe amendement.

On avait bien compris, à Bagatelle comme ailleurs, que le retour au pouvoir de l'aristocratie de plantation ou des riches créoles citadins était compromis.

Quand on sut que le général Philip Sheridan, qui commandait l'une des divisions de Mac Cook, à Appomatox, était nommé avec les pleins pouvoirs en Louisiane, la consternation s'étendit sur les rives du Mississippi. On redoutait avant qu'il ne parût ce petit homme au teint bilieux, moustachu et si coléreux, que ses camarades de West Point l'avaient tenu pendant un an à l'écart de leurs réceptions. Ayant commencé la guerre avec les galons de capitaine, il s'était retrouvé major-général à trente-deux ans. Seule une réputation de cavalier émérite aurait pu le faire supporter par les Sudistes si les officiers confédérés n'avaient pas rappelé la terreur que Sheridan avait répandue en octobre 1863 dans la vallée de la Shenandoah où ses hommes avaient systématiquement détruit tout ce qui pouvait servir au ravitaillement des Confédérés : les voies de chemin de fer, les ponts, les moulins, les stocks de paille. Le général avait réussi du même coup à affamer une population de femmes et d'enfants, et l'on s'en souvenait.

En apprenant de la bouche de Charles de Vigors , à son retour d'un voyage à La Nouvelle-Orléans, les menaces proférées par Sheridan qui paraissait décidé à appliquer sans nuance les diktats du Congrès, Tampleton frémit d'indignation et le jeune docteur Finks, lui-même, dit son étonnement de voir les Nordistes en venir à de pareils procédés.

– Je me souviens des paroles de Lincoln, dit-il, prononcées le 11 avril 1865, trois jours avant sa mort. Le président disait : « Nous sommes d'accord sur ce point que les États séparés ne se trouvent pas dans une situation normale vis-à-vis de l'Union et le but du gouvernement est de les placer dans une situation régulière », et il ajoutait, en considérant ce qu'était le premier gouvernement élu de la Louisiane que l'on vient de balayer d'un revers de main pour rendre toute autorité à l'armée : « Admettons que le gouvernement de la Louisiane ne soit qu'un œuf : ne vaut-il pas mieux le couver que de le briser ! »

– C'est tout de même un comble que nous en venions à regretter Lincoln, dit Virginie avec amertume.

– Nous n'avons pas fini de le regretter, mon amie, répondit Tampleton.

Au milieu de toutes ces préoccupations, les nouvelles du « monde extérieur », comme disait Castel-Brajac, ne distrayaient pas longtemps les gens de Bagatelle. Que 1 500 maisons aient été détruites à Portland par un incendie, que la « National Labour Union », groupant 60 000 ouvriers dans treize États, ait obtenu à Baltimore la journée de huit heures, que le Nebraska soit admis dans L'Union comme trente-septième Etat, que le gouvernement fédéral ait acheté pour 7 200 000 dollars l'Alaska aux Russes, que les cordonniers du Milwaukee et du Wisconsin aient décidé de se grouper dans un « Ordre des Chevaliers de

Saint-Crépin » pour défendre leur profession face aux industriels de la chaussure, et même que le *Evening Star* allant de New York à La Nouvelle-Orléans ait sombré avec des émigrants à bord, ne donnait pas lieu à longs commentaires.

Bien plus importante paraissait l'information suivant laquelle Sheridan, comme tous les commandants militaires envoyés dans le Sud, serait qualifié pour décider ou non de l'éligibilité des candidats.

– Charles, tu dois te présenter! lança brusquement Virginie.

– Voyons! mère, y songez-vous sérieusement?

– Tu feras un excellent candidat... On ne pourra pas dire que tu as porté les armes contre l'Union.

– C'est peut-être un peu prématuré, intervint Dandrige. Charles doit d'abord se faire une bonne position professionnelle. Laissons passer cette législature, Virginie.

– Je te verrais bien sénateur, ironisa Castel-Brajac, et qui sait... ministre!

La position de Charles à laquelle Dandrige faisait allusion s'améliorait de mois en mois. Ayant appris sans difficulté de Barthew, avec qui il s'était associé, les rares particularités du droit louisianais calqué sur le code Napoléon, le jeune avocat traitait maintenant des dossiers importants et allait souvent plaider devant les hautes juridictions de l'État à La Nouvelle-Orléans. Les frères Mertaux, qui souhaitaient se retirer, avaient vu avec plaisir débarquer ce juriste plein d'allant, posé, travailleur, raisonnablement ambitieux, dont ils connaissaient la famille. Quand Charles de Vigors réussit à obtenir de la cour une indemnité de 3 306 dollars pour le propriétaire d'une plantation de Saint-Bernard, dont la demeure avait été endommagée et les récoltes compromises par une brigade de cavalerie du 13e Indiana commandé par le colonel Pepper, les frères Mertaux ne cachèrent pas leur admiration.

– On peut dire que vous êtes un as...

– ... et un maître, monsieur!

– Tirer de l'argent des Fédéraux, c'est un exploit, dit Alexandre...

– ... qui mérite compliments... et honoraires! compléta Louis.

Tandis que la gêne s'aggravait à Bagatelle du fait des mauvaises récoltes, de la défection de la main-d'œuvre et des inondations, Charles, sans nager dans l'opulence, commençait à vivre plus largement. Quand Castel-Brajac eut vendu son miel – ce qui lui laissa net, la deuxième année, près de 1 000 dollars – les deux amis décidèrent un séjour à La Nouvelle-Orléans et emmenèrent Virginie. Celle-ci y prit davantage plaisir que lors de son voyage avec Tampleton.

Au cours de l'été 1866, le choléra avait fait vingt-sept morts en une seule journée et dès l'arrivée des radicaux au pouvoir les prix avaient monté jusqu'à faire tripler les loyers des boutiques. Mais Virginie, entre « ses deux Parisiens », goûta, l'hiver suivant, un moment de la saison en assistant à la création de *Faust* et à de nombreux concerts.

Cependant, elle se lassait plus vite qu'autrefois d'une ville qui ne cessait de croître. Dans le quartier des jardins, où se cachaient derrière de beaux arbres et des barrières ouvragées les vieilles demeures des créoles ayant depuis longtemps passé la rue du Canal pour émigrer dans la zone résidentielle, dite encore « des Américains », on créait sans cesse de nouveaux lotissements entre des rues tracées au cordeau et se coupant à angle droit.

– C'est là qu'un jour je me ferai construire une belle maison, disait Charles; vous viendrez y passer l'hiver, mère!

– Quelques jours peut-être, je ne dis pas non, mais vois-tu, Charles, la foule me donne le vertige et j'ai l'impression ici de manquer d'air et d'espace. Tu as une vieille maman maintenant et loin de Bagatelle je ne saurais vivre longtemps, minauda Virginie.

Mme de Vigors n'osait pas dire à son fils que l'absence de Dandrige lui était douloureuse. Quand on atteint l'âge où les années vous paraissent plus inéluctablement comptées, quand on franchit l'équinoxe d'automne, quand on conçoit d'une façon tangible que « les régions enchantées de la jeunesse » sont loin derrière soi, chaque minute hors de la présence de l'être aimé est une perte sensible. Sous les bandeaux sages de ses cheveux blancs, Virginie s'examinait avec beaucoup de lucidité. « Surtout, se disait-elle, ne pas ressembler à ces femmes que je voyais chez ma tante Drouin, prêtes à tout pour se donner l'illusion de freiner la déchéance de leur corps. Je dois simplement être une autre femme. Ne pas repousser son âge, c'est le dominer. »

Depuis quelques semaines, elle ajoutait à l'eau de rinçage de ses shampooings une de ces boules de bleu que les lingères jetaient dans leur lessive pour faire les chemises plus blanches. C'était une recette de Nadia Redburn. Du coup, la masse argentée de son chignon prenait des reflets d'azur qu'on remarquait sous les lumières et cela mettait en valeur l'ovale d'un visage à peine marqué de rides. Le cou serré par un ruban de velours noir orné d'un camée et qui tendait la peau, une pâleur étudiée pour agrandir le regard et aviver le rose des lèvres, une écharpe de Chantilly, mousseuse et fluide comme un brouillard, conféraient à Mme de Vigors une séduction purement esthétique, certes, mais indéniable.

– Comme elle a dû être belle!... dit un soir une voix de jeune fille dans le promenoir de l'Opéra, et comme je voudrais lui ressembler quand je serai vieille!

Virginie, nullement peinée, mais agacée, se retourna pour jeter derrière son éventail un regard à cette demoiselle qui parlait trop haut. Elle vit une gentille boulotte, trottinant sur de courtes jambes, les bras poilus comme l'échine d'un fox-terrier. Elle sourit et ne put se retenir de lancer :

– La beauté ne vient pas avec l'âge, mademoiselle, et permettez-moi de vous dire qu'ayant mal commencé vous finirez sans doute encore plus mal!...

– Vous ne serez pas là pour le constater, madame! fit l'effrontée, qui avait aussi de la couperose aux pommettes.

Cette réplique atteignit Virginie comme un coup de fouet, et quand Charles revint du fumoir, prodigieusement élégant dans un habit qui sentait la coupe parisienne à vingt pas, il regarda attentivement sa mère, inquiet de lui voir un visage bouleversé.

– N'êtes-vous pas souffrante?

– Non, Charles, mais je pense qu'un jour, bientôt, demain peut-être, tout cela continuera sans moi!

Elle désigna la scène, la salle, la foule murmurante de l'entracte et là-bas, près du buffet, la jeune dinde insolente qui s'empiffrait de fruits confits.

– Voyons, mère, quelle idée absurde, votre vie sera longue, très longue et très heureuse, j'en réponds. Nous viendrons ici l'hiver prochain et chaque hiver si vous voulez...

Elle sourit, prit le bras de son fils dans sa main gantée...

– Un hiver aussi viendra, Charles, où tu seras là avec près de toi une autre femme, heureuse, ardente, belle, et tu te souviendras de cet hiver 66 où tout allait si mal dans le pays, tandis que nous applaudissions à la folie de Faust troquant son éternité pour un moment de jeunesse!

– Je me souviendrai, dit Charles avec tendresse, et tout à fait bêtement comme le font les gens de vingt-cinq ans qui ne savent pas que promettre la fidélité du souvenir à ceux que le profil de leur mort importune, c'est les rejeter doucement de l'avenir des vivants!

La musique annonçant le deuxième acte vint à propos interrompre cette conversation.

Il arrivait souvent que Charles se rende seul à La Nouvelle-Orléans. Pour éviter les frais d'hôtel, qu'il comptait néanmoins à ses clients, l'avocat avait pris l'habitude de descendre chez les Pritchard. La table était bonne, la conversation intéressante et l'on rencontrait chez cet industriel revenu des plantations et tristement privé de ses fils, des gens aisés, hommes d'affaires ou hauts fonctionnaires qui pourraient un jour ou l'autre avoir recours à un juriste compétent et dynamique. Et puis il y avait la belle Gloria Pritchard, jeune, capiteuse, aimable, paresseuse et nonchalante, véritable Louisianaise issue de cette heureuse miscégénation locale qui fait les créoles plus femmes que toutes les autres femmes.

Quand Charles séjournait à La Nouvelle-Orléans, il devenait le cavalier attitré de Gloria, toujours prête à l'accompagner au concert, au théâtre ou à un dîner en ville. M. et Mme Pritchard voyaient ces relations d'un assez bon œil. Charles passait pour un parti enviable et dans les milieux d'affaires on promettait au jeune avocat un avenir brillant.

Discrètement Mme Pritchard avait sondé sa fille.

– Il ne m'a rien demandé, dit Gloria tout uniment, et, tu sais, je ne suis pas pressée de me marier.

– Mais enfin, il ne t'est pas indifférent, ma chérie, et il se montre gentil avec toi?...

– Oui, il m'embrasse souvent, confessa Gloria d'un ton détaché, mais tu sais, avec les garçons, ça ne veut rien dire!

– Comment, il t'embrasse souvent... et ça ne veut rien dire...? Quand ton père m'a embrassée... nous étions déjà fiancés!

– Mais, maman, c'était avant la guerre, maintenant tout a changé, les garçons ne s'engagent plus à la légère... et puis Charles a peut-être laissé en France une jeune fille qu'il aime. Il m'a parlé d'une certaine Gratianne et aussi d'une jeune fille rencontrée sur le bateau qui est suisse et riche.

– Ça alors!... D'abord, Gratianne, c'est sa demi-sœur; quant aux flirts de croisière, ça s'oublie arrivé au port... Mais je ne vois pas pourquoi tu te laisses embrasser...

– Parce que ça me fait plaisir, maman!

– Tu devras t'en confesser!

– Eh bien! Je m'en confesserai... Le gros péché que voilà!

Castel-Brajac, qui venait lui aussi, de temps en temps, chez les Pritchard, mais s'intéressait davantage à la cuisinière, dont il notait avec soin les recettes, avait bien remarqué les attitudes de Gloria et de son ami.

– Alors, coquin, tu cultives ton jardin orléanais? Elle est gentille et pas contrariante, cette petite... Tu as renoncé à attendre la Suissesse, où s'est-elle noyée pour de bon?

– Ah! mon pauvre vieux, Marie-Gabrielle m'a envoyé une lettre bouleversante... Son père est tombé paralysé à Chicago... Le caillot dans le cerveau, quoi! Gâteux et impotent, voilà comment est le plus grand banquier de la Confédération helvétique!

– Pourrait justement avoir besoin d'un gendre, non?... Et le consentement serait facile à obtenir!

Sans aucune charité, le Gascon mima le banquier paraplégique et balbutia : – Je vous donne ma fille... avec ma banque en prime...

– Tu es idiot. Marie-Gabrielle a repris le bateau avec son père et sa tante, nous ne la verrons pas de sitôt... Elle me dit qu'elle a fait le vœu de se consacrer à l'infirme jusqu'à sa mort.

– Tu sais que des êtres dans cet état peuvent durer des siècles, mon vieux.

– Eh! dit Charles, que veux-tu que j'y fasse! On ne peut pas le tuer, non?

– J'ai l'impression que tu prends la chose assez allègrement. Faut-il voir là une compensation qui s'appelle Gloria?

– En effet, si tu savais que cette petite, qui a l'air comme ça tout engourdie, tout irrésolue, tout... stagnante, est en réalité une ardente! Elle est capable de s'enflammer comme une allumette et de flamber comme une torche... Je dois la calmer, mon vieux, l'apaiser, modérer ses ardeurs... Elle serait capable de me violer.

– M'um, m'um, que ça doit être bon, ça!

– Oui, mais je vois, après le viol, la maman Pritchard avec un contrat de mariage sous le bras et... crac! l'archevêque qui s'avance sur les pas du notaire!... Et puis tu n'as peut-être pas remarqué que Gloria est la seule de sa famille à avoir une peau... aussi... aussi peu laiteuse!

– Mate, quoi, dis-le... C'est ce qui la rend encore plus belle.

– As-tu vu aussi les ailes de son joli nez? C'est la seule aussi qui soit née à Cuba et ma mère m'a dit que la gentille Mme Pritchard, pendant que son mari comptait les cannes à sucre, faisait de l'ethnologie appliquée!

– Ainsi, Gloria ne serait pas... blanc-bleu, comme disent les diamantaires... Qu'est-ce que ça peut faire? Je te trouve bêtement misogyne pour des raisons raciales, toi, un esprit formé par les encyclopédistes!

– Pas misogyne, « misogame » seulement, mon vieux, conclut Charles.

Castel-Brajac savait aussi que le beau Charles, encore plus séduisant depuis qu'il avait perdu un peu d'embonpoint, gagné un teint hâlé au grand soleil et nettement amélioré sa musculature en chassant dans les bayous et en galopant sur les chemins, avait d'autres fers au feu. Clara Redburn, petite et nerveuse, sèche et sombre comme un pruneau, ne manquait jamais une occasion de venir le relancer à Bagatelle. Nancy Tampleton, la plus jeune des filles de Percy, une blonde au teint de magnolia, à la poitrine déjà molle, mais au regard tendre et soumis, se consumait pour l'avocat, affirmait Mme de Vigors. Tout cela faisait beaucoup de demoiselles avec qui Charles se montrait également aimable, prévenant, charmeur, n'oubliant pas une fête, pas un anniversaire, distribuant des flacons de Guerlain à profusion : eau de toilette, lavande musquée, eau des Alpes et même, parfois, « baume essentiel de violette » à quinze dollars l'once.

Tout autre homme se comportant ainsi eût été qualifié de coureur de jupons par les mères de famille inquiètes. Charles, grâce à son sourire épanoui, son visage ouvert, sa gaieté franche et sa prodigieuse adresse à mener de front une demi-douzaine d'intrigues avec une sincérité démultipliée, était la coqueluche des familles.

– Ce qui fait ta force, finalement, c'est que tu ne te sens jamais engagé et que partout où un autre se montrerait hypocrite pour convaincre, toi, tu domines par ta désinvolture, lui dit un jour Gustave.

– Ce n'est pas calculé, crois-moi, fit Charles. Je ne promets jamais rien et je minimise toujours l'importance des choses. Le flirt, c'est tout de même pas tragique, non?

– Parce que ce n'est pas l'amour, dit doucement Castel-Brajac... Mais tu peux causer des dégâts.

– Chez moi, les dégâts sont faits, reprit gravement Charles, tu es le seul au monde à le savoir et personne plus que moi peut-être ne perçoit le tragique du véritable amour!

– Toujours Gratianne..., hein?

– Toujours!...

– Je me demande tout de même si tu n'es pas comme ces gens qui, ayant choisi une religion, s'y tiennent encore alors qu'ils ont perdu la foi, par commodité, par orgueil ou par besoin d'une mystique refuge!

– Je n'ai pas perdu la foi, Gustave, et je ne crois pas être le seul dans ce cas. Il y a près de nous des êtres qui vivent, je commence à le deviner, un amour pathétique.

– Tu veux parler de Dandrige et de ta mère?

– Oui, c'est à eux que je pense.

– Alors là, mon vieux, je crois que nous sommes de trop petits garçons pour comprendre. Je pressens très vaguement que nous avons affaire à des sentiments d'une qualité exceptionnelle, à peine humains..., des essences trop volatiles pour nos gros nez, des constructions d'une telle subtilité qu'on les abîmerait rien qu'en essayant de les poser sur des mots! Quelque chose comme le soleil ou une épée chauffée à blanc qu'on ne peut pas regarder sans y perdre la vue.

L'occasion avait été donnée à Castel-Brajac de voir ensemble dans une manifestation publique ces deux « êtres accordés » hors du cadre familier de Bagatelle. Pour répondre à l'invitation du capitaine de frégate Bastard, commandant de la corvette à vapeur *La Mégère*, Virginie avait convaincu Clarence Dandrige de l'accompagner à La Nouvelle-Orléans et le Gascon s'était joint à eux. A bord du navire de guerre de la marine impériale, le commandant Bastard fit les honneurs à ceux qu'il avait aimablement conviés à assister à une soirée théâtrale donnée par l'équipage.

Le compte rendu enthousiaste que publia, le 23 mai 1866, un journaliste du *Sanet Thoemas Tidende* prouva qu'on ne s'était pas ennuyé : *La salle est le pont du navire*, écrivit le reporter. *La voute à laquelle pend un lustre formé de sabres, de baguettes à fusil et de pistolets, et les murailles sont voilées avec des drapeaux ornés de branches de verdure. Le rideau est un vrai rideau très artistiquement brossé qui s'entrouvre pour laisser passer la figure narquoise et rieuse d'un matelot.*

Dans la lumière déclinante du soir sur le Mississippi, sous un ciel d'un bleu dense irradié comme un dôme par les couleurs frisantes et exténuées du couchant, Dandrige en costume blanc, Virginie en noir, ne portant pour tous bijoux qu'un double rang de perles, apparurent à tous les assistants comme le modèle du couple aristocratique du Vieux Sud. Après avoir applaudi trois pièces : *la Rue de la lune*, *Edgard et sa bonne* et *Un tigre du Bengale*, jouées par les marins qui assurèrent les rôles féminins avec « entrain et naturel », observa le chroniqueur, les invités du commandant Bastard apprécièrent des rafraîchissements variés. Castel-Brajac, tout en devisant avec des officiers sur la plage arrière, observa longtemps Clarence et Mme de Vigors très entourés, parfaitement à l'aise. « Ils ressemblent à deux jeunes époux recevant au soir de leur mariage », pensa-t-il. Quand les canots de *La Mégère* ramenèrent au quai du Roi les invités du commandant Bastard, Gustave, qui avait entrepris une dame créole dont le mari, ayant fait grand honneur au buffet, somnolait, vit Dandrige et sa compagne s'éclipser discrètement.

Dans le hall du Saint-Charles, où il les retrouva pour un souper léger, ils lui parurent gais et sereins.

– Pardonnez-nous de vous avoir abandonné lors du débarquement, mon cher Gustave, dit Virginie, mais M. Dandrige et moi faisions un pèlerinage sur le quai. Savez-vous qu'il y a aujourd'hui exactement trente-six ans que j'ai retrouvé la Louisiane... et que M. Dandrige, envoyé à ma rencontre par mon parrain, m'a accueillie! J'ai la curieuse sensation d'avoir depuis ce temps-là vécu plusieurs vies sans pour autant me sentir sage et expérimentée!

– La jeunesse du cœur, madame, est une grâce qui vous fait voir le monde toujours neuf et chargé d'espérances, répliqua Gustave.

Clarence Dandrige, qui venait de choisir un cigare dans le coffret présenté par le maître d'hôtel, approcha le havane long et mince de son oreille, le serrant juste assez pour faire crisser les feuilles de tabac entre le pouce et le bout de l'index, afin d'en évaluer l'exact degré de fraîcheur. Avant de se tourner vers le domestique prêt à allumer à la flamme d'une chandelle rose le bâtonnet de cèdre qui porterait le feu à la pointe du cigare, il se tourna vers Castel-Brajac :

– Seuls se retrouvent catalogués au moment du bilan solitaire, mon cher Gustave, les moments heureux ou pénibles de nos vies. La mémoire industrieuse les a enfilés comme les perles d'un collier. Il y a des perles blanches et des perles noires...

– Je ne veux porter, voyez-vous, que des perles blanches..., fit Virginie en mettant la main à son cou...

2

Quand on apprit à Bagatelle que le général Philip Sheridan, « horrifié par les émeutes de juillet 1866 », révolté par l'assassinat de plusieurs leaders radicaux, avait déplacé l'attorney général Andrew S. Herron et le juge de district, Edmund Abell, avant de destituer le maire, M. John T. Monroë, l'opinion prévalut qu'on allait revenir en Louisiane aux jours les plus sombres du règne de Butler. L'indignation devint de la colère quand, quelques jours plus tard, on sut que les listes électorales, dressées sous le contrôle de l'autorité militaire, indiquaient qu'il y aurait 78 239 électeurs noirs pour seulement 48 000 électeurs blancs.

Plus de 40 000 Blancs, qui comptaient se faire inscrire, avaient été écartés des futurs scrutins en raison de leurs activités au service de la Confédération ou de la sympathie qu'ils avaient manifestée au mouvement sécessionniste.

Dès la première consultation organisée, les 27 et 28 septembre 1867, afin de décider s'il y avait lieu ou non de réunir une convention constitutionnelle, les conservateurs rangés sous la bannière des démocrates furent largement battus. 75 083 votants se prononcèrent pour la convention et 4 006 contre.

– Nous allons avoir un pouvoir noir, observa Tampleton. Heureusement que les nègres ne trouveront pas grand-chose à nous prendre. Nous n'aurons plus bientôt que nos vies à défendre !

– Nous n'avons qu'à abandonner l'exploitation des terres, organiser une grève générale des planteurs. Quand ils n'auront plus ni travail ni nourriture, les nègres viendront bien à résipiscence ! lança furieusement Virginie.

Dandrige, Castel-Brajac et Charles de Vigors, bien qu'assez pessimistes quant à l'avenir du pays, se gardaient de tout emportement. Ils trouvaient cependant que la presse des deux factions, loin de jouer le jeu de l'information loyale et apaisante, excitait des passions que l'on aurait peut-être, un jour, bien du mal à contenir.

De Bow's Review, organe démocrate, écrivait : *Cette sale conspiration contre la nature humaine ne fera bientôt plus de doute pour personne. Les nègres benêts et furieux sont déjà prêts à écrire son histoire dans les ligues secrètes, les réunions tumultueuses et les prescriptions cruelles. Ils commenceront bientôt à l'écrire aussi en lettres de sang, comme le laissent prévoir leurs menaces quotidiennes et ouvertes d'incendie, de viol, de meurtre, de révolte, de guerre civile et d'extermination des Blancs!*

Le journal *Républicain*, soutenant le point de vue des radicaux, n'était pas en reste : *Nous préférerions voir une autre guerre civile, une autre révolution; nous préférerions voir tous les rebelles du Potomac au golfe proscrits, déchus de leurs droits, privés de leurs biens et tous les fils de salopes mis à poil et jetés à la rue plutôt que de voir reprendre le droit de vote au peuple loyal du Sud.*

Paradoxalement, les Noirs paraissaient les moins excités et leur journal *La Tribune*, qui semblait croire à l'avènement d'une société ou régneraient justice et égalité, publiait : *Le temps est venu pour chaque citoyen de jouir de ses pleins droits comme tous les autres citoyens, sans écoles réservées à l'élite, sans jurys partiaux, sans milice privilégiée et sans témoins plus écoutés que d'autres devant les cours de justice.*

Aux illusions des uns répondait, comme toujours en période d'incertitude politique, le défaitisme des autres.

La nouvelle Constitution qui devait sortir de la convention de 1867-1868 fut immédiatement considérée comme la plus radicale de toutes les Constitutions d'État nées de la Reconstruction imposée par le Nord. Elle fut adoptée les 16 et 17 avril 1868 par 66 152 voix contre 48 739.

Sur les quarante-huit paroisses de l'État, vingt avaient réuni des majorités hostiles à la nouvelle Constitution. C'était le cas de Pointe-Coupée et d'autres petites paroisses, où certains Noirs, encore respectueux des consignes données par leurs anciens maîtres, avaient voté contre un ensemble de principes destinés à leur garantir une pleine et entière citoyenneté. Le nouveau texte constitutionnel, qui comportait vingt-deux pages, déclarait l'esclavage hors la loi, garantissait la liberté de réunion et de pétition, la liberté de la presse, la liberté de parole et de religion, le droit pour tous les justiciables de verser caution et d'être jugés par un jury. Un article garantissait la propriété privée et un autre déclarait nuls et non avenus les codes noirs, quels qu'ils soient. Faisant référence à la Déclaration de l'Indépendance, la Constitution rappelait que tous les hommes naissent libres et égaux en droits et rendait les fonctions publiques ou privées accessibles à tous, sans distinction de race ou de couleur.

Charles de Vigors apprit avec plaisir que la nouvelle Constitution confirmait aussi sa nationalité américaine, puisqu'il était dit que toute personne née aux États-Unis et résidant ou non en Louisiane bénéficiait du statut de citoyen.

– Tu pourras donc être sénateur quand tu le voudras, plaisanta Gustave.

Si tous les habitants de Bagatelle avaient été inscrits sur la liste électorale de la paroisse, il n'en avait pas été de même pour Willy Tampleton. Enregistré comme « ennemi de l'Union », à cause de son haut grade dans l'armée de la Confédération, il n'avait pas pu voter, non plus que son frère Percy, qui figurait lui dans une autre catégorie de parias : ceux qui avaient préféré brûler leur coton plutôt que de le livrer aux Nordistes.

– Maintenant, dit Virginie pour consoler Tampleton, on saura que les meilleurs se trouvaient parmi les « déchus », ainsi distingués par nos nouveaux maîtres : « Ceux qui ont travaillé un an ou plus dans un service de la Confédération, ceux qui ont aidé les francs-tireurs qui continuèrent les combats après Appomatox, ceux qui ont écrit des ouvrages ou des articles prônant la sécession, la rébellion, ou montrant de la sympathie pour ces causes, ceux qui ont édité des livres ou des journaux publiant ce genre de textes, ceux qui ont signé l'ordonnance de sécession, etc. »

– J'imagine qu'en signant la déclaration sous serment, par laquelle certains ont reconnu que « la rébellion avait été moralement mauvaise » et se sont « repentis pour l'aide et l'assistance qu'ils avaient pu apporter à la cause de la Confédération », beaucoup se sont assuré la prime du parjure sous la forme d'un bulletin de vote, fit remarquer Charles.

– L'important, c'est que nous soyons tout de même assez nombreux à conserver nos droits civiques. Peu importe le moyen, dit Mme de Vigors..., un jour, ce sera utile. Il faut combattre les radicaux avec leurs propres armes. Trichons s'ils trichent !

Quand, fin avril 1868, les élections portèrent, comme c'était inévitable, des radicaux aux leviers de l'État, on s'estima encore heureux dans les plantations que le « ticket » proposé par les républicains noirs n'ait pas gagné. Henry Clay Warmoth, le nouveau gouverneur, un avocat de l'Illinois, ancien officier de l'armée fédérale, installé à La Nouvelle-Orléans, était blanc, Dieu merci !

Ce beau garçon de vingt-six ans, ambitieux, ardent et se croyant investi d'une mission de réconciliation capitale pour l'avenir de la Louisiane, avait battu de justesse un Noir, le major Francis E. Dumas, auquel il proposa aussitôt le poste de lieutenant-gouverneur. Mécontent d'être coiffé au poteau par 45 voix contre 43, Dumas déclina la proposition de Warmoth qu'accepta un autre Noir, Oscar J. Dunn. On vit bientôt entrer dans l'administration quantité de Noirs dont la plupart, quoi qu'aient pu dire plus tard les conservateurs, remplirent exactement leurs fonctions.

Les électeurs avaient donc envoyé une majorité de républicains à la Chambre des représentants et au Sénat. Soixante-six républicains et trente-six démocrates à la chambre basse. Trente-cinq des élus républicains étaient noirs. On ne comptait aucun homme de couleur chez les démocrates. Au Sénat, sept élus républicains sur vingt-trois étaient noirs. Les treize sénateurs démocrates étaient blancs.

La nouvelle législature adopta immédiatement le XIVe amendement à la Constitution des États-Unis et quarante-huit heures plus tard le Congrès de Washington put ainsi saluer le retour dans l'Union de l'État des Bayous ! Ainsi, le 29 juin 1868, la sécession de la Louisiane prit fin. Personne ne pavoisa dans les plantations.

Dès lors que fut en place l'administration radicale, on vit ceux que les Sudistes appelaient *carpetbaggers* et *scallawags* prendre de l'importance. Dans le même temps, l'opposition au nouveau régime se renforçait. On discutait ferme dans les clubs de La Nouvelle-Orléans où les démocrates ne comptaient que des amis. Au club des 298, au club des « Chevaliers de Seymour », à celui des « Blair Guards » dont les membres portaient ostensiblement des armes, à l'organisation dite des « Innocents », composée de 2 000 Siciliens particulièrement redoutés des Noirs, on pouvait ajouter des formations para-militaires comme le « Crescent City Democratic Club » présidé par Fred N. Ogden, un ancien colonel confédéré, et la « Légion de Seymour », qui rassemblaient l'un et l'autre plusieurs centaines de vétérans de la guerre civile.

Quand, un matin d'automne, Dandrige rencontra le docteur Finks avec une balafre en travers de la joue, il comprit que le tranquille pays de Fausse-Rivière pouvait être lui aussi le théâtre d'attentats perpétrés contre des gens classés, à tort ou à raison, comme ennemis du Sud et alliés des Noirs.

– Que vous est-il arrivé, monsieur Finks?

– Pas grand-chose, monsieur Dandrige. J'ai été appelé l'autre nuit sous ma fenêtre par quelqu'un qui réclamait d'urgence un médecin. Je suis descendu et trois inconnus masqués me sont tombés dessus. Je ne m'en serais pas sorti aussi aisément si un grand rouquin, arrivé la veille, et qui est paraît-il le nouveau commissaire-délégué du Bureau des affranchis de la paroisse, n'était intervenu vigoureusement. Mes agresseurs m'ont reproché de trop m'intéresser à l'école des Noirs et à Mlle Ivy qui est, je crois, une ancienne esclave de Bagatelle!

– On m'a dit qu'elle rencontrait pas mal de difficultés à Sainte-Marie.

– Elle a un courage, cette fille..., extraordinaire! Savez-vous qu'on l'insulte, que les élèves de l'école catholique la traitent, chaque fois qu'ils la voient, de « sacrée garce », de « négresse yankee », que les dames qui la croisent touchent le ruban noir de leur chapeau, qu'elle a reçu quantité de menaces, qu'on a tenté de mettre le feu à son école et que Criquet, le boulanger, ne voulait pas lui vendre de pain?...

Dandrige haussa les épaules.

– Et ce n'est pas tout, monsieur Dandrige. Sa propriétaire lui a donné congé, il y a un mois. Elle a dû aller vivre dans la famille d'un de ses élèves... Cette fille, si intelligente et raffinée, se trouve depuis dans une promiscuité peu reluisante!

– Dites-moi, vous me paraissez bien soucieux du sort de cette belle négresse...

– De son sort vous vous êtes soucié avant moi et sans arrière-pensée, monsieur Dandrige. Elle m'a dit ce qu'elle vous devait.

– Les femmes, blanches ou noires, sont toujours trop bavardes, monsieur Finks. Vous avez raison de veiller sur elle. On dit que cette société secrète du Tennessee, le Ku Klux Klan, a des ramifications en Louisiane et que ses membres qui se déguisent en fantômes sont capables d'assez vilaines choses.

– Le vieux Murphy n'a même pas un fusil à me prêter... Il dit qu'il n'y a rien d'aussi peu rassurant qu'une arme.

– Passez me voir un de ces matins à Bagatelle, je vous donnerai de quoi vous défendre... et protéger à l'occasion la belle Ivy à laquelle ne manquez pas, je vous prie, de faire mes salutations...

Dandrige n'avait pas voulu effrayer le jeune médecin, dont tout le monde dans la paroisse se plaisait à reconnaître les compétences et le dévouement, mais il en savait assez long sur le Ku Klux Klan pour estimer Ivy en danger, comme toutes les institutrices et instituteurs noirs ou blancs venus du Nord pour alphabétiser les enfants des affranchis. Car les gens du Sud, anciens propriétaires d'esclaves notamment, qui soutenaient que le Noir appartenait à une race inférieure, dotée d'instincts sauvages, percluse de vices et rigoureusement imperfectible, avaient bien compris que l'école risquait un jour ou l'autre de démontrer qu'ils se trompaient.

Déjà, on rapportait que des enfants noirs apprenaient à lire et à compter plus vite que certains Blancs, dessinaient tout aussi bien et faisaient preuve au base-ball d'autant sinon de plus de force et d'adresse. Par Brent, qu'il rencontrait parfois, l'intendant savait combien la jeune Ivy dépensait d'imagination pour éveiller les esprits craintifs qu'on lui confiait.

Les élus noirs avaient si bien admis eux-mêmes que l'infériorité naît d'abord de l'ignorance qu'ils s'étaient, avant tout, préoccupés, au Sénat comme à la Chambre des représentants, de doter les filles et fils d'affranchis d'écoles suffisantes. Ils avaient même accepté que les employeurs retiennent sur les gages, cependant peu élevés, des travailleurs noirs une piastre par mois pour l'entretien des écoles où l'on instruisait leurs enfants.

Cette grande entreprise d'éducation, qui intéressait des centaines de milliers d'enfants nés de parents esclaves et privés par les codes noirs de la possibilité d'apprendre à lire et à écrire, ne pouvait que déplaire aux conservateurs, aux « bourbons », aux nostalgiques du « Beau Sud » d'avant-guerre.

Toutes et tous ceux qui pouvaient aider les Noirs à émerger de leur triste condition, et notamment à s'instruire, devenaient des cibles pour les plus fanatiques négrophobes, groupés au sein du Ku Klux Klan.

Cependant, quand la veille de Noël 1865, à Pulaski, une petite ville du Tennessee méridional, six jeunes gens qui s'ennuyaient avaient fondé un club, l'idée que cette organisation grandirait au cours des mois suivants, jusqu'à couvrir le Sud de ses ramifications secrètes, ne leur était sans doute pas venue. Ils avaient lu *La Chanson de Roland*, les chroniques de Froissart, les romans de chevalerie, et dans l'armée confédérée tous s'étaient comportés vaillamment. La défaite les avait rejetés tristes et désœuvrés dans un monde inconnu où les riches devenaient pauvres, où les esclaves n'obéissaient plus, où l'argent ne tombait plus aussi généreusement des presses à coton et des moulins à cannes. Se souvenant des fraternités étudiantes, ils avaient trouvé un nom pour leur association prouvant que certains d'entre eux connaissaient un peu de grec : « Ku Klos », qu'ils traduisaient par « anneau » ou « cercle ». En jouant avec ce vocable et en se souvenant que tous descendaient d'émigrants écossais, ils arrivèrent à Ku Klux Klan, dont la sonorité et le diminutif « K.K.K. » leur parurent contenir une force magique. Naturellement, il fallait que le Klan soit une société secrète dont les nobles buts relèveraient des obligations de la chevalerie : défendre l'honneur du drapeau, le foyer, la femme, les faibles et surtout les veuves et les orphelins des soldats confédérés. On choisit le blanc et le rouge, couleurs de la Confédération, mais aussi symboles de la pureté mystique et du sang versé. On tomba d'accord pour estimer qu'un Noir, quels que soient son sexe, son âge ou sa condition, ne pouvait entrer dans la catégorie des faibles à secourir éventuellement ! Un soir de réunion où ces garçons échafaudaient sans doute de grandioses projets pour la restauration de l'honneur du Sud, l'un d'eux eut l'idée de se couvrir d'un drap de lit et de se coiffer d'une taie d'oreiller percée de trous pour les yeux. Les autres l'imitèrent et tous se mirent en selle après avoir caparaçonné leur monture de tentures ou de nappes blanches.

A Pulaski, où les distractions étaient rares, leur parade silencieuse et compassée eut un vif succès, notamment quand on vit s'enfuir les Noirs auxquels on ne manqua pas d'expliquer que ces cavaliers blancs sans visage étaient les fantômes des officiers confédérés morts glorieusement à Antietam ou à Gettysburg.

Dès lors, on joua à faire peur aux affranchis, à les menacer pour les inciter à se mettre au travail, à molester les récalcitrants pour asseoir l'autorité des fantômes montés. Deux ans plus tard, à Nashville, alors que le Congrès des États-Unis venait de voter la loi sur la Reconstruction, les filiales du premier Klan se réunissaient pour proposer à Robert E. Lee, le héros malheureux du Sud, le commandement d'une armée de fantômes bien portants, décidée à combattre sournoisement pour « le maintien de la suprématie de la race blanche dans cette république ». Robert Lee avait décliné une offre qui ne pouvait flatter un Cavalier authentique habitué à se battre à visage découvert, mais quantité d'officiers de la défunte armée confédérée s'enrôlèrent, acceptant des titres aussi grotesques que « grand sorcier », « grand titan », « grand géant » ou « grand scribe ».

Bientôt, on entendit parler des expéditions du Klan en Géorgie, en Virginie, en Floride, en Caroline du Sud, dans le Tennessee. La Louisiane devait bien avoir aussi sa filiale du Ku Klux Klan, mais, à Pointe-Coupée, sa première intervention semblait être celle dont le docteur Finks avait été victime.

Dandrige estima que si quelqu'un dans la paroisse avait pu être sollicité pour cautionner une cellule secrète du Klan, ce ne pouvait être que le général Tampleton. Il entreprit celui-ci un soir où les deux hommes, revenant bredouilles de la chasse, s'étaient assis sur une souche.

En bon militaire qui ne s'embarque jamais dans une expédition, fût-elle cynégétique, sans quelque chose à boire. Willy tira de sa poche une flasque d'argent galbée, dont le bouchon vissé pouvait faire office de gobelet, et la proposa à l'intendant.

– Un peu de bourbon, Clarence?

Dandrige acquiesça, se servit, but et rendit le flacon à son propriétaire. Puis il extirpa un papier froissé de sa poche.

– Notre ami le docteur Finks a reçu ces jours-ci cet étrange message. Qu'en pensez-vous, Willy?

Le général tendit son unique main pour recevoir le document.

– Avant que vous ne lisiez ce texte, je voudrais que vous sachiez que le docteur Finks a été rossé par des inconnus portant des cagoules rouges, il y a un mois, et que cette lettre n'est donc pas une plaisanterie.

Tampleton fit une grimace, déplia le papier et lut à haute voix :

Horace Finks, vous feriez mieux de retourner d'où vous venez. Nous ne voulons pas de damnés Yanks dans nos villages. Dans moins de dix jours, nous viendrons voir si vous avez obéi. Sinon, attendez-vous au pire, car, sacré nom de Dieu, nous vous montrerons que vous ne pouvez pas rester dans ce village où vous a amené l'esprit de lucre et de vengeance. Vous avez abusé de la crédulité de ce vieil ivrogne de Murphy, mais nous ne sommes pas dupes. C'est notre second avertissement. Ce sera le dernier!

K.W.C.

– Il y a au moins une chose exacte là-dedans, Dandrige..., c'est que Murphy est un ivrogne!

– Cette signature vous dit quelque chose, Willy? Ce doit être quelqu'un de ce Ku Klux Klan...

– Non. K.W.C. signifie « Knights White Camelia », autrement dit : « Chevaliers du Camélia Blanc ».

– A quoi jouent-ils, ceux-là? Aux mêmes jeux que ceux du K.K.K., je suppose?

– A peu près, mais ils n'ont encore assassiné personne, à ma connaissance!

– Parce qu'ils vous rendent des comptes, général?

– Non, bien sûr, mais j'en ai entendu parler... quelquefois. Ils ont même essayé de m'enrôler, mais, Robert Lee ayant refusé le commandement suprême du Ku Klux Klan, je ne vais pas me mettre à la tête de gens qui se couvrent de draps de lit pour faire peur aux vieilles négresses!

– Si vous avez le moyen de leur faire passer un message, comme ça sans en avoir l'air, dites-leur donc que le docteur Finks a reçu la semaine dernière une carabine à répétition et deux cents cartouches, et aussi que, pour un type qui n'a jamais tenu une arme, il se défend plutôt bien.

– Ah! là, là! tout ça est bien ennuyeux, Dandrige. J'ai l'impression que la vie pourrit autour de nous. On voit de drôles de choses. Ainsi, nous n'avons pas été foutus de trouver un médecin de chez nous et Murphy, cette vieille éponge à bourbon, nous a ramené un type du Nord, gentil, oui, et bon toubib à ce qu'on dit, mais dont la présence va peut-être troubler l'ordre public!

– Dites donc, Willy, qui trouble l'ordre? J'ai plutôt l'impression que ce sont vos amis, les Chevaliers du Camélia... Finks n'a menacé personne... Il soigne les gens sans leur demander s'ils sont radicaux ou démocrates... Ne déraillez pas, Willy, pas vous, pas un héros de votre trempe!

Le général coinça la flasque entre ses genoux serrés, dévissa le bouchon et ingurgita à même le goulot une appréciable rasade d'alcool. Une goutte de liqueur roula sur sa barbe et demeura suspendue comme une perle d'ambre.

– Voyez-vous, Dandrige, il y a des jours où je ne sais plus que faire ni que penser. Je me dis que c'est lâcheté que d'accepter d'être mené par un gouvernement de nègres et de Yankees associés et que, si les meilleurs ne font rien, ce pays va retourner à la barbarie primitive.

– J'imagine que l'on a dû dire cela lors de tous les changements de sociétés, mais il ne faut pas être aussi pessimiste. Après les abus d'une réaction à l'esclavage, le Sud trouvera sans doute un nouvel équilibre social et économique. C'est l'affaire d'une génération et ce n'est pas en tuant des nègres et en roulant dans la plume et le goudron des *carpetbaggers* que l'on fera beaucoup avancer les choses. Il faut accepter le changement et s'y adapter...

– Alors Virginie aurait raison : jouer l'assentiment hypocrite pour reprendre les rênes, être plus yankee que les Yankees, en somme.

– Sans aller jusque-là, on peut, en utilisant les lois imposées par la nouvelle majorité, faire respecter des droits que la Constitution ne supprime pas.

– Qu'importe, Dandrige! j'ai la sensation de vivre dans un tout autre pays que celui où je suis né et où j'ai grandi : nos champs abandonnés par les travailleurs, nos familles de pionniers méprisées, notre sens de l'honneur tourné en dérision, la terre elle-même, fondement de toute fortune honnête, détournée de sa fonction nourricière par les spéculateurs des chemins de fer, que reste-t-il de notre cher Vieux Sud, dites-le-moi?

– Et de nos jeunesses, que reste-t-il, Willy? Les pays sont jusqu'à un certain point comme les êtres humains, ils naissent, grandissent, ont des maladies, vieillissent, évoluent, se transforment, mais ne succombent que si la nature s'en mêle.

– Il y a des jours où j'aimerais voir le vieux Mississippi grossir démesurément et balayer tout le Sud, comme un raz de marée qui ferait place nette et rendrait la Louisiane à ses marécages. Ce serait mieux que de voir notre civilisation dépecée encore vivante par ces corbeaux venus du Nord!

– Holà! holà! Je vous ai connu plus positif et plus combatif, général!

– Ce qui me fait défaut aujourd'hui, Clarence, c'est l'espérance.

Longtemps, vous le savez mieux que personne, ma vie a été portée par un amour que je croyais possible. Or, chaque fois que les circonstances m'ont rendu accessible celle que vous savez, elle m'a été dérobée... – et par vous, mon ami, la dernière fois!

Dandrige se tut, un peu désarmé par la naïveté de Tampleton qui parlait de Virginie comme s'il se fût agi d'un objet précieux, plusieurs fois mis aux enchères et qui toujours lui avait échappé par la faute d'enchérisseurs plus fortunés ou plus habiles.

– Aujourd'hui, cela n'a plus grande importance, Clarence, et je pourrais même être heureux dans votre cercle, mais vous comprenez bien que je ressens un profond sentiment d'inutilité. Je ne puis plus rien faire d'honnête pour mon pays et je suis trop vieux pour jouer les amoureux. Je suis comme un vieux champignon qui se dessèche...

Comme toujours lorsque la mélancolie le gagnait, le général eut recours à la bouteille. Il but une gorgée et, le regard perdu sur l'horizon des champs, abandonna la conversation. Dandrige le revit plus jeune de trente ans, imberbe et rose, avec cette moue de gros bébé déçu qu'il avait eue la première fois que Virginie l'avait éconduit.

– Allons, Willy, il y a toujours moyen de se rendre utile à tout âge et ceux qui vous aiment ne vous voient pas comme un vieux champignon desséché... Ainsi, je crois que si vous pouviez empêcher les Chevaliers du Camélia Blanc de faire trop de bêtises, vous rendriez service à notre pays. L'ennemi à combattre, c'est la haine, et vous pouvez aider les gens lucides dans cette guerre des esprits.

Peu de temps après cette conversation, un deuil frappa tous les Cavaliers de Louisiane. Bernard de Marigny, qui, à quatre-vingt-trois ans, semblait avoir encore bon pied bon œil, fit une chute dans son jardin et fut enlevé en quelques jours. Cet homme de petite taille portant jabot de dentelle et cravate blanche, ce qui passait pour élégance surannée, avait été, du temps de sa folle jeunesse et pendant son âge mûr, le modèle indiscutable de tous les fils de famille soucieux de montrer la qualité de leur sang et le raffinement de leurs mœurs. A la fin de sa vie, le marquis de Marigny restait le représentant le plus typique d'une race qui s'étiolait, celle des Cavaliers créoles descendants d'aristocrates français, conçus et mis au monde dans ces maisons de plantation ceintes de galeries sans prétention, construites jadis par les premiers esclaves avec des planches rigoureusement ajustées provenant des cyprès chauves abattus dans les forêts marécageuses du delta.

Célèbre pour ses innombrables duels – il en avait eu au moins un par semaine pendant sa période la plus fougueuse – par ses calembours, ses dîners fins, son adresse au billard et la désinvolture avec laquelle il avait perdu au jeu la majeure partie de sa fortune, Bernard de Marigny portait orgueilleusement le titre de « Grand Seigneur du Nouveau Monde » que lui avait décerné un jour un chroniqueur mondain enthousiaste.

Descendant d'une illustre famille, il avait pu se permettre de tutoyer le duc d'Orléans, futur roi Louis-Philippe, lors du passage de celui-ci en Louisiane. C'est lui qui avait eu l'insigne honneur, en avril

1825, de guider dans les salons de La Nouvelle-Orléans le général de La Fayette, l'illustre ami de George Washington, invité officiel des États-Unis.

– C'était une relique de l'âge d'or! observa Dandrige qui ne l'aimait guère.

– C'était tout de même le mainteneur des grandes traditions chevaleresques du Vieux Sud français, répliqua Virginie, qui se souvenait des soirées au Bal d'Orléans sous les dix-sept lustres à pendeloques de cristal et les guirlandes de roses.

– Je n'ai jamais rencontré pareil escrimeur, renchérit Trampleton, se remémorant ces petits matins lumineux où il allait sous les chênes de la plantation de Louis Allard, au bord du bayou Saint-Jean, voir le prodigieux spectacle offert aux jeunes gens béats par l'intrépide marquis corrigeant un gentleman ayant manqué à l'honneur. Toutes les qualités, tous les défauts, tous les vices même se retrouvaient chez cet homme, à la fois arrogant et sensible, violent et raffiné, maniaque de l'étiquette, mais toujours prêt à suivre, au mépris des autres, la voie de son bon plaisir.

Fils de Pierre-Philippe Enguerrand de Marigny de Mandeville, chevalier de Saint-Louis, mousquetaire de Sa Majesté Très Chrétienne, colonel du régiment de la Louisiane, Bernard-Xavier-Philippe, marquis de Marigny, était né le 25 octobre 1785 à La Nouvelle-Orléans. Il avait épousé d'abord une demoiselle Jones, puis, après son veuvage, une demoiselle Anne de Morales, décédée en 1865. Trois fils étaient nés du premier mariage, dont un avait été tué, jeune encore, au cours d'un duel et dont un autre, général pendant la guerre civile, avait assumé par deux fois les fonctions de shérif de la paroisse d'Orléans.

Du second lit étaient nés quatre enfants.

Les funérailles de Bernard de Marigny donnèrent lieu, à La Nouvelle-Orléans, à une importante cérémonie à laquelle assistèrent tous les représentants de cette aristocratie qui venait de perdre le pouvoir, mais dont les *carpetbaggers, scallawags* et autres Yankees enviaient l'aisance, la distinction et ce que certaines belles de la rue des Remparts appelaient déjà « la classe ».

Sous le blason familial « d'azur au chevron d'or, accompagné en chef d'un croissant d'argent à dextre, d'une étoile à senestre et, en pointe, d'un cygne aussi d'argent », le tout surmonté d'une couronne de marquis, les créoles eurent le sentiment qu'ils enterraient avec Bernard de Marigny la société plaisante et distinguée qui avait fait la douceur de vivre en Louisiane.

Il faut reconnaître qu'en cette période la situation n'était guère prometteuse. La « Banque nationale » venait de fermer ses guichets par ordre du gouvernement et la « Banque de Commerce » avait suspendu ses paiements. La première avouait un déficit d'un million de dollars et la seconde ne disposait plus de numéraire. Quant à la City National Bank, on la disait « embarrassée ».

Les passagers arrivant de France soutenaient que la vie y était au moins deux ou trois fois moins chère qu'à La Nouvelle-Orléans.

Cette grave crise financière n'était certes pas la première que connaissaient les Orléanais. Mais les possédants, n'ayant pas intérêt à faciliter la vie d'un régime qu'ils détestaient, ne songeaient qu'à limiter les dégâts occasionnés dans leurs affaires. Les contribuables n'ayant pas payé d'impôts locaux pendant la guerre, la ville avait dû émettre pour quatre millions de billets de un à cinq dollars. Ceux-ci valaient officiellement les *greenbacks* des États-Unis, mais, en fait, ne trouvaient preneurs qu'à 80 % de leur valeur.

Des citoyens venaient de déposer une plainte pour mauvaise gestion contre le Conseil de Ville composé de radicaux et comprenant des Noirs. La baisse des cotons, revenus aux prix d'avant-guerre après une flambée de deux saisons, privait non seulement les planteurs de bénéfices, mais les empêchait de rembourser les avances obtenues. La récolte de canne, plus modeste que prévu, ne compensait pas les déficits du coton et les loyers en ville atteignaient des prix pharamineux. En papier-monnaie, les changeurs offraient le dollar-papier contre 3,45 F alors que le dollar-or se maintenait à 5,20 F. Les grands marchands de la ville organisaient un mouvement pour obtenir des propriétaires une baisse de 50 % du prix des loyers et tout le monde comptait sur des arrangements dans ce domaine, l'intérêt des affaires commandant un tel rééquilibrage.

Beaucoup de planteurs renonçaient à l'agriculture et mettaient les affranchis au chômage. Pour pallier cette menace de débauchage généralisé, le Bureau des affranchis venait d'accepter de fournir des provisions pour nourrir les travailleurs des plantations, à condition que les exploitants consignent leurs récoltes chez des négociants de la ville désignés par l'administration. Quoique la mesure soit libérale, puisque le Bureau des affranchis, organisme d'État, ne pouvait pas prendre d'intérêt, les planteurs l'accueillaient avec méfiance, estimant que l'administration ne faisait que se substituer aux facteurs de coton et de sucre.

Bien que le général Philip Sheridan eût été remplacé à la tête du cinquième district militaire par le major-général R.C. Buchanan, peu de temps avant que la Louisiane soit officiellement réadmise dans l'Union, on soutenait que cet officier mis en place par Grant se montrerait aussi intraitable que ses prédécesseurs.

A Bagatelle, Castel-Brajac, apiculteur, faisait figure de riche. Non seulement les abeilles apportées de France s'étaient parfaitement acclimatées, trouvant dans la flore subtropicale des sucs qui leur convenaient, mais l'essaimage s'opérait spontanément. Le développement de la colonie conduisait le Gascon à des acrobaties dans les branches des arbres pour capturer les essaims, à la grande frayeur de Virginie, qui redoutait les piqûres.

– Bientôt, affirmait Gustave en se frottant les mains, je pourrai me lancer dans l'élevage artificiel des reines, et alors, mes enfants, nous multiplierons les ruches et nous construirons un atelier de conditionnement pour vendre du miel à tout le pays!

En attendant, les sommes provenant de la vente des petits pots de miel que les deux Noirs au service du Gascon allaient livrer dans la paroisse fournissaient des ressources que très généreusement l'apiculteur versait dans ce qu'on appelait la caisse de la maison.

Charles, de son côté, touchait des honoraires qui eussent paru dérisoires à Boston ou à Chicago, mais qui, à Pointe-Coupée comme à La Nouvelle-Orléans, le classaient déjà parmi les avocats renommés.

Malgré l'assurance qu'on avait acquise maintenant de ne pas être privé du nécessaire, Virginie s'affligeait de la mélancolie de Dandrige. Elle savait que l'intendant, qui conduisait l'exploitation sans accepter d'autre salaire que le gîte et le couvert, souffrait de devoir sa subsistance aux petits dividendes que touchait Mme de Vigors, aux abeilles de Castel-Brajac et à la somme, chaque mois plus importante, que Charles remettait à sa mère.

Deux des quatre contremaîtres avaient quitté la plantation pour se mettre au service d'une compagnie qui construisait des chemins de fer. Si les cases de l'ancien village des esclaves étaient pleines d'affranchis, dont il était difficile de contrôler la situation, on ne comptait guère qu'une vingtaine de travailleurs, que le vieux Télémaque avait bien du mal à rassembler.

Exténué et couvert d'ecchymoses, le Noir resté fidèle à Bagatelle, et dont l'épouse était morte et les fils dispersés, vint un matin se présenter à l'intendant.

– J'en peux plus, m'sieur Dand'ige, les negr', y veulent plus aller au coton. Le soir y volent des poules et y trouvent du *spirit* je sais pas où. Ce matin y m'ont battu... Je sais pu quoi faut fai', m'sieur Dand'ige, je voudrais un aut' travail!

– Mon pauvre Télémaque, moi non plus, je ne sais pas ce qu'il faut faire.

– Faut prendre les bâtons et taper dessus jusqu'à ce qu'ils travaillent, tiens, comme j'ai vu faire m'sieur Damvilliers, une fois!

– C'est fini, tout ça, Télémaque, c'est défendu. Si un nègre veut pas travailler, on le paie pas, c'est tout...

– Mais c'est pas des nègres de chez nous, tous y viennent là parce que les cases elles sont bonnes et que l'eau y rentre pas par le toit. Et puis, on est pas regardant pour le maïs et le porc séché... Faut changer ça, m'sieur Dand'ige... Faut trouver des bons et brav' nègres, y en a! Y en a qui demandent qu'à travailler. Brent y m'a dit!... Et y faut pousser dehors les mauvais qu'on sait pas qui c'est cette racaille!

– Je vais réfléchir à tout cela, Télémaque. Demande à Iléfet de te donner du café et des vêtements propres et apporte ton lit dans la case des nègres de la maison..., il y a de la place maintenant!

Télémaque remercia et s'en fut chercher ses maigres trésors. Il n'était pas mécontent de changer de domicile, de s'éloigner de ses frères de race dont les propos choquaient ses oreilles d'ancien esclave trop longtemps satisfait de son sort. Ces affranchis-là, pour avoir servi l'armée, buvaient comme des Yankees, ne parlaient que de posséder des fusils et des filles et surtout se faisaient bêtement gloire de ne pas travailler.

A sa manière aussi, Télémaque trouvait que son univers familier basculait vers l'inconnu. Comme le général Tampleton, comme les six gars du Tennessee qui avaient fondé le Ku Klux Klan, comme Mme de Vigors, comme ceux et celles qui venaient d'accompagner Bernard de Marigny au cimetière avec une tristesse hautaine, le vieux Noir souffrait d'une rupture des habitudes. Son destin et celui de tous les autres au-dessus et au-dessous de lui, qui paraissait fixé de longue date et pour une sorte d'éternité, semblait remis en question. L'émancipation des esclaves, une guerre perdue, la volonté nordiste de punir le Sud de sa splendeur, autant que de ses errements, posaient à tous des questions inédites auxquelles on ne pouvait encore imaginer de réponses.

Clarence Dandrige se donna plusieurs jours de réflexion avant d'envisager la décision que les circonstances exigeaient. Les Noirs employés sur la plantation, ayant touché leurs gages, ne répondirent plus, le lendemain de la paie, à l'appel de la cloche. Au crépuscule, la nuit suivante, on en vit d'autres que ni Télémaque ni les contremaîtres ne connaissaient s'approcher de la grande maison, louchant du côté des poulaillers et des celliers.

Ils prirent des airs de flâneurs égarés en se voyant repérés et répondirent narquoisement quand on les interpella qu'ils venaient rendre visite à des amis travaillant à Bagatelle. On sut par Citoyen, dont la sœur avait épousé un jardinier, que ces squatters, sortis on ne sait d'où, s'étaient emparés de l'argent gagné par les ouvriers et avaient interdit à ceux-ci, sous peine de sévices, de retourner au travail. Citoyen affirma que sa sœur et son beau-frère, qui occupaient avec leurs enfants une case située sur le chemin des berges, se barricadaient chez eux chaque soir, depuis qu'ils avaient vu de l'argenterie volée aux mains des affranchis.

Après une promenade à cheval qui lui permit de faire le tour de l'ancien quartier des esclaves, de voir l'hôpital occupé par des couples noirs qui avaient tiré litières et matelas de mousse sous les auvents pour prendre le frais plus confortablement, d'apprécier l'importance de cette population dépouillée, sale, braillarde, Dandrige, au début du déjeuner, annonça sa détermination.

– Je vais, cet après-midi, à l'heure de la sieste, régler le problème des squatters. J'irai au village des esclaves. Je ferai l'appel des travailleurs légalement inscrits sur le rôle des gages. Je leur demanderai de reprendre le travail dans le respect du contrat signé sous le contrôle du Bureau des affranchis. Je donnerai aux autres, qu'ils soient ou non anciens de Bagatelle, trois jours pour déguerpir. Suivant le nombre des travailleurs sérieux qui resteront, je réserverai une, deux ou trois cases pour les loger avec leurs familles s'ils en ont et je ferai fermer les autres.

– Bravo! clama Mme de Vigors, l'œil pétillant.

– Non! pas bravo, Virginie. C'est une triste décision que je viens de prendre et aucun homme ne pourrait en être fier. Non seulement elle s'impose pour notre sécurité et celle de la plantation, mais l'intérêt des Noirs le commande. Nous leur avons offert du travail rémunéré au plus haut tarif proposé par la loi, tout en leur laissant les garanties qui rendaient autrefois à Bagatelle la condition d'esclave moins dure qu'ailleurs : des cases avec jardins, des soins gratuits et la certitude qu'aucun mauvais traitement ne leur serait infligé. Je pensais que c'était leur donner l'occasion de faire un bon apprentissage d'une liberté que j'ai personnellement souhaité leur voir attribuer. Il faut qu'ils sachent aujourd'hui que la fainéantise, le pillage et l'exploitation des bons sentiments des autres ne figurent pas dans l'acte d'émancipation. Ma décision pourra paraître critiquable aux yeux des bien-pensants de la nouvelle religion, mais j'accepte l'incompréhension. J'ai les épaules encore assez solides pour porter ce péché-là!

Ni Charles de Vigors ni Gustave de Castel-Brajac ne protestèrent. Quant à Mallibert, il approuva chaleureusement, expliquant qu'il comptait bien remettre de l'ordre aussi à Feliciana Garden où d'autres Noirs avaient élu domicile sans y être invités. L'ancienne ordonnance du général de Vigors insista même pour accompagner Dandrige et ce dernier, qui avait décliné des offres semblables de la part de Charles et de Gustave, accepta le concours de Mallibert.

A deux heures de l'après-midi, sous le soleil implacable de juillet, les deux hommes se mirent en selle. Clarence Dandrige, haute silhouette blanche dressée sur les étriers de sa jument baie, salua Virginie d'un large coup de panama.

– Pourquoi ne prenez-vous pas d'arme, Clarence?... Et vous Mallibert? dit Mme de Vigors.

– Parce qu'on se présente sans fusil devant des gens désarmés, fussent-ils noirs..., ma chère, fit l'intendant, un peu sarcastique.

Mallibert n'approuvait guère ce dénuement et, si l'intendant ne l'en avait pas dissuadé, il eût emporté au moins une carabine.

Les deux cavaliers se rendirent d'abord devant l'hôpital. En entendant approcher des chevaux, certains Noirs s'étaient levés, d'autres se contentant de s'accouder sur les litières ou de s'y asseoir. Plusieurs, qui lutinaient des femmes, comprirent qu'il se passait quelque chose quand l'intendant prit la parole :

– Y a-t-il des malades ici?

– Nous sommes tous un peu malades, patron! lança un grand nègre à demi ivre.

– Y en a trois qui sont pas bien, fit une femme âgée, y ont la fièvre...

– C'est pas vrai, l'écoutez pas, c'est une folle, ils sont seulement un peu saouls, patron, c'est tout.

– Bon! Y a-t-il des travailleurs inscrits sur le rôle de la plantation? S'il y en a parmi vous, qu'ils sortent et se fassent connaître!

On entendit deux ou trois rires étouffés sur la galerie, mais personne ne bougea.

– Nous aut', patron, déjà trop travaillé, on se repose maintenant.

– C'est votre droit, fit l'intendant d'une voix nette, seulement vous êtes ici sur une plantation où vous n'avez rien à faire, alors il faut aller vous reposer ailleurs...

Des murmures s'élevèrent et aussi des petits cris de femmes auxquelles on avait fait boire de l'alcool et qui trouvaient le spectacle réjouissant.

– Dans trois jours, dit Dandrige, vous devrez être partis d'ici.

Puis il fit pivoter son cheval, laissant les Noirs commenter cette déclaration, mais étonnés qu'elle n'ait pas été assortie d'une quelconque menace.

L'intendant et Mallibert parcoururent au petit trot les trois cents mètres qui séparaient l'hôpital de ce qui avait été pendant des années le village des esclaves. Leur arrivée était déjà signalée. Une bonne centaine de Noirs, la plupart en haillons, quelques-uns portant des pantalons de l'armée fédérale et coiffés de casquettes sans chiffre ni ornement, se rassemblèrent rapidement entre les maisons de bois sur l'allée principale. D'autres, méfiants ou ayant des raisons particulières pour ne pas se montrer, restèrent dans les cases avec les femmes. On entrevoyait leur tête aux angles des fenêtres ou leur silhouette immobile plantée au seuil des portes dans l'ombre des auvents.

Sans préambule, Dandrige fit l'appel des vingt et un travailleurs inscrits et qui trois jours plus tôt avaient reçu leurs gages. Six sortirent des rangs.

– Je suis venu voir si vous voulez encore travailler !

Tous dirent oui.

– Alors pourquoi ne vous a-t-on pas vus au travail depuis trois jours?

Les Noirs se regardèrent entre eux, manifestement gênés.

– Eh bien ! Répondez !

Tandis qu'il insistait ainsi, l'intendant surprit le coup d'œil que plusieurs des travailleurs muets lancèrent en direction d'un de leurs congénères. C'était un grand mulâtre ventru, coiffé d'un bonnet rouge et qui se balançait sur un vieux rocking-chair. Il était entouré d'une demi-douzaine d'affranchis des deux sexes, hilares et nettement mieux vêtus que tous les autres.

– Il vous fait peur, ce gros type là-bas? demanda Dandrige en désignant l'homme assis.

– C'est le chef du village, dit timidement l'un des ouvriers.

– Il n'y a pas de chef de village ici, fit sèchement l'intendant d'une voix forte. Il n'y a même pas de village. Ces cases sont réservées aux travailleurs de la plantation. Les autres, tous les autres doivent partir !

Puis Dandrige se pencha vers les six ouvriers qui se dandinaient d'un pied sur l'autre.

– Avec vos femmes et vos enfants, vous allez habiter les deux grandes cases des jardiniers. Vous pourrez y rester tant que vous travaillerez à Bagatelle. Quant à vous tous, reprit l'intendant en se redressant, vous avez trois jours pour quitter la plantation. Ces cases vont être démolies, on va amener du bétail par ici !

L'homme au bonnet rouge quitta vivement son rocking-chair et s'avança, suivi de sa petite cour. Il s'efforçait à une dignité comique, destinée à impressionner la foule attentive.

– Tous ces nègres m'obéissent parce qu'ils sont des ignorants et des peureux, m'sieur l'Intendant, dit aimablement le mulâtre après avoir ôté son bonnet. Vous et moi, on peut s'arranger très bien. Vous me donnez par exemple, disons 1 % du coton et du sucre et je vous promets une belle récolte... On reste tous ici dans ce joli village et toutes les histoires qui peut y avoir avec ces nègres on en parle ensemble et j'arrange tout ça!

Depuis l'émancipation, on connaissait dans le Sud cette nouvelle catégorie d'affranchis, composée de mulâtres ou de griffes futés et autoritaires, qui jouaient volontiers les intermédiaires entre les travailleurs et les employeurs. Bien que payés au tarif des contremaîtres et recevant en sous-main un pourcentage sur les récoltes, ils exploitaient leurs frères de race, confisquaient une partie des salaires de ces derniers, les brutalisaient à l'occasion et faisaient renvoyer des plantations ceux qui se montraient indociles.

Certains propriétaires acceptaient le concours de ces « intendants nègres », véritables gardes-chiourme qui faisaient parfois regretter à ceux tombés sous leur coupe le temps de l'esclavage. Pour asseoir leur autorité, ces roitelets, ayant quelquefois reçu un semblant d'éducation par des maîtres libéraux, se donnaient à l'occasion pour descendants de chefs ou sorciers africains, arrachés autrefois à leur village par les négriers. Ils commençaient ainsi à reconstituer une organisation tribale, tout en empochant sans effort des piastres gagnées par les autres.

Clarence Dandrige considéra l'homme qui, la tête levée, clignait de l'œil, peut-être à cause du soleil, peut-être pour sonder l'éventuelle complicité de l'intendant.

– Comment t'appelles-tu?

– George Washington Rupert, mais on m'appelle plutôt « chef Geo », fit le mulâtre fièrement.

– Eh bien! chef Geo, il faut que tu saches que M. Lincoln a voulu qu'il n'y ait plus d'esclaves dans ce pays, mais seulement des nègres qui travaillent librement. Aussi, tu n'as plus qu'à remettre ton bonnet et à t'en aller avec ceux qui veulent te suivre chercher ailleurs un planteur qui veuille bien de tes services.

Le mulâtre renifla bruyamment et changea d'attitude.

– Si on reste tous ici dans les maisons, vous pourrez pas les démolir, pas vrai? Si un seul petit Noir il était battu, les Yankees y seraient pas contents et le Bureau des affranchis y vous ferait un vrai procès de malheur..., pour sûr!

Mallibert toucha le coude de Dandrige et désigna la ceinture du « chef Geo »; un gros colt frontière y pendait, ainsi qu'un étui de cartouches.

Dandrige abaissa sur le mulâtre, qui attendait bouche entrouverte et l'air insolent, son regard de reptile vert et glacé.

– Dans trois jours..., tout le monde parti, compris..., Rupert?... avec armes et bagages!

Et les deux cavaliers prirent le chemin de la grande maison. La jument de Dandrige, comme si elle eût voulu marquer son mépris pour « chef Geo », balançait sa croupe luisante d'une façon particulièrement insolente.

– Ce gros nègre suintant de graisse, je lui aurais bien cassé la tête... Il va tout compliquer, dit plus tard Mallibert alors que Dandrige venait de sortir après avoir fait pour Virginie le compte rendu de l'expédition.

– A moins qu'il ne nous facilite les choses, Mallibert, fit Mme de Vigors, les lèvres pincées et l'œil mi-clos.

3

Quand Philémon, le mitron du père Criquet, pénétra avec circonspection dans l'ancienne demeure de l'encanteur, où s'était longtemps tenu le marché aux esclaves, et qui abritait maintenant le Bureau des affranchis de la paroisse, il trouva Brent occupé par une addition d'au moins cinq lignes. Il en fut ébahi comme lorsqu'il voyait sa patronne calculer le prix d'un kilo et demi de levure rien qu'en regardant le fléau gradué de sa balance romaine. Avant que le visiteur ait eu le temps d'ouvrir la bouche, Brent, sans lever le nez de ses comptes, avait eu un geste impératif de la main, signifiant qu'il ne voulait pas être distrait.

Pendant que l'ancien majordome de Mme de Vigors se débattait avec des décimales, Philémon, les cheveux et les cils empesés de farine, ce qui le faisait ressembler au vieil oncle Tom de Mme Beecher-Stowe, dont il avait vu une image dans un livre, essayait de comprendre à quoi pouvaient bien servir ces piles de papiers serrés dans des chemises de carton bleu, jaune et rouge. « Tout ça, pensa-t-il, c'est ce qui doit expliquer comment et pourquoi les nègres sont devenus libres... », enfin certains... parce que lui, Philémon, était toujours mitron chez Criquet, sciait du bois pour le feu, charriait les sacs de farine, empilait les grosses miches brûlantes, nettoyait le fournil, grattait les paniers où l'on faisait lever les pains de fantaisie. Comme avant l'émancipation, il recevait sa demi-douzaine de taloches par jour quand il ne défournait pas assez vite ou bourrait trop le foyer et, au moins une fois par semaine, un seau d'eau dans les jambes ou en pleine figure quand le père Criquet tenait sa cuite.

Mme Criquet lui avait expliqué que maintenant on ne pouvait plus le vendre et que chaque mois on lui donnerait cinq dollars, qu'on mettrait dans une vieille boîte de raisins secs et que garderait pour lui la boulangère. Quand il aurait besoin d'un pantalon, d'une paire de chaussures ou d'un chapeau, c'est là que Mme Criquet prendrait l'argent. Ainsi Philémon ne porterait plus des vêtements et des souliers donnés. Il les paierait avec l'argent qu'il gagnait comme travailleur libre. Le mitron ne voyait pas ses piastres, mais il savait qu'elles étaient en sécurité dans la boîte de raisins secs, laquelle se trouvait dans la chambre de Mme Criquet. Comme il avait émis un soir la prétention de jeter un coup d'œil sur ses économies, le père Criquet lui avait retourné une gifle en donnant les mêmes signes d'indignation que le jour où il avait surpris son mitron debout sur un tabouret en train de lorgner, par-dessus un drap tendu en guise de paravent, Mlle Fanny occupée à prendre ce qu'elle appelait « son tube ».

Mlle Ivy, l'institutrice, à laquelle aucun Noir de la domesticité du boulanger ne devait adresser la parole, avait conseillé à Philémon, un jour où ils s'étaient rencontrés sur le chemin du cimetière, hors de la vue des Criquet, de se faire inscrire à l'école du dimanche de Waterloo où un pasteur apprenait à lire aux travailleurs noirs ayant dépassé l'âge scolaire.

– J'ai pas besoin de savoir lire pour faire ça que je fais, mamselle, et si le père Criquet savait que je vais à l'école du dimanche, y me calotterait encore!

– Mais tu es libre d'aller où tu veux, quand tu as fait ton travail, Philémon, et tu n'as pas de compte à rendre à Criquet.

– Ouais! Eh bien, venez y voir un peu... Maintenant qu'on est affranchi et que les maîtres y peuvent plus nous vendre et qu'y sont obligés de nous garder, c'est plus le moment d'aller leur faire des coups en dessous... On se trouverait à la rue avec personne pour nous acheter!

Philémon se remémorait cette rencontre avec la belle Ivy qui donnait d'aussi pendables conseils, quand il fut rappelé aux réalités du moment par un soupir de satisfaction sorti de la vaste poitrine de Brent.

– Qu'est-ce que tu veux, Philémon?

– Rien, m'sieur Brent. J'ai simplement à vous dire que Anna, de Bagatelle, elle a envoyé Bobo chez nous - pas exprès, il venait chez le maréchal avec une jument blanche – pour dire que la madame de Bagatelle où que vous étiez avant, elle veut vous parler demain à dix heures dans le matin!

– Bobo n'a pas dit pourquoi?

– Si, il a dit que la madame de Bagatelle, elle veut parler à vous demain dans le matin, à dix heures, voilà!

– Merci, Philémon, t'es un bon nègre et les Criquet m'ont dit qu'ils étaient bien satisfaits avec toi.

– Satisfaits?

– Contents de toi, si tu veux, c'est pareil.

– Ah! bon! eh ben..., moi aussi..., pas! fit le mitron, qui trouvait qu'il était plus simple d'être du même avis que son maître.

Puis il s'enhardit jusqu'à questionner Brent :

– Qu'est-ce qu'il y a dans tous ces papiers, m'sieur Brent?

– Ce sont des litiges, Philémon!

– Ah! oui, tiens, des litiges... Au revoir, m'sieur Brent!

Mme Criquet, sur le pas de sa porte, vit venir son commis dégingandé et sifflotant. « Quel brave garçon! » pensa-t-elle, mais elle cria :

– Alors, tu as été bien long, mon gars, tu serais pas allé au lavoir voir les négresses par hasard?

– Oh! non, m'ame Criquet, j'ai vu que Brent et des litiges, des tas de litiges, des bleus, des jaunes et des rouges, c'est très joli... M'sieur Brent, c'est le gardien des litiges!

Le secrétaire du Bureau des affranchis fut ponctuel au rendez-vous fixé. A dix heures moins cinq il passait le portail de Bagatelle. Ayant eu la chance de trouver un attelage qui allait de ce côté-là, il avait même dû attendre un bon quart d'heure au bord de la rivière pour ne pas arriver en avance. Son maître, l'étrange Marie-Adrien de Damvilliers, pestait toujours à Paris contre les gens qui se présentaient avant l'heure aux rendez-vous. Aussi, sans oser s'asseoir dans l'herbe pour ne pas gâcher son pantalon neuf et sa redingote grise, il avait regardé le fleuve et allumé un cigare. Brent était, ce matin-là, assez content de lui. M. Oswald, le nouveau délégué du Bureau des affranchis, était toujours par monts et par vaux. Il faisait confiance à son secrétaire noir, dont il avait vite apprécié la compétence et le sérieux.

– Tu travailles comme un Blanc, lui avait dit le rouquin... Ne fais pas de bêtises et tout ira bien. J'ai des cigares et du whisky, quand ça te dit, tu te sers... Te saoule pas pendant le service et fous pas le feu à la baraque.

Brent ne buvait jamais d'alcool, sauf un demi-verre de porto à l'occasion, mais il aimait les cigares. S'il ne profitait pas des largesses de M. Oswald pour le whisky, il prenait sans se cacher un ou deux cigares par jour. Depuis qu'il occupait un logement à Sainte-Marie – car, étant donné l'incident avec Mme de Vigors au jour de leur départ, Rosa avait tenu à ce qu'ils quittassent Bagatelle au plus vite – Brent s'estimait vraiment heureux.

Quand, le soir, sur la galerie de sa case repeinte à neuf, il faisait réciter les leçons de ses deux aînés, élèves de Mlle Ivy, en se balançant dans son rocking-chair et en tirant avec application sur un havane à deux dollars les cinquante, Brent se voyait sous les traits d'un planteur sans soucis. Aussi, quand pour répondre à la convocation de son ancienne maîtresse, bien vêtu, à l'aise dans ses bottines cirées et pétunant comme un clubman, il remonta l'allée de chênes, son cœur se mit à battre plus fort. C'était un peu comme s'il appartenait maintenant à la classe de ceux qu'on invitait à Bagatelle. La maison lui parut moins blanche qu'autrefois, moins grande aussi. Il repéra du premier coup d'œil une colonnette fendue, un peu de mousse sur la toiture, une incurvation des marches de l'escalier et d'autres signes du manque d'entretien, donc du manque d'argent chez ces gens qui en avaient tant possédé. N'eussent été ce col trop serré et ces manchettes empesées par Rosa et qui ne devaient jamais dépasser plus de trois centimètres de la manche, comme le lui avait expliqué Marie-Adrien, il y avait bien longtemps, Brent aurait affronté Mme de Vigors sans émotion.

Il gravit le perron de bois et le bruit de ses pas fit apparaître Citoyen. A la vue de l'ancien majordome devenu quasiment un dandy, le griffe recula de deux pas, médusé, la main devant la bouche comme pour étouffer un cri et écarquillant ses yeux blancs.

– Ça alors, Brent! Ce que vous êtes beau, on dirait le lieutenant-gouverneur Dunn, pareil [1]!

– Ça va, ça va, fit Brent, agacé, va dire à Mme Virginie que je suis là.

Il avait dit « Mme Virginie » et non pas « m'ame », ou « m'ame Maîtresse », comme autrefois, pour bien montrer au jeune freluquet qui avait endossé sa veste de toile blanche que lui, Brent, n'appartenait plus à la catégorie des domestiques.

Citoyen disparut au galop, mais il dut prendre le temps de passer aux cuisines pour avertir Anna, car la face réjouie de la vieille cuisinière apparut entre les rideaux d'une fenêtre du salon. A la vue de son gendre, elle pouffa de rire comme quelqu'un qui, le 1er avril, aperçoit un notaire avec un poisson de papier épinglé dans le dos.

– Madame Maîtresse a dit que vous attendiez à l'office..., elle va descendre, dit Citoyen.

– A l'office? répéta Brent, incrédule.

– A l'office, quoi. Elle l'a dit.

Par la galerie, Brent fit le tour de la maison, traversa le cellier et retrouva l'office qui avait été son domaine pendant tant d'années. Machinalement, il rectifia l'empilage des plats, rabattit la lame du tranchet à pain, ferma un tiroir entrouvert.

Malgré les leçons énergiques dispensées à Citoyen, ce dernier semblait manquer d'ordre. Il s'assit sur le tabouret où il avait fait de longues stations dans les intervalles du service, les soirs de dîners, puis, ne sachant où jeter la cendre de son cigare, il finit par se relever pour aller s'en débarrasser sur la galerie. Quand il se retourna, la silhouette familière de Mme de Vigors s'inscrivait dans l'encadrement de la porte. Rigide comme une lame noire, la taille bien serrée dans son corset, son face-à-main lui battant la poitrine, elle ne parut pas remarquer les changements considérables intervenus chez son ancien maître d'hôtel. Le regard de la dame de Bagatelle avait cette particularité qu'il pouvait aisément traverser un être comme une vitre, sans le voir, pour observer un nuage sur l'horizon, une fleur dans le jardin ou un tableau accroché au mur du salon. Brent sentit qu'à travers lui Mme de Vigors devait suivre le balancement de la mousse espagnole aux branches basses des chênes ou l'ascension d'une araignée sur une colonne de la véranda.

– Jette ce cigare qui pue, Brent, et réponds à mes questions!

Brent s'exécuta et retrouva tout naturellement l'attitude du majordome venu prendre les ordres, les talons joints, les bras souples le long du corps.

– Le nouveau délégué des affranchis, le Yankee pour qui tu travailles maintenant, il s'appelle Oswald?

1. C'était un Noir très élégant.

– Oui, m'ame, Oliver Oscar Oswald!

– Bon! et il a les cheveux rouges et frisés?

– On dit rouquin, m'ame, mais c'est ça!

– Bon, tu vas lui dire que Mme de Vigors viendra le voir cet après-midi à cinq heures à son bureau. Dis-lui aussi que c'est la dame qui chantait *Beautiful Dreamer* sur le *Prince-du-Delta III*, il y a deux ans... Il comprendra!

– Bien, m'ame.

– Voilà, c'est tout. Adieu, Brent!

Avant même que le brave Noir ait eu le temps de la saluer, Mme de Vigors avait disparu dans l'office et claqué la porte. Lentement Brent se détourna, balançant son chapeau. Il fut tenté de ramasser le demi-cigare qui fumait encore sur le plancher de cyprès rouge de la galerie, mais il se retint et l'écrasa du bout de sa bottine. Puis, la gorge serrée, comme un homme qu'on viendrait d'insulter, il descendit lentement les marches du perron. Cette maison avait été la sienne, car il y était né esclave privilégié. Enfant, il avait été associé aux jeux des enfants des maîtres, puis il avait servi l'un d'eux jusqu'à sa mort tragique. Or cette maison le rejetait comme un déchet. Lui, venu ici fièrement se montrer, non pas pour narguer son ancienne maîtresse, mais, au contraire, pour qu'elle apprécie l'heureux aboutissement d'une éducation communiquée comme par osmose au cours des années de servitude, se sentait maintenant méprisé, exclu.

Comme il posait le pied sur la dernière marche, celle qui toujours grinçait plus que les autres par temps sec et qu'on arrosait abondamment les jours de réception, le secrétaire du Bureau des affranchis entendit crier son nom d'une voix émue presque implorante.

Venue sur la galerie par la grande porte du salon, Mme de Vigors, appuyée à la balustrade, se penchait vers l'ancien esclave.

– Brent, Brent, remonte, viens me parler de Rosa... et des enfants!... J'ai quelque chose pour eux que tu vas leur porter!

En trois enjambées il fut sur la galerie et, pour la première fois de sa vie, lui qui, esclave, n'avait jamais indignement courbé l'échine comme tant d'autres, il mit un genou à terre et baisa les mains de Virginie. Il venait de lui voir enfin dans les yeux ces larmes que l'on réserve aux parents les plus chers quand on les retrouve après les avoir cru perdus.

Ils parlèrent un grand moment, debout face à face sous la galerie. Mme de Vigors voulut tout savoir de son travail, de sa maison nouvelle, des problèmes qu'il avait à résoudre, de ses espoirs aussi. C'est par Brent qu'elle apprit le retour d'Ivy, qu'elle avait tant détestée au moment de la mort de Pierre-Adrien. Brent expliqua qu'aux vingt dollars de son salaire s'ajoutaient les petites sommes offertes par ceux qui, ne sachant pas écrire, faisaient appel à lui pour remplir les imprimés ou rédiger des lettres, afin de retrouver des membres de leur famille ou un employeur. Les planteurs aussi, pour lesquels il recrutait des travailleurs, savaient reconnaître ses services.

– J'ai demandé la permission... C'est pas défendu, m'ame!

– Il faudra que tu nous trouves une cinquantaine de nègres pour la saison prochaine, Brent. M. Dandrige a bien du mal à en recruter.

– Je ferai tout ce que je pourrai, m'ame, dit Brent en s'en allant.

Il emportait des pralines pour les enfants, une demi-douzaine de bons cigares de M. Dandrige et, ce qui le comblait de bonheur, une belle ombrelle à manche d'ivoire pour Rosa.

– Je l'avais achetée à La Nouvelle-Orléans, il y a plus de vingt ans, dit Virginie, et je sais qu'elle plaisait beaucoup à Rosa. Embrasse-la pour moi et dis-lui de m'amener les enfants, un de ces jours..., quand elle viendra voir sa mère.

Comme elle traversait le salon après le départ de Brent, Mme de Vigors rencontra Anna.

– Eh ben! il a pas fini de s'en croire maintenant, le Brent, vous l'avez vu comment qu'il est accoutré... C'est pas une tenue pour un nègre, ça, m'ame, et quand je pense que vous avez donné l'ombrelle de m'amselle Pom Pom [1] à Rosa! C'est trop, m'ame!

– Chut! Anna. Brent et votre fille méritent d'être heureux et de réussir.

– Les nègres, y seront toujours les nègres, m'ame, le bon Dieu il a voulu comme ça et c'est pas Brent qui changera rien à ça! Brent, y sera jamais blanc, non!

– Je vais te dire, Anna, je crois de plus en plus qu'être blanc ou noir c'est pas tellement une question de couleur de peau...

– ...

– Je crois que c'est une question d'âme, Anna!

Virginie déjeuna en tête à tête avec Castel-Brajac, Dandrige et Mallibert s'étant rendus à Saint-Martinville pour choisir des pacaniers et Charles se trouvant à La Nouvelle-Orléans pour affaires. Au café, Willy Tampleton se joignit aux deux convives, annonçant qu'il devait assister à la convention démocrate de La Nouvelle-Orléans, chargée de désigner les candidats du parti à la présidence et à la vice-présidence des États-Unis. La date des élections était fixée au 3 novembre et la campagne promettait d'être chaude. Il faut dire que les Louisianais, plus attentivement peut-être que les autres Sudistes, avaient suivi les péripéties qui marquaient la dernière année du mandat d'Andrew Johnson. Un conflit entre le Congrès et le successeur de Lincoln, un autre entre les radicaux et les modérés, animaient depuis des mois la vie politique de la capitale fédérale. Johnson, qui, à plusieurs reprises, mais sans succès, avait opposé son veto à des décisions inspirées par les radicaux, passait déjà chez les Sudistes pour un homme maladroit mais soucieux de limiter les manœuvres de vengeance contre les États sécessionnistes. Cependant, quand, le 21 février, le président avait révoqué le secrétaire à la Guerre, Stanton, à qui il avait depuis plusieurs mois retiré sa confiance et qu'il venait de remplacer par Grant, la Chambre des représentants exigea que soit engagée contre Johnson la procédure

1. Julie, défunte fille de Virginie. Voir *Louisiane.*

dite *d'impeachment*[1]. En plus de la révocation de Stanton, les représentants reprochaient officiellement à Johnson ses discours, ses atermoiements pour limiter les rigueurs de la Reconstruction et, de bouche à oreille, quantité de turpitudes relevant de la pure calomnie comme l'entretien de plusieurs maîtresses à la Maison-Blanche et même une vague participation à l'assassinat de Lincoln.

Johnson, qui avait fait preuve d'une grande dignité, refusa de comparaître en personne devant le Sénat réuni en Haute Cour. L'homme qui désirait le plus abattre le président, Thaddeus Stevens, un vieillard rageur, encouragea les accusateurs venus de la chambre basse, mais, le 16 mai, Andrew Johnson échappa au déshonneur de l'*impeachment*, dix-neuf sénateurs l'ayant déclaré « non coupable » alors que trente-cinq votaient la culpabilité. A une voix près, la majorité des deux tiers étant nécessaire pour que soit prononcée la sentance, le président des États-Unis s'était vu ainsi maintenu dans ses fonctions.

– Comme il n'a pas l'intention de demander le renouvellement de son mandat, dit Tampleton, Ulysses Grant sera le candidat des républicains. C'est un grand soldat, un homme qui n'a pas de haine contre le Sud, mais dont le sens politique serait, dit-on, bien faible.

– Les bons généraux ne font pas toujours de bons sénateurs, pourquoi voulez-vous qu'ils fassent de bons présidents, Willy! dit Virginie en pensant à quelques militaires entrés en politique.

– Oh! mais rien n'est joué, rétorqua vivement Tampleton, nous allons proposer Horatio Seymour, ancien gouverneur de l'État de New York, qui a beaucoup de sympathisants dans le Nord.

Castel-Brajac intervint dans la conversation :

– Moi qui n'aurai pas à voter, puisque je suis étranger, je dois dire que Grant ne me déplaît pas; il a du panache, du courage et, s'il se contente d'être un drapeau en choisissant bien ses collaborateurs, peut-être peut-il faire mieux que Johnson qui n'avait pas d'auréole patriotique. Si vous m'y autorisez, général, j'irai volontiers assister à votre convention à La Nouvelle-Orléans. Je serais curieux de voir comment fonctionne à cette occasion la démocratie, chère à Tocqueville.

– Vous serez le bienvenu... et il y a les à-côtés de la convention, pas désagréables, je vous assure, dîners fins, soirées mondaines, etc.

– Vive les démocrates! cria, toujours exubérant, le joyeux Gascon, et, foi de mousquetaire, je bourrerai les urnes à leur service s'il le faut!

Au milieu de l'après-midi, Castel-Brajac et Tampleton partis pour une promenade en barque sur le lac de Fausse-Rivière, Mme

---

1. L'*impeachment*, procédure qui vise à empêcher le président des États-Unis ou le vice-président, ou n'importe quel titulaire de postes officiels, y compris les magistrats, d'exercer leurs fonctions, a été utilisée à l'encontre du président Nixon. La mise en accusation est décidée par la Chambre des représentants à la majorité simple. Le Sénat siège en Haute Cour sous la présidence du plus haut magistrat de la Cour suprême. Une majorité des deux tiers est nécessaire pour qu'une condamnation soit prononcée.

de Vigors fit atteler à quatre le landau des Damvilliers. Ayant passé une robe de soie gorge-de-pigeon agrémentée dans l'échancrure du corsage d'un bouillon de chantilly blanche et coiffée d'un petit chapeau à voilette flanqué de deux plumes d'un gris tendre, arrachées autrefois aux ailes d'une jeune perdrix, la marquise se mit en route pour Sainte-Marie.

Tout au long du chemin, l'attelage conduit par Bobo, qui, par fierté, trouvait la force de se redresser sur son siège, fut salué aussi bien par les Noirs que par les Blancs. Sous son ombrelle, rose de plaisir, Mme de Vigors pouvait se croire revenue aux heureux jours d'avant-guerre, quand, pimpante et si prodigieusement désirable, elle se rendait à un thé ou à un barbecue.

M. Oswald, affalé dans son bureau, derrière les jalousies baissées, souffrait dans la pénombre de cette chaleur moite et débilitante qui laissait les gens du Nord sans force. Il vit, entre les lames de bois, arriver le grand landau laqué noir et admira en connaisseur l'allure racée des chevaux. Il s'empressa de resserrer son col et d'endosser sa redingote pour accueillir sa visiteuse, que Brent introduisit aussitôt.

– Mon Dieu, vous vivez dans l'obscurité, monsieur Oswald, on ne voit goutte chez vous!

Le délégué du Bureau des affranchis s'empressa de relever les jalousies, prenant en pleine face le soleil qui lui parut, tout exprès pour son désagrément, posé comme un disque de feu sur le toit d'en face.

– Je comprends pourquoi les habitants de ce pays ont toujours confié le travail de la terre aux nègres, madame; quelle canicule!

– Vous trouvez qu'il fait chaud, monsieur? Vraiment..., c'est une année plutôt fraîche, dit avec un sourire teinté d'ironie Mme de Vigors.

– Que me vaut l'honneur de votre visite, chère madame? Je n'osais pas faire déposer une carte chez vous.

– J'ai un grand service à vous demander, monsieur, commença Virginie en baissant les yeux, comme s'il se fût agi d'une sollicitation peu avouable.

– Dites, je vous en prie!

– Brent, votre secrétaire..., un ancien de Bagatelle et que nous considérons comme de la famille, m'a dit que vous êtes très soucieux du bon fonctionnement de votre service. C'est pourquoi je fais appel à vous..., car j'ai gardé un excellent souvenir de notre rencontre sur le *Prince-du-Delta*.

En disant ces mots, Virginie jouait négligemment avec son collier de perles, rescapé d'un vol que M. Oswald ne pouvait avoir oublié.

– Et moi, dit le rouquin, comprenant parfaitement le geste allusif, mais nullement ému, je vous garde une profonde reconnaissance. J'avais besoin à cette époque de beaucoup de... compréhension. Vous n'en avez pas manqué à mon égard.

Les choses étant claires et situées sur le plan où elle entendait les amener, Mme de Vigors expliqua qu'elle souhaitait être débarrassée des squatters noirs qui occupaient les cases et l'hôpital de l'ancien village des esclaves de Bagatelle.

– C'est le meilleur moyen, conclut-elle, de prévenir des incidents du genre de ceux qu'on a connus sur d'autres plantations. L'autorité du délégué du Bureau des affranchis suffira certainement à faire respecter une loi qui, par ailleurs, n'est pas toujours favorable aux planteurs. Et puis je souhaite récupérer le terrain pour créer un élevage.

– Je comprends tout cela parfaitement, répondit aimablement Oswald, et que vous vouliez parquer vos bestiaux aussi près de votre maison... pour mieux les surveiller me paraît logique; le domaine de Bagatelle est si vaste qu'ils pourraient s'égarer!

Virginie perçut l'ironie de la considération, mais, comme elle savait par Brent qu'Oliver Oscar Oswald s'était porté acquéreur de la plantation du vieil ivrogne de O'Neil décédé sans héritiers et qui jouxtait Bagatelle, elle répliqua sur le même ton :

– Il serait en effet bien dommage que mes bovins aillent folâtrer chez les voisins et peut-être commettre des dégâts.

– Demain matin, quand ce sacré soleil se lèvera sur Bagatelle, tout sera réglé, croyez-moi, chère madame!

Virginie quitta sa chaise, tendit sa main à baiser et, comme Oswald la raccompagnait :

– Pouvez-vous me dire l'heure, monsieur le délégué, s'il vous plaît?

– Bientôt six heures, madame, fit l'autre en consultant son oignon.

– Merci. Mais, dites-moi, vous avez là une bien belle montre, monsieur Oswald?... Mon pauvre petit Pierre-Adrien en avait reçu autrefois une toute semblable en cadeau. Elle avait appartenu à un caballero qui s'est suicidé, un nommé Ramon Ramirez y Rorba... Je ne sais pas ce qu'elle est devenue.

– Et pourquoi ce caballero s'est-il suicidé, madame?

– Parce qu'il n'avait pas pu payer ses dettes, monsieur Oswald... Une bien triste histoire.

Dans un frou-frou de soie, Mme de Vigors quitta le bureau ensoleillé du délégué, fit un petit signe de la main à Brent qui, dans la pièce attenante, transpirait sur ses dossiers et franchit la porte donnant sur la chaussée. M. Oliver Oscar Oswald accompagna la visiteuse jusqu'à sa voiture et verrouilla lui-même la portière quand Virginie se fut installée, son ombrelle déployée, sur la banquette capitonnée. Elle le remercia d'un sourire. Oswald, avant que la voiture ne démarre, eut le temps de lire sur le blason des Damvilliers, finement peint sur la laque noire, une devise qu'il aurait pû faire sienne : *Passer outre.*

Un instant, il suivit la progression de l'attelage, puis il se hâta de se mettre à l'ombre. Déjà en manches de chemise et le col ouvert, il se planta devant Brent.

– Sacrée bonne femme, ton ancienne patronne!... Il y a vingt ans, ça devait faire une belle garce.

– Oh! oui, monsieur le délégué, approuva le Noir pour qui, dans le parler cajun ignoré de M. Oswald, une belle garce n'était rien d'autre qu'une jolie femme.

De retour dans son bureau, Oliver Oscar tira la montre de son gousset, fit jouer le mécanisme qui commandait l'ouverture du boîtier et relut les lettres gravées en écriture ronde dans l'épaisseur de l'or : « *R.R.R.* Ramon Ramirez y Rorba, murmura-t-il, un caballero qui ne payait pas ses dettes... Nous allons payer les nôtres! »

Le soir même, M. Oswald tint parole. Au crépuscule, on le vit se diriger à cheval vers l'ancienne maison du passeur, dont la cheminée depuis quelque temps fumait régulièrement à l'heure des repas. Un peu plus tard, on revit le délégué accompagné de trois cavaliers qui filait vers la plantation de Bagatelle. Tous ces hommes étaient armés de carabines Spencer à répétition, calibre 56, et de revolvers Remington, calibre 44, que les vétérans de la guerre civile connaissaient bien.

Évitant l'entrée principale, les cavaliers, muets et rapides comme des hommes qui savent ce qu'ils ont à faire, pénétrèrent sur le domaine des Damvilliers par l'est et s'arrêtèrent à la corne d'un bois pour allumer des torches de résine. Ce sont les lumières tressautantes de ces flambeaux que virent tout d'abord s'avancer les Noirs assis sous la galerie de l'hôpital. Instinctivement, devant une menace venue de la nuit, car certains d'entre eux connaissaient les apparitions des fantômes montés du Ku Klux Klan, ils se retranchèrent dans le bâtiment, abandonnant rocking-chairs, litières et même les bouteilles de mauvais alcool volées sur les docks de Baton Rouge ou de Bayou Sara, et que des trafiquants leur vendaient au prix du meilleur bourbon du Kentucky. Tous furent soulagés en constatant que les cavaliers avaient toutes les apparences de la simple humanité et mettaient pied à terre sans façon.

– C'est le docteur qui vient voir les malades, cria l'un d'eux, dont la chevelure prit des reflets de cuivre à la lueur des torches, quand il ôta son chapeau pour s'éponger le front.

Les Noirs s'écartèrent respectueusement et celui qui avait parlé, suivi de deux autres gaillards, s'avança dans la salle principale.

Les flammes odorantes jetaient sur cette assemblée de visages immobiles et luisants une clarté tantôt vive, tantôt douce, qui transformait les grimaces en sourires éclatants et les regards inquiets en éclairs de curiosité ou de convoitise, devant ces Blancs bien vêtus et bien armés.

– Où sont les malades? dit le rouquin d'une voix forte.

– Par là, m'sieur le docteur! dit une femme en haillons.

Le « docteur » se pencha sur une litière où gisait un squelette recouvert d'un cuir noir que les os paraissaient près de percer.

– C'est mon mari; il vomit tous les jours, peut rien garder, comme les deux autres là-bas, dit la femme.

– C'est noir ce qu'il vomit?

– Ben, on voit pas bien.

– Oui, c'est noir, m'sieur le docteur, assura un témoin.

– Alors c'est le vomito negro, fit Oswald d'un ton tragique; il faut tout de suite l'emmener à l'hôpital de Sainte-Marie, lui et les deux autres.

De cinquante poitrines sortit en même temps le même gémissement de crainte. La fièvre jaune, la vieille ennemie qui revenait chaque été rôder dans le delta du Mississippi, mais n'atteignait que rarement la paroisse de Pointe-Coupée, était là, prête à saisir l'une après l'autre des victimes de hasard. Et tout le monde savait que plus cette maladie tuait et plus elle semblait vouloir tuer...

– Si vous restez ici, vous serez tous malades, lança Oswald d'une voix forte; il faut partir et tout de suite, le vomito negro est dans ces murs; cette maison est infestée, on va la brûler...

Un court instant, les visages noirs apparurent, à la lueur des torches, incrédules et stupides. Puis la terreur s'empara des regards que l'on vit rouler et cligner comme si déjà ces hommes et ces femmes ressentaient les premiers symptômes de la maladie. Un enfant se mit à vomir et tout le monde, y compris sa mère, s'en écarta en murmurant.

– Allez, ouste, dehors, tous!... Emmenez les malades sur leurs litières à Sainte-Marie, cria le « docteur », qui invita du geste ses acolytes à pousser les Noirs vers la sortie.

Il ne fallut pas longtemps à ces pauvres gens pour rassembler leurs hardes et leur famille. Dans la nuit, ce fut la débandade. Déjà les hommes d'Oswald mettaient le feu à des litières désertées aux quatre coins de ce qui avait été, au temps de l'esclavage, l'hôpital du docteur Murphy.

Dans la pharmacie, un des cavaliers enflamma le fauteuil de dentiste que les Noirs avaient respecté comme s'il s'agissait d'un meuble vénérable et rituel. La paille crépita et bientôt les flammes léchèrent les vitrines, qui éclatèrent.

D'un coup de crosse de carabine, l'homme jeta à terre, où ils se brisèrent, les flacons aux étiquettes dorées portant, en lettres bleues, des noms latins de remèdes, depuis longtemps éventés.

La petite population en exode se replia vers les cases du village des esclaves, où déjà l'on connaissait la nouvelle et d'où l'on observait distinctement les lueurs de l'incendie.

« Le docteur » et ses hommes y arrivèrent avant les fuyards.

– Où est le chef Geo? dit Oswald au premier Noir qu'il aperçut au seuil d'une case.

L'homme désigna une autre maisonnette, d'où parvenaient des bruits de voix et un air de banjo.

– Allons-y, les gars! lança le délégué des Affranchis à ses hommes, on va lui expliquer ce qui se passe!

« Chef Geo », qui avait réuni quelques amis autour de deux poulets volés l'après-midi chez le jardinier, beau-frère de Citoyen, ne put cacher sa surprise, quand il reconnut M. Oswald, une carabine sous le bras.

L'autre ne lui laissa pas le temps de s'informer :

– Viens par ici, j'ai à te parler !

Le Noir suivit docilement le rouquin sur la petite estrade qui, devant les cases d'esclaves, tenait lieu de galerie. Toute la population du village était en effervescence. On avait commencé par se porter au-devant de ceux qui venaient de l'ancien hôpital, déjà aux trois quarts incendié, puis, quand on avait su la raison de cette évacuation brutale, on avait pris quelque distance avec les sans-abri.

– Y a pas de place ici, tout est plein ! Allez plus loin vers Sainte-Marie et Fausse-Rivière !

Tels étaient les conseils hypocrites que la peur commandait de donner et que l'on donnait.

Oswald commença par se saisir du vieux colt que « chef Geo » portait à la ceinture.

– Tu sais que je pourrais t'envoyer en prison pour ça ; les nègres n'ont pas le droit d'avoir des armes !

– Non, je savais pas, fit le Noir d'un ton piteux... Mais qu'est-ce qui se passe, m'sieur Oswald ?

– Il se passe que tu n'as rien à faire ici. Tu vas dire à tous ces morceaux de bois noir de plier bagage. Dans dix minutes, je fous le feu partout !

– Et pourquoi, m'sieur Oswald ?

– Parce que c'est un ordre que j'ai reçu du général Grant !

Que le général Grant puisse donner des ordres aussi désagréables pour les pauvres Noirs ne surprit pas George Washington Rupert, dit « chef Geo ». Les Blancs, qu'ils soient du Nord ou du Sud, qu'ils soient républicains ou démocrates, qu'ils soient militaires ou civils, n'avaient aucune considération pour les Noirs. Il en avait toujours été ainsi, et il n'y avait pas de raison pour que ça change. La sagesse et l'habileté consistaient, pour un Noir, à faire ce que les Blancs ne voulaient pas faire, en s'efforçant d'en tirer le maximum de profit.

– Et moi, m'sieur Oswald, qu'est-ce que je deviens ?

– Si demain matin, au lever du soleil, il n'y a plus l'ombre d'un de ces foutus fils de négresse pourrie sur cette plantation, je t'embauche sur la plantation de O'Neil que je viens d'acheter... Tu seras mon intendant.

– Mais qu'est-ce que je vais faire d'eux tous ? fit « chef Geo » en désignant la foule hagarde.

– Tu prends les meilleurs, vingt, pas plus, et tu les emmènes camper sur la terre de O'Neil... J'aurai besoin de bras... Les autres, tu les noies !

– Je me débrouillerai, fit « chef Geo », rasséréné.

– Pour ceux que tu garderas avec toi, j'enverrai des rations militaires... Mais attention, je veux plus voir un de ces nègres à Bagatelle, hein !... Compris ?

– Compris, m'sieur Oswald. Vous me rendez mon revolver maintenant ?

– Je te le rendrai demain, si tout a bien marché, sinon, fils de chien, je ne te rendrai qu'une seule balle, mais, crois-moi, tu pourras la garder jusqu'en enfer!

Une demi-heure plus tard, toutes les cases, les unes après les autres, s'embrasèrent. Bientôt la vaste clairière, où plusieurs générations d'esclaves avaient vécu leurs rares moments de repos et de loisirs, ne fut qu'un brasier dont les lueurs montaient à l'assaut de l'horizon, au-dessus des sombres festons de la forêt. Quand les gens de Bagatelle, prévenus par Télémaque de ce qui se passait, se précipitèrent derrière Dandrige de retour de voyage pour aller constater l'étendue du sinistre, ils ne purent approcher de l'incendie.

Au petit matin, il ne restait, alignés dans la clairière, qu'une série de tas de cendres, comme on en voit à la fin de l'hiver dans les champs où l'on a rassemblé, puis brûlé, les cotonniers morts et les mauvaises herbes.

– Curieux, ces incendies, vous ne trouvez pas, Virginie? demanda Dandrige avec un rien de suspicion dans la voix.

– On m'a rapporté que des nègres ivres avaient cru malin d'allumer le feu dans une maison et que d'autres nègres ivres les avaient imités dans d'autres cases.

– Cette ivresse multiple à conséquence unique, mais répétée, me paraît tout de même un peu bizarre.

– En tout cas, dit Mme de Vigors, nous voilà débarrassés de ces nègres dont vous ne saviez que faire... On va pouvoir, à la place de ce village, bien inutile aujourd'hui, faire une bonne prairie.

– Il est bien connu dans le Gers, ajouta Castel-Brajac sans malice, que la cendre de bois est un engrais fameux!

A la fin de la matinée, la dame de Bagatelle fit porter par Bobo un mot à M. Oliver Oscar Oswald. Il était ainsi conçu : *Votre dette est payée; vous pouvez conserver la montre d'un moins malin que vous!* Signé : « Baronne de Vigors. »

4

A La Nouvelle-Orléans, où le général Tampleton et Castel-Brajac allèrent passer une huitaine, la ratification par la convention démocrate de New York de la candidature du gouverneur Seymour à la présidence des États-Unis – le général Blair étant proposé comme vice-président – donna lieu, le 18 juillet 1868, à une imposante manifestation. Toute la population blanche était dans les rues et, malgré les rumeurs qui circulaient depuis le matin, suivant lesquelles les radicaux noirs pourraient fomenter des troubles, les femmes étaient nombreuses pour voir passer la procession des démocrates. *La ville,* écrivit le lendemain un journaliste, *semblait ressusciter d'une longue léthargie. A 8 heures du soir, toutes les rues que devait emprunter la procession démocratique, en revenant du grand meeting de la place La Fayette, s'animaient comme par enchantement. Les rues du Canal, de Chartres, Royale, du Camp et Saint-Charles étaient étincelantes de lumières de toutes couleurs. A peu près tous les magasins avaient éclairé leurs vitrines. Il y avait foule aux balcons et sur les trottoirs. On voyait sur des calicots les noms de Horatio Seymour et de Franck Blair. Le salut de la république, compromis par les mesures usurpatrices et anarchiques du parti radical, paraissait certain à tous ceux qui considéraient l'élection de Seymour et de Blair comme assurée. Ceux qui en doutaient étaient en petit nombre.*

Tampleton et Castel-Brajac, bien placés, avaient assisté au meeting qui réunissait plus de trente mille personnes. Les membres des comités d'arrondissement, avec torches, bannières, lanternes vénitiennes, se relayaient pour pousser des hourras, d'autres faisaient partir des fusées, des pétards et des feux d'artifice. On avait même lâché une montgolfière, qui s'élevait au-dessus de la foule, rappelant aux vétérans de la guerre civile ces ballons espions que les Nordistes utilisaient pour inspecter l'horizon. On riait, on s'interpellait par euphorie collective. Des slogans germaient çà et là, proposés par des gens imaginatifs. La plupart s'étiolaient avant d'être repris, mais d'autres s'épanouissaient, couraient de bouche à oreille, de chœur en chœur et finalement s'imposaient comme cris de ralliement à toute l'assemblée. Quelque part dans la foule anonyme, l'auteur inconnu de la phrase acceptée savourait cet engouement unanime pour sa trouvaille et sentait monter en lui la griserie du pouvoir verbeux, qui est déjà le pouvoir politique.

Reconnu, le général Tampleton fut hissé, presque de force, sur l'estrade où péroraient les orateurs, dont M. M.L. Macon, président du comité central exécutif du parti démocrate, qu'assistaient le colonel J.B. Walton et M. Alfred Mouton. Le président fit approuver à main levée une résolution qui parut à Castel-Brajac une véritable déclaration de guerre. « La sécession est morte et l'esclavage est mort. Il n'est au pouvoir ni dans la pensée d'aucun homme sain d'esprit de les ressusciter », proclamait le préambule, mais la conclusion était d'un tout autre ton : « Dans l'effort qu'ils font tous pour rétablir les principes de la Constitution, les démocrates de tout le pays luttent pour ressusciter la liberté républicaine et le peuple de la Louisiane s'engage ici à donner à la grande œuvre de délivrance et de restauration toute l'assistance qu'il leur est permis de donner sous l'empire des égoïstes prescriptions des tyrans. »

– Eh bien! fit observer Castel-Brajac, voilà au moins qui est clair!

– Que voulez-vous, monsieur, fit un délégué d'arrondissement, les radicaux monopolisent tous les emplois et toutes les fonctions. Leur parti ne prend des lois que pour son bénéfice. La législature, à son instigation, ne fait que créer des dépenses qu'il faut ensuite assumer par ce qu'elle appelle des « ressources autorisées ». Ainsi a-t-elle lancé un emprunt d'État de deux millions de piastres dans le même temps qu'elle vend les obligations émises pour l'entretien des levées! On vient encore de permettre à la ville de La Nouvelle-Orléans d'emprunter un million de dollars pour qu'elle puisse faire face à ses dettes les plus criardes. Naturellement, personne ne veut de cet emprunt et la ville va à la banqueroute. Alors, on crée de nouveaux impôts. Ainsi, dans ma paroisse d'Opelousas, savez-vous que, pour fournir un revenu à la ville, les autorités radicales ont décidé une série de taxes : vingt-cinq piastres sur les commissionnaires, les marchands en gros et les marchands au détail, cinquante piastres sur les possesseurs de billards, mille piastres sur les cabarets, cinq cents piastres sur les détaillants en liqueurs, vingt-cinq piastres encore sur les écuries publiques, les joailliers, les théâtres, les cirques, les ménageries? Croyez-moi, monsieur, le Sud aurait maintenant plus de raisons qu'il n'en avait en 1860 de faire sécession!

Malgré ces jérémiades fréquemment entendues, Gustave de Castel-Brajac n'eut à aucun moment l'impression pendant son séjour que le beau monde, soi-disant ruiné, se privait vraiment. Le commerce ne devait pas être si hasardeux pour que la Compagnie générale transatlantique ait mis en service entre La Nouvelle-Orléans et Saint-Nazaire le paquebot *La Guyane* qui, chaque mois, reliait la Louisiane à la France via La Havane. Les passages à bord de ce navire de 325 tonnes mû par la vapeur et des roues à aubes coûtaient 220 dollars en première classe, 195 en deuxième classe et 100 si l'on se contentait de l'entrepont.

Les Anglais, de leur côté, assuraient depuis 1866 par la « Liverpool Southern Steamships Co. » des liaisons mensuelles à dates fixes entre Liverpool et La Nouvelle-Orléans. Leurs navires *Fine Queen, Alice, Alhambra, Gladiator, Acropolis* et *Amazone* jaugeaient de 1 100 à 1 300 tonneaux et ne proposaient qu'une classe unique à 125 dollars.

L'Allemagne, qui souhaitait de plus en plus commercer avec le sud des États-Unis et dont les ressortissants constituaient une partie appréciable des émigrants, avait de son côté mis en service, sur la ligne Hambourg-La Nouvelle-Orléans, via Southampton, le *Bavarois* et le *Fentonia*, navires de 2 400 tonneaux qui assuraient en vingt-cinq jours la traversée de l'estuaire de l'Elbe au delta du Mississippi.

On achevait dans les faubourgs de la ville, que tous les gens du Nord appelaient « Crescent City », un élévateur à grains d'une capacité de 750 000 boisseaux. On espérait que ce silo inciterait les fermiers de l'Ouest à faire transiter leur blé par La Nouvelle-Orléans. Depuis qu'on cerclait les balles de coton avec des cordes d'emballage en fer et que les toiles en provenance des Indes concurrençaient les toiles du Kentucky, les fabricants de cordes et d'emballages essayaient de s'adapter. Certains d'entre eux s'étaient déjà reconvertis dans la distillation d'un alcool qu'ils appelaient parfois abusivement « whisky ».

Les devantures regorgeaient de produits de luxe. L'estampille française, dans ce domaine, semblait être une garantie. Bijouterie, mercerie, verrerie, fleurs artificielles, lingerie, gants, jouets, parfumerie, parapluies, fusils, peignes, porcelaine, chapeaux s'enlevaient à chaque arrivage, comme dans les épiceries fines le foie gras, les truffes, le chocolat et les eaux minérales dont la mode, partie d'Europe, avait traversé l'Atlantique, pour aboutir chez Solaris, à l'angle des rues Royale et d'Iberville.

« Que voulez-vous, disait Tampleton, il s'agit de gagner de l'argent pour jouir de la vie. L'honneur était le dieu de nos aïeux, maintenant c'est Crésus. »

On s'amusait avec autant d'entrain que l'on vilipendait les radicaux. « Venez chez moi, disait telle dame de la bonne société au général et à son ami gascon, il y aura assez de jambes pour faire au moins deux quadrilles. »

« Venez plutôt à l'hippodrome de Métairie où le Jockey Club organise des courses. Vous y verrez le général de Beauregard et peut-être un cheval battre le record de Lexington, qui courut en 1855 les quatre milles en 7 minutes 19 secondes trois quarts », disait une autre.

Et puis il y avait dans la rue Gallatin, près du marché français, des saloons et des pubs où l'on pouvait rencontrer d'aimables danseuses, prêtes à donner des leçons à domicile. On risquait d'y perdre son portefeuille si celui-ci n'avait été rendu exsangue par un séjour dans une maison de jeux, comme celle que John Davis exploitait dans une dépendance du théâtre d'Orléans.

Chaque matin, sur le plateau du petit déjeuner, à l'hôtel Saint-

Charles, M. de Castel-Brajac trouvait des cartons d'invitation ainsi conçus :

Mr. and Miss Fronval request the pleasure
of your company on wednesday evening july 23rd 1868.

P.S. – Fancy costume particularly requested.

ou d'autres du genre :

Bals de l'hôtel Saint-Louis.

Les dames patronnesses des bals de l'hôtel Saint-Louis vous prient d'assister au deuxième bal qu'elles donneront dans les salons de l'hôtel, le mercredi 24 juillet 1868 à 9 heures.

Secrétaire : Madame Marie de Lupsay.

Quand ils comparaient leurs invitations, Tampleton et Castel-Brajac constataient qu'ils étaient sollicités par les mêmes personnes.

– Nous appartenons tous deux à des catégories d'hommes que l'on invite, mon cher, disait Willy. Vous êtes jeune, vous avez un nom, vous êtes français et célibataire. Peut-être même vous croit-on riche! De mon côté, je n'ai plus qu'un bras, je passe pour un héros de la guerre civile, je suis général et j'appartiens à l'une des plus vieilles familles du pays. Vous êtes invité pour l'agrément, moi pour le décor!

Et Tampleton avait ajouté ce conseil :

– N'oubliez pas d'envoyer quelque madrigal à la fille de la maîtresse de maison, c'est galant, ça remplace la lettre de château et ça n'engage à rien. Mais attention, ne servez pas deux fois le même plat, les demoiselles se les montrent et les collectionnent. Le grand spécialiste du genre est un homme charmant qui s'appelle Victor Grima. Il vient de rentrer de Paris à bord du *Pereire* et m'en a montré d'excellents dont celui-ci, duquel j'ai gardé le souvenir, dédié à une coquette, sous le titre : *A quelques amis qui réclamaient son portrait :*

Pour obtenir une copie,
S'il faut se donner tant de mal,
Ma foi, bien fol est qui se fie
D'avoir jamais l'original!

Pendant leur escapade orléanaise, les deux amis allèrent applaudir une tragédienne en renom, Mme Bistari, qui jouait, hélas! en italien. Révélée au public au cours des fêtes du Mardi gras de 1866, l'actrice déplaçait les foules malgré le prix relativement élevé des places : cinq dollars.

Autre indice d'un moindre marasme que celui proclamé par les démocrates : le prix des terrains. Willy Tampleton, qui avait emmené Castel-Brajac prendre le lunch au Boston Club, présenta au Gascon un homme réjoui qui, manifestement, cherchait des partenaires pour un whist et pour arroser un heureux événement. M. Cléton, c'était son nom, venait de vendre un terrain 90 000 dollars, Me Félix Grima, notaire, avait enregistré la vente en présence de MM. Lavaudri, Soulé, Gaillard et Roman.

– Par les temps qui courent, c'est une bonne affaire que j'ai faite là, général. Aussi permettez que je vous régale avec votre ami français.

Castel-Brajac se prit à penser que, dans le Gers, un vendeur n'irait jamais se vanter d'avoir fait une affaire et s'abstiendrait dans tous les cas de révéler le montant de la transaction. Comme, un peu plus tard, il faisait part de ces considérations à Tampleton, celui-ci lui fit observer qu'aux États-Unis, en Louisiane spécialement, où l'on avait hérité la fierté des défricheurs, les hommes d'affaires étaient considérés à proportion de leur réussite et du volume d'argent brassé, comme autrefois les planteurs l'étaient à proportion du nombre de leurs esclaves.

– Nous n'avons pas les mêmes critères que la vieille Europe. Il n'est point ici de chance honteuse à saisir. Nous autres, descendants des aristocrates pionniers, sommes les derniers à considérer qu'il n'y a de profits honorables que ceux fournis par la terre. Charles, par exemple, héritier à la fois des Trégan, des Vigors et des Damvilliers, saura faire sa fortune sans le secours du coton ou de la canne!

– Vous pensez peut-être que c'est un peu dommage, non?

– Je le pense, mais j'ai tort. Le Vieux Sud, comme Troie, a été détruit et ce sont les hommes comme Charles qui rebâtiront sur ses ruines. Ils entreront en concurrence avec les Yankees, qui, eux, attendent tout de l'industrie, du commerce, de la banque et, comme ce M. Rockefeller, du pétrole!

Avant de quitter La Nouvelle-Orléans et de regagner Bagatelle, via Bayou Sara, par le train, Castel-Brajac tint à envoyer à sa mère un télégramme intercontinental pour lui annoncer son arrivée en fin d'année.

Depuis la mise en service du câble transatlantique dont la pose, commencée en 1866, avait été achevée grâce au *Great Eastern*, on pouvait envoyer des messages télégraphiques d'un continent à l'autre.

Tampleton, comme beaucoup d'Américains, ne laissait jamais passer l'occasion de commenter la triste destinée du plus grand paquebot transatlantique construit par les Anglais, dont on reconnaissait aussi qu'il constituait « l'échec le plus retentissant de toute la construction navale ».

Ce léviathan, qui devait révolutionner le transport maritime intercontinental, avec son système de propulsion à hélices ajouté à celui par roues à aubes et dont les aménagements intérieurs dépassaient, par le luxe et le confort, tout ce qu'on pouvait imaginer, s'était révélé en effet un outil inexploitable.

Avec ses 210 mètres de long et ses 25 mètres de large, ce monstre de 22 500 tonnes, qui consommait trois cents tonneaux de charbon par jour et filait ses 14 nœuds, faillit périr lors de son troisième voyage. La tige du gouvernail s'étant rompue, le bateau devint le jouet des vagues. Les rayons des roues à aubes furent arrachés et cinq des vingt embarcations de sauvetage furent emportées par la mer.

– 25 millions gaspillés, disait le général, auquel cette déconvenue anglaise n'était pas pour déplaire.

– Cependant, c'est lui que M. Victor Hugo a chanté, souvenez-vous :

... Le siècle a vu, sur la Tamise
Croître un monstre, à qui l'eau sans bornes fut promise,
Et qui longtemps, Babel des mers, eut Londres entier
Levant les yeux dans l'ombre au pied de son chantier.

– Tout le monde sait qu'aux chantiers de Milwall la construction du navire de M. Isambard Kingdon Brunel fit grosse impression, mais à partir du lancement, en janvier 1858, on commença à déchanter.

– Pas Victor Hugo, en tout cas, monsieur Tampleton, il disait encore :

Les flots se le passaient comme des piédestaux
Où, calme, ondulerait un triomphal colosse;
L'abîme s'abrégeait sous sa lourdeur véloce.

– Ce ne sont pas les meilleurs vers de votre poète national, ironisa Tampleton. Quand on renonça à confier au *Great Eastern* mille vies humaines et qu'on le transforma en poseur de câbles sous-marins, ce fut une sage décision. Et pour cela M. Victor Hugo n'a pas trouvé de rimes!

Chez les Pritchard, où Gustave de Castel-Brajac prit quelques dîners les soirs où Tampleton se rendait au Boston Club, le Gascon était fort apprécié. Il aimait bavarder avec Gloria, dont il connaissait le penchant pour Charles. La jeune fille, contrairement à bon nombre d'amoureuses, qui ont toujours le prénom de l'être aimé à la bouche, soit pour vanter ses rares mérites, soit pour inciter leurs interlocuteurs à chanter les louanges de l'absent, était très capable de parler musique, littérature ou botanique, comme si personne n'occupait ses pensées. Quelquefois, Gustave se mettait au piano et jouait pour elle et ses parents une série de préludes de Chopin ou l'adagio du *Concerto n° 1* de Brahms, qu'elle aimait particulièrement.

Sous des dehors primesautiers et au-delà des préoccupations futiles propres à toutes les jeunes héritières créoles qu'une domesticité dévouée servait princièrement et que des parents fortunés déchargeaient de tous soucis matériels, Gloria, mûrie plus qu'il ne paraissait par les deuils familiaux, s'intéressait discrètement à beaucoup de choses. Sa bibliothèque révélait notamment un goût certain pour l'Histoire et les aventures des grands mystiques.

Gustave avait de la sympathie pour Gloria Pritchard. Sachant Charles volage et toujours entiché d'un nouveau jupon, en même temps que lié sentimentalement par l'amour impossible qu'il portait à sa demi-sœur, le Gascon augurait mal d'un flirt que la jeune fille prendrait peut-être pour un engagement. Gloria, sereine et enjouée, lui paraissait vulnérable et offerte aux tourments du cœur. Quand, de retour à Bagatelle, il aborda franchement ce sujet avec Charles, ce dernier se mit à rire.

– Je vais te rassurer, mon bon Gustave, Gloria n'est pas du tout celle que tu imagines. C'est une femme très avertie des choses de l'amour. Elle a fait moins de manières qu'une soubrette pour m'ouvrir sa chambre. Seule la crainte de peiner son père la retient de me garder jusqu'au matin dans son lit quand je loge chez les Pritchard, car elle n'a pas grand respect pour sa mère, qui fit, paraît-il, porter de gigantesques cornes à son mari !

– Eh bien ! Elle trompe son monde, cette petite !... N'empêche que si tu n'as pas l'intention de l'épouser, tu devrais le lui dire.

– Mais c'est une jeune fille moderne, mon vieux ! Les créoles ont l'amour dans le sang et tu sais bien que je ne parle jamais mariage. Aucune femme ne peut se vanter de m'avoir entendu prononcer le « je t'aime » niais que l'on croit nécessaire aux conquêtes. Je propose un jeu agréable, de la tendresse, de joyeux ébats, mais jamais je ne fais de graves promesses. Je suis loyal comme un règlement de club ! Vous voulez jouer? On joue. Si vous tenez à accompagner ça de grands sentiments, de serments, d'anneaux échangés, de jalousies et même d'obligations épistolaires ou de visites, je ne joue pas. En échange, je ne demande ni fidélité ni patience. De la même façon que je suis pour le vote des femmes, je suis pour qu'elles aient la libre disposition de leur corps ! Voilà ! Il suffit qu'un homme et une femme se plaisent, se trouvent bien ensemble et s'accordent pour valser, rire et... le reste. Ma mère est comme toi, elle voit le mariage partout !

– Bon, bon, dit Castel-Brajac, si tu amènes les jeunes filles à partager ton point de vue, c'est parfait !

– Mais toi, vieux cochon, fais-tu autrement?

– Je ne touche pas aux jeunes filles. Elles ont une fragilité que tu veux méconnaître. Il y a assez de veuves et de femmes qui s'ennuient dans le pays pour qu'on n'aille pas moissonner des virginités ingorantes !

– Hou là ! hou là ! Mousquetaire, je t'ai connu moins scrupuleux avec les Parisiennes. Et, dis-moi, n'as-tu connu que des nuits solitaires à La Nouvelle-Orléans?

– Pas du tout. J'ai même une maîtresse attitrée, femme de banquier en fuite. Elle est grasse, blanche et parfumée, dispose d'une bonne cuisinière et d'un patio frais. Je lui rends d'hygiéniques visites. Elle me joue de la mandoline... avant, je lui joue du piano... après. Comme elle est très soucieuse de sa réputation, nous dînons « at home » et nous nous saluons au théâtre et dans les salons comme de simples connaissances.

– Je n'aime que la chair fraîche, mon vieux !

– J'imagine qu'il en est de même pour Clara Redburn et Nancy Tampleton que pour Gloria Pritchard.

– Rien à faire avec Mlle Tampleton avant le mariage... J'ai renoncé. Mais la petite Clara, un vrai tourbillon... Elle griffe, elle mord, elle crie, une insatiable qui veut l'amour pour l'amour... Un autre me remplacerait entre deux assauts, qu'elle ne s'en apercevrait même pas! Voilà une petite femme séduisante mais sans histoire... Elle m'a dit qu'elle ne se souvenait même plus où et comment elle avait envoyé pour la première fois son bonnet par-dessus les moulins!

– Je serais à ta place, je ne me fierais pas à ses allures de femme libre... Que veux-tu, Clara me fait penser à une panthère noire...

– Eh, eh! Ce n'est pas toujours désagréable!

Si Gustave de Castel-Brajac recevait sans restriction les confidences de Charles de Vigors, Virginie, qui voyait papillonner son fils, ne connaissait de la vie amoureuse de celui-ci que ce qu'il voulait bien lui en dire. Nadia Redburn comme Isabelle Tampleton avaient bien tenté, séparément bien sûr, de sonder leur amie sur les intentions de l'avocat, mais la dame de Bagatelle riait malicieusement de la sollicitude de ces mères soucieuses de caser leurs filles.

– Je lâche mon coq, surveillez vos poules, disait-elle allègrement.

Et les dames s'en retournaient avec le sentiment que l'éducation parisienne de Charles n'avait peut-être pas préparé le garçon au mariage précoce.

– Peut-être a-t-il laissé à Paris quelque héritière que nous verrons débarquer un de ces jours, pensait Mme Redburn.

– Je me demande si ce garçon n'a pas un fil à la patte... Il est toujours fourré à La Nouvelle-Orléans, s'inquiétait Mme Tampleton.

Les pères, auxquels on se gardait bien de parler de ces perspectives en trompe l'œil, appréciaient Charles de Vigors pour ses compétences juridiques, sa stratégie au whist et son audace au poker. Percy Tampleton, dont l'irascibilité s'accentuait avec l'âge, trouvait ses filles trop gourdes pour épouser qui que ce soit. Léonce Redburn craignait les remarques insolentes de Clara, dont il lisait le mépris qu'elle portait à son géniteur dans les regards indifférents qu'elle posait sur lui et sur tous les êtres insignifiants.

Grâce aux travailleurs envoyés par Brent à Bagatelle, la cueillette du coton put commencer au bon moment. Elle fut relativement abondante comme dans toute la Louisiane, qui produisit cette saison-là 2 550 000 balles. A 100 dollars la balle – Le middling atteignit 32 cents la livre – les planteurs qui avaient pu conserver de la main-d'œuvre firent quelques profits. On était loin, bien sûr, des bénéfices d'avant-guerre, mais on put payer les gages des ouvriers et, en leur proposant quelques avantages, renouveler les contrats. A 20 dollars par mois, ils s'engagèrent à Bagatelle où Charles de Vigors avait suggéré de créer un « commissary », magasin de produits alimentaires accessible aux seuls ouvriers, employés et domestiques de la plantation. Grâce à un système de jetons marqués aux chiffres de Bagatelle et que l'on comptait, au lieu de la monnaie officielle, aux Noirs qui demandaient des avances sur leur salaire, les gens pouvaient s'approvisionner en porc salé, boissons non alcoolisées, tabac à chiquer, sucre, café, maïs et patates, ainsi qu'en ustensiles de première nécessité. Ces jetons n'avaient cours nulle part ailleurs que sur la plantation et les boutiquiers des villages ne les acceptaient pas. Ce système empêchait les Noirs de dilapider leurs avances sur gages en whisky ou en bière ou de toute autre façon. Les « commissaries » ayant tendance à se généraliser sur les plantations de quelque importance, il se trouva des reporters envoyés par les journaux du Nord pour écrire que les anciens esclavagistes payaient aujourd'hui les malheureux Noirs en fausse monnaie. Ces attaques calomnieuses contre les planteurs n'amélioraient guère les relations entre les anciens Confédérés et les unionistes. Alors qu'un grand nombre de Sudistes réalistes et loyaux acceptaient, peu à peu, l'inévitable évolution des mœurs et s'habituaient à payer et à traiter les Noirs comme les règlements du travail des affranchis l'exigeaient, les maladresses des intellectuels du Nord ou des gens qui se prenaient pour tels ravivaient les blessures d'amour-propre. Ainsi, quand au mois d'août on avait appris la mort, à Washington, de Thaddeus Stevens, leader des républicains radicaux, âgé de soixante-seize ans, personne dans les plantations n'avait émis le moindre regret.

Cet homme, qui détestait la société sudiste, fut même moqué *post-mortem*, quand on sut qu'il avait tenu à être inhumé au milieu des Noirs dans le cimetière de Lancaster, en Pennsylvanie. Il avait rédigé lui-même une épitaphe, qui fut aussitôt gravée sur sa tombe : *I have chosen this that I might illustrate in my death the principles which I advocated through a long life : Equality of Man Before His Creator* [1].

– Il y a ainsi des gens, dit Tampleton, qui trahissent tout, y compris leur race !

– Et d'autres qui proposent qu'on offre des médailles aux veuves des assassins, renchérit Virginie.

– Que voulez-vous dire? demanda Charles.

– Voyons, rappelez-vous, l'an dernier, M. Victor Hugo a envoyé sa participation pour offrir une médaille à la veuve de John Brown !

– Je m'en souviens, coupa Castel-Brajac. Dans une lettre expédiée de l'exil de Jersey, le grand homme écrivait : *Une médaille à Lincoln appelle une médaille à John Brown. Acquittons cette dette avant que l'Amérique acquitte la sienne. L'Amérique doit à John Brown une statue aussi haute que celle de Washington. Washington a fondé la République, John Brown a promulgué la liberté.*

– Il avait déjà envoyé en 1864 à la commission sanitaire du Nord un dessin qu'il avait fait de la maison occupée à Passy par

1. « J'ai choisi ceci afin de pouvoir illustrer dans ma mort les principes que j'ai soutenus au cours d'une longue vie : l'égalité de l'homme devant son Créateur. »

Franklin pendant son séjour à Paris, et qui fut vendu fort cher au bénéfice des blessés yankees!

Quand, le 5 novembre 1868, Gustave de Castel-Brajac s'embarqua à La Nouvelle-Orléans sur un paquebot de la « Liverpool Southern Company » pour aller en France rendre à sa mère la visite promise, on savait déjà, depuis quarante-huit heures, que le général Ulysses Grant avait été élu dix-huitième président des États-Unis.

Les électeurs lui avaient accordé 3 013 421 voix dont, estimait-on, celles de 500 000 Noirs, alors que Seymour ne recueillait que 2 706 829 suffrages populaires. La victoire du candidat républicain était encore plus nette au niveau des grands électeurs : 214 votes contre 80 à Seymour. Seules la Louisiane et la Géorgie avaient pu réunir une majorité hostile au vainqueur d'Appomatox.

Tampleton essaya de convaincre ses amis, déçus par un scrutin qui confirmait le pouvoir des radicaux dans le Sud, de l'honnêteté foncière de Grant et du respect qu'il ne manquerait pas de manifester aux vétérans de l'armée confédérée, mais il n'obtint pas beaucoup d'approbation hormis celle de Dandrige. Son frère Percy pesta une fois de plus contre « les traîneurs de sabre » qui se mêlaient de gouverner et souhaita que les politiciens fassent souffrir Grant, comme ils avaient malmené Johnson.

Ce dernier, au matin de Noël, eut un geste spectaculaire, de nature à faire regretter son départ : il proclama une amnistie générale et un pardon inconditionnel pour tous ceux qui avaient été accusés de trahison pendant la guerre civile.

– Mon pauvre Walter ne peut, hélas! être ressuscité, commenta Nadia Redburn.

Les fêtes de fin d'année furent marquées cette année-là à Sainte-Marie par un événement qui eut des répercussions à Bagatelle.

Brent, qui se chargeait toujours des commissions et rendait, dans la mesure de son autorité au Bureau des affranchis, les services que sollicitait Dandrige, vint transmettre à l'intendant une invitation en bonne et due forme de Mlle Ivy Barnett, l'institutrice. Il s'agissait d'une petite fête que l'école noire entendait donner aux parents des élèves et à leurs amis. Après avoir évalué l'embarras que pourrait causer à Clarence Dandrige une telle demande, la jeune femme s'était décidée à la formuler, sur le conseil du docteur Finks. Ce dernier avait promis de se rendre à la sauterie en compagnie du docteur Murphy.

– A cette fête on ne verra que des nègres, des radicaux et des *carpetbaggers*... Vous n'irez pas, Clarence? interrogea Virginie sur le ton de l'affirmation.

– Je crois que je vais m'y rendre, Virginie! Nous allions bien autrefois aux fêtes de nos esclaves quand ils nous conviaient. Pourquoi négliger aujourd'hui l'invitation de leurs enfants... – libres?

Au début de l'après-midi du 23 décembre, Dandrige fit donc atteler le buggy. Il arborait sa meilleure redingote et le chapeau que Mme de Vigors lui avait rapporté trois ans plus tôt de La Nouvelle-

Orléans. Il emportait un gros sac de pralines aux noix de pécan confectionnées sur sa demande par Anna pour les élèves de la belle Ivry, au nombre desquels figuraient d'ailleurs les petits-enfants de la cuisinière. Son arrivée à l'école de Sainte-Marie fit sensation. L'unique salle de classe avait été décorée de guirlandes, de lanternes en papier ouvragées par des élèves, et sur le tableau noir Mlle Barnett avait tracé à la craie, en grandes lettres, d'une écriture ferme et ronde : *Merry Christmas* et *Joyeux Noël.* L'institutrice, radieuse, vint au-devant de l'intendant.

– Quel plaisir vous me faites! dit-elle. Je sais qu'il faut aujourd'hui du courage aux anciens maîtres pour rendre visite à leurs anciens esclaves.

– Pierre-Adrien était mon filleul, Ivy, et je pense qu'il serait venu à votre fête. C'est pourquoi je suis là.

La jeune femme conduisit Dandrige au premier rang où se trouvaient déjà assis le docteur Murphy, son jeune confrère Horace Finks et un grand rouquin, aux mains puissantes et velues, qu'on lui présenta comme étant le délégué du commissaire du Bureau des affranchis : M. Oliver Oscar Oswald.

– Nous l'appelons « Triple Zéro », dit Murphy, qui aimait à donner aux gens des sobriquets à la mode acadienne.

Dandrige observa l'homme, qui riait bruyamment en bavardant avec le shérif, le juge et le maire, tous trois élus républicains qui se devaient d'être présents. Il trouva au délégué une bonne tête de Yankee hâbleur, bagarreur, sûr de lui et rusé comme un paysan irlandais. Quand « Triple Zéro » se tourna de son côté, il eut le sentiment que l'homme cherchait à entrer dans ses bonnes grâces.

– Il y a bien longtemps, dit-il, que je souhaitais vous rencontrer, monsieur Dandrige, car Bagatelle est, on peut le dire, la plus belle plantation de la paroisse. Et puis j'ai été présenté à Mme de Vigors alors que je n'avais pas encore de fonctions officielles. C'était sur un bateau qui se rendait à La Nouvelle-Orléans. J'ai connu aussi ce jour-là le général Tampleton..., qui, soit dit entre nous, aurait dû être invité. Un général dans une fête, ça fait toujours bien, pas vrai?

M. Oswald rit très fort, puis il enchaîna :

– Comment s'organise votre élevage maintenant que cet incendie a bien à propos nettoyé le terrain de ces vieilles baraques... et aussi fait déménager quelques nègres malades et beaucoup d'autres nègres paresseux?

– Cet incendie, monsieur Oswald, répliqua l'intendant en fixant le Yankee, ne s'est pas allumé tout seul et j'aurais volontiers fait rechercher le ou les coupables si je ne m'étais pas dit qu'après tout la disparition du village d'esclaves de Bagatelle était une bonne chose. Ces cases rappelaient aux nègres trop de souvenirs de leur servitude et l'on continuait à dire en parlant de ces maisons : le village des esclaves, ce qui choquait les voyageurs venus du Nord... Vous-même peut-être, monsieur Oswald?

– Rien de ce qui touche les nègres ne peut me choquer, monsieur Dandrige..., et je vous dirai même que je comprends de mieux en mieux les gens du Sud. Les nègres sont tout juste bons par leurs bras, monsieur. Il faut les faire travailler aux champs, aux chemins de fer, aux usines, dans les mines. Mais, comme ils sont aussi naturellement paresseux, il est nécessaire de les encadrer sérieusement et d'être assez ferme quand ils se conduisent mal, car le raisonnement, hein, n'est pas leur fort!

– Nous autres Sudistes, anciens esclavagistes, nous gardons bien de généraliser, monsieur le délégué. Ainsi Brent qui naquit esclave à Bagatelle est pour vous, m'a-t-on dit, un excellent auxiliaire.

– Oh! mais ce n'est pas un nègre ordinaire. Savez-vous qu'il sait mieux l'orthographe que moi, le bougre! A Bagatelle, vous lui avez fait une vie dorée... Moi, je n'ai jamais mis les pieds en Europe, je ne connais pas Paris. Brent, c'est comme qui dirait un Blanc qui a la peau noire.

– Ce qu'a appris Brent, d'autres peuvent l'apprendre et les enfants que nous accueillons ici feront dans quelques années de bons secrétaires et, qui sait, des médecins, des avocats, des professeurs...

– Vous croyez ça, fit Oswald, dubitatif, vous croyez qu'ils pourraient un jour prendre les places des Blancs?

– La nouvelle Constitution ne fait pas mention de places réservées aux Blancs et de places abandonnées aux Noirs, n'est-ce pas? Les places devraient plus tard revenir aux meilleurs, aux plus compétents, sans distinction de couleur.

– Mais enfin, dit le rouquin en s'animant, vous savez bien, en aristocrate de la vieille école, que ces histoires d'égalité des races sont des extravagances... La nature n'est pas pour l'égalité. J'ai même lu quelque part qu'un Français, un certain Gerdy, je crois, dit : « L'égalité n'existe ni chez les animaux ni chez les végétaux! »

– Je vous concède, dit Dandrige, que pour nos affranchis égalité est encore synonyme d'envie, mais dans une génération il n'y paraîtra plus. Il faut leur laisser le temps de comprendre que l'égalité des droits suppose aussi celle des devoirs et que, blanc ou noir, l'homme n'obtient rien sans efforts.

– Tout ça, c'est de la philosophie, monsieur l'Intendant... D'ailleurs, ces nègres ne sont même pas capables d'être à l'heure, ils devaient commencer à trois heures... et il va être quatre heures, fit le rouquin après un coup d'œil à sa montre.

Clarence Dandrige avait eu le temps de voir le bijou.

– C'est une bien belle montre que vous avez là. Puis-je la voir de plus près?

La phrase de l'intendant lui en rappela une, identique, prononcée par Mme de Vigors. Malgré son inquiétude, il dégrafa le mousqueton de sa chaîne et tendit l'objet à Clarence.

Après un vague coup d'œil jeté au cadran, ce dernier fit jouer le mécanisme d'ouverture du boîtier et lut les initiales *R.R.R.* qu'il s'attendait d'ailleurs à y trouver. Quand il releva la tête et se retourna vers le délégué du Bureau des affranchis, son regard vert reflétait une sorte de férocité, et, sous la peau fine des joues, les muscles maxillaires noués étaient pareils à ceux du fauve prêt à mordre. Oswald sentit la sueur lui sourdre des tempes. Jamais aucun homme ne l'avait fixé ainsi.

– Pouvez-vous me dire comment cette montre est venue entre vos mains? souffla Dandrige.

– C'est moi qui l'ai offerte à M. Oswald, Clarence, dit rapidement dans le dos des deux hommes une voix à la fois mélodieuse et nette.

Absorbés par leur conversation, aucun des deux hommes n'avait vu entrer dans la salle Mme de Vigors, dont l'arrivée avait cependant été saluée chez les Noirs de l'assistance par un murmure d'étonnement. Tous les hommes assis au premier rang s'étaient levés. Murphy fut le seul à traduire la surprise de tous :

– Eh bien! on peut dire qu'il y a quelque chose de changé dans le Vieux Sud, mes amis!

Sur les talons de Virginie, on vit s'approcher Charles de Vigors, toujours souriant et aussi à l'aise dans cette salle de classe assez misérable que dans les travées de la Comédie-Française. Sa mère l'avait décidé à l'accompagner, soutenant qu'il était bon qu'il se montrât pour prouver aux Noirs, maintenant électeurs, que M. de Vigors, qu'on verrait peut-être un jour briguer quelque mandat politique, ne méprisait pas leurs enfants.

Les présentations empêchèrent Dandrige de demander à Virginie les explications qu'il souhaitait entendre. Oswald, enchanté du remue-ménage provoqué par l'apparition de la dame de Bagatelle, céda sa place à celle-ci près de l'intendant et s'en fut s'asseoir à l'autre bout du rang. Quant à Ivy, elle était si émue de voir l'ancienne et inaccessible maîtresse dans « son » école qu'elle fit à Mme de Vigors une profonde révérence.

– Comme tu es belle, Ivy, c'est du théâtre que tu devrais faire, pas de l'enseignement...

Puis, avec un rien de condescendance :

– Les enfants de Brent m'ont dit que tu leur donnes à copier le nom de Bagatelle pour apprendre à former leurs lettres, est-ce vrai?

– C'est le premier mot que j'ai su lire et écrire, madame, et c'est M. Pierre-Adrien qui me l'avait donné pour modèle, fit l'institutrice fièrement.

– Eh bien! voyons ce que savent faire tes élèves, Ivy, coupa Mme de Vigors en contenant son émotion.

A l'appel de l'institutrice, une vingtaine d'enfants se rassemblèrent en arc de cercle sur la petite estrade. Tous avaient fait toilette et, intimidés autant par la présence de Blancs au premier rang que par celle de leurs parents, ils se dandinaient mains au dos, s'appliquant à se tenir bien droits comme Mlle Ivy le leur avait recommandé. Ils échangeaient de furtifs regards inquiets, chacun s'efforçant, les yeux écarquillés, de repérer sa mère parmi les dames, qui, pour l'occasion, arboraient des chapeaux abondamment garnis de fruits et de fleurs. Ces femmes avaient savonné leurs garçons et leurs filles jusqu'à leur rendre la peau luisante comme ces meubles d'acajou qu'elles avaient longtemps encaustiqués dans les plantations. Elles les avaient ensuite peignés et parés au mieux. On ne voyait que collerettes empesées, cravates jaunes à pois, robes roses ou vert tendre cerclées de volants ondoyants. Beaucoup de pères avaient sacrifié quelques piastres pour chausser leurs rejetons de souliers neufs, trop grands d'au moins une pointure, afin qu'ils tiennent deux saisons. C'est pourquoi l'entrée de la charmante chorale s'était effectuée dans un concert de crissements dus aux semelles qu'un trop bref usage n'avait pas encore assouplies.

Sur un signe de Mlle Barnett, le silence se fit et les enfants entonnèrent : *L'Opossum sur une souche d'eucalyptus*, vieille chanson d'esclave dont Ira Aldridge, du Grove Theatre de New York, mort en 1867, avait fait une rengaine célèbre :

L'opossum y rampe tout lentement
Le raton laveur y bouge pas
Le tire par sa longue queue
Et l'opossum dégringole.

Jin Kum, jan kum beaugash,
Tords-le par sa longue queue,
Oh! le pauvre opossum.
Oh! le rusé raton!

On applaudit les voix claires chaleureusement et les parents tirèrent vanité du fait que les Blancs, la dame de Bagatelle, notamment, et son fils l'avocat, se montrèrent les plus enthousiastes. Dans le plaisir de Charles entrait aussi l'emballement qu'il ressentait pour la belle institutrice dont la croupe haute et ferme avait, tandis qu'elle battait la mesure, des ondulations qu'il était le seul à croire lascives.

– Un fameux morceau, mère, cette demoiselle noire. On dit que c'est une ancienne esclave de Bagatelle, vous eussiez été bien inspirée de la garder à votre service! Je lui dirais volontiers deux mots!

– Vous ne feriez qu'imiter votre demi-frère Damvilliers, mort à quinze ans. Ce précoce garçon l'avait comme tisanière... Dandrige soutient qu'il ne faisait que lui apprendre à lire, mais j'espère qu'elle lui avait enseigné d'autres jeux!

– On dit que l'enseignement est une vocation!

Déjà les enfants se préparaient à interpréter *Je vais en Alabama*, une autre chanson où les syllabes étaient chantées sur plusieurs notes et dont chaque vers se terminait par une exclamation à laquelle garçonnets et fillettes mettaient beaucoup d'entrain :

Je vais en Alabama, Oh!
Pour voir ma maman, Ah!
Elle venait de la vieille Virginie, Oh!
Et j'étais son gamin, Ah!
Elle habite sur le Tombigbee, Oh!
Je voudrais qu'elle soit avec moi, Ah!

Maintenant je suis un bon grand nègre, Oh!
Je crois pas que je grandirai encore, Ah!
Mais je voudrais revoir ma maman, Oh!
Qui habite en Alabama, Ah!

Après deux autres comptines et une fable de La Fontaine mise en musique, dans laquelle Charles découvrit que les Américains avaient fait du simple fromage tenu par le corbeau « un fromage glacé », Mlle Barnett, chaudement félicitée, convia les invités à déguster les gâteaux cuits par les mamans de ses élèves et les tasses de chocolat préparées par la cuisinière du docteur Murphy.

Les enfants de Rosa et de Brent vinrent embrasser Mme de Vigors qui, laissant Charles en conversation avec le docteur Finks, décida de rentrer dans le buggy de Dandrige. Dès qu'ils furent seuls, l'intendant posa la question qui lui brûlait les lèvres depuis deux heures :

– Pourquoi avez-vous donné cette montre à cet homme qui m'a tout l'air d'un aventurier, s'il vous plaît?

– En fait, je ne la lui ai pas donnée..., il l'a volée.

– Et vous acceptez ça?

Virginie, avec beaucoup d'humilité, se lança dans le récit détaillé du vol commis à bord du *Prince-du-Delta* et des circonstances de l'incendie qui avait ravagé le village des esclaves à Bagatelle. Quand Dandrige la tenait sous son regard de jade, elle ne pouvait garder aucun secret, fût-il honteux. Elle ne le pouvait ni ne le souhaitait, sachant que leur étrange amour ne se nourrissait que de vérité.

Quand elle eut achevé, Clarence resta silencieux un long moment. Il mit la jument au pas, tenant mollement les rênes de ses mains gantées. Virginie, emmitouflée dans une écharpe de petit-gris, car la température hivernale justifiait cette parure élégante, observait l'Unique, attendant la sentence.

Enfin il parla :

– Pourquoi vous êtes-vous chargée, Virginie, de la liquidation du village des esclaves? C'était une décision qui me revenait, une décision d'homme. Ces nègres, bien sûr, ne l'auraient pas évacué aisément, mais si quelqu'un devait se compromettre, prendre le risque d'une intervention violente, c'était moi, pas vous!

– C'est justement parce que je ne voulais pas que vous ayez à vous contraindre à un geste qu'au fond de vous-même vous ne souhaitiez pas accomplir que je suis intervenue pendant votre absence. Vous aviez parlé de péché nécessaire. Je l'ai pris à mon compte, c'est tout!... Il faut bien que moi aussi je fasse quelque chose pour vous!

– J'ai bien compris les choses ainsi, Virginie, mais, maintenant, nous voilà à la merci de cet homme qui, de plus, est devenu notre voisin puisqu'il a acheté la plantation O'Neil.

– Je n'ai jamais été à la merci de personne, Clarence, vous le savez bien; Triple Zéro filera doux, croyez-moi. J'en sais assez sur son compte pour le faire pendre quand il m'en prendra fantaisie... Je crois d'ailleurs que ce n'est pas un mauvais bougre. Il a compris que, dans cette paroisse, l'appui des radicaux et des nègres ne lui suffirait pas pour arriver à quelque chose!

– Il veut être sénateur, dit-on.

– C'est Charles qui sera sénateur, Clarence. Nous laisserons à Triple Zéro un fauteuil dans la chambre basse... s'il se conduit bien.

5

Gustave de Castel-Brajac réapparut à Bagatelle à la fin du mois de mars 1869, alors qu'à Washington le général Ulysses Grant venait de prendre officiellement possession de la Maison-Blanche et mettait en place son administration. A quarante-six ans, c'était le plus jeune président jamais élu par les Américains. Il confessait d'ailleurs son manque de familiarité avec la politique en disant à qui voulait l'entendre : « Le pouvoir m'est tombé dessus sans que je l'aie cherché; je commence à en assumer la charge sans entraves. » Dans les Etats ex-sécessionnistes, on avait, un moment, espéré qu'au bout d'une période de quatre années d'incertitude, puis de brimades politiques et économiques, allait enfin s'ouvrir l'ère de la réconciliation Nord-Sud à travers une Reconstruction loyale et équitable. On déchanta en découvrant que le nouveau président, militaire glorieux, maintenant porté à la magistrature suprême de la Fédération, paraissait un peu grisé par une aussi complète réussite. Les courtisans les plus flatteurs enlevèrent les postes à responsabilité. C'étaient, hélas! des ambitieux, étrangers à la chose publique et bien souvent dénués de moralité. Seul le secrétaire d'Etat, Hamilton Fish, paraissait digne de confiance et d'estime. Quand, au mois de janvier, le Congrès avait adopté le XVe amendement à la Constitution, assurant le droit de vote à tous les Noirs de sexe masculin, et décidé que seuls seraient définitivement réintégrés dans l'Union les Etats qui ratifieraient ce nouvel article, les Sudistes avaient fait grise mine.

– Ainsi dit Tampleton, quand il plaira aux gens du Nord de nous faire avaler une nouvelle couleuvre, ils décideront à la majorité des deux tiers que nous ne sommes pas vraiment des citoyens estimables, tant que nous n'aurons pas accepté encore ceci ou encore cela!

– Voir sans cesse remettre en cause l'appartenance à l'Union des Etats du Sud a, en effet, quelque chose de vexatoire, concédait Dandrige.

– Jamais nous ne retrouverons notre autonomie interne tant que les troupes fédérales occuperont nos villes, renchérit Charles. Désormais, il faut admettre que tous les moyens sont bons contre les arrogants du Nord.

– Bravo! Charles, s'exclama Virginie, il est temps que tu t'engages dans la politique!

Tombant dans cette nouvelle période d'exaspération, Gustave de Castel-Brajac apporta une heureuse diversion. Pendant une bonne semaine, le Gascon se montra intarissable. Il racontait la décadence du Second Empire comme s'il se fût agi du déclin de l'Empire romain. Car, après un séjour dans son Gers natal, au cours duquel il avait vainement tenté de décider sa mère à le suivre en Louisiane, le Gascon s'était offert quelques semaines de vie parisienne.

– Croyez-moi, disait le conteur, l'Empire est comme un vêtement usé dont toutes les coutures craquent. La fin du règne de Badinguet approche. Je l'ai rencontré au Bois, bouffi de mauvaise graisse, la peau fanée, la moustache terne... Personne ne l'acclame. Il persécute les républicains sans parvenir à les faire taire, mais les fonctionnaires commencent à se montrer moins intransigeants envers les gens de l'opposition. C'est un signe qui ne trompe pas. Le régime a vécu et M. Victor Hugo, le proscrit de Guernesey, n'attend que l'occasion favorable pour faire la traversée sur le dos de la République... C'est peut-être bien le marquis de Rochefort-Lucey, plus connu comme journaliste sous le nom de Henri de Rochefort, qui a le mieux résumé la situation dans *La Lanterne* par une formule lapidaire et qui fait florès : *La France compte trente-six millions de sujets sans compter les sujets de mécontentement.*

Tout le monde s'esclaffa.

– Mais Paris, interrogeait Charles, les cafés, les théâtres, les plaisirs n'ont pas changé?

Castel-Brajac se faisait alors le barde de la plus éblouissante ville du monde.

– Ah! Dieu merci, non! Jamais la capitale n'a été aussi belle. On construit, sur de nouveaux lotissements, de jolis hôtels, on dessine des squares, on perce des boulevards et des promenades, on plante des arbres, on dresse des fontaines. Dans les beaux quartiers, c'est un luxe inouï et, tudieu! que les femmes sont belles depuis que M. Worth les oblige à réduire l'ampleur de leurs robes à crinolines! Savez-vous que cet Anglais, dont on ignore les tarifs, mais que consultent l'impératrice, la princesse de Metternich et la comtesse Walewska, a un concurrent? Un certain Maugas qui, pour trois robes, a demandé à la duchesse de Persigny la somme fabuleuse de 3 050 francs-or!

– A-t-elle payé? demanda Virginie.

– Non, madame, elle a fait un procès très parisien, au cours duquel l'avocat du couturier a révélé que de tels « honoraires » n'étaient pas exagérés puisqu'une reine et une impératrice avaient dépensé l'une 3 400 F pour une simple robe de soirée et l'autre 38 000 pour une robe de cour.

– Et au théâtre, qu'as-tu vu? interrogeait Charles, l'œil brillant, la lèvre gourmande.

– Juste avant d'embarquer pour venir vous retrouver, j'ai assisté, le 3 mars, à l'Opéra, à la reprise du *Faust* de Gounod avec

Christine Nilsson dans le rôle de Marguerite, Colin dans celui de Faust et Faure dans celui de Méphisto... On joue à guichet fermé, et cependant une avant-scène coûte douze francs.

– Et sur les boulevards, que joue-t-on?

– Aux Variétés, *La Périchole*, de Meilhac et Halévy, sur une divine musique d'Offenbach. Au Gymnase, *Les Idées de Madame Aubray*, de M. Alexandre Dumas fils, et j'ai vu aux Menus-Plaisirs une revue de fin d'année d'une effronterie qui m'interdit d'en commenter les tableaux devant une dame.

Quand Gustave offrit à Mme de Vigors un éventail de Duvelleroy, du passage des Panoramas, enveloppé dans un papier de soie, la mère de Charles respira le léger emballage.

– Ah! Paris a une odeur particulière, tout ce qui en vient est bon à respirer comme la poussière des Champs-Elysées ou le sillage d'une cocotte...

Puis elle ajouta tristement :

– Jamais je ne reverrai ce paradis de la femme élégante...

– Et puis il y a une mode nouvelle : c'est le vélocipède, reprit avec entrain le Gascon. Depuis qu'un type, dont j'ai oublié le nom, a inventé la chaîne de transmission, l'engin à deux roues fait fureur. Quelques femmes audacieuses le chevauchent avec aisance au mépris des lois de l'équilibre. En pédalant, certaines montrent leurs mollets et quand elles tombent de leur monture, ce qui arrive quelquefois, ah! mes amis! quel charmant spectacle! Un vélocipède coûte de 150 à 300 F et, croyez-moi, c'est le cadeau moderne à faire à sa petite amie! En décembre, j'ai vu au théâtre Molière la revue *Paris-Vélocipède*, de Marot et Gobert, où le chœur chantait ce rondeau que tout Paris fredonne :

Le vélocipède est commode,
Il détrônera le cheval.
Comme le bœuf, il est à la mode,
Pour la course il n'a pas d'égal.

Virginie réclamait des détails sur la mode, les soirées mondaines, et Gustave se faisait un plaisir d'en donner, expliquant comment, après la chute de la crinoline, les femmes, passant d'une extrême ampleur à une extrême minceur, parvenaient à se glisser dans des fourreaux de soie collants, qui ne laissaient plus rien ignorer de leurs formes.

– Elles s'émancipent, croyez-moi, elles bousculent les préjugés et même les convenances. On refuse parfois l'entrée des Tuileries aux dames qui se présentent avec des toilettes trop excentriques. Enfin, depuis la guerre du Mexique, certaines élégantes pensent atteindre au raffinement suprême en remplaçant dans leur chevelure les diamants par de gros insectes secs et dorés qu'ont rapportés les soldats du pauvre Maximilien et qu'on nomme paraît-il « cu-cu-jos ».

– Les Parisiennes auront toujours des idées qu'aucune femme au monde n'aura et leurs maris accepteront toujours leurs coquetteries.

avec le sourire. Si nous allions dans le Sud nous accoutrer ainsi, on nous montrerait du doigt, soupira Virginie.

En tête à tête, Charles de Vigors avait voulu avoir des nouvelles des deux maîtresses laissées à Paris et auxquelles, depuis longtemps, il avait non seulement cessé d'écrire, mais de penser.

– Eh bien! mon cher, Mme de Grémillon est devenue veuve! Son gros mari a fait une apoplexie alors qu'il dînait aux « Frères Provençaux » avec une jolie vendeuse de chez Dufayel. Cette mort en cabinet particulier a fait un beau scandale et l'homme le plus trompé de Paris a, du coup, paré sa femme de toutes les vertus qu'elle n'a pas! Elle s'est consolée avec un lord, propriétaire de la moitié du Sussex. Elle chasse le renard en attendant d'être présentée à Buckingham!

– Et Fantine? demanda Charles.

– Fantine a failli périr dans l'incendie de sa mansarde. Les pompiers sont arrivés à temps, un surtout, qu'elle a épousé et qui lui a déjà fait un petit pompier. Elle est, m'a dit son ancienne patronne, heureuse d'avoir trouvé un brave garçon qui ne lui a pas fait grief de son passé galant.

– Eh! conclut Charles, je suis bien content d'apprendre que ces dames vont bien et que le sort leur est favorable!

Plus discrètement, Charles s'enquit de Gratianne.

– Toujours classée parmi les plus jolies femmes de Paris, toujours vive, toujours épanouie, toujours heureuse à ce qu'il m'a semblé, répondit Gustave.

– L'as-tu rencontrée? fit impatiemment l'avocat.

– Deux fois, chez Paillard d'abord, où elle dînait avec son mari et deux autres couples gais comme des croque-morts. Au Gymnase ensuite, pendant l'entracte. Chez Paillard, nous n'avons échangé qu'un salut à distance, mais au théâtre nous avons bavardé deux minutes pendant que ton beau-frère se rendait au vestiaire.

– Que t'a-t-elle dit?

– Qu'elle comptait venir voir sa chère maman et son cher demi-frère, une de ces prochaines années, pour Mardi Gras..., mais j'imagine que tu es informé... Elle t'écrit souvent... à ton cabinet de Sainte-Marie, non?

Charles eut un bref signe d'acquiescement et insista :

– Et c'est tout ce qu'elle t'a dit?

– Elle m'a dit de t'embrasser, mon vieux, mais je considère la chose comme faite, d'autant plus que ce baiser à transmettre je ne l'ai pas reçu..., ce que j'ai regretté, car il n'eût peut-être pas été aussi fraternel que monsieur ton beau-frère le croyait! Mais où en es-tu dans tes amours autochtones et multiples? J'aimerais être informé pour ne pas faire de bévue!

– La petite Clara devient de plus en plus exigeante, Nancy Templeton pleure parce que je ne la demande pas en mariage!

– Et Gloria Pritchard?

– Toujours aussi gentille, mais je commence à me lasser de tant de facilité!

– Tu as de nouveaux fers au feu, peut-être?

– Eh, eh! Ça se pourrait... Si tu m'accompagnes dimanche à une chasse au dindon sauvage chez les Dubard du bayou Tèche, peut-être verras-tu une personne qui ne manque pas de charme... et qui a, dit-on, beaucoup d'argent.

La jeune personne à laquelle Charles avait fait allusion répondait au prénom romantique de Liponne. Fille de Louis Dubard, dit « le Fils », grand propriétaire à Vermilionville et dans les paroisses de Lafayette et de Saint-Martinville, elle était aussi la nièce de Paul Dubard, l'ami du général Tampleton à qui Mme de Vigors avait été présentée quelques années plus tôt, sur le *Prince-du-Delta III*. C'était d'ailleurs par Willy Tampleton que Charles avait été mis en relation avec Louis Dubard, lequel recherchait un avocat « qui ne soit pas vendu aux Yankees »!

Depuis que les planteurs capables de payer des impôts, même exorbitants, relançaient leurs exploitations, les fonctionnaires corrompus de l'administration radicale s'ingéniaient à trouver des procédures pour exproprier les Louisianais dont leurs amis *carpetbaggers* convoitaient les terres. C'est ainsi qu'une des dernières méthodes consistait à faire intervenir l'administration des Travaux publics, chargée de prévenir les débordements du Mississippi. La société « Mississippi and Mexican Gulf Canal », dont le directeur était un certain M. Noyès, pouvait exproprier les gens au nom de l'intérêt public qui commandait les travaux de canalisation de certains bayous ou la rectification de certaines berges du fleuve.

Il suffisait d'ailleurs de faire courir le bruit que telle plantation allait être amputée d'une partie de son territoire pour que la valeur de celle-ci dégringole et que son propriétaire se voie contraint de la vendre à bon marché, soit à l'administration, qui aussitôt la rétrocédait à un ami du régime, soit directement à un amateur bien informé. On avait vu brader à 50 000 dollars des domaines qui en valaient 120 000.

Les Dubard, menacés d'expropriation sur une de leurs plantations en bordure du bayou Tèche aux environs de Saint-Martinville, étaient bien décidés à résister. Charles de Vigors et Edward Barthew avaient été chargés de défendre les intérêts de ces Cajuns qui refusaient de s'en laisser conter.

Les Dubard, comme les Mouton ou les Landry, appartenaient à cette catégorie de gens qui avaient longtemps suscité le mépris des grands propriétaires aristocrates. En choisissant son avocat parmi les descendants des « bourbons [1] », Louis Dubard dit « le Fils » s'offrait aussi le plaisir de réduire un noble orgueilleux au rang de salarié. Charles, élevé loin des intrigues et des jalousies locales, ne s'était nullement senti humilié. Louis Dubard lui versait les honoraires qu'il demandait comme tous ses autres clients, dont il se souciait peu de connaître l'origine.

---

1. Riches planteurs appartenant à la noblesse ou à l'aristocratie.

Accueillant et chaleureux, appréciant le robuste appétit de Charles, son goût pour la chasse, sa façon d'être aimable et prévenant avec les femmes de sa maison, le Cajun avait trouvé en son avocat ce qu'il appelait un « bon compagnon » en même temps qu'un très habile procédurier. La menace d'expropriation ayant été détournée par les soins du cabinet Barthew et Vigors, M. Dubard donnait une chasse pour fêter l'événement. Castel-Brajac accepta de s'y rendre, en compagnie de Charles et de Barthew. Les trois hommes, dans le cabriolet à roues caoutchoutées, dernière conquête des carrossiers et que le fils de Virginie venait d'acquérir, effectuèrent en devisant le trajet de Sainte-Marie à Saint-Martinville. Comme Charles s'était montré peu loquace sur cette demoiselle Liponne Dubard à peine évoquée, Gustave voulut en savoir davantage. Ce fut Ed Barthew qui répondit :

– Si notre ami Charles compte sur une conquête facile, il se trompe. Les demoiselles cajuns tiennent à parvenir vierges au mariage. Comme leurs parents, elles sont pratiquantes et je connais bon nombre de familles où chaque matin, sur le coup de cinq heures, toute la maisonnée, y compris les domestiques, se rassemble pour dire le chapelet. Et puis ce sont des gens qui ont hérité des ancêtres pionniers le sens de l'économie. Qu'un godelureau vienne tourner autour des jupons de leurs filles, attiré par la dot, il sera éconduit aussi sûrement que s'il avait tenté de la culbuter dans les maïs.

Quand, au seuil de son habitation – les Cajuns laissaient le terme « plantation » aux aristocrates du bord du Mississippi – M. Dubard vint au-devant de ses hôtes, aucune femme ne se montra. Heureux père de sept garçons et de deux filles, il présenta à ses invités cinq d'entre eux qui logeaient encore sous le toit paternel et l'on se mit en route, sans façon, pour aller prendre les barques qui, par les bayous, conduiraient les chasseurs dans la forêt. M. Dubard portait de vieux vêtements, de fortes chaussures, des jambières de toile grossière. Son chapeau de cuir parut à Castel-Brajac aussi culotté que la bouffarde dont le planteur tirait une fumée piquante comme celle qu'exhale la paille humide. Si le nemrod n'était pas élégant, son fusil anglais lui parut, en revanche, d'un grand prix. Deux mulâtres, auxquels le maître des lieux serra la main sans façon, enlevèrent le bateau au bout des avirons et bientôt, dans le clapotis sec et régulier de la vague, l'esquif s'engagea sous les frondaisons dont les reflets teintaient de vert livide l'eau argileuse du bayou.

– Il y a quelquefois des serpents pendus aux branches, prévint en passant M. Dubard. Le mieux est de ne pas les déranger.

– Sont-ils venimeux? interrogea Gustave, inquiet.

– Tous, plus ou moins, bien sûr, les serpents à sonnettes surtout, et parmi ces derniers le serpent des champs de cannes à sucre...

Les petites tortues couleur anthracite qui, de temps à autre, risquaient au passage des bateaux à font plat une tête hors de l'eau étaient, en revanche, plus inoffensives que les alligators que l'on pouvait confondre, quand ils sommeillaient, la tête reposant mollement dans la vase des berges, avec des troncs pourris.

– Avec Johnny, l'aîné de mes garçons, nous tuons une demi-douzaine d'alligators à la fin du printemps. On fait fondre leur graisse et l'on obtient ainsi une huile souveraine pour les maux de gorge !

Charles, Ed Barthew et Castel-Brajac firent des grimaces identiques pour marquer leur dégoût.

– Ah! bien sûr, reprit « le Fils », ça n'a pas le goût du *mint julep* et quand on transpire, après avoir bu cette huile, on pue comme un putois, mais il n'y a pas meilleur remède.

Rien de ce qui touchait la vie sauvage des bayous, des cyprières et des forêts n'était étranger au Cajun. Tandis que la barque à fond plat glissait sous la chevelure verte des saules, ses invités l'écoutaient parler de ce monde étrange où les eaux, mortes en apparence, comme celles des étangs, se meuvent en fait sournoisement sous l'impulsion de courants indécelables. Des rivières, dont le lit et les berges sont des masses liquides immobiles, traversent les marécages, glissent comme des reptiles entre des îles spongieuses puis se lovent exténuées autour des squelettes des cyprès chauves, agenouillés sur leurs hideuses racines à demi immergées. Ces arbres, que le profane croit morts et à demi pourris, tirent leur nourriture de la vase noyée dans laquelle s'abattent, chaque hiver, les plus vieux d'entre eux. Ainsi le magma marécageux, tour à tour, les pousse et les absorbe, comme un fumier. Dans le silence aquatique et végétal, que seuls troublaient les cris équivoques des grues et des sternes ou le plouf sonore d'un rat musqué en partance, la voix du Cajun montait, rassurante comme celle d'un guide qui sait les embûches du parcours et ses beautés cachées.

Dubard montrait à ses invités les grands massifs de jacinthes d'eau qui, en moins d'une saison, recouvrent une douzaine d'acres d'un parterre mauve, tapis fallacieux posé sur le marais. Il désignait aux regards des promeneurs une touffe d'orchidées, un chou de Saint-Jean, du jasmin jaune, des iris blancs géants, des lis dorés, des buissons d'hibiscus. Il cueillait au passage une tige de menthe sauvage bien feuillée qu'il broyait dans sa large main et donnait à renifler à la petite troupe, ou moissonnait une poignée de clochettes-d'argent ou de fausse digitale.

Il parlait des arbres comme s'il s'agissait de gens auxquels il convient d'être présenté.

– Nous avons en Acadie louisianaise, disait-il, quinze espèces de chênes, cinq de noyers et autant de pins. Nos magnolias sont plus beaux que ceux de toutes les colonies anglaises.

Quand on abandonna le bateau pour s'avancer dans la forêt, le sol devenant sous le pied de plus en plus sec, il caressa des troncs en les nommant : frêne, érable, orme, hêtre, peuplier jaune, sycomore, acacia. De temps en temps, par une trouée, il désignait au loin dans un champ ou au bord d'un chemin un pacanier rond comme une boule, un sassafras à la silhouette dissymétrique de sémaphore empanaché.

Géologue empirique, il connaissait aussi le sous-sol. Il était sourcier à ses heures et à l'occasion vétérinaire. C'était un homme de la nature, puissant, viril, qui avançait d'une démarche souple, sachant poser le pied où il fallait et éviter les coups de griffes des branches basses. Charles et Castel-Brajac avaient du mal à le suivre; seul Barthew paraissait familier de ces randonnées. Dans une clairière, Louis Dubard proposa une halte.

– Quand je suis avec des « pas mariés », dit-il, toujours je passe par cette trouée. C'est là que mon grand-père a trouvé sa femme qui devint ma grand-mère.

Et, pour laisser souffler ses invités, il se mit à raconter :

– Dubard avait vingt-deux ans et revenait de la chasse. A cette époque, il y avait encore des ours bruns et des couguars dans les forêts. Il portait la veste en peau de bouc des coureurs de bois et son carnier était plein d'oies sauvages et de lapins. C'était par une fin d'après-midi d'automne. En arrivant dans cette clairière, il vit une jeune fille, jolie comme un cœur, en robe de mérinos et tablier de soie noire, coiffée de la kichenotte des Acadiennes. Il remarqua tout de suite, car il avait l'œil, que la petite portait des boucles d'argent à ses souliers, preuve que son père devait avoir quelques moyens.

» Les filles de par chez nous ne sont pas peureuses. Quand celle-ci vit Dubard, qui avait une bonne tête rieuse, elle ne se troubla point. Elle continua à faire marcher ses aiguilles en serrant sous son bras une grosse pelote de laine. Même un Dubard réputé lent peut être visité par l'inspiration. Notre chasseur salua la belle, prit sans façon la pelote de laine, la lança en l'air le plus haut qu'il put, épaula sa carabine et tira. La boule toute fumante retomba aux pieds de la tricoteuse. Dubard la ramassa et la mit lui-même dans la poche du joli tablier de soie.

» – Vous tirez bien, monsieur, dit la belle.

» – Aussi sûr que j'ai touché cette pelote, Cupidon pourrait toucher votre cœur, madame! fit Dubard.

» Tout en devisant, il raccompagna la jeune fille à l'habitation de ses parents. Il n'en dormit pas de la nuit et, au matin, sa mère stupéfaite le vit mettre ses habits du dimanche. Il s'en fut tout tranquillement demander la main de la fée de la clairière. On la lui accorda. Ils eurent quatorze enfants, dont mon père... Mais aujourd'hui, les jeunes, vous n'avez pas de chance, il n'y a pas de filles à marier par ici... C'est le premier dindon qu'on va rencontrer qui dira si vous auriez été assez adroit pour « shooter » la pelote à grand-mère.

– Mais il y a toujours de charmantes jeunes filles dans les familles acadiennes, monsieur Dubard.

– Bien sûr qu'il y en a, mais elles font plus de manières aujourd'hui, et je ne suis pas sûr qu'elles laisseraient tirer leur pelote sans crier au loup!

A l'heure du déjeuner, les mulâtres, de rameurs, se firent cuisiniers. Un feu fut allumé au bord du bayou. Un gros fait-tout de cuivre apparut, et bientôt l'odeur du jambalaya excita les appétits. Castel-Brajac trouva que le boudin acadien bourré de riz et de chair à saucisse était un mets rustique et sain, même s'il n'y avait que de l'eau claire pour l'accompagner.

Comme toujours lorsqu'un Cajun se trouvait au milieu d'aristocrates parlant français, la discussion vint sur la langue.

– Notre français, il n'est pas pareil à celui de France, encore que, moi, je ne parle plus le vrai cajun. Mais il y a des vieilles gens par nos paroisses que vous aurez du mal à comprendre. Elles ne parlent pas un mot d'anglais, sauf ceux qui servent à désigner des choses modernes qui n'existaient pas au temps du Grand Dérangement. Par exemple, on dit pas vapeur, on dit *steam;* on dit pas bureau, on dit *office;* on dit pas freins, on dit *brakes.* Tout ça, faut s'y faire et je crois bien qu'on sera dans les bayous les derniers à parler français jusqu'à ce que les écoles aient mis tout le monde à l'anglais. Mais c'est dommage que dans les grandes familles où l'on parlait un français si bon on n'entende plus aujourd'hui que parler english!

– A Bagatelle, nous parlons toujours français, monsieur, fit Castel-Brajac, et je ne suis pas beaucoup dépaysé chez les Acadiens, mon accent ressemble un peu au vôtre en plus chantant, paraît-il.

– Y vous faut donc marier une Cadienne, monsieur Gustave, dit en riant Dubard.

La chasse fut relativement bonne : deux dindons, dont l'un de seize kilos, plusieurs bécasses et des lapins.

– Ça suffit, dit Dubard, c'est pas la peine de tuer plus qu'il ne faut... On va rentrer donner tout ça à la cuisine et, ce soir, vous aurez un régal.

Ce fut un régal. Dans la salle à manger claire et spacieuse, la famille réunie autour de l'immense table en bois d'érable absorba les trois invités aussi aisément que s'il se fût agi d'habitués ayant leur place marquée.

Mme Dubard, une petite femme ronde et rieuse, à la peau duveteuse et remarquablement alerte, semblait avoir franchi ses neuf maternités sans dommages. Son chignon gris bien coiffé, sa robe de soie bleue, l'unique diamant de sa bague de fiançailles lui donnaient l'allure d'une petite bourgeoise heureuse. Elle dit le bénédicité et l'on attaqua le repas, arrosé de vins français, par un gombo d'écrevisses qui fit les délices de Castel-Brajac. Ce dernier se trouvait assis entre Liponne Dubard et le plus jeune frère de celle-ci, un géant taciturne d'à peine dix-huit ans qui, à la demande du père, débouchait les bouteilles avec une facilité qui en disait long sur sa force musculaire. Charles, à la droite de la maîtresse de maison, enviait peut-être la situation de Gustave qui pouvait converser avec la jeune fille.

Liponne n'était pas une beauté, et cependant on ne trouvait rien à reprocher à ses traits réguliers, à ses yeux bleus, à une carnation lumineuse que cette blonde devait tenir de sa mère. Un léger nuage de poudre de riz constituait son seul maquillage. Elle avait peut-être hérité de son arrière-grand-mère, tricoteuse de plein air, des doigts fuselés. Elle confia tout de suite à Castel-Brajac sa grande ignorance sur beaucoup de sujets, les dames du Sacré-Cœur de Grand-Coteau chez lesquelles on l'avait mise en pension entre dix et seize ans n'enseignant que les matières utiles aux jeunes personnes se destinant au mariage ou au couvent. Elle savait un peu de latin, l'anglais et le français parfaitement, assez de géométrie pour s'y retrouver dans les angles complémentaires, ce qu'il fallait d'algèbre pour résoudre une équation du second degré. Elle avait été souvent première en leçon de choses, mais assez médiocre en géographie et en histoire, disciplines qui, d'après elle, exigeaient plus de mémoire que de discernement. Naturellement, elle pianotait, brodait finement, connaissait toutes les formules de correspondance, savait placer des convives autour d'une table et composer un menu. Elle n'hésitait pas non plus sur la toilette à choisir pour chaque circonstance.

C'était ce qu'on appelait chez les Cajuns riches une jeune fille accomplie et préparée avec scrupule et affection à son futur rôle d'épouse et de mère de famille. Elle s'enquit des circonstances de la mort de Lamartine, survenue à peine un mois plus tôt, le 28 février, et dit son admiration pour l'auteur du *Lac*.

– Quelle femme n'a pas rêvé d'être aimée comme Elvire, monsieur!

– Mon Dieu, mademoiselle! fit le Gascon, qui ne renonçait pas aisément à un calembour, on peut dire qu'il l'a bien menée en bateau!...

Et il ajouta, car il ne portait pas grande estime au poète qui avait été l'un des fondateurs de la Deuxième République :

– Il a eu plusieurs Elvire dans sa vie, dont la dernière fut sa jolie nièce Valentine. Il disait en avoir fait sa fille adoptive, mais on murmure à Paris qu'un mariage secret était intervenu en 1867.

– Comme vous me décevez, monsieur, fit Mlle Dubard.

– Un autre poète est mort il y a deux ans, qui fut le traducteur du grand Américain Edgar Poe, je veux parler de Charles Baudelaire. Ne l'aimez-vous pas? *Les Fleurs du mal*, croyez-moi, c'est autre chose que les *Méditations poétiques* de l'amant d'Elvire.

– Je ne connais pas ses œuvres, mais je ne crois pas qu'elles puissent me plaire, monsieur... On m'a dit qu'en France, certains de ses poèmes ayant été jugés trop licencieux, M. Baudelaire avait eu affaire aux tribunaux... et qu'il avait été condamné.

– Par un tribunal composé d'analphabètes hypocrites et amateurs de vers de mirliton, c'est exact, mademoiselle...

Puis il ajouta mezza voce, avec un rien de satanisme dans le regard, pour sonder la candeur de Liponne :

– La poésie de Baudelaire, c'est une liqueur forte, mademoiselle, tout le monde n'est pas capable de la supporter. Il faut savoir tout ce qui peut exciter l'esprit d'un homme torturé...

Contre toute attente, Mlle Dubard se mit à rire comme si Gustave venait de lui conter une anecdote savoureuse.

– Voyez-vous, monsieur de Castel-Brajac, ici nous ne sommes pas des tourmentés. Nous craignons Dieu, nous respectons nos parents, nous croyons à la vertu et au travail, et l'amour, quand il se présente, a toujours un visage clair et un franc sourire. Nous ne prenons pas les ivrognes et les paresseux pour des philosophes, ni les dépravés pour des génies égarés. Nous ne sommes pas plus prudes qu'ailleurs, mais, chez nous, une fille non mariée est vierge... et inversement !

Castel-Brajac jeta un bref regard à Charles en se disant que le séduisant avocat, qui trouvait les créoles trop faciles, découvrirait peut-être à ses dépens que les Acadiennes savaient tenir la dragée haute aux don Juan parisiens. Puis, revenant à sa voisine, il reconnut :

– Tout cela me semble être signe d'une bonne santé morale, mademoiselle. Je me suis aussi laissé dire que Saint-Martinville avait accueilli autrefois une Acadienne qui devint le parangon de la fidélité... Si je n'étais pas célibataire de vocation, c'est par ici qu'il me faudrait choisir une épouse.

– On vous fera changer d'avis, monsieur le Gascon... Mon père a deux frères qui se disaient ennemis du mariage... Ils m'ont donné ensemble dix-sept cousins et cousines...

Les tartes aux fraises achevèrent de réconcilier Gustave avec les vertus acadiennes et il demanda à Mlle Dubard de lui conter l'histoire de cette Evangéline immortalisée par Longfellow. Dickens, un des auteurs favoris du Français, avait rendu visite à Boston, en novembre 1867, au poète américain dont l'épouse avait péri dans l'incendie de leur maison.

– Longfellow a un peu romancé l'histoire. Elle est cependant assez belle. Vous savez que pendant le Grand Dérangement bon nombre de familles acadiennes, issues des mêmes villages, furent dispersées. Et il y eut des fiancés qui se perdirent de vue. Ce fut le cas pour Emmeline Labiche et Louis Arceneaux, dont Longfellow fit Evangéline et Gabriel. Ces deux-là embarquèrent à la Grand'Prée sur des bateaux différents. Aucun ne savait où se trouvait l'autre, mais tous deux, conduits par un hasard heureux, finirent par arriver dans ce pays qu'on appelait alors « la porte des Attakkapas ». Louis débarqua le premier et se mit au travail. Emmeline ne put le rejoindre que trois ans plus tard, tenant toujours serrée dans un coffre sa robe de mariée. Hélas ! le garçon qui l'avait crue morte venait d'épouser une jeune fille du pays. La déception fut si forte que la pauvre Emmeline en perdit la raison. Le cœur brisé, elle vécut quelque temps chez la veuve Borda puis mourut. On l'a enterrée derrière l'église Saint-Martin-de-Tours où vous pourrez voir sa tombe.

– Mais le fameux chêne, au bord du bayou Tèche, sous lequel la jeune fille est censée avoir tant attendu son fiancé?

– En vérité, elle n'eut pas à attendre, puisque c'est à l'ombre de cet arbre, le jour même où elle débarqua, que Louis, venu assister à l'arrivée d'une péniche d'exilés, la reconnut et lui avoua qu'il n'était plus libre.

– Je préfère l'histoire telle que la raconte Longfellow, qui a fait d'Evangéline une Pénélope active, dit Castel-Brajac.

– Moi aussi, confessa Mlle Dubard.

Et la jeune fille se mit à réciter avec sentiment :

Ainsi s'écoulèrent de longues et tristes années
et pendant bien des saisons et dans les lieux
les plus divers et les plus éloignés
on aperçut la jeune errante,
tantôt dans les tentes de prières des humbles missions moraves
tantôt dans les camps bruyants et sur les champs de bataille,
tantôt encore dans les hameaux retirés,
dans des villages ou dans des cités populeuses.
Comme un fantôme elle arrivait
puis disparaissait au loin, oubliée.

Autour de la table, les conversations s'étaient tues dès que Liponne avait commencé à déclamer avec aisance et simplicité. Sa mère la regardait avec tendresse comme si cet hommage rendu à toutes les amoureuses acadiennes dont les espérances furent brisées par le Grand Dérangement relevait du rituel familial.

– Les Arceneaux sont nos cousins, savez-vous? lança Louis Dubard.

Et il ajouta le commentaire qu'il faisait toujours quand on évoquait l'histoire d'Emmeline et de Louis :

– C'est pas des gens patients, les Arceneaux, ça m'étonne guère qu'il ait pas attendu sa bonne amie, le gars Louis.

Après les cigares, on vit arriver chez les Dubard, à la nuit tombée, des jeunes gens et des jeunes filles, la plupart fort bien vêtus et certains d'une élégance tout à fait digne des soirées de La Nouvelle-Orléans.

– C'est la surprise, dit la maîtresse de maison, jouissant de l'étonnement de ses invités. On va vous donner un « fais dodo », comme on dit par ici, c'est-à-dire un petit bal entre amis.

Ed Barthew, qui connaissait les mœurs et les traditions du pays acadien, expliqua à ses amis qu'on appelait « fais dodo » ce genre de réunion parce que les couples modestes qui se réunissaient pour danser le samedi soir dans une grange se voyaient contraints d'emmener avec eux leurs jeunes enfants. Ces derniers, surveillés par une grand-mère, étaient couchés dans la paille. Comme le son du crincrin et de l'accordéon les tenait éveillés, la bonne vieille devait souvent dire à l'un ou à l'autre : « Fais dodo! »

– Quelquefois, ajouta Louis Dubard, quand le bal s'est prolongé, qu'on a eu un peu chaud et qu'on a étanché sa soif au « filet » de vin, il arrive que l'on découvre le lendemain qu'on a ramené à la maison le baby d'un voisin. On fait l'échange sans histoire... si l'on peut!

Les présentations des arrivants avaient de quoi semer la confusion dans les esprits de Gustave et de Charles. Tous ces jeunes gens et jeunes filles qui débarquaient joyeux des charrettes anglaises ou des buggies se révélaient être parents ou alliés. Liponne et ses frères se démenaient pour que personne n'échappe aux gens de Bagatelle.

– Voici mon cousin germain et sa femme, les Landry, de Cottonport.

– Ces deux-là sont Agnès et Livie Mouton, nos alliés par la tante Léa, la sœur du général mort à Mansfield.

– Voilà qu'arrivent les Trochin, nos petits-cousins de Bordelonville.

– Je vous présente Annie Pouchet, c'est la belle-sœur de notre frère Jean.

– Marcelline, qui a une si belle robe, est la petite-fille de l'oncle « Rondin », vous savez, Paul Dubard, l'ami du général Tampleton. Et voilà le fiancé de Marcelline, un Grémillon, Edwin, des Avoyelles.

– Philibert Décuir, notre cousin de Houma, qui va entrer à West Point.

– Louisette Gontard, la plus jolie de nos petites cousines du côté de l'oncle Fraise. Elle va épouser un journaliste.

– Tiens, voici un Arceneaux, Jean-Pierre, qui étudie la botanique. Lui n'a pas comme son ancêtre laissé perdre sa promise, Catherine. Ils vont se marier au mois de mai.

Le défilé se prolongea avec embrassades pour Liponne, poignées de main pour Gustave et Charles.

Quand les deux amis purent prendre un peu de champ, tandis que les musiciens – trois violons, un accordéon, un triangle et une caisse – se mettaient en place, Castel-Brajac dit à Charles son étonnement.

– Quelle famille! Il faudrait étiqueter tout ce monde pour s'y retrouver. Et dire que tous ces jeunes gens vont former des couples qui nous feront, l'un dans l'autre, si j'ose dire, une douzaine d'enfants chacun!

– Sais-tu qu'il existe une grand-mère Dubard, la maman de notre hôtesse, qui a, paraît-il, cent cinquante-trois petits enfants et arrière-petits-enfants... Une ruine pour Noël!

Ed Barthew s'approcha.

– Et les Dubard se réunissent une fois par an... pour un gigantesque barbecue. Il paraît que ce jour-là on tue un bœuf, deux cochons et qu'on vide un demi-muid de bordeaux.

– Que penses-tu de la jeune Liponne? demanda Charles à Castel-Brajac.

– *Elle a d'assez beaux yeux, pour des yeux de province!* [1] cita le Gascon.

– Mais encore?

– Intelligente, réaliste et romanesque à la fois, sage sans pudibonderie, comme une vraie Acadienne. Capable de décider un homme à l'épouser si l'envie lui prend.

– Tu connais le montant de sa dot?

– Dis toujours!

– 50 000 dollars et 1 000 acres de canne à sucre.

– Pas de doute, elle est charmante!

---

1. J.-B. Gresset (1709-1777). *Le Méchant* (acte IV, scène 5).

6

Louise Barrow, la démente, eut la bonne fortune d'être emportée par une fièvre intermittente au printemps de 1869. Sa sœur Adèle la fit enterrer à La Nouvelle-Orléans dans le cimetière des religieuses, avec discrétion, puis elle regagna Pointe-Coupée, et un beau matin le docteur Murphy la vit entrer chez lui à Sainte-Marie, le chapeau à voilette posé droit sur le chignon avec mitaines au crochet et un sac de voyage en tapisserie.

– Sacrebleu! une *carpetbagger!* fit le médecin en remarquant le bagage.

Adèle renifla, jeta un coup d'œil circulaire dans le salon où régnait un désordre sédimentaire de journaux, de livres, de bouteilles et de vêtements divers. Elle choisit un fauteuil aux accoudoirs luisants de crasse et dont le rembourrage de mousse espagnole émergeait, par touffes grises, du siège crevé.

– Alors, ce dispensaire, votre jeune complice l'a-t-il ouvert, oui ou non, et a-t-on toujours besoin d'une gouvernante pour y maintenir l'hygiène?

– On vous attendait, Adèle. Mon ami Horace Finks a déjà le local près de chez Criquet, juste derrière l'église... Il a pensé que vous perdriez moins de temps pour aller faire vos dévotions.

– Si vous recommencez à dire du mal du bon Dieu, je m'en retourne, Murphy. D'abord, je ne suis pas venue pour palabrer avec vous. Si Finks veut bien de moi pour tenir sa pharmacie, je suis prête... Mais il faudra que je trouve où coucher.

– Si vous aviez moins de barbe au menton et si vous ne sentiez pas l'eau bénite, je vous proposerais bien mon lit, Adèle...

– Taisez-vous, vieux cochon!

Murphy se leva péniblement, car la goutte le tenait depuis un mois et son cœur n'allait pas fort. Du tiroir d'un bahut il sortit de la ficelle embrouillée, un vieux forceps qui lui servait de chausse-pied, des papiers et finalement une grosse clé.

– Tenez, voici peut-être la clé de votre paradis, Adèle. Allez voir les lieux. Il y a, je crois, une chambre pour vous. Ce n'est pas net et blanc comme un couvent, hein! mais je suis certain que ma négresse et son fils qui tient le pinceau à l'occasion pourront en faire quelque chose d'habitable. Avec un bon lait de chaux...

– La seule chose que je crains, ce sont les punaises.

– Le fauteuil sur lequel vous êtes assise en est plein.

Adèle se leva brusquement et secoua ses jupes comme si les parasites montaient déjà à l'assaut de sa personne.

– J'y vais de ce pas, dit-elle en ramassant son sac de tapisserie.

Avant de passer la porte, elle se retourna.

– Et ce n'est pas pour vous faire plaisir que je suis revenue...

Un mois plus tard, le dispensaire du docteur Finks fonctionnait. Le jeune médecin avait dépensé plus d'argent qu'il n'en possédait pour mettre les locaux en état, mais il considérait qu'avoir des dettes donnait de l'importance. Adèle Barrow, pourvue d'un grand tablier blanc, présidait à la distribution des remèdes qu'elle ne délivrait que sur présentation d'un bon signé de Finks ou de Murphy. Les patients blancs devaient payer les produits, les Noirs s'ils le pouvaient. Au début, Mlle Barrow avait montré quelque répugnance à saupoudrer les eczémas et à panser les bras ou les pieds des gens de couleur, puis elle avait accepté les impératifs de la profession. Son autorité faisait merveille et, par ses soins, la salle de consultation fut tenue dans une propreté que Murphy qualifia de « conventuelle ». Mme de Vigors avait fait porter à Adèle quelques meubles inutilisés à la plantation, pour assurer à sa vieille amie un semblant de confort, et souvent, le soir, elle l'envoyait chercher pour le dîner. Ayant trouvé une occupation pour le temps qui lui restait à passer sur la terre, la vieille fille se montrait relativement aimable. Et puis, le dispensaire étant un lieu de passage, elle y glanait par les domestiques, noirs ou blancs, employés dans les plantations, quantité de ragots dont elle faisait ses délices. C'est ainsi qu'en recoupant des informations sur plusieurs cas d'embarras gastriques constatés chez de jeunes Blancs elle put faire part à Horace Finks de ses conclusions.

– Tous vos petits malades ont quelque chose en commun, docteur, l'avez-vous remarqué?

– Dites, mademoiselle.

– Eh bien! ils fréquentent tous la petite école de M. Berton.

– Leur maladie n'est pas contagieuse et ils apportent leurs repas de chez eux.

– Je ne sais pas, mais ils boivent tous la même eau.

– Ah! je vais la faire analyser... pour vous rassurer.

L'analyse révéla la présence de potasse dans l'eau du puits de M. Berton.

– Il y a peut-être un gisement de potasse dans le secteur et la source souterraine peut s'en charger au passage, observa le médecin.

– Dans les plantations, on utilise aussi de la potasse comme engrais, remarqua Adèle.

– Mais les champs sont loin de l'école, il ne peut s'agir d'infiltrations.

– Justement, fit Adèle, on a peut-être mis de l'engrais dans le puits... exprès.

– Et qui aurait fait cela, Adèle? S'attaquer à la santé des enfants serait criminel et dégoûtant!

– Les nègres sont capables de tout. Vous savez bien que les élèves de votre amie miss Barnett se querellent sans cesse avec les petits de l'école blanche.

– Vous voulez dire que les élèves de M. Berton, encouragés par leurs parents et peut-être par leurs maîtres, insultent quotidiennement Iv... Mlle Barnett et jettent des pierres aux petits Noirs?

– Avec vous, docteur, les Noirs ont toujours raison; moi, je les connais mieux que vous... et ce sont eux qui répandent l'engrais sur les terres à coton... et toujours les maîtres leur disent que c'est du poison, qu'il ne faut pas porter les mains à la bouche quand on en a touché et qu'après le travail il faut bien se laver.

Murphy, qui assistait à la conversation, intervint :

– Il se pourrait aussi qu'on veuille faire croire que les nègres ont pu empoisonner le puits de l'école blanche... car on a dosé la potasse très convenablement... Les gosses ont des diarrhées, sans plus; un nègre aurait versé un sac carrément et les dégâts auraient été plus graves.

Horace Finks, très perplexe, interdit à M. Berton d'utiliser l'eau de son puits jusqu'à nouvel ordre. On sut bientôt dans le pays qu'on avait tenté d'empoisonner les enfants blancs des familles les plus modestes. En trois jours, le shérif reçut une douzaine de lettres anonymes soutenant que l'empoisonneur était un Noir. Les Chevaliers du Camélia Blanc s'en mêlèrent et leur message envoyé au *Courrier* de Bayou Sara fut intégralement reproduit par le journal.

Nous menons notre enquête, annonçait le secrétaire du K.W.C., *et nous châtierons le ou les coupables.*

Clarence Dandrige fut immédiatement de l'avis de Murphy. Cet empoisonnement, bénin au demeurant, lui parut un coup monté pour exciter les Blancs de Sainte-Marie contre les affranchis.

– Les nègres en sont bien capables aussi, observa Virginie, et, tant que le coupable ne sera pas trouvé, le doute subsistera, pour moi en tout cas.

Le développement des écoles noires indisposait de plus en plus les Blancs du Sud. A la fin de l'année précédente, le rapport du secrétaire d'Etat donnait des chiffres éloquents. On comptait, dans les écoles noires ouvertes dans le Sud aux enfants des émancipés, 2 295 instituteurs ou institutrices, dont 990 étaient, comme Ivy, des affranchis revenus dans les régions où ils avaient été esclaves. Quelques Blancs acceptaient d'enseigner dans les 1 831 écoles pour Noirs. Parmi ces dernières, 518 étaient installées dans des bâtiments ou des églises appartenant à des communautés noires.

Dans la plupart des cas, les anciens esclaves entretenaient, au moins partiellement, de leurs deniers les écoles réservées à leurs enfants. A Washington, on estimait qu'un instituteur coûtait 500 dollars par an, et pour les écoles noires du Sud le Trésor fédéral avait engagé un million de dollars environ. Les Eglises du Nord et les associations de soutien aux affranchis avaient donné

700 000 dollars. A ces sommes, les anciens esclaves, groupés au sein de l'Union des affranchis, avaient ajouté 360 000 dollars.

Si les affranchis faisaient savoir aux missionnaires du Nord de toutes obédiences, arrivant dans les écoles du Sud pour éduquer les petits Noirs, tout en espérant « pêcher des âmes », qu'ils souhaitaient qu'on ne parlât pas de religion, les instituteurs noirs ne se privaient pas, en revanche, de faire de la propagande politique. Celle-ci profitait tout naturellement aux républicains, présentés comme les gens qui s'intéressaient le plus aux affranchis, lesquels leur devaient, à travers Abraham Lincoln, leur tardive liberté. Dans les paroisses de Louisiane à forte majorité démocrate, une telle publicité exaspérait les Blancs. Mlle Barnett s'interdisait toute allusion de ce genre, mais de nombreux instituteurs et institutrices estimaient que cela faisait partie de leur mission. Dans la plupart des écoles noires, la journée commençait par une prière, la lecture d'un extrait de l'Ancien Testament et l'un de ces chants popularisés par les armées nordistes comme *John Brown's Body* ou *Marching through Georgia.* Les instituteurs ne manquaient jamais de rappeler à leurs élèves, entre un cours d'arithmétique et une leçon de géographie, que « l'établissement de l'égalité sociale est le premier but de l'école ». Et les enfants chantaient à pleins poumons, pour que les dames et les messieurs blancs qui passaient à proximité de la classe entendent bien :

Libres! nous sommes libres! Avec un cri de foi.
Nous, les petits, chantons notre joie.
Libres! nous sommes libres! Que cette nouvelle s'envole loin.
Nous sommes libres, aujourd'hui et demain [1].

L'école d'Ivy n'était plus la seule de la paroisse. M. Allain enseignait à Morganza, M. Arthur Porcho à Waterloo, M. Antoine Décrier à Hermitage et M. Saint-Amand à Pointe-Coupée. La direction des écoles de la paroisse avait été confiée à M. Blanchard, qui connaissait parfois bien des difficultés pour faire payer dans des délais acceptables les traitements de ses instituteurs et de ses institutrices. Pour l'intendant à l'éducation de l'Etat, M. Conway, ces paroisses cotonnières étaient loin de La Nouvelle-Orléans.

Le gouverneur Warmoth et son équipe avaient, il est vrai, d'autres soucis pour gérer un Etat de 708 000 habitants parmi lesquels 14 938 Français, et dont la population était composée par moitié de Noirs et de Blancs.

Les affaires en cette fin de printemps 1869 n'étaient guère brillantes. Les capitaines des bateaux marchands se plaignaient des difficultés qu'ils rencontraient pour remonter sur 110 miles le Mississipi, de la mer à la « Crescent City ». On envisageait, pour faciliter la navigation, la création d'un canal qui partirait de Carrolton et aboutirait à l'île aux Vaisseaux. Long de 35 miles, large de 150 pieds,

1. Cité par William Peirce Randel dans *le Ku Klux Klan* (Albin Michel, 1966).

profond de 12, il précéderait deux autres canaux, l'un reliant le Fort Philippe à l'île Bretonne, de 12 miles de longueur, l'autre conduisant du Détour-aux-Anglais au lac Borgne, qui aurait 6 miles de long, 110 pieds de large et 10 de profondeur. Ces projets étaient séduisants, mais les compagnies chargées de les mener à bien cherchaient des capitaux.

En attendant, les marins du commerce se récriaient contre les tarifs et la multiplicité des frais relatifs à une prise de fret à La Nouvelle-Orléans. Pour un navire français de 1 158 tonneaux venu charger 3 229 balles de coton et 1 000 merrains [1], le pilotage coûtait 60,78 dollars; le remorquage : 1 447,50 dollars; la visite de santé : 30 dollars; les frais de douane (entrée) : 13,40 dollars; les droits de tonnage : 347,40 dollars; les droits de quai : 223,70 dollars; le droit du capitaine au port : 34,74 dollars; le droit du gardien du port : 18 dollars; le droit de l'hôpital de charité (14 passagers à 2,50 dollars) : 35 dollars; les frais de presse sur 3 929 balles de coton : 3 651,65 dollars; les prélarts [2] : 20 dollars; les frais d'arrimage pour coton et merrains : 3 345,65 dollars; les frais de consulat : 16,50 dollars; les frais de douane (sortie) : 15,85 dollars; le remorquage de sortie : 289,50 dollars; le pilotage de sortie : 76,50 dollars; les annonces dans les journaux et menus frais : 30 dollars; la commission sur le fret 5 % : 1 491,64 dollars. Ainsi une escale à La Nouvelle-Orléans coûtait à l'armateur la somme de 11 147,78 dollars.

A ces frais devaient s'ajouter les soucis que causaient aux capitaines les fréquentes désertions. Depuis qu'une compagnie de recherches pétrolières avait trouvé de l'huile dans la paroisse de Calcassieu, après avoir creusé un puits de 442 pieds de profondeur, et que des ingénieurs avaient repéré au même endroit un gisement de soufre pur et cristallisé de 100 pieds d'épaisseur, certains imaginaient de nouvelles et rapides fortunes. Les matelots, trop sensibles aux charmes des belles prostituées mulâtresses du Vieux Carré, constituaient des proies dociles pour les recruteurs des nouvelles entreprises qui recherchaient des cadres européens pour faire travailler les Noirs.

Le consul de France avait beau publier que les Français qui choisissaient d'émigrer en Louisiane ne devaient compter que sur eux-mêmes, dans un pays au climat débilitant, où le thermomètre marquait de 32 à 35 degrés centigrades pendant quatre à cinq mois de l'année, c'était peine perdue. L'industrialisation accélérée du Nord, la mise en service de nouvelles lignes de chemin de fer, l'opinion communément répandue que le Sud regorgeait de richesses que ces fainéants d'esclavagistes n'avaient jamais su exploiter attiraient chaque mois des émigrants de toutes nationalités.

En quinze mois, entre le 1er janvier 1867 et le 1er avril 1868, on avait vu débarquer, leur sac sur le dos, leurs outils à la main et par-

1. Bois de chêne fendu en planches pour faire des douves de tonneaux.
2. Grosse toile goudronnée pour abriter les chargements.

fois accompagnés de femmes et d'enfants, 12 000 étrangers, dont 3 894 Anglais, 2 672 Allemands, 2 592 Français, 1 264 Espagnols, 983 Italiens, 612 Mexicains et 550 de nationalités diverses, allant du Suédois au Grec.

Le temps paraissait révolu où la Louisiane était la terre d'Amérique élue par les Français. Ceux-ci préféraient maintenant les colonies plus proches et plus neuves. Les planteurs recrutaient volontiers parmi les arrivants des contremaîtres et des représentants des corps de métier. Chaque fois qu'ils pouvaient se priver des affranchis, qu'ils entendaient bien cantonner dans les travaux rustiques des champs, ils s'estimaient satisfaits.

Percy Tampleton traduisait assez justement l'opinion des anciens propriétaires d'esclaves quand il disait : « Tout nègre sachant lire et écrire ou connaissant un métier et qui s'en va chercher de l'emploi au Nord est un bon nègre pour le Sud. »

Comme l'Etat avait de plus en plus besoin d'argent, ne serait-ce que pour éponger ses dettes, le gouverneur avait accepté en 1868 la proposition d'un certain John A. Morris, capitaliste, ayant des accointances avec la banque new-yorkaise. Avec son ami Charles T. Howard, cet astucieux financier avait mis au point un projet de loterie d'Etat qui fut agréé. En échange de l'exclusivité pour vingt-cinq ans, les organisateurs de la « Louisiana State Lottery » s'étaient engagés à verser 40 000 dollars chaque année à l'hôpital de charité. Le capital de la société avait été fixé à un million de dollars, mais en fait 100 000 dollars seulement avaient été déposés en garantie. Les tenanciers des nombreuses maisons de jeux, qui devaient payer chaque année une licence de 5 000 dollars, voyaient d'un assez mauvais œil cette concurrence.

Quand on apprit que le général de Beauregard et le général Jubal Early, deux héros des armées confédérées, avaient accepté de présider aux tirages de la loterie et d'en contrôler la loyauté, les Louisianais furent convaincus de l'honnêteté et de l'intérêt public de l'entreprise. Autorisés à vendre chaque semaine 100 000 billets à 25 cents et à offrir un gros lot de 3 750 dollars, les organisateurs escomptèrent un pactole. Les tirages avaient lieu en public sur la scène d'un théâtre. Deux enfants aux yeux bandés – comme toute allégorie de la fortune – extrayaient de deux cages cylindriques et pivotantes l'un le numéro du billet gagnant, l'autre le lot attribué. Les généraux, avec la gravité des oracles, annonçaient lots et numéros. Le public applaudissait aux manifestations de la chance.

Bientôt la loterie d'Etat eut son immeuble et le vendeur de billets apparut au côté de la marchande de pralines, du cireur, du porteur de glace, du vitrier et du rémouleur dans le petit peuple déluré et bonimenteur des métiers de la rue.

Loin de la ville et de ses expédients, Bagatelle avait trouvé une sérénité nouvelle. Pour la première fois depuis bien longtemps, on vit, un beau matin, Télémaque se présenter, son chapeau à la main, au pied de l'escalier de la galerie, brandissant la première fleur de coton.

– Maîtresse, les fleurs sont là..., lança le vieux Noir, bien conscient de renouer avec un rite qui remontait au premier marquis de Damvilliers.

Dandrige et Virginie s'approchèrent et la dame de Bagatelle reçut dans le creux de la main la fleur déjà fripée, car Télémaque ne courait plus aussi vite qu'autrefois. Clarence fit venir la cuisinière et lui demanda d'apporter au messager du coton le cake et la traditionnelle cruche de sirop d'érable. Puis il mit la main au gousset, en tira un dollar d'argent que Télémaque reçut avec reconnaissance. Ainsi, après des années de chagrin et d'inquiétude, malgré toutes les difficultés que connaissait encore le pays, les êtres et les choses semblaient retrouver leur place. Le Roi-Coton, même mollement servi par les affranchis dont aucun ne s'était soucié de disputer à Télémaque l'honneur de la première fleur à porter au maître, brandissait à nouveau son sceptre blanc sur les rives du Mississippi.

Un moment plus tard, alors que l'intendant s'apprêtait à enfourcher son cheval pour aller, toujours suivant la tradition, évaluer à travers les promesses des premières fleurs les perspectives de la future récolte, Virginie apparut en tenue d'amazone.

– Qu'on amène ma jument, je veux aller avec vous, Clarence.

Le vieux Bobo, qui marchait de plus en plus difficilement et ne hennissait plus qu'en mineur, tant il paraissait tenaillé par l'asthme, fut bien étonné de voir sa maîtresse se mettre en selle comme autrefois, quand jeune et arrogante elle lui plantait sans précaution son talon dans la paume pour se faire hisser.

– Il y a peut-être cinq ans que je n'ai pas monté, mais je me sens rudement bien... Allons, Clarence!

Au petit trot, les deux cavaliers prirent le chemin de la berge pour se rendre au « Grand Carré », le champ le plus éloigné de la maison et le mieux exposé aussi, où toujours apparaissaient les premières fleurs. Au passage, le portail grand ouvert de la plantation O'Neil permit à Virginie et à Clarence de voir que le nouveau propriétaire, M. Oliver Oscar Oswald, déjà connu sous le sobriquet de « Triple Zéro », faisait effectuer d'importants travaux. La maison, qui menaçait de tomber en ruine, avait été consolidée. Les murs lépreux avaient été recrépis et des ouvriers étaient occupés à lui ajouter un péristyle qui n'attendait plus qu'un fronton triangulaire.

– Mais je connais ces colonnes! s'écria Dandrige. Comment diable les a-t-on transportées jusqu'ici?

La réponse vint quelques instants plus tard, quand M. Oswald, informé par un domestique que deux cavaliers lorgnaient sa demeure, reconnut le couple et s'en approcha vivement.

Avec emphase et croyant en cela imiter le salut que les Cavaliers ne manquaient jamais d'adresser aux dames, fussent-elles montées, le délégué développa avec son panama un moulinet ridicule qui fit dresser l'oreille à la jument de Dandrige.

– Ma plantation ne sera jamais aussi belle et spacieuse que Bagatelle, dit le Yankee, dont la chevelure bouclée flamboyait au soleil comme une poignée de copeaux de cuivre.

– Le péristyle ne peut que l'avantager, fit Virginie, doucereuse. Où avez-vous trouvé d'aussi belles colonnes?

– Elles proviennent d'une plantation incendiée qui avait appartenu à la famille Barrow. Les nouveaux propriétaires ayant tous péri dans un incendie dont on n'a jamais su l'origine, les ruines n'intéressaient plus personne... Bien que Mlle Adèle Barrow, qui dirige le dispensaire du docteur Finks, n'ait plus rien à voir à tout ça, je lui ai demandé la permission d'enlever ces colonnes. Je lui ai expliqué que ces pièces d'architecture, autrefois choisies par son illustre famille, devaient être conservées... En somme, je les ai sauvées de la destruction complète et Mlle Barrow m'a paru satisfaite... Naturellement, j'ai fait don de cent dollars au dispensaire... et, ajouta, avec un rien d'ironie, M. Oswald, nous avons évité de parler de ce triste incendie.

– Eh bien, je vous félicite, lança Virginie, c'est une bonne action, monsieur Oswald.

– Quand tous les travaux seront terminés, je compte donner une petite fête. Me ferez-vous, madame, et vous aussi, monsieur l'Intendant, l'honneur d'y assister?

– Mon Dieu! Monsieur Oswald, quand votre date sera fixée, faites-moi porter un carton. Si nous n'avons pas d'obligations, M. Dandrige et moi-même répondrons certainement à votre invitation...

Dandrige, qui n'avait pas desserré les dents, souleva légèrement son chapeau et marqua que l'entretien était terminé en faisant pivoter son cheval. Virginie le suivit et mit aussitôt sa jument au galop afin de montrer à M. Oswald que les dames du Sud étaient bonnes cavalières.

Quand, un peu plus loin, les montures eurent repris le pas de promenade, Virginie observa :

– Ce « Triple Zéro » n'est peut-être pas aussi mauvais qu'il paraît.

– Les hommes de ce genre sont capables des pires et des meilleures choses, Virginie. Il faut les voir dans des situations difficiles et apprécier leur comportement pour les connaître. Oswald semble vouloir jouer au gentilhomme. Il a sans doute beaucoup à apprendre, mais peut-être, après tout, en est-il capable!

– Un Cavalier n'a jamais les cheveux rouges et les mains velues et ne chasse pas les mouches avec son panama quand il salue une dame!

– M. Oswald est, dans son genre, une sorte de pionnier, Virginie. Comme tous les conquérants, il va, pendant un certain temps, vivre de rapines. Ensuite, le Sud l'absorbera – le métal en fusion absorbe les déchets – ou le rejettera dans l'univers frelaté des *carpetbaggers*.

Quand ils se trouvèrent devant le champ de cotonniers, grande natte moelleuse et verte où l'œil exercé du planteur repérait çà et là des points blancs et jaunes, les fleurs précoces qui s'épanouiraient et succomberaient en quelques jours, Clarence et Virginie se recueillirent comme des croyants au seuil d'un sanctuaire. Lui, les mains superposées sur le pommeau de la selle, paupières mi-closes sous l'aile en visière du panama, supputait déjà la densité des capsules sur les arbustes alignés. Elle, son petit chapeau d'écuyère retenu par une mousseline nouée sous le menton, le teint rosi par la course, un peu essoufflée aussi et dévorant du regard cette végétation disciplinée, souriait, heureuse d'être encore, à l'âge où beaucoup de femmes ont renoncé, ferme sur sa jument, face à cette terre fidèle.

– Quel dommage que nous n'ayons pu ensemencer que deux mille acres cette année, Virginie! Je suis certain que la cueillette sera bonne si les chenilles ne s'en mêlent pas.

– C'est un beau champ, Clarence, le plus beau que j'aie jamais vu. Regardez comme les cotonniers sont droits, drus et forts. Pourquoi mille acres de plus? N'avons-nous pas ce qu'il nous faut maintenant pour aller de cueillette en cueillette jusqu'à la dernière?

Elle fit se rapprocher sa jument du cheval de Dandrige. Lui se souvint à cet instant que, par une lointaine matinée toute pareille à celle-ci, Virginie Trégan, recevant du marquis de Damvilliers, son parrain, la première fleur de coton de l'année, lui était apparue comme une souveraine destinée à régner sur le domaine des gentilshommes venus de France sur les traces de Bienville.

– Ainsi, dit-il, les destins s'accomplissent, le cycle se poursuit. Vous voici face à cet univers limité que vous avez conquis, que vous avez soumis, que vous avez sauvé, et qui aujourd'hui vous rend l'hommage de la fertilité retrouvée. Soyez heureuse, Virginie, Bagatelle vit!

– Sans vous, Clarence, que serait devenu ce domaine? Aurait-il résisté à l'abandon? Votre foi et votre volonté ont permis de surmonter tant de moments difficiles! Et puis je sais bien, moi qui vous connais et qui vous aime, que le véritable maître de Bagatelle, ce fut toujours vous.

– Peut-être ai-je assuré en effet une sorte de continuité des travaux routiniers en intendant scrupuleux. Mais vous comprenez bien aussi que tout a été accompli à travers les sentiments que je vous porte. Vous seule, Virginie, avez décidé de ma vie. J'ai su assez tôt que jamais je ne pourrais quitter ce domaine. Et cette terre recevra un jour mon corps, afin que j'y sois plus intimement mêlé...

Virginie fit glisser son gant, étendit le bras et prit la main de Dandrige.

– C'est dans cet humus fécond, Clarence, qu'un jour, qui n'est peut-être pas très lointain, nous serons dissous et unis. Nos noces s'accompliront ainsi dans l'éternité.

– ... ou le néant, dit Clarence... Ce qui est la même chose.

7

En quelques mois, Mallibert avait réussi, à force de dollars et de coups de pied aux fesses, à faire remettre en état d'exploitation, par des affranchis, le domaine de Feliciana Garden que Charles de Vigors possédait « de l'autre côté de la rivière ». L'ancienne ordonnance venait souvent rendre visite aux gens de Bagatelle et partageait parfois leur repas, son élévation sociale ayant été admise à l'ancienneté.

– Croyez-moi, monsieur Charles, le général votre père a eu un sacré flair le jour où il a acheté cette terre de Feliciana pour vous! Elle n'est peut-être pas fameuse pour le coton, mais pour la canne on n'en trouve pas de meilleure. Nous planterons en septembre et si tout va bien, l'an prochain, en octobre, on coupera de quoi faire une belle quantité de sucre. D'ici là, les nouveaux moulins à vapeur de Saint-Francisville fonctionneront... et quand on y portera vos cannes, croyez-moi encore, monsieur Charles, vous ferez des envieux.

Charles, qui s'absentait de plus en plus fréquemment, pour se rendre chez les Dubard de Saint-Martinville où, affirmait-il, des dossiers de succession fort embrouillés requéraient son attention, ne semblait pas attacher grande importance à ce bien. Après avoir passé avec Mallibert un honnête contrat, il ne souhaitait qu'encaisser, le moment venu, les bénéfices escomptés, sans intervenir dans la marche de l'exploitation.

Ayant acquis pour son compte et fait acheter à sa mère des actions des chemins de fer, l'avocat s'intéressait bien davantage au développement des réseaux et à la cotation en bourse des « papiers » qu'il détenait. Aussi, quand on apprit à Bagatelle l'événement historique que constituait la rencontre à Promontory Point, près d'Ogden, dans l'Utah, des deux voies ferrées de l'Union Pacific et de la Central Pacific, ce qui permettait désormais aux Américains d'aller par chemin de fer de l'est à l'ouest de leur pays, Charles triompha.

– C'est un exploit prodigieux, dit-il; vous rendez-vous compte que les bâtisseurs de cette ligne ont dû, pour suivre le tracé établi par Théodore Judah, franchir les montagnes Rocheuses, traverser les déserts, se battre contre les Indiens... et, parfois, s'endormir découragés quand l'argent promis par le gouvernement ne venait pas?

– Sans Lincoln, ce projet, jugé comme dément par certains, n'aurait jamais pu être réalisé, dit Tampleton, qui, influencé par Charles, avait investi, lui aussi, dans les railroads.

– Tout cela a donné beaucoup de travail aux usines de l'Est qui ont fait les rails et les locomotives, observa Barthew.

– Et aux Chinois donc! ajouta Castel-Brajac, qui avait été tout étonné de voir débarquer un jour à La Nouvelle-Orléans des centaines de « fils du ciel », la nuque battue par leur natte dépassant de leur bonnet de sacristain.

Ces coolies, comme on les appelait, s'en étaient allés du côté d'Omaha par le Mississippi et le Missouri pour aligner, au compte de la Central Pacific, des milliers de traverses jusqu'à Columbus, Fort Keaney, North Platte, Fort Sanders, tandis que d'autres coolies, travaillant pour l'Union Pacific, s'en venaient à leur rencontre depuis Sacramento par-delà les Rocheuses et le grand lac Salé des mormons.

La rencontre des deux voies ferrées avait donné lieu à de curieuses manœuvres. Les ingénieurs en chef n'ayant pas reçu de consignes formelles, les voies progressèrent parallèlement pendant quelques jours, aucune société ne voulant céder le terrain ainsi conquis sur le domaine de l'autre.

Le gouvernement fédéral avait dû mettre un terme à cette querelle d'intérêts qui dégénérait sur le terrain en bagarres et en sabotages. C'est ainsi que Promontory Point avait été retenu, ce qui faisait plaisir aux mormons, maître de l'Etat de l'Utah.

– Savez-vous, dit Tampleton à Dandrige, que les gens de Washington pensèrent un moment faire se rencontrer les deux réseaux à Corinne, un village situé au milieu des plus beaux vergers de l'Ouest?... C'eût été un hommage posthume à ma pauvre petite sœur qui vous aimait tant [1].

Comme chaque fois qu'on évoquait le souvenir de la jeune fille, l'intendant pâlit. La seule hypocrisie qualifiée de pieuse par les Tampleton dont il s'était rendu coupable était attachée à la mort tragique de celle qui, intuitivement, avait été prête à vouer sa vie à un homme dont elle ignorait la secrète infirmité. Virginie vint au secours de l'ami :

– Il arrive, Willy, que les existences comme les voies de chemins de fer se rencontrent sans se joindre et se côtoient un temps, jusqu'à ce qu'une volonté supérieure les contraigne à s'interrompre ou à se nouer.

Dandrige fut reconnaissant à la dame de Bagatelle de cette intervention qui atténuait cette bévue du brave général Tampleton, dont la subtilité n'avait jamais été évidente.

– J'aurais bien voulu être à Promontory Point le 10 mai dernier, reprit Charles avec fougue, pour assister à la pose du fameux clou

1. Voir *Louisiane.*

d'or qui fixe le dernier rail, alors que, fumantes, parées comme des palefrois d'acier et de cuivre, les locomotives des deux compagnies se trouvèrent face à face au milieu du désert.

Tous les journaux illustrés avaient reproduit la scène : la « Jupiter 60 » de la Central Pacific, noir et rouge, et la « 119 » de l'Union Pacific, brun et marron, leur lanterne et leur « chasse-bœufs » prêts à se toucher et une foule endimanchée venue là à bord des grands chariots conestooga, entourant les personnalités et les ingénieurs. *L'Illustration* avait envoyé de Paris son meilleur reporter et tous les journaux des Etats étaient représentés.

– Le plus extraordinaire, commenta Barthew, c'est que j'ai entendu au télégraphe de Baton Rouge les coups de marteau qui enfoncèrent le fameux clou d'or! Un fil relié à la tête de l'outil et au manipulateur du télégraphe monté sur place permit le contact qui multiplia à l'infini le geste décisif. Je crois que, sans nous montrer trop chauvins, nous pouvons être fiers de ce chemin de fer de plus de mille sept cents miles.

– Il restera cependant sans profit pour le Sud, remarqua Dandrige, et l'on dit qu'une partie du réseau sera, l'hiver, recouverte de neige.

– Ce n'est qu'un axe, Clarence, et bientôt d'autres voies ferrées relieront les Etats à cette épine dorsale; le train, c'est l'avenir, je vous assure, soutint Charles.

En Louisiane même, des compagnies financées par des hommes aussi confiants que le fils de Virginie établissaient des projets, achetaient des terrains et mettaient en chantier des lignes nouvelles. Ainsi, la compagnie « Nouvelle-Orléans-Mobile and Chattanooga Railroad » s'apprêtait à poser le premier rail de la voie qui relierait, après un parcours de cent quarante miles, La Nouvelle-Orléans à La Mobile, en Alabama.

Une autre ligne prévue entre Chattanooga (Tennessee) et Meridian, dans l'Etat du Mississippi, permettrait de desservir le nord de l'Alabama. Animée par des financiers de Boston, la compagnie concessionnaire venait d'émettre sur les marchés d'Europe pour trois millions de dollars d'obligations garanties par l'Etat de l'Alabama. Cette ligne, raccordée à celle de « La Nouvelle-Orléans – Jackson and Great Southern Railroad », raccourcirait de deux cents miles le parcours ferroviaire entre La Nouvelle-Orléans et New York.

Pour les hommes d'affaires et les spéculateurs fonciers, les chemins de fer constituaient une source non négligeable de profits. Charles, qui conseillait aussi bien les Dubard et les Pritchard que les Redburn, envisageait de jolies commissions sans risquer personnellement plus d'argent qu'il ne voulait. Virginie applaudissait à ces habiletés auxquelles les planteurs n'étaient pas sensibles.

Aussi, quand au milieu de l'été on sut que la cueillette de coton apporterait, pour la première fois depuis la fin de la guerre civile, de vrais bénéfices, Dandrige ne fut pas mécontent de démontrer que la terre, pour peu qu'on la soigne et qu'on ne ménage pas sa peine, pouvait encore assurer des rentrées d'argent substantielles et... honorables.

– Combien restera-t-il, tous frais et toutes taxes payés? demanda Charles.

– Environ 28 000 dollars, répondit Dandrige, ce qui devrait nous permettre d'embaucher plus de saisonniers pour les prochains labours et d'ensemencer mille acres de plus en 1870.

– 28 000 dollars, répéta immédiatement Charles, qui ne semblait avoir retenu que le chiffre.

– Vous trouvez que c'est peu?

– C'est à peu près ce que doit gagner par semaine la société de MM. Rockefeller, Andrews et Flagler qui raffinent le pétrole à Cleveland... Et c'est un peu moins que ce que je toucherai d'ici à la fin de l'année en commissions sur les contrats que j'ai préparés pour mes clients... Et reconnaissez, Dandrige, que je me donne moins de mal que vous, que j'ai pour tout personnel un coursier et un secrétaire et que je prends le temps de chasser, de danser..., de vivre, en un mot!

– Nous n'avons pas été habitués dans le Sud à cultiver l'argent... La terre, le coton et la canne n'apportent pas que des dollars en fin de saison. De nos travaux, de nos efforts dont on ne sait jamais s'ils seront récompensés, car la nature est une partenaire capricieuse, nous retirons, à tout instant, la satisfaction de nous savoir en harmonie avec le grand rythme de l'univers... Quand le premier Damvilliers a défriché les forêts et les cyprières, il a accompli un acte de conquête bien plus important que celui qui a construit un chemin de fer... On sollicite la terre, on ne la possède pas et toujours il faudra que des hommes la cultivent et la servent pour que d'autres puissent manger et se vêtir. Le dollar, Charles, est un succédané. Sa valeur est de convention, celle de la terre est innée. Quel que soit le prix auquel on l'estime, elle demeure telle quelle, présente et fécondable.

– Sans doute avez-vous raison, reconnut Charles, et pour que des gens comme moi trouvent à s'employer avec bénéfice il faut que des êtres comme vous existent... Je suis une sorte de parasite, j'en ai conscience; je vends le savoir que j'ai pu acquérir parce que la terre avait donné aux miens les moyens de m'offrir des études... C'est une forme de reconnaissance... peut-être...

– Ou d'ingratitude, conclut Dandrige en souriant, car la franchise et la lucidité de Charles l'avaient touché.

Quand, le 24 septembre, éclata la panique financière, l'intendant rappela à Charles de Vigors la conversation qu'ils avaient eue sur « la culture de l'argent ».

Les responsables de ce vendredi noir appartenaient, eux aussi, à cette race des parasites qui savent drainer le produit du travail des autres vers leurs coffres boulimiques.

Jim Fisk, un marchand ambulant qui venait de faire fortune en peu de temps, associé à un certain Jay Gould, fils de paysans qui avait les côtes en long, comme disait Louis Dubard, quand il voulait désigner un partisan du moindre effort physique, croyaient pouvoir accaparer l'or du pays. Leur projet consistait à acheter le plus d'or possible pour faire grimper les cours. L'entreprise paraissait théoriquement réalisable, les banques ne disposant que de quantités modestes de métal précieux. Grâce à la complicité d'un haut fonctionnaire du Trésor, le plan Fisk-Gould fut mis au point. Jay Gould et Fisk donnèrent des ordres d'achat d'or en telle quantité que, de 133 dollars l'once, le prix du métal précieux atteignit 162. Beaucoup de spéculateurs, incapables de faire face à leurs engagements, se trouvèrent ruinés en quelques minutes. Pour arrêter l'hémorragie, l'administration fédérale fit mettre pour quatre millions de dollars d'or sur le marché. Jay Gould, sans doute prévenu en temps opportun par un complice – on soutint qu'il s'agissait du beau-frère du général Grant – avait commencé à se débarrasser de son or au meilleur cours. Fisk, plus cynique, abandonna à leur sort ceux qui lui avaient permis de réaliser l'opération.

– L'or lui-même est vulnérable, Charles. Il suffit que deux chenapans sans scrupules s'en mêlent pour que les fortunes de papier s'envolent au vent de la panique...

– C'est bien pourquoi, dit le fils de Virginie, il faut, quand on a tiré quelques profits d'une affaire, savoir investir ceux-ci dans la terre ou la pierre... Voilà pourquoi j'ai décidé d'acheter un terrain et de me faire bâtir une belle maison à La Nouvelle-Orléans où mes affaires m'appellent de plus en plus souvent.

– Votre mère est au courant?

– Pas encore, Dandrige, pas encore. Et, avant de lui parler de ce projet, je dois mener à bien un autre qui l'intéressera davantage...

– Peut-on savoir lequel?

– J'ai envie de me marier!

Dandrige comprit très vite que l'élue ne pouvait être que Liponne Dubard, ce que Castel-Brajac, qui recevait davantage de confidences de Charles, savait déjà. Aussi, quand Virginie annonça à l'intendant que les Dubard viendraient passer un dimanche à la plantation avec leur fille, il n'en fut pas surpris.

– Vous devriez convier Willy Tampleton, c'est un ami de l'immense famille Dubard, dit Clarence.

– J'y ai pensé, d'autant plus que j'aurai peut-être à lui confier une mission mondaine dont je ne saurai m'acquitter et qui, j'en suis certaine, ne vous plairait pas.

– Une mission que remplissent habituellement les pères?

– Vous avez deviné... Mais Charles ne m'a encore rien demandé de façon formelle...

Si Charles, qui savait conduire une intrigue, ne pouvait encore se permettre d'être clair et catégorique, c'est qu'il lui restait à enlever l'agrément de la principale intéressée. Les fréquentes visites de l'avocat à Saint-Martinville ne comportaient plus, depuis plusieurs mois, de justifications professionnelles. Louis Dubard, dit « le Fils », finaud et taquin, avait vite interprété, comme il convenait, les attentions que M. de Vigors avait pour son épouse et la courtoisie dont il faisait preuve à son égard.

Un jour où l'avocat, débarquant à l'improviste sous prétexte d'apporter des livres français à Mme Dubard, faisait compliment à la mère de Liponne pour la beauté de ses roses, Louis avait chantonné sans se gêner :

Quand on veut la fille aimable et gentille,
C'est à la maman que l'on doit faire du boniment.

Tout le monde avait souri et Liponne elle-même ne s'était pas offusquée d'une allusion qui, dans l'heure qui suivit, servit les intérêts de Charles.

– J'ai beaucoup d'affection pour votre père, savez-vous? dit-il à la jeune fille, alors que, peu de temps avant le dîner, ils faisaient le tour du jardin.

– Vraiment? fit-elle avec un éclair de malice dans les yeux.

– Vraiment... C'est un homme solide et sain..., répliqua l'avocat, un peu décontenancé.

– Et je pense que maman vous plaît aussi beaucoup, pouffa Liponne, franchement amusée.

– C'est-à-dire?...

– Vous savez que j'ai huit frères et sœurs, douze oncles et tantes et tant de neveux et nièces qu'on ne les compte plus... Si tout ce monde doit vous plaire avant que vous n'en veniez à moi..., j'aurai coiffé sainte Catherine depuis longtemps!

– C'est gentil de m'aider, mademoiselle. Vous savez bien que la personne qui me plaît le plus au monde, c'est vous, lança Charles tout en ayant le sentiment de dire une fadaise.

– Je vous plais... quand je suis là! Mais on m'avait dit tant de choses des Parisiens que je m'attendais à une cour plus... plus originale. J'avoue que, de la part d'un homme qui doit traîner une ribambelle de cœurs à ses basques, je suis un peu déçue.

Charles, surpris par l'absence d'apprêt de Liponne, commença à cet instant à en être amoureux. Légère, dégagée, gracieuse, tout à fait différente des jeunes filles de la vieille aristocratie qui se contraignaient sans cesse à des attitudes et surveillaient tous leurs mouvements, comme si elles avaient en permanence peur de faire craquer une emmanchure, glisser une bride, sauter une boutonnière ou tacher leur robe, la fille de Louis Dubard paraissait à l'aise en toutes circonstances, naturelle et spontanée. Son air décidé, son regard franc, son humeur égale, sa façon de chanter sans embarras aussi bien des comptines que des cantiques séduisaient plus que les minauderies des créoles de La Nouvelle-Orléans, rompues par atavisme à tous les entrechats du flirt.

– C'est que, dit-il, je suis un peu dérouté par votre lucidité et j'avoue ne pas trouver les mots qui vous diront ce que je ressens en votre présence, sans encourir vos gentilles moqueries.

– Voyons, je vais encore vous aider. Que me diriez-vous si j'étais une Parisienne et que nous nous promenions au bois de Boulogne, au milieu des beaux messieurs et des belles dames?

– Je vous dirais : Liponne, quittons cette capitale où tout est superficiel et vain. Allons nous installer en Louisiane, au bord du bayou Tèche! C'est là que nous trouverons la vraie signification du verbe aimer.

– Ah! eh bien, nous sommes au bord du bayou Tèche, continuez.

Charles prit un air contrit, s'arrêta pour respirer une rose et dit :

– Vous tournez mes phrases en dérision et je n'ose plus plaider devant un juge aussi caustique.

– Essayez de la méthode acadienne, alors!

– Mais je ne la connais pas, mademoiselle.

– C'est simple et les jeunes gens de chez nous s'y prennent d'une façon qui suppose de la patience. Quand une jeune fille leur plaît, ils commencent par la raccompagner chez elle après la messe du dimanche. Puis, s'ils y sont encouragés, ils viennent lui rendre visite à la veillée. Après leur journée de travail, ils font toilette et se présentent à la maison de l'élue. Là, ils jouent aux cartes avec les parents, les frères et les sœurs, parlent politique, écoutent les anciens évoquer le bon vieux temps. En hiver, ces réunions se passent près de la cheminée, l'été sous la galerie. Au bout d'un certain temps, on s'arrange toujours pour que le garçon ait une chaise près de la jeune fille. Plus tard encore, on permet aux tourtereaux de s'asseoir l'un près de l'autre au bout du salon. Ils peuvent parler à voix basse, tandis que le reste de la famille, qui feint d'ignorer ces apartés, discute à voix haute. Un beau soir, le garçon apporte un petit cadeau à la jeune fille; une autre fois, elle accepte une promenade au jardin et emmène, en guise de chaperon, un petit frère ou une petite sœur trop naïf pour comprendre la conversation des aînés. Quand on en est à ce stade, le garçon, monsieur Charles, il faut que vous le sachiez, est déjà considéré comme le « prétendu ». Il ne doit donc plus tarder à parler mariage, ce qui ne surprend pas la jeune fille, qui, cependant, doit montrer quelque étonnement. Les parents, qui savent depuis longtemps à quoi s'en tenir, ont déjà par allusion fait savoir leur satisfaction ou leur réticence. Quand arrive le moment de la demande officielle, tout le monde est d'accord et, quand les fiançailles sont annoncées, le garçon est autorisé à faire sa cour trois fois par semaine : le samedi, le dimanche et le mercredi.

– Quelle étiquette! dit Charles. Mais elle souffre des entorses, puisque nous nous promenons seuls, sans chaperon.

– Mais vous n'êtes, monsieur Charles, que l'avocat de mon père, un invité que nous avons plaisir à voir et auquel je fais les honneurs du jardin... Qu'allez-vous imaginer?

– C'est votre façon d'être coquette?

– C'est ma façon d'être sincère, monsieur Charles.

Au bout d'un certain nombre de visites, comme les choses n'avançaient guère, Charles confia à Gustave de Castel-Brajac son incapacité à progresser.

– J'ignore encore, mon vieux, si je lui plais ou si je la distrais, comme un phénomène de Barnum lâché en Acadie.

– Demande-le-lui, pardi!

– Tu ne la connais pas... Elle me répondra que j'ai une belle cravate.

– Oublie pendant quelque temps le chemin de Saint-Martinville, d'autant plus que tu dois être désiré à La Nouvelle-Orléans et que Clara Redburn apparaît chaque fois que tu t'absentes.

– Je vais te dire, Gustave. Un séjour chez les Dubard, c'est pour moi une cure de bonheur et de simplicité. La placidité du paysage, l'aimable société de cette famille, les attentions de Liponne déléguée à mon confort, l'allégresse de ces Acadiens à la fois religieux et bons vivants me procurent un apaisement inconnu jusque-là. C'est une félicité en forme de berceuse, quelque chose de doux et de pur. Je ressens pour Liponne une inclination sans déchaînement des sens. C'est un amour où les choses devraient aller d'elles-mêmes, qui permet au cœur de s'épanouir tout naturellement.

– Apparemment, les choses ne vont pas d'elles-mêmes!

– Je crois que je suis mis en période d'observation et peut-être probatoire. Je suis certain que, dès que j'ai tourné les talons, ses frères plaisantent Liponne sur mon cas. Je les entends dire : « Le beau chevalier, il est pour toi », et la mère de répondre, heureuse et les mains croisées sur son ventre : « Allons, allons, ne rêvez pas comme des servantes, le beau chevalier de Bagatelle a d'autres demoiselles à épouser que la nôtre... Sa maman est à la fois marquise et baronne... et les bourbons ne se marient qu'entre eux! »

– Ta qualité la plus enivrante est la modestie, beau chevalier.

– Que veux-tu, j'en ai assez de ces amours qui vous précipitent dans le désespoir ou la passion charnelle... et qu'on tente de poétiser après coup.

– Tu cherches l'amour gamin.

– Tu sais bien de quel amour j'ai pu rêver, Gustave. Toi seul sais la raison de mes fredaines. Si j'ai voulu saisir toutes les femmes qui passaient à ma portée, c'est parce que celle qui m'eût comblé m'est interdite.

– Je crois, moi..., que c'est parce qu'elle t'est interdite qu'elle t'attire..., mais c'est une autre histoire.

– Crois-moi, je suis peut-être proche de la guérison. C'est un plaisir nouveau que je connais auprès de Liponne. La naissance d'un amour neuf et frais, qui me fait espérer vaguement un bonheur qui ne débouche pas sur une fuite.

– Alors épouse-la et sois heureux!

– C'est elle, mon vieux, qui décidera..., pas moi.

Ce fut Liponne qui décida en effet, au soir du 11 novembre 1869, après la kermesse paroissiale où Charles avait été convié. L'église catholique de Saint-Martinville, mère-église des Acadiens fondée en 1765, est placée sous le patronage de saint Martin de Tours, ce militaire du IVe siècle, fils de Hongrois païens qui, d'après Sulpice Sévère, son biographe, partagea à Amiens son manteau avec un soldat démuni. Converti, devenu exorciste, puis évêque de Tours en 371, il lutta contre le paganisme des Gaulois et, contrairement à beaucoup de saints du calendrier, mourut de maladie dans son lit, entouré de ses ouailles.

La vieille église, établie sur une pelouse au cœur de la petite ville, contenait des trésors que Mme Dubard tint à montrer à Charles : les fonts baptismaux et une lampe d'or, cadeaux de Louis XVI et de Marie-Antoinette à la Congrégation et une jarre contenant la réserve d'eau bénite, apportée par les Espagnols. Construit en 1832 avec des briquettes de terre cuite, mélange d'argile et de boue du bayou Tèche tout proche, le sanctuaire, au contraire des églises françaises souvent sombres et austères, était une nef blanche où les ors des autels et les robes bleues des vierges sulpiciennes mettaient des taches de couleurs, attisées par la clarté du jour largement accueillie à travers les verres colorés des baies.

Saint Martin de Tours lui-même, peint en 1838, semblait cligner de l'œil au-dessus du maître-autel. Le curé doyen, un cousin des Dubard, montra avec orgueil au visiteur les drapeaux qui avaient successivement flotté sur Saint-Martinville : celui des Bourbon de France datant de Louis XIV, celui des Bourbon d'Espagne, celui de la République française envoyé par Napoléon, qui n'était encore que Bonaparte, celui de la Confédération et la bannière étoilée des Etats-Unis. Menacé d'une plongée dans des archives remontant à 1756, Charles de Vigors s'esquiva poliment pour aller rejoindre Liponne, qui vendait des gâteaux au profit des orphelins.

Embauché comme bonimenteur, l'avocat fut présenté à quantité de citoyens descendant, comme les de Clouet, les Fuselier de la Claire, les Pelletier de la Houssaye, les Blanc d'Enerville, des premiers colons français ou derniers rejetons des nobles Versaillais chassés par la Révolution française qui apportèrent leur argenterie, leurs carrosses et leurs mœurs aristocratiques au poste des Attakkapas, baptisé par eux « Petit Paris ».

Liponne Dubard se montra manifestement satisfaite de son chevalier servant, et à la fermeture des comptoirs elle l'emmena au bord du bayou sous le fameux chêne d'Evangéline. Sous les branches de l'arbre centenaire, alourdies d'écheveaux de mousse espagnole, elle invita le jeune homme à s'asseoir près d'elle sur un banc.

– Savez-vous, monsieur Charles, que vous plaisez beaucoup à maman... et aussi à mon père?

– Et aux oncles et aux tantes et aux neveux et aux cousins, ironisa Charles, mais à vous?

– A moi aussi, bien sûr, fit-elle doucement.

Liponne portait un petit chapeau de paille fine, agrémenté d'un nœud de mousseline blanche. Le décolleté carré de sa robe rose laissait passer un feston de dentelle tendu par la pression, sous l'étoffe fine, de seins ronds et fermes. Charles l'aurait volontiers embrassée.

– Merci de me le dire enfin... Je finissais par me demander si je ne vous importunais pas.

Elle lui prit la main et, le fixant intensivement de ses yeux de porcelaine, dit simplement :

– Si vous voulez pour épouse d'une petite paysanne acadienne, je suis prête à dire oui.

– C'est mon plus cher désir, Liponne, l'avez-vous compris depuis longtemps?

– Depuis que vous n'avez pas su me le dire.

Il lui passa un bras autour des épaules. Sans résistance, elle laissa aller sa tête. Il respira le tiède parfum qu'exhalait le décolleté à dentelle et l'embrassa.

– Je suis contente que nous nous accordions le jour de la Saint-Martin et sous le chêne d'Evangéline, dit-elle.

Charles pensa qu'il allait enfin pouvoir dire à sa mère qu'elle pouvait lancer ses invitations aux Dubard. On ferait à la fois les présentations et le repas de fiançailles. Il comptait mener les choses rondement, car il savait qu'il ne connaîtrait rien de plus que ce décolleté prometteur avant la nuit de noces.

8

Un matin de pluie, la cloche de Bagatelle oublia de sonner l'appel au travail. Iléfet en fut le premier étonné et Dandrige, qui s'éveillait sans sollicitation, l'interrogea :

– Que se passe-t-il?

– J'ai pas vu Bobo, m'sieur Dand'ige p't-êt'e qu'il est malade.

Bobo était mort discrètement, comme il avait vécu, dans l'écurie, sur sa litière bourrée de la même paille qu'il étalait pour les chevaux.

L'intendant le trouva couché sur le dos, les bras le long du corps, souriant, les yeux clos. Sa vie s'en était allée pendant qu'il dormait. Dandrige envoya Iléfet réveiller le jeune palefrenier qui logeait dans l'ancienne case du jardinier où Télémaque avait élu domicile avec sa fille. Le garçon mis en présence du mort fut pris de tremblements nerveux.

– Désormais c'est toi, Colin, qui, matin et soir, sonneras la cloche... Il faudra t'éveiller tôt. Tu iras chez le tailleur de Bayou Sara faire prendre tes mesures pour une livrée, car tu conduiras aussi le landau.

– Oui, m'sieur: Bobo m'a appris tout ce qu'il faut faire. Y m'avait dit : « Quand je sera mort, Colin, c'est toi qui soigneras les chevaux, t'es mon héritier... » Mais je pensais pas qu'il allait mourir, m'sieur!

Dans la vieille armoire qui contenait tous les trésors de Bobo, Dandrige trouva la tenue du cocher sans un faux pli, toujours prête à être endossée, ses bottes à revers bien cirées, son chapeau de cuir bouilli avec le plumet de blaireau et la cocarde aux couleurs des Damvilliers. Aidé par Iléfet, il revêtit le vieux palefrenier de cet uniforme dont il était si fier parce qu'il le distinguait des autres et qui, dans sa jeunesse, lui avait permis tant de conquêtes chez les jolies esclaves des champs.

Le menuisier vint prendre les mesures pour la bière et quand on y coucha l'ancien esclave, dans l'après-midi, Clarence voulut qu'on y mît aussi le fouet à manche d'argent dont seul Bobo avait l'usage.

Virginie, venue faire l'ultime visite à son vieux serviteur, leva sur l'intendant un regard interrogateur.

– Là où il va, Clarence, croyez-vous qu'il puisse avoir besoin d'un fouet?

– Peut-être rencontrera-t-il Pégase ou Bucéphale, Virginie, et je ne voudrais pas que les esprits le prennent pour un écuyer ordinaire.

Bobo fut enterré dans le nouveau cimetière des Noirs à Sainte-Marie, sous une dalle de granit. L'intendant y fit graver le seul nom que l'on connaissait au palefrenier et cette phrase : *Il fut digne de commander pendant un demi-siècle aux chevaux de Bagatelle.*

Quelques jours après ces funérailles d'un esclave qui avait tenu une si grande place dans la vie de la plantation, survint un événement prouvant que tous les Blancs n'étaient pas dans d'aussi bonnes dispositions que Clarence Dandrige vis-à-vis des affranchis. Alors que Castel-Brajac commentait la nomination d'un Noir au poste de consul des Etats-Unis en Haïti, ce qui faisait grincer bien des dents sudistes, et la création à Chicago du National Prohibition Party qui se proposait de mettre l'alcool hors la loi, on vit surgir Brent, le visage défait, au seuil de la salle à manger.

– M'sieur Dand'ige, ils viennent d'enlever mamselle Ivy!...

Aussitôt, les hommes, l'intendant, Castel-Brajac et Mallibert, se levèrent de table.

– Qui ça, *ils?*

– Les fantômes à cheval qui font peur aux nègres, m'sieur Dand'ige.

– Tu sais bien que les fantômes n'existent pas, Brent... Ce sont des hommes qui se déguisent, comme à Mardi gras.

– Oui, m'sieur Dand'ige; ils sont venus chez moi aussi et ma Rosa elle a failli tourner de l'œil tellement elle a eu peur.

Le Noir, essoufflé et ému, avait du mal à poursuivre.

– Et qu'ont-ils fait ou dit?

– Y en a un qui a demandé à boire de l'eau, je lui ai apporté un verre... Alors il a ri d'un drôle de rire... Il avait une tête toute pointue, deux yeux et pas de bouche, m'sieur Dand'ige... Et pourtant y riait et y parlait. Il m'a dit : « Sale gros nègre, je meurs de soif, j'ai pas bu depuis que j'ai été tué à la bataille de Mansfield par tes amis Yankees, apporte-moi un seau ». Je suis allé chercher un seau et, comme il était pas descendu de son cheval, je lui a passé le seau d'eau de la galerie... Eh bien, il a bu tout le seau, comme ça, sans respirer. En bas de sa figure blanche c'était tout mou, il avait pas de bouche et il a pourtant bu le seau, et puis y me l'a jeté à la tête en disant : « Tâche, sale nègre, d'avoir toujours des seaux et de l'eau fraîche prêts pour les Chevaliers du Camélia Blanc, sinon on te pendra et on coupera tes enfants en morceaux! »

Virginie tendit à Brent une tasse de café qu'il avala d'un trait.

– Et Mlle Barnett? dit-elle.

– Ah! oui, j'oubliais, y sont allés la chercher là où elle loge et ils l'ont emmenée en travers d'un cheval. Un nègre m'a dit que celui qui l'avait chargée, il lui avait troussé la jupe et qu'il lui tapait fort sur les fesses en riant, même que le nègre il a vu que mamselle Ivy elle avait une culotte rose.

– Rentre chez toi, rassure ta femme et tes enfants. Nous allons retrouver Ivy, Brent, sois tranquille, et nous donnerons à boire à ces fantômes assoiffés.

Virginie remarqua le regard vert et impitoyable de Dandrige, seul signe de colère qu'elle connaissait chez cet homme si parfaitement maître de ses réflexes.

– On va avec vous, dirent en chœur Mallibert et Castel-Brajac.

– Je pourrais aller aussi, m'sieur Dand'ige. Avec vous, j'aurais pas peur, proposa Brent.

– C'est une affaire entre Blancs. Il vaut mieux qu'un nègre n'y soit pas mêlé, rentre chez toi.

Dandrige envoya Citoyen, qui ouvrait des yeux comme des soucoupes, prévenir Colin de seller trois chevaux, puis il quitta la salle à manger. Quand il réapparut, il portait trois carabines Remington à répétition et un sachet de balles.

– Nous n'en aurons sans doute pas besoin, dit-il à ses amis en leur distribuant armes et munitions, mais avec les imbéciles on ne sait jamais.

Colin avait déjà amené les chevaux au pied de l'escalier et, comme la lune jouait à cache-cache avec les nuages, il apportait aussi des torches de résine. Sitôt en selle, les trois hommes s'élancèrent sous l'allée de chênes et, passé le portail, tournèrent à droite sur le chemin des berges.

Virginie, qui suivit leur départ sur la galerie, s'étonna que Dandrige n'eût pas hésité un instant sur la direction à prendre.

En fait, il galopait avec ses amis jusque chez les Tampleton. Il comptait bien fournir à Willy l'occasion de montrer s'il approuvait ou non le comportement des Chevaliers du Camélia Blanc, parmi lesquels se trouvaient, disait-on, des officiers confédérés.

Les trois hommes tombèrent comme des intrus en pleine veillée familiale. A leur vue, Isabelle fit prestement disparaître, par coquetterie, les lunettes qui lui permettaient de s'y retrouver dans les fils de sa tapisserie. Les trois filles : Lucie, Clotilde et Nancy, étaient penchées sur des magazines de mode arrivés de France, et le général savourant son cigare, un verre de porto à portée de la main, paraissait absorbé dans la lecture d'un livre déjà vendu à plus de cent mille exemplaires à travers les Etats-Unis et dont on disait grand bien : *les Innocents à l'étranger*, d'un certain Mark Twain. Le maître de maison, Percy Tampleton, était apparemment absent.

– Qu'est-ce qui se passe, Clarence? dit vivement Willy.

– Rien de grave, je l'espère... Un exploit de ces braves et courageux Chevaliers du Camélia Blanc. Ils ont enlevé l'institutrice noire de Sainte-Marie et j'ai l'intention de la retrouver au plus vite... Vous n'auriez aucune idée, par hasard, de l'endroit où ces valeureux cavaliers donnent habituellement leurs petites fêtes?

– Aucune idée, Clarence... Depuis que j'ai refusé de marcher avec eux, on ne me fait plus de confidences. Ils se réunissent certainement dans une clairière ou une grange, mais allez savoir où?

– Et Percy n'en saurait pas davantage?... Il aurait pu entendre des gens parler.

– Percy participe à une réunion de propriétaires pour les impôts. Il m'a dit qu'il rentrerait assez tard, intervint Isabelle.

– Nous finirons bien par les trouver. Excusez notre intrusion brutale, mais vous comprenez que le temps presse.

– Je pourrais venir avec vous, proposa Willy en se levant. J'aimerais assez voir comment ces patriotes se comportent.

– Je préfère que vous restiez en dehors de ça, général, fit Dandrige, donnant ostensiblement son titre à Willy... Nous rencontrerons peut-être des gens que votre présence pourrait gêner.

Sans laisser à Tampleton le temps de répliquer, l'intendant repassa la porte du salon, Mallibert et Gustave sur ses talons.

Comme les trois hommes se remettaient en selle, assez indécis sur la direction à prendre, une robe blanche apparut sur la galerie.

– Ils pourraient bien être à la clairière de la Fourche, près de l'ancien bac de Port Hudson, monsieur Dandrige, fit une voix... Mais ne dites pas que c'est moi qui...

– Soyez sans crainte, Nancy, et merci du renseignement.

Comme le trio descendait l'allée qui conduisait aux ruines des Myrtes, l'ancienne demeure des Tampleton, Dandrige reconnut, grâce à la lanterne que l'homme portait, le mitron de Criquet. Le jeune homme se rendait peut-être à quelque galant rendez-vous. Il l'interpella, pensant que la belle, si belle il y avait, pourrait attendre.

– Cours à Sainte-Marie, chez le docteur Finks, gamin, et dis-lui de se rendre rapidement à la clairière de l'ancien bac de Port Hudson, près de Barrow Home... Tu as compris?

– Oui, m'sieur Dandrige, j'y va.

Les cavaliers durent bientôt allumer leurs torches. Les chevaux, devinant la proximité de l'eau, montraient quelque réticence à avancer dans la pénombre. Avant d'atteindre la mince bande de terre qui séparait la pointe sud de Fausse-Rivière du Mississippi, l'intendant fit éteindre les flambeaux.

– J'imagine qu'ils doivent se garder des importuns. Nous allons certainement tomber sur des sentinelles.

– Que leur fait-on? demanda Mallibert que l'expédition rajeunissait de trente ou quarante ans, lui rappelant l'époque où il accompagnait le colonel de Vigors dans des reconnaissances pleines d'embûches à la veille d'une bataille.

– Nous les attachons à un arbre, nous chassons leurs chevaux et nous les désarmons si nécessaire.

Dandrige avait répondu sans hésitation et l'ancienne ordonnance apprécia cette promptitude de tacticien.

– Et, naturellement, nous regardons sous leurs cagoules quelle tête ils font, ajouta Castel-Brajac, qui s'amusait comme d'Artagnan, son « pays », courant sus aux gardes du cardinal.

– J'aimerais autant respecter leur incognito. Il est inutile d'humilier les subalternes... Seul le chef nous intéresse.

Comme les trois amis venaient de le prévoir, à un quart de mile de là, deux silhouettes blanches barraient l'entrée du petit chemin conduisant, à travers la forêt, jusqu'à la clairière de la Fourche, ancien campement des Confédérés. Les guetteurs ayant entendu venir les cavaliers avaient armé leurs fusils.

– Continuez à avancer, je m'occupe d'eux, souffla Mallibert en se laissant prestement glisser à terre.

– Qui êtes-vous et où allez-vous? lança l'un des fantômes, dont la voix parut amplifiée jusqu'au surnaturel par le silence de la nuit et l'écran des frondaisons.

– Nous nous sommes égarés, ô esprits sylvestres, mais, si vous avez encore quelque considération pour les humains, dites où se trouve l'embarcadère du bac de Port Hudson, lança suavement Castel-Brajac, dont l'accent gascon parut surprendre l'interpellateur.

– Il n'y a plus de bac ici depuis que les Yankees ont détruit Port Hudson. Faites demi-tour, allez au diable et oubliez que vous nous avez rencontrés... Sinon, malheur à vous!

Dandrige, qui goûtait le sel de l'échange, s'apprêtait à participer à la conversation, quand la voix de Mallibert, nette et autoritaire, s'éleva derrière les sentinelles :

– Jetez vos armes ou je fais de vous de vrais fantômes. Joignez les mains sur vos têtes et taisez-vous!

Clarence et Gustave, ayant mis pied à terre, entraînèrent les hommes masqués vers deux arbres de diamètre convenable et, leur ayant fait étreindre les troncs, leur lièrent les poignets. Mallibert trouva les chevaux, les détacha et leur claqua vigoureusement la croupe, ce qui eut pour effet de les faire détaler sur le chemin dont le sol plus clair inspira confiance à leurs sabots.

– Soyez assez aimable pour tenir compagnie à ces charmants esprits..., ordonnance..., jusqu'à l'arrivée du docteur. Quand il vous aura rejoint, suivez ce sentier, il conduit où nous allons...

Cette consigne donnée, Dandrige prit son cheval par la bride et, suivi de Castel-Brajac, s'enfonça avec précaution sous les arbres. Le Gascon trébucha plusieurs fois, jura vigoureusement, mais à voix basse, et aperçut, en même temps que son guide, la clarté d'un grand feu allumé au centre d'une vaste clairière.

Le spectacle valait le dérangement.

– On croirait assister à l'un de ces drames grandiloquents pour théâtre de boulevard, souffla Gustave.

La lueur du brasier central n'était pas la seule à illuminer la voûte sombre des arbres. Deux grandes croix de feu dévorées par de courtes flammes figuraient les sinistres candélabres d'une cérémonie digne des nuits initiatiques des chevaliers teutoniques. Sous ces lumières mourantes et crépitantes, des capucins blancs à cagoules aussi hautes et pointues que les chapeaux des médecins de Molière se tenaient immobiles, rangés en arc de cercle, face aux croix. D'autres allaient et venaient, alimentant le foyer. Les chevaux de Dandrige et Castel-Brajac, effrayés par ces incendies, tiraient sur leur longe.

L'intendant mit un certain temps à distinguer Ivy. L'institutrice, nue jusqu'à la taille, le buste dressé luisant de sueur à la clarté des flammes, était attachée, les mains liées derrière le dos, à un court poteau. Elle considérait ses tortionnaires d'un regard arrogant et sa beauté impressionna le Gascon.

– Tudieu, Clarence, quels seins et quelle taille! Je n'ai jamais rien vu d'aussi somptueux... Il faut la tirer de là.

Au moment où Castel-Brajac prononçait ces mots, l'un des moines de tragédie, un homme corpulent qui se déplaçait pesamment, vint se placer face à la victime.

– Sale négresse, cria-t-il, putain d'ébène qui as usurpé le savoir de la race supérieure pour mieux entraîner les avortons de ta race impie à haïr les Blancs, tu ne pourras désormais cacher ton infamie à ceux qui te posséderont.

En disant ces mots, l'homme s'approcha du brasier et en retira un marquoir à bœuf, dont la tête incandescente traça dans l'air, quand il le brandit, une grande zébrure rouge.

– Faites le tour, allez détacher Ivy, vite, lança Dandrige en sautant en selle avec l'aisance retrouvée de ses jeunes années.

Tout en tirant sa carabine de la fonte, il obligea son cheval à franchir d'un bond les buissons qui cernaient la clairière et à se frayer sans ménagement un chemin à travers le cercle des spectateurs, dont deux au moins roulèrent à terre.

La stupéfaction fut telle chez les Chevaliers du Camélia Blanc que Dandrige parvint jusqu'au sacrificateur avant que quiconque ait réagi. Du canon de son arme, il frappa le marquoir brûlant; l'instrument échappa des mains de celui qui s'apprêtait à l'appliquer sur la poitrine de la jeune Noire. Sans s'occuper de l'institutrice, l'intendant cabra sa monture pour faire face à la grotesque assemblée de pseudofantômes, saisit la pointe de la cagoule du maître de cérémonie, arracha le tissu d'un geste si violent que l'homme en fut déséquilibré.

A la lueur des croix ardentes apparut la face congestionnée et stupide de Percy Tampleton.

Avec une célérité digne des Sioux, Castel-Brajac avait déjà délié Ivy et, lui jetant sa redingote sur les épaules, l'entraînait hors de la clarté du feu de camp.

– Ainsi, le chef des lâches est Percy Tampleton, dit Dandrige d'une voix forte et méprisante... Je vous préviens tous que la forêt derrière vous est pleine d'hommes déterminés et que nos carabines sont chargées pour le gros gibier...

Comme pour confirmer cette harangue, deux autres cavaliers apparurent dans le cercle qui n'avait plus rien de magique. Mallibert et le docteur Finks, la crosse de leur carabine sous le bras et l'index sur la détente, se placèrent de part et d'autre des spectateurs, les forçant à se serrer les uns contre les autres. Dandrige, droit sur sa selle, sa jument en aplomb parfait comme la monture d'un général assistant à un défilé, son feutre gris perle légèrement incliné sur le sourcil droit, observait ces hommes, mal à l'aise sous leurs oripeaux. Combien en reconnaîtraient-ils s'ils les obligeaient à montrer leur visage? Des planteurs, des vétérans de l'armée confédérée, des « petits Blancs », commerçants ou contremaîtres, se cachaient sans doute sous ces suaires de pacotille, tous frappés à la poitrine d'un écu rouge et portant brodé par de pieuses, épouses ce camélia blanc symbole de la constance, devenu par aberration celui de la plus stupide obstination.

– Messieurs! dit Dandrige, vous avez sur mes amis et sur moi un avantage. Vous voyez nos traits et beaucoup d'entre vous nous ont reconnus. Pour l'honneur du Sud et pour vous épargner demain la honte de nous rencontrer, nous ne voulons pas savoir qui vous êtes. Rentrez chez vous. Soyez sans inquiétude pour M. Tampleton, qui fut un de mes amis; nous le rendrons à sa famille sans lui faire aucun mal.

Sans un murmure, subjugués par l'autorité et peut-être par l'écho que trouvaient dans leur conscience les paroles de l'intendant de Bagatelle, les Chevaliers du Camélia Blanc prirent derrière quelques-uns d'entre eux, porteurs de brandons, le sentier qui les conduisit à leurs chevaux. Mallibert les escorta un moment pour éviter toute surprise.

Percy Tampleton, les mains au dos comme un collégien mis au piquet, la tête basse, appréciant enfin le ridicule de sa position et de son accoutrement, fit mine d'emboîter le pas à ses compagnons.

– Un instant, Percy, dit Dandrige, j'aimerais connaître vos raisons... Mais je dois d'abord m'assurer de l'état de Mlle Barnett.

La jeune fille, soutenue par le docteur Finks et pleurant d'humiliation plus que de frayeur, réapparut dans la zone éclairée par le feu.

– Elle n'a rien, dit Finks avec tendresse... en caressant la nuque frisée de l'institutrice.

– Je vous dois encore une fois la vie sauve, monsieur Dandrige, parvint à articuler Ivy à travers ses sanglots... Jamais je ne pourrai vous rendre ce que vous avez fait pour moi.

Percy Tampleton s'était redressé, une lueur de défi dans le regard, face à cette fille noire si belle. Quand on l'avait attachée au poteau et que les seins d'onyx de l'affranchie avaient jailli de la robe déchirée, Percy, l'amateur de femmes, avait regretté de ne pas être seul dans la clairière avec sa victime.

Maintenant, il s'attendait à ce que ce salaud de Dandrige, qui toujours avait soutenu les nègres, permette à la fille de lui cracher au visage. Ivy, au contraire, ne lui jeta qu'un rapide coup d'œil et se laissa aller sur l'épaule de Finks, exténuée et désirable.

– Vous pouvez, si vous le voulez, me rendre un signalé service, Ivy, dit doucement Dandrige en mettant pied à terre. Si le sacrifice que je vous demande n'est pas au-dessus de vos forces... morales.

– Dites, monsieur Dandrige.

– Eh bien! vous voyez maintenant le visage de cet homme qui voulait se faire votre bourreau... Vous le reconnaissez, n'est-ce pas?

– Oui, c'est M. Tampleton, le frère du général.

– Pouvez-vous me promettre que vous ne direz à personne que c'est lui qui vous a enlevée... Il a une femme et trois filles des plus honnêtes et un frère qui est mon ami, un héros, un citoyen loyal qui n'a jamais fait de mal à aucun de vos frères et qui a refusé de s'associer aux mascarades de ces gens. Sa punition, M. Tampleton la verra longtemps exprimée par les regards de ceux qui, ce soir, l'ont vu dans cette posture infamante. Ses complices, que nous n'avons pas voulu connaître davantage, se détourneront de lui, car il portera désormais témoignage de leur déshonneur collectif... Voulez-vous, Ivy?

– Je voudrais qu'un jour se lève parmi les anciens esclaves un nègre qui soit aussi grand que vous, monsieur Dandrige, et qui soit digne d'être votre ami... J'ai déjà oublié M. Tampleton... Jamais je ne dirai son nom à personne... Mais je me souviendrai, comme vous et vos amis, qu'il n'est pas ce qu'on appelle à Boston un gentleman.

– Vous pouvez rentrer chez vous maintenant, Percy, sinon Isabelle et vos filles vont s'inquiéter de votre absence, autorisa d'une voix calme l'intendant... Vous devez faire un voyage, m'a-t-on dit, vers le Texas... C'est peut-être le moment d'y aller... C'est la saison où dans les parcs on marque les bestiaux!

Sans un mot, Tampleton se débarrassa de sa robe blanche, la jeta sur les derniers brandons du foyer et s'enfonça dans la forêt, à la recherche de son cheval. Il se sentait las et vide, au bord de la nausée. Il haïssait Dandrige plus que tous les nègres réunis.

– Accompagnez Ivy avec Mallibert et Gustave, proposa Dandrige au docteur Finks, qui lui parut soutenir la jeune Noire avec plus d'empressement que son état n'en réclamait.

– Vous ne rentrez pas? interrogea le Gascon.

– Je vais attendre que le feu soit éteint. Souvent le vent se lève au milieu de la nuit et il ne faudrait pas que tout se termine par un incendie.

En réalité, Clarence souhaitait rester seul. Quand ses amis se furent éloignés, il attacha sa jument, s'assit sur un tronc abattu, ôta son chapeau et tira d'un étui de chevreau un de ces minces cigares que Virginie, même aux pires moments d'impécuniosité, avait toujours fait venir pour lui de La Havane. L'ayant allumé à une brindille, il aspira quelques bouffées. Les oiseaux de nuit chassés par les grands feux des négrophobes regagnaient leurs branches familières. Un hibou se mit à hululer comme si la gent ailée avait délégué ce nyctalope pour confirmer que la clairière venait de retrouver son calme. Dans les buissons, Clarence entendit glapir un renard en quête de repas, puis les grenouilles se mirent de la partie et la vie nocturne de la forêt reprit ses droits. Satisfait de la tournure qu'il avait pu imposer aux événements, Clarence Dandrige se sentait fourbu, comme après une longue course. Il pensa qu'il venait peut-être pour la dernière fois de sa vie d'être contraint à l'action violente. Il supportait le vieillissement de ses muscles, bien sûr, mais sa lassitude lui venait de l'âme. Conscient d'avoir connu une destinée conforme à ses possibilités, il sentait peu à peu se préciser, malgré la quiétude retrouvée, les dernières nuances de la vie. Aucun élément mortel ne soutenait l'amour qu'il portait à Virginie, et cependant la mort interviendrait un jour ou l'autre et ce serait la privation définitive, pour l'un ou l'autre de ces étranges amants.

L'aube le surprit à méditer le mythe grec selon lequel, à l'origine, les êtres, composés des deux principes, féminin et masculin, étaient de parfaites créatures portant en elles-mêmes tous les désirs et tous les moyens d'y satisfaire. Il en avait été ainsi jusqu'à ce que le Démiurge, peut-être dans un mouvement de colère, décide de séparer les sexes. Depuis, chaque homme, chaque femme cherchait dans l'espace et le temps son unique complément. L'erreur et la confusion semblaient être les règles de ce grand jeu baptisé « amour » dont lui, Clarence Dandrige, s'était cru formellement exclu.

Quand il se remit en selle pour regagner Bagatelle, il ne restait plus dans la clairière de la Fourche que trois tas inégaux de cendre grise, dont le plus gros exhalait encore un filet de fumée bleue. Sur le Mississippi, les brumes de l'hiver glissaient d'une rive à l'autre avant de rouler sur les forêts et les champs, comme des grands flocons de coton sale, poussés par le vent, loin de Fausse-Rivière.

9

Charles de Vigors et Liponne Dubard se fiancèrent à Bagatelle, le premier dimanche de janvier, quelques jours avant que M. John D. Rockefeller ne fonde, dans l'Ohio, la Standard Oil Company, au capital de un million de dollars.

Mme de Vigors, voyant pour la première fois sa future belle-fille et les parents de celle-ci, ne put s'empêcher de dire que Liponne avec sa robe d'organdi et son châle de soie blanche « était habillée comme pour une distribution de prix ».

Quant à la tenue de Louis Dubard dit « le Fils », qui pour être à la mode avait abandonné la redingote au profit du complet veston, elle n'étonna pas Virginie, laquelle connaissait les goûts vestimentaires des Acadiens aisés. Aussi la dame de Bagatelle ne fit-elle aucune remarque sur le gilet marron à grands carreaux jaunes qu'arborait vaillamment le futur beau-père de Charles.

Mme Dubard remplissait un tailleur de soie mauve et tenait en équilibre sur son chignon un chapeau acheté spécialement à La Nouvelle-Orléans et qu'un écheveau de mousse espagnole lui enleva très irrespectueusement tandis qu'elle faisait avec Virginie le tour du parc. Brent et Rosa, pour satisfaire au souhait de leur ancienne maîtresse, avaient repris du service pour la journée, au grand dam de Citoyen, qui inaugurait ce jour-là une veste blanche enfin coupée à sa taille.

Avant le fameux gombo d'Anna, Charles avait voulu que l'on serve des canapés aux œufs d'esturgeon avec le champagne d'ouverture, comme à Paris. Sauf Liponne, prête à trouver délicieux tout ce qui plaisait à l'homme qu'elle avait choisi, les Dubard avalèrent le caviar avec le sourire que l'on voit aux enfants sages contraints de prendre une cuillerée d'huile de foie de morue.

Le plus jeune des fils Dubard, un gamin qui avait la carrure d'un homme de trente ans, déclara « ces foutues graines noires amères comme de la suie ».

Sa mère lui fit les gros yeux, et, pour se donner contenance, il siffla d'un trait le champagne qu'on venait de lui verser. Après quoi le jeune homme ne trouva rien à redire ni au gombo, ni à la dinde, ni à la pièce de bœuf, ni au fromage de Stilton (importé d'Angleterre). Quant aux tartes d'Anna, elles l'enthousiasmèrent assez pour qu'on le rencontre dans les cuisines sur le coup de six heures, se renseignant sur le sort réservé aux restes de pâtisserie.

– Ce jeune homme a une bonne nature, dit Tampleton à Dandrige. Charles fera bien d'embaucher une cuisinière à la hauteur, quand il recevra la famille.

Entre la poire et le fromage, Willy Tampleton, qui, dans la tenue la plus civile – redingote gris perle à revers de soie, chemise à jabot et pantalon à soutaches – avait toujours l'air de porter son uniforme de général, s'éclaircit la voix, fit tinter le cristal de Saint-Louis avec sa cuillère de vermeil et justifia sa présence à ce repas de famille.

– Mesdames, messieurs, c'est parce qu'on me considère comme un membre rapporté de la famille de Charles de Vigors, orphelin de père, que j'ai été chargé par sa charmante mère, Mme de Vigors, de demander à M. Louis Dubard, frère de mon vieil ami Paul, s'il accepte d'accorder la main de la ravissante Liponne, sa fille, à M. Charles de Vigors.

– Nous accordons Liponne à Charles, dont nous avons pu apprécier les qualités, non seulement avec joie, mais avec fierté, répondit M. Dubard.

Ayant vite évalué le snobisme de la dame de Bagatelle, le Cajun futé ajouta avec une éloquence exaltée par le vieux Pomerol :

– Car, pour notre vieille famille acadienne, c'est un honneur de confier notre dernière fille à marier au descendant d'une des plus aristocratiques familles de pionniers de Louisiane.

En amalgamant les Damvilliers, dont Charles n'avait pas une goutte de sang dans les veines, aux Vigors arrivés là pour chausser les bottes de trois générations de marquis, Louis Dubard donnait à Virginie l'illusion que les « siens » assumaient finalement le destin de Bagatelle... depuis que Bienville avait remonté le Mississippi.

Clarence Dandrige apprécia l'intelligence du Cajun qui, le temps d'un repas et malgré son gilet à carreaux, avait, comme l'on dit, « mis dans sa poche » la future belle-mère de sa fille.

Les fiancés, aussitôt sommés de s'embrasser, s'exécutèrent avec la retenue que commandait le manque d'intimité. Charles, dont on voyait au premier coup d'œil qu'il était satisfait comme un avocat recevant, après le délibéré, un jugement favorable à sa cause, échappait à l'air niais que prennent inévitablement les jeunes gens qui viennent de s'encombrer d'une femme pour la vie, ou du moins pour longtemps.

– N'est-il pas beau et séduisant, mon Charles, dit Virginie en se penchant vers Mme Dubard comme pour lui faire mieux apprécier la grâce que l'on faisait à sa fille en l'épousant.

– Ce sera un couple très assorti, chère madame, répliqua la mère de Liponne, et j'espère qu'ils nous feront de nombreux et beaux enfants.

– Beaux certainement, car votre fille a une fraîcheur et une santé qui me réjouissent...

Liponne était heureuse. Chaque fois que Charles lui prenait la main sans raison, simplement par tendresse, ses joues s'empourpraient et ses yeux de Delft – son fiancé avait emprunté l'expression à Castel-Brajac – brillaient comme ceux des petites filles gourmandes. Malgré quelques prudentes tentatives, M. de Vigors n'avait pas encore eu accès au décolleté si magnifiquement garni. Il comptait bien y faire une incursion maintenant que très officiellement il se trouvait fiancé à Liponne. Sous prétexte de lui faire visiter la maison ou le jardin d'agrément de sa mère, il trouverait bien un moyen d'entraîner l'Acadienne dans un coin tranquille. « Pourvu que le jeune frère goinfre – nommé Lucien mais qu'on appelait déjà « Sugar » à cause de la consommation immodérée qu'il faisait de sucreries – ne soit pas toujours dans nos pas! » pensait Charles. Puis, tout en bavardant avec son futur beau-père, il s'inquiétait à la vue de la robe de Liponne stricte et ras du cou sans boutonnage par-devant... « Sans boutonnage par-derrière non plus », se dit-il un moment plus tard, après avoir nonchalamment relevé d'une main rompue à ce genre d'exercice mondain le châle qui glissait des épaules de la jeune fille.

Tandis que l'avocat essayait de se souvenir des différents systèmes adoptés par les couturières parisiennes pour clore à hauteur du buste les robes de leurs clientes, la maîtresse de maison donna le signal du passage au salon, où le café allait être servi. Elle avait convié, afin qu'ils soient les premiers à faire la connaissance de la fiancée de Charles, les amis les plus intimes : Castel-Brajac, Ed et Mignette Barthew avec leur fils, Clarence, filleul de Dandrige, qui allait sur ses dix ans, Adèle Barrow, le docteur Murphy, Nadia Redburn et Mallibert.

Les présentations faites, des petits groupes se formèrent, Mme de Vigors ayant enlevé Liponne à son fils pour lui montrer la maison. Déjà le salon méritait quelques commentaires avec ses meubles de Boulle, ses tasses de Sèvres, ses fauteuils de Jacob, ses pendules et ses portraits.

– Tous mes enfants Damvilliers sont là, dit Virginie, désignant les tableaux qui représentaient Julie, Pierre-Adrien, Marie-Adrien et Gratianne. C'est la seule qui soit encore de ce monde, expliqua-t-elle en désignant cette dernière, bien mariée à Paris..., mais Charles vous racontera l'histoire de notre famille, qui n'est pas exempte de drames.

La visite se poursuivit, Mme de Vigors tenant son face-à-main haut levé comme si elle n'était plus capable de reconnaître sans le secours de son verre grossissant les trois marquis de Damvilliers, souriants et bien portants dans leurs cadres d'ébène, encore que légèrement encrassés par les haleines grasses des feux de cheminée.

– Vous n'avez pas un portrait du papa de Charles, madame? interrogea timidement Liponne.

– Une miniature seulement, ma chérie. Le général n'a jamais voulu être portraituré... Il n'avait pas la patience de poser.

– Et Charles?

– De lui, j'ai des daguerréotypes et des photographies, mais pas de portrait non plus... Il est parti si jeune en France, n'est-ce pas!

Liponne eut brusquement le sentiment que son fiancé comptait en tant que Vigors beaucoup moins aux yeux de sa propre mère que les enfants Damvilliers. « Si les autres fils étaient encore vivants, pensa-t-elle, mon pauvre Charles n'aurait droit à aucune considération. »

Ouvrant une armoire, Mme de Vigors montra encore les poupées de Julie et le sabre d'honneur que Napoléon Ier avait donné au colonel de Vigors, au soir d'une bataille dont elle avait oublié le nom. Dans sa propre chambre, la maîtresse de maison fit apprécier à sa future bru l'impressionnant lit des Damvilliers, au baldaquin plafonné de soie bleu pastel, plissée en étoile autour du blason familial, et supporté par quatre colonnes d'acajou massif.

– L'ensemble pèse, dit-on, mille six cents livres, dit fièrement Virginie... Seul le lit, que Henry Clay avait fait faire quand il croyait être élu à la Maison-Blanche, est aussi lourd, mais il est moins ancien. On peut le voir chez nos amis de Rosedown, près de Saint-Francisville.

Les deux femmes allaient poursuivre la visite et Virginie s'apprêtait à introduire Liponne dans son boudoir pour qu'elle s'y repose un peu et rectifie sa toilette quand un cri déchirant monta du parc. Il se développa en appels désespérés qui semblaient provenir de l'autre côté de l'allée de chênes. Virginie et Liponne instinctivement se mirent à la fenêtre, juste à temps pour voir Castel-Brajac et Dandrige courir vers l'entrée de la plantation suivis par Barthew, Mallibert et « Sugar », le frère de la fiancée.

– Mon Dieu, madame! que se passe-t-il? C'est affreux, on dirait quelqu'un qu'on égorge.

Les cris avaient cessé, remplacés maintenant par des gémissements de bête blessée.

– Il ne s'agit pas en tout cas de gens de nos familles, mademoiselle, je vois tout le monde sur la galerie, dit Virginie après s'être penchée.

Puis elle ajouta :

– Asseyez-vous, recoiffez-vous, vous avez là de l'eau de Guerlain. Je vais aux nouvelles.

Charles, qui faisait l'honneur des écuries à Louis Dubard, avait à peine entendu les cris, mais, de retour au salon, il apprit de la bouche de Barthew, venu chercher Murphy, le drame qui se jouait près des pigeonniers.

Pour une raison qui échappait encore à tout le monde, Clara Redburn était entrée dans le pigeonnier qui abritait les ruches de Castel-Brajac et s'était emparée de l'une d'elles. En sortant du bâtiment, elle avait dû trébucher, était tombée sur la cloche de paille qui, écrasée par le corps de la jeune fille, avait libéré les abeilles. Le buste gluant de miel, Clara, à peine sur pied, avait été assaillie par les ouvrières affolées. Piquée par d'innombrables dards, au visage, au cou, à la poitrine, elle n'avait déjà plus face humaine tellement l'enflure se développait rapidement.

Virginie, avec autorité, retint Nadia qui voulait se rendre près de sa fille.

– Laissez faire Murphy, ce n'est rien, nous avons tous été plus ou moins piqués par les abeilles depuis que les ruches sont installées.

Le vieux médecin, qui avait de plus en plus de difficultés à marcher, se hâta tant qu'il put sous les chênes en grommelant :

– Sept piqûres de guêpe valent une morsure de vipère, dit-on, j'ignore s'il en est de même pour les abeilles de M. de Castel-Brajac.

Charles, pâle comme la mort, rejoignit en courant les gens qui, autour du corps de Clara étendue sur le gazon, agitaient des mouchoirs pour disperser les abeilles, ce qui ne faisait que les exciter davantage. Castel-Brajac, un des premiers sur les lieux, conservait son sang-froid. Il avait d'abord éloigné la jeune fille de la ruche renversée puis, sans aucun souci de la pudeur féminine, lui avait arraché sa robe gluante de miel et jeté le vêtement sur un buisson de rhododendrons.

– Empêchez-la de frotter ses piqûres, repérez les dards et arrachez-les sans presser les poches à venin, sinon celui-ci se répandra dans la chair, disait-il.

Puis il avait envoyé Dandrige chercher de la farine afin d'en saupoudrer les abeilles pour les rendre inoffensives. Entre-temps, ayant coiffé son chapeau à voile de tulle, enfilé ses gants d'apiculteur et mis en route son fumoir pour éloigner les abeilles, il s'efforçait d'empêcher leurs compagnes des autres ruches de se joindre au sabbat.

La plupart de ceux qui s'étaient approchés de Clara avaient reçu quelques piqûres, mais les abeilles bourdonnaient surtout autour de la robe engluée de miel et bientôt Murphy put approcher la victime. Le fin visage de la jeune fille disparaissait sous des boursouflures hideuses. Ses yeux n'étaient plus qu'une fente entre deux bourrelets, ses lèvres tuméfiées prenaient l'aspect de saucisses sanguinolentes. Elle ne pouvait même pas pleurer, remuait doucement la tête de droite et de gauche en gémissant. Ses épaules, ses seins, petits, aux aréoles brunes, n'avaient pas été épargnés.

A genoux, Murphy entreprit de retirer quelques dards, mais, bien qu'ayant chaussé ses lunettes, il se récusa.

– Vous, jeune homme! dit-il à « Sugar », allez-y, vous voyez ces pointes sombres, il faut les extraire sans les briser ni presser la peau.

Charles, ayant jeté sa redingote, s'y mit aussi.

– Qu'avez-vous fait, Clara? Pourquoi les ruches?

Il interrogeait son amie d'une voix angoissée, mais elle semblait ne pas entendre.

– Le tout est de savoir si la quantité de venin qui a pénétré l'organisme est importante... Il existe une dose mortelle, dit Murphy... Le jeune Finks, qui sait tout, serait bien utile en ce moment.

– Je l'ai envoyé chercher, Murphy, dit Dandrige, qui, les mains blanches de farine, s'était rapproché... J'ai aussi envoyé chercher Télémaque, ce vieux sorcier connaît certainement un remède.

– Nous n'avons pas de chance, commentait Castel-Brajac en enfumant les abords du pigeonnier; quand le nectar manque et que le temps est orageux, ce qui est le cas, les abeilles, si douces au moment de la grande récolte, deviennent vindicatives. Et puis une piqûre en amène une autre, car l'odeur du venin excite les abeilles comme le sang répandu dans la mer incite le requin à mordre. Quant à la quantité de venin qui a pu être inoculée à Clara, l'enflure n'est pas une indication. J'ai toujours constaté qu'après un certain nombre de piqûres elle se stabilise... Mais je crains bien, ajouta le Gascon d'une voix rauque rendue plus émouvante par son accent qui ne se prêtait pas au tragique, que la vie de Clara ne soit en danger.

Télémaque, amené par Colin, vint à son tour se pencher sur Mlle Redburn, qui remuait de moins en moins. Le Noir fit une grimace et toucha, de sa main à la peau fripée comme une vieille basane, l'épaule de Clara.

– Si elle refroidit, elle va peut-être mourir, dit-il avec conviction au moment même où Mme Redburn, qu'on ne pouvait tout de même pas empêcher plus longtemps de voir sa fille, arrivait.

– Emmenez-la, dit Murphy sèchement, on ne sauvera pas la petite avec des larmes...

Puis, nerveusement, il s'adressa au Noir :

– Alors quoi, Télémaque, connais-tu autre chose que l'eau salée que je fais préparer?

– Oui, m'sieur, il faut la deuxième écorce du frêne, la faire bouillir en tisane, en faire boire la moitié à la personne et, avec l'autre moitié, y faut laver les bosses doucement, pendant deux heures au moins.

– Et tu en as, de la deuxième écorce de frêne, toi?

– Je peux en trouver en rien de temps, m'sieur le docteur... Y faudrait porter la demoiselle à la maison et faire bouillir de l'eau et je reviens.

Le remède de Télémaque se révéla efficace et quand, à la fin de l'après-midi, les Dubard prirent congé, car ils avaient un assez long chemin à faire pour aller coucher chez un autre Dubard à Maringouin, la jeune fille était hors de danger.

Liponne, négligée par son fiancé depuis « l'accident », montra beaucoup de compréhension. Quand Charles l'embrassa en lui annonçant sa prochaine visite, elle dit simplement :

– J'espère que votre amie Clara guérira vite et retrouvera son joli visage..., car elle doit être jolie, n'est-ce pas?

– Assez jolie, en effet, concéda Charles avant d'ajouter tout à trac : C'est une amie d'enfance, vous savez, Liponne?

Mlle Dubard se mordit les lèvres pour ne pas rire. Virginie, parlant de la victime, avait donné son âge : elle venait tout juste d'avoir dix-huit ans. C'est-à-dire qu'elle était née l'année où Charles avait quitté la Louisiane pour Paris... d'où il n'était revenu qu'en 1865. « Quand un garçon se marie, pensa-t-elle, il y a des déconvenues parmi ses anciens flirts... Mais que diable voulait faire Mlle Redburn avec cette ruche pleine d'abeilles? » Puis elle crut comprendre quel avait pu être le projet de la jeune fille et cela la fit frissonner... Abeilles ou vitriol... On pouvait être pareillement défiguré. La jeune fille remercia Dieu de l'avoir épargnée, puis, tandis que la grande voiture à roues caoutchoutées prenait la route de Grosse Tête, elle se mit à prier pour que l'amie de Charles sorte sans dommage de sa mésaventure, car l'Acadienne avait le cœur pur et rempli de son amour pour M. de Vigors.

Clara Redburn mit une bonne semaine à retrouver ses traits normaux. Le docteur Finks paracheva avec des cachets et des lotions l'ouvrage de Télémaque, dont il nota le remède. Charles ne fut complètement rassuré que le jour où Nadia Redburn annonça à Mme de Vigors que sa fille s'en allait passer un an en Angleterre chez des cousins.

– Tu respires, hein, mon cochon? dit Castel-Brajac. Je t'avais dit que cette petite, que tu croyais détachée, pourrait te jouer quelque tour. Moi, je l'ai confessée, car il m'a semblé bizarre que tant de miel puisse s'écouler en cette saison d'une seule ruche renversée et en si peu de temps. Eh bien! Clara m'a... éclairé. Un traité d'apiculture lui a appris que les abeilles en hiver sont toujours prêtes à se jeter sur du miel, c'est même pourquoi on ne doit jamais laisser de cire ou de miel à leur portée hors des ruches. Mlle Redburn, la douce Mlle Redburn, qui fait l'amour avec fougue sans en parler, qui n'est en rien possessive ni jalouse, s'était munie d'un pot de miel avant de saisir la ruche. Il lui restait à trouver l'innocente Liponne... Elle pensait l'asperger du miel... Dans son décolleté, par exemple, et puis retourner la ruche... devant elle. Ça aurait pu réussir si la vilaine avait su s'y prendre!

– Tu es odieux, Gustave!... Mais j'ai pensé à ça aussi... Les femmes, nom de Dieu, quelles garces!

– Toutes le sont plus ou moins, sauf celles qui se taisent, aiment assez pour accepter que le bonheur de l'autre repose en partie sur leur exclusion de sa vie. Il y a les garces et les saintes, mon vieux... Et tu as de la chance, celle que tu vas épouser me semble appartenir à la seconde catégorie.

La date du mariage de Charles fut fixée au 25 juillet. Il fallait laisser le temps aux notaires de préparer un contrat, discrètement exigé par Louis Dubard, qui tenait à protéger les biens présents et à venir de sa dernière fille. Charles, conseillé par sa mère, laquelle disait les Cajuns « âpres au gain et foncièrement méfiants envers les bourbons », put mettre en avant, pour équilibrer la corbeille, la production de coton de Bagatelle et les riches promesses de la canne à sucre dans sa propre plantation de Feliciana Garden fort bien gérée par Mallibert. Il montra également les plans de sa future résidence de La Nouvelle-Orléans où il comptait installer son ménage après le voyage de noces. Il ne souffla pas mot, en revanche, des profits nouveaux qu'il tirait depuis peu de l'immigration des Chinois. Si les préjugés des planteurs de Louisiane contre les Jaunes rendaient difficile à ces derniers l'accès aux champs de coton ou de canne, les bâtisseurs de chemins de fer, les constructeurs d'usines ou de raffineries, les chercheurs de pétrole, les plus gros fermiers du Texas et de l'Arkansas appréciaient cette main-d'œuvre peu exubérante, assidue au travail et qui n'avait pas, comme celle fournie par les Noirs affranchis, l'âme endolorie par les souvenirs de l'esclavage.

Charles, devenu l'associé de MM. Howard et Filder dans la compagnie « Mississippi Immigration », rédigeait les contrats avec les « importateurs » de coolies, les transporteurs, les employeurs et entretenait avec les autorités fédérales, chargées de la surveillance de l'immigration, les meilleurs rapports.

– En somme, tu es un négrier des Jaunes, plaisantait Castel-Brajac, soutenu par Dandrige qui, tout en approuvant l'immigration des Chinois, regrettait qu'on en fasse un commerce comme un autre.

On voyait débarquer ces travailleurs, souriants et frugaux, sur les quais de La Nouvelle-Orléans, venant de San Francisco et se rendant bien encadrés au Texas ou en Arkansas. D'autres arrivaient directement de Hong-Kong, comme ce contingent que débarqua un jour de juin le navire français *Ville-de-Saint-Lô* parti de Chine le 17 février avec cent quatre-vingt-sept coolies. Cent soixante-sept seulement furent décomptés à l'arrivée, vingt immigrants ayant succombé au cours de la traversée ou tout simplement « disparu », comme dut le constater le capitaine.

Ces Chinois « aptes à toutes espèces de travaux exigés en général des laboureurs » avaient signé un engagement de trois ans. Leur contrat prévoyait le repos du dimanche, sauf pour ceux qui devraient donner des soins aux animaux ou en cas d'inondations ou de calamité. Une indemnité de cinquante cents était allouée par journée de repos supprimée. Au Nouvel An chinois, les fils du ciel pouvaient prendre trois jours de vacances. Le reste du temps, hormis les repos hebdomadaires, ils devaient travailler du lever au coucher du soleil avec un arrêt d'une heure pour le lunch. En juin, juillet et août, la coupure méridienne durait une heure de plus. Les immigrants aux yeux bridés devaient promettre obéissance aux agents de la compagnie « Mississippi Immigration » et à leurs employeurs, qu'ils s'engageaient à servir fidèlement.

Les frais de passage jusqu'au lieu de travail étaient à la charge de la compagnie ainsi que l'habillement, le couchage et la nourriture pendant tout le voyage. En fin de contrat, chaque travailleur recevait un passage gratuit pour retourner en Chine ou, s'il désirait continuer à travailler aux Etats-Unis, cinquante dollars-or.

Au moment de leur engagement, avant de quitter leur pays, tous avaient reçu une avance de dix dollars. Leurs gages étaient de huit dollars-or par mois, dont six payés à la fin de chaque mois et deux retenus jusqu'à l'expiration du contrat. Au Nouvel An chinois, on leur accordait une prime de quatre dollars. Les employeurs s'engageaient de leur côté à fournir aux travailleurs des logements sains, du bois de chauffage à discrétion, les soins et les remèdes gratuits en cas de blessure ou de maladie. Ils retenaient, en revanche, les gages correspondant aux journées d'absence. La nourriture garantie « saine et abondante » était également assurée par l'employeur, qui devait donner à chaque ouvrier quarante-cinq livres de riz, quinze livres de porc, vingt-cinq livres de bœuf et une demi-livre de thé par mois.

Ceux qui préféraient se nourrir eux-mêmes touchaient chaque mois quatre dollars-or en plus de leurs gages.

Les contrats prévoyaient également, pour chaque coolie, une acre de terre qu'il pouvait cultiver à son gré. Le travailleur qui abandonnait son travail avant la fin du contrat perdait tous les gages non payés, ainsi que son droit au rapatriement gratuit. En cas de décès en cours de contrat, les gages du *de cujus* étaient versés à une personne désignée par l'intéressé, aux Etats-Unis ou en Chine.

De l'avis de toutes les ligues charitables, de tous les consuls étrangers en poste à La Nouvelle-Orléans, les contrats de la compagnie « Mississippi Immigration » constituaient des modèles du genre et, comme on commençait à savoir dans les milieux d'affaires que le juriste d'origine française, Charles de Vigors, en était, sinon le seul auteur, du moins l'inspirateur, la réputation du fiancé de Liponne Dubard ne fit que grandir. Quelques jours avant son mariage, il acheta la charge des frères Mertaux, désireux d'aller finir leurs jours dans leur domaine des Natchitoches.

Les deux jumeaux préférèrent consentir un long crédit au fils de Virginie plutôt que recevoir immédiatement la grosse somme proposée par un notaire de Philadelphie. Ils n'eurent qu'une seule exigence : voir subsister leur nom dans la raison sociale du cabinet, qui devint : « Mertaux, Vigors et Barthew », Charles ayant cédé quelques parts à Ed Barthew, qui lui avait mis le pied à l'étrier et s'efforçait d'assurer l'avenir de son fils.

C'est donc dans un ciel serein que tomba, le 20 juillet, par le télégraphe intercontinental, la nouvelle de la déclaration de guerre de la France à la Prusse. Aussitôt, des Français résidant à La Nouvelle-Orléans et qui jamais ne s'étaient véritablement souciés des difficultés de l'Empire se précipitèrent chez le consul de France, demandant à être transportés au Havre pour aller combattre les Prussiens. Comme toujours, on vit dans ces foudres de guerre beaucoup de fanfarons et des immigrants de fraîche date qui, n'ayant pas trouvé en Amérique l'Eldorado escompté, espéraient, en clamant qu'ils voulaient en découdre pour la sauvegarde de la patrie, se faire rapatrier aux frais d'un gouvernement impérial qu'ils critiquaient véhémentement huit jours plus tôt.

Le consul de France, bien embarrassé de ces « sans-ressources qui voulaient se battre », ne retint pas la suggestion des plus finauds qui, en l'absence de bateaux en partance de La Nouvelle-Orléans, exigeaient d'être transportés au Havre via New York... Le diplomate, appréciant à sa juste valeur le patriotisme des intéressés, savait fort bien que la plupart de ceux qui emprunteraient cette route disparaîtraient dans la foule de New York où bon nombre d'entre eux essaieraient une nouvelle fois de saisir cette fortune américaine à laquelle, en dépit de leur déception, toujours ils croyaient.

A Bagatelle, où l'on ne se souciait que du prochain mariage de Charles – lequel, devenu maintenant plus américain que français, n'éprouvait nulle envie d'aller se battre pour Badinguet – seul Castel-Brajac, en digne descendant de mousquetaire, boucla ses valises.

– Ce sera ma première guerre..., peut-être aussi ma dernière, mais, macadiou, il ne sera pas dit qu'un Gascon restera à se prélasser dans les délices de la vie créole pendant que ses compatriotes versent leur sang aux frontières.

– Mais, dit Virginie, interloquée par ce brusque accès de fièvre patriotique, ça fait deux ans que je vous entends vouer l'Empire aux gémonies et Napoléon III à l'asile...

– Ah! mais je compte pour rien ces considérations. L'ennemi, c'est d'abord l'étranger, madame. Cette guerre sera l'ultime sursaut d'honneur de Badinguet. Sûr que la France s'en débarrassera, mais, en attendant, il convient d'apprendre aux Prussiens qu'il ne faut pas confondre les Français avec le gouvernement et la cour impériale. Que M. Bismarck, falsificateur d'une dépêche de son souverain, dévoré d'ambition, vaniteux, sournois et rêvant de constituer un grand Reich allemand qui dicterait sa loi à l'Europe, prenne bien garde...

– Mais, si l'Empire succombe, vous n'aurez que la République...

– Les Français auront ce qu'ils méritent; moi, je reviendrai en Louisiane, le temps d'aller faire un tour à Berlin... Mais je ne jouirai de la vie en ce pays qu'autant que je saurai mes compatriotes maîtres de leur destin.

– Bravo! s'écria Tampleton. Si je n'étais pas manchot, j'irais avec vous... Les femmes ne comprennent pas que les hommes aient parfois envie de faire la guerre!

Dandrige approuva l'attitude du Gascon, estimant que l'honneur et la naissance commandaient son engagement.

Par bravade et surtout vu l'urgence du voyage, Gustave de Castel-Brajac retint un passage sur un paquebot de la Lloyd de Brême, le *Francfort*, qui n'acceptait que cinquante passagers de première classe et traversait l'Atlantique en vingt jours.

Le départ de ce navire, le premier à destination de l'Europe, étant fixé au 13 août, Gustave aurait la possibilité d'assister au mariage de son ami Charles.

Ce dernier, toujours à l'affût des bonnes affaires, dut se rendre à La Nouvelle-Orléans quelques jours avant la cérémonie, pour étudier deux brevets. Il s'agissait, d'une part, de l'invention par un Français de La Nouvelle-Orléans, M. Emile Lefranc, d'une machine à décortiquer le ramie, plante textile que les Américains appelaient « China-grass » et qui pouvait être d'une rentabilité intéressante, d'autre part, de l'exploitation d'une poudre pour lutter contre le phylloxéra, due à un certain Samuel Broadwell et à laquelle Charles se faisait fort d'intéresser les vignerons français.

Bien que son voyage eût été fructueux, Charles de Vigors regagna Bagatelle triste et abattu. Virginie mit cela sur le compte de la fatigue et, accaparée par la couturière et les préparatifs du 25 juillet, conseilla à son fils d'aller dormir, afin, ajouta-t-elle avec un clin d'œil, « de refaire les forces dépensées à La Nouvelle-Orléans ».

Charles eut un sourire un peu forcé et, sitôt que sa mère eut tourné les talons, il interpella Castel-Brajac plongé dans la lecture des journaux qui apportaient de France de peu réjouissantes nouvelles.

– Gus, j'ai à te parler... gravement.

– Oh! que j'aime pas ça, Charles! Rien qu'à voir ta tête quand tu es arrivé, j'ai eu le sentiment que quelque chose n'allait pas comme tu voulais... Gratianne t'aurait-elle écrit qu'elle désapprouve ton mariage?

– Il ne s'agit pas de Gratianne mais de Gloria.

– Mon Dieu! j'avais oublié celle-là. T'a-t-elle fait le coup de la ruche renversée?

– Je ne plaisante pas, Gus, c'est autrement sérieux que tout ce que tu peux imaginer... Elle attend un enfant.

– Macadiou!... Et tu es le malheureux père?

– Pas de doute, je le crains, Gloria n'a pas d'autre amant que moi.

– Mais, boun Diou, comment as-tu fait ton compte?

– Heu!

– Je veux dire il y avait dans votre cas des précautions à prendre..., le gant à un seul doigt... ou saute-mouton!

– Au début, on en prenait... et puis on a cessé d'en prendre vraiment...

– Te voilà dans de beaux draps! Si papa Dubard dit « le Fils » apprend que, plus fort que les mâles acadiens, tu peuples, en cours de fiançailles, des territoires ne relevant pas de sa juridiction, sûr qu'il envoie la gentille Liponne se faire épouser ailleurs... Et je vois d'ici Gloria, le chantage à la bouche, pour enfiler l'anneau fatidique... Après tout, elle t'irait plutôt mieux que l'Acadienne et papa Pritchard n'est pas sans fortune.

– Alors, là, tu n'y es pas du tout. Gloria, à qui j'ai annoncé mes fiançailles et mon mariage, n'a pas fait la moindre scène. Elle n'a pas sauté de joie, bien sûr... Tout ce qu'elle veut, c'est éviter le déshonneur... C'est avoir un père et un nom pour son enfant.

– Ouais, ouais, encore une désintéressée, comme la petite Redburn, hein?

– Je te jure que Gloria réagit ainsi. Elle m'a dit : « Puisque votre choix était fait avant que je vous annonce ma position, je n'ai rien à exiger. Vous ne m'avez jamais parlé mariage et je ne vous demanderai jamais de m'épouser... J'espérais seulement. » Il faut donc l'aider et... lui trouver un mari qui accepte d'être aussi un père putatif.

– Un père quoi? demanda Gustave, qui avait vraiment fait du droit en amateur.

– Putatif, c'est un terme juridique qui signifie : réputé pour être ce qu'il n'est pas.

– Je vois... Eh bien! peut-être pourrais-tu trouver dans les quelques centaines de beaux-frères, neveux, cousins ou arrière-cousins de ta future un amateur d'enfants tout faits... Et ça ne sortirait pas de la famille.

– Ne plaisante pas avec ça, je te prie. Tu sais que je t'aime comme un frère et toi seul peux m'aider.

– Comment? Je n'ai pas dans ma manche un mari pour Gloria!

– Si justement, si tu veux, tu l'as!

– *Quel est ce beau jeune homme et comment il se nomme?* cita le Gascon.

– Gustave de Castel-Brajac!

– Boun Diou, tu délires. Je ne tiens nullement à me marier, moi, avec qui que ce soit. Et si d'aventure ça me prend, je ferai mes enfants moi-même... exprès ou par maladresse, comme la plupart des gens.

Charles devint suppliant, prit Gustave par l'épaule comme au temps où, étudiants, les deux garçons partageaient tout, parfois les mêmes filles, et se disaient l'un à l'autre dévoués jusqu'à la mort.

– C'est assez indécent, ce que tu me proposes, finit par dire d'un ton navré Castel-Brajac.

– C'est au contraire la plus belle preuve d'amitié que je puisse te demander... et te donner. Mon sort est entre tes mains.

Cette conversation peu banale se déroulait sous les chênes centenaires de la grande allée de Bagatelle, que les deux amis avaient déjà parcourue de bout en bout plusieurs fois. Par moments, Charles s'arrêtait pour marquer l'importance d'un argument, Gustave interrompait sa déambulation pour l'écouter, puis, côte à côte, ils repartaient comme si la marche à pas mesurés facilitait leurs réflexions.

Quand le fils de Virginie eut soutenu qu'il ne s'agirait en tout état de cause que d'un mariage blanc, que l'époux de Gloria n'aurait même pas à résider sous le même toit qu'elle, que lui, Charles de Vigors, assurerait jusqu'à sa majorité les frais de l'éducation de l'enfant à naître, que Gloria pourrait, étant donné l'importance de sa dot et la fortune de ses parents, subvenir sans problèmes à ses besoins, Gustave, las de repousser les considérations de l'avocat, déclara d'un ton à la fois dolent et péremptoire :

– Gloria ne voudra certes pas d'un type comme moi... Je suis trop proche de toi.

Charles, en bon plaideur, sentit le fléchissement de son ami. Il devina qu'il était sur le point d'emporter l'adhésion à sa thèse.

– Justement si, c'est toi qui lui parais le plus capable de tenir ce rôle difficile... Tu es rassurant... et sérieux. Elle sait que tu ne saurais abuser de la situation.

– Ça alors, vous en avez déjà parlé entre vous?

Gustave suffoquait d'indignation.

– Le temps presse, Gus. Tu vas t'en aller à la guerre, je vais me marier... et les bébés, quand ils sont annoncés, naissent à des dates prévisibles. Ils n'attendent pas!

– C'est vrai. Je vais m'en aller faire la guerre, dit le Gascon, l'air morose.

– Ne prends pas mal ce que je vais te dire, fit Charles en s'efforçant d'atténuer le cynisme de sa réflexion, mais je crois même que ton départ tombe bien.

– Ce qui serait encore meilleur pour tout le monde, c'est que je n'en revienne pas, de cette guerre, au demeurant assez mal engagée...

Le petit Vigors, aussi allègrement conçu, serait une sorte d'orphelin putatif... et Mme Gloria ferait une veuve fort acceptable... Elle pourrait même faire encadrer les décorations qu'on donne toujours aux volontaires qui se font tuer... Non, Charles, cesse de me tourmenter. Cette aventure, fort pénible pour toi, je le reconnais, tourne au vaudeville. Essaie de t'en tirer sans moi.

– Tu sais très bien que je ne m'en tirerai pas sans toi, Gustave. Ou tu acceptes le rôle que je te demande de tenir pour sauver l'honneur d'une jeune fille et le bonheur de ton frère, ou je dois annuler mes fiançailles, me confesser à ma mère et affronter le scandale.

– ... et épouser Gloria.

– Oui... Mais, si je dois l'épouser, je disparais aussitôt... Je m'en vais avec toi en France.

– Retrouver... Gratianne..., Mme de Grémillon devenue lady... Machinchose... et Fantine en femme de pompier?

– Non, mon vieux, faire la guerre... pour voir... en attendant qu'on m'oublie.

En discutant, les deux amis avaient atteint une nouvelle fois le bout de l'allée de chênes et sans même y prendre garde venaient de franchir la barrière blanche, toujours ouverte, de l'entrée principale de la plantation. Du même pas, ils traversèrent le chemin de la berge, gravirent la pente herbue de la levée et, débouchant sur le replat du sommet, considérèrent un moment en silence le Mississippi. Le fleuve semblait capter tout le reste de clarté du bref crépuscule louisianais qui annonçait une nuit étoilée. Les chauves-souris frôleuses, les martins-pêcheurs virevoltants, quelques cardinaux retardataires et des sternes venues du delta composaient avec d'autres espèces appréciant la relative fraîcheur de l'air des ballets simultanés et indépendants, auxquels Gustave tenta pendant quelques minutes de découvrir un rythme organisé. Dans les ajoncs, les grenouilles, peut-être dérangées par un canard blanc à la recherche d'un gîte pour la nuit, accéléraient leurs coassements indignés et les gros rats d'eau, venus demander au limon sec de la rive un peu de tiédeur, devinant soudain des présences humaines, retournaient avec des ploufs de plongeurs à l'élément liquide.

– Eh bien! dit Gustave au bout d'un moment, tu auras ma réponse demain matin... Mon hésitation est d'essence morale. C'est pourquoi je veux consulter ma conscience, qui, jusque-là, me crie de refuser, et aussi Clarence Dandrige, qui en matière d'honneur me paraît le meilleur expert que l'on puisse trouver.

– Ne peux-tu me donner une réponse ce soir... ou du moins cette nuit?... Ça me permettrait peut-être de dormir..., ce qui ne m'est pas arrivé depuis bientôt une semaine.

Bien que connaissant toutes les mimiques de son ami, et notamment cette moue chagrine, si séduisante, devant laquelle plus d'une honnête femme avait cédé comme une mère cède à un enfant angoissé par le refus d'un jouet ou d'une friandise, Gustave se laissa attendrir par l'air lamentable de l'avocat.

– Ce sera peut-être tard... ou très tôt demain matin, mais, foi de

Gascon, tu auras une réponse nette et définitive avant le lever du soleil.

Côte à côte, les deux amis dévalèrent la levée, Charles n'étant pas certain de l'emporter, Gustave sachant déjà qu'il devrait s'exécuter.

10

Avec la belle désinvolture qui est souvent l'apanage de don Juan quand, le danger écarté, le héros retourne à son insouciance du cœur et à son égoïsme, Charles de Vigors, ayant appris comme prévu dans la nuit l'acceptation de Gustave, lui lança le lendemain au petit déjeuner :

– Ce qui serait formidable, Gus, c'est que nous puissions nous marier le même jour.

– Et pourquoi pas avec la même femme, pendant que tu y es... Ce serait d'une délicatesse étonnante, monsieur le Baron.

– Je ne voulais pas dire au même endroit... mais le même jour seulement... Toi à La Nouvelle-Orléans, moi à Saint-Martinville.

– Comme ça, tu aurais l'impression d'épouser Liponne et Gloria en même temps... Te voilà bigame par imbécile interposé. Eh bien! non, mon vieux, poursuivit plus sérieusement le Gascon, j'assiste à ton mariage où je compte bien ne pas m'ennuyer, je file à La Nouvelle-Orléans, j'épouse Gloria... civilement, cela s'entend, et je m'embarque pour l'Europe... Que tout soit arrangé, entendu, ficelé avec les parents, les témoins, la demoiselle et le reste : nous avons fauté, c'est reconnu..., bien que nous ne soyons pas certains des conséquences de la chose, nous avons un doute. Comme la patrie m'appelle d'urgence, nous régularisons sans cérémonie, car un homme qui s'en va risquer sa vie aux marches de l'Est n'a pas le cœur à la noce. Voilà le scénario. Que tout le monde s'y tienne... Clarence Dandrige, qui se révèle pour moi un véritable père, me cautionne aux yeux des Pritchard qui ne vont pas comprendre comment leur fille peut sortir et flirter pendant des mois avec un type et se faire faire un enfant par un autre qu'elle a vu trois fois, en public ou en tiers avec un piano.

– Dans les bonnes comédies classiques, le professeur de musique est toujours un amoureux travesti.

– Maintenant qu'il se voit tiré d'affaire, Monsieur retrouve son humour... Je puis te dire qu'hier encore tu n'appréciais guère le mien sur le sujet.

– C'est Dandrige qui t'a convaincu? demanda Charles, un peu gêné de savoir l'intendant au courant de la situation.

– Il n'a pas eu à me convaincre. Il m'a simplement indiqué que, du point de vue de l'honneur, il n'y avait pas, à son avis, d'empêchement à aider une jeune fille et un ami à émerger du guêpier où ils se sont fourrés... Après l'affaire Clara Redburn... j'ai particulièrement apprécié le terme « guêpier »... Je crois que Clarence Dandrige a compris beaucoup plus de choses que tu n'imagines et aussi qu'il me tient, moi, pour un vrai gentleman – un vrai Cavalier, comme on dit par ici.

– Bon, bon, bon, fit Charles, parlant crescendo.

Il se sentait un peu irrité à la pensée qu'il aurait à lire dans le regard de l'intendant une opinion de sa personne qui ne serait sans doute guère flatteuse.

Castel-Brajac, en beurrant sa troisième rôtie avec l'application coutumière qu'il apportait à cet exercice matinal, avait l'œil rêveur.

– J'ai oublié de te dire ma reconnaissance. Tu es vraiment mon frère, Gus, je me souviendrai de ce que tu fais pour moi... et ma famille, dit Charles avec chaleur en se méprenant sur le silence pensif de Gustave.

– Il n'y a jamais eu de remerciements entre nous, on ne va pas commencer. Je te rends un immense, un incommensurable service, d'accord... Mais j'aime encore mieux être à ma place qu'à la tienne... et n'en parlons plus. Non, vois-tu, je pensais à une petite phrase de Dandrige. Cet homme n'est vraiment pas ordinaire... J'ai l'impression qu'il a vécu une foule de vies, qu'il perçoit les choses qui nous échappent, qu'il ne mesure rien à la même aune que le commun des mortels.

– Que t'a-t-il dit?

– Il m'a dit : « Il peut survenir dans la vie d'un homme des événements qui semblent étrangers aux circonstances et requièrent un comportement particulier, un choix catégorique et rapide, un engagement dans l'action. C'est à ce moment-là, Gustave, qu'il faut se souvenir que vivre c'est agir. » Puis il a cité Longfellow : « Notre destinée n'est ni de jouir ni de souffrir, mais d'agir afin que chaque lendemain nous trouve plus avant... Agissez, agissez dans le présent qui vit. » Et à cela il a encore ajouté une considération qui t'intéresse et que je ne devrais peut-être pas te répéter.

– Va, voyons!

– Dandrige m'a dit : « Charles et sa mère détiennent un pouvoir particulier, qui relève à la fois de l'esprit de domination et de la foi inébranlable qu'ont certains êtres dans la justification de leur destinée. C'est pourquoi ils provoquent sans cesse ceux qui les aiment. Ils en exigent souvent une capacité de dépassement moral nécessaire pour compenser les déficiences nées de la satisfaction de leurs propres passions. C'est un peu comme s'ils avaient besoin d'une conscience extérieure à eux-mêmes, qu'ils sollicitent dans les cas extrêmes et sur laquelle, finalement, repose l'intégrité de leur être. »

– Dandrige aurait fait un bon professeur de philosophie, Gus, c'est un cérébral.

Le mariage de Charles de Vigors et de Liponne Dubard fut, de mémoire d'Acadien, le plus fastueux et le plus élégant qu'on ait vu dans la paroisse depuis la fin de la guerre civile. Quand les notaires eurent enregistré le contrat, la fiancée dut, pendant trois jours, organiser pour ses amies les plus chères des *showers* [1] afin de montrer les cadeaux envoyés par tous les Dubard de Louisiane et ceux de la diaspora. Au jour de la cérémonie, quand on vit déboucher le cortège sur la grand-place de Saint-Martinville, la population venue admirer les toilettes se montra chaleureuse et amicale. La calèche des Dubard, repeinte à neuf dans les tons crème et marron glacé, tirée par deux chevaux blancs aux crinières tressées et enrubannées, aux chefs surmontés de plumets, disparaissait à demi sous des guirlandes en festons, faites de fleurs d'hibiscus et de magnolias alternant avec des roses blanches. Les Dubard et leur fille, souriants et visiblement réjouis, ne manquaient pas d'adresser des signes de la main aux gens de connaissance. Virginie confia plus tard avec malice à Tampleton « que l'attelage de sa bru ressemblait à ces corbeilles de fruits exotiques trop décorées que l'on voit parfois aux étalages des épiceries fines ».

Liponne portait une robe de broderie anglaise au buste très ajusté et prolongé d'une traîne qui exigea une demi-douzaine de petits porteurs, garçonnets et fillettes recrutés dans le cousinage bien achalandé des Dubard. Le voile de la mariée, retenu par la traditionnelle couronne de fleurs d'oranger, était de tulle brodé et le diamant de sa bague de fiançailles, choisi par Charles dans la collection d'un joaillier new-yorkais de la Ve Avenue, jetait dans le soleil de fin de matinée des feux qui suscitèrent la convoitise des femmes et permirent aux pères de famille de se livrer au petit jeu typiquement acadien des évaluations.

Mme de Vigors avait choisi la sobriété. Sa robe de soie parme, son petit chapeau à voilette de même ton et agrémenté d'un simple bouquet de violettes s'harmonisaient parfaitement, sur le capitonnage de cuir beige du landau laqué noir des Damvilliers, avec l'habit gris légèrement teinté de bleu que Charles portait sur un gilet de soie blanche aux boutons en forme de gouttes d'or.

L'arrivée de l'équipage de la dame de Bagatelle fit sensation. D'abord parce que les quatre chevaux gris pommelé parfaitement drivés par Colin, qui, un peu emprunté dans sa livrée neuve, se souvenait néanmoins des bonnes leçons de Bobo, tenaient sans effort le

1. La tradition acadienne veut que les jeunes filles qui vont se marier donnent, avant de convoler, une série de réunions essentiellement féminines, afin de montrer par catégorie les cadeaux qui leur ont été envoyés. Depuis toujours, on désigne ces « parties » du nom de *showers*. Il y a ainsi des *kitchen showers* pour montrer les ustensiles de cuisine et la vaisselle, des *linen showers* pour le linge, etc.

pas de parade. Leur harnais verni, leurs œillères ornées de motifs de cuivre, leur crinière soyeuse retombant sur leur cou lisse et nerveux firent l'admiration des connaisseurs. Virginie, sous son ombrelle à volutes de chantilly, le buste droit, le regard insaisissable, paraissait descendue d'un tableau de Winterhalter.

– Il paraît que c'est une vraie princesse, dit une jeune fille au passage de la voiture.

– Une marquise, mademoiselle, assura un monsieur informé.

– En tout cas, on voit qu'elle et son garçon sont des vrais bourbons, pas des paysans cadiens comme les Dubard, ajouta une commerçante.

– Ouais, mais les Dubard ont ce que les bourbons n'ont plus, ma belle, des piastres et des terres qui en font pousser chaque année, corrigea un des hommes du shérif, qui plastronnait au bord du trottoir.

– C'est ce qu'on appelle en France « redorer le blason », conclut l'homme informé qui était déjà intervenu.

– Moi, je peux vous dire que ces chevaux-là ils ont jamais tiré de charrettes à cannes ni posé les sabots dans un labour, commenta le cocher du maire.

Dans l'église pleine de gens endimanchés, qui, la plupart, de près ou de loin, étaient parents ou alliés des Dubard, les invités du marié étaient en nette minorité. Clarence Dandrige, les Tampleton au complet, les Redburn, moins Clara, Adèle Barrow, les Barthew, les Tiercelin conviés pour faire nombre, le docteur Finks, qui avait excusé Murphy retenu par une crise de goutte à Sainte-Marie, avaient tous été accueillis spontanément chez les Cajuns qui leur offraient le gîte et, en attendant les réjouissances de la noce, le couvert et des distractions. Comme Virginie voulait inviter aussi les Pritchard, Charles avait dû convaincre sa mère de n'en rien faire.

– Je dois t'avouer que mes rapports avec Gloria ne sont plus aussi... confiants. Elle s'était fait des idées à mon sujet et ses parents aussi sans doute... Aussi, quand je leur ai annoncé mes fiançailles, j'ai eu droit à une scène de jalousie... tout à fait inattendue.

Mme de Vigors, par simple intuition, savait à quoi s'en tenir sur les rapports... « confiants »... de son fils et de la gentille Gloria... Elle sourit avec indulgence sans imaginer les conséquences d'une liaison qui avait fait son temps et démontrait le pouvoir de séduction de Charles. Ce dernier se garda naturellement de révéler la situation dans laquelle la jeune fille se trouvait aussi bien que « les intentions » de Gustave.

« On verra plus tard », s'était-il dit avec désinvolture, espérant bien que sa mère apprendrait tout cela par Dandrige, ou par quelqu'un d'autre, pendant qu'il passerait à New York et à Boston une heureuse lune de miel.

Clarence Dandrige, qui n'avait pas soufflé mot à Virginie de la délicate situation d'où Castel-Brajac allait tirer Charles, se trouvait parmi les invités les plus intimes, entre Willy Tampleton et Léonce Redburn, quand Virginie, remontant l'allée centrale de l'église Saint-Martin, conduisit son fils à l'autel.

– Quelle allure elle a encore, hein! fit le général. On croirait que c'est elle qui va se marier, Dandrige.

Clarence se contenta de sourire, mettant cette exagération flatteuse sur le compte du petit vin blanc que Paul Dubard avait fait servir à son vieil ami lors d'une collation en disant : « Il faut prendre quelques forces, car les repas de noces commencent toujours au milieu de l'après-midi. »

L'officiant, curé doyen de la paroisse, s'appelait Dubard, comme les trois quarts des gens qui emplissaient l'église, mais l'harmonium était tenu par Gustave de Castel-Brajac, lequel avait dit son regret de ne pas disposer « d'un orgue de Cavaillé-Coll comme celui de Saint-Denis ou de Notre-Dame-de-Lorette ».

La *Fugue en mi mineur* de Bach se ressentit un peu de l'étroitesse du clavier, mais quand Gustave attaqua pour la sortie la marche nuptiale du *Songe d'une nuit d'été*, de Mendelssohn, les amateurs reconnurent à l'ami du marié un vrai talent.

Sur le parvis de l'église, Liponne, au bras de son époux tout neuf, ne paraissait pas émue outre mesure. Elle gourmanda tendrement sa mère qui se tamponnait les yeux avec une minuscule pochette. Se voir enlever sa dernière fille chagrinait cette femme, par ailleurs assez satisfaite de la confier à un gentilhomme qui s'abstiendrait peut-être de lui faire une douzaine d'enfants, ce qui n'aurait pas manqué d'arriver si Liponne avait épousé un Cajun.

Louis Dubard, massif, un peu congestionné par la chaleur et un faux col trop rigide, était enchanté de montrer à ses frères et sœurs, tous joyeux, bruyants et d'une bonne santé évidente, ce gendre dont l'élégance sans apprêt et que l'on devinait naturelle parce que atavique faisait murmurer les demoiselles d'honneur. Père satisfait d'avoir marié une fille dont il n'avait pas toujours compris le caractère ni apprécié la sensibilité, il tint à donner publiquement et pour le photographe de Natchez (Mississippi), spécialement convoqué, un baiser de Mme de Vigors.

Virginie, qui goûtait peu ce genre de démonstration, faillit pousser un cri de douleur quand l'Acadien la saisit aux épaules, mais elle se contint, releva sa voilette et tendit sa joue en imaginant la vigueur des étreintes qu'avait dû connaître Mme Dubard.

Après les congratulations de la sacristie où l'on signa les registres paroissiaux, les embrassades et les poignées de main données sur le parvis, le jet de quelques kilos de dragées aux gamins, Louis Dubard convia tous les invités à suivre la calèche des époux et à se rendre à son habitation des bords du bayou Tèche. Tandis que Liponne et son mari s'installaient dans la voiture fleurie, Mme de Vigors invita les parents de sa bru et le général Tampleton à prendre place dans son landau.

Quand le cortège s'ébranla, sous les applaudissements de la foule, Mme de Vigors se retourna pour chercher Dandrige du regard. L'intendant, à qui on avait assigné comme cavalière la tante préférée de Liponne, veuve d'un Dubard navigateur, et qui n'avait pas cessé de pleurer et de se moucher pendant toute la cérémonie, aidait cette dame au fessier impressionnant à escalader son cabriolet. Le spectacle emplit soudain Virginie de tristesse. L'être qu'elle aimait le plus au monde qui aurait dû se trouver à son côté, se voyait ainsi, par convention, mis au rang des cousins et cousines. Elle trouva la vie injuste, la noce stupide, les Dubard vulgaires et Tampleton suffisant.

Aussi, quand Louis Dubard dit « le Fils », gai comme un collégien, lui glissa : « Je vous ai réservé une surprise dont vous me direz des nouvelles », elle se contenta d'un sourire de pure courtoisie, se demandant si l'on n'allait pas se partager la jarretière de la mariée comme on avait, paraît-il, coutume de le faire chez les Cajuns.

La marquise, comme l'appelaient déjà les Dubard quand ils parlaient entre eux de la dame de Bagatelle, avait minimisé la faculté d'invention du père de la mariée. La surprise fut éblouissante et Mme de Vigors, oubliant toutes ses réticences et ses préventions, applaudit des deux mains quand la calèche des époux, pénétrant sur le domaine des Dubard, s'engagea devant son landau sous une véritable voûte d'or.

– Mon Dieu! que c'est beau, monsieur Dubard!

– Appelez-moi Louis, dit le Cajun, jouissant de l'heureux étonnement d'une femme qu'il n'était pas facile d'épater et dont il avait perçu par moments le dédain contenu.

Tout le cortège défila le nez en l'air en poussant des cris d'admiration. Les touffes de mousse espagnole suspendues aux branches basses des chênes, devenues panaches d'or fin, vibraient sous le soleil tamisé par les frondaisons comme si la liane avait été trempée dans un bain de métal précieux. Au-dessus de ces cascades, un léger baldaquin, que l'on crut tout d'abord fait de tulle et constellé de points d'or, reliait les arbres les uns aux autres. L'air était doré et les oiseaux n'osaient plus approcher ce mirage.

Descendus des voitures, les invités revinrent à pied sous les chênes. Ceux qui osèrent les premiers toucher aux tiges pendantes de la mousse eurent de la poudre d'or sur les doigts. Dès qu'ils agitèrent les lianes, il leur en tomba dans les cheveux et sur les épaules. Charles, quand il fit face à Liponne après avoir satisfait sa curiosité, déclencha le rire de celle-ci : son sourcil gauche paraissait être passé sous le pinceau d'un doreur.

– Mais c'est de l'or..., je vous dis, cria quelqu'un, de l'or en poudre!

Louis Dubard savourait son triomphe. Il regardait Mme de Vigors se mordre les lèvres de convoitise, le général Tampleton béat, la barbe saupoudrée d'éclats lumineux, Castel-Brajac clamant que c'était mieux que le jardin des Hespérides et la vieille demoiselle Barrow, ôtant ses mitaines pour mieux palper ces flocons fabuleux dus, à n'en pas douter, au caprice d'une fée ou à la générosité d'un magicien.

Charles, sa femme à son bras, rejoignit son beau-père déjà très entouré, félicité, acclamé par la noce.

– Comment avez-vous fait ça?

– Ah! voilà! dit Dubard, désireux de se faire un peu prier comme une prima donna à qui l'on réclame un bis.

– Si vous avez trouvé le moyen de faire pousser de l'or sur les arbres, vous enfoncez Rockefeller en trois jours, monsieur, dit Castel-Brajac.

– Eh bien!... Puisque ma surprise vous plaît, je vais vous dire comment l'idée nous est venue, à « Rondin » et à moi. Nous trouvions les girandoles banales, alors nous avons fait fondre de la gomme arabique dans de l'eau, peu de gomme et beaucoup d'eau. Avec ce mélange, nous avons aspergé la mousse. Puis, avant que ce liquide ne sèche complètement, nous avons tout simplement pris un gros sac de poudre d'or et projeté celle-ci avec un soufflet, un peu arrangé, sur la mousse encollée. Naturellement, nous avions étalé des draps sur le sol de l'allée pour récupérer la poussière d'or qui retombait.

Un murmure d'admiration courut sous les chênes, saluant le génie des frères Dubard.

– Mais le tulle entre les branches, c'est encore plus formidable, dit Virginie, enthousiaste.

Louis Dubard attendait une réflexion de ce genre pour parfaire son incontestable succès.

– Ce n'est pas du tulle, Virginie, ce n'est pas du tulle...

Et, après un silence voulu pour mieux assener la grande révélation :

– Ce sont des toiles d'araignée!

Ce fut du délire. Les hommes applaudirent, les demoiselles d'honneur, déjà émoustillées par la perspective de la fête, se mirent à pousser des cris. Mme de Vigors, mue par on ne sait quelle force inattendue, se dressa sur la pointe des pieds et plaqua un baiser sonore sur la joue rouge de Louis Dubard. La cavalière de Dandrige, trouvant sans doute l'intendant trop modéré, lui pinça le bras en criant d'une voix de stentor :

– Vous entendez..., des araignées qui tissent des fils d'or... On se croirait chez Crésus ou dans les Mille et Une Nuits.

Le maître de maison expliqua qu'il avait envoyé quinze jours plus tôt des ouvriers chercher dans la forêt une centaine de grosses araignées velues et qu'on les avait lâchées dans les chênes. Un certain nombre d'entre elles s'étaient mises à l'ouvrage. Il avait suffi, comme pour la mousse espagnole, de souffler sur les toiles impalpables de la poudre d'or.

– Mais il a dû vous falloir beaucoup d'or pour faire cette merveilleuse folie, monsieur Dubard, interrogea Mme de Vigors.

– Deux kilos et demi, madame, ce qui représente bien sûr une petite fortune... Vous voyez que les Cajuns, réputés trop raisonnables et près de leurs sous, peuvent parfois, quand ils sont heureux, jeter l'or au vent, pour le plaisir...

– ... Pour le panache, monsieur, ce qui est mieux.

Le soir, après un festin servi à deux cent cinquante personnes sous la voûte d'or, l'allée de chênes ayant été – autre succès de l'organisateur Dubard – transformée en salle à manger de plein air, Liponne et son mari s'éclipsèrent discrètement, un Dubard de Pont-Braux leur ayant ouvert sa maison pour leur nuit de noces. Charles put enfin visiter à son aise ce décolleté qui le troublait si fort et découvrir un corps charmant que Liponne lui abandonna avec la craintive tendresse d'une vierge amoureuse. Au matin, quand il se pencha sur sa femme endormie nue à son côté, il lui trouva des particules d'or entre les seins...

11

Le mariage de Gustave et de Gloria fut, au contraire de celui de Charles, sans aucun ornement. Le contrat exigé par M. Pritchard – et que Castel-Brajac, en gentleman, signa sans le lire – ne laissait même pas au mari la disposition de la dot de sa femme. Un fonctionnaire discret s'occupa des formalités administratives, un frère capucin courroucé vint bénir les anneaux. A peine le religieux avait-il tourné les talons que Gustave retira son alliance, la tendit à Gloria en lui disant :

– Le jour où vous trouverez un vrai mari, utilisez-la sans scrupule !

– Adieu, monsieur, avait dit Pritchard aussitôt l'affaire expédiée en emmenant sa femme qui sanglotait comme si on venait de lui enlever sa fille.

Tout avait été réglé par l'intermédiaire de Barthew et des frères Mertaux qui gémissaient, désolés de prendre leur retraite sur un mariage aussi peu solennel.

Le seul instant de tête-à-tête entre les deux « époux » eut lieu quand, les parents de Gloria ayant pris aussi sèchement congé de leur gendre, la jeune fille raccompagna le Gascon au seuil d'une maison où il n'aurait sans doute jamais à remettre les pieds.

– Mes parents croient que je me suis donnée à vous par dépit, parce que Charles ne me le demandait pas... Vous passez à leurs yeux pour un vilain profiteur, ce qui explique une attitude dont je vous prie de les excuser... Plus tard, nous pourrons peut-être divorcer.

– Je ne leur en veux nullement et je souhaite que vous retrouviez votre calme à défaut du bonheur. Je vous confie le seul bien auquel je tienne vraiment..., mon nom. Faites en sorte que je n'aie pas à en rougir, c'est tout ce que je vous demande.

– Ne craignez rien, Gustave, assura Gloria, qui ne pouvait plus retenir ses larmes, je vous le rendrai un jour intact et lavé de toute suspicion.

– Adieu ! dit brusquement Castel-Brajac qui avait horreur du mélodrame.

Quittant la maison des Pritchard, le descendant du mousquetaire, qui ne pouvait longtemps supporter d'être de sombre humeur, se fit conduire chez Antoine et se commanda un menu bien arrosé.

– C'est mon repas de noces, dit-il au garçon. Je veux être bien soigné.

Il commença par un gombo de poulet et d'okra, genre de fève verte très appréciée des Cajuns, choisit ensuite un jambalaya au lapin et conclut par une tarte à l'ananas. Ainsi lesté, il rendit visite à la douce créole qui l'honorait de ses faveurs discrètes et se comporta avec elle comme un jeune époux ardent.

Le lendemain, il embarqua sur le *Francfort*, ayant conscience de ne laisser derrière lui ni dettes ni mauvais souvenirs. Quand le bateau allemand leva l'ancre, Gustave demeura accoudé au bastingage jusqu'à ce que le clocher et les deux clochetons de la cathédrale Saint-Louis, plantée au seuil du vieux quartier français et dominant la ville plate et verte « en forme de croissant », aient disparu dans la première courbe du fleuve qu'il ne remonterait peut-être jamais. En Louisiane, Castel-Brajac avait connu de bons moments, une existence selon ses goûts. Il y laissait une famille, un ami fantasque et exigeant, ses abeilles aux bons soins de ses domestiques noirs convenablement éduqués, sa lunette astronomique et un mentor hors du commun qui s'appelait Clarence Dandrige.

Tandis que Gustave naviguait vers la France en guerre, M. et Mme Charles de Vigors visitaient, main dans la main, New York, Boston et Washington, descendant dans les meilleurs hôtels, s'emplissant les yeux et l'esprit de visions et de souvenirs. Un train réputé le plus rapide des États-Unis les avait transportés de La Nouvelle-Orléans à la plus grande ville des Amériques, leur faisant franchir en soixante-douze heures 1 495 miles.

Dans la capitale fédérale, ils avaient visité le Capitole et la Maison-Blanche, admiré « la machine électrographique » de Thomas Alva Édison qui enregistrait les votes des congressmen. A Concord, le pont de bois sur lequel les fermiers en rébellion contre leurs tuteurs anglais avaient tiré en 1776 les premiers coups de feu de l'indépendance américaine leur parut intact, bien qu'on leur ait proposé sous le manteau, comme à tous les pèlerins, un morceau de la poutre « sur laquelle la liberté avait fait ses premiers pas ».

Liponne aurait souhaité prolonger le séjour à New York jusqu'au 19 septembre pour pouvoir assister aux débuts d'une cantatrice suédoise dont on disait grand bien, Christine Nilsson, engagée au Steinway Hall. Mais Charles, avec beaucoup de gentillesse, avait fait observer à sa femme qu'un avocat trop longtemps absent de son cabinet risque de perdre des clients. Il avait hâte aussi de s'installer dans sa belle résidence du « Gardens District » de La Nouvelle-Orléans. La dot de sa femme allait lui permettre de la meubler plus élégamment qu'il n'avait initialement prévu.

A Batagelle, la vie avait repris son rythme saisonnier. La cueillette du coton achevée, Dandrige se déclarait satisfait de la récolte, qui dépassait deux mille balles. Le middling, dont le prix atteignait 23,98 cents la livre à New York, assurerait donc une rentrée d'argent suffisante. Virginie ne pouvait plus compter en effet sur l'aide financière de Charles, qui devait assurer le train de sa propre maison, ni sur la participation de Castel-Brajac, absent pour un temps indéterminé.

– Utilisez comme bon vous semblera les bénéfices du miel, avait dit le Gascon la veille de son départ.

Mais Dandrige, chargé de surveiller l'activité des deux Noirs apiculteurs de fortune en l'absence de leur maître, tenait au contraire à ce que Gustave trouvât à son retour un pécule qui lui serait peut-être fort utile.

L'intendant considérait au début de l'automne que l'année avait été plutôt faste pour ceux de Bagatelle, même si Virginie exprimait le futile regret de n'avoir pu, à cause du mariage de son fils, s'offrir le 30 juin un passage sur le *Robert E. Lee* engagé dans une course contre le *Natchez*. Le *Robert E. Lee*, sorti vainqueur de la compétition, avait relié La Nouvelle-Orléans à Saint Louis en trois jours, dix-huit heures et treize minutes, battant son rival de trois heures et quarante-quatre minutes.

Elle était allée voir passer, comme beaucoup d'habitants de la paroisse, les deux vapeurs crachant leur panache de fumée noire, coques vibrantes sous l'effort des machines et traçant des sillages dont les ondes venaient brouter les levées. Quand les bateaux s'étaient engagés au plus près dans la courbe de Bayou Sara, Templeton avait agité son chapeau, elle son ombrelle, tandis que des jeunes gens encore plus enthousiastes déchargeaient en l'air leurs carabines ou leurs revolvers. Mme de Vigors avait convoité, à ce moment-là, la place d'une de ces passagères privilégiées qui, à bord de l'un ou l'autre vapeur, exhortaient les capitaines à ne pas tenir compte des risques d'explosion, pendant que leurs maris encourageaient de leur côté les chauffeurs des chaudières.

Au soir de cet événement, suivi sur toutes les rives habitées du Mississippi avec le même intérêt, Virginie avoua à Clarence que ces bateaux lancés à toute vapeur lui rappelaient la compétition du même genre et tragiquement interrompue dans laquelle son fils aîné, Marie-Adrien de Damvilliers, avait trouvé une mort stupide.

– Alors pourquoi êtes-vous allée applaudir ces fous, Virginie? demanda l'intendant.

– Pour conjurer un cauchemar que je fais quelquefois, Clarence, et dans lequel je vois des bateaux qui flambent...

De mémoire de marinier, la course entre le *Robert E. Lee* et le *Natchez* avait été la plus belle et la plus disputée que l'on ait suivie sur le fleuve qui, au cours des années, avait accueilli les épaves calcinées de nombreux coureurs moins chanceux.

L'hommage de cette victoire fut le dernier que reçut l'homme qui avait accepté de donner en 1866 son illustre nom au bateau qui venait de l'emporter. Le 12 octobre 1870, à l'âge de soixante-trois ans, le général Robert Edward Lee avait rendu à Dieu, auquel il croyait fermement, son âme de soldat. Celui qui comptait dans ses ascendants deux signataires de la Déclaration de l'Indépendance et dont l'épouse était l'arrière-petite-fille de Martha Washington; celui qui avait commandé à West Point; qui s'était battu au Mexique; qui ne s'était engagé qu'à regret dans la sécession et avait donné au Sud trois victoires : à Richmond, Fredericksburg et Chancellorsville, avant de se rendre avec dignité à Ulysses Grant à Appomatox, le plus grand stratège du Sud et le héros malheureux de l'armée confédérée, s'était éteint à Lexington (Virginie).

Willy Tampleton, comme beaucoup de généraux sudistes, prit le deuil et se rendit aux funérailles du chef qu'il avait le plus admiré. Il n'avait porté, en revanche, que peu d'intérêt à l'annonce du décès, survenu le 14 août, de l'amiral David Glasgow Farragut qui, en 1862, avec son escadre, avait enlevé au Sud La Nouvelle-Orléans et verrouillé le Mississippi.

– Les Confédérés n'ont jamais voulu le reconnaître, avait commenté Dandrige, mais Farragut fut le premier artisan de la victoire du Nord. En fermant la route du fleuve, il a décuplé les difficultés d'approvisionnement des États sécessionnistes. Croyez-moi, Willy, la guerre a été perdue en Louisiane entre La Nouvelle-Orléans et Port Hudson, bien avant la reddition d'Appomatox.

– Vous avez peut-être raison, Dandrige..., mais aujourd'hui quelle importance cela peut-il avoir?

– L'importance qu'un jour ou l'autre des historiens objectifs attacheront aux hommes qui ont fait les événements et qui, quel que soit leur camp, eussent méprisé ces patriotes dévoyés, masqués comme des malfaiteurs, qui se vantent aujourd'hui « d'envoyer des nègres dans l'espace ».

– Vous voulez parler des Chevaliers du Camélia Blanc?

– Entre autres, Willy, et de leurs semblables.

Tampleton demeura un instant pensif, puis tout à trac posa la question à laquelle Dandrige s'attendait depuis longtemps :

– Dites-moi, la nuit où vous êtes allé tirer Ivy Barnett, l'institutrice noire, des mains des K.W.C., n'avez-vous pas identifié quelques-uns des... fantômes?

– Un seul, Willy, le chef, ça m'a suffi!

– Et c'était mon frère..., n'est-ce pas?

– C'était Percy, en effet. Mais comment avez-vous su?

– Il me l'a dit un soir qu'il était ivre... et il m'a dit aussi qu'un jour il vous tuerait.

– Je ne l'en crois pas capable.

– Je lui ai dit que s'il osait porter la main sur Clarence Dandrige je l'abattrais comme un criminel, bien qu'il soit mon frère.

Dandrige tapota affectueusement l'épaule de son vieil ami.

– Je sais que la honte de soi-même est le sentiment le plus difficile à supporter... Je crains, moi, que Percy ne se détruise.

– Il m'a dit autre chose, Dandrige, qu'il m'a été fort pénible d'entendre. Il m'a affirmé qu'autrefois, il y a bien longtemps, alors que Virginie était encore jeune fille, il l'avait possédée comme une tisanière dans le pavillon que nous habitons maintenant...

– Je le savais. Je l'ai su tout de suite, Willy, mais, comme vous disiez tout à l'heure, quelle importance aujourd'hui cela peut-il avoir? Virginie elle-même l'a oublié!

Quelques jours après cette conversation arriva de France une longue lettre de Castel-Brajac. Le Gascon, toujours en verve, commentait les désastres de la guerre franco-allemande, racontait la capitulation de Sedan, la journée révolutionnaire du 4 septembre, la capture de Napoléon III, l'internement de celui-ci au château de Wilhelmshöhe, près de Cassel, et la proclamation de la IIIe République. *On va voir,* écrivait Gustave, *ce que vaudra ce gouvernement de Défense nationale et s'il sera capable d'insuffler aux Français le courage de rejeter les Prussiens hors des frontières. Quoi qu'il arrive, nous nous battrons...*

Des nouvelles plus fraîches que celles envoyées par le Gascon faisaient mal augurer de la fin du conflit. En occupant l'Hôtel de Ville, Jules Favre et ses supporters avaient empêché la formation d'une Commune de Paris que souhaitaient Blanqui et Ledru-Rollin. Victor Hugo, rentré d'exil, avait refusé de s'engager au côté de ces derniers et préférait adresser un « appel aux Allemands » que ceux-ci ne semblèrent pas entendre. Dans la capitale de la France, encerclée par les armées prussiennes, à la grande satisfaction de Richard Wagner, on commençait à manger les chevaux et les bourricots et le 31 octobre, les magasins étant vides et le spectre de la famine se profilant sur la ville assiégée, les tenants de la Commune avaient tenté de renverser le gouvernement provisoire dont le chef, le général bonapartiste Trochu, finit tout de même par l'emporter. Les correspondants des journaux américains en France donnaient cependant toutes les chances aux soldats de Bismarck de défiler sur les Champs-Élysées si l'envie leur en prenait.

– Notre pauvre Gustave va maigrir, dit Virginie.

– Ça lui permettra peut-être d'esquiver plus aisément les balles, commenta Tampleton, qui ne comprenait pas que les Parisiens n'aient pas choisi de tous mourir le ventre creux plutôt que d'accepter la loi des casques à pointe.

– Je souhaite, quant à moi, que Gustave sorte au plus vite de cette affaire, conclut Dandrige, et nous revienne sain et sauf.

Charles, qui exprimait le même vœu que l'intendant, s'était, dès son retour de voyage de noces, remis aux affaires, tandis que Liponne organisait sa maison. La vieille nourrice des Dubard, que Liponne appelait Mamy, mais que tout le monde connaissait, au bord du bayou Tèche, sous le sobriquet de « Seco » – que lui avaient valu ses gros yeux noirs comme des grains de raisin – accepta de venir tenir le ménage et surtout les fourneaux des Vigors à La Nouvelle-Orléans. Elle amena avec elle un couple d'affranchis, Lyle et Golo. La jeune Noire fut promue femme de chambre et son mari cocher-jardinier.

A l'angle de Washington Street et Prytania Avenue, la maison neuve de l'avocat plut aussi bien à Virginie qu'à Mme Dubard. C'était une bâtisse de pierre recouverte d'un crépi ocre pâle, à un seul étage en avancée sur le rez-de-chaussée et supporté par huit colonnes de stuc, cannelées, à chapiteaux corinthiens. De plain-pied avec le jardin que fermait sur Prytania et Washington Street une grille de fer à pointes dorées, le déambulatoire couvert, au sol dallé, abritait l'entrée de part et d'autre de laquelle s'ouvraient quatre portes-fenêtres à petits carreaux éclairant le boudoir, la salle à manger, le grand salon et le cabinet de l'avocat. La porte de bois laqué blanc, entourée d'un large chambranle et surmontée d'une imposte vitrée, parut un peu modeste à la dame de Bagatelle. Charles lui expliqua que la demeure d'un jeune avocat se devait d'être cossue mais sans prétention. Au premier étage on trouvait cinq chambres, la principale, celle des époux, étant située au-dessus de l'entrée et pourvue d'une fenêtre plus large que les autres, que surmontait un semblant de fronton constitué par un décrochement triangulaire de la corniche ceinturant le toit de tuiles plates. Charles de Vigors avait demandé à l'architecte de s'inspirer pour la façade de sa demeure d'une vieille maison de Natchez dont les proportions l'avaient séduit, connue sous le nom de « Edgewood » et dont le propriétaire avait été l'un de ses premiers clients. Côté jardin, toutes les pièces ouvraient sur des massifs de rhododendrons, de roses et d'azalées. Deux tulipiers, des chênes blancs, des frênes et un gros sycomore que les gens du quartier avaient toujours vu sur ce terrain suffisaient à donner ombrage et fraîcheur. En France, on eût dit que c'était la maison d'un bourgeois aisé, plus désireux de goûter un vrai confort domestique que d'étaler son aisance.

Louis Dubard approuva chaudement cette installation, vit sa fille heureuse et dit aux jeunes époux, le jour de la pendaison de la crémaillère, cette phrase du vocabulaire cajun résumant une philosophie qui incite à prendre la vie du bon côté : « Laisse le bon temps rouler. »

Le mobilier d'acajou, inspecté par les mères, fut reconnu de bon goût, aussi bien dans la salle à manger avec la longue table à pieds tripodes, buffet et desserte à colonnettes, que dans le grand salon où la cheminée de marbre noir veiné de bleu et supportant une immense glace à cadre doré promettait de bonnes soirées d'hiver. Un canapé trilobé, capitonné de velours grenat, des fauteuils et des chauffeuses recouverts de même tissu offraient d'agréables « coins de conversation ». Les rideaux de velours de Gênes à motifs crème sur fond rose indien tombaient des cantonnières sans feston et de même ton vieil or que l'encadrement du grand miroir. Charles confessa que le tapis ovale, à dominante rose et motifs crème et bleu très pâle, lui avait coûté une fortune.

Le boudoir de Liponne, traité en shantung abricot, fit pousser à Virginie une exclamation de plaisir. Elle essaya aussitôt la méridienne où, déclara-t-elle, Liponne serait à l'aise pour lire ou broder.

Quand on en vint aux chambres, Mme Dubard s'étonna de voir dans celle des époux des lits jumeaux à baldaquin identiques mais disposés de part et d'autre de la grande fenêtre.

– C'est une mode du Nord, dit-elle, qui veut que mari et femme ne dorment pas dans les mêmes draps.

Considérant la largeur des lits, Virginie assura malicieusement que l'on pouvait confortablement se rendre visite de l'un à l'autre... par les nuits fraîches.

– C'est une délicatesse de Charles, expliqua Liponne. Comme il travaille souvent tard le soir, il peut gagner son lit sans me réveiller.

– Drôle d'idée, insista Mme Dubard, qui manifestement désapprouvait cette initiative de son gendre.

Elle fut toutefois pleinement rassurée quand, ouvrant une pièce déjà meublée d'un berceau à col de cygne, sa fille annonça triomphalement : « Pour le bébé. »

– Vous n'en êtes pas déjà là, tout de même? fit Virginie.

– Mon Dieu, madame, je crois que si!

La mère de Liponne s'épanouit, versa une larme d'émotion, cajola sa fille, lui demanda quel était le quartier de la lune au moment de... la conception.

– A New York, on ne voit pas beaucoup le ciel, maman, répliqua-t-elle en riant, heureuse et confiante.

Virginie embrassa Liponne, fit les vœux qui s'imposaient, mais rejoignit le salon en envisageant sans plaisir d'être bientôt mise au rang des grand-mères.

Profitant de son bref séjour à La Nouvelle-Orléans, Mme de Vigors rendit visite aux Pritchard, qui habitaient à deux pas de chez son fils. Sa vieille amie s'épancha un long moment, expliquant que Gloria prenait les eaux à Saratoga avec sa tante. Cette mère éplorée ne comprenait toujours pas comment Gloria, qu'elle croyait destinée à Charles, s'était donnée par dépit à ce Français qu'on ne reverrait sans doute jamais, qui l'avait épousée à la sauvette, sans desserrer les dents, et auquel elle ne pardonnerait son forfait que s'il avait la courtoisie de se faire tuer par les Prussiens.

Virginie fit un rapide calcul et se dit que pour peu que la nature se montre ici un peu pressée, là un peu dolente, son fils pourrait être doublement père le même jour. Laissant Mme Pritchard à ses jérémiades, elle se fit conduire chez Holmes, dans la rue du Canal, pour choisir des rideaux.

Charles de Vigors ne semblait guère préoccupé par l'attente de ces événements qu'on a coutume dans les familles de qualifier d'heureux, même s'ils ne sont pas particulièrement désirés. En ce début d'année 1871, pendant qu'à Paris Castel-Brajac, l'armistice étant signé, ne cherchait plus qu'un moyen de regagner son Gers natal pour rassurer sa mère, retrouver les kilos perdus en se gavant de confit d'oie et oublier l'écœurement dans lequel les lâchetés des assiégés avaient plongé son âme délicate de patriote rustique, Charles de Vigors participait à la fondation de la Bourse du Coton de La Nouvelle-Orléans, qui allait permettre d'organiser sur de nouvelles bases le commerce de l'or blanc. C'est à Henry G. Hester qu'on était redevable de l'idée d'une Bourse du Coton. Fils d'immigrés anglais, né à La Nouvelle-Orléans en 1846, plus jeune que Charles de deux ans, ce correspondant du *New Orleans Price Current* avait appris depuis l'âge de seize ans tout ce que l'on doit savoir du commerce du coton.

Alors qu'avant la guerre civile Liverpool, Le Havre, New York et Boston étaient les principaux marchés du coton américain, que l'Angleterre achetait environ 70 % de la récolte, en travaillait quelque 60 % dans ses filatures et réexportait le reste, on assistait depuis 1868 à une industrialisation intensive du nord des États-Unis où les usines de textile se multipliaient. Cette concurrence intercontinentale exigeait plus de circonspection de la part des milieux commerciaux et, surtout, plus d'informations rapidement réunies.

C'est dans le but de mettre à la disposition des manufacturiers la plus grande quantité de coton possible et de permettre à tous les intéressés de participer à l'établissement des prix que Henry G. Hester avait proposé la création d'une Bourse du Coton dans le premier port exportateur : La Nouvelle-Orléans. Cela ne faisait pas l'affaire de certains commissionnaires, ni des bars pompeusement baptisés « Exchange » où se déroulaient depuis un demi-siècle les transactions cotonnières, mais l'idée de M. Hester parut si logique que les concours ne lui furent pas ménagés. En tant que juriste, Charles de Vigors, qui fréquentait déjà rue Carondelet le « Merchants' Exchange », sorte de bourse officieuse, participa à l'élaboration des statuts de la nouvelle organisation dont il devint, dès qu'elle fut en place, le conseil habituel.

Fondée par dix-huit négociants en coton, la nouvelle bourse s'installa dans un immeuble à deux étages à l'angle des rues Carondelet et Gravier. Grâce à un service télégraphique d'information, Henry G. Hester, immédiatement élu secrétaire général de la bourse [1], put recevoir et diffuser les informations qui intéressaient le marché. L'exigence principale des négociants était de connaître le plus rapidement possible le rendement annuel de la récolte, officiellement établi le 31 juillet de chaque année. Dès 1871, la Bourse du Coton, grâce à son réseau de renseignements, fut capable de révéler l'évaluation de la récolte le 1er août. Henry G. Hester ne s'en tint pas à ce succès technique. Il publia bientôt un rapport hebdomadaire sur l'état du marché qui, sous le nom de « Hester Report », fut régulièrement reproduit dans des centaines de quotidiens aux États-Unis et en Europe. Le *London Times*, le *Manchester Guardian*, *De Telegraaf*, entre autres, se référaient dans leurs rubriques spécialisées à ce document. L'information avait fait un pas de géant, mais le mode de transaction demeurait désuet. Bien que l'on vendît un quart de la récolte du coton américain à La Nouvelle-Orléans, le marché trouvait ses limites dans une coutume exigeant que toutes les affaires soient traitées au comptant et ne portent que sur du coton immédiatement disponible. Le commerce à terme, considéré comme une opération de pure spéculation, n'était pas de mise. Henry G. Hester et ses conseillers finirent par le faire admettre après avoir proposé une stricte réglementation, surtout relative aux dépôts de garan-

1. Il le resta pendant soixante-trois ans et mourut en 1936 à l'âge de quatre-vingt-dix ans.

tie. Du coup, le volume des affaires augmenta considérablement et Charles de Vigors élargit le cercle de ses relations dans un milieu qui, estimait-il, pourrait un jour soutenir son ambition, déjà exprimée en son nom par sa mère : faire de la politique.

C'est pour consolider sa position sociale que l'avocat, parrainé par Tampleton, fut admis, dès qu'une vacance se produisit, au Boston Club, foyer démocrate où se rencontraient tous les gens influents de la cité.

Virginie, suivant de loin l'ascension de son fils – car Charles ne se rendait plus que rarement à Bagatelle – ne cachait pas sa satisfaction. Tout en s'efforçant de dissimuler à Dandrige les petites souffrances que lui infligeaient maintenant des rhumatismes de la hanche, qui l'obligeaient parfois et sans qu'il y parût à se servir de son ombrelle comme d'une canne, elle répétait souvent :

– Vivrai-je assez longtemps pour voir Charles sénateur?

– Diable, les élections auront lieu dans un an!

– Dans un an Charles n'aura aucune chance, Clarence. Les républicains tiennent toute l'administration et les élections ne seront pas loyales... Seront-elles jamais loyales, d'ailleurs, dans ce pays livré aux *carpetbaggers?*

– Oh! ils ne sont pas tous si mauvais que cela... puisque vous avez accepté d'assister à la pendaison de crémaillère de votre charmant voisin..., le voleur de montres!

– Les Redburn aussi y seront, mon cher, et Nadia était toute pétillante en me demandant si j'étais invitée par ce cher M. Oliver Oscar Oswald.

– Eh bien! nous irons, Virginie, je ne veux pas rater l'entrée dans le monde d'un ancien garçon d'écurie de Barnum!

Le printemps 1871 fut pluvieux et maussade. Dandrige, qui s'inquiétait du retard des semailles, avait repris la plume pour prolonger l'histoire des Damvilliers dont il avait décidé, afin de laisser à Charles un document complet, de faire l'histoire de Bagatelle. Il calligraphiait avec méthode la descendance du général de Vigors et de Virginie, estimant que l'épouse de Charles était bien capable de lui donner assez d'enfants pour remplir une demi-douzaine de cartouches, quand cet après-midi-là on vit arriver le fils de Brent, un beau petit garçon d'une douzaine d'années.

– M'sieur Dand'ige, il faudrait que vous alliez à Sainte-Marie chez le docteur Murphy. Mme Adèle a dit à mon père de vous prévenir qu'il est bien malade.

Une demi-heure plus tard, Clarence était près de Murphy, qui, de son propre aveu, se mourait doucement.

Le vieux médecin, frileusement enveloppé dans un plaid, avait refusé de se mettre au lit et repoussait les potions que voulait lui administrer le docteur Finks.

– Ne soyez pas idiot, Finks, vous savez bien que ce serait un gaspillage, que la vieille Barrow ne vous pardonnerait pas. C'est la troisième fois aujourd'hui que mon cœur s'arrête et repart de moins en moins nettement. La prochaine fois, il ne repartira pas. Donnez-moi un cigare, Dandrige, et un bon verre de bourbon, j'ai à vous parler.

Finks eut un geste d'approbation et se retira.

– Voilà! dit Murphy en tirant avec effort sur le havane, ce sacré Finks s'est mis dans l'idée d'épouser Ivy... Ça va faire des histoires épouvantables dans la paroisse. Vous pensez bien que nos dames de plantation ne voudront pas être examinées ni auscultées par des mains qui, la nuit, caressent une négresse, hein?

Clarence hocha la tête. Il imaginait aisément tout ce qu'on pourrait dire.

– En dehors de moi, reprit Murphy d'un ton las, Finks a deux soutiens, vous et ce rouquin du Bureau des affranchis qu'on appelle « Triple Zéro ». Ce type n'a aucune sympathie pour les nègres, mais il estime sagement que chacun a le droit de faire ce qui lui plaît et d'épouser qui bon lui semble, y compris une jument.

Le médecin prit le temps d'avaler une gorgée de bourbon, fit une grimace et reprit :

– C'est pas la clientèle des nègres, qu'il soigne gratuitement, qui fera vivre Finks. C'est pourquoi il faut que vous et Triple Zéro, maintenant propriétaire du domaine O'Neil, preniez cet hurluberlu comme médecin de plantation. Si vous lui assurez chacun vingt-cinq ou trente piastres par mois, il pourra s'en tirer avec sa négresse. Je lui laisse ma maison et tout ce que je possède, y compris des créances que je crains irrécouvrables. Vous êtes d'accord?

– Je suis d'accord, Murphy, mais vous pensez bien qu'on va lui rendre la vie intenable et qu'on se débrouillera pour faire venir le médecin de Bayou Sara ou de Saint-Francisville.

– Ce qui m'inquiète plus, ce sont ces Chevaliers du Camélia Blanc... Vous leur avez arraché Ivy, mais ils ne sont pas découragés. Savez-vous qu'ils ont encore pendu la semaine dernière deux nègres qui avaient volé un cochon?

– Ceux-là ne me font pas peur, c'est plutôt l'opinion publique que je redoute... Finks sera rejeté par les Blancs et Ivy par les Noirs, si bien qu'il ne leur restera qu'à quitter le pays... Et ailleurs ce sera peut-être la même chose!

– Écoutez, Dandrige, si cette garce d'Adèle continue à travailler avec Finks au dispensaire, comme si de rien n'était, ils peuvent être tolérés, d'autant plus que le petit Finks est un fameux toubib, croyez-moi.

Murphy, dont le teint autrefois coloré avait depuis quelque temps, viré au gris-jaune, fit une nouvelle grimace, remua l'épaule gauche comme pour se débarrasser d'une main gênante qui s'y serait appesantie.

Il eut encore la force de demander des nouvelles de Charles, de Virginie, de Gratianne qu'il avait mise au monde et de quelques autres.

– Sacrée vie que nous aurons eue, vous et moi, Dandrige..., sans femmes, moi par égoïsme, vous parce que vous n'en aviez pas l'usage.

Désignant une enveloppe posée sur la table, il ajouta faiblement :

– Je voudrais que vous donniez ça à Adèle... C'est un truc... qui lui revient depuis longtemps.

Il demeura encore un instant le regard tourné du côté de la fenêtre, comme attiré par ce rectangle de lumière déclinante dans lequel s'inscrivait un grand écheveau, sec et effiloché, de mousse espagnole balancé par le vent à la branche invisible d'un chêne voisin.

Puis il leva la main, considéra son cigare et dit dans une sorte de hoquet :

– Il... n'a... plus... de... goût..., il... est... éteint.

La main retomba. Le cigare à peine entamé roula sur la carpette usée. Murphy se raidit, puis s'abandonna au fond de son fauteuil comme un dormeur. Il était mort

Dandrige lui ferma les yeux, mit l'enveloppe dans sa poche et appela Finks.

– Vous êtes désormais le seul médecin du pays, docteur Finks. Il va vous falloir du courage et une bonne dose de patience. J'aimerais que vous réinstalliez un cabinet de consultation à Bagatelle pour nos ouvriers; autrefois Murphy s'en occupait.

Le jeune médecin, ému, tâta le cœur du vieil homme prostré dans le fauteuil.

– Aidez-moi, monsieur Dandrige, nous allons l'habiller décemment et lui faire un peu de toilette avant que la vieille cuisinière ne rentre des commissions et n'ameute tout le voisinage par ses lamentations.

– Il vous aimait bien, dit Clarence, tandis que les deux hommes se livraient à leur tâche funèbre.

– Si j'avais eu à prendre un père, monsieur, moi qui n'ai pas connu le mien, c'est lui que j'aurais choisi...

12

La plupart des habitants de Sainte-Marie, qu'ils soient blancs ou noirs, assistèrent à la mise en terre du docteur Murphy. Parmi les fils et filles de planteurs de moins de quarante ans, beaucoup étaient venus au monde par les soins du vieux médecin. « J'ai été le premier à claquer les fesses des trois quarts des demoiselles de la paroisse », avait-il coutume de dire pour scandaliser aimablement les héritières compassées. Les Noirs, en revanche, n'entraient pas dans les comptes de natalité du docteur. Chaque plantation possédait au moins une sage-femme, un peu sorcière, qui aidait les esclaves à accoucher. On appelait Murphy seulement si les choses tournaient franchement mal et si les incantations vaudou se révélaient sans effet. Noirs et Blancs, en revanche, étaient pareillement redevables à Murphy des soins reçus pour maladies ou blessures.

Le praticien, athée, n'ayant rien prévu pour son inhumation, car il s'était peu soucié de son vivant du sort que pourrait connaître sa dépouille mortelle, plusieurs familles de Sainte-Marie s'associèrent afin de lui assurer une sépulture décente.

A la nuit tombée, quand, au soir des funérailles, le cimetière fut rendu au silence, on vit s'approcher de la dalle, qui portait pour toute inscription *John Fitzgerald Murphy, 1799-1871,* Mlle Adèle Barrow, le visage à demi dissimulé par une mantille et suivie du curé de Sainte-Marie. Elle l'avait difficilement décidé à venir bénir après l'angélus la tombe de ce mécréant de Murphy.

– Ce n'est pas bien, ce que vous me faites faire là, mademoiselle Adèle, votre générosité vous égare..., dit le prêtre, ôtant sa barrette pour passer son étole.

– Le bon Dieu n'a jamais ménagé ses bénédictions, même aux pécheurs, monsieur le Curé.

– Mais, enfin, mademoiselle, le docteur n'était même pas baptisé! Il qualifiait de mômeries les rites de notre religion catholique. Cette bénédiction *post-mortem,* je suis certain qu'il la rejetterait avec horreur s'il le pouvait.

– Que savez-vous des ultimes sentiments de Murphy, monsieur le Curé?

– S'il avait connu un revirement de dernière heure, il aurait fait une confession générale, aurait reçu l'extrême-onction... Comme il n'a pas eu le temps de marquer le moindre repentir, je suis certain que ma bénédiction ne va pas plaire à Jésus-Christ.

– Ne vous occupez pas de ce qui peut plaire ou déplaire à Notre-Seigneur. Murphy était un ours mal léché, un mécréant, un ivrogne, c'est entendu, mais il était meilleur que beaucoup de gens qui se disent chrétiens et reçoivent l'hostie tous les dimanches. Sa sincérité, moi, j'en réponds; ses péchés, je les prends à mon compte, je vous les confesse et, s'il le faut, je ferai un temps de purgatoire supplémentaire...

Sans plus s'occuper des murmures désapprobateurs du curé, Adèle se mit à réciter la prière des morts. Après un temps d'hésitation, le prêtre joignit son oraison à celle de la vieille fille, puis, alors que le vent frais de l'hiver lui plaquait sa soutane au dos et faisait voleter son manipule, il bénit gravement la pierre sous laquelle reposait un homme qui n'avait pas voulu fréquenter Dieu.

A pas rapides, le curé se retira du cimetière comme s'il craignait la colère de tous les autres morts alignés là et qui, réputés avoir vécu dans le respect de la religion et de ses ministres, n'approuveraient peut-être pas la mansuétude de leur pasteur vis-à-vis d'un incroyant aussi notoire.

Adèle, restée seule devant la tombe, se mit à pleurer doucement, tout en marmonnant des patenôtres. Son cher vieil ennemi, pensa-t-elle, n'aurait pas manqué de tourner en dérision ce chagrin inattendu, lui qui disait la mort « aussi mécanique que la naissance » et constatait avec Dickens que « la vie est faite pour moitié de séparations ». Toutes les querelles parfois âpres, les taquineries, les fâcheries, les grands rires et les traits d'humour revenaient à la mémoire d'Adèle. « Tous les méchants sont buveurs d'eau, c'est bien prouvé par le déluge », lançait Murphy chaque fois qu'elle refusait un porto ou un *mint julep*, et aussi, quand il la voyait partir pour l'église avec son missel : « Voilà Mlle Barrow qui va au rendez-vous de son galant invertébré. »

Une fois, se référant au miracle des noces de Cana, Murphy avait même tenté de démontrer à Adèle que Dieu, s'il existait, encourageait l'ivrognerie. « Souvenez-vous qu'après la transformation de l'eau en vin et quand tout le monde eut bu à satiété, on constata que le Seigneur avait eu la main un peu lourde et l'on emporta je ne sais combien de jarres... non débouchées. L'Évangile ne dit d'ailleurs pas qui les vida ! »

Adèle Barrow estimait que le docteur avait été toute sa vie préoccupé par l'existence de la foi. Trop souvent, il s'en était pris à Dieu ou à ses fidèles pour ne pas attacher à la Révélation plus d'importance que bien des indifférents qui, eux, ne se posaient jamais de questions.

Et puis la lettre que lui avait remise Dandrige l'avait bouleversée en lui faisant découvrir qu'elle aurait pu avoir, elle, Adèle, la vieille fille, une vie bien différente de celle vécue et qui s'achevait dans la solitude.

La missive de Murphy avait été écrite quarante-deux ans plus tôt par le médecin, qui jamais ne s'était résolu à l'envoyer à sa destinataire. C'était une lettre intelligente et tendre, rédigée avec élégance, calligraphiée avec soin. Murphy confessait ses défauts avec humour, faisait allusion à l'autoritarisme d'Adèle, donnait à entendre qu'au cas où elle accepterait de l'épouser il y aurait des jours difficiles, des cris et, peut-être, des grincements de dents, que leurs deux caractères se heurteraient, mais qu'au bout du compte leur vie pourrait être « intéressante », à condition toutefois qu'elle ne l'obligeât pas à l'accompagner à la messe avant qu'il n'ait été certain d'y rencontrer Dieu.

Depuis qu'elle était en possession de cet aveu, Adèle se demandait ce qu'à l'âge de vingt-six ans elle aurait répondu à la demande du médecin. Elle se dit loyalement qu'elle se fût sans doute montrée assez dinde et vaniteuse pour rejeter avec hauteur un prétendant ne possédant pas une acre de coton. En regagnant, sous un clair de lune rendu intermittent par la course des nuages, sa chambrette installée au-dessus du dispensaire, Mlle Barrow priait encore. Sa tristesse s'était dissoute, une sorte de sérénité biblique l'habitait. Avec l'inébranlable confiance qu'elle mettait dans les saintes Écritures, elle se disait qu'un jour, pas trop lointain, au seuil d'un paradis dont elle s'interdisait d'imaginer le décor, elle retrouverait Murphy, son vieux chapeau à la main, l'œil pétillant, mal rasé et le nez rouge, et exceptionnellement autorisé par saint Pierre à faire pour elle les honneurs de l'Éternité.

Avant de se mettre au lit, elle relut la seule lettre d'amour qu'on lui eût jamais adressée, puis elle s'endormit paisiblement après avoir demandé à « ses morts » d'accueillir le médecin comme un membre de la famille.

Le lendemain matin, quand, au premier rayon de soleil, Horace Finks ouvrit ses volets, il vit, par-delà la place de l'église, Adèle Barrow perchée sur une échelle qui mettait le dernier coup de pinceau à l'enseigne du dispensaire. Les lettres blanches étaient visibles de loin. Il lut *Dispensaire J.F. Murphy* et trouva que son œuvre ne pouvait avoir meilleur parrainage.

C'est peut-être pour marquer un deuil intime que Mlle Barrow refusa d'accompagner Horace Finks à la réception que M. Oliver Oscar Oswald donna peu avant Noël. Dandrige y vint avec Mme de Vigors, et dans le grand salon de l'ancienne maison de O'Neil se trouvèrent bientôt réunis les Redburn, les Tiercelin, trois ou quatre autres planteurs auxquels le délégué du Bureau des affranchis avait rendu quelques services et, chose étonnante, des commerçants de Sainte-Marie.

Les Tampleton avaient renvoyé leur carton sans explication, tandis que les Barthew alléguaient faussement un engagement antérieur. Willy et Percy estimaient comme Mignette – laquelle semblait avoir depuis longtemps oublié qu'elle était arrivée en Louisiane dans la condition de femme de chambre – qu'un *carpetbagger* ne pouvait en aucun cas constituer une relation honorable.

Virginie fut bien étonnée de retrouver parmi les invités le boulanger, sa femme et leur fille, ainsi que le shérif, le maire et le directeur des écoles de la paroisse. A voir comment tous ces gens s'ébaudissaient devant les mauvaises peintures, les vases d'albâtre trop neufs et les ornements dorés à guillochis qui couraient autour des plafonds et des embrasures, on devinait qu'ils n'avaient pas souvent été admis dans les intérieurs des planteurs.

– Il y a quelques beaux meubles, n'est-ce pas? observa Nadia Redburn.

Elle semblait vouloir convaincre les gens de sa classe que « M. Triple Zéro » n'avait pas si mauvais goût que le papier peint de l'entrée, représentant une caravelle dans la tempête multipliée à l'infini, pouvait le faire craindre.

– Cette desserte et ces fauteuils Seignouret me disent quelque chose, fit Dandrige doucement à l'oreille de Virginie. Il me semble même les reconnaître.

– Ne viennent-ils pas de chez les Laurent? M. Oswald les aura achetés lors de la vente du mobilier de la plantation, après le suicide de Hervé, répliqua Mme de Vigors sans se gêner.

– En tout cas, fit Mme Tiercelin qui venait d'entendre les derniers mots prononcés par Virginie, la grande commode de l'entrée vient, j'en suis certaine, de chez les Eustis. Quand leur entreprise a été mise en liquidation, j'ai acheté une paire de flambeaux en argent et j'ai vu ce meuble.

Avec l'assurance d'un maître de maison certain de sa compétence, le jabot avantageux, la manchette soulignant des gestes démesurés de bonimenteur, vantant lui-même une demeure dont il croyait le décor d'autant plus somptueux qu'il n'avait jamais habité que les hôtels minables ou des meublés quelconques, M. Oliver Oscar Oswald allait d'un groupe à l'autre, faraud, content de lui, chaleureux, pressant les domestiques de passer les rafraîchissements, disant à un invité : « Allez, ne vous gênez pas, prenez des saucisses, il y en a un tas à la cuisine », à un autre : « Que dites-vous de mon vin de Porto, hein? Vingt ans d'âge! » Le buffet, tout le monde le reconnut, était abondamment garni. « Triple Zéro », la chevelure plus flamboyante que jamais, la voix sonore, le sourire large, l'accolade vigoureuse, cherchait sur les visages et dans les comportements de ceux qui avaient répondu à son invitation les signes d'une approbation, d'une acceptation, d'un agrément en tremblant de reconnaître au contraire les indices du rejet.

Sachant de quel poids l'opinion de la dame de Bagatelle pèserait dans les commentaires, Oliver Oswald réussit à isoler Virginie dans un coin du salon.

– Alors? questionna-t-il, empressé, que pensez-vous de ma maison, madame?

– Il vous manque, bien sûr, quelques portraits d'ancêtres, mais peut-être n'en avez-vous pas?...

– J'en trouverai, mais encore?

– Il ne faut pas associer un guéridon de citronnier à des sièges à pieds d'acajou, ni dissimuler le velours de Gênes de vos fauteuils sous des cache-misère au crochet..., ça fait vieux garçon en diable.

– Mais le velours est râpé, madame, un peu luisant même, sur les accoudoirs.

– C'est l'inconvénient des meubles d'occasion, monsieur Oswald, mais, croyez-moi, un velours râpé ne choque personne dans nos vieilles familles... Vos machins au crochet... font hospice pour vieillards nécessiteux.

– En somme, fit Oswald, assez satisfait, il n'y a pas grand-chose à redire à mon installation, ni à ma réception.

– L'installation, à part quelques erreurs de détail, est acceptable. Je ne sais qui vous a conseillé, mais...

– Vous le saurez tout à l'heure, coupa maladroitement le rouquin.

– ... mais, souligna Virginie pour marquer son déplaisir d'avoir été interrompue, je n'en dirai pas autant de la réception.

– Pourquoi, ce n'est pas assez copieux?

– Ça le serait plutôt trop. Les gens ne sont pas venus chez vous pour manger des saucisses et boire du vin à cinq heures de l'après-midi... Mais enfin! C'est du choix de vos invités que je veux parler.

– Ce sont tous des gens honnêtes et respectables, non?

– Peut-être, mais, monsieur Oswald, on n'invite pas le même jour les maîtres des domaines et leurs fournisseurs... Que font chez vous le boulanger, le marchand de meubles et le banquier de Bayou Sara?

– Ils ont été aimables avec moi, quand je suis arrivé dans la paroisse, et je tenais à leur prouver que je savais l'être aussi. Ce sont des gens qui ont bien réussi dans leur profession et qui méritent le respect.

– Respectez-les, monsieur Oswald, mais ne les invitez pas le même jour que nous... Il faut choisir, être distingué ou être populaire. Aucun des planteurs ici présents ne s'est jamais soucié de popularité! Je crains que cette petite erreur ne vous porte préjudice... On va dire que M. le délégué du Bureau des affranchis reçoit n'importe qui...

– Les gens ne sont pas bons, hein! dans le gratin de plantation; ils n'aiment pas beaucoup les modestes, les sans-manières, ceux qui n'ont pas hérité un nom et une fortune.

– Calmez-vous, monsieur Oswald, et dites-vous bien que de nos jours, pour être admis dans cette société, il convient d'observer un certain nombre de règles. Il ne suffit pas de posséder de l'argenterie, encore faut-il savoir s'en servir. La fortune peut même être un handicap, car nous nous méfions de l'argent quand il ne vient pas de la terre et qu'il a été « gagné », comme l'on dit.

L'entrée de Clara Redburn, dont c'était la première apparition en public depuis son retour d'Europe, mit un terme à cette leçon de savoir-vivre. La jeune fille vint embrasser Virginie, laquelle la félicita pour sa mine. Oswald, qui sans doute l'avait déjà saluée auparavant, s'éloigna après lui avoir familièrement effleuré le bras en clignant de l'œil.

– Nos méchantes abeilles n'ont heureusement pas laissé de cicatrices sur votre joli visage, Clara. J'ai eu tellement peur ce jour-là!

– Si je n'avais pas été aussi sotte, je vous aurais épargné une telle frayeur... à tous..., madame.

– La jalousie est souvent une sottise, Clara..., mais de cela ne parlons plus. Je voudrais que vous soyez heureuse.

– Peut-être vais-je l'être. Oscar ne vous a rien dit?

– Non!

– Alors patientez encore un peu.

Ni Mme de Vigors ni les autres invités n'eurent longtemps à attendre.

Quand « Triple Zéro » revint dans le salon, escortant Nadia et Léonce Redburn, elle souriante, lui maussade, Virginie comprit ce que le maître de maison allait annoncer.

Le rouquin, d'une voix forte, attaqua bravement le petit speech qu'il avait préparé :

– Mesdames, messieurs, je ne vous ai pas conviés à cette petite fête pour le simple plaisir de vous montrer ma maison. Cette maison est la première que je possède, car je suis né pauvre et jamais avant de venir dans le beau, grand et noble Sud je n'avais éprouvé le besoin d'avoir un toit à moi sur la tête. Je vous ai conviés surtout pour vous dire que cette maison, je l'ai voulue belle et confortable parce qu'elle est destinée à une femme, car je vais me marier. Celle qui a accepté de me prendre pour époux est Mlle Clara Redburn, ici présente...

Clara, d'un pas vif, rejoignit son fiancé et, la minute d'étonnement passée, tout le monde applaudit très fort.

– Que pensez-vous de ce nouveau coup de votre ami l'écumeur du Mississippi? dit Dandrige à Virginie.

– Je trouve qu'il fait des progrès et qu'il était temps qu'un sang neuf et audacieux vienne revigorer celui des Redburn...

– Croyez-vous que Triple Zéro a réussi aujourd'hui son examen d'entrée?

– Avant l'annonce de son mariage avec Clara, je lui donnais autant de chance d'être admis que de risque d'être recalé. Maintenant, je lui donne quinze sur vingt.

– En somme, il a acheté les points qui lui manquaient.

Le 25 mai 1871, Mme Charles de Vigors junior mit au monde une petite fille ronde et paisible qui naquit coiffée, et reçut au baptême le prénom de Marie-Virginie. Un mois plus tôt, le 25 avril, était née, dans le même quartier de La Nouvelle-Orléans, une autre petite fille que sa mère, Gloria Pritchard, épouse de M. de Castel-Brajac, nomma Augustine.

Virginie, deux fois grand-mère en si peu de temps, se précipita pour voir sa petite-fille légitime et réussit, au cours d'une visite chez les Pritchard, à jeter un coup d'œil sur le berceau où Augustine rêvait aux anges.

La dame de Bagatelle fut un peu déçue de voir que ces enfants qui avaient le même père ne se ressemblaient pas. La fille de Liponne serait blonde aux yeux bleus comme sa mère, celle de Gloria, brune, avec un nez rond comme celui de Castel-Brajac, qui n'était cependant pour rien dans sa conception.

– Les mystères de l'hérédité sont insondables, observa Dandrige à qui Mme de Vigors confia ses réflexions.

– En tout cas, dit-elle, mon Charles doit être un fameux amoureux. Il y a un proverbe espagnol qui dit : « Les grands amants ne font que des filles. »

En ce printemps, des femmes américaines s'étaient réunies à Washington pour demander le droit de suffrage comme les hommes, en tirant argument des XIVᵉ et XVᵉ amendements de la Constitution des États-Unis, qui reconnaissaient la puissance civique des Noirs.

Dans le Sud, les hommes s'étaient beaucoup amusés de ces manifestations de suffragettes et leurs épouses s'étaient indignées de l'audace des dames yankees, qui venaient de fonder à New York la « National Woman's Suffrage Association ». Willy Tampleton avait été, pour sa part, beaucoup plus intéressé par une autre nouvelle en provenance d'Arizona. A Camp Grant, une centaine d'Indiens apaches, sous protection de l'armée fédérale, avaient été massacrés par une foule surexcitée.

– Je connais les Apaches, dit le général. Ils sont fiers et ombrageux. Ils ne vont pas laisser ces crimes impunis. Ils vont déterrer la hache de guerre et il y aura au moins autant de morts chez les Blancs que ceux-ci en ont fait chez les Indiens.

M. Tampleton, qui, tous les jours, lisait les journaux, fut presque déçu. Il ne se passa rien. Les tribus, qui n'avaient même pas réagi à l'acte fédéral du 3 mars déniant toute autonomie aux nations indiennes, s'abstinrent de la même façon de venger les Apaches de l'Arizona.

Quand Gustave de Castel-Brajac regagna la Louisiane, au début du mois de juillet, Charles l'accueillit fraternellement, lui montra sa belle demeure, la petite Marie-Virginie, son cabinet débordant de dossiers et, parfaitement épanoui dans le bonheur domestique, lui annonça que Gloria Pritchard avait donné le jour à une fille, que la mère et l'enfant se portaient bien.

– Tu devrais peut-être leur faire une visite, suggéra l'avocat.

– Jamais de la vie! Mon contrat prévoit que je ne suis tenu à aucune manifestation. J'ai l'intention de ne jamais revoir ni les Pritchard ni l'héritière que tu leur as maladroitement fabriquée... Je file demain à Bagatelle. J'ai besoin de calme, de repos, de sourires, après les mois que je viens de vivre... La guerre, ça n'est pas drôle, et la guerre civile, c'est dégoûtant.

Le Gascon avait repris dans le Gers les kilos perdus pendant le siège de Paris, mais, une fois sa santé restaurée, il ne s'était senti aucune vocation, ni révolutionnaire, ni contre-révolutionnaire.

Après la signature de l'armistice et la naissance de la Commune de Paris, qui voulait à tout prix s'arroger le pouvoir, la capitale offrait le spectacle lamentable d'une ville où l'on se battait entre voisins sous l'œil narquois des Prussiens. Les excès de la Commune suscitaient une répression vigoureuse de la part du gouvernement et de ses troupes rassemblées à Versailles.

Avant que Castel-Brajac s'embarque pour l'Amérique, les chefs de cette révolution plébéienne, soutenus par l'Association internationale des travailleurs et qui hésitaient entre la dictature et l'anarchie, avaient fait fusiller soixante-quatre otages. L'Assemblée légitime, qui disposait de moyens plus étendus, avait envoyé à la mort quelques milliers de prisonniers afin d'anéantir le premier mouvement prolétarien organisé en France. L'ordre rétabli, les déportations se multipliaient, tandis que l'on évaluait, dans un Paris meurtri, les dégâts causés par les obus des Versaillais.

– Même M. Victor Hugo, disait Gustave, n'avait pas voulu prendre parti. Il a filé en Belgique pour régler la succession de son fils et n'en est pas revenu... En revanche, il avait écrit pour *Le Rappel* des vers que j'ai retenus :

Sois juste. C'est ainsi qu'on sert la République,
Le devoir envers elle est l'équité pour tous,
Pas de colère, et nul n'est juste s'il n'est doux...
J'ai payé de vingt ans d'exil ce droit austère
D'opposer aux fureurs un refus solitaire
Et de fermer mon âme aux aveugles courroux [1].

Et Gustave conclut :

– J'oppose moi aussi aux fureurs un refus solitaire; c'est pourquoi je suis revenu.

Si Charles parut à Gustave parfaitement à l'aise dans son rôle de juriste de grande notoriété, de bourgeois sachant jouir des avantages de sa position sans éblouir ses contemporains, de jeune père de famille honorable, Liponne, en revanche, lui sembla un peu contrainte dans son rôle de maîtresse de maison citadine. De la nature exubérante des bayous au jardin, bien dessiné mais qu'on embrassait d'un seul regard, il y avait autant de différence qu'entre un lac et l'Océan. Et l'Acadienne souffrait peut-être de ces limites et aussi de la chaleur moite et malsaine de l'été. Comme pour prévenir toute remarque ou question de la part de Castel-Brajac, Charles annonça que sa femme et sa fille allaient quitter La Nouvelle-Orléans jusqu'au mois d'octobre.

– Nous irons chez mes beaux-parents et nous ferons peut-être un petit séjour à Bagatelle afin que ma mère jouisse un peu de la présence de sa petite-fille... Car tu verras, ajouta Charles avec un peu de tristesse, ma mère a bien vieilli ces temps-ci. Elle reconnaît souf-

1. *Pas de représailles (l'Année terrible).*

frir de rhumatismes et se plaint de perdre un peu le sommeil, de faire des cauchemars...

Gustave de Castel-Brajac s'étonna que son ami ne lui demande pas des nouvelles de sa demi-sœur, Gratianne.

– J'en ai, mon vieux, et de toutes fraîches. Son banquier de mari, craignant pour ses biens, s'est associé à un banquier suisse et Gratianne n'a pas souffert de la disette que tu as connue à Paris. Avant que les révolutionnaires ne se soient emparés de l'Hôtel de Ville, elle occupait déjà une villa de Vevey... où je compte lui rendre visite.

– Tu envisages un voyage en Europe?

– Oui, mon vieux Gus, et aux frais de l'État. Si tout se passe bien, je compte l'an prochain être envoyé au titre de juriste-observateur par le gouvernement de Louisiane pour assister à l'arbitrage, à Genève, dans l'affaire du navire *Alabama* qui oppose les États-Unis et l'Angleterre. C'est une séquelle juridique de la guerre civile qui va me servir.

– Mais, dis donc, à Genève, n'y a-t-il pas la fille d'un banquier gâteux pour laquelle tu montras autrefois quelque intérêt? Sais-tu ce qu'est devenue la douce Marie-Gabrielle? Lui as-tu fait part de ton mariage?

– N'ayant aucune nouvelle d'elle, je n'ai pas cru bon de me manifester. Marie-Gabrielle, c'est une courte et vieille histoire..., une agréable traversée.

Gustave retrouva donc Bagatelle au moment où commençait la cueillette du coton. Dandrige, aussi actif, portant seulement au visage quelques rides supplémentaires, lui parut plus long et plus sec qu'autrefois. Virginie sous ses bandeaux blancs conservait l'œil vif, mais, autour de la bouche et au coin des yeux, de fines striures indiquaient le dessèchement de la peau, l'affaissement des petits muscles, cette usure de l'enveloppe à laquelle aucun être n'échappe. Tandis qu'assise sur le canapé du salon la dame de Bagatelle questionnait le Gascon sur les événements qu'il avait vécus, ce dernier comparait cette femme de la soixantaine, droite, aux mains fines et souples, à peine tavelées de brun clair, avec le portrait que Dubuffe avait fait d'elle une vingtaine d'années plus tôt et qui la montrait dans toute la splendeur de son inquiétante beauté. Virginie se rendit aisément compte du petit jeu auquel se livrait l'ami de son fils.

– Certains jours, Gustave, je me demande si c'est bien moi que le peintre a portraiturée.

– Oh! madame, les changements sont si imperceptibles qu'on ne saurait en douter.

– Je ne cherche pas les compliments, mon ami, mais je suis grand-mère... deux fois..., vous le savez mieux que personne, et je commence à sentir la fatigue, ou plus exactement j'ai le sentiment que mon corps me gêne aux entournures comme un vêtement déformé.

– C'est, hélas! l'humaine condition, madame; ma mère, qui n'a pas vécu comme vous dans un climat éprouvant, est loin d'avoir votre santé et votre aisance...

– Vraiment..., mais voyez-vous, Gustave, ce qui me fatigue le plus, c'est le mauvais sommeil. Une chose nouvelle pour moi. Je fais des cauchemars. Je revois mes enfants Damvilliers curieusement rassemblés autour de moi. Ils ont tous le même âge, une douzaine d'années à peu près, et ils m'interrogent, me questionnent, me persécutent par leur curiosité à propos de tout et de rien... C'est douloureux croyez-moi...

– Un peu d'eau de fleur d'oranger dans une tisane de tilleul bien sucré vous aidera peut-être à dormir mieux.

– Je ne sais, Gustave, je ne sais..., mais ma tête, après une nuit d'insomnie, bourdonne de questions.

Gustave retrouva avec grande satisfaction ses ruches en bon état. Les deux Noirs préposés aux soins des abeilles, à la récolte du miel, au conditionnement et à la commercialisation de celui-ci s'étaient fort bien tirés de leurs travaux. Dandrige remit plus de quatre mille piastres à l'heureux apiculteur.

Bien que fortement désapprouvé par Mme de Vigors, celui-ci distribua cent dollars de prime à chacun des affranchis et annonça son intention d'acheter une petite terre et de se faire construire une maison. Ses revenus thésaurisés en France par une mère « qui vivait de rien » lui permettaient d'envisager un établissement confortable.

– Notre voisin, M. Oswald, va vous trouver ce qu'il vous faut. C'est l'homme le mieux renseigné de la paroisse. Au fait, vous ignorez sans doute qu'il a épousé Clara Redburn.

– Non! Ça, c'est une surprise! Un Yankee – comment dites-vous, un *carpetbagger*... – qui épouse une demoiselle de plantation?

– Les Redburn n'appartiennent pas à la véritable aristocratie, Gustave..., ce sont... des gens du pays..., simplement.

Quand Charles, Liponne et Marie-Virginie vinrent passer quelques jours à Bagatelle, Castel-Brajac perçut nettement le fossé qui se creusait entre les habitants de la plantation et la famille citadine. Le confort de Bagatelle, exemplaire un demi-siècle plus tôt, dans un pays où un cabinet de toilette avec de l'eau pompée chaude et froide passait pour le dernier cri du progrès, paraissait maintenant dérisoire. Les vieux planchers onduleux et gémissants, les contrevents disjoints, les portes en désaccord avec leur chambranle, les escaliers de guingois, les meubles et les sièges qui réclamaient l'intervention des ébénistes et des tapissiers, les peintures intérieures dont on ne pouvait plus définir la couleur originelle, donnaient à la vieille maison un aspect fané. Habitué aux commodités de la ville, à l'eau courante, à l'éclairage au gaz, à l'évacuation bihebdomadaire des ordures ménagères, Charles souffrait autant que Liponne, élevée dans une maison acadienne simple mais spacieuse, dépourvue de bibelots précieux, mais nette, claire, aérée, des inconvénients souvent attachés aux demeures ancestrales.

Il trouvait encore du charme à la rusticité d'une existence dont les rythmes avaient été imposés par l'ajustement de la vie des êtres à celle de la nature, mais la profusion de meubles, de vases, de coupes, de pendules, de statuettes, de boîtes, de miroirs au tain rongé, de rideaux de soie flétrie, de lampes à pétrole malodorantes, de sièges bancals, de tableaux assombris par les fumées, le tout bien souvent poussiéreux, lui donnait l'impression d'évoluer dans le bric-à-brac d'un antiquaire.

A ce laisser-aller matériel correspondait assez paradoxalement une fidélité à l'étiquette qui paraissait désuète à l'homme d'affaires, décidé à limiter au maximum les temps morts de ses journées. Ainsi, à Bagatelle, certains raffinements de service lui paraissaient superfétatoires. Que l'on consacre trois quarts d'heure au premier repas avec argenterie, porcelaines fines, deux variétés de thé, café, œufs, beignets, confiture, qu'on se balance pendant une heure avant le dîner dans un rocking-chair en sirotant un *mint julep* cérémonieusement préparé, lui paraissait inutile et dérisoire.

– Voilà pourquoi, disait Charles à Dandrige, les gens du Nord nous dament le pion. Ils avalent leur breakfast en un quart d'heure, réduisent le lunch à deux sandwiches, achèvent leur cocktail, considéré comme un remontant, avec le premier plat du dîner et pour se reposer se mettent au lit. Moyennant quoi, ils produisent et sont diablement efficaces en affaires.

Dandrige, en bon Cavalier, souriait aimablement.

– Voyez-vous, Charles, les rythmes du monde industriel et affairiste ne s'imposeront pas dans le Sud, sauf peut-être dans les villes et autour des banques. Ces rythmes ne conviennent pas à la vie de plantation. La nature prend son temps et nous prenons le nôtre. Nulle agitation supplémentaire ne fera pousser le coton plus vite ou baisser les eaux du Mississippi. Nos montres sont à l'heure du soleil, pas à celle de la Bourse.

Charles acquiesçait tout en expliquant que les engrais, les machines agricoles modernes, une meilleure organisation des cultures pourraient sans doute améliorer les rendements, de même que des croisements scientifiques permettraient sans doute de développer l'élevage, dont Bagatelle envisageait de faire sa vocation secondaire.

– L'empirisme si méritoire de nos pères a vécu, Dandrige, croyez-moi. Dans l'avenir, le planteur sera un homme de science... et on cueillera le coton avec des machines...

En attendant l'avènement de ce nouveau Sud, Charles avait négocié son abstention de candidature à la prochaine consultation électorale contre la mission d'observateur de l'État de la Louisiane à l'arbitrage portant sur l'affaire de l'*Alabama* à Genève. Le gouverneur Warmoth, fortement contesté, n'avait pas besoin d'un adversaire qui était bien capable de faire un sénateur démocrate. L'avocat était un des responsables du rapprochement, au plan local, des membres de ce parti avec les républicains libéraux, écœurés par les méthodes et la corruption des radicaux. Il faut dire que Charles, ne voulant aller à la bataille qu'en ayant l'assurance de vaincre, avait objectivement évalué ses chances. Elles ne lui parurent pas suffisantes, mais, comme ses amis donnaient à entendre le contraire, Warmoth fut enchanté d'éloigner ce nouveau venu. Un événement inattendu avait servi l'avocat en affaiblissant encore le crédit du gouverneur. Le 22 novembre 1871, M. Oscar J. Dunn, lieutenant-gouverneur noir, dont l'honnêteté paraissait assez exceptionnelle dans un régime où la concussion était la règle, avait été terrassé par une congestion cérébrale dans son bureau de fonction. Des rumeurs circulaient en ville suivant lesquelles le lieutenant-gouverneur avait été empoisonné, mais personne ne proposait d'en rapporter la preuve.

On estimait en tout cas chez les conservateurs que l'incorruptibilité de Dunn en faisait à leurs yeux un adversaire beaucoup plus dangereux que les radicaux, noirs ou blancs, dont on pouvait acheter assez facilement les consciences.

Afin de pourvoir au remplacement du défunt auquel La Nouvelle-Orléans fit d'impressionnantes funérailles, Warmoth convoqua le Sénat en session extraordinaire, mais non la Chambre des représentants dont les membres venaient d'introduire contre lui une procédure d'*impeachment* [1]. Bien que le successeur de Dunn doive être légalement désigné par la législature, c'est-à-dire Chambre des représentants et Sénat réunis, les sénateurs seuls élirent, par dix-huit voix contre seize, le candidat de Henry Clay Warmoth.

Le nouveau lieutenant-gouverneur, Pinckney Burton Stewart Pinchback, un mulâtre à la barbe courte, au nez camard, aux cheveux plats, portant beau et sachant s'exprimer, était l'un des dix enfants d'Eliza Stewart, esclave émancipée par son propriétaire, un planteur blanc de Mâcon (Géorgie), père supposé de plusieurs enfants de l'affranchie, dont Pinckney. On racontait que, pour échapper à la réprobation familiale, le planteur avait coutume d'envoyer ses rejetons mulâtres au Nord. C'est ainsi que P.B.S. Pinchback avait été instruit dans une école de Cincinnatti dont il était sorti sachant lire, écrire et compter, pour devenir garçon de cabine sur les vapeurs du Mississippi. C'est par le fleuve qu'il était arrivé un jour à La Nouvelle-Orléans, où pendant cinq ans il avait vécu d'expédients, « dangereusement », disaient certains qui le tenaient pour proxénète et homme de main. Après un séjour dans l'armée de l'Union, rendu à la vie civile, il avait participé à une rixe avant de se lancer dans une affaire de courtage avec un certain C.C. Antoine, parent éloigné du fondateur du meilleur restaurant de la ville. Élu sénateur, Pinchback savait « faire de l'argent », notamment avec le quotidien *Louisiana* qu'il avait lancé pour soutenir les intérêts des Louisianais noirs.

Warmoth, qui le connaissait bien, disait de lui que c'était « un homme ambitieux, un franc-tireur dangereux avec lequel toujours il fallait compter [2] ».

Les frères Mertaux, qui, nés à La Nouvelle-Orléans en 1793, connaissaient à merveille les réactions de la vieille société créole qui faisait la pluie et le beau temps chez les démocrates, avaient conseillé

1. Voir note page 230.
2. Mémoires de Henry Clay Warmoth.

à Charles de ne pas entrer en compétition avec des gens aussi peu honorables que les élus actuels.

– Bientôt le peuple aura besoin de gens sérieux, dit Louis.

– ... et intègres, renchérit Alexandre.

– ... et capables...

– ... d'imposer le respect aux Noirs et aux *carpetbaggers.*

– Votre heure viendra, cher ami, avait cru conclure Louis...

– ... Elle sonnera, s'était empressé d'ajouter son jumeau d'un air entendu.

Tandis qu'à travers les États-Unis la fièvre présidentielle, comme tous les quatre ans, reprenait possession des partis, le général Ulysses Grant ayant annoncé son intention de briguer un second mandat, les conventions désignaient les candidats. On en voyait surgir d'inattendus et n'ayant aucune chance de l'emporter. Le parti de la prohibition, par exemple, se proposait à Colombus (Ohio) de soutenir la candidature comme président et vice-président de James Black et du révérend John Russel, du Michigan. Une convention nationale se disant « pure et dure », réunie à Louisville, dans le Kentucky, nommait pour candidats Charles O'Connor, de New York, et John Quincy Adam II, du Massachusetts. Un groupe appelé « Parti pour l'Égalité des Droits » décidait à New York de proposer une femme pour la présidence des États-Unis et un Noir pour la vice-présidence : la suffragette Victoria Claflin Woodhull et l'écrivain noir Frédéric Douglass étaient ainsi associés sur le même « ticket ».

Mais l'adversaire le plus dangereux pour Ulysses Grant, candidat du parti républicain orthodoxe, associé à Henry Wilson comme vice-président, restait Horace Greely, qui accompagnait Benjamin Gratz Brown. Tandis que le président en exercice s'efforçait vainement de mettre un peu d'ordre et de rigueur dans une gestion minée par la corruption, son challenger, porté par les démocrates et soutenu par les dissidents du parti républicain ou républicains libéraux que les méthodes des radicaux avaient déçus, faisait une campagne vigoureuse, dénonçant les scandales de l'Union Pacific Railroad et du Crédit immobilier d'Amérique. Dans ces deux affaires, le *New York Sun* accusait le vice-président en fonction, Schuyler Colfax, et le prétendant à sa succession, Henry Wilson, d'avoir accepté des pots-de-vin.

Pour toutes ces raisons, quand Charles de Vigors s'embarqua pour l'Europe, au début de juin 1872, il laissait les États-Unis dans une nervosité politique inconnue depuis la guerre civile et Liponne bien déçue de ne pas accompagner son mari. La jeune femme attendait depuis peu un deuxième enfant et le médecin, un membre du Boston Club, ami de Charles, s'était opposé à un aussi long voyage.

Liponne avait eu beau protester que les Acadiennes ignorent la fragilité des créoles et font leurs enfants sans y prêter attention, le praticien, chapitré par le mari, resta sur ses positions, allant même jusqu'à proposer la consultation d'un confrère dont l'avis, on s'en doute, eût été identique.

Investi du titre d'observateur de la Société de droit de La Nouvelle-Orléans, M. de Vigors leva l'ancre le jour même où le Congrès des

États-Unis décidait d'amnistier tous les citoyens du Sud privés jusque-là de leurs droits civiques, sauf six cents leaders confédérés qui n'étaient pas encore pardonnés.

Le général Tampleton ne figurait pas sur la liste de ces exclus de la grâce. Il recouvrait donc ce jour-là sa licence d'électeur et la possibilité, si fantaisie lui en prenait, de servir à nouveau dans les armées de l'Union.

De passage à La Nouvelle-Orléans, Willy Tampleton emmena une Liponne mélancolique et bien portante assister à l'Opéra français à une représentation de *Mignon*, d'Ambroise Thomas, spectacle créé le 8 mai 1871 et toujours repris avec succès.

– Sans mon Charles, je me sens triste comme un cha-oui [1], général, dit la maman de Marie-Virginie.

– Laissez le ponton flotter [2], répliqua Tampleton, qui connaissait le vocabulaire acadien.

1. Raton laveur en langage cajun.
2. « Ne vous faites pas de soucis. »

13

Le soir où Percy Templeton devint fou, Isabelle et ses trois filles crurent vraiment leur dernière heure venue. Le planteur, les yeux injectés de sang, la bouche écumante, ouvrant et fermant nerveusement ses mains puissantes comme s'il tentait de saisir un objet invisible, commença par enfermer les quatre femmes dans une chambre au premier étage du pavillon.

– Je vais d'abord régler le sort de cette putain de foutue baraque, ensuite j'irai donner à ce pisse-froid de Dandrige la leçon qu'il mérite et après je m'occuperai de vous... Avant deux heures, tout sera réglé..., on saura qui est Percy Tampleton, le maître des Myrtes. La semaine prochaine, j'inviterai toute la paroisse à un grand barbecue!

– Il « déparle », maman, dit doucement Nancy, qui semblait conserver son sang-froid.

– Il a encore trop bu, larmoya Isabelle... Que va-t-il nous arriver?

Lucie et Clotilde pleuraient, assises côte à côte sur un lit, l'une tenant dans ses bras sa chatte favorite, l'autre triturant un écheveau de laine dont la soudaine colère paternelle avait interrompu le dévidage.

Par la fenêtre, Mme Tampleton vit son mari entrer dans la resserre à bois et en ressortir aussitôt armé d'une grosse hache que certains Noirs ne pouvaient même pas soulever. Un instant plus tard, la sarabande commença. D'abord, des chocs sourds ébranlèrent les cloisons, puis ils alternèrent bientôt avec les craquements des meubles défoncés, les sons clairs de la vaisselle brisée, les tintements du verre fracassé. Quand, après un claquement sec comme une détonation, un accord plaqué qui ressemblait à une plainte emplit la maison de sa sonorité inattendue, Nancy se mit à crier :

– Maman, mon piano..., c'est mon piano!

On entendit encore s'abattre, dans le bruit de cymbale de son balancier roulant au sol, la grande horloge de l'entrée, puis les quatre femmes comprirent, après un bref silence, que Percy déchirait les rideaux, arrachait la rampe d'acajou de ses supports et tranchait, comme une branche, la tige de la suspension, qui explosa.

– Mon Dieu! Le pétrole! dit Mme Tampleton, pourvu qu'il ne mette pas le feu!

Martha, la cuisinière, traversa la petite galerie, dévala l'escalier et s'enfuit à toutes jambes par la grande allée, sa jupe troussée jusqu'à mi-cuisse, suivie de l'épagneul qui ne semblait pas goûter cette chasse aux objets familiers à laquelle rageusement se livrait son maître.

Nancy, décidée à ne pas succomber sans combattre, avait entrouvert la fenêtre à guillotine et s'apprêtait à l'enjamber.

– Tu vas te tuer, c'est trop haut, dit Isabelle d'un ton las.

– Ce ne sera pas la première fois que j'emprunte ce chemin, maman, laisse-moi faire.

– Mais où vas-tu?

– Chercher du secours!

– Contre ton père? Malheureuse!

– Contre le fou qui est en train de détruire notre maison et qui va peut-être nous tuer.

Clotilde et Lucie, qui connaissaient elles aussi le chemin du toit et de la galerie, dont les colonnettes dans cette maison modeste étaient remplacées par des supports à croisillons formant échelle, rassurèrent leur mère.

Nancy parvint au sol sans dommage et contourna la maison. Quelques minutes plus tard, le galop d'un cheval indiqua aux trois prisonnières que la jeune fille avait réussi son évasion sans même attirer l'attention du dément, qui, dans l'office, semblait occupé maintenant à détruire méthodiquement les pots de confiture, les bouteilles et les marmites de terre cuite.

C'est à Bagatelle que Nancy avait choisi de se rendre, d'abord pour prévenir Dandrige des menaces formulées à son égard par le planteur fou, ensuite parce qu'elle espérait de cet homme, qui avait été, paraît-il, le fiancé de sa tante Corinne, un conseil intelligent.

– Nous allons l'attendre et le calmer, dit l'intendant, qui dépêcha Citoyen à Sainte-Marie avec mission d'en ramener le docteur Finks.

Virginie consola de son mieux Nancy, que Castel-Brajac parvint à faire sourire en lui mimant un épisode de sa guerre contre les Prussiens.

Comme il l'avait annoncé, Percy Tampleton se présenta à Bagatelle peu de temps après le coucher du soleil. Dandrige l'aperçut quand, au grand galop de son cheval, le frère du général remonta l'allée de chênes. Au moment où ce dernier mit pied à terre devant l'escalier de la maison, il se heurta à l'homme qu'il était venu voir.

L'intendant, nu-tête, l'index et le pouce de chaque main commodément enfoncés dans les poches-goussets de son gilet comme un bourgeois qui cherche une piécette de monnaie, semblait détendu et confiant.

– Quel événement nous vaut cette visite, Percy? Je croyais que vous aviez oublié le chemin de Bagatelle.

– Je n'ai oublié ni le chemin de Bagatelle ni celui de la clairière de la Fourche. Vous m'avez humilié, vous avez trahi notre caste, vous avez pris le parti d'une chienne de négresse, ça fait des mois que je pense à vous tuer... Maintenant je vais le faire.

– Votre frère m'avait prévenu de ce dessein que vous aviez, mais je crois que ça ne résoudra rien pour vous, Percy..., au contraire. Vous serez arrêté et pendu, à moins qu'on ne vous abatte comme un forcené... Ce qui est plus probable.

Tampleton, que le calme, le sang-froid et le regard direct de l'intendant avaient toujours mis mal à l'aise, sentit sa colère rebondir et sa détermination reprendre vigueur. Il tira de sa ceinture un revolver à cinq coups, jeta un regard vers la galerie et les portes-fenêtres du salon derrière lesquelles Virginie, Castel-Brajac et Nancy suivaient avec angoisse le déroulement d'un entretien que Dandrige entendait affronter seul.

– Il va le tuer, ce fou, dit Gustave.

– Faites quelque chose, supplia Virginie.

Mais, avant que les spectateurs aient pu envisager la moindre action, on vit Dandrige sortir promptement les doigts de son gousset et projeter quelque chose au visage de Percy, qui porta la main à ses yeux, jura effroyablement et tira au jugé deux balles qui allèrent se perdre dans un buisson d'azalées. Clarence s'était déjà mis à l'abri derrière l'escalier quand Castel-Brajac, armé du tisonnier, franchit en voltige la balustrade de la galerie, tomba à un mètre de Tampleton qui tournoyait sur lui-même en rugissant et assena sur l'avant-bras du furieux un coup qui lui brisa net le radius.

En quelques secondes, Percy fut solidement ceinturé et contraint de monter l'escalier. De ses yeux coulaient des larmes grises et brûlantes. Il soutenait de sa main gauche son avant-bras droit et se taisait.

– Allez chercher de l'eau fraîche et bassinez-lui les yeux, Nancy, dit Dandrige. Le poivre doit le faire souffrir davantage que son bras cassé.

– Fameux, votre coup du poivre dans le gousset. J'aurais jamais cru que ça réussisse aussi bien, dit Gustave, admiratif.

– J'avais une seconde pincée dans l'autre poche... mais j'ai eu la chance de viser juste au premier coup. N'empêche que c'est une défense de vieillard, mon cher Gustave; si j'avais votre âge et vos muscles, je n'aurais pas eu besoin d'aveugler Percy.

– Qu'allons-nous faire de lui? demanda Virginie, inquiète. Il ne faut pas le laisser aller comme ça. Il paraît qu'il a tout cassé au pavillon. Isabelle et ses enfants ont peur maintenant.

Dandrige s'approcha de Tampleton, à qui sa fille lavait les yeux et le visage avec tendresse, pleurant de honte pour ce père qu'elle aimait et auquel elle pardonnait la seule destruction qui lui importât, celle de son piano.

– Voyons, Percy, que comptez-vous faire maintenant que vous êtes dégrisé?

L'intendant, charitablement, mettait au compte de l'ivresse la fureur du planteur.

– Vous pouvez me livrer au shérif. J'aurai pas mal de choses à lui raconter..., l'enlèvement de l'institutrice, mais aussi l'empoisonnement de l'eau du puits de l'école de Berton et encore quelques petites choses dont les nègres ont eu à souffrir...

– Je ne pense pas qu'il soit nécessaire de mêler le shérif à tout ça, Percy. Nous pourrions garder ça entre nous, dire que vous avez fait une chute de cheval, que vous vous êtes cassé le bras et que vous allez vous mettre sérieusement à rebâtir la maison des Myrtes pour finir vos jours plus confortablement que dans ce vieux pavillon... Je suis certain que Willy qui possède des économies pourrait vous aider...

– Et si ça me reprend comme aujourd'hui? dit Percy modestement, la bajoue tremblante, miteux, décoiffé, laid comme ces vieillards apoplectiques et édentés que l'on voit attablés dans les tavernes sur les dessins de Hogarth.

– Je ne crois pas que ça vous reprenne, Percy... Je crois, au contraire, que vous êtes guéri et que tout le monde vous aidera à reprendre confiance en vous.

– Je veux bien essayer, mais, si ça me reprend, tuez-moi, Dandrige.

Le docteur Finks, sur lequel on essaya la version de la chute de cheval, réduisit rapidement la fracture, fabriqua une attelle, banda le bras de Percy et observa quand le pansement fut achevé :

– Vous êtes tombé sur quelque chose de très dur, monsieur Tampleton; un coup pareil à la tête, et vous y restiez.

– En somme, j'ai eu de la chance, toubib!

– Oui, Tampleton, vous avez *encore* eu de la chance.

– Eh bien! lança Virginie, si nous prenions un peu de porto tous ensemble pour nous remettre de ces émotions?

– Je ne sais pas si je dois, fit Horace Finks, les lèvres pincées, en fixant Tampleton à qui il n'avait jamais adressé la parole depuis l'enlèvement d'Ivy.

– Vous devez, monsieur Finks, dit Dandrige d'un ton assuré en remplissant les verres.

Puis l'intendant ajouta suavement :

– Ce qui est bon pour le malade est bon pour le médecin!

Pendant que Percy Tampleton bénéficiait à Bagatelle de la mansuétude de ceux qu'il avait gravement offensés, à Genève, la plus puissante nation du monde était mise en accusation. Le gouvernement des États-Unis, qui ne pardonnait pas à l'Angleterre l'aide apportée aux rebelles sécessionnistes au cours de la guerre civile, avait décidé de demander au gouvernement de Sa Majesté réparation des préjudices subis. La Confédération aurait été matée en peu de temps et avec moins de perte en vies humaines et en argent si les Anglais n'avaient pas construit pour les Confédérés une vingtaine de navires, équipés pour la course, dont le fameux *Alabama,* estimaient les Yankees. Comme aucun accord sur ce dossier ne semblait possible entre les intéressés, les gouvernements américain et anglais avaient accepté le principe d'un arbitrage international, les deux parties s'engageant à respecter les décisions des experts qui se réuniraient à Genève.

Tout au long des hostilités entre le Nord et le Sud, les Anglais avaient entretenu des relations diplomatiques normales avec Washington en gardant des contacts officieux mais réguliers avec les Confédérés, car ils souhaitaient que le coton au Sud continue à parvenir aux manufactures de Liverpool et de Manchester.

Mais le blocus du Sud établi par la marine fédérale se révéla vite plus efficace que les Anglais ne l'escomptaient et, après la prise de La Nouvelle-Orléans, l'exportation du coton devint difficile.

Quand Jefferson Davis décida, pour contrer le blocus, de créer une marine capable de se livrer à la « guerre de course » contre les bateaux de l'Union, vaisseaux de guerre ou navires marchands, remettant ainsi les méthodes des corsaires à l'honneur, le problème se posa de constituer une flotte confédérée.

C'est aux chantiers anglais que les Sudistes s'adressèrent, après avoir pris avec des experts britanniques toutes précautions pour que les lois de la neutralité des fournisseurs ne soient pas officiellement violées. Grâce à des complicités et s'appuyant sur le « Foreign Enlistment Act » qui ne permettait la saisie d'un navire suspect que sur preuve d'un délit caractérisé, les Sudistes purent obtenir des vaisseaux, à condition de ne pas apparaître comme les acquéreurs officiels et de ne pas équiper ces bateaux de canons avant d'avoir quitté les eaux territoriales de Sa Majesté. Le premier trois-mâts construit à Liverpool pour la marine sécessionniste prit la mer en 1862. On l'avait baptisé *Oreto*, puisque la commande avait été fictivement passée au nom du gouvernement italien. A Nassau, l'*Oreto*, qui fut pourvu de canons, rebaptisé *Florida* et armé par un équipage britannique, entreprit une carrière de corsaire.

Quelques mois après le lancement de ce premier navire confédéré, le consul américain à Liverpool apprit par un espion que le bateau en construction pour le compte des Chinois sous le numéro 290 était en fait destiné aux Confédérés. Le Premier ministre britannique, lord Russel, alerté par l'ambassadeur des États-Unis, dut faire effectuer une enquête.

Celle-ci, menée mollement par les douaniers de la Couronne, aboutit à un refus de saisie qui mit l'ambassadeur américain en transe. Il revint à la charge avec un dossier bourré d'expertises. Quand la saisie du navire fut décidée, le 28 juillet 1862, ce dernier était prêt à prendre le large, ce qu'il fit. Baptisé *Alabama*, le « 290 » fit escale aux Açores, où les Sudistes le dotèrent de huit canons. Quant aux hommes d'équipage, embarqués à Liverpool, ils étaient anglais; seuls le commandant et son état-major venaient des États du Sud.

Au cours de sa carrière de corsaire l'*Alabama* parcourut toutes les mers du golfe, du Mexique à l'océan Indien, du cap de Bonne-Espérance à la Manche. Il captura et incendia une soixantaine de bateaux de l'Union, ce qui eut pour résultat immédiat de faire grimper d'une façon spectaculaire les primes d'assurance des vaisseaux de commerce naviguant sous pavillon américain. La marine marchande britannique sut tirer profit de cette situation en récupérant, comme transporteur neutre, une partie du commerce maritime des États-Unis.

La fin « du grand corsaire sudiste » commandé par le capitaine Semmes fut encore plus spectaculaire que son odyssée de vingt-deux mois. Il faisait escale le 11 juin 1864 dans le port de Cherbourg pour réparer une avarie, quand le croiseur de la marine fédérale américaine *U.S. Kearsage,* qui avait dû repérer le bateau confédéré, vint mouiller dans la rade. Semmes, digne représentant du Sud aristocratique des Cavaliers, savait que le *Kearsage* était commandé par son camarade de l'Académie navale Winslow. Il lui fit donc savoir que l'*Alabama* sortirait de la rade de Cherbourg le 19 juin, entre neuf heures et dix heures du matin. Le duel décidé, aussitôt la nouvelle se répandit dans les journaux, ce qui provoqua une ruée de curieux vers Cherbourg. Un train spécial, baptisé par la légèreté française « train de plaisir », amena de Paris plus d'un millier de badauds. Le peintre Édouard Manet [1] embarqua sur un petit voilier afin de suivre au plus près ce combat naval digne des chevaliers, et un lord vint se poster avec son yacht, le *Deerhound,* à la meilleure place, pour ne rien perdre des échanges de boulets.

L'envoyé spécial du *Journal des Débats* raconta avec force détails cet engagement d'où l'honneur des deux adversaires sortit indemne et leur réputation de marin grandie. A la septième bordée tirée par le *Kearsage,* un boulet eut raison des machines de l'*Alabama,* qui dut mettre à la voile pour tenter de prendre du large. Son adversaire lui barra la route, mais cessa le feu et hissa au grand mât le pavillon étoilé... victorieux. Quand on fit le bilan des pertes, on s'aperçut que douze marins de l'*Alabama* avaient péri et que tous les survivants avaient été recueillis par de petits bateaux français, les canots de sauvetage du *Kearsage* et par le yacht du lord qui refusa de livrer les rescapés. L'ambassadeur des États-Unis à Londres, C.F. Adams, et le belliqueux Seward, secrétaire d'État à la Guerre à Washington, qui ne pensaient qu'à humilier le Sud, protestèrent en soutenant que les marins de l'*Alabama* auraient dû tous périr ou être faits prisonniers.

Tel était le dossier de l'*Alabama,* que Charles de Vigors avait étudié objectivement et sur lequel le gouvernement de Washington fondait une demande en dommages et intérêts à l'encontre de la Grande-Bretagne de 14 437 143 dollars. Dans la note ainsi présentée et qui tenait compte des activités des trois principaux corsaires confédérés, *Florida, Alabama* et *Shenandoah,* les comptables fédéraux n'avaient rien oublié : pertes effectives de vaisseaux et de biens américains, frais de poursuite des corsaires, manque à gagner du fait de la désaffection pour le pavillon marchand américain, élévation des primes d'assurance payées par les armateurs nordistes, dépenses relatives à la prolongation de la guerre civile.

1. Le tableau qu'il peignit à cette occasion constitue un document historique. Il se trouve au Musée de Philadelphie.

Le gouvernement de Washington, en banquier qui sait faire produire l'argent, exigeait en sus un intérêt de 7 % sur la somme réclamée, neuf années s'étant écoulées depuis le début des activités corsaires des Confédérés.

Le traité de Washington par lequel les adversaires avaient accepté le principe de l'arbitrage international prévoyait cinq arbitres, deux représentant les parties, Grande-Bretagne et États-Unis, et trois neutres. Ce sont ces hommes, qui, depuis un an, préparaient les réunions de l'été 1872, que Charles de Vigors retrouva à Genève : C.F. Adams, ancien ambassadeur à Londres, fils de John Quincy Adams, qui avait été le sixième président des États-Unis, militant abolitionniste de la première heure, représentant les États-Unis; Alexander Cockburn, lord chief justice, le plus haut magistrat du Royaume-Uni, représentant la reine d'Angleterre; les trois neutres étaient un Suisse, Jacob Staempflé, directeur de la Banque nationale helvétique, ancien président de la Confédération, que l'on disait favorable aux thèses américaines, un Italien, le comte Scloris, et un Brésilien, Marcos Antonio d'Araujao, baron d'Itajuba, ambassadeur du Brésil à Paris.

Le 15 avril 1872, les parties avaient échangé des mémoires, et le 15 juin, dans une salle de l'hôtel de ville de Genève, où avait longtemps siégé le tribunal criminel avant qu'un congrès international ne s'y réunisse en 1864 pour préparer la Convention de guerre et créer la Croix-Rouge internationale, les arbitres se retrouvèrent avec leurs conseillers et les observateurs accrédités, hors de la présence des journalistes. Ces derniers, qu'ils représentent le *New York Tribune*, le *Boston Daily Advertiser*, le *Times*, le *Manchester Guardian*, le *Journal des Débats* ou *Le Temps*, apprécièrent tout de suite la courtoisie de Charles de Vigors qui, sans commettre aucune indiscrétion, savait leur glisser à propos quelques informations. Il leur apprit notamment que le représentant américain, M. Charles Francis Adams, était candidat à l'investiture de son parti pour l'élection présidentielle [1].

Dès son arrivée à Genève, Charles de Vigors, descendu à l'Hôtel de la Paix, quai du Mont-Blanc, avait envoyé un télégramme à Gratianne. Vevey ne se trouvant qu'à trois heures de route de Genève, il comptait bien lui rendre visite le plus tôt possible. Il se réjouissait de ces retrouvailles dans un pays de joyeux vignerons, au bord d'un lac superbe, dans un site neuf pour l'un et l'autre où rien ne viendrait leur rappeler les souvenirs de Paris attachés à leurs relations familiales, à cette demi-parenté qui excusait toutes les libertés de langage, sans permettre le moindre écart de conduite.

Aussi fut-il cruellement déçu quand, après deux jours d'attente, lui parvint de Spa, en Belgique, une dépêche de Gratianne expliquant qu'elle se trouvait au chevet de sa belle-mère mourante. *Lettre suit*, disait le télégramme.

Les détails donnés par Gratianne dans sa missive laissèrent à

1. On devait lui préférer Henry Wilson.

Charles peu d'espoir de voir sa demi-sœur en Suisse avant qu'il retourne en Louisiane. Quelle que soit la durée de l'arbitrage auquel il était venu assister, Charles devait être rentré à La Nouvelle-Orléans à la mi-novembre au plus tard. Or la belle-mère de Gratianne, qui prenait les eaux à Spa pour compenser les abus de bonne chère dont elle était, paraît-il, coutumière, se retrouvait paralysée après une congestion cérébrale. Les médecins lui donnaient entre un et six mois de vie. « La peste soit des vieilles dames boulimiques », se dit Charles.

Le post-scriptum de la lettre, visiblement rajouté au dernier moment comme pour éviter une indiscrétion, atténua la déception de l'avocat : *Quoi qu'il arrive*, écrivait Gratianne, *je serai près de toi en février 1876... pour le carnaval..., mon mari devant passer un mois pour affaires à Chicago...*

Charles prit comme signe d'une jalousie le fait que sa demi-sœur ne citait même pas Liponne et Marie-Virginie...

Ainsi libéré de la plaisante obligation d'un séjour à Vevey, M. de Vigors, qui ne pouvait guère passer plus d'une semaine sans commerce féminin, décida par un bel après-midi de se mettre à la recherche de Marie-Gabrielle, à laquelle il regrettait maintenant de n'avoir pas annoncé son arrivée.

En gravissant les rues pentues et pavées de la ville haute où les riches patriciens et les bourgeois genevois avaient fait construire, dès la seconde moitié du XVIIe siècle, des hôtels à la française, composés par un corps de bâtiment central et deux avant-corps, le tout bâti entre cour et jardin, l'ensemble étant clôturé par un mur élevé percé d'une porte cochère, Charles s'interrogeait sur la vie secrète de ces familles richissimes... Quelles passions contenues, quelles turpitudes inavouables, quelles idylles mystérieuses, quels crimes impunis, ces murs austères, ces lourdes portes de chêne aux heurtoirs de bronze, ces façades de pierres taillées et strictement jointoyées, ces lourds rideaux de velours avaient-ils, au cours des siècles, dissimulés à la curiosité du vulgaire et de l'étranger!

La rue du Puits-Saint-Pierre, avec l'ancien arsenal, l'hôtel Tarel, l'hôtel Calandrini et quelques autres bâtiments plus anonymes, lui parut ténébreuse, presque sépulcrale. Charles s'attendait à voir aux passantes et aux passants de ce quartier le teint gris de la pierre. Il croisa des femmes aux joues roses et aux yeux baissés, des messieurs bien nourris, cambrés comme des bedeaux coiffés de chapeaux Bloomsbury, ce qui leur donnait l'allure assurée d'armateurs anglais. Quand il découvrit, à deux pas de la cathédrale au porche édifié par Alfieri en 1752, la demeure des Cramer, il remarqua qu'elle ne faisait pas exception aux principes architecturaux de la cour Saint-Pierre. Avant de tirer la sonnette, il risqua un œil par un interstice de la porte cochère qui lui révéla une façade percée de grandes fenêtres sur laquelle était plaqué un escalier à double volée donnant accès à l'entrée. Il tenta d'imaginer Marie-Gabrielle, dont les traits lui étaient depuis belle lurette sortis de la mémoire, descendant ces hautes marches pour venir, joyeuse et primesautière, à sa rencontre, car don Juan se croit, toujours et partout, attendu et désiré. Par tout un jeu de bras, de bielles et de fils de fer, la poignée, qu'il dut tirer vigoureusement, mit en branle une cloche lointaine. Cinq bonnes minutes s'écoulèrent avant que ne résonne sur les dalles de la cour le pas fatigué d'un domestique âgé, dont la face anguleuse et lamentable s'inscrivit bientôt dans le grillage du judas.

– Est-ce bien ici qu'habite Mlle Marie-Gabrielle Cramer? demanda Charles avec son sourire le plus engageant.

– Vous voulez dire Mme Grigné-Castrus? dit le portier d'une voix exténuée.

– Oui..., enfin... celle..., la fille unique de M. Cramer... Marie-Gabrielle?

– Madame est sortie avec son mari, monsieur!

– Et M. Cramer, comment va-t-il?

– Il dort, monsieur..., comme toujours.

– Voici une carte, dit Charles.

Comme le domestique ne semblait pas disposé à ouvrir le vantail, Charles roula le bristol et le lui passa à travers la grille du judas, après avoir ajouté au crayon son adresse genevoise : Hôtel de la Paix. Le cerbère émit un borborygme et referma le volet. L'avocat l'entendit marmonner en retournant vers la maison.

« Ainsi Marie-Gabrielle est mariée, pensa Charles..., avec un banquier certainement. » A cet instant, il regretta de ne pas avoir amené Liponne. Gratianne absente, la gentille Suissesse désormais inaccessible, il ne savait que faire de sa liberté.

Le soir même, et parce que le corps d'un homme bien portant a des exigences, il convainquit une robuste Vaudoise, lingère à l'hôtel, de le rejoindre, son service terminé.

– Je dois prévenir Monsieur, dit la demoiselle aux seins plantureux et aux cuisses puissantes, qu'une fois qu'on m'a « déclenchée » je ne me possède plus...

– Venez toujours, dit Charles en faisant claquer la jarretière de la paysanne.

Seuls les voisins, un couple de Français râleurs, trouvèrent à redire à la prestation de la lingère qui répondait au prénom d'Octavie et bramait comme si elle se fût trouvée seule au milieu des bois avec son amant. A six heures du matin, elle se rhabilla.

– Quand vous voudrez, monsieur, dit-elle..., on recommencera. Ça faisait bien un mois que ça ne m'était pas arrivé... Les Genevois, y savent pas s'y prendre.

Au lendemain de ce tournoi, dont Charles sortit moulu comme après une séance de lutte gréco-romaine, le délégué américain au procès de l'*Alabama* déposa des conclusions qui débloquèrent l'arbitrage. Le gouvernement des États-Unis acceptait de voir exclues de la prise en considération du tribunal ses réclamations indirectes « qui ne constituaient pas, d'après les arbitres, une base suffisante pour fonder un jugement de compensation ou un calcul d'indemnités entre nations ».

M. l'observateur de l'Association des Juristes de Louisiane ne retint pas grand-chose de l'argumentation des uns et des autres. Il somnola tout l'après-midi. Rentrant à son hôtel, il trouva un carton de Mme Jean Grigné-Castrus. Marie-Gabrielle le conviait le soir même à dîner. Il prit un bain dans lequel il faillit s'endormir, endossa son habit en bâillant, oublia sa clef dans sa chambre, croisa Octavie rieuse et les bras chargés de linge sur un palier. La jeune Vaudoise, le menton écrasé sur une pile de draps, lui lança une œillade interrogatrice.

– Ce soir, je me repose, souffla Charles.

Dans le hall de l'hôtel, il rencontra deux des arbitres qui lui affirmèrent que le procès approchait de son terme et s'indignèrent de la mauvaise humeur de M. Cockburn, le délégué britannique, lequel manquait singulièrement de fair play.

Charles eut le temps de faire un petit somme, tant le cabriolet appelé pour le conduire cour Saint-Pierre mit de temps à gravir les pentes de la ville haute. Au moment de tirer la sonnette de l'hôtel Cramer, il s'aperçut qu'il avait oublié ses gants dans la voiture.

« Heureusement, pensa-t-il, que Marie-Gabrielle est en puissance de mari... Je pourrai prendre congé tôt... »

Contrairement à ce que venait d'imaginer Charles, ce fut un dîner en tête à tête. Deux verres d'un vin apéritif allégèrent les paupières de l'avocat, que Marie-Gabrielle examina de pied en cap.

– Vous avez l'air prospère et j'en suis heureuse, je vous dois tant et je suis si confuse de vous avoir laissé sans nouvelles pendant toutes ces années!

La petite Suissesse, blonde et diaphane, aux regards apeurés, qu'il avait connue six ans plus tôt avait pris de l'assurance et des formes agréablement révélées par une robe de soie moulante, d'une telle sobriété de coupe qu'on l'aurait prise pour une pièce de lingerie réservée à l'intimité du boudoir.

Charles, reconnaissant aux sourires, aux gestes, à l'attitude de Marie-Gabrielle une mise en condition stratégique du mâle, réussit, mains au dos, à retirer son alliance et à glisser l'anneau dans son gousset.

– Ainsi, vous êtes mariée, Marie-Gabrielle, commença Charles en surveillant son intonation.

– Oui, Charles, depuis deux ans.

– Pas avec le parrain, je suppose?

– Mon Dieu, non, mon parrain a fait une chute dans une crevasse. Son corps n'a été retrouvé qu'au bout de trois mois. J'ai hérité de sa maison et de son orgue, un Cavaillé-Coll.

– Alors, vous avez épousé un banquier?

– Presque..., un fils de banquier, dit la jeune femme, un peu railleuse.

Puis elle ajouta, tendant la main à Charles :

– Ne faites pas cette tête, venez vous asseoir près de moi, je vais tout vous raconter, comme autrefois... sur le bateau des Amériques.

A cet instant, Charles ressentit assez soudainement cette lucidité exceptionnelle, cette acuité particulière, cette incomparable assurance qu'un verre de vin suffisait parfois à faire naître en lui. A ces moments-là, il avait le sentiment que ses audaces seraient approuvées, ses initiatives comprises, ses convictions partagées. A peine assis sur le canapé près de Marie-Gabrielle, il l'enlaça avec fougue, la renversa à demi sur les coussins et l'embrassa. Il n'abandonnait sa bouche que pour dire et répéter son nom en s'efforçant de mettre dans son regard toute la sincérité instantanée d'une tendresse qu'elle prit pour un désir. Marie-Gabrielle ne se défendait pas, au contraire. Elle pétrissait la nuque de l'avocat, répondait à ses baisers avec le même enthousiasme maladroit qu'il lui avait connu au temps de l'initiation.

Tandis qu'il caressait, à travers la soie tiédie par la chaleur d'un corps qu'il devinait à peu près nu sous le mince écran de tissu, les hanches et le buste de la jeune femme, il se demanda quels amants elle avait pu connaître et comment était ce mari si opportunément absent.

– Je n'ai pas grand-chose sous ce fourreau, Charles, et vous en profitez odieusement, finit-elle par dire, le feu aux joues, en se redressant pour arranger sa coiffure.

– Marie-Gabrielle, j'ai souvent pensé à vous... très fort.

– Allons, allons, combien de belles créoles ont su vous distraire, Charles? D'ailleurs, n'êtes-vous pas marié?

– N... non..., pas encore, répondit-il bêtement.

– Eh bien! moi, je le suis... si l'on peut dire.

– Comment, si l'on peut dire?

– Vous savez dans quel état est mon pauvre père, Charles..., une sorte de plante robuste qui se nourrit et qui dort. Au début, quelques moments de lucidité retrouvés me donnèrent l'espoir d'une guérison partielle, celle du cerveau que j'aurais tant voulu lui rendre... Aujourd'hui, les plus grands médecins sont formels. Il vit sans savoir qu'il vit, il mourra sans savoir qu'il meurt...

– Mais votre mari?

– Voilà, j'y viens. Il y a une chose dont j'ai horreur, Charles, c'est la pauvreté et l'inconfort. Or je suis, bien sûr, incapable de gérer les affaires de mon père, vous vous en doutez. C'est lui qui, avant de sombrer définitivement, a arrangé mon mariage avec le fils unique de son associé, Jean Grigné-Castrus... Ainsi, je suis à l'abri des revers de fortune.

– Et... vous n'avez pas d'enfants?

– Nous touchons à l'aspect le plus délicat de la situation, Charles, et peut-être allez-vous me mépriser quand vous saurez toute la vérité... Mon mari n'a aucun goût pour les femmes..., tout Genève le sait... et je le savais quand je l'ai épousé... C'est un homme discret, de bonne éducation, qui ne redoute rien plus que le scandale. Nous avons fait une excellente association.

– Je vois ça d'ici, coupa l'avocat, persifleur. Il a des mignons, vous avez des amants et ensemble une loge commune au théâtre pour les soirs de gala.

– Je n'ai pas d'amant, Charles, dit vivement Marie-Gabrielle...

Le seul que j'aie jamais eu, c'est vous..., et je regrette, croyez-le bien, que la Louisiane soit si loin du lac Léman.

Charles, sans même avoir conscience de son hypocrisie, réussit à prendre la voix rauque de l'amoureux ému aux larmes :

– Marie-Gabrielle, Marie-Gabrielle..., c'est merveilleux et triste à la fois, ce que vous me dites là... Je suis à Genève pour deux bons mois, profitons-en, profitons de l'amour.

– Ah! si vous saviez combien de fois j'ai relu vos lettres, combien de fois j'ai eu envie de prendre le bateau... Deux mois, c'est merveilleux... Mais, au fait, comment êtes-vous là?

M. de Vigors, tout en dégustant le carré d'agneau et le gratin dauphinois, donna les raisons de son séjour en Suisse, en insistant sans vergogne sur le fait que, sans la présence de Marie-Gabrielle à Genève, il n'eût peut-être pas accepté une mission aussi fastidieuse.

Sitôt le café servi et les domestiques renvoyés, Charles et Marie-Gabrielle retrouvèrent le canapé. Comme les caresses de l'amant venu de loin se faisaient plus insistantes et les attouchements plus précis, Mme Grigné-Castrus proposa sans vaine pudibonderie :

– Allons chez moi, Charles, nous serons plus à l'aise.

– Mais... votre mari?... Bien que..., tout de même...

Marie-Gabrielle se mit à rire.

– N'ayez pas peur. Nous occupons chacun une aile de la maison... et à partir de demain je ferai rouvrir le petit pavillon dont je dispose au bord du lac... près de votre hôtel... Nous pourrons nous y retrouver quand vous voudrez... Vous pourrez même y travailler à vos dossiers... dans le calme!

Quand, vers cinq heures du matin, Charles descendit à pied la rue du Puits-Saint-Pierre, espérant trouver un fiacre place du Port, il croisa un beau cabriolet crème à roues caoutchoutées, aux lanternes dorées à l'or fin. Deux silhouettes, assez rapprochées pour se confondre, l'occupaient. Charles eût bien parié qu'aucune des deux n'était féminine.

Une seule fois à partir de ce jour-là et jusqu'à son départ, l'avocat eut encore recours aux soins de la vigoureuse Octavie. Il mit dans cet intermède un peu de perversité, afin de rompre le charme sous lequel le tenait la fragile Marie-Gabrielle.

La jeune femme, avec ce réalisme helvétique qui fait les banquiers incrédules et les maîtresses fatalistes, savait goûter les plaisirs du moment sans les affadir par la perspective d'une séparation prochaine.

Dans les lettres qu'il envoyait régulièrement à Liponne, Charles commentait les péripéties de l'arbitrage, décrivait comme austère et compassée la société genevoise qui avait, disait-il la fortune mélancolique et l'amusement ennuyeux. Il racontait ses soirées aves les arbitres italien et brésilien, ses préférés, et qualifiait le délégué américain de *marchand de tapis*.

Il se gardait bien de dire que ses loisirs se passaient en navigations indolentes sur le lac, en excursions montagnardes, coupées de haltes dans des fermes aux parquets cirés où des paysannes timides servaient aux amoureux d'énormes tranches de fromage, sur du pain bis, accompagnées de pichets de fendant.

Marie-Gabrielle était heureuse et Charles était heureux de la rendre heureuse.

– Tu es la femme qui me va! lui dit-il un après-midi, alors qu'ils se remettaient d'un long moment d'exaltation amoureuse, d'une suite d'exercices savoureux, conduits avec cette lenteur experte qui faisait de Charles un amant apprécié.

– Tu me vas aussi! Tu me fais croire au simple bonheur d'être accordée à un homme. J'aimerais que tu reviennes souvent... ou qu'un jour tu m'autorises à te rendre visite..., car j'imagine que tu as en Louisiane une vie qu'il ne faut pas troubler.

– Pourquoi me dis-tu cela?

– Parce que, l'autre soir, quand tu as retiré ta montre, cet anneau... qui ressemble à une alliance... est tombé de ton gousset. J'ai eu l'indiscrétion de lire ce qui est gravé à l'intérieur : *Liponne à Charles – 25 juillet 1871...* Ainsi tu es marié?

M. de Vigors avait horreur de ce genre de situation.

– Eh bien, oui! je suis marié, répondit-il rageusement.

Et, comme il ne voulait pas laisser passer l'occasion de se débarrasser de toutes les cachotteries accumulées, il ajouta :

– J'ai aussi une petite fille et ma femme attend un deuxième enfant.

Marie-Gabrielle n'en fut ni triste ni fâchée.

– Eh bien! pourquoi le cacher? Çà n'aurait rien changé à mon accueil et ça ne change rien à l'attachement que je te porte. Je ne suis ni jalouse ni envieuse... et tu me trouveras toujours là quand il te prendra fantaisie de me voir.

– Merci, Marie-Gabrielle, tu me rassures, j'avais si peur que tu aies de la peine!

– Ce n'est pas ma peine qui t'aurait beaucoup importé, Charles, mais seulement l'idée que tu t'en serais faite... Tu es un homme dont les femmes n'ont rien à attendre que l'amour de passage sans complication ni engagements. J'accepte la formule.

Le procès touchait à son terme. Le 7 septembre, les arbitres internationaux, ayant fixé le montant de la réparation que le Royaume-Uni de Grande-Bretagne aurait à verser aux États-Unis, décidèrent de s'accorder une semaine de vacances. Leur décision prise à huis clos ne serait annoncée qu'en séance plénière, le 14 septembre.

– J'aimerais savoir, dit Marie-Gabrielle, si ces messieurs si graves et si bavards, ont décidé de condamner l'Angleterre.

– Si vous me promettez le secret, je peux vous dire que oui. Sa Majesté britannique devra verser au Trésor des États-Unis la somme de 15 millions et demi de dollars-or, dont 5 millions de dollars d'intérêts à 6 % couvrant la période du 1er janvier 1864 au 15 septembre 1872... Voilà, vous savez tout. J'ai été assez satisfait d'apprendre que le texte de la sentence était rédigé en français et que MM. Cockburn et Adams auraient à en assurer une traduction unique en langue anglaise, que l'Histoire tiendra pour version officielle.

Convié, comme plusieurs autres observateurs, au grand dîner officiel offert à l'hôtel de la Paix aux membres du Comité d'arbitrage par le Conseil d'État de la République et du canton de Genève, Charles de Vigors dut ce soir-là abandonner Marie-Gabrielle à une solitude provisoire qui, dans quelques jours, serait son lot quotidien.

Le chef de l'hôtel de la Paix s'était surpassé pour les quarante invités « de la bonne ville de Genève ». Charles fit honneur au menu, qu'il se promit de montrer à Castel-Brajac :

Potage bisque aux quenelles
Truite sauce genevoise
Filet de bœuf à la bordelaise
Suprême de poulet de grain à la vert pré
Côtelettes de chevreuil à la Darmagnac
Galantines de chapons aux truffes

Punch à la romaine
Haricots à l'anglaise
Perdreaux flanqués de cailles
Jambon d'York à la gelée

Pudding Nesselrode
Bombes à l'américaine sur socle
Biscuits montés
Pièces montées
Dessert

Ce festin, digne de Pantagruel et arrosé des meilleurs vins, fut apprécié des diplomates et de leurs conseils. Charles fit observer à son voisin, un Français nommé Bernard, que le menu reflétait assez bien le jugement des arbitres : les haricots étaient à l'anglaise et la bombe américaine.

Sans attendre la réception organisée à Berne par les autorités fédérales, Charles de Vigors quitta Genève le 16 septembre, sans avoir proposé à Marie-Gabrielle de l'accompagner jusqu'à Paris où il voulait passer quelques jours, bien que Gratianne, toujours au chevet de sa belle-mère, en soit absente. Le 10 octobre il embarquait au Havre pour New York, ayant fermé une heureuse parenthèse de sa vie et cachant dans le porte-cigarettes de laque noir frappé en rouge d'un signe chinois qui signifiait, paraît-il, « espérance » une jolie photographie de celle qui le lui avait offert, Marie-Gabrielle, la gentille sirène du Léman.

14

Dès son arrivée à La Nouvelle-Orléans, où l'attendait une Liponne radieuse, laquelle, comme toutes les femmes acadiennes, supportait admirablement sa grossesse, Charles de Vigors accorda des interviews aux principaux journaux. Il dut expliquer le déroulement de l'arbitrage international auquel il avait assisté et qui pouvait devenir, croyaient certains optimistes, une procédure propre à éviter les guerres.

Réinstallé dans sa vie familiale et professionnelle, l'avocat, dont Ed Barthew avait loyalement suivi les dossiers, se félicita de s'être abstenu de participer à une compétition électorale sans réelle violence, mais dénuée de panache. Sa mission à Genève lui conférait un surcroît de notoriété qu'il ne souhaitait pas gaspiller et comptait bien exploiter le moment venu.

Le 5 novembre, le général Ulysses S. Grant fut réélu président des Etats-Unis, battant le candidat des démocrates et des républicains modérés, Horace Greely, par 286 suffrages « électoraux » contre 66 et 3 596.745 suffrages populaires contre 2 834 446.

Avec une majorité des deux tiers, le parti républicain conservait le contrôle au Congrès, ce qui signifiait pour le Sud la prolongation des prérogatives du Bureau des affranchis, la poursuite de la Reconstruction suivant les normes radicales, le maintien des troupes fédérales dans les Etats ex-sécessionnistes.

En Louisiane, les élections avaient également laissé le pouvoir aux républicains de stricte obédience. Le radical William Pitt Kellogg avait été élu gouverneur, ayant battu John McEnery, candidat des démocrates, des bourbons et des républicains modérés réunis dans un mouvement dit « Fusionniste ». McEnery, qui se croyait élu, avait été « compté out » par le « Bureau des retours », une invention commode des républicains pour refouler les élus qui ne leur plaisaient pas. Les électeurs avaient néanmoins envoyé à la Chambre des représentants 77 républicains et 32 « fusionnistes », au Sénat 28 républicains et 8 « fusionnistes ». Même en faisant la part des élus par fraude, Charles et ses amis savaient que les républicains et les *carpetbaggers* l'emportaient. Sur les 145 élus des deux Chambres, 68 étaient noirs.

Quelques semaines après ces élections, Henry Clay Warmoth, qui devait assumer ses responsabilités de gouverneur jusqu'à la passation des pouvoirs à William Pitt Kellogg, en mars 1873, fut contraint de démissionner. Il y avait tant à reprocher à Warmoth que l'*impeachment* ne faisait aucun doute, surtout depuis qu'il avait soutenu le démocrate McEnery contre Kellogg. Il suffisait de mettre en évidence les pots-de-vin versés au gouverneur pour obtenir son éviction. Très crânement, Warmoth déclarait d'ailleurs : « Je ne prétends pas être honnête... Je prétends seulement être aussi honnête que quiconque en politique et en tout cas plus que les camarades qui s'opposent à moi maintenant. »

L'intérim du gouverneur revint donc légalement à Pinckney Burton Stewart Pinchback, lieutenant-gouverneur en exercice jusqu'au printemps 1873, époque où il devrait céder son fauteuil au nouvel élu qui n'était autre que C.C. Antoine..., son ancien associé dans une affaire de courtage.

Charles et ses amis du Boston Club, comme les « bourbons », comme Tampleton et d'autres vétérans confédérés, avaient du mal à admettre que le poste de gouverneur de Louisiane puisse, même très provisoirement, être occupé par un mulâtre.

– Nous touchons cette fois le fond du ridicule, disait Virginie, il est temps que les Blancs réagissent.

Clara Redburn, devenue Mme Oswald, approuvait Mme de Vigors et racontait ses discussions avec son mari, membre du parti républicain, qui se montrait d'une grande prudence dans ses propos, attendant comme Charles un moment plus favorable pour se lancer à l'assaut d'un siège de sénateur ou de représentant.

Cependant, depuis les élections, si décevantes pour tous ceux qui espéraient se débarrasser des radicaux, on notait un durcissement de l'opposition à la tyrannie des *carpetbaggers*, une recrudescence des attentats contre les Noirs et les *scallawags*.

On considérait que McEnery, qui avait vraiment obtenu la majorité dans certaines paroisses, aurait dû être nommé gouverneur à la place de Kellogg, l'usurpateur. Dans un discours, un planteur descendant d'une illustre famille de pionniers avait clairement résumé les rancœurs des conservateurs : « A vous, *carpetbaggers* de haute lignée, à vous, héroïques traînards des armées fédérales, à vous nos dépouilles et les beaux émoluments. A vous, aujourd'hui renégats et déserteurs des armées confédérées, à vous les salaires de la trahison et de l'espionnage. A vous les trente deniers de Judas. »

La politique passa au second plan quand, le 6 mars 1873, Liponne donna naissance à un gros garçon. Charles offrit à sa femme à cette occasion la plus belle émeraude que son correspondant de New York put trouver. Virginie s'embarqua aussitôt pour La Nouvelle-Orléans afin de venir admirer ce petit-fils qui, déclara-t-elle, serait un jour le maître de Bagatelle. Les Dubard, chez qui les naissances ne constituaient pas des événements exceptionnels, calculèrent que ce bébé était déjà leur quatorzième petit-enfant et que leur « brave Liponne » n'en resterait pas là.

– Comme c'est parti, dit « le Fils » à Charles, va vous falloir agrandir la maison.

Au jour du baptême, qui eut lieu à la cathédrale Saint-Louis, le premier fils de Charles reçut à la demande de son père le prénom de Gratien. Liponne proposa comme second prénom celui de son onclé préféré : Paul, dit « Rondin ». Gustave de Castel-Brajac glissa à son ami qu'il aurait dû penser aussi à donner un petit-frère à Augustine, la fille de Gloria qu'il avait réussi à ne pas rencontrer...

– Eh bien! moi, dit l'avocat, j'ai vu Augustine l'autre jour avenue Saint-Charles dans son landau que poussait sa nourrice. Je puis te dire qu'elle te ressemble d'une façon étonnante, elle a les joues rouges et un drôle de nez!

– Je te prierai de te souvenir qu'il convient d'avoir un peu de pudeur quand on n'a pas de sentiments! répliqua assez sèchement Gustave.

Charles, qui visiblement voulait chasser de sa pensée tout ce qui ne concourait pas à son élévation sociale et à l'établissement de sa respectabilité, abandonna le sujet et commenta pour Gustave son bref séjour parisien auquel, en l'absence de Gratianne, il n'avait pas pris grand plaisir. Il donna maints détails sur le grand chantier du futur Opéra de Paris que construisait M. Charles Garnier, la transformation des boulevards, l'expédition du Tonkin et la prise d'Hanoï par le Stéphanois Francis Garnier et offrit à son ami un recueil de vers de Rimbaud ayant pour titre *Une saison en enfer* et qui, effectivement, sentait le soufre. En échange de ces nouveautés parisiennes, Castel-Brajac signala à l'avocat une invention américaine qui pourrait singulièrement faciliter les travaux des secrétaires : la machine à écrire que Sholes, Glidden et Soule venaient de mettre au point et que le fabricant d'armes Remington se proposait de construire en série et de commercialiser promptement. Il évoqua aussi les difficultés de la banque Jay Cooke and Co. et le procès de « Boss » Tweed, un spéculateur new-yorkais qui faisait la pluie et le beau temps à Tamany Hall et que l'on accusait d'avoir détourné deux millions de dollars.

Quant à la situation en Louisiane, elle pouvait, soutint Castel-Brajac, donner des inquiétudes. Dans la perspective d'une crise financière générale, les banques se montraient d'une extrême prudence et les planteurs n'obtenaient que difficilement du crédit. Gustave, toujours ardent patriote, bien que déjà déçu par une République qui n'arrivait pas à obtenir le départ des troupes allemandes, convainquit Charles de participer à la création d'une société : l'« Union française », qui se proposait d'accueillir les immigrants français, de leur trouver du travail et de donner des cours d'anglais gratuits. Le président, M. Passama Domenech, se montrait assez actif pour emporter l'adhésion des Français de la ville qui, face à l'emprise de plus en plus évidente des Anglo-Saxons, semblaient désireux de protéger leur langue et leur culture.

Charles de Vigors ne partageait pas le pessimisme du Gersois en ce qui concernait les affaires. Son portefeuille d'actions des chemins de fer se portait bien et le développement enfin organisé du commerce du coton, grâce au fonctionnement sans aléas de la Bourse, rendait sécurité et profits aux négociants qui constituaient la base de la société créole et l'espoir des démocrates. Les vers et les chenilles avaient failli amputer la belle récolte de coton escomptée en 1872, mais, finalement, les conséquences de cette attaque des prédateurs avaient été limitées grâce à de nouveaux insecticides. Au nombre de ces négociants fortunés que rencontrait Charles se trouvait M. Michel Musson, un créole d'origine française, qui était pour l'heure assez fier de présenter à ses amis et relations un visiteur de marque, son neveu Edgar Degas, peintre parisien déjà coté, qui, arrivé fin octobre 1872 en Louisiane, comptait encore y passer le printemps 1873 pour « s'emplir les yeux et la pensée de sujets exotiques ». Ce célibataire de trente-neuf ans, élégant et distingué, aux traits fins, au regard un peu las, portant un collier de barbe et une moustache châtain sombre et dont les belles mains aux doigts longs, souples et spatulés se remarquaient tout de suite, semblait se faire de son art une idée sérieuse, presque grave. On le disait habitué des coulisses de l'Opéra et des cafés chantants, chercheur subtil, technicien exigeant sachant saisir le balancement d'un bras ou d'une jambe de danseuse aussi bien que traduire « les mouvements passionnels de l'œil » dans un portrait. L'homme cependant ne plaisait pas à tout le monde. Peu bavard, assez hautain, quelquefois même ours mal léché, d'après les uns, il passait aux yeux des autres pour un brillant causeur, sachant à l'occasion se souvenir qu'il avait été rapin, lançant des traits d'esprit à la façon « artiste » sans trop mâcher ses mots. Des dames de la bonne société lui reprochaient de ne pas aimer les fleurs qu'elles peignaient avec des scrupules de photographes. Certains banquiers venus du Nord affirmaient qu'il détestait les Juifs et les mauvaises langues soutenaient que, s'il aimait peindre les femmes, c'était parce qu'il ne pouvait leur procurer d'autres plaisirs.

Son caractère de bohème raffiné était démontré à l'évidence par la façon dont il avait décidé de rendre visite à son oncle et ses frères. Fils d'un banquier et d'une créole de La Nouvelle-Orléans, née Musson, Edgar Degas avait toujours entendu sa mère parler avec émotion et nostalgie de la vie en Louisiane où le frère de celle-ci, Michel, s'était fait une belle situation, d'abord comme maître des postes, puis comme négociant en coton.

A la fin de l'été 1872, René de Gas, frère du peintre, qui lui n'avait pas dit comme l'artiste : « Dans la noblesse, on n'a pas l'habitude de travailler. Puisque je veux travailler, je porterai un nom roturier [1] », et conservait sa particule, était venu à Paris pour affaires. Les deux frères ne s'étaient pas quittés et René avait parlé avec enthousiasme de sa vie à La Nouvelle-Orléans, des paysages du Mississippi, des belles dames créoles. Au jour de son départ à la gare Saint-Lazare, Edgar, monté dans le train, y était resté, dé-

1. *Mon oncle Degas*, par Jeanne Fèvre (Ed. Pierre Cailler, Genève, 1949).

cidant brusquement d'accompagner son cadet jusqu'au Havre où ce dernier devait s'embarquer pour la Louisiane via New York. De la même façon qu'il avait tenu à installer René dans son compartiment, Edgar était monté sur le bateau pour visiter la cabine du voyageur et là, sans aucune préparation, avait choisi de faire la traversée. Une telle attitude était bien propre à plaire aux créoles romantiques. Très bien accueilli par Achille, son autre frère, et par l'oncle Musson, le peintre s'était installé dans leur jolie maison, 185 Common Street, et, tout d'abord séduit par le pays du Roi-Coton, s'était empressé de suivre les activités de leur négoce. L'ambiance des bureaux où l'oncle Musson et ses neveux proposaient aux acheteurs les middlings qu'ils venaient de recevoir des plantations fascinait le peintre, qui remplissait chaque jour des pages de son carnet de croquis. M. Musson, avec son chapeau haut de forme, sa redingote noire, son col de celluloïd aux coins cassés, son nœud papillon de soie, ses petites lunettes rondes à monture de métal, n'avait pas son pareil pour évaluer la qualité d'un coton, apprécier son soyeux, la souplesse de sa fibre, le moelleux de sa texture. Les négociants en coton, que les Américains appelaient « factors », soignaient aussi traditionnellement leur élégance vestimentaire qu'ils s'appliquaient à classer les cotons. Quelle que soit la température, tous portaient col dur, chemise blanche à manchettes amidonnées, cravate, gilet et chapeau. Pour protéger leurs vêtements des « bourres », ils passaient, quand il s'agissait de prélever un échantillon sur une balle, de grands tabliers de papier, épais et raides, qu'ils se dépêchaient d'ôter pour recevoir leurs pratiques, dans une salle meublée de fauteuils confortables, où, debout devant des pupitres, des employés en manches de chemise et gilet, mais cravatés eux aussi, tenaient les comptes et rédigeaient les bordereaux. Le local où se déroulaient les tractations devant les tables aux échantillons, éclairé par des fenêtres à guillotine et à petits carreaux, ressemblait davantage à un salon qu'à une officine commerciale. Les familiers y venaient sans raisons définies, pour saluer les acheteurs ou les commissionnaires étrangers, bavarder de la pluie et du beau temps avec leurs amis, fumer un cigare ou lire le *Times Picayune* du jour, échanger des informations ou des potins, comparer les cours. Edgar Degas, qui souhaitait faire les portraits de ses frères et de son oncle dans leur cadre professionnel, croquait sur le vif des attitudes, s'appliquait à reproduire l'onctuosité immaculée du coton étalé sur les tables d'acajou recouvertes de draps blancs. Bien qu'il n'en parlât pas, on savait que, rentré à Paris, il peindrait ce petit monde où l'on avait le respect d'un produit de la terre qui était plus qu'une marchandise et où la parole donnée équivalait à un engagement signé [1].

1. Degas a effectivement peint ce tableau intitulé *le Bureau des cotons de La Nouvelle-Orléans*. On y voit l'oncle Musson, René et Achille de Gas, William Bell, l'époux de Mathilde Musson, James Prestidge, l'associé de Musson, et le comptable, M. Livandais. Ce tableau, que l'on peut voir au Musée de Pau, fut exposé au Salon des Impressionnistes en 1875; ce fut la première œuvre du peintre acquise par un musée, en 1878.

A des amis restés en France, Degas écrivait : *Je compte, si j'en ai le temps, rapporter* [de La Nouvelle-Orléans] *quelques petites choses du cru, mais pour moi, pour ma chambre. On ne doit pas faire indifféremment de l'art de Paris et de la Louisiane, ça tournerait au « Monde illustré ». Et puis, vraiment, il n'y a qu'un bien long séjour qui vous donne les habitudes d'une race, c'est-à-dire son charme. L'instantané, c'est la photographie et rien de plus.*

Mais, passé l'étonnement et l'engouement des premières semaines, un peu agacé par la langueur créole et gêné par la lumière crue de la Louisiane, qui fatiguait ses yeux rendus fragiles par le grand froid des nuits de veille pendant le siège de Paris, le peintre osait dans sa correspondance faire quelques réserves : *J'ai hâte de me retrouver chez moi,* écrivait-il, *de travailler dans un contact. On ne fait rien ici, c'est dans le climat, que du coton, on y vit pour le coton, par le coton. La lumière est si forte que je n'ai pu faire encore quelque chose sur le fleuve. Mes yeux ont si besoin de soins que je ne m'y risque guère... Monet plus que moi verrait ici de belles choses.*

Dans la bonne société, on se sentait un peu frustré par cette attitude de l'artiste que l'on s'était imaginé peignant les bateaux à vapeur, les vieux serviteurs noirs ou les belles dames de la rue des Remparts. « La peinture demande un certain mystère », avait-il dit un jour, et, comme il soutenait aussi que « l'oisiveté est un art », les gens incapables de concevoir que l'artiste doit parfois rester *les bras étendus et la bouche ouverte pour s'assimiler à ce qui se passe, ce qui est autour de vous et en vivre* [1] l'avaient parfois taxé de paresse et de dilettantisme.

Charles s'était fait le défenseur du peintre, car, connaissant mieux que les hommes d'affaires créoles et leurs épouses, éprises de futilités, le monde des artistes parisiens où Degas évoluait discrètement, il devinait que cet intransigeant saurait toujours tenir sa palette au-dessus des considérations mondaines ou vénales.

La visite de Degas était déjà oubliée et le peintre avait regagné la France, quand, au mois de septembre 1873, le respectable établissement bancaire Jay Cooke and Co. se déclara en état de banqueroute. Aussitôt, les banques de La Nouvelle-Orléans suspendirent leurs paiements et, si les chèques continuèrent à être acceptés, les caissiers refusèrent de donner en liquide plus de vingt-cinq dollars par jour à chaque déposant. Puis un autre thème remplaça bientôt dans les conversations celui de la crise financière : l'affaire du *Virginius.*

Naviguant sous pavillon américain, ce bateau, qui transportait des armes et des volontaires pour aider les révolutionnaires cubains en guerre contre les colonisateurs espagnols, avait été arraisonné par le *Tornado,* navire de guerre du roi d'Espagne. Le capitaine du *Virginius,* trente-six membres de l'équipage et douze passagers avaient été exécutés par les autorités cubaines. Aussitôt, en Louisiane plus qu'ail-

1. *Propos* de Degas (Flammarion).

leurs à travers les Etats-Unis, on vit dans ces exécutions un acte d'hostilité contre l'Amérique. Les foudres de guerre qui avaient déjà participé autrefois à des expéditions contre les Espagnols de Cuba ne souhaitaient rien de moins qu'un conflit ouvert avec l'Espagne. Fort heureusement, vingt jours après le drame, le gouvernement espagnol rendait le bateau capturé et allouait 80 000 dollars d'indemnité aux familles des morts américains. Il était démontré, à ce moment-là, que le *Virginius*, dont le pavillon avait été frauduleusement utilisé, était, lors de l'attaque, sous le contrôle des révolutionnaires cubains.

L'année se serait donc achevée de façon morose si la perspective d'une consultation électorale en novembre 1874 n'avait pas déjà suscité chez les démocrates et les « bourbons » une excitation naissante. On devinait, à considérer les événements qui se déroulaient parfois dans les paroisses où les Chevaliers du Camélia Blanc se montraient de plus en plus agressifs contre les Noirs et leurs supporters *carpetbaggers* et radicaux, que la tension allait atteindre un point de rupture.

– Nous allons à la guerre civile, pronostiquait Tampleton.

– Sans la présence de l'armée fédérale, il y a belle lurette que nous aurions pendu un certain nombre de spoliateurs et de politiciens véreux, renchérissait Virginie.

Déjà, au mois d'avril 1873, on avait bien cru que le feu partirait de Colfax, dans la paroisse de Grant, où un groupe de Blancs avaient décidé de réinstaller de force au palais de justice le magistrat et le shériff qui avaient été évincés par le gouverneur Kellogg. En nommant deux hommes à lui, ce dernier savait qu'il déplairait fortement aux habitants de Colfax. Pour prévenir toute résistance, les amis de Kellogg s'étaient empressés de former une milice à la tête de laquelle se trouvaient un Noir, William Black, membre de la Chambre des représentants, et deux vétérans noirs de l'armée fédérale : Flowers et Levi Allen. Quand les Blancs virent les miliciens noirs armés de carabines Infield et que le juge Rutland fut invité à céder son siège et à quitter la ville avec sa femme et ses enfants, on comprit qu'un drame éclaterait un jour ou l'autre. C'est ce qu'il advint quand une troupe de Blancs formée au village de Montgomery, à dix miles au nord de Colfax, décida, le 13 avril, de passer à l'action. La bagarre qui s'ensuivit avait fait 123 morts, dont 120 Noirs et 3 Blancs, au nombre desquels figurait M. Hadnot, un des supporters de McEnery. L'arrivée des troupes fédérales avait finalement permis aux fonctionnaires désignés par Kellogg de prendre possession de leurs postes, mais ils ne disposaient plus de « leur troupe de nègres ». Quant aux neuf Blancs arrêtés par les autorités fédérales, ils comptaient bien bénéficier de tous les alibis que pourraient leur fournir des amis dévoués, qui ne craindraient pas de porter de faux témoignages pour leur bonne cause.

Les violences de Colfax avaient encouragé les Blancs à s'opposer de plus en plus ouvertement aux amis de Kellogg. Au mois d'août, Joseph Taylor, le maire de Shreveport, radical nommé par le gouverneur, avait dû se démettre de ses fonctions « pour éviter les complications ». En septembre, le procureur de district, Arthur H. Harris, un démocrate, et le juge de district, T.S. Crawford, un républicain, avaient été tués dans une embuscade, sur le territoire de la paroisse de Franklin. En novembre, quatre Noirs, soupçonnés d'enlèvements, avaient été lynchés. Naturellement, on voyait derrière tous ces actes les sections du Ku Klux Klan ou les Chevaliers du Camélia Blanc, mais souvent de simples citoyens blancs, excédés par l'arrogance des *carpetbaggers* qui exploitaient la crédulité des Noirs ou des planteurs ruinés par les collecteurs d'impôts corrompus, décidaient d'accomplir ce qu'ils croyaient être des actes de simple justice.

C'est sans doute autant pour organiser politiquement cette résistance, qui commençait à se manifester à travers les paroisses, que pour prévenir toutes les révoltes locales plus ou moins justifiées et dont la brutalité aveugle risquait de compromettre une cause de plus en plus défendable, que fut créée la « Ligue blanche », sorte de mouvement fédérateur des groupements ou groupuscules éparpillés.

L'idée de cette ligue fut lancée par le journal *Caucasien*, d'Alexandrie, en mars 1874. Les fondateurs de cet organe de presse, trois anciens officiers de l'armée confédérée, soutenaient que les radicaux faisaient de la politique une affaire raciale et qu'il était temps de leur opposer une force politique capable de restaurer la suprématie de la race blanche.

Charles de Vigors, qui ne tenait pas encore à s'engager bien qu'il ait été sollicité par le responsable de la ligue à La Nouvelle-Orléans, Fred N. Ogden, un ancien colonel de l'armée confédérée, ami de Tampleton, y fut cependant vivement encouragé par son beau-père, Louis Dubard. Lors d'un séjour à Saint-Martinville, ce dernier l'emmena à une réunion que présidait un Acadien, ancien colonel confédéré lui aussi, Alcibiade de Blanc, qui, avec la jeune Ligue blanche locale, forte déjà de 750 membres, voulait obliger les radicaux à se retirer de la paroisse de Saint-Martin.

Le discours qu'entendit Charles ce jour-là le convainquit que le moment était venu de participer à l'action politique, car celle-ci allait enfin avoir une chance de rendre aux démocrates et à leurs alliés, les « bourbons », les prérogatives dont la Reconstruction les avait privés.

L'orateur était un homme calme et décidé.

– Concitoyens, dit-il, la question de race a été posée par les votants de couleur de l'Etat et de la paroisse. Sinon directement, il est incontestable qu'indirectement ils ne font pas mystère de leurs prétentions de dominer et de s'emparer des rênes du gouvernement. Instruments aveugles d'une odieuse oppression et d'une vénalité sans vergogne, ils ont proposé le droit de suffrage en élevant aux places publiques des ignorants, des aventuriers et, pis que cela, des transfuges qui ont trahi leur passé, leur race et leur pays. Depuis qu'ils y sont associés, le gouvernement de l'Etat avec toutes ses ramifications de municipalités et de paroisses n'est pas autre chose qu'un système organisé de rapine et de pillage. « A bas, l'intelligence, la probité. A bas la propriété » est le mot d'ordre d'une guerre à outrance contre le bon droit, la justice et la civilisation.

» Les mauvaises récoltes ne suffisent pas même aux besoins de la vie, la dévastation de la chenille, les épidémies et, pour comble de tant de désastres, le fléau de l'inondation ont étendu un voile de misère et de ruine, on peut dire un linceul de mort sur notre malheureux pays. Et c'est en présence de cette ruine, de cette misère, de cette agonie mortelle que la Collection des taxes se dresse, inflexible et impitoyable, sur les lambeaux dépréciés de propriétés sans valeur sur le marché, mais dont l'évaluation est fixée avec tant de complaisance sur les tableaux d'assignement. C'est dans les cœurs navrés d'un grand nombre de familles minorées par la famine et n'ayant d'autres ressources que la charité que retentissent les échos des coups redoublés du marteau du shérif...

» Concitoyens, si l'usurpation érigée par la fraude et la violence et maintenue par une brutale tyrannie trouve de dociles instruments et un appui mercenaire; si l'intelligence, l'industrie, la probité et la propriété sont sans représentation dans une législature vénale et ignorante; si les tribunaux sont des usines et des tripots politiques; si les frais de saisies, les pénalités accessoires d'impôts exorbitants, prélevés sur des propriétés sans revenus, exposent nos familles éplorées aux rigueurs de la confiscation et aux angoisses de l'expropriation et de l'exil; si des millions et des millions de piastres payés pour la construction et la réparation des levées ont été engloutis dans des poches encore plus profondes que les eaux qui couvrent les plus belles et fertiles portions de la Louisiane; si le monopole, le péculat et les spéculations dévergondées tout en ruinant le crédit public ont absorbé les deniers du Trésor et accablé l'Etat sous une dette hors de toute proportion avec ses ressources; si la répudiation et la banqueroute se dressent sur ce chaos d'infamies..., à qui devons-nous tous ces désastres, tous ces malheurs, toutes ces hontes? Aux prétentions grotesques, aux passions déréglées, au suffrage ignorant de la population de couleur exploitée par des aventuriers et des intrigants, dont le patriotisme se prosterne devant l'usurpation et qui se sacrifient pour le pays en s'enrichissant des lambeaux de nos fortunes délabrées. Il ne faut pas se le dissimuler, une ligue noire est en pleine organisation et menace de renverser tous les remparts de nos prérogatives les plus chères, et d'envahir jusqu'au sanctuaire de nos foyers domestiques.

» Fils de la Louisiane, descendants des fiers et hardis pionniers qui ont planté le drapeau de la civilisation sur les bords du Grand Fleuve, sommes-nous dégénérés au point de nous avilir en courbant la tête sous un joug ignoble? Sommes-nous prêts à renoncer à notre virilité, à démentir notre passé et la supériorité de notre race et à léguer l'opprobre et une patrie déshonorée aux générations futures?

» Non! Non! La soumission, même l'apathie, c'est le sacrifice de l'honneur, c'est la lâcheté! Répondons, tous, mille fois non! et, au nom de ce que nous avons de plus cher, debout tous comme un seul homme[1]

Ce réquisitoire répété dans les paroisses, à Saint-Landry, à Pointe-Coupée et ailleurs, fut suivi de la création d'une section de la Ligue blanche à laquelle les Dubard adhérèrent en famille. Charles, en tant que citoyen de La Nouvelle-Orléans, fit savoir qu'il porterait son adhésion à Fred Ogden et que l'on pourrait désormais compter sur son concours effectif.

Quarante-huit heures plus tard, à Bagatelle, il fit part de sa décision à sa mère.

– Bravo! s'écria Virginie, l'œil pétillant... Je suis contente que tu te décides à entrer en lice.

Liponne, qui veillait sur les premiers pas de Marie-Virginie et ne cessait de répéter que son « Gratien serait le plus beau garçon du monde », ne partageait pas l'enthousiasme de sa belle-mère. A La Nouvelle-Orléans, elle avait appris que dans les sphères dirigeantes des affaires et de la politique la sincérité rustique et parfois brutale des campagnes n'avait pas cours, qu'on pouvait abattre un gêneur de mille façons, basses et déloyales. Or Charles, étant donné sa notoriété, pouvait devenir un gêneur. Désormais, elle allait craindre pour lui et pour leur bonheur. Si elle ne s'était contrainte au silence, certains soirs quand ils rentraient d'un de ces dîners mondains ou d'une de ces réceptions où Charles affirmait qu'il était bon qu'il se montrât, elle lui aurait dit : « Allons nous installer à Saint-Martinville ou à Pointe-Coupée. Abandonne les grandes affaires, les gros dossiers qui te retiennent tard dans la nuit loin de mon lit, renonce à ces ambitions qui, une fois atteintes, ne font qu'en susciter de nouvelles. Nous sommes assez riches et un cabinet d'avocat de paroisse comme celui de Barthew suffirait à notre fortune. » Mais Liponne savait que, pour Charles de Vigors, l'épouse, les enfants, la famille, l'aisance, la renommée professionnelle n'étaient que des éléments rassemblés pour former la base stable et quotidienne d'une plus haute destinée. Il entrait dans l'avidité de pouvoir qu'elle reconnaissait chez son mari un appétit forcené pour la réussite, un désir d'en imposer par sa seule valeur. S'il ne s'intéressait pas à l'exploitation de Bagatelle, ni même aux efforts de Mallibert pour tirer le maximum de sa propre plantation de Feliciana Garden, pas plus qu'il ne semblait se souvenir que sa femme lui avait apporté en dot de vastes champs de cannes à sucre, ce n'était pas par mépris de la terre ou de l'agriculture. Son orgueil, sa volonté de parvenir sans chausser les bottes de quiconque l'incitaient simplement à tracer sa propre route. Pour Charles, Bagatelle restait le domaine des Damvilliers. Bien que Gratianne ait renoncé à tous ses droits sur cette terre pour permettre à sa mère d'en disposer librement au bénéfice du fils de son second mari, il dominait difficilement sa répulsion devant une appropria-

1. Department of archives and manuscripts of « Louisiana State University », Baton Rouge.

tion qui en eût réjoui bien d'autres. Il accepterait peut-être de jouer accessoirement au grand planteur quand il aurait établi par d'autres voies sa fortune et sa réputation. Les rôles seraient alors inversés et Bagatelle – puisque sa mère, Dandrige et tout le monde parlaient de cette plantation comme s'il s'agissait d'une personne – serait honorée qu'il condescende à s'en dire le maître.

Si Virginie n'avait pas tout de suite compris cette attitude, elle qui reprochait à son fils le peu d'intérêt qu'il portait aux récoltes, aux comptes d'exploitation, aux problèmes de personnel, Clarence Dandrige, en revanche, s'était empressé de dire à Charles qu'il croyait discerner les mobiles profonds d'un tel choix.

– Vous n'appréciez pas ce qui est donné. Vous ne possédez vraiment que ce que vous avez conquis. C'est ainsi que votre mère est devenue la dame de Bagatelle. La terre qu'elle vous léguera est autant sienne que si elle y avait abattu, il y aura bientôt cent cinquante ans, le premier cyprès. Les Damvilliers, les Trégan, les Vigors n'ont peut-être existé que pour servir le destin de cette femme exceptionnelle...

– Cependant, Dandrige, quand j'étais enfant... ma mère ne m'aimait pas beaucoup... ou plutôt je ne l'intéressais guère... Si ses fils Damvilliers avaient vécu, je n'aurais pas pesé lourd après la disparition de mon père... Liponne l'a bien compris et d'ailleurs Gratianne ne me l'a pas caché.

L'intendant parut réfléchir un moment sur le thème évoqué par Charles, bien qu'il en eût depuis longtemps fait le tour.

– Si Marie-Adrien et Pierre-Adrien de Damvilliers avaient eu de plus longues vies, peut-être, en effet, eussiez-vous été... en surnombre. Mais je crois que votre mère, par orgueil de son sang et de sa seconde alliance, aurait attendu de vous une réussite éclatante, hors de l'univers figé et traditionaliste des plantations. Et n'est-ce pas ce que vous êtes en train de concevoir et de réaliser?

– En somme..., Virginie... toujours l'emporte! lança Charles avec un sourire traduisant l'indulgence qu'il entendait marquer vis-à-vis de Dandrige, défenseur inconditionnel de la dame de Bagatelle.

L'intendant, qui jouait avec la chaîne de sa montre, s'interrompit, fixa l'avocat de ses yeux si prodigieusement jeunes et durs et dit :

– La grandeur est une vocation..., rien n'indique qu'elle soit héréditaire.

Troisième époque

LES DÉPARTS

1

Tandis que les Alsaciens-Lorrains de Louisiane manifestaient pour affirmer leur nationalité française, soutenus par toute la colonie, consul en tête, on annonça à La Nouvelle-Orléans ce que les démocrates et leurs alliés politiques attendaient : des élections. Fixées au 4 novembre 1874, celles-ci devaient permettre de nommer les shérifs des paroisses, de renouveler les membres de la Chambre des représentants ou chambre basse et la moitié des sénateurs. On aurait aussi à élire les représentants des six districts de la Louisiane au Congrès fédéral. A La Nouvelle-Orléans, le maire, les administrateurs et les deux coroners de la ville devaient également être désignés par les électeurs. Immédiatement après l'annonce de cette consultation, une certaine agitation se manifesta dans les milieux politiques, car on redoutait, à l'occasion de la campagne, une « guerre des races » dont les partis avec des objectifs opposés brandissaient le spectre pour impressionner les électeurs.

Les radicaux, sachant certaines de leurs positions menacées, étaient « prêts à peser sans scrupules sur le suffrage universel » et réclamaient la présence des troupes fédérales sous prétexte de prévenir les troubles. Les démocrates répliquaient aussitôt par cette mise en garde : « Dans ce pays, la présence de la force armée en période électorale sert à peu près invariablement à masquer les coups d'Etat. »

La Ligue blanche, maintenant structurée et organisée, se préparait à jouer le rôle que bon nombre de gens attendaient d'elle et un des leaders définissait clairement, dans un discours, la stratégie de ceux qui s'étaient engagés à suivre Fred Ogden : « Ce n'est pas un nouveau parti politique que nous voulons, il en existe assez pour satisfaire à toutes les tendances de l'opinion. Nous voulons rassembler tous ceux qui savent que de tous temps la prospérité et l'honneur de l'Etat ne peuvent être sauvegardés que par des hommes offrant des garanties, des antécédents irréprochables de capacité et de probité et que l'honneur ne peut se trouver que dans les rangs de la race supérieure et parmi ceux qui sont sincèrement attachés au pays par des liens de famille et de propriété. »

Charles de Vigors, sorti de sa réverve, se trouvait maintenant en première ligne lors des réunions, ce qui ne manquait pas d'impressionner bon nombre de timorés qui, jusque-là, s'étaient efforcés de défendre leurs intérêts sans trop s'exposer. L'avocat, chaque fois qu'il prenait la parole, parlait le langage du bon sens en se gardant des excès. Il prônait l'union de tous les démocrates, les adjurant de faire taire leurs intérêts privés, leurs ambitions personnelles et d'oublier leurs dissensions qui ne profitaient qu'à l'adversaire. Enfin, contrairement à d'autres leaders, il ne rejetait pas tous les Noirs : « Il existe des électeurs de couleur honnêtes et qui ont assez d'intelligence pour comprendre, qui regrettent aujourd'hui le mal qu'ils ont pu faire et ont honte d'avoir prostitué leur droit de suffrage en élevant aux places des individus qu'il est inutile de désigner nommément. » Les interventions opportunes et mesurées du juriste faisaient dire à ses auditeurs qu'on avait là, enfin, un esprit politique d'envergure, un réaliste qui maniait l'argument mieux que d'autres l'insulte.

On savait partout que les élections de Louisiane, premier Etat où avaient été appliqués les principes de la Reconstruction, auraient un retentissement dans l'Union. Cela tenait à ce que les Noirs étaient en majorité, ce qui assurait au parti radical des troupes dociles et ignorantes. Pour l'emporter, il fallait non seulement que les différentes factions du « parti blanc » se regroupent dans une action commune, mais encore qu'elles entraînent à leur suite ceux des gens de couleur qui voulaient travailler et qui, déçus par l'administration de Kellogg, souhaitaient un changement et une cohabitation pacifique avec leurs anciens maîtres, dont la ruine pesait finalement sur leur propre condition.

La formation de la Ligue blanche avait rendu grand espoir à M. McEnery, qui se considérait comme le gouverneur légitime, élu depuis 1872, mais frustré de sa victoire par les menées frauduleuses des agents de Kellogg. Aussi s'était-il choisi un lieutenant-gouverneur dans la personne de M. Penn et une équipe de collaborateurs prêts à occuper les postes dont on finirait bien par chasser les « usurpateurs » radicaux. Charles de Vigors, en juriste prudent, avait décliné toutes les offres qui lui avaient été faites de participer à cette administration parallèle. Il souhaitait, comme les gens les plus raisonnables, que la victoire des démocrates et de leurs alliés conservateurs, toujours désignés en Louisiane sous le nom de « bourbons », sorte sans équivoque d'une consultation électorale loyale.

– Si nous comptons là-dessus, disait Willy Tampleton, nous serons déçus. M. Kellogg a déjà été battu loyalement aux élections précédentes et n'a pas cédé la place pour autant. Il est soutenu par Washington et l'armée fédérale.

Le général estimait qu'il faudrait un jour ou l'autre envisager l'affrontement pour que l'on puisse imposer une compétition sans truquage.

C'est pourquoi, alors que Charles se cantonnait dans l'action politique, Willy assistait Fred N. Ogden que McEnery avait nommé brigadier général de sa « milice gouvernementale » et chargé de constituer une force paramilitaire indépendante de la Ligue blanche, mais capable d'appuyer par les armes les prétentions de celle-ci. C'est ainsi que le colonel John B. Angell, un vétéran de l'armée confédérée, avait formé le « premier régiment de Louisiane », composé de quatre compagnies de volontaires triés sur le volet, qui s'entraînaient la nuit dans des entrepôts ou des parcs de plantation. Si le recrutement des hommes était aisé, les approvisionnements en armes et en munitions restaient difficiles. Les radicaux, sachant qu'une troupe séditieuse se préparait quasi ouvertement, avaient donné des consignes strictes à la police métropolitaine pour surveiller les cargaisons débarquées sur les quais de La Nouvelle-Orléans et les citoyens soupçonnés de se livrer au trafic des armes. Malgré cette surveillance, Tampleton, qui possédait de solides amitiés, avait obtenu un envoi discret de revolvers du type Navy et de fusils provenant du Great Western Gun Works, de Pittsburgh, qui détenait les surplus d'armes de la guerre civile. Un chariot chargé de caisses contenant officiellement des pièces de mécanique, mais renfermant en réalité des armes, était arrivé à la barbe de la police de Kellogg dans une fonderie de la ville.

Les conspirateurs avaient eu moins de chance le 8 septembre, quand les policiers métropolitains avaient saisi soixante-douze fusils, et encore quelques jours plus tard, lorsque des citoyens interpellés en pleine rue s'étaient vus privés de leurs armes. C'est cependant la découverte d'une cargaison d'armes à bord du vapeur *Mississippi* qui allait obliger Fred Ogden et ses amis à déclencher un peu plus tôt que prévu l'action à laquelle ils se préparaient depuis plusieurs mois. Le *Mississippi,* tout le monde le savait, apportait des armes destinées au « parti blanc ». Le gouverneur Kellogg comptait bien s'en emparer, mais ses adversaires avaient pris des mesures pour éviter que la cargaison ne tombe aux mains de la police. Dans le même temps, McEnery et son lieutenant-gouverneur Penn projetaient de faire pénétrer secrètement des hommes au siège du gouvernement. Ces derniers s'empareraient de Kellogg et de ses collaborateurs, les conduiraient sur un bateau et les éloigneraient de La Nouvelle-Orléans. L'agitation autour du *Mississippi* fit remettre à plus tard cette opération qui, réussie, aurait sans doute évité bien des drames.

Quand on sut en ville que la police métropolitaine et la petite unité des troupes fédérales stationnées à La Nouvelle-Orléans et composée de cent cinquante hommes allaient s'opposer au débarquement des armes attendues par le « premier régiment de Louisiane », la Ligue blanche appela à un rassemblement de masse pour le lundi 14 septembre autour de la statue de Henry Clay, au carrefour des rues du Canal et Saint-Charles.

– N'y va pas, Charles! supplia Liponne, les larmes aux yeux; je suis certaine qu'il y aura une bataille, les gens sont tellement excités et les nègres prêts à tout... On te connaît maintenant, tu seras visé... le premier...

Virginie, de passage chez son fils à l'occasion d'une visite à son dentiste, parut agacée par ces jérémiades qu'elle jugeait indignes de la femme d'un homme chargé de responsabilités.

– Ma chère Liponne, Charles sait ce qu'il doit faire... Vous ne voudriez tout de même pas qu'il soit absent de la scène au moment où va peut-être se jouer un acte capital... Vous auriez passé votre vie à trembler en d'autres temps quand les hommes se battaient en duel pour un oui ou un non!

– L'honneur de Charles n'est pas engagé dans cette affaire, madame, et je ne vois pas pourquoi il irait risquer sa vie pour les beaux yeux de M. McEnery et des politiciens démocrates.

– Je ne m'exposerai pas inutilement, je te le promets, là, intervint Charles avec cette voix câline et ce sourire irrésistible qui, en d'autres temps, avaient conquis Mlle Dubard.

Puis, il ajouta :

– Ma carrière dépend peut-être de cette journée.

Brusquement Liponne se cabra. En bonne Acadienne qui sait dire nettement sa pensée, elle se redressa et, s'adressant plus à Virginie, appuyée sur son ombrelle, qu'à son mari qui se dirigeait vers la patère pour décrocher son chapeau, elle lança :

– Il arrive que les ambitions démesurées tuent... Vous en savez quelque chose à Bagatelle. J'ai épousé, moi, un homme que j'aime et je tiens à le conserver tel qu'il est, vivant, pour le bonheur des enfants qu'il m'a donnés et le mien... Voilà mon unique ambition, elle me paraît suffisante. Tout le reste est orgueil mal placé!

Charles se retourna sur sa femme d'un air amusé, saisit sa coiffure, lui envoya un baiser du bout des doigts et se dirigea vers la porte.

Alors Liponne, sans tenir compte de la présence de Virginie que la réflexion allusive de sa bru avait courroucée, rattrapa son mari et dit d'une voix redevenue calme et douce :

– Je suis invitée pour le thé par la jeune épouse, inexplicablement délaissée, de ton ami Castel-Brajac. Elle veut présenter Augustine à Marie-Virginie... Va, et souviens-toi pour l'amour de ma fille que s'il y a plusieurs façons d'être orpheline il n'y en a qu'une d'être veuve!

Charles considéra un instant sa femme comme s'il découvrait une Liponne inconnue, enfonça son chapeau, claqua la porte et s'éloigna à grandes enjambées.

Quand elle fit face à sa belle-mère, la jeune Mme de Vigors était redevenue tout sucre et tout miel :

– J'espère, dit-elle, que le dentiste ne vous fera pas trop souffrir et que vous serez de retour avant la fin de leur sacré meeting.

– Je compte bien, moi, aller voir ce qui s'y passe, les radicaux, leurs nègres et leurs sbires ne me font pas peur, et ce n'est pas le jour où mon fils joue une carte aussi importante que je me désintéresserai des événements.

– En tout cas, ne revenez pas sans lui, conclut Liponne en accompagnant Virginie jusqu'à la galerie.

La dame de Bagatelle comprit parfaitement qu'il ne s'agissait pas d'un vœu, mais d'une menace. Elle fut presque heureuse de découvrir que « la petite Cajun » ne manquait pas de caractère.

Autour de la statue d'Henry Clay, la réunion commença, comme des centaines d'autres du même genre, par la présentation des orateurs. Un observateur subtil et familier des rassemblements pré-électoraux aurait cependant décelé dans cette foule évaluée à cinq mille personnes une tension particulière, se traduisant par une euphorie factice et dissimulant une inquiétude informulée. Les harangues n'apportèrent pas d'éléments nouveaux et l'on fit à peine allusion au chargement d'armes du vapeur *Mississippi.* La réunion se termina par l'adoption d'une série de résolutions affirmant les droits politiques des Noirs, dénonçant Kellogg comme un usurpateur et exigeant sa démission immédiate. Pendant que la foule conspuait allègrement les radicaux, Fred Ogden et le colonel Angell rassemblaient leur « régiment » et décidaient de marcher jusqu'au vapeur *Mississippi.* Ils n'ignoraient pas, à ce moment-là, que le président Grant, prévenu par Kellogg de ce qui se tramait à La Nouvelle-Orléans, venait de donner l'ordre, par télégramme, aux troupes fédérales stationnées à Brookhaven (Mississippi), sous le commandement du major Burke, de faire mouvement par train spécial vers La Nouvelle-Orléans.

Le général Longstreet, qui commandait les forces favorables à Kellogg, lesquelles comprenaient 500 policiers métropolitains, une centaine de supplétifs en armes, environ 3 000 Noirs de la milice créée par les radicaux, décida très vite de barrer l'accès aux quais en fermant, depuis la rue du Canal jusqu'à Jackson Square, toute la zone située au-delà de la Maison de la Douane où avaient déjà cherché refuge un certain nombre de fonctionnaires craintifs.

Ogden, Penn et Angell avaient établi leur quartier général au 58, rue du Camp, et discutaient de la conduite à tenir tout en se félicitant du succès du meeting. En réchauffant les enthousiasmes et en excitant la foule, ce rassemblement avait créé une ambiance favorable à l'action immédiate. En peu de temps, Canal Street se hérissa de barricades improvisées. Quelques omnibus à chevaux furent jetés hors de leurs rails et couchés en travers de la rue, tandis que les pavés jaillissaient comme par enchantement des chaussées. Derrière ces remparts de fortune qui ne résisteraient sans doute pas aux obus des deux canons du général Longstreet, les hommes se préparaient à l'assaut. Dans la foule bavarde et fanfaronne qui entourait les gens armés, Virginie, quittant son dentiste, retrouva son fils Charles, les pouces aux entournures du gilet, le chapeau incliné sur l'oreille, grave sans ostentation, dépourvu d'armes et faisant figure d'inspecteur aux armées.

– N'allez pas risquer votre vie, au moins! Liponne va compter vos cheveux au retour et, s'il en manque un seul, je serai punie, fit Virginie, tout à fait à l'aise dans cette ambiance de bataille en préparation.

– J'ai mission, personnellement, d'accueillir McEnery qui devrait arriver de Baton Rouge... pour remplacer Kellogg... C'est sans danger.

– Très bien! J'aimerais autant que vous ne soyez pas là quand le canon des radicaux va tirer, ce ne sont pas les *street-cars* qui arrêteront les boulets.

Charles fit un clin d'œil à sa mère.

– Tampleton m'a donné quelques conseils judicieux et je saurai en profiter... Je tiens trop à la vie pour m'exposer... et puis... mort... je ne rendrais plus aucun service..., n'est-ce pas?

Si Longstreet disposait de deux mitrailleuses et d'une batterie de petits canons, le colonel Ogden, promu commandant en chef de la « force blanche », pouvait compter sur 8 400 hommes environ, dont bon nombre d'anciens soldats confédérés aguerris.

Aux membres du « premier régiment de Louisiane » s'étaient joints des volontaires de la Ligue blanche, venus avec leurs armes personnelles. Tous se disaient prêts à accepter l'autorité de ces officiers confédérés aux exploits légendaires, comme le général Tampleton, que l'on reconnaissait à l'écharpe de soie jaune qu'ils portaient en sautoir.

Dès lors que les barricades furent dressées et que les troupes s'épièrent face à face, on sut que l'affrontement dépasserait en violence et en gravité la simple émeute. Ce n'est que tard dans l'après-midi, alors que Charles de Vigors attendait chez des amis, loin du théâtre des opérations, l'arrivée problématique de McEnery, que Fred Ogden donna l'ordre de marcher contre la police et la milice de Longstreet. On ne put empêcher les volontaires les plus impétueux de prendre le pas de course et aussitôt des coups de feu éclatèrent, couchant à terre les premières victimes. Les mitrailleuses de Longstreet, fort mal servies, d'après les témoins, firent entendre leurs claquements réguliers, mais les pièces d'artillerie, qui auraient pu causer de gros ravages dans les rangs des assaillants, restèrent muettes. Troupe étonnante que celle de la Ligue blanche. Hétéroclite, voire hétérogène, elle était constituée d'hommes en civil portant cartouchières et baudriers sur des complets veston ou des redingotes; certains arboraient des cols glacés, des cravates de soie et des manchettes empesées comme s'il s'agissait d'aller à un rendez-vous mondain.

Les coiffures, aussi variées que celles rencontrées à la Bourse du Coton : feutres souples, panamas, melons, hauts-de-forme, avaient toutes été bourrées de papier journal destiné, sinon à arrêter les balles, du moins à amortir les coups. Planteurs, aristocrates, négociants, commerçants, petits bourgeois, employés de banque, fonctionnaires en chômage, armateurs, anciens soldats confédérés, notaires, artisans, c'était la société blanche coupable d'avoir été prospère au temps de l'esclavage qui, exaspérée par une administration corrompue et méprisable, se soulevait. Comparée aux révolutions suscitées ailleurs par des intellectuels généreux ou inconscients et faites par la plèbe, la révolte louisianaise avait au moins cela d'estimable que ses dangers étaient assumés par ceux-là même qui la voulaient et espéraient la mener à terme.

L'élan des assaillants fut tel que les policiers métropolitains, les premiers, se débandèrent, ce qui eut pour effet de démoraliser la milice noire. Plusieurs centaines de spectateurs aux fenêtres des rues du Canal, Decatur ou de Chartres suivirent à travers la fumée des déflagrations, l'odeur de la poudre brûlée, les cris des exaltés, les ordres brefs, le piétinement des combattants, les échos des détonations répercutés par la haute façade de la Maison de la Douane, cette charge impétueuse des citoyens. En moins d'un quart d'heure l'accès au quai Saint-Pierre était libre. La police s'était dispersée. Les miliciens noirs, regroupés à Jackson Square, se tenaient cois. Le général A.S. Badger, commandant de la police métropolitaine, était grièvement touché. Les amis de Kellogg, précipitamment réfugiés dans la Maison de la Douane, espéraient qu'Ogden respecterait le bâtiment fédéral. Le feu ayant cessé aussi soudainement qu'il avait commencé, on relevait les blessés et on emportait les morts. Du côté des radicaux et de la police, onze morts, dont six Blancs, parmi lesquels John Kennedy, un vétéran de la guerre du Mexique, et deux anciens officiers de l'armée fédérale. Chez les amis de McEnery et les membres de la Ligue blanche, le bilan était plus lourd pour les morts : vingt et un, mais plus léger pour les blessés : dix-neuf [1].

Quand le lieutenant-gouverneur de McEnery annonça à la fin de l'après-midi que Kellogg et son gouvernement étaient démis de leurs fonctions, sauf le trésorier de l'Etat, M. Dubuclet, considéré par beaucoup de citoyens comme un homme honnête, la foule applaudit et Charles s'en fut porter la nouvelle à Liponne, afin de se montrer sans une égratignure.

– Et votre mère? fit la jeune femme, qu'en avez-vous fait?

– Elle a dû suivre les événements de la rue du Canal, tranquillement accoudée au balcon de sa marchande de corsets... A l'heure qu'il est, peut-être est-elle en train de sabler le champagne...

La victoire, en fait, était loin d'être complète et définitive. La nuit n'était pas tombée que le détachement de l'armée fédérale commandé par le colonel Brooke arrivait à La Nouvelle-Orléans. Ogden et Brooke, à l'issue d'un entretien assez long, faisaient savoir qu'ils resteraient l'un et l'autre sur leurs positions jusqu'à ce qu'arrivent des consignes de Washington où l'on ne devait plus ignorer l'ampleur du mouvement d'opposition à Kellogg. Les troupes de Fred Ogden s'étant emparées des armes du *Mississippi*, certains excités de la Ligue blanche ne souhaitaient que s'en servir. Charles, qui avait exigé qu'aucun ami de Kellogg, noir ou blanc, ne soit molesté, espérait que l'administration abhorrée, cessant d'être soutenue par Grant, s'en irait sans autre violence.

Charles et ses amis politiques avaient sous-estimé l'obstination de Kellogg et accordé au président Ulysses Grant une capacité de jugement qu'il n'avait pas. Si, le 16 septembre, les hommes d'Ogden furent autorisés à défiler en ville, si, le même jour, le général Emory,

---

1. Une stèle portant les noms des membres de la Ligue blanche tombés ce jour-là a été élevée au bout de Canal Street, à deux pas de la place de France.

de l'armée fédérale, envoyé avec trois navires de l'Union, rencontra McEnery enfin arrivé à La Nouvelle-Orléans, ce fut pour laisser au temps le soin de calmer les esprits et aux troupes fédérales celui de prendre position aux points stratégiques.

McEnery fit rendre aux fédéraux les bâtiments occupés par ses troupes et le général Emory refusa d'accéder au désir de Kellogg, qui comptait sur l'armée des Etats-Unis pour lui rendre ses prérogatives de gouverneur. Tous ces jeux diplomatiques, les membres de la Ligue blanche le comprirent plus tard, n'étaient orchestrés que pour endormir leur méfiance et les frustrer de leur victoire. Le 18 septembre, l'ordre arrivait de Washington de remettre en place Kellogg et son gouvernement et de leur rendre, suivant la propre expression du secrétaire d'Etat, « les rênes du pouvoir ».

Le retour des radicaux s'effectua sans incident et le gouverneur McEnery, dont la modération suscita le respect des fédéraux, put rappeler plus tard que, pendant les quarante-huit heures au cours desquelles il avait occupé la Maison d'Etat, la seule proclamation qu'il ait lancée était pour inviter les citoyens à respecter les Noirs, les propriétés fédérales et « à ne pas faire injure aux hommes du parti tombé ».

Les radicaux, sachant bien qu'ils ne pourraient conserver le pouvoir « qu'à l'abri des baïonnettes fédérales », récupérèrent leurs fauteuils et leurs sinécures sans exulter. Certains fonctionnaires, qui, pendant qu'on se battait rue du Canal, assistaient, à quelques miles de Jackson Square, à des courses de bateaux sur le fleuve, sentirent bien le mépris de leurs subordonnés et quand on arrêta le radical Newton, auteur de plusieurs meurtres, dont celui, le 14 septembre, d'un citoyen français nommé Bourdonnaux, il ne se trouva personne pour le défendre.

En retrouvant Liponne, Charles entendit quelques vérités ironiquement assenées.

– Les voilà bien, ces vaillants héros de la Ligue blanche. Ils coursent les nègres, mais que de vrais soldats débarquent et aussitôt ils se calment, rendent ce qu'ils ont pris et s'apprêtent à supporter à nouveau l'affreux Kellogg et ses amis.

– Vous nous reprocheriez en somme de ne pas nous être fait tuer inutilement?

– Jamais de la vie, Charles! Vous savez combien je fus inquiète au cours de ces émeutes... et combien je suis heureuse de vous retrouver sain et sauf. Mais les morts de ce jour-là, et il y en eut beaucoup plus que vous dites, n'ont rien apporté à la Louisiane qu'un peu plus de sévérité de la part des fédéraux et peut-être, à brève échéance, des soulèvements de nègres organisés par les radicaux pour se venger de leur défaite.

– Nous gagnerons les prochaines élections, affirma Charles, et cette fois M. Grant et son administration corrompue devront s'incliner. Le mouvement du 14 septembre, Liponne, a été organisé par l'élite de la population. Notre espoir paraît aujourd'hui avoir été trompé, mais nous avons remporté une victoire devant l'opinion publique. La lumière est désormais faite pour le pays tout entier sur le régime odieux imposé au Sud et l'attitude de Grant, dans cette affaire, coûtera un jour aux républicains la majorité au Congrès, croyez-moi. Non! Liponne, ces morts ne sont pas inutiles... Le 4 novembre, ils amèneront aux urnes des milliers de républicains modérés qui voteront avec nous par esprit de justice. Kellogg et les *carpetbaggers* ont perdu...

Mme de Vigors regarda son mari avec cette tendresse qui se plie à toutes les indulgences.

– Comme vous parlez bien, Charles, et comme je vous aime... Je suis certaine que vous serez un jour sénateur et que tout le monde lira vos discours dans le journal. Pour l'amour du ciel, faites attention à vous, car ce sera difficile et peut-être dangereux.

Charles passa son bras autour des épaules de sa femme et l'entraîna vers la salle à manger au seuil de laquelle le sourire édenté de « Seco », la vieille cuisinière, promettait quelque gombo d'écrevisses suavement mitonné.

– Il me faudra, dit-il, votre confiance et de la persévérance, mais nous y parviendrons.

– Lâche pas la patate! lança Liponne, se souvenant qu'elle était acadienne.

2

Virginie, revenue de La Nouvelle-Orléans par le train jusqu'à Bayou Sara – on parcourait maintenant en une demi-journée les cent quinze miles qui séparaient les deux stations – donna la primeur de son récit des événements du 14 septembre à Clarence Dandrige. Dans le cabriolet, dont la capote battue frénétiquement par la pluie d'automne sonnait comme un tambour voilé, la dame de Bagatelle, frileusement drapée dans son châle, trouva des accents de pasionaria pour raconter à l'intendant « la bataille de la rue du Canal ». Celle-ci n'avait pas duré plus d'une heure et l'exaltation patriotique des ligueurs était retombée aussi vite qu'elle avait atteint au paroxysme guerrier, mais Virginie voyait cette révolte de l'élite blanche comme un geste collectif, symbolique et sanglant, qui ferait date dans l'histoire de l'Etat.

Dandrige, qui évaluait aisément les exagérations de la conteuse, savait cependant que Virginie appréciait assez exactement l'événement quand elle le situait au niveau des luttes pour l'honneur et la liberté d'où était sortie l'Amérique moderne.

Il cessait, en revanche, de suivre son amie quand celle-ci soutenait l'opinion, commune à certains « bourbons » particulièrement conservateurs, suivant laquelle les affranchis souhaitaient faire de la Louisiane un Etat noir dont les Blancs seraient exclus.

– Les nègres veulent obtenir ce que les mormons ont su faire admettre en Utah. Si on leur permet de continuer, ils y parviendront avec la complicité de ces idiots de radicaux et de *scallawags*.

– A propos de radicaux qui ne voient pas plus loin que le bulletin de vote des nègres, je dois vous annoncer une nouvelle considérable, dit Dandrige. Triple Zéro sera candidat au siège de représentant du district au Congrès fédéral. Il sera soutenu par Brent, qui se fait fort de lui assurer les suffrages des anciens esclaves.

– Ça alors! fit Virginie. Il ne manque pas d'audace... Washington, tout de suite, comme ça, pour représenter des gens qu'il ne connaît même pas, les citoyens d'un pays où il n'est pas né... Il va falloir le rappeler à un peu plus de mesure.

– Ce n'est pas parce qu'on est candidat qu'on est élu, Virginie!

Et votre ami à la flamboyante chevelure ne pourra guère compter que sur les suffrages républicains... Mais ce n'est pas la seule nouvelle le concernant. Clara, sa femme, a mis au monde un gros garçon. Elle a l'intention de vous demander d'en être la marraine.

Mme de Vigors demeura silencieuse. Dandrige, qui la connaissait mieux que quiconque et savait interpréter ses attitudes, comprit que Virginie réfléchissait intensément à ce qu'elle venait d'apprendre. Peut-être même échafaudait-elle déjà des combinaisons, plaçant par imagination des pions sur l'échiquier d'une intrigue qu'elle saurait conduire à sa guise jusqu'au coup final.

– Tout cela est fort intéressant, Clarence, finit-elle par murmurer.

Puis elle ajouta, changeant de ton et redevenant cette femme âgée aux bandeaux blancs, aux mains sèches, toujours mobiles et à la voix musicale :

– Si je dormais mieux, Clarence, tout irait bien, mais le sommeil me fuit de plus en plus, malgré les tisanes et les cachets de Finks.

– Il faut vous aérer davantage, Virginie, marcher plus souvent dans le parc et peut-être réduire votre consommation de thé et de café.

– Taratata! Dandrige, le thé et le café ne sont pas en cause... Je vous l'ai déjà dit, je suis poursuivie par des cauchemars, Julie, Pierre-Adrien, Marie-Adrien se relaient pour troubler mon sommeil. Ils pleurent ou ils ricanent, me disent des sottises, secouent le baldaquin de mon lit, me demandent de l'or, dansent autour de moi... Certaines nuits, cela devient insupportable, je me réveille en sueur et j'ai l'impression d'entendre claquer la porte de ma chambre comme si mes pauvres enfants morts en sortaient dès que je redeviens consciente... Je me demande si le remords que j'ai toujours repoussé avec hauteur, comme un comptable importun, ne vient pas me tourmenter...

Sous la housse de molesquine ruisselante d'eau et qui leur couvrait les jambes, Dandrige sentit le genou de Virginie contre le sien. Saisissant les rênes d'une seule main, il lui entoura l'épaule de son bras.

– Il m'est arrivé aussi d'avoir affaire au comptable intransigeant. Il est dans la nature de notre esprit de l'accueillir à certaines époques de la vie, quand autour de nous se taisent les voix des ambitions et des passions et qu'au moment d'entreprendre on commence à dire : « A quoi bon! » Nous sommes arrivés à l'âge, Virginie, où la conscience opère parfois une sorte de recensement des actes passés.

– Ce ne sont pas mes actes que ma conscience me reproche, Clarence, mais seulement les conséquences de certains d'entre eux. D'ailleurs, on ne sait finalement si un acte est bon ou mauvais qu'au moment où l'on considère ses résultats.

Dandrige, que cette conception assez cynique du comportement humain ne choquait pas, car il reconnaissait dans ces considérations dénuées d'hypocrisie la froide lucidité de son amie, eut un sourire indulgent.

– Vous savez bien, Virginie, qu'il arrive que des actes détestables aient d'heureux résultats pour leur auteur et que des actions généreuses et désintéressées valent au contraire les pires ennuis à ceux qui, en conscience, ont décidé de les accomplir. Le remords n'est pas le regret de l'échec, c'est la nausée de la conscience étouffée. Il y a des mots que je voudrais n'avoir jamais prononcés, des phrases qui peut-être ont pesé sur des destinées, des silences que j'aurais dû briser avant qu'ils ne cristallisent des illusions...

Virginie, qui comprenait ces allusions, observa un instant de silence, puis reprit :

– Quand, dans mes cauchemars, Julie vient me reprocher de l'avoir mariée à Mosley, quand Marie-Adrien me crie qu'il n'avait pas la force d'assumer le destin que j'avais choisi pour lui, quand Pierre-Adrien ne veut pas croire que je suis sa mère et que ses grands yeux doux me fixent comme une inconnue, ce sont bien les conséquences de mon comportement vis-à-vis de mes enfants que je déteste, pas mon comportement lui-même ! Je me dis seulement que j'ai mal apprécié les capacités de certains êtres et, dans certaines circonstances, trop exigé de la vie.

Virginie se tut, soudain lasse et mélancolique. La croupe luisante du cheval bai, le balancement doux que son trot imprimait au cabriolet, les flaques du chemin, le crépitement des gouttes à la surface du fleuve qui semblait frissonner sous l'ondée, le profil si parfait de Dandrige se découpant sur la sombre doublure de la capote, tout cela constituait un univers rassurant et quiet.

Dans ce décor familier des rives du Mississippi, au sein d'une nature exubérante, près d'un homme bien vivant, tenant les rênes d'un animal plein de sang et de force, Virginie s'appliquait à reconnaître, à respirer, à saisir la vie. « Un jour viendra, pensa-t-elle, où tout sera presque pareil : un cabriolet roulera vers Bagatelle sur le chemin des berges. Il pleuvra, ce sera l'automne, Dandrige tiendra les rênes, les coudes aux genoux, le regard perdu, comme maintenant, sur l'horizon embrumé de la forêt, mais ma place sera vide. J'aurai été effacée du tableau, ôtée du monde animé, et qui saura si jamais j'y appartins? » De l'ongle en amande de son index, elle érafla de deux traits croisés le cuir patiné de la banquette, se disant que cette trace claire ne passerait sans doute jamais pour témoignage du geste stupide mais conscient d'une vivante, ce qu'elle était cependant...

Le général Tampleton se montra moins lyrique que Mme de Vigors dans son récit de la révolte de la Ligue blanche. Seul avec Dandrige, il ne cacha pas à ce dernier que Charles l'avait un peu déçu.

– Au moment où Ogden donna l'ordre de marcher sur les policiers de Kellogg, notre ami l'avocat s'est éclipsé pour aller à la rencontre de McEnery, notoirement absent de la ville à ce moment-là..., et le lendemain, quand nous avons choisi de défiler devant les fédéraux envoyés par Grant, ce qui constituait tout de même un acte d'hostilité à l'Union, notre Charles est apparu au balcon de Verlein, le marchand de musique...

– Charles est un politique, pas un soldat, Willy, le courage physique n'est pas tout. Je lui sais gré en tout cas d'avoir toujours tenu des propos intelligents et conciliants, ce que ne font pas tous vos orateurs de la Ligue blanche.

– Alors vous auriez eu, Dandrige, grand plaisir à entendre hier à Sainte-Marie mon frère Percy. Depuis qu'il n'a pas touché une bouteille de bourbon, je ne le reconnais plus. Le voilà devenu pondéré, grand lecteur de gazettes et passant des heures à parler politique avec Virginie, dont les visites sont fréquentes et amicales. Ils trameraient quelque chose ensemble que ça ne m'étonnerait pas.

Ce que Mme de Vigors tramait avec l'aîné des Tampleton, auquel sa dangereuse incartade avait, semble-t-il, été salutaire, on le sut le jour où la convention démocrate de la paroisse décida que « M. Percy Tampleton, planteur à Pointe-Coupée et frère d'un pur héros du Sud, le général W.L. Tampleton », serait le candidat du district à la Chambre fédérale des représentants.

Si Clarence Dandrige ne fut pas surpris, Virginie l'ayant mis dans la confidence, Castel-Brajac, qui venait d'acquérir un terrain sur lequel il comptait faire construire une grande maison de pierre, ne cacha pas son étonnement.

– C'est notre ami Triple Zéro qui va en faire une tête, lui qui se voyait élu dans un fauteuil et qui comptait sur la bienveillance de la marraine de son fils! Tampleton n'est pas un candidat à négliger et les radicaux devront acheter tous les votes des Noirs pour être certains de l'emporter.

Au cours des journées qui suivirent, Bagatelle devint un centre d'information et un quartier général électoral. Mme de Vigors eut droit à une visite de Clara Oswald, envoyée en reconnaissance par son mari.

– Ma chère Clara, lui dit Virginie, j'ai beaucoup d'affection pour vous. J'ai accepté d'être la marraine de votre fils, mais, vous le comprendrez aisément, je ne puis, avec nos amis, approuver la candidature de votre mari, elle n'est pas raisonnable... Il aurait dû se réserver pour un mandat à la législature de l'Etat et non briguer tout de suite une représentation fédérale... Votre père et votre mère pensent comme moi..., il sera battu... ou élu par les mauvais nègres et les radicaux..., ce qui vous fermera beaucoup de portes honorables.

– Je le lui ai dit, confessa timidement Clara, mais il ne veut pas en démordre. Il dit : « Faisons-nous élire d'abord, les bulletins dans l'urne n'ont pas de couleur, après on verra! »

– On ne verra rien du tout, ma bonne amie! Vous pensez bien que, si tout était si facile, j'aurais demandé à Charles de se présenter... Lui est sage. Il va commencer par risquer sa chance au Sénat de l'Etat avant de prétendre nous représenter à Washington.

– On dit que vous conseillez M. Tampleton et que MM. de Castel-Brajac et Mallibert vont organiser les réunions?

– On dit tant de choses, ma petite Clara...

Non seulement Virginie conseillait Tampleton, mais elle effectuait des visites, écrivait des lettres, renouait avec des gens qu'elle ne fréquentait plus depuis longtemps pour vanter « son » candidat et soutenait que, s'il était élu, Percy Tampleton saurait dire leur fait aux radicaux de Washington et dénoncer sans faiblesse les abus des *carpetbaggers.*

Mallibert et Castel-Brajac, stimulés par la dame de Bagatelle à qui la perspective de la joute électorale semblait donner une nouvelle jeunesse, s'occupaient d'organiser des réunions, de rédiger des proclamations et des slogans que Percy apprenait par cœur. Dandrige, qui suivait tous ces préparatifs d'état-major à distance et d'un air amusé, se contentait de donner son opinion, quand on la lui demandait, sur tel ou tel élément de la stratégie. Au Comité des démocrates, on se déclarait enchanté des initiatives de Mme de Vigors, qui soutint un soir qu'un certain nombre de Noirs pourraient être amenés à voter pour Percy Tampleton, bien que celui-ci soit un ancien propriétaire d'esclaves.

– Mais le secrétaire Brent, votre ancien maître d'hôtel, est l'oracle des affranchis; vous pensez bien que tous les nègres seront pour Oswald, dit quelqu'un.

– J'en suis moins sûre que vous, répondit Virginie, car je connais des Noirs très malheureux, qui sont las d'être les instruments des agitateurs politiques...

– Mais il y a aussi l'institutrice, Ivy Barnett, et son ami le docteur Finks, ils feront voter pour Oswald..., lança un autre.

– On verra, on verra, dit Mme de Vigors. Beaucoup de choses se décideront lors de la dernière réunion publique de M. Oswald. Je vous conseille d'être tous présents et de ne pas ménager vos cris d'indignation.

Toute la paroisse savait que « la marquise » s'était fait l'agent électoral actif de Percy Tampleton.

– Pas étonnant, il a été son amant, disaient à tout hasard les radicaux, qui ne savaient rien de la vie privée de Mme de Vigors.

– Il prépare la place du fils de la marquise, insinuaient des « petits Blancs » qui conservaient une dent contre « les tyranneaux du coton » si méprisants à leur égard au temps de la prospérité des grandes plantations.

Par l'intermédiaire de Percy, Virginie avait fait dire aux Chevaliers du Camélia Blanc de s'abstenir de toute action violente contre les Noirs pendant la période électorale et fait intervenir Barthew pour que les écoliers blancs cessent de conspuer les instituteurs noirs et leurs élèves.

Les démocrates affirmaient à chaque occasion que les excès ne seraient pas leur fait, qu'ils s'efforceraient de maintenir le débat sur le terrain politique, qu'ils condamneraient les violences d'où qu'elles viennent.

Le shérif fut aussi invité à contrôler les identités d'une demi-douzaine d'hommes à la mine patibulaire qui se déclarèrent « des amis de M. Oswald, de passage dans la paroisse ».

Ces gaillards vraiment mal embouchés eurent la malencontreuse idée de trousser deux lavandières noires, qui avaient peut-être mis un peu trop de lascivité dans leur façon de remuer les reins en battant le linge. Le délégué du Bureau des affranchis reçut le témoignage de deux planteurs blancs et d'un charretier noir qui avaient suivi la scène. Il dut demander à ces désœuvrés de s'éloigner. Mme de Vigors fit porter à chacune des deux demoiselles de couleur, qui avaient eu plus de peur que de mal (si toutefois elles avaient eu peur), une cruche de sirop d'érable et un dollar en or.

L'une des « victimes » des odieux personnages, qui accordait périodiquement ses faveurs au mitron du père Criquet, lui déclara que les femmes blanches ont plus d'idées que les noires pour se débarrasser des hommes importuns, tout en gagnant un petit cadeau !

Au jour de la dernière réunion électorale, le 31 octobre, il y avait foule devant le petit palais de justice de Sainte-Marie qui, pendant des années, avait abrité le marché aux esclaves. Le rassemblement était à l'initiative des radicaux, mais le candidat démocrate, Percy Tampleton, avait fait savoir qu'il y viendrait pour poser à M. Oswald quelques questions.

Pour la première fois depuis la fin de la guerre civile, les planteurs et leurs femmes, qui ne fréquentaient guère ces meetings, dont l'ambiance leur paraissait un peu vulgaire, s'étaient déplacés, s'installant d'office aux premiers rangs de l'assistance comme l'avait fait Mme de Vigors qu'entouraient la femme et les filles de Percy.

Le général Tampleton, accompagnant son frère, visiblement fatigué par sa tournée à travers la paroisse, fut applaudi par ses amis, et lorsque Clarence Dandrige, Mallibert, Castel-Brajac, les Tiercelin, les Barthew, Adèle Barrow et d'autres familiers de Bagatelle se présentèrent, un murmure parcourut l'assistance.

– Tous les « bourbons » y sont là, dit un Noir à sa compagne. Tu vas entendre ça que va leur dire comme vérités M. Oswald.

M. Oliver Oscar Oswald n'avait pas fait autant de frais de toilette qu'on aurait pu l'espérer, afin, sans doute, de se distinguer de ses adversaires politiques, dont l'élégance sentait trop l'aristocratie. Son apparition sur le podium fut certes applaudie, d'abord par la foule de ses supporters, dont les trois quarts étaient des Noirs, mais aussi, et Triple Zéro en conçut quelque étonnement, par les beaux messieurs et les belles dames qui, à l'exemple de Mme de Vigors, semblaient enchantés de le voir. Parcourant la salle du regard, il fut moins agréablement surpris en reconnaissant près du général Tampleton plusieurs membres de la famille Dubard, dont Paul dit « Rondin », et le capitaine du *Prince-du-Delta III*, qui n'étaient certainement pas inscrits sur les listes électorales.

Il en fallait plus que ça, cependant, pour impressionner l'ancien garçon d'écurie de Barnum. « Il naît un jobard toutes les minutes... », se dit-il comme pour se persuader que cette assemblée en comptait un grand nombre, surtout parmi les hommes et les femmes à peau noire.

Tout en adressant à l'assistance les remerciements d'usage, il finit par repérer Clara, sa femme. Il avait exigé d'elle qu'elle se tînt près de Rosa, l'épouse de Brent, afin de bien montrer aux affranchis que la fille de Léonce Redburn et la sœur de Walter Redburn, gamin téméraire, dont les Sudistes avaient fait le dernier héros de la guerre civile, renonçait aux préjugés de sa caste et soutenait l'engagement de son mari. Clara Oswald, sentant peser sur elle tous les regards amusés des femmes et des filles de planteurs, parmi lesquelles normalement elle eût dû se trouver, tentait de dissimuler sa gêne par un sourire d'une ampleur exagérée. Elle ne savait toutefois que dire à Rosa qui, tant de fois, lui avait passé le sucre à l'heure du thé. Seule la pensée qu'en agissant ainsi elle déplaisait fortement à ses parents donnait à Clara le courage de demeurer en place. Cela ne l'empêchait pas de se dire que, si elle avait épousé Charles de Vigors, elle vivrait maintenant à La Nouvelle-Orléans, riche, entourée de considération et, à coup sûr, dispensée de ces simagrées populaires nécessaires, d'après Oliver, pour s'assurer les suffrages des nègres.

Clara, cependant, s'était mise à aimer cet homme qu'elle avait épousé par dépit et par défi. Elle appréciait son intelligence pratique, sa volonté de s'élever, sa curiosité insatiable, sa faculté d'assimilation, son audace. Elle lui trouvait plus de mérite qu'aux fils de famille « dont le père était né avant eux ». Et ce garçon, qui avait appris les bonnes manières « au cul des vaches », se montrait à son égard plein de prévenances et d'une délicatesse inattendue et pataude, se souciant jusque dans l'étreinte de son confort. A plusieurs reprises, elle avait dû, dans ces moments-là, lui demander de se laisser aller à une nature qu'elle devinait impétueuse, sans crainte de l'offenser ou de la meurtrir.

Oswald, renonçant alors au style guindé qu'il croyait de bon ton d'adopter, au lit comme à table, en avait déduit que les filles de l'aristocratie n'étaient pas, en matière sexuelle, très différentes des filles de saloon.

Et puis Oliver possédait le don de l'éloquence naturelle, un peu triviale, peut-être, plus proche de celle du bonimenteur de foire que du prédicateur presbytérien, mais, à coup sûr, efficace. Il en donnait présentement un échantillon en développant le mirifique programme de ses futures interventions à la Chambre des représentants, en faveur des Noirs qui souhaitaient travailler, afin de participer, disait-il, « au loyal partage des profits d'une terre qu'ils avaient fécondée de leur sueur d'esclave et parfois de leur sang de citoyen ».

Sans se laisser intimider par la présence des planteurs, des anciens officiers confédérés, « des demoiselles au teint de magnolia », des douairières à face-à-main, des jeunes fils de famille qui ne marchaient pas encore au début de la guerre civile, Oswald s'en prit aux conservateurs, aux « bourbons » :

– Cramponnés à vos privilèges d'un autre âge, enfermés dans vos traditions désuètes, refusant les méthodes modernes de culture qui libèrent l'homme et rendent l'esclave inutile, vous ne voulez pas voir qu'une ère nouvelle a été ouverte par cette affreuse guerre où tant de fils du Nord ont laissé leur vie.

Les Noirs applaudirent, les Blancs prirent des airs pincés, des femmes ricanèrent en papotant.

Dandrige glissa à Tampleton :

– Le rouquin ne dit pas que des bêtises.

Castel-Brajac le trouva sympathique. S'il en fût resté là, M. Oswald n'eût peut-être laissé aucune chance à Percy Tampleton, mais, trop ignorant des réalités sudistes, il entama le chapitre de l'industrialisation du pays :

– On vous a menti, à vous les nègres et à vous les pauvres Blancs, quand on vous a dit que la Louisiane ne peut produire que du coton ou de la canne à sucre. On peut bâtir des usines sur les rives du Mississippi, chercher du minerai sous vos forêts, faire jaillir du pétrole des champs, fabriquer des rails pour les trains, des bateaux, des chaussures, des machines, tout comme à Chicago ou à Pittsburgh. On peut construire des filatures pour tisser le coton sur place et édifier des sucreries, développer la pêche, mieux exploiter les forêts. On peut faire de la Louisiane, grâce à son port de La Nouvelle-Orléans, le premier Etat industriel du Sud.

S'il avait pu comprendre le sens des signes discrets que tentait de lui faire Clara, surprendre le sourire épanoui de Virginie de Vigors, deviner quel étonnement traduisaient les yeux ronds des Noirs et entendre les réflexions de certains de ses auditeurs blancs, M. Oswald eût peut-être adroitement atténué, par une péroraison, les propos qu'il venait de tenir. Mais il conclut son discours par un « Vive la Louisiane nouvelle » qui lui valut une médiocre ovation. La bourde était faite, il ne restait plus aux « bourbons » qu'à l'exploiter astucieusement.

Car ce que le candidat radical ignorait, en effet, c'est l'attachement viscéral du peuple de Louisiane, du planteur le plus fortuné au dernier des affranchis, du vieux Cajun du bayou Lafourche à la marchande de pralines du marché français, à un mode de vie qu'on ne pouvait mener nulle part ailleurs dans l'Union.

Même les Noirs qui avaient le plus souffert, au temps de l'esclavage, des traitements infligés par les mauvais maîtres – beaucoup moins nombreux que les gens du Nord se plaisaient à le dire – demeuraient sous le charme d'un pays où le bonheur semblait toujours à portée de la main. Tous appréciaient la somptuosité de la nature. Ils trouvaient dans le mystère des bayous, dans les forêts denses, au sein de l'univers aquatique, des cyprières, sur le grand fleuve flegmatique, mille distractions et autant d'occupations, peu lucratives, mais suffisantes et adaptées à l'aimable indolence du climat. La chasse, la pêche, les vergers fournissaient des compléments gratuits à l'ordinaire. Il suffisait d'une hache et d'une scie pour se construire une cabane de rondins. De la cueillette du coton au « roulage » de la canne; de l'ébarbage du maïs au ramassage des noix de pécan; de la surveillance des « bêtailles » aux besognes de maçonnerie, de forestage, de jardinage ou de terrassement; de l'entretien des levées aux lentes navigations mercantiles sur le Mississippi, on pouvait toujours trouver à s'employer, au soleil, en écoutant chanter les merles ou clabauder les chiens.

La sieste méridienne, heureuse intermission admise par grâce tropicale et ignorée des industries nordistes, les stations crépusculaires sur les rocking-chairs dans la fraîcheur des galeries, le plaisir de « danser Calinda » quand le sang de l'Afrique battait plus fort, et par pur atavisme, aux tempes des petites filles des anciens déportés, l'odeur du gombo de poulet mitonnant dans la marmite de terre, telle était la vie du Vieux Sud, enfin exonéré du redoutable tribut de l'esclavage. Le plus dépourvu de talent des auditeurs noirs de M. Oswald pouvait, en louant ses bras, se faire quinze ou dix-huit dollars par mois. Celui qui avait accepté de revenir au coton ou à la canne et auquel on avait rendu la libre disposition de sa case d'esclave cultivait ses vingt pieds carrés de légumes, engraissait son cochon, nourrissait ses poules et achetait son café et son tabac à crédit au « commissary » de la plantation.

Et c'est tout cela qu'au nom du progrès social et du progrès tout court M. Oliver Oscar Oswald, délégué du Bureau des affranchis et des terres abandonnées, qui, d'après Brent, « aimait bien les nègres », proposait de supprimer pour implanter les usines, les méthodes, les rythmes et la discipline du Nord... Tous les Noirs, qui avaient cru un moment que le paradis terrestre commençait au-delà de « Mason and Dixon Line », cette vieille frontière de l'esclavagisme, et qui s'en étaient allés vers les cités industrielles du Nord, revenaient amaigris, déçus, abasourdis par les bruits des marteaux-pilons, la frénésie des villes où les gens semblaient toujours courir après les aiguilles des horloges, par les invectives aussi que leur valait leur lenteur méridionale. Les feux des aciéries, l'obscurité poussiéreuse des mines, les fabriques où l'on devait répéter mille fois le même geste, sans lever les yeux de son ouvrage, les raffineries où l'huile gluante souillait les mains et les visages, les rues sans arbres, les maisons sans jardin, les entrepôts pleins de vent, le froid et la neige des longs hivers, les ciels enfumés, plus souvent gris que bleus, tels étaient, pour les Noirs qui en avaient fait l'expérience et ne se privaient pas de raconter leurs mésaventures, les traits caractéristiques de ce que les Blancs du Nord appelaient la « société de l'avenir industriel ». Et c'était bien cela que promettait M. Oswald, candidat radical.

Avant que les murmures d'étonnement suscités par le discours de Triple Zéro se soient tus, Percy Tampleton, qu'un clin d'œil de Virginie venait d'encourager à prendre la parole, demanda d'une voix calme « la permission de poser une question à l'honorable candidat ».

Ce dernier ayant accepté, Percy lança :

– Comment comptez-vous financer l'industrialisation de l'Etat, dont les caisses ont été vidées par vos amis radicaux et qui sera, dans peu de jours, ce n'est un secret pour personne, en situation de banqueroute...?

– Les banquiers du Nord y pourvoiront, trouva tout juste à

répondre Oswald, ce qui déchaîna une franche gaieté chez ses adversaires.

– Vous vous moquez sans doute, monsieur. Plusieurs banques du Nord viennent de déposer leur bilan et l'on compte plus de dix mille faillites dans les zones industrielles. Quant au progrès social, les ouvriers de moins de dix-huit ans et les femmes du Massachusetts viennent péniblement d'obtenir de ne pas travailler plus de dix heures... alors que nos ouvriers du coton, adultes, ne travaillent que neuf heures en été !

Percy Tampleton, qui peu à peu, au fil des réunions publiques, avait pris goût aux discours, traversa de son pas lourd et assuré la salle, gravit les marches du podium et, arrêtant d'un geste Oswald qui amorçait une protestation, dit d'une voix de stentor :

– L'expérience de la Reconstruction radicale doit prendre fin dans cette paroisse où elle a été aussi catastrophique qu'ailleurs dans l'État. M. Oswald est venu du Nord avec son sac de tapisserie et ses ambitions; il a obtenu de l'administration un poste où il a, semble-t-il, fait son devoir, c'est bien..., mais ce sera tout... Qu'il ait acheté une plantation abandonnée, épousé une jeune fille de nos familles, ce sont des affaires privées, mais il ignore tout de notre pays et de ses gens, et dites-moi un peu, vous, Blancs ou nègres, si vous souhaitez voir les banquiers du Nord nous planter de sales mines sur notre Fausse-Rivière où il fait si bon pêcher, des raffineries puantes dans nos bayous pleins de canards et des fabriques de locomotives dans nos clairières? Hein, dites-le un peu !

Si M. Oswald avait pu croire un instant ses projets susceptibles de plaire, il fut vite détrompé. Bon nombre de Noirs mêlèrent leurs cris au « Non ! jamais » des Blancs. On vit Clara se cacher derrière Rosa et Brent, qui n'imaginaient pas pareil insuccès pour M. Oswald.

Du fond de la salle, Paul Dubard, « dit Rondin », prit la parole sans y être invité :

– Quand on est candidat, il faut s'attendre à ce qu'on vous pose des questions..., pas vrai? Eh bien ! je suis en train de me demander, avec mes amis, le général Tampleton et le captain du *Prince-du-Delta*, si par hasard on vous aurait pas rencontré, il y a quelques années, sur un bateau qui allait à La Nouvelle-Orléans?

Oliver Oscar Oswald se dressa, un peu pâle mais assez sûr de lui.

– C'était bien moi. Je vous reconnais moi aussi, je me souviens de la belle voix de basse du général quand il chantait des airs confédérés...

– Et moi, je me souviens qu'au cours de ce voyage on a trouvé un sac de bijoux volés suspendu au bastingage, lança le captain, mais le voleur n'est jamais venu le chercher, probablement qu'il avait été prévenu...

– Si vous voulez insinuer que j'ai pu participer à un vol de bijoux, cracha Oswald, écumant, je vous demande réparation immédiate et par les armes... Ça se fait encore dans le Sud..., non?

Un brouhaha s'éleva, que la vieille charpente chevillée du palais de justice rendit plus sonore encore. Les Noirs, sans bien comprendre ce règlement de comptes public entre Blancs, paraissaient s'amuser franchement. La réponse du capitaine du *Prince-du-Delta III* fut prudente.

– Oh! je n'insinue rien, monsieur Oswald. J'évoque un souvenir, c'est tout; n'importe comment, les bijoux ont été rendus à leurs légitimes propriétaires, sauf une montre, que le voleur a, paraît-il, conservée...

Virginie, qui avait fait la leçon à tout son monde, suivait attentivement sur le visage de Triple Zéro les réactions à ces attaques dont la progression était savamment dosée. On restait encore dans les limites de l'acceptable, mais, d'un mot à l'autre, on pouvait en venir aux passes définitives pour peu que le *carpetbagger* sous-estime la menace ou que Tampleton outrepasse les consignes.

Le rouquin, tendu comme un joueur de poker, chercha le regard de Mme de Vigors. Il savait que tout se passait entre cette sacrée garce de femme et lui, que tous les autres, Noirs, Blancs, planteurs, captain, affranchis, candidat démocrate, général manchot, n'étaient que des porteurs de cartes qui abattraient ces dernières aux moments choisis par la dame de Bagatelle. Pour l'instant, les yeux mauves de l'ennemie reflétaient une bienveillante candeur, une sorte d'indifférence favorable, mais Oswald savait qu'il ne fallait pas s'y fier.

Aussi décida-t-il de jeter son meilleur atout, de porter un coup pour lequel, si fin stratège qu'elle soit, Mme de Vigors n'avait pu prévoir de parade.

– Puisque je suis aussi bassement et publiquement attaqué par un adversaire de qui il y aurait beaucoup à dire et que seul m'importe finalement le sort des affranchis que nous autres, républicains, continuerons à défendre contre les nostalgiques de l'esclavage, je dois vous faire part d'un odieux crime commis à la demande de la propriétaire d'une grande plantation ici présente.

En disant ces mots, Oswald fixa Mme de Vigors qui, assise de guinguois – à cause de son rhumatisme de la hanche – sur une mauvaise chaise, avait posé ses mains croisées sur le manche de son ombrelle plantée contre sa cuisse gauche. Le regard de la dame de Bagatelle avait viré de la sérénité à l'ironie, ce qui inquiéta l'orateur.

Comme il tardait à poursuivre, des voix de Noirs s'élevèrent :

– Et alors... Continuez..., on veut savoir.

– Eh bien! reprit précipitamment Oswald, cette femme a fait incendier quatorze cases, un hôpital et des hangars qui abritaient des affranchis privés de domicile par l'égoïsme des Blancs... et c'est une amie très intime de Tampleton qui ose briguer vos suffrages!... Voilà comment sont les bourbons!

Un mouvement de colère parcourut l'assistance comme une houle...

– Qui est-ce?... Où est-elle? cria une Noire plus excitée que les autres.

C'est alors que Dandrige remonta l'allée centrale du vieux tribunal, son chapeau de feutre à larges ailes sous le bras, la démarche élastique, la tête haute et faisant sonner ses petits éperons d'acier, car il était venu à cheval de Bagatelle.

Avec une souplesse inattendue chez un homme aux cheveux blancs, il gravit d'une seule enjambée les trois marches du podium et vint se planter devant Oswald, face à la foule plus énervée qu'hostile.

– Pour ceux et celles qui ne me connaîtraient pas, je me nomme Clarence Dandrige et je suis intendant de la plantation de Bagatelle. Ce que vient de dire M. Oswald est exact, à cela près que c'est moi, responsable de la marche de la plantation, qui ai décidé de faire incendier les vieilles cases des esclaves. Bien que je n'aie pas à justifier cette décision, ces cases appartenant toutes au propriétaire de Bagatelle et à personne d'autre, je puis vous dire qu'il y avait à cette destruction deux raisons : la première, sanitaire, car on avait constaté parmi les occupants plusieurs cas de choléra et le docteur Finks, qui examina les malades à Sainte-Marie, peut vous le confirmer; la seconde, morale, est plus difficile peut-être à comprendre pour un *carpetbagger* venu du Nord que pour nos affranchis. Ce village d'esclaves représentait à mes yeux le symbole d'un passé révolu et à jamais disparu. Il ne fallait pas qu'un jour certains d'entre vous, en passant par Bagatelle, puissent dire à leurs enfants, ou à leurs petits-enfants : « C'est là que j'habitais quand j'étais esclave de plantation. » J'ajoute que tous les nègres employés actuellement à Bagatelle, et il doit s'en trouver parmi vous, sont logés dans de bonnes conditions et gratuitement. C'est tout ce que j'avais à *vous* dire.

Et Dandrige insista sur le *vous*, avant de se retourner vers Oswald. Le radical, assez secoué par cette intervention tout à fait imprévue, eut tout de suite la désagréable impression qu'il allait se passer quelque chose le concernant.

Le regard, acéré comme une pointe de cristal, de l'intendant le condamnait à l'immobilité. Sans prononcer une parole, Dandrige, d'un geste sûr, saisit dans le gousset d'Oswald une montre qu'il connaissait bien, fit jouer le mousqueton de la chaîne, considéra une ou deux secondes le bijou, le laissa choir à plat sur le plancher du podium et, de la pointe de sa chaussure, l'écrasa comme on écrase un insecte. Le premier rang de l'assistance perçut le crissement du verre broyé et du métal enfoncé, mais seul Triple Zéro entendit la phrase de l'intendant :

– J'ai toujours pensé qu'on vous avait trop cher payé...

Aussi calmement que s'il venait de recevoir un prix de mathématiques, Clarence Dandrige descendit de l'estrade et rejoignit ses amis. Cet incident clôtura la plus étrange réunion électorale de la campagne. Avant de détacher son cheval pour regagner Bagatelle derrière le cabriolet de Virginie, M. Dandrige s'approcha de Brent, qui commentait avec Ivy au milieu d'un groupe de Noirs les événements de l'après-midi. L'ancien maître d'hôtel salua l'intendant avec respect et Ivy lui fit une révérence amicale.

– Je crois que Tampleton fera un bon représentant, tu devrais le dire à tes amis, Brent... En tout cas, on ne peut vraiment pas envoyer à Washington ton estimable patron, il lui reste trop à apprendre, n'est-ce pas?

Brent tint l'étrier de Clarence quand celui-ci se mit en selle et lui souffla :

– M'sieur Oswald, il est très bien comme délégué, mais je crois bien que vous avez raison, m'sieur Dand'ige, y ferait p't-êt'e pas un bon représentant..., c'est trop difficile.

Le surlendemain, quand on dépouilla les urnes, très surveillées par les deux partis, Oswald se trouva largement battu, comme beaucoup d'autres candidats républicains ce jour-là, puisque les démocrates, pour la première fois depuis la fin de la guerre civile, prirent la majorité à la Chambre des représentants. Les radicaux avaient perdu quatre-vingt-neuf sièges à la chambre basse et quatre au Sénat. M. Ulysses Grant commença à penser que tout n'allait pas pour le mieux dans le meilleur des Sud.

3

Au lendemain des élections du 4 novembre 1874, on eut, à Bagatelle, une double raison de se réjouir. Non seulement Percy Tampleton, dont la candidature à la Chambre fédérale des représentants avait été suscitée par Mme de Vigors, était élu, mais, à La Nouvelle-Orléans, le fils de Virginie, candidat, lui, à la Chambre des représentants de l'Etat, enlevait le siège convoité.

En Louisiane, les démocrates, tous votes décomptés, pouvaient se targuer, si on les laissait siéger, de détenir la majorité à l'assemblée législative.

Si l'élection de Tampleton, dans le cinquième district, ne fut pas contestée, Triple Zéro étant largement battu à cause de la défection de quelques électeurs noirs et de l'abstention d'un plus grand nombre d'entre eux, on sut très vite qu'à La Nouvelle-Orléans les radicaux feraient tout pour conserver le pouvoir. Ceux qui, malgré de multiples fraudes, n'avaient pu l'emporter voulaient empêcher certains élus démocrates de siéger afin de conserver une majorité qui leur assurait la haute main sur l'administration et leur fournissait la possibilité de monnayer leurs interventions.

A cette occasion, le fameux « Returning Board », ou « service des retours électoraux », qui détenait le pouvoir arbitraire de modifier les conséquences du suffrage universel en contestant les décisions des juges électoraux et en privant un élu de son siège au profit d'un de ses concurrents, allait jouer le rôle que les radicaux, qui l'avaient créé, en attendaient.

Les juristes démocrates, dont Charles de Vigors, soutenaient que cet organisme ne pouvait être agréé par la Constitution, mais le « Returning Board » fonctionnait néanmoins comme une machine gouvernementale garantissant les radicaux contre les revers électoraux. Les membres du « Board », nommés par le gouverneur, étaient au nombre de cinq, deux républicains, deux démocrates et un neutre. En fait, les radicaux avaient toujours eu trois hommes à eux dans ce « comité d'éviction ». Pour l'heure, le bureau était formé de James Madison Wells, qui se disait conservateur; Gadane Cassanave, démocrate; Louis M. Kenner et John Lynch, républicains, et le général

Longstreet qui faisait figure de neutre. Le militaire, mal à l'aise dans cette entreprise dont il connaissait comme tout le monde les buts inavouables, donna sa démission, ce qui fournit à Kellogg l'occasion de désigner à sa place un certain M. Arroyo, démocrate, qui bientôt se retira, dégoûté par les manipulations auxquelles il assista.

Cependant, les membres du « Returning Board », qui craignaient des représailles de la part des démocrates s'ils violaient par trop ouvertement la vérité des urnes, se montrèrent plus circonspects que le souhaitaient Kellogg et ses amis. Après une longue délibération, le bureau déclara élus à la chambre basse 53 démocrates et 53 républicains, laissant cinq élections à l'appréciation de la chambre elle-même, et cela bien que les résultats du scrutin eussent donné aux démocrates 70 sièges sur 111.

Au jour de l'installation de la nouvelle chambre, le 4 janvier 1875, Charles, qui faisait partie des élus démocrates « en suspens », se rendit à la Maison d'Etat avec l'intention bien arrêtée de faire valoir ses droits. Kellogg, craignant des incidents, car les conservateurs s'étaient arrangés pour faire pénétrer dans la salle des séances bon nombre de supporters, avait obtenu la présence d'un détachement de l'armée fédérale. Les militaires, commandés par le colonel P. Régis de Trobriand, un noble français qui avait participé à la guerre civile dans le camp nordiste et ne montrait aucune sympathie pour les Sudistes, prirent position dans les couloirs de l'assemblée. Les députés, contraints, pour gagner la salle des séances, de passer entre deux haies de soldats baïonnette au canon, trouvèrent l'ambiance désagréable. Les démocrates et surtout les « bourbons », qui savaient l'importance de l'enjeu, s'étaient décidés à employer les méthodes de leurs adversaires pour faire triompher leur bon droit. A prix d'argent, ils avaient obtenu que quelques élus républicains s'abstiennent d'assister à la séance, si bien qu'au moment de l'appel on constata que, même en ne considérant que les élus admis par le « Returning Board », les démocrates détenaient bel et bien la majorité. Aussitôt, devant les radicaux hébétés, leurs adversaires nommèrent l'un des leurs, M. Wiltz, président provisoire, et par un vote catégorique attribuèrent à des élus de leur parti les cinq sièges non pourvus. Furieux d'avoir été floués, les radicaux quittèrent la salle des séances et Kellogg exigea immédiatement du colonel Régis de Trobriand qu'il expulsât par les armes M. Wiltz et les cinq démocrates fraîchement installés. Ce militaire obtempéra et l'on assista au scandaleux spectacle des élus du peuple chassés de l'assemblée par l'armée fédérale au service d'une faction.

Tous les députés démocrates emboîtèrent le pas à leurs camarades et les radicaux, rentrés en possession de la chambre, s'y trouvèrent seuls. Bien que le chorum ne soit pas atteint, ces gens, qui n'en étaient pas à une irrégularité près, désignèrent aussitôt cinq des leurs pour occuper les sièges « libérés » par le zèle précipité du colonel de Trobriand. Charles se retrouva donc provisoirement frustré d'une fonction que les électeurs lui avaient indubitablement attribuée.

– Cette ignominie ne retardera que de peu la fin de Kellogg et de l'usurpation radicale en Louisiane, lança le juriste au colonel, allez le lui dire. Et sachez que j'ai honte de voir un aristocrate et un officier français associer son nom à une entreprise que l'Histoire et, en attendant, toutes les démocraties condamneront.

Même Liponne fut prise d'une saine colère contre les radicaux et invita ses amies à boycotter les fournisseurs soupçonnés de sympathie à leur égard.

Tous ceux qui avaient connu Charles, pondéré, conciliant, tolérant, découvrirent soudain que l'avocat, estimant que l'honneur lui commandait d'entrer ouvertement en lutte contre les menées dictatoriales d'une administration corrompue jusqu'à la moelle, se révélait capable d'intransigeance et d'agressivité.

Au cours du mois de janvier 1875, il fit prononcer les faillites de quatre entreprises appartenant à des radicaux, lança une offensive contre la loterie d'Etat, dénonçant les distributions de pots-de-vin sans se laisser arrêter par la présence au sein d'un comité de surveillance somnolent du général de Beauregard, héros sudiste et ami de Tampleton. L'avocat inspira des articles documentés sur la crise financière et réussit, en faisant brandir dans la presse et dans les salons la menace, d'ailleurs réelle, d'une prochaine banqueroute de l'Etat, à ruiner la confiance en certains banquiers qui soutenaient le parti républicain. On le vit harceler l'administration de plaintes et de récriminations, jouer de toutes les procédures pour accabler les juges à la solde des radicaux, demander des enquêtes fédérales sur tel ou tel fonctionnaire frappé de suspicion par des citoyens, faire interdire l'accès des meilleurs restaurants aux officiers fédéraux sous menace de les priver de la riche clientèle des « bourbons », etc. Cette guerre menée quotidiennement par Charles de Vigors et ses amis finit par faire regretter aux amis de Kellogg de ne pas lui avoir laissé occuper à la Chambre des représentants le siège lui revenant.

Dès les premiers jours de l'année 1875, la situation avait paru tellement explosive en Louisiane que le président Ulysses Simpson Grant, qui venait de marier sa fille à la Maison-Blanche, où déjà deux de ses trois fils avaient convolé, s'était décidé à envoyer en inspection dans le Sud le général Philip Sheridan. A peine installé à l'hôtel Saint-Charles, à la Nouvelle-Orléans, avec le titre de commandant militaire de la Louisiane, l'officier, qui avait puissamment contribué à la victoire d'Appomatox, fit publier dans les journaux le texte d'un télégramme envoyé par ses soins le 5 janvier à l'honorable W. W. Belknap, secrétaire à la Guerre à Washington D.C.

Je crois que le régime de terreur qui existe actuellement dans les Etats de la Louisiane, du Mississippi, et de l'Arkansas cesserait, en laissant renaître la confiance et la justice, si les chefs des Ligues blanches étaient arrêtés et mis en jugement. Si le Congrès adoptait une loi les déclarant des bandits, ils pourraient être jugés par une Commission militaire. Les chefs de ces bandits qui ont assassiné ici des hommes le 14 septembre dernier et tout dernièrement encore en ont assassiné d'autres à Vicksburg (Miss.) devraient être punis au nom de la justice et de la loi et pour la paix et la prospérité de cette portion du pays. Il est possible que, si le président lançait une proclamation les déclarant des bandits, il n'y aurait plus besoin de prendre d'autres mesures que celles qui me regardent [1]

Signé : P.H. SHERIDAN
Lieutenant-général – armée des Etats-Unis.

Le style épistolaire du général n'était pas fameux mais ses intentions apparaissaient clairement.

– Si le gouvernement fédéral accepte la proposition de Sheridan, il y aura du sang dans les rues, expliqua le général Tampleton à ses amis du Boston Club qui, étant donné la gravité des circonstances, l'avaient prié de venir à La Nouvelle-Orléans.

Willy, dont la barbe courte et bien taillée possédait ce ton poivre et sel qui ajoutait à la respectable virilité du militaire en dissimulant des traits un peu mous et en exaltant la sombre fixité du regard, fut enchanté de découvrir un Charles de Vigors enfin combatif et prêt à s'employer à fond pour restaurer l'autorité de sa classe.

– Les deux mille fédéraux qui gardent la ville ne nous font pas peur, dit-il à Tampleton, la Ligue blanche est capable de rassembler maintenant dix fois plus d'hommes; ce qui nous inquiète davantage, ce sont les trois bâtiments mixtes et la batterie flottante de l'U.S. Navy ancrée face à Jackson Square. Si les troupes étaient en danger, on dit que l'amiral ferait bombarder la ville...

– Il y a trop d'étrangers en ce moment à La Nouvelle-Orléans, dont quinze mille Français au moins, pour qu'il prenne de tels risques, estima le général Tampleton.

– Détrompez-vous, c'est justement pour cela qu'il n'hésitera pas, les consuls étrangers en sont persuadés... et il est question que la France et l'Espagne envoient des navires pour assurer la protection de leurs ressortissants.

La dépêche de Sheridan avait suscité la consternation, puis la colère. Les citadins n'acceptaient pas que la majorité des Louisianais soient traités de bandits et considérés comme tels. Toutes les associations de la ville tenaient des meetings de protestation, envoyaient des pétitions demandant le rappel immédiat de Sheridan, dont le comportement rappelait celui de l'odieux Butler. Les nouvelles transmises de Washington par les démocrates, et notamment par le nouveau représentant, Percy Tampleton, indiquaient que Grant approuvait l'attitude de Sheridan et certains ajoutaient même que le fameux télégramme avait été rédigé à la Maison-Blanche, afin d'amener un soulèvement de la population louisianaise, que l'armée fédérale saurait réprimer sans faiblesse. On murmurait que Grant, de plus en plus fréquemment désapprouvé par des membres de son cabinet, compromis par son entourage de spéculateurs, de profiteurs et de

1. Archives des consuls de France à La Nouvelle-Orléans (ministère des Affaires étrangères, Paris).

concussionnaires, souhaitait une plus grande concentration des pouvoirs dans ses mains. Naturellement appelé en tant que président des Etats-Unis à refréner les révoltes, une rébellion en Louisiane ne pourrait que servir ses vues. Voilà pourquoi Charles s'efforçait de calmer ses amis de la Ligue blanche, décidés à l'affrontement violent.

– Je crois, disait-il, que Sheridan et ses amis politiques ont obéi à des habitudes de brutalité et aux sentiments de haine qu'ils portent au Sud aristocratique qui a perdu la guerre sans rien abdiquer de sa foi et de son honneur... Si la Louisiane n'était pas un pays catholique habité par des descendants de Français, elle n'aurait jamais été traitée comme elle l'a été par le Nord...

Les excès de langage de Philip Sheridan, qui soutenait que « l'air du Sud était imprégné d'assassinats » (*sic*) et qu'on avait menacé à La Nouvelle-Orléans d'attenter à sa vie, desservaient les républicains à travers les Etats du Nord. Les démocrates louisianais recevaient chaque jour des marques de sympathie expédiées de tous les coins de l'Union et des meetings d'indignation étaient organisés dans les grandes villes. « C'est la première fois aux Etats-Unis qu'une assemblée élue a été dispersée par la force armée. Ce sera une date honteuse pour la démocratie », s'était écrié Percy Tampleton dès sa première intervention à la Chambre des représentants. De nombreux journalistes avaient reproduit ces propos, jetant une lumière particulière sur le sort des anciens Etats sécessionnistes dix ans après la fin de la guerre civile.

C'est peut-être à cause de ce climat de violence que survint à Bagatelle un événement pénible. Depuis qu'il avait été battu aussi nettement par Percy Tampleton, donc par les « bourbons » entraînés par Mme de Vigors, Oliver Oscar Oswald ne se montrait guère. Il allait de son bureau de la « délégation des affranchis et des terres abandonnées », comme on appelait maintenant cette institution de plus en plus détestée par les planteurs, à sa demeure sans s'arrêter nulle part. Clara, sans doute pour se remettre des émotions de la campagne, était partie s'installer à Greenbriers, luxueuse station thermale de la Virginie, avec son bébé et sa sœur aînée.

En cette fin d'hiver, Clarence Dandrige s'était rendu à Marksville, afin d'acquérir des plants de patate douce, légume autrefois prisé par les Indiens et dont le goût revenait à la mode chez les Blancs. En l'absence de l'intendant, Mallibert, à qui la canne à sucre laissait plus de loisirs qu'aux autres le coton, était venu de Feliciana Garden pour surveiller les labours.

Suivant les consignes de Dandrige, qui tenait la méthode du marquis de Damvilliers, Mallibert, tôt chaque jour, parcourait les terres, évaluant l'humidité du sol, afin de choisir le champ qu'on labourerait ce jour-là avec le moins de peine et le plus de profit.

L'ancienne ordonnance du général-baron de Vigors aimait ces chevauchées solitaires dans les brumes du petit matin. C'était l'heure où les oiseaux frileux essayaient leurs ailes engourdies, où l'on percevait le bruissement des eaux du Mississippi glissant entre les rives silencieuses, où les sabots des chevaux sonnaient clair sur les chemins durcis par les dernières froidures nocturnes que les planteurs estimaient aussi néfastes à la jeune végétation que les rares gelées blanches de janvier. Mallibert, son vieux chapeau de coureur de prairies enfoncé sur les yeux, le col de sa veste de daim relevé jusqu'aux oreilles, réchauffant ses doigts gourds sur la nuque lisse et tiède de son cheval, approchait de la partie du domaine dite « le détour au métis », quand, en même temps qu'il perçut l'aboiement sec d'une carabine, une balle lui déchira l'épaule gauche. Maréchal des logis de hussards qui n'en était pas à sa première embuscade, Mallibert avait appris, en guerroyant à travers l'Europe, qu'il ne faut jamais attendre une seconde balle, toujours plus précise que la première. Malgré la douleur, le cavalier bascula sur sa selle en vidant les étriers et se reçut lourdement sur la terre battue. Ne disposant d'aucune arme, il hésita à faire le mort. Si son agresseur décidait d'approcher pour parfaire son vilain travail, il se trouverait à la merci de l'ennemi. En s'enfuyant à travers bois, il courait certes le risque d'être poursuivi et rejoint, mais ce fut cette solution qu'il adopta. Ayant réussi à ne pas lâcher la bride de sa monture, Mallibert se mit debout, puis, avisant le fossé qui séparait la route de la forêt, il y descendit, tirant son cheval, en s'attendant à chaque instant à entendre siffler de nouveaux projectiles. A l'abri d'un gros arbre, il enfourcha aussitôt sa monture. Quand la carabine se fit entendre pour la seconde fois, le cavalier blessé galopait déjà dans le sous-bois, puis se jetait à découvert à travers champs, estimant que son agresseur, qui devait tenir à l'anonymat, n'oserait pas le poursuivre. Deux autres balles vrillèrent l'air frais, puis le tireur se résigna et Mallibert, couché sur l'encolure de son cheval, prit sans se retourner la direction de Bagatelle. Le sang dégoulinait par la manche de sa veste et son bras gauche, à demi paralysé, lui paraissait peser cent livres. Quand il aborda l'allée de chênes de la plantation, Colin, carillonneur matinal qui venait de sonner le réveil, l'aperçut et l'interpella :

– C'est bien matin, m'sieur Mallibé...

– Viens m'aider, Colin, je suis blessé...

Ayant mis pied à terre avec l'aide du palefrenier que le sang impressionnait, Mallibert eut une faiblesse et dut se cramponner à l'épaule du jeune Noir pour gravir les marches de la galerie. Anna, occupée à tirer les rideaux, se précipita à leur rencontre.

– Saute sur mon cheval et va chercher le docteur Finks, Colin, dit l'ancien hussard en se laissant aller dans un fauteuil.

Anna, qui ne perdait pas facilement son sang-froid, cherchait déjà des serviettes et une cuvette d'eau chaude pendant que Mallibert, grimaçant, ôtait sa veste maculée. Citoyen, à la vue de la chemise ensanglantée de l'ami de la maison, faillit lâcher le plateau sur lequel il montait comme chaque matin à Mme de Vigors la première tasse de café.

– Donne-moi ce café, fiston, j'en ai besoin.

– C'est celui de m'ame Maîtresse, m'sieur.

– Donne, ordonna Anna en coupant à grands coups de ciseaux

la manche du blessé dont l'épaule paraissait assez endommagée. Et qui c'est qui vous a fait ça, m'sieur Mallibé?

– Peut-être un chasseur maladroit qui m'a pris pour un canard, ma petite..., mais, si je le retrouve, je le pends par les pieds jusqu'à ce que les dents lui tombent.

– Quels drôles de temps qu'on vit maintenant, on fait tirage sur les gens comme sur les zozios.

Virginie, informée par Citoyen, apparut en robe de chambre, une écharpe nouée en turban sur la tête pour cacher sa coiffure de nuit. Tout de suite, la pensée lui vint que ce n'était pas Mallibert que le tireur avait voulu abattre, mais plus probablement Dandrige qui, en période de labours, circulait tôt le matin sur les terres de Bagatelle.

– En tout cas, le type qui m'a tiré n'est pas un champion, commenta le hussard. Il aurait dû me descendre du premier coup comme au concours!

Le docteur Finks, qui avait appris dans les ambulances militaires à extraire des balles de tous calibres, opéra Mallibert dans la chambre rendue vacante par le départ de Castel-Brajac, dont la demeure, à deux milles de là, au bord de Fausse-Rivière, était enfin achevée.

Muni d'une loupe, le médecin examina le cône de métal qu'il venait d'ôter de l'épaule de Mallibert et qu'il tenait du bout d'une pincette.

– Je parie pour un calibre 56 tiré par une carabine à répétition Spencer, mon cher ami...

– Mais le Spencer est un vieux tromblon, observa le blessé, qui venait de supporter vaillamment une intervention sans autre anesthésique qu'un verre de bourbon.

– Un modèle ancien, certes, mais qui fit pas mal de ravages pendant la guerre civile. C'est bien souvent, croyez-moi, que j'ai retiré du corps des boys des balles comme celle-ci.

Après qu'on se fut une nouvelle fois interrogé en groupe sur l'identité du mystérieux tireur et les mobiles d'un tel acte, tout le monde tomba d'accord, y compris Castel-Brajac qui rendait chaque jour visite aux gens de Bagatelle, pour estimer que Mallibert ne devait pas être celui qu'on avait voulu atteindre.

Quand l'ancienne ordonnance du général de Vigors se fut assoupie grâce à un analgésique ordonné par le docteur Finks, le Gascon et le médecin décidèrent d'aller faire un tour du côté du « détour au métis », à la recherche d'indices éventuels.

Castel-Brajac se munit à tout hasard d'une Remington, tandis que le médecin allait quérir dans son cabriolet le revolver qu'il avait toujours à portée de la main depuis que les adeptes du Ku Klux Klan et les Chevaliers du Camélia Blanc sévissaient dans le pays. Les deux amis ne découvrirent rien ni personne, mais ils repérèrent l'endroit où le tireur s'était posté, sans doute après avoir vu approcher sur le chemin le pauvre Mallibert.

– Le tireur pouvait venir aussi bien du fleuve que de Sainte-Marie, dit Finks.

– Ou de la plantation O'Neil, dont le nouveau propriétaire est votre ami Triple Zéro. Peut-être n'a-t-il pas digéré son échec aux élections et l'intervention déterminante de Clarence Dandrige, fit remarquer Gustave.

– Oswald ne porte sans doute pas les gens de Bagatelle dans son cœur..., mais de là à tirer sur un homme, il y a un grand pas, que je ne le crois pas capable de franchir... Je ne m'explique pas d'ailleurs pourquoi, à la veille des élections, Mme de Vigors a accepté d'être la marraine de son fils... C'est vraiment de la duplicité, non?

– Ah! mon cher Finks, Virginie n'est pas une femme facile à comprendre. Elle n'a pas voulu refuser à Clara cette faveur par laquelle l'autre escomptait une sorte d'alliance ou tout au moins de neutralité, mais elle ne s'est pas sentie engagée pour autant. Oswald, qui voulait ajouter une ancre à son radeau sudiste, en a été pour ses frais et la petite Clara certainement malheureuse. Voilà le fils du *carpetbagger* doté d'une marraine qu'il ne verra sans doute pas de longtemps.

– Finalement, personne n'est satisfait dans cette affaire et la dame de Bagatelle, comme on l'appelle à Sainte-Marie, aurait mieux fait de ne pas se mêler de politique. Croyez-vous que Mlle Barnett et moi-même puissions nous réjouir de voir Percy Tampleton au Congrès? Nous ne lui pardonnerons jamais la nuit de la clairière de la Fourche au cours de laquelle, sans Dandrige et sans vous, ce type serait devenu le plus dégoûtant des tortionnaires. Depuis, il a encore fait une crise de delirium dont sa famille a eu à pâtir et l'affaire s'est terminée par une très curieuse chute de cheval, n'est-ce pas?

Le Gascon, qui savait mieux que personne à quoi s'en tenir là-dessus, évita la discussion. Quand les deux hommes firent demi-tour, pour revenir à Bagatelle, Gustave osa poser au médecin une question qui depuis longtemps lui brûlait les lèvres :

– On dit que vous allez épouser Ivy?

– Oui, je sais; les Tampleton justement font courir ce bruit.

– C'est inexact? Je croyais cependant que vous ne nous faisiez pas mystère de vos intentions.

– Eh bien! je n'épouse pas Ivy, monsieur de Castel-Brajac, du moins pas tout de suite... Elle n'est pas favorable à cette idée.

– Tiens!

– J'ai cru comprendre, poursuivit le praticien avec un peu de tristesse, que la communauté noire, le pasteur de Waterloo notamment et la plupart des amis de Mlle Barnett, ne souhaite pas la voir épouser un Blanc..., même un médecin. J'ai découvert, monsieur de Castel-Brajac, que les Noirs sont capables, comme les Blancs, sinon de haine, du moins de détestation raciale. Si Ivy se mariait avec moi, elle serait rejetée par les siens, comme je serais, moi, rejeté par la plupart des familles de la paroisse. Mais, pour elle, ce serait autrement grave. On lui a fait comprendre que l'éducation qu'elle avait reçue à Boston l'avait déjà éloignée de ses frères et sœurs anciens esclaves ignorants. En m'épousant, Ivy confirmerait ce que certaines négresses, jalouses de sa beauté, de son aisance, de ses manières et de son élégance, disent déjà : « L'institutrice est une Blanche... à peau noire. »

– A force de proclamer que les nègres sont faits d'une autre matière qu'eux, les gens d'ici ont fini par le croire... La vraie différence venait de leur position d'esclave. Maintenant qu'ils sont libres, voilà qu'on découvre qu'un nègre n'est ni meilleur ni plus mauvais qu'un Blanc et que l'humaine nature à laquelle enfin on a reconnu qu'il appartient suscite, sans tenir compte de la couleur de la peau, les mêmes passions et les mêmes partis pris chez les uns et les autres.

– J'accorde volontiers plus d'indulgence aux Noirs, dit le médecin, en raison de ce qu'ils ont subi et du fait qu'on les a tenus à l'écart de toutes possibilités d'instruction et d'éducation.

– Ils sauront, croyez-moi, nous le rappeler pendant des générations et certains se feront longtemps un alibi de leur passé servile comme les planteurs blancs se sont fait un alibi du climat... pour justifier les travaux forcés des Noirs... Ainsi donc, vous n'épouserez pas Ivy? Je trouve ça regrettable, vous me paraissiez tous les deux particulièrement qualifiés pour ouvrir une brèche franche dans le rempart des préjugés sudistes.

– Je dois vous dire aussi que Ivy se sent investie d'une mission quasi sacrée, bien que simplement pédagogique. L'enseignement est pour elle un sacerdoce. Elle croirait trahir sa race si elle ne consacrait pas toutes ses forces à instruire les enfants des affranchis..., car elle soutient que, sans tenir compte ni de la couleur de la peau, ni de la naissance, ni de la fortune, l'humanité est divisée en deux races, ceux qui exploitent et qui savent, ceux qui sont exploités et qui ignorent.

– Ce n'est pas si mal vu, docteur, n'est-ce pas votre avis?

– En tant que médecin et sans vouloir reconnaître à la race blanche la suprématie qu'elle s'est de toute façon arrogée, je suis bien obligé de constater que les données physiologiques que nous possédons et dont le nombre augmente chaque jour m'incitent à penser que l'inégalité des races est dans la création... Je ne puis naturellement expliquer ça à Ivy. La science cependant...

– Oh! là! Oh! là! que voilà un vilain Yankee en train de virer au conservateur scientiste!

– J'ai beaucoup appris, monsieur de Castel-Brajac, en soignant les Noirs et les Blancs. Je suis revenu d'un certain nombre de préventions que j'avais à l'encontre des premiers et j'ai perdu quelques illusions que j'entretenais à l'égard des seconds. Enfin, j'ai acquis la certitude que la guerre du Nord contre le Sud devait avoir d'autres mobiles moins avouables et moins nobles que l'émancipation généralisée des esclaves. Je me demande si les deux cent mille morts de la guerre savaient exactement pourquoi et pour qui ils se battaient.

– Allons, allons, boun Diou! ne vous posez pas tant de questions, toubib. Ivy a la peau douce. Ce sera bientôt la bonne saison pour le canard, je vous donnerai quelques livres de miel pour vos tartines... et quand nous aurons trouvé le sale type, blanc ou noir, qui a tiré sur Mallibert en le prenant pour Dandrige, nous lui enseignerons l'amour du prochain à coups de botte et, s'il le faut, avec une corde.

Un peu désorienté par les confidences de Horace Finks, Gustave de Castel-Brajac retrouva à Bagatelle une Virginie pensive et inquiète.

– Je suis certaine que c'est Clarence qu'on voulait tuer; il va falloir le protéger, Gustave.

– La meilleure protection qu'on puisse lui assurer consiste à trouver rapidement le tueur et à le châtier.

– J'ai mon idée là-dessus et je voudrais que vous m'accompagniez cet après-midi chez Oswald.

Triple Zéro, qui n'était pas homme à cacher sa mauvaise humeur et ses sentiments, accueillit plutôt fraîchement ses visiteurs.

– Quel mauvais vent vous amène chez quelqu'un que vous méprisez, madame?

– Le vent qui m'amène n'est sûrement pas bon pour vous, Oswald, mais je ne vous méprise pas..., pas encore.

Castel-Brajac, à l'invitation de Mme de Vigors, raconta ce qui s'était passé en cachant, comme il avait été convenu entre la dame de Bagatelle et lui-même, l'erreur supposée sur la victime.

– Ainsi M. Dandrige a été blessé par une balle tirée dans son dos, résuma Oliver Oscar Oswald. Transmettez-lui mes vœux de prompt rétablissement et dites-lui que j'ai acheté une montre neuve, persifla le *carpetbagger*.

Castel-Brajac, auquel cette attitude ne plaisait guère, demanda sèchement :

– Quelle arme choisiriez-vous pour rendre la pareille au coupable, monsieur Oswald?

– Personnellement, je fais toujours confiance à une vieille Spencer calibre 56, répondit l'autre, tombant dans le piège.

– J'ai entendu dire beaucoup de bien de cette carabine qui fit, paraît-il, merveille au cours de la guerre civile, mais je n'en ai vu aucun spécimen.

– Vous en avez une au râtelier dans l'entrée monsieur de Castel-Brajac, jetez-y un coup d'œil en sortant.

– Et pourquoi pas tout de suite, monsieur Oswald? fit brusquement Gustave en quittant son siège et en se dirigeant à grands pas vers le hall.

Oswald n'eut pas le temps de manifester son étonnement que déjà le Gascon revenait, portant l'arme.

– Un peu lourde, mais bien équilibrée, monsieur Oswald, vous vous en servez souv...

– Attention, nom de Dieu! elle est chargée à cinq balles, ne jouez pas avec ça.

Castel-Brajac, qui connaissait fort bien la Spencer, ouvrit le magasin.

– Il ne contient qu'une seule balle, monsieur Oswald, ajouta le Gascon en examinant le percuteur et en reniflant le canon, cette carabine a été récemment utilisée.

Triple Zéro jaillit si vivement de son fauteuil qu'il heurta un petit guéridon et que cigare et cendrier roulèrent sur le parquet. Les poings serrés, la bouche tordue, les yeux exorbités, il marcha sur Gustave...

– Vous voudriez dire, gras à lard, que c'est moi qui ai tiré sur Dandrige... Vous oseriez insinuer que je suis un assassin... Je vais vous arracher la langue, savez-vous, et la jeter aux chiens.

Castel-Brajac, surpris par la colère de son hôte, tourna vers celui-ci le canon de la carabine.

– Il reste une balle, monsieur Oswald!

Mme de Vigors, qui avait suivi sans mot dire et avec autant de plaisir que si elle se fût trouvée au théâtre la scène entre les deux hommes, jugea opportun d'intervenir. Sans quitter son fauteuil, elle leva son ombrelle et toucha de la pointe de celle-ci l'épaule du mari de Clara.

– Voyons, Oliver – c'était la première fois qu'elle utilisait ce prénom, qui prit avec l'intonation un peu précieuse de la dame de Bagatelle une assonance comique – personne ne vous accuse d'avoir assassiné qui que ce soit. M. de Castel-Brajac suggère simplement que c'est peut-être cette carabine qui a tiré sur Dandrige... On a pu vous l'emprunter.

Oswald, encore frémissant d'indignation, se retourna :

– Personne ne touche à ces armes. Clara est à Greenbriers, notre gouvernante ne m'a parlé d'aucune visite pendant mes absences... Cependant, je suis certain qu'il y avait cinq balles dans la Spencer. J'ai abattu il y a huit jours un chat sauvage qui guettait les oiseaux, là, devant la maison. J'ai nettoyé l'arme moi-même et j'ai remplacé dans le magasin les deux balles que j'avais tirées.

Puis, soudain, le rouquin se fit humblement pataud, découvrant ainsi le fond de sa nature rustique et franche.

– Vous savez bien, madame, que si je suis un voleur repenti, je ne suis pas capable de tuer quelqu'un en lui tirant dans le dos sans me montrer... Vous devez me croire, vous qui m'avez fait payer assez cher le moment de... compréhension que vous aviez eu à mon égard sur le *Prince-du-Delta*... Sans cette histoire, je serais aujourd'hui au Congrès de Washington.

Virginie sourit.

– J'ai toujours eu confiance en vous, Oswald, et je sais que vous n'avez pas tiré sur Dandrige..., mais il faut nous aider à retrouver le coupable..., surtout s'il s'est servi de votre carabine.

Oswald fit venir la gouvernante et son mari, qui remplissait les fonctions de maître d'hôtel. C'étaient de vieilles gens qui avaient connu Clara bébé chez les Redburn et que Mme Oswald avait demandé à son mari d'engager, bien qu'il les trouvât lents et un peu trop familiers.

– Essayez de vous souvenir, têtes de bois, si quelqu'un est venu depuis une semaine, alors que ni votre maîtresse ni moi n'étions là. Faites marcher votre mémoire, bon Dieu, c'est sacrément important.

La femme ferma les yeux pour aider au dévidement des souvenirs; l'homme, visiblement soumis à son épouse, attendit, les mains au dos, qu'elle ait parlé.

– Personne il est venu, m'sieur, quand vous étiez pas là.

– Personne qui soit pas de la plantation, non, confirma le maître d'hôtel.

– Qu'est-ce que tu veux dire par « qui soit pas de la plantation »? questionna Oswald.

– Il veut dire, reprit la femme, qu'on a pas vu ici des étrangers ni des voisins, comme on voit quelquefois.

– Vous avez vu qui, bon Dieu, le palefrenier, le jardinier..., quoi, parlez!

– On a vu que le gros nègre qui a un bonnet rouge, m'sieur; « chef Geo », comme on l'appelle.

– Quand avez-vous vu ce fils de truie? Je l'ai jeté dehors hier matin.

– On l'a vu hier soir bien tard, que vous étiez déjà couché. Il a dit qu'il partait en voyage et m'a apporté deux belles chemises à repasser. Et puis, ce matin bien tôt, que vous étiez pas encore levé, il est revenu chercher ses chemises. J'y ai donné une tasse de jus, vu qu'il est toujours bien poli. Y m'a donné un demi-dollar pour tout ce que j'avais repassé pour lui depuis longtemps et il est parti.

Oswald, d'un geste, congédia ses domestiques.

– Pourquoi avez-vous... remercié... chef Geo, monsieur Oswald? demanda Gustave.

– Ce sacré nègre, qui faisait fonction d'intendant, m'a amoché deux ouvriers qui n'avaient pas voulu accepter ses « arrangements financiers » et il a engrossé..., sans lui demander son avis, la femme de chambre de Clara... En plus, il volait des semences et allait les revendre aux petits Blancs du poulailler [1]. Je l'ai flanqué à la porte. Il y a longtemps que je le guettais.

– En tirant sur Dandrige, que vous ne portez pas dans votre cœur, chef Geo, qui assistait à la réunion – pour vous si désagréable – de Sainte-Marie, et dont vous avez dû, tout de même, utiliser un peu les services pendant la campagne électorale, a voulu vous faire accuser de meurtre pour se venger. C'est aussi simple que ça, conclut Castel-Brajac.

– C'est donc à vous de le retrouver, ajouta Virginie, et de l'empêcher de nuire.

– Croyez bien que je vais m'y employer... et tout de suite.

Castel-Brajac s'en fut remettre la Spencer au râtelier d'armes et revint au salon pour entendre Mme de Vigors dire à Oswald de sa voix la plus suave :

– Puisque cette affaire est éclaircie, mon cher Oliver, offrez-nous donc un verre de porto... et parlez-moi un peu de mon filleul.

Ce soir-là, Mme de Vigors convia Castel-Brajac à dîner à Bagatelle en compagnie du « pauvre Mallibert » dont la blessure paraissait sans effet sur son coup de fourchette. Avec des attentions de petite

1. Voir *Louisiane*.

sœur, Virginie lui découpa son poulet, rompit son pain, décortiqua les pécans du dessert.

Le repas terminé, Mme de Vigors demanda à Gustave de se mettre au piano. Depuis longtemps le Gascon, plus subtil et plus sensible que ses dehors badins et folâtres ne l'auraient fait supposer, avait appris à reconnaître l'humeur de la dame de Bagatelle. A la façon dont elle réclamait « un peu de musique », « une musique de consolation », « une musique à penser », « une musique qui berce », il choisissait une partition dans le porte-musique de bois découpé où il avait vainement tenté, au cours des années passées à Bagatelle, d'établir un semblant de classement. Les préludes de Chopin lui parurent de circonstance. Il choisit de commencer par le numéro 1, en *si* majeur, qui toujours évoquait pour le Gascon l'apparition d'une femme gracieuse et réservée, puis il poursuivit par le numéro 2, en *la* mineur, douloureux, comme une suite de cris étouffés. Enfin, il attaqua le préféré de Mme de Vigors, celui en *mi* majeur, solennel, emphatique, clamant par-delà la mélancolie du thème une chaleureuse espérance. Virginie, dans son fauteuil à oreillettes, la main gauche sous le menton, les yeux mi-clos, aux lèvres un vague sourire, accueillait les images que lui portait la musique. Dans ces moments-là, une sorte de synthèse de sa vie lui venait à l'esprit, comme si les années vécues n'étaient qu'un seul événement, à la fois voulu et imposé. Elle voyait alors dans son destin, en dépit des drames, des fortunes diverses, des ambitions satisfaites et des espérances déçues, une unité, un équilibre quasi mélodique. Les pensées ne lui paraissaient pas définissables et encore moins communicables, mais elle se sentait en accord avec elle-même et le reste de l'univers. Quand Gustave plaqua le dernier accord, ce fut pour Mme de Vigors comme si l'on refermait une fenêtre sur un paysage secret. Elle proposa une tasse de tisane au pianiste, qui refusa comme toujours, ses goûts vespéraux en matière de breuvage allant plutôt à l'armagnac de son pays qu'aux décoctions de sassafras, de tilleul ou de camomille.

– Je dois rentrer, dit-il. On me livre demain le piano que j'ai commandé chez Pleyel. Il arrive par le fleuve. Je voudrais surveiller moi-même le débarquement et le transport. Un demi-queue ne se manipule pas comme une balle de coton ou un boucaut de mélasse.

– Quand vous aurez votre piano, on vous verra moins à Bagatelle, Gustave, et je le regretterai, vous mettiez dans cette demeure poussiéreuse où ne vivent plus que de vieilles gens une gaieté et une jeunesse qui me rassurent... Charles est si loin et ses visites sont si rares...

– Je viendrai chaque jour, si vous le souhaitez, à l'heure du thé et j'accepterai, chaque fois que vous m'en ferez, une invitation à dîner... Et puis, dans une quinzaine, ma maison sera présentable, vous serez la première à savoir comment un Gascon s'est construit un home dans le Sud.

Ce soir-là, en baisant la main de Virginie de Vigors, Castel-Brajac connut un instant de mélancolie. La même qu'on peut ressentir à la vue d'une rose à demi fanée, dont la tige ploie sous le poids des pétales exténués par les jours de beauté.

En regardant sa demeure neuve, à dix minutes de petit trot entre Sainte-Marie et les Myrtes, sur la berge de Fausse-Rivière, Gustave de Castel-Brajac pensait à Clarence Dandrige dont l'exceptionnelle perspicacité devait lui permettre de prendre la mesure exacte de la décrépitude « bagatellienne », de l'usure des corps et des cœurs, du temps consommé.

Pour avoir ressenti l'envoûtement de Bagatelle et n'avoir pu s'en éloigner que de quelques miles, le Gersois savait qu'en ce lieu privilégié, au bord du grand fleuve Mississippi, des forces particulières et mystérieuses exerçaient sur les hommes et les femmes d'étranges pouvoirs.

Ce fut, sans doute, une de ces puissances surnaturelles qui habitaient les grandes plantations et auxquelles croyaient bon nombre de Noirs superstitieux qui s'amusa, le lendemain, à effrayer « chef Geo » sur la route d'Opelousas.

Tandis qu'il assistait au débarquement des passagers du bac de Melville, en attendant de l'emprunter pour traverser la rivière Atchafalaya, le Noir, qui s'en allait chercher fortune au Texas, vit descendre du bateau M. Clarence Dandrige, l'intendant de Bagatelle, bien droit sur son cheval, rasé de frais et en parfaite santé. Au passage, ce Cavalier qui ne pouvait être qu'un fantôme lui adressa un salut qu'il estima narquois avant de disparaître dans l'épais brouillard qui, toujours en cette saison, suivait le cours de l'affluent du Mississippi.

Très inquiet « chef Geo » enfonça son bonnet de laine rouge sur ses oreilles et s'en fut se cacher au bout du ponton au milieu d'un groupe de femmes bavardes. Désormais, son ancien maître, M. Oswald, n'était pas le seul à le rechercher comme on le lui avait dit à Sainte-Marie, le fantôme de sa victime s'en mêlait. Sûr que ce dernier, auquel il serait difficile d'échapper, allait, par les moyens connus des seuls esprits, renseigner M. Oswald.

A peine descendu du bac sur la rive gauche de l'Atchafalaya, « chef Geo », changeant d'itinéraire, décida de filer en Arkansas.

4

En attendant de pouvoir régulièrement occuper son siège de représentant à la chambre basse de l'État, Charles de Vigors ne chômait pas. L'ancienne étude des frères Mertaux, rénovée, modernisée, accueillait chaque jour, rue de Toulouse, un grand nombre de clients, planteurs en procès avec l'administration, commerçants ou négociants ayant des litiges avec les compagnies de navigation ou d'assurance, particuliers en conflit pour une mitoyenneté ou une succession, etc. On y voyait aussi des gens pleins d'idées, inventeurs d'occasion, souhaitant prendre des brevets pour protéger des procédés de fabrication ou des machines, dont ils escomptaient la fortune dans les meilleurs délais.

Le développement de la société industrielle du Nord, soucieuse d'exploiter les applications pratiques des découvertes scientifiques, donc disposée à accueillir toutes les trouvailles techniques propres à faciliter et à augmenter les productions, aussi bien que l'avidité des investisseurs, autorisait ce genre d'espérance.

Depuis qu'à la fin de l'année 1874 un certain Joseph F. Glidden avait fait breveter son « fil barbelé », dont aucun pionnier, éleveur ou paysan ne pouvait plus désormais se passer, un grand nombre de gens, admirateurs du coup de « l'œuf à Colomb », cherchaient un « truc » simple capable de rendre service à leurs semblables et, partant, de devenir ce qu'on appellerait plus tard un produit de grande consommation.

Il faut dire que l'exemple du fil de fer barbelé laissait rêveurs tous ceux qui attendaient la fortune de leur imagination. En 1874, M. Glidden avait vendu 10 000 livres de fil, mais la demande était telle qu'il comptait en vendre cinq ou six fois plus en 1875.

C'est pourquoi Charles ne négligeait jamais de faire étudier les dossiers de brevets qu'on lui confiait. Il avait ainsi encouragé un certain M. de Longpré, qui souhaitait planter de l'alfa en Louisiane, et envoyé en France par le capitaine du voilier la *Reine-des-Anges* et avec le concours du consul de France une boîte de « terre comestible » ramassée près de Pensacola, en Floride. On divisait les amateurs de ce « mets » en *dirt eaters*, ou mangeurs de boue, et *clay eaters*, mangeurs d'argile, qui tous se reconnaissaient à leur teint... terreux. Ce

« sable gras », comme l'appelaient les Indiens, avait, paraît-il, une consistance agréable et un goût savoureux..., mais il devait être consommé sur place. Charles de Vigors souhaitait connaître les vertus nutritives et éventuellement médicinales de cette terre de Floride, afin d'en exploiter un gisement si cela pouvait assurer quelque rapport. Plus intéressante encore lui avait paru l'invention d'un Français de La Nouvelle-Orléans, M. Magnier, chimiste, qui se disait capable de transformer le coton en soie. Ayant pris toutes garanties juridiques, M. Magnier était parti pour le Nord en compagnie d'un certain M. Kunemann, commanditaire, qui avait choisi avec Charles de s'intéresser à l'entreprise de l'inventeur. A New York, un banquier, M. Seligman, et des tisseurs de soie du New Jersey, Pall Brothers, s'étaient laissé convaincre pour une expérience, et les premiers appareils construits par Magnier avaient en effet permis d'obtenir, en partant non du coton, mais du lin, « une sorte de soie » qu'on avait baptisé « solène ». Hélas! au lendemain de cette tentative considérée par les commanditaires comme un succès prometteur, le chimiste avait disparu... On murmurait qu'il avait perdu la raison et s'était embarqué pour l'Europe.

Fort heureusement, le négoce du coton, malgré le peu d'entrain général des affaires consécutif à la crise financière de 1873, assurait aux clients de la Bourse des bénéfices plus réguliers que ces innovations hasardeuses. Au cours de la saison 1874-1875, les transactions avaient porté sur 982 420 balles. Bien que les prix soient en baisse, ces affaires assuraient aux planteurs prudents de quoi faire face à leurs échéances. Le sucre, grâce à une modernisation des moulins à cannes et à la pratique nouvelle du travail saisonnier, qui permettait de n'embaucher des travailleurs noirs qu'au moment du repiquage et de la coupe, au lieu de les entretenir toute l'année, devenait un produit de bon rapport. Près de trente millions de livres de sucre avaient été produites en Louisiane au cours de la saison. Si les planteurs avaient pu disposer de plus de capitaux pour acheter du matériel agricole moderne, nul doute que la production eut encore augmenté. Quant au riz, il prenait chaque année de plus en plus d'importance dans l'économie de l'État.

Me Charles de Vigors passait donc aisément pour un homme heureux. Ce beau mâle de trente ans, à la stature imposante, à la moustache soignée, toujours mis avec recherche et dont les manières, si parfaitement aristocratiques et françaises, plaisaient furieusement aux dames, tout en lui assurant en affaires un atout non négligeable, était aussi un mari adulé par sa femme et un père comblé, puisque Liponne venait de lui donner, deux jours avant Noël 1875, un troisième enfant. Cette seconde fille, qu'on avait baptisée Louise pour plaire à M. Dubard, beau-père de l'avocat, et Noëlle en raison de la proximité de la Nativité, avait fait courir un risque mortel à sa mère, au moment de sa venue au monde. L'enfant se présentant fort mal, on avait dû faire appel à un jeune chirurgien de La Nouvelle-Orléans qui pratiquait l'intervention dite « césarienne », suivant la nouvelle méthode du docteur T.G. Thomas, de New York.

Si le gros bébé de l'Acadienne était sorti indemne de ce difficile accouchement, la mère, en revanche, avait été cruellement éprouvée et les médecins se virent contraints de lui annoncer avec d'infinies précautions qu'elle ne pourrait plus jamais enfanter. Cette nouvelle, désespérante pour une mère qui, à l'exemple des femmes de sa famille, comptait bien avoir au moins une demi-douzaine d'enfants, rendit Liponne neurasthénique pendant plusieurs semaines, bien que son mari se montrât d'une gentillesse exemplaire à son égard.

Charles, qui, au contraire de sa femme, trouvait que trois enfants constituaient une descendance suffisante, avait en ce début d'année 1876 toutes les raisons de se réjouir. Ses affaires marchaient bien, on pouvait prévoir que les élections annoncées pour la fin de l'année donneraient cette fois une véritable chance aux démocrates de l'emporter sans équivoque et surtout Gratianne, dont le mari devait rendre visite à des banquiers de Chicago, annonçait enfin sa venue pour le carnaval qui, en cette année du centenaire de l'Indépendance des États-Unis, promettait d'être particulièrement animé.

La seule chose qui contrariait l'avocat, quand il rentrait inopinément chez lui à l'heure du thé, était de rencontrer Gloria de Castel-Brajac, inexplicablement liée d'amitié avec Liponne. Voir Marie-Virginie et Augustine jouer ensemble dans la nursery, sous la surveillance de leurs nounous, causait à l'avocat un indicible malaise. Ses deux filles, nées de mères différentes à quelques jours de distance, ne se ressemblaient pas, Dieu merci, mais promettaient de devenir en grandissant les meilleures amies du monde. La gêne de Charles était encore augmentée par le fait qu'il ignorait tout du degré d'intimité qu'avaient pu atteindre les relations de son épouse avec son ancienne maîtresse. Gloria jouait admirablement, et sans fausse honte, le rôle de la jeune fille séduite par un homme qui avait eu assez le sens du devoir pour l'épouser mais restait sourd à la voix du sang.

– Qu'un père ne cherche même pas à voir son enfant me révolte, disait Liponne sans que Charles pût comprendre si elle y mettait ou non de la malice.

– Monsieur mon mari m'avait bien prévenue qu'il en serait ainsi, ma chère. C'était, si l'on peut dire, inscrit dans le contrat de mariage... Je n'ai pas à me plaindre. J'aurais pu être, comme d'autres l'ont été, abandonnée à la réprobation générale, si M. de Castel-Brajac ne m'avait pas offert son nom, commentait nonchalamment Gloria en jetant un coup d'œil à Charles.

Depuis le jour des émeutes de septembre 1874, où Liponne lui avait lancé une phrase sibylline sur les multiples façons qu'il y a de devenir orpheline, Charles se demandait si sa femme « se doutait de quelque chose » ou si, ce matin-là, elle avait simplement voulu une fois de plus stigmatiser la conduite de Castel-Brajac.

Son tempérament ne l'incitant pas à se poser trop longtemps des questions embarrassantes, l'avocat, les après-midi où il trouvait Gloria dans le boudoir de sa femme, acceptait une tasse de thé, puis, le plus vite possible, se retirait dans son cabinet, sous prétexte de compulser des dossiers.

Souvent, ces jours-là, pour conjurer une mauvaise surprise du hasard ou se venger inconsciemment des deux femmes dont les rires lui parvenaient parfois par une fenêtre de la galerie, il écrivait à Marie-Gabrielle de longues lettres sentimentales et exaltées. Charles trouvait des mots charmants, des formules élégantes, des phrases gracieuses pour exprimer son désir contenu, la mélancolie de la séparation, l'espérance de retrouvailles indéterminées. Il se gardait, en revanche, de donner à la raisonnable Suissesse l'autorisation, qu'elle ne réclamait que rarement, de lui faire visite en Louisiane.

Gustave, à qui Charles lisait parfois, et sans aucune discrétion, un extrait particulièrement relevé de ses lettres à Marie-Gabrielle, avait fait remarquer à son ami :

– Si ce que tu m'as dit des ardeurs de Marie-Gabrielle et de sa situation conjugale est vrai, tes attouchements épistolaires me paraissent de nature à la mettre en transe. Ou tu vas la voir un beau matin arriver à la nage, ou le premier Genevois venu deviendra son amant.

– Je lui reconnais parfaitement le droit de prendre un amant, Gus, mais ce sera toujours moins bien qu'avec moi!

– Ton égoïsme et ta fatuité te perdront, mon bon Charles. Tu ne trouveras pas toujours un Castel-Brajac pour endosser tes bâtards.

Tandis que le gouvernement de Washington ordonnait à tous les Sioux de retourner dans leurs réserves, bien que l'une d'entre elles, située dans la région des Black Hills (Dakota), ait été envahie par des aventuriers chercheurs d'or, à la suite de la découverte de quelques pépites, à La Nouvelle-Orléans, comme chaque année au début de janvier, on préparait Carnaval.

La tradition en remontait, disaient les vieux créoles, à ce Mardi gras de 1734, jour où les religieuses ursulines avaient quitté en procession leur vieux couvent des bords du Mississippi pour aller occuper « entre la rivière et la rue Royale, près de l'hôpital », les nouveaux bâtiments que venaient de leur construire l'ingénieur royal Ignace Broutin et l'entrepreneur Michel Seringue.

Ce déménagement avait donné lieu à une pittoresque parade à travers le quartier Saint-Louis. Les ursulines venues de Rouen, robes noires, collerettes empesées, voiles flottants, défilèrent, encadrant une quarantaine d'orphelines âgées de huit à seize ans, costumées en anges. La plupart de ces fillettes qui suivaient en souriant une musique militaire avaient eu leurs parents massacrés par les Indiens à Natchez quelques années plus tôt. Le clergé, les soldats de la garnison et les citadins, alors peu nombreux, avaient emboîté le pas aux nonnes, et M. de Bienville en personne s'était dérangé pour les saluer au moment où le joyeux carillon du nouveau couvent annonçait que les filles de sainte Ursule prenaient possession de leur nouvelle demeure.

Le carnaval, ayant par la suite acquis droit de cité, avait occupé une grande partie de la saison d'hiver avec ses bals, ses parades, ses concours de costumes, ses réjouissances diverses. Avant la guerre civile, il y avait eu de fameux Mardis gras dont on gardait le souvenir. En 1828, les masques avaient fait leur apparition; en 1837, des citadins s'étaient groupés en association pour fleurir et décorer des chars allégoriques; en 1840, les batailles de confetti étaient apparues comme une excitante nouveauté; en 1868, « Comus », divinité factice promue par des négociants, avait entraîné dans sa riche parade Jupiter, Bacchus, Minerve, Apollon et d'autres dieux de l'Olympe. Interrompues par la guerre en 1862, les festivités de Mardi gras avaient repris mollement dès 1866 avec une mélancolique parade qui voulait montrer « les horreurs de la guerre », « les bienfaits de la paix », « l'espoir souriant du futur ».

En 1872, rivalisant avec « Comus », un nouveau héros de Carnaval, « Rex », était entré en scène, soutenu par le gratin des affaires. Cette nouvelle parade avait donné une nouvelle impulsion au carnaval, auquel avait assisté cette année-là Son Altesse impériale le grand-duc Alexis Romanov Alexandrovitch. Pour ne pas être en reste, les chevaliers de « Comus » s'étaient aventurés dans la politique, étalant sur leurs chars, par le biais caricatural des personnages à grosse tête, sous des enseignes symboliques, en des tableaux vivants d'un goût parfois douteux, les anomalies d'un État qui possédait parfois simultanément deux gouverneurs et deux législatures.

En cette année 1876, où l'on venait de fonder à La Nouvelle-Orléans le premier Lawn Tennis Club des États-Unis, Carnaval trouvait dans le centenaire de l'Indépendance américaine un thème facile à exploiter et qui permettait à la fois de critiquer avec humour un fédéralisme sauvé de justesse par une guerre meurtrière et de démontrer la nouvelle fidélité à l'Union des États ex-sécessionnistes.

Carnaval, c'était aussi la saison des bals publics et privés. A travers leur multiplicité se reconnaissaient toutes les composantes d'une société très compartimentée. De l'aristocratie créole aux *rustabouts* [1], toutes les castes donnaient leurs bals. Les corporations, les commerçants, les industriels, les médecins, les juristes, les policiers, les pompiers, les professeurs, les cercles, du Boston Club au Cotton Pickers Club, tout ce que la cité comptait d'associations, d'amicales, de groupements, participaient à l'organisation des défilés, fêtes de nuit, parades, revues, spectacles, jeux, etc., pour le plus grand profit des hôteliers, des restaurateurs, des boutiquiers, des couturières, des tailleurs et des artisans. On dépensait en effet, pendant cette période, des sommes considérables pour « donner à danser » à ses amis, pour se travestir richement, pour orner maisons et jardins.

Charles de Vigors, qui figurait maintenant au rang des notabilités de l'État, ce qui lui avait valu la présidence de l'Association des juristes de Louisiane, estima qu'il se devait de donner pour Mardi gras une fête qui ferait date dans les annales de la bonne société.

Après en avoir longuement discuté avec Liponne et pris l'avis par télégramme de sa demi-sœur, Gratianne, afin d'être certain de

1. Débardeurs.

sa présence au jour de la fête, l'avocat choisit de donner un bal travesti et masqué.

Il annonça assez tôt, de façon que ses invités, triés sur le volet, puissent se préparer, que les Cavaliers et leurs dames devraient représenter des héros ou des héroïnes de comédie, de tragédie, d'opéra, d'opérette ou de roman. Comme il était conseillé à tous les invités, qui devraient être strictement masqués au soir du bal, de ne pas divulguer leur invitation ni le costume choisi, Charles mit l'excitation à son comble en envoyant tous les trois jours aux élus une liste anonyme des travestissements déjà retenus. Ainsi, sa réception prit les dimensions d'un événement mondain considérable.

Pendant des semaines, de la mi-janvier à la veille du gala, régna dans les salons de la rue des Remparts, du Gardens District et de certaines plantations une fébrilité extraordinaire. Toute la ville parlait du bal travesti des Vigors. Les dames qui détenaient un bristol dans leur sac faisaient des mines qui trahissaient leur satisfaction face à leurs amies qui n'étaient pas conviées. Ces dernières, après s'être longtemps bercées de l'illusion d'une déficience postale, s'en prenaient à leur mari, incapable de figurer en bonne place dans les relations professionnelles ou politiques de l'avocat et d'obtenir le carton gravé, plus précieux, semblait-il, que ces autographes authentiques de George Washington, soudain multipliés par le centenaire de l'Indépendance et que les antiquaires vendaient à prix d'or.

Il y eut des scènes de ménage épouvantables, des démarches sournoises, des interventions généreuses, de brusques manifestations d'intérêt à l'égard des enfants Vigors, des noms suggérés à Liponne par des dames charitables, d'autres proposés au Boston Club à des intimes de l'avocat, et même deux ou trois adhésions soudaines au parti démocrate.

Chaque soir, Charles et Liponne s'amusaient de ces intrigues flatteuses pour leur position mondaine, mais ils demeuraient intraitables. Le nombre des invités restait limité à cent, comme le commandait la relative exiguïté de la maison.

Afin de taquiner un peu son mari, Mme de Vigors junior dissimulait les noms de deux titulaires d'invitations qu'elle avait envoyées personnellement.

– Ce sera à toi de reconnaître mes invités mystérieux... Sois sans crainte, ils sont honorables.

– Hommes ou femmes? interrogea Charles, qui n'aimait pas qu'on lui résistât.

– Homme et femme..., c'est tout ce que je peux te dire...

Virginie avait battu des mains comme une jeune fille quand son fils l'avait engagée à participer à la fête. Le plus difficile avait été, pour la dame de Bagatelle, de décider Dandrige à l'accompagner à La Nouvelle-Orléans. Comme il fallait s'y attendre, l'intendant refusa de se travestir.

– J'ai passé l'âge de ces amusements, Virginie, comprenez-le. Je vous accompagnerai, mais à visage découvert, en spectateur de la fête.

– Impossible, tout le monde doit dissimuler son visage, mettez au moins un loup... comme à Venise.

– Bon! je mettrai un loup et je me tiendrai près du buffet... Charles m'a dit qu'il serait somptueux.

L'organisation de la fête donnait à Charles moins d'inquiétude que l'arrivée en temps opportun de Gratianne.

– Son bateau doit accoster le 28 février, quarante-huit heures avant la fête. Pourvu qu'il n'ait pas de retard!... Tout sera gâché si elle n'est pas là..., confia-t-il à Castel-Brajac.

– Le fait est qu'elle prend le risque d'un contretemps... et sa toilette sera-t-elle prête?

– Elle l'est déjà sans doute, d'après sa dernière lettre.

– Et qu'a-t-elle choisi d'incarner : la Brinvilliers ou la dame aux camélias?

– La belle ne le dit pas, mais nous pouvons lui faire confiance... Et toi, comment seras-tu?

– Surprise, surprise! Seule ta mère est au courant..., mais c'est une idée de Dandrige.

Charles leva les bras au ciel, ce qui signifiait qu'il était incapable d'imaginer l'intendant conseillant un déguisement.

– Et Tampleton, que fera-t-il avec son unique bras?...

– Nelson, bien sûr, lança Castel-Brajac.

Dès la mi-février, Charles envoya chaque jour un de ses secrétaires au bureau du port pour se renseigner sur l'arrivée à New York du paquebot *Amérique* de la Compagnie générale transatlantique. Allongé de 77 mètres en 1873, modernisé, pourvu d'hélices, le bateau filait 13,2 nœuds et passait pour le courrier le plus régulier sur l'Atlantique Nord. On avait, de plus, embarqué à bord des pigeons voyageurs afin d'assurer en toutes circonstances le contact avec la terre.

Tandis que Liponne organisait la décoration de ses salons, faisait accrocher des girandoles aux branches des arbres de son jardin, stimulait les fournisseurs, catéchisait les domestiques et, aidée par sa mère, venue spécialement de Saint-Martinville pour l'assister dans ses préparatifs, composait le buffet et commandait des légions de canapés, Charles se morfondait dans l'attente des nouvelles de Gratianne. Quand il apprit que le paquebot, qui amenait sa demi-sœur et le mari de celle-ci, avait enfin touché New York, il poussa un soupir de soulagement.

Il imagina Gratianne mettant son mari dans le train de Chicago et sautant elle-même dans celui de La Nouvelle-Orléans. Désormais, le secrétaire de confiance dut monter la garde à la station pour guetter l'annonce des arrivées des trains du Nord.

Au matin du 28 février, Charles sentit son angoisse grandir. La neige, tombée en abondance pendant l'hiver sur les Appalaches, et un dégel précoce provoquaient des inondations et des glissements de terrain. Les trains de New York et de Chicago étaient annoncés avec des retards considérables. Le 1er mars, au début de l'après-midi, la situation ne s'était pas améliorée. Quand M. de Vigors se décida à quitter son bureau après avoir laissé son secrétaire en faction, auquel il renvoya, dès qu'il fut rentré chez lui, son cocher et son cabriolet, il ne savait rien de Gratianne.

Liponne, heureuse mais exténuée par les préparatifs, avait décidé de se reposer deux heures avant de se faire coiffer et de s'habiller. Charles trouva sa femme paisiblement endormie dans une maison fleurie de roses, de lis, d'iris, de camélias, d'azalées, de narcisses, de muguet Calla et qui embaumait.

Les domestiques étaient déjà sous les armes, « Seco » passait en revue les tabliers des soubrettes, les manchettes des serveurs et surveillait les glacières où les sorbets et les crèmes attendaient l'heure des desserts. Deux orchestres, qui devaient se relayer, se mettaient en place. L'un, composé de musiciens blancs, jouerait quadrilles, valses, polkas, pas de quatre, berlines et quelques gavottes, chaconnes ou pavanes pour rappeler le bon vieux temps; l'autre, la meilleure formation noire du moment, que Charles avait arrachée au Théâtre d'Orléans pour une soirée, rythmerait les danses exotiques que les créoles ne dédaignaient pas : gigue, rill, boléro, allemande, dérobée, etc., et donnerait en intermède quelques morceaux nègres où la mélodie à l'européenne, les airs africains, les chants des esclaves et les cantiques baptistes se mêlaient pour composer parfois de grisants cocktails de sons que les férus de classique trouvaient discordants.

Liponne mit une bonne heure à se transformer en « belle Hélène », selon les canons du Second Empire et de M. Offenbach, tandis que Charles coiffait la résille de « Figaro » et enfilait culotte de soie et bas blancs qui mettaient en valeur ses mollets de bedeau.

Il fit compliment à Liponne de sa grâce et exigea qu'elle réduise un peu l'ampleur de son décolleté, car M. de Vigors s'offrait à l'occasion le plaisir pervers d'être jaloux.

– Votre buste splendide attire le regard et je ne tiens pas à jouer les Ménélas...

– Ce soir, je ne serai sensible au charme de Pâris que s'il est déguisé en Figaro! conclut Liponne avec un élan de tendresse qui fit frémir Charles.

– Si nous avions un peu de temps et si je ne craignais pas de détruire l'architecture capillaire dont vous voilà surmontée, croyez, ma chère Hélène, que je vous conduirais jusqu'à Cythère..., là, à côté, dans notre chambre.

Liponne s'enfuit en riant. Elle était heureuse, épanouie, fière de son beau mari, de sa maison qui ressemblait à un bouquet, et la pendule indiquait l'arrivée prochaine des invités.

Charles, lui, ne se résolut à descendre qu'au moment où il entendit rouler sur le gravier de l'allée le premier attelage. Il en vit sortir une Norma faite comme une Junon et portant son bouclier fatal comme un serveur son plateau.

« Et maintenant, que la fête commence! se dit-il sans joie... Où peut bien être passée Gratianne? »

Comme toujours dans ce genre de bal, les travestis devaient faire leur entrée sur un air de musique, que chacun avait fait communiquer à l'orchestre. Figaro et la belle Hélène, qui ne pouvaient bénéficier de l'anonymat, malgré leur masque de soie, accueillaient dans le hall les invités qui, la plupart, dissimulaient sous de grandes capes des costumes qui leur avaient coûté fort cher et sous des loups à la mode vénitienne leur visage. Charles et Liponne, au son des voix, s'efforçaient de reconnaître les arrivants sans toujours y parvenir. Un certain nombre d'invités, gens âgés ou intimes, avaient choisi, comme Clarence Dandrige ou la mère de Liponne, de n'être que des spectateurs masqués et prenaient place au grand salon dès leur arrivée. Les autres, soucieux de ménager leurs effets, étaient conduits par les domestiques dans le petit salon, pour les dames, ou le cabinet de l'avocat, pour les messieurs, afin de mettre au point les derniers détails de leur toilette.

Quand la plupart des gens attendus furent rassemblés, le majordome noir du Boston Club, que Charles avait engagé, ouvrit à deux battants la porte du grand salon et lança d'une splendide voix de basse la phrase préparée par Castel-Brajac :

– Les dames et les Cavaliers qui les accompagnent ont pour un soir choisi de n'être que ce qu'ils paraissent. Il serait vain de percer le mystère de leur choix et de vouloir connaître leur visage humain. Ils ne sont que des personnages sortis de l'imagination des auteurs.

Aussitôt l'orchestre attaqua une marche comique et l'on vit entrer Falstaff suivi d'un groupe de joyeuses commères.

– C'est le sénateur Mouton, je reconnais sa démarche, dit une dame.

Cela fit beaucoup rire Mme Dubard, qui avait elle-même suggéré à son mari ce déguisement truculent.

Sous les applaudissements et les flonflons, on vit entrer Cendrillon et le prince Charmant; Quentin Durward et sa belle; Roland portant son épée accompagnant une Diane chasseresse dont le jupon ultra-court livrait aux regards des messieurs des jambes dont ils eussent bien voulu connaître la propriétaire; un docteur Faust mal rajeuni, clopinant derrière une Marguerite aux coudes pointus; un Barbe-Bleue effrayant, mais gai luron, tenant par leurs tresses blondes deux demoiselles identiques, que tout le monde identifia comme les jumelles Landry; une Ariane bobinant son fil qui obtint un franc succès, flanquée d'un M. Jourdain « enturqué » jusqu'au turban...

Charles et Liponne avaient de quoi se réjouir, le succès paraissait assuré, les rires fusaient, on applaudissait aux clins d'œil repris dans certains détails vestimentaires et la foule des badauds tentait sur l'avenue Prytania de voir ce qui se passait de si amusant dans cette grande maison illuminée et ce jardin où pénétraient à chaque instant de beaux équipages amenant des fantômes.

M. de Vigors, toutefois, n'était pas parfaitement à l'aise. Gratianne avait raté cette fête qu'il avait conçue pour elle. Il lui en voulait de sa désinvolture, de cette fatuité qu'elle avait de croire que les choses allaient d'elles-mêmes, que les trains arrivaient à l'heure et que les ennuis étaient pour les autres. Il fut soudain tiré de ses réflexions moroses par un pincement au bras.

– Regarde, fit Liponne, regarde ce qu'elle est belle!

L'orchestre venait d'attaquer l'ouverture de *La Flûte enchantée* et sous le lustre aux cinquante becs à gaz, devant la foule murmurante, s'avançait à pas mesuré, hiératique, droite, haute et noire, la reine de la Nuit. Sa guimpe d'épaisse mousseline tombant du touret frappé d'un croissant d'or dont elle était coiffée, avait l'inquiétante palpitation des fumées froides et charbonneuses des Enfers. Aux murmures étonnés des spectateurs succéda un silence que remplit la musique de Mozart, dont l'allégresse renforçait ironiquement le charme maléfique de l'apparition.

Dandrige admira avec quel art consommé de la mise en scène Virginie réglait sa démarche, en évitant de communiquer le moindre froufrou à sa robe de prêtresse, afin de donner aux assistants l'impression qu'une statue animée venait à leur rencontre. Car seuls les yeux, mauves et limpides, comme ces opales qui donnaient un regard aux statues antiques, sertis dans les fentes asiates d'un masque d'or à frange de strass, révélaient l'humanité du spectre. Jamais, peut-être – mais qui pourrait le comprendre à part Clarence? – Virginie n'avait été autant elle-même que sous ce déguisement. En proposant à son amie la personnalité contrainte et fatale de la reine de la Nuit, prête à sacrifier sa fille Pamina pour l'emporter sur le sage Sarastro, époux vertueux et souverain mystique, il avait osé lui soumettre une définition sans complaisance du démon qui l'avait habitée toute sa vie :

– « Force et séduction des ténèbres », voilà ce que vous devrez incarner, Virginie.

– Mais on me détestera, avait-elle lancé avec effroi.

– On ne déteste pas les principes, mon amie, on les accepte. Sans le Mal, le Bien n'existerait pas. Sans la reine de la Nuit, Sarastro ne serait qu'un prêcheur ennuyeux et Pamina une enfant gâtée qui veut son prince Charmant.

Et comme Mme de Vigors ne voulait pas affronter seule ce jeu, dont la signification échapperait à beaucoup, Dandrige avait convaincu Castel-Brajac, joufflu, rose, aimable et faussement naïf, de jouer Papageno, l'oiseleur, et d'accompagner la sombre fée. Quand l'orchestre enchaîna avec l'air à cinq notes du joyeux Papageno, les spectateurs sourirent. Lançant son trille, sautant d'un pied sur l'autre et lâchant les trois tourterelles prisonnières de sa cage d'osier, Gustave connut le succès que l'on réserve toujours aux bouffons.

Tandis que Virginie, assise au milieu d'un cercle de dames, tentait d'échapper à la curiosité de celles qui brûlaient de lui enlever son masque, Gustave-Papageno rejoignit Dandrige.

– Avouez que vous vous amusez bien ce soir!

– La vie est un jeu, Gustave. J'ai joué à restituer à quelqu'un qui m'est cher ce que je crois être sa véritable enveloppe. Demain il n'y paraîtra plus, nous retrouverons nos bienheureuses inconsciences et nous serons satisfaits de nous-mêmes.

– Si vous aviez accepté de vous travestir, monsieur Dandrige, qui auriez-vous choisi d'être?

– Macbeth... Près des ténèbres et envoûté comme tous les hommes et parce que ma nature *est trop pleine du lait de la tendresse pour saisir le chemin le plus court* [1].

Gustave de Castel-Brajac, avec cette familiarité méridionale dont il avait parfois du mal à se défendre, osa mettre la main sur l'épaule de l'intendant.

– J'ai pour vous, monsieur Dandrige, beaucoup de respect et d'affection... Je peux vous dire que je vous aime bien.

– Moi aussi, je vous aime bien, Gustave..., et peut-être nous ressemblons-nous plus qu'il n'y paraît... surtout ce soir.

Le général Tampleton en Nelson fut, bien sûr, percé à jour mais très chaleureusement applaudi. Adèle Barrow, qui se croyait à l'abri derrière un masque de dentelles, s'approcha un moment plus tard de Castel-Brajac, qu'elle avait reconnu.

– Dites-moi, Gustave, ne croyez-vous pas que Mme de Vigors en Judith accompagnée par Willy Tampleton en Holopherne nous eût fourni un beau sujet de méditation? Pourquoi la dame de Bagatelle n'est-elle pas venue? Et quelle est la belle aux voiles noirs que vous assistiez?

– Vous savez bien que Papageno reçoit un cadenas quand il parle, mademoiselle Barrow... Je compte me servir de ma bouche uniquement pour manger et boire... Ce bon Charles a fait venir du caviar de Russie... et il y a de la vodka... Venez donc jusqu'au buffet.

Près des tables recouvertes de nappes damassées et surchargées de victuailles, Gustave, son flûtiau sous le bras, retrouva Charles.

– Tu es content, c'est réussi. Il paraît que les journalistes de *L'Abeille*, du *Times Picayune* et de *L'Époque* s'efforcent à la porte de tirer des renseignements des domestiques.

– Je les verrai plus tard..., quand le bal sera ouvert, à minuit... Liponne a deux invités surprises qui ne sont pas encore arrivés.

– Et Gratianne?

– Aucune nouvelle... La déception me donne la pépie et je vais commencer à regarder les beaux masques de plus près.

– Afin que tu ne fasses pas de gaffe, je te dis tout de suite que la reine de la Nuit, c'est ta mère, que la belle Hélène, c'est ta femme, et la dame qui s'empiffre de dindonneau derrière ce masque-paravent, c'est Mlle Barrow. Pour le reste...

– Dis-donc, interrompit brusquement Charles, tu as vu cette Andalouse?... Elle n'a pas fait d'entrée.

– Fais attention, Charles, c'est peut-être une cousine Dubard, il doit y en avoir une bonne douzaine autour de nous ce soir, ton beau-père en a déjà amené quatre en joyeuses commères de Windsor.

– Tu as raison, et puis je n'ai pas le cœur à la gaudriole... J'imagine Gratianne grelottant de froid dans un train perdu...

Gustave allait trouver pour son ami des mots rassurants, quand une jeune femme s'approcha. Elle portait une robe jaune de tissu

1. *Macbeth* (acte I, scène 5).

grossier, un bonnet blanc de lavandière et son corsage palpitait sous la pression interne d'une poitrine que l'on devinait ferme et blanche.

– Pourrais-je avoir un verre de punch, monsieur, s'il vous plaît? J'ai perdu mon cavalier..., c'est Des Grieux.

Charles, oubliant sa mélancolie de l'instant précédent, fit un clin d'œil à Gustave.

– Mais comment donc, chère madame... Manon, sans doute? Figaro est là pour vous servir. Un coup de lancette, me voici; un verre de punch, me voilà!

La jeune femme rit bêtement...

– Oh! ce que vous êtes drôle, vous, au moins! Mon Des Grieux a mal au pied à cause de ses souliers neufs. Il ne voudra pas danser.

– Nous vous ferons danser, ma belle, soyez sans crainte.

– Ce qu'il fait chaud ici, vous trouvez pas, avec ce punch... Il est bon, mais..., hein, il réchauffe encore plus.

– Voulez-vous faire un tour au jardin? proposa immédiatement Charles après avoir vu à l'autre bout du salon Liponne en conversation avec la reine de la Nuit.

Gustave de Castel-Brajac, qui avait suivi le manège de son ami, put se livrer tout à fait rassuré aux plaisirs de la dégustation. L'intérêt qu'il portait à l'andouille à la mode acadienne, dont un plateau négligé par les créoles de la bonne société figurait au bout d'une table de charcuterie, amena le Gascon près de Willy Tampleton.

– Allons! amiral, la mer est belle?

Willy se pencha sur Papageno, le scruta et dit :

– Votre accent me rappelle quelqu'un qui va bientôt pendre la crémaillère dans une jolie petite maison de Fausse-Rivière où je compte bien être invité.

– Vous le serez, amiral; moi qui ne suis qu'un modeste oiseleur, je transmettrai votre souhait au propriétaire.

– Vous êtes parfait, Gustave; et moi, comment me trouvez-vous?

– Plus manchot que nature, amiral, il vous manque le bras droit que vous avez perdu à l'assaut de Santa Cruz de Tenerife, comme mon ami le général Tampleton a perdu le sien sur la rivière James près d'Appomatox, mais il semble que vous avez retrouvé, par miracle, l'œil laissé au siège de Calvi.

– Je ne pouvais tout de même pas me crever un œil pour faire plus vrai..., Gustave... Il y a déjà un imbécile déguisé en Roland qui m'a demandé comment je réussissais si bien à dissimuler mon bras droit... C'est à vous dégoûter d'être manchot. Servez-moi donc un bourbon de Cavalier.

Comme la plupart des invités de Charles de Vigors, Gustave et le général jouaient aux devinettes.

– La Diane aux belles jambes... qui m'a accordé la première valse... savez-vous qui elle est, Gustave?

– Eh non, général; et la Carmen qui bavarde avec M. Dandrige, la connaissez-vous?

– Pas encore, fit le général, qui en était à son troisième verre d'alcool..., mais vous pourriez vous renseigner... Vous lui jouez un petit air de flûtiau et vous la confessez.

– Je vais essayer, déclara le Gascon, qui aussitôt se dirigea vers la jeune personne.

Celle-ci, le voyant s'approcher, fit mine de quitter Dandrige, mais l'intendant la retint.

– M. Papageno, que je connais bien, brûle d'envie de danser avec Carmen, inscrivez-le donc pour une polka.

Gustave s'inclina, tira de son flûtiau les cinq notes fameuses et dit :

– Qu'avez-vous fait de vos castagnettes?

Tout en badinant avec la jeune personne à la chevelure opulente et au teint mat – un maquillage, sans doute, pour faire gitane – le Gascon, comme tout mâle sur le sentier de la tendre guerre, détaillait son physique.

Belles épaules, beaux seins, taille ronde qui gagnerait peut-être à être plus marquée, regard velouté, oreilles fines, gestes distingués... Tel était le bilan dressé par Gustave, qui, pour tout le reste, devait se contenter de suppositions.

La demoiselle, de son côté, devait se poser des questions, encore que le costume d'oiseleur, culottes courtes, bandes molletières, chemise échancrée à manches courtes, ne permettait guère à M. de Castel-Brajac de dissimuler son embonpoint et ses petites jambes.

Après un certain nombre de considérations sur les travestis voisins, ce qui constituait les banalités du moment, Carmen demanda :

– Votre accent, c'est l'accent allemand?

– Boun Diou! Carmencita, si vous étiez un homme, je vous enverrais un cartel, confondre l'accent gascon avec les sonorités tudesques! Macadiou, c'est une insulte, ça, savez-vous? D'Artagnan a fessé Milady pour moins que ça!

– Pardonnez-moi, monsieur Papageno; cet accent, c'est la première fois que je l'entends à La Nouvelle-Orléans... Je ne pouvais pas savoir.

– Savoir, peut-être ne pouvez-vous pas, madame, mais entendre, mais sentir, vous pouvez, non? Mon pays, c'est le Gers, un rude pays, croyez-moi, qui ne paraît pas aimable au premier abord avec ses forêts serrées, ses petites vallées, ses collines aplaties, ses champs de molasse, ses châteaux qui ressemblent à de grosses fermes et ses fermes qu'on prend pour des donjons tronqués. De temps en temps, bien sûr, à Saint-Puy, à Castelmore, à Marsan, à Condom, à Auch, eh! il y a des demeures qui ridiculisent vos manoirs de planteurs blancs comme plâtre, mais nos maisons, dans l'ensemble, sont des demeures de paysans. Quand il pleut, il pleut fort, mais quand le soleil tape, boun Diou, on sait bien qu'on est au midi de la France. C'est le pays des vignes modestes, des petits vins acides, mais ils font les grands armagnacs, qui soutenaient le cœur des cadets qu'on envoyait guerroyer parce qu'on n'avait pas de terre à leur donner. Nos oies gavées ont des foies gros comme des brioches et aussi savoureux qu'elles, et si l'on passe plus de temps à guetter le passage des palombes qu'à danser chez le sous-préfet c'est parce qu'on ne s'en va jamais seul et la musette vide se coucher dans les fougères ou sous les chênes noirs dont on tire nos tonneaux. Voilà pourquoi, ventrebleu, il y a dans mon accent du soleil, de la rocaille, des sons de fifres, des roulements de caisses et aussi... – mais là, il faut avoir l'oreille un peu plus exercée que la vôtre pour le reconnaître – il y a le vent du boulet espagnol qui, à Maestricht, décapita l'un de mes aïeux mousquetaire et étendit raide comme une rapière Charles de Batz, dit d'Artagnan, le plus fier Gascon de chez nous! Vous comprendrez que me voir « teutoniser », madame, ne peut me plaire; il coulera de l'eau dans le Mississippi avant que je vous fasse danser la gigue ou la bourrée.

Comme cette longue diatribe avait donné soif à Gustave, il s'en retourna vers le buffet, plantant là Carmen, ses accroche-cœurs de pacotille et son éventail peint.

Désorientée, la jeune femme, dont le masque dissimula opportunément la subite rougeur, se mit à la recherche de Liponne de Vigors pour lui conter sa mésaventure.

Pendant cette scène, qui réduisait sensiblement les chances que pouvait avoir Gustave de Castel-Brajac auprès de la belle Andalouse, Charles poussait avec plus de succès son avantage auprès de Manon.

Connaissant tous les coins et recoins du petit parc de sa demeure, l'avocat, bien décidé à oublier l'absence de Gratianne, entraîna l'inconnue jusqu'à la gloriette où, parfois, il se retirait pour étudier en plein air un dossier particulièrement ardu. Le kiosque était meublé d'une méridienne, de deux fauteuils d'osier et d'une petite table, mais dépourvu de tout système d'éclairage artificiel. Cette nuit-là, les lumières de la grande maison filtrant à travers les branches basses d'un cèdre bleu y portaient exceptionnellement une vague clarté à la fois intensifiée et diluée par la blancheur laquée de la petite construction de bois.

Assez inexplicablement, Charles se sentait attiré par cette fille, dont le parfum un peu trop capiteux, quasi vulgaire, lui rappelait l'odeur des entrepôts où l'on rassemblait les colis d'épices fraîchement débarqués des bricks de Ceylan ou de Bombay. Les épaules de l'inconnue lui paraissaient irréprochables, comme son décolleté, et il devinait à la démarche de cette Manon d'un soir des jambes longues, des cuisses rondes et dures. Les mains gantées de daim blanc étaient bien d'une femme du monde, mais la perruque blonde frisée au fer interdisait toute supposition quant à la couleur de la véritable chevelure qu'elle dissimulait entièrement. Cependant, cette nuque fine, ce grain de peau, cette façon de porter haut un buste ample et lourd de femme bien en chair donnaient à Charles une impression de déjà vu. Tandis qu'il installait la jeune femme masquée sur la méridienne et s'asseyait sur un fauteuil d'osier, l'avocat repassait dans son esprit la liste de ses invités. Cette femme, il était certain maintenant de l'avoir déjà rencontrée, au théâtre, au cours d'un barbecue ou d'une de ces réunions mondaines que les « Américains » appelaient « parties ». Était-elle l'épouse ou la fille d'un homme qu'il croisait tous les jours? N'était-elle pas, comme n'aurait pas manqué de le suggérer Gustave, une des innombrables cousines ou nièces de Liponne? Elle n'avait pas l'accent cajun, bien sûr, mais il fallait être prudent. Il ne s'agissait pas de se jeter à la tête d'une intrigante qui s'en irait demain raconter à ses amies comment elle avait séduit en un rien de temps l'honorable président de la Société juridique de Louisiane.

Dès les premiers mots prononcés, Charles s'était dit que la dame paraissait bête comme une oie, mais, en traversant le jardin, elle avait fait deux ou trois réflexions prouvant qu'elle n'était pas aussi stupide qu'elle voulait le paraître en croyant sans doute être plus proche du personnage de l'abbé Prévost.

Malgré la pénombre, Charles se rendait bien compte maintenant que, par les fentes de son loup à bavolet de valenciennes, cette Manon observait, d'un œil à la fois ironique et interrogateur, l'homme qu'elle avait suivi jusque-là sans réticence.

– On dit Figaro bavard, monsieur, et vous êtes muet!

Derrière le rideau du masque de velours prune qui couvrait complètement le bas du visage de l'inconnue, la voix de celle-ci paraissait monocorde, sans accent ni sonorité. C'était la voix désincarnée commune cette nuit-là à tous les travestis vraiment soucieux de protéger leur anonymat.

– En vérité, Manon, je ne sais que dire et que faire... J'ai peur, quand tomberont les masques au lever du jour, d'avoir été joué par une coquette ou provoqué par quelque dame uniquement désireuse d'éprouver ma vertu... Si vous disiez un peu qui vous êtes...

– Vous portez le costume de Figaro, monsieur, mais vous parlez comme Almaviva. Je vais vous rassurer : c'est la première fois ce soir que je vois votre femme, que je pénètre dans votre maison et je ne connais que très peu de vos invités. Enfin, je suis discrète et j'aime les hommages.

Charles, certain cette fois de n'avoir pas affaire à une femme idiote, ni à une oie blanche, rapprocha son fauteuil et prit la main de l'inconnue. Doucement, il fit glisser le gant jusqu'au poignet et déposa un baiser sur un avant-bras blanc. Sous ses lèvres, il sentit frissonner la chair tiède et reconnut à la palpitation du corsage la soudaine accélération des battements d'un cœur qui réagissait vite à la sollicitation des sens.

Enhardi, Charles se rapprocha encore, souleva le bas du masque pour découvrir la bouche de l'inconnue et y appuya un baiser. Des lèvres pleines, brûlantes, humides, répondirent aux siennes, il sentit le souffle de Manon qui, l'entourant de ses bras, l'obligea à poser la tête sur sa poitrine.

– Là, dit-elle, ne bougez plus... Attendez un moment que tout s'éloigne et que je m'y retrouve dans mes émotions.

Charles, le visage enfoui dans le décolleté, palpait timidement cette poitrine chaude et pleine, tandis qu'une farandole de questions lui traversaient l'esprit. L'odeur vraie de cette chair parvenait maintenant à sa narine exercée, à travers l'écran du parfum vulgaire dont l'inconnue avait peut-être usé à dessein. Cette taille que son bras encerclait, ce ventre plat et musclé d'amazone, tendu sous la robe quelconque, ces hanches fortes et rondes, ses mains semblaient les reconnaître sans les avoir jamais parcourus. C'était un peu comme s'il possédait le souvenir de ce corps par un autre sens que le toucher..., la vue, peut-être.

Brusquement, il abandonna son étreinte, prit l'inconnue aux épaules, tenta de mieux saisir son regard dans un rai de lumière. Pas de doute, cette femme, il l'avait vue nue...; ce corps, il l'avait déjà désiré... C'était...

Il allait jeter un prénom dans la nuit, mais, prompte à esquiver l'insupportable révélation, qui rendrait caduc l'incognito hypocrite dont se masquait leur ancienne et trouble passion, devenue amour de carnaval, celle dont il avait tant espéré la présence aspira sur sa bouche, dans un baiser rageur, les syllabes qu'elle ne voulait pas entendre.

– Aimons-nous... enfin! dit Charles avec véhémence.

– Chut! je m'appelle Manon, beau barbier. Demain, je périrai dans les marécages de La Nouvelle-Orléans, mais cette nuit je t'appartiens...

Quand, un moment plus tard, Gustave de Castel-Brajac, réconcilié avec Carmen par l'entremise de Liponne, s'approcha de la gloriette où il comptait bien, lui aussi, mettre à mal la vertu de l'Andalouse, il redescendit précipitamment les trois marches du kiosque.

– C'est occupé, dit-il, déçu. Il ne reste qu'un banc au fond du jardin, près de la pièce d'eau... Si vous ne craignez pas les maringouins [1].

– Une piqûre de moustique est parfois moins douloureuse qu'une piqûre d'amour-propre, monsieur Papageno, et, puisque je vous ai accordé réparation pour ma bévue... accentuée, je vous suivrai au fond du parc... où sont, dit-on, les satyres et les dryades.

Le joyeux Gascon avait découvert en peu de temps que la demoiselle costumée en Espagnole ne manquait pas d'esprit. Amenée par Liponne au buffet, elle avait gracieusement tendu à Gustave un *mint julep* suavement dosé par ses soins. A la première gorgée, Castel-Brajac avait su qu'il avait affaire à une créole de bonne éducation; à la seconde, il commençait à penser qu'il avait injustement gourmandé une personne manquant de références linguistiques.

Le gobelet d'argent, embué par la glace pilée à travers laquelle il convenait de déguster le vieux bourbon parfumé à la menthe fraîche et sucré au sirop, n'était pas vidé que, déjà, l'homme à l'accent « de tambours et de fifres » exigeait « un vrai baiser de réparation » et entraînait l'Andalouse vers le jardin, suivi du regard par Liponne que ce dénouement provisoire semblait réjouir.

Quand Papageno, un peu gêné pour s'asseoir par l'étroitesse de

1. Moustiques, en parler cajun.

ses culottes tyroliennes, fut installé près de Carmen aux amples jupons à volants sur un banc d'un confort relatif, son ardeur conquérante parut singulièrement atténuée.

– Je suis un peu confus de vous enlever ainsi. Papageno n'est pas don José, et je vous tiens quitte du baiser réparateur... si ce doit être pour vous une pénitence.

– Je ne le saurai qu'après... minauda la demoiselle.

– Alors, essayons, fit Gustave en l'enlaçant.

La pénitente se déclara assez satisfaite et, sans trop prendre garde à ce qui pouvait se passer autour d'eux, Gustave et sa conquête, dont le loup juponné de dentelle compliquait les baisers de frôlements irritants, s'abandonnèrent aux petites agaceries des flirts commençants.

– Montrez-moi vos yeux et votre visage, belle dame, demanda soudain Gustave, devinant que sa compagne ne serait pas opposée à des jeux moins superficiels.

Mais la jeune femme sursauta, s'éloigna sur le banc et vérifia l'ajustement de sa « maschera ».

– Ça, monsieur, je ne puis... Je suis mariée... à un homme jaloux.

– Boun Diou! ce sont des choses qui arrivent... Et votre mari est- il dans les parages?

– Non, monsieur, il est loin, très loin... Mais je dois veiller à l'honneur de son nom..., n'est-ce pas?

– A l'honneur... de son nom... seulement?

– Seulement.

– Et pour... le reste?

– C'est selon mon bon plaisir.

– Sous le masque?

– Sous le masque.

– Alors, si je vous propose de m'accompagner dans un petit pied-à-terre que j'ai là, tout à côté, sur l'avenue Saint-Charles, y viendrez-vous, madame?

– Si j'ai votre parole d'oiseleur que vous ne ferez rien pour me démasquer et que vous tiendrez les lumières au plus bas..., comme Carmen, je vous dirai la bonne aventure.

Déjà Gustave était debout, attirait à lui la dame peu fidèle, dont il imaginait le mari navigateur ou militaire yankee, et lui donnait sur la gorge un baiser qui parut la troubler plus que de raison. « C'est une ardente sevrée d'amour », se dit le Gascon, toujours présomptueux.

– Allons, fit-il à haute voix... J'ai par là un cabriolet de louage qui nous permettra une fugue discrète... à moins que vous ne vouliez attendre le bal de minuit?

Carmen se contenta d'une éloquente pression de la main sur l'avant-bras de son cavalier pour indiquer sa préférence. Gais comme des amants neufs, Gustave et l'inconnue s'empressèrent de tourner le dos à la maison, d'où leur parvenait une bizarre musique, rapide et syncopée.

– Ce sont les nègres qui jouent, dit Castel-Brajac.

Charles réapparut près de Liponne juste à temps pour que l'on puisse ouvrir le bal de nuit à l'heure dite.

– Qui rasiez-vous, mon cher Figaro, depuis votre disparition?

– Gratianne est arrivée, souffla l'avocat, éludant à demi la question de sa femme... Je l'ai installée dans la chambre que vous lui avez préparée. Elle a fait tout à l'heure une apparition... en Manon Lescaut, mais, vous voyant très occupée, ne s'est pas fait connaître.

– A-t-elle vu sa mère, au moins?

– Non, pas encore, mais je vais la lui envoyer dès que le bal sera ouvert.

– Je suis contente que Gratianne soit enfin là, vous vous faisiez tant de souci!

– C'est tout de même ma demi-sœur, Liponne!

Charles sourit à cette sollicitude et prit le temps d'avaler trois canapés à la dinde et deux coupes de champagne avant de dire aux musiciens que le bal commencerait dès que les deux derniers invités seraient arrivés.

– Qui sont-ils, Charles? demanda Adèle Barrow en arrêtant le maître de maison.

– Je l'ignore comme vous, ma femme me fait des cachotteries...

Clarence Dandrige, las de débiter des banalités aux uns et aux autres et désireux de se débarrasser de ce loup de soie noire qui inspirait aux dames un désir de bavarder avec lui qu'elles n'eussent pas eu, estimait-il, s'il avait montré son visage, exprima à Virginie son intention d'aller dormir.

– Oh! attendez, Clarence, la surprise de minuit, les travestis mystérieux!

– Je ne serais pas étonné si vous me disiez que vous connaissez leur nom et leur costume.

– Oui, Clarence, je les connais et je crois être ici la seule qui les connaisse.

– Est-ce encore un tour de la machiavélique reine de la Nuit?

– Peut-être son dernier tour, Clarence; patientez, murmura Mme de Vigors sous son voile de veuve.

Dandrige et la centaine d'invités, rassemblés maintenant dans le grand salon, n'eurent pas beaucoup à attendre. Au dernier coup de minuit, les trompettes des deux orchestres sonnèrent et l'aboyeur annonça d'une voix rendue plus sonore par quelques verres de punch dérobés à l'office : « Noé et la fille de Cham. » Aussitôt les musiciens attaquèrent assez anachroniquement la marche d'*Aïda* et l'on vit pénétrer dans le salon, où la foule médusée retint son souffle, le couple le plus étonnant de la soirée : Noé, chevelure et barbe d'argent, vêtu d'une peau de lion, conduisait par la main une Vénus noire d'une prodigieuse beauté, parée à l'antique d'un long chiton de soie blanche, sous un manteau de lin. Tandis que ces personnages bibliques avançaient à pas lents, un murmure d'admiration s'éleva du côté des hommes, auquel répondit l'exclamation de surprise des femmes.

– Tudieu, quelle belle fille! lâcha un ancien colonel confédéré.

– Quel maquillage parfait, on dirait vraiment une négresse, fit une dame.

– C'est Salomé peinte par Edward Bannister [1], persifia un snob.

Une jeune personne qui, brandissant son face-à-main, s'était approchée de la « fille de Cham » revint en bégayant d'indignation... :

– C'est une négresse, une vraie négresse, je vous assure; quelle audace d'être venue jusqu'ici!

Clarence Dandrige, qui venait de reconnaître Ivy Barnett, l'institutrice noire de Pointe-Coupée, et en déduisait que Noé ne pouvait être que le docteur Finks, comprit tout de suite que cette apparition allait déclencher un scandale. Il chercha des yeux Mme de Vigors et la découvrit dans l'encoignure d'une fenêtre, seule et jouissant des mouvements divers de la salle, depuis que la jeune Noire, dévoilant le bas de son visage jusque-là dissimulé par un haïk, révélait, en même temps que la beauté de ses traits, les caractéristiques de sa race.

En trois enjambées, Dandrige rejoignit Charles, déjà assailli de questions par ses invités et bien incapable d'y répondre. Il finit par se tourner vers Liponne qui, muette d'étonnement, ouvrait des yeux démesurés.

– Pourquoi as-tu invité cette négresse? demanda-t-il rudement.

– Mais... ce n'est pas moi, bafouilla Mme de Vigors, ce doit être ta mère... Je n'ai jamais vu cette fille de ma vie.

– Que fait-on? Je la jette à la porte et Noé avec? fit Charles, excédé; autant aller jusqu'au bout du scandale tout de suite..., il y a des journalistes dehors.

– Ce serait de la dernière grossièreté, Charles, intervint vivement Dandrige. Ivy est la fiancée du docteur Finks, notre médecin, présentement travesti en Noé; elle a été régulièrement invitée à votre soirée et vous devez la traiter comme telle.

– Mais que faire? Moi, ça ne me gêne pas, mais tous ces gens...

– Vous avez ce soir l'occasion de vous montrer plus tolérant qu'eux tous, de leur imposer vos principes libéraux et votre mépris du racisme. Demandez à l'orchestre de jouer une valse et ouvrez le bal avec la plus belle fille de la soirée. Tous les murmures cesseront. Faites cela avec autorité, Charles, et vous démontrerez votre courage.

– ... Je perdrai aussi cent électeurs démocrates!

– Vous en gagnerez mille chez les Noirs et en enlèverez autant aux républicains, allez! il est temps!

M. de Vigors fendit la foule murmurante, appela les deux chefs d'orchestre et leur demanda de jouer une valse anglaise, puis, faisant face à ses invités, il trouva l'échappatoire que son esprit cherchait intensément depuis plusieurs minutes.

– Mesdames, messieurs, notre bal de carnaval va être ouvert par

1. Edward M. Bannister, artiste noir, obtint le premier prix de peinture de l'Exposition du Centenaire, organisée en 1876 à Philadelphie pour son tableau *Sous les chênes.*

la beauté la plus inattendue, dont nous avons voulu vous faire la surprise, et par le Cavalier le plus accompli de Louisiane...

Dandrige avait déjà compris que l'avocat déroberait devant l'obstacle. A cet instant, il méprisa le fils de Virginie, puis, d'un pas assuré, il s'avança vers Ivy, s'inclina avec cette aisance inimitable que l'âge n'avait pas entamée et conduisit par la main la jeune Noire, tremblante mais assez fière pour supporter l'épreuve, jusqu'au centre du salon, sous le lustre aux cinquante becs à gaz. Là, campé, droit comme une lame, dans son habit bleu nuit, il parcourut de ses yeux froids le front de cette foule hostile, mais pleutre, et, quand tous les murmures furent apaisés, il arracha son loup de soie et l'envoya par-dessus son épaule jusqu'au premier rang de l'assistance.

Les musiciens prirent cela pour un signal et attaquèrent le morceau. Clarence Dandrige enlaça délicatement Ivy, qui lui posa tout naturellement une main sur l'épaule, et la valse les emporta. Pendant un moment, avant que les autres couples ne s'élancent, car il ne leur restait pas d'autre ressource, l'intendant et l'institutrice évoluèrent sans se regarder, uniquement soucieux de l'harmonie de leurs pas, de la grâce cadencée de leurs mouvements. Quand, après les premières mesures, leur accord devint instinctif sur le rythme à trois temps, Dandrige posa les yeux sur le beau visage de la jeune femme, à laquelle il donnait en cet instant un bonheur inédit. Les deux larmes qu'il vit alors sur les joues d'Ivy étaient d'orgueil, non de chagrin.

– C'était un guet-apens, monsieur Dandrige, cette invitation... Nous sommes... l'attraction du bal.

– Nous en ferons un triomphe pour vous, Ivy. Ce soir, vous êtes une princesse dansant avec un vizir à cheveux blancs... et vous êtes aussi une fameuse valseuse. Si les hommes qui vous regardent étaient moins empêtrés dans leurs préjugés idiots, tous seraient cette nuit à vos pieds... J'ai bien de la chance, mademoiselle, que vous m'ayez accordé la première danse... Noé va être jaloux.

– Oh! monsieur Dandrige!

Pendant un moment, Clarence et l'ancienne esclave de Bagatelle, Vénus noire aux reins cambrés, s'abandonnèrent au simple plaisir de la danse. Parmi tous les regards qui suivaient le tournoiement de ce couple, hier encore inconcevable, celui de Virginie de Vigors n'était pas le moins attentif. Elle avait voulu imposer à son fils et à sa bru ce piétinement des conventions blanches, afin que Charles prenne malgré lui une position politique plus avancée... puisqu'il fallait désormais compter avec les nègres. Si la haine qu'elle avait autrefois conçue pour Ivy, l'esclave, à la mort de son fils Pierre-Adrien [1], s'était diluée dans le temps, elle ne portait à la belle institutrice nul intérêt particulier. Ivy était seulement la pièce noire qu'il fallait avancer sur les cases blanches d'un échiquier incertain. Mais Virginie avait surestimé la force de caractère de Charles et l'intelli-

1. Voir *Louisiane*.

gence de ses réflexes. Dandrige, comme toujours, s'était compromis pour conjurer le scandale et maintenant, parce que cette société versatile, cupide et vaniteuse, restait sensible à l'élégance et au geste chevaleresque, Clarence réussissait à imposer cette négresse d'une beauté sauvage et distinguée et qui – Virginie en concevait quelque irritation – dansait mieux la valse que la plupart des dames de la bonne société créole.

Willy Tampleton, un peu ivre, mais parfaitement conscient d'assister à un événement exceptionnel, se pencha vers Virginie, dont il avait très vite percé le déguisement.

– Il y a quinze ans, chère reine de la Nuit, eussiez-vous imaginé M. Dandrige valsant avec une négresse et y prenant visiblement plaisir?

– Il y a quinze ans, nous habitions un autre monde, Willy. Il y a quinze ans, vous aviez deux bras et moi quatre cents esclaves. Dandrige a toujours été prêt pour le voyage, nous pas. De la même façon, la mort nous surprendra, pas lui.

Quand retentit la dernière mesure de cette valse anglaise qui connaissait, disait-on, un grand succès dans les cercles huppés de l'Empire britannique, avant de ramener Ivy au docteur Finks, Dandrige, afin que nul n'ignore l'estime et l'affection qu'il avait pour Ivy, lui posa sur le front un baiser paternel. Ce geste déclencha quelques applaudissements inattendus, d'abord isolés, puis qui se multiplièrent jusqu'à devenir un crépitement chaleureux.

Clarence fit à la jeune Noire un clin d'œil auquel elle répondit par un sourire ravi, tandis que les héritiers les plus audacieux de la gentry orléanaise, à l'abri derrière leurs masques et leurs travestis, s'approchaient, afin de s'inscrire pour les prochaines danses.

Charles, mains au dos, avait suivi le déroulement de cet intermède surprenant. Quand il s'approcha de Dandrige pour remercier, ce dernier lui jeta d'un ton sec :

– C'est ce que vous auriez dû faire vous-même, Charles, si vous aviez eu un peu de courage et d'esprit!

Au moment où l'intendant, enfin libre de s'esquiver, se dirigeait vers la porte après avoir salué Liponne, Virginie le rejoignit.

– Vous m'aviez promis une danse, Clarence; bien que je sois aujourd'hui une vieille femme, je m'en souviens.

– N'est-ce pas votre valse que je viens de danser, Virginie, avec la fille de Cham?

5

Dans le train qui le ramenait, avec Willy Tampleton, de La Nouvelle-Orléans à Bayou Sara, au lendemain du bal masqué des Vigors, Clarence Dandrige dépouillait les journaux. Comme il fallait s'y attendre, tous les chroniqueurs chargés depuis des semaines de suivre les mondanités de la saison du Mardi gras commentaient « la nuit inoubliable » de l'avenue Prytania. La plupart des journalistes s'étendaient longuement sur le luxe, l'humour ou l'exactitude des costumes, décrivant les déguisements divers et suggérant par des initiales, souvent exactes, les noms des invités qui les portaient.

Tous, également, faisaient allusion à « l'événement » de la soirée, en appréciant différemment son intention et sa portée. La plupart des polygraphes, sans doute à l'instigation de Charles, minimisaient l'apparition de la jeune femme noire. Ils s'efforçaient de faire passer *la présence d'une belle quarteronne* (« blanchissant » ainsi un peu Ivy, qui n'était pas de sang mêlé) ou *d'une jeune artiste nègre engagée par M. de Vigors* pour une attraction *audacieuse, inédite,* ou *dans l'esprit du temps.* Un journaliste plus imaginatif que les autres ajoutait : *Le maître de maison a demandé au doyen des Cavaliers présents d'ouvrir le bal avec cette négresse, qui figurait au mieux la fille de Cham, rôle que n'aurait pu tenir avec autant de vérité une demoiselle blanche, même adroitement fardée.*

– Dorénavant, dit Tampleton, à qui Dandrige avait passé l'article, je ne vous appellerai plus que monsieur le doyen!

Deux feuilles seulement imprimaient le mot *scandale.* L'une d'une façon assez imprévisible, car elle passait pour l'organe des républicains radicaux soutenant le gouverneur Kellogg et sa clique : *En conviant une négresse, d'ailleurs assez jolie, du genre des filles qu'on peut se procurer pour deux dollars dans certaines maisons de la rue du Bassin,* écrivait le journaliste, *à un bal où les masques ne cachaient que des visages de conservateurs, d'esclavagistes mal repentis, d'anciens rebelles confédérés et de bourbons qui ne rêvent que d'un retour au passé, on a voulu narguer à la fois les citoyens blancs soucieux de leur dignité et les nègres affranchis, qui savent se tenir à leur place. C'est un scandale que les quelques électeurs qui avaient accordé inconsédérément leurs suffrages à Vigors n'oublieront pas.*

Le second journal scandalisé, ultra-conservateur celui-là, et représentant les intérêts des planteurs d'origine anglo-saxonne, antipapistes et des ligues de moralité « quakerisantes », n'était pas tendre lui non plus : *Nous avons atteint cette fois, à La Nouvelle-Orléans, le fond des mœurs à la française. Déjà les troupes de cancans et d'opérettes avaient fait baisser la moralité à travers les États-Unis, quand, du mauvais lieu élégant qu'est Paris, nous arrive un juriste, rejeton d'une vieille famille de Pointe-Coupée, qui invite à son bal une Salomé noire formée aux théories excentriques de Boston, et qu'un vieillard, qui n'a pas même le respect de ses propres cheveux blancs, ose danser avec cette créature, lascive comme toutes les filles de sa race et vêtue, si l'on peut dire, de voiles transparents. Après un tel scandale, on peut se demander quelles causes honnêtes l'avocat, amateur d'odalisques nègres, trouvera à défendre.*

– Eh bien! fit Dandrige, voici des articles qui susciteront au moins autant de commentaires que le veto du président, qui vient de s'opposer à la réduction de l'indemnité présidentielle.

– Si j'étais vous, mon cher Dandrige, j'enverrais un cartel à ces journalistes insolents et calomniateurs.

– Bof! Le journal de demain fera oublier celui d'aujourd'hui et ce sont les lecteurs électeurs qui répondront par l'intermédiaire des urnes et de Me Charles de Vigors aux jugements peu nuancés des plumitifs.

– Vous ne croyez pas à l'influence de la presse, Clarence?

– Pas de la rubrique mondaine, en tout cas!

A quelques jours de là, Mme de Vigors regagna Bagatelle après d'heureuses journées passées avec Gratianne, qui retrouvait une mère bien différente de celle qu'elle avait perdue de vue depuis plus de dix ans. Charles, qui recueillait finalement plus d'approbations que de critiques pour sa fête de Mardi gras, n'avait jamais paru aussi heureux, aussi à l'aise dans son rôle de mari, de frère et de fils, aussi confiant dans l'avenir. Assez vite, Gratianne avait préféré, à la chambre offerte par Liponne dans la demeure de l'avenue Prytania, une suite au Saint-Charles. Cette installation à deux pas de l'étude de Me de Vigors facilitait grandement les visites quotidiennes et parfois assez matinales que l'avocat rendait à sa demi-sœur, qui passait à l'hôtel pour sa sœur entière. Malgré la convention établie sous les masques de carnaval, ni l'homme ni la femme n'avaient pu maîtriser leurs sens bien longtemps. Moins de huit jours après le bal, au cours d'un après-midi printanier, Charles, qui venait d'installer Gratianne au Saint-Charles en compagnie de Liponne, réapparut seul, le feu aux joues.

– Gratianne, veux-tu encore être Manon?

Elle avait dit oui, bien sûr, et s'était abandonnée plus confortablement que sur l'étroite méridienne de la gloriette aux cadences voluptueuses d'un amant incomparable.

– Nous voici pris au piège, l'un et l'autre. Non seulement adultères, mais quasiment incestueux... Te sens-tu déjà damné? plaisantait la jeune femme, dont le parisianisme trouvait dans sa situation présente matière à davantage d'excitation que de remords.

– Damné, peut-être, mais à coup sûr follement amoureux de toi... Jamais aucun frère n'a autant aimé sa sœur!

Liponne, qui souffrait un peu de la complicité, mise au compte d'un lien familial particulier, qui apparaissait, manifeste et joyeuse, entre Charles et Gratianne, se sentit pendant des semaines un peu exclue de la vie de son mari. Entre cet avocat élégant et autoritaire et cette Parisienne racée, que la société créole francophile et snob s'arrachait, Mme de Vigors junior faisait figure de suivante inévitable. Quand Charles et Gratianne pénétraient côte à côte dans un salon, ils donnaient l'image d'un couple parfait et l'harmonie régnant entre eux les auraient aisément fait passer pour amants heureux..., ce qu'ils étaient. Gratianne ne faisait rien pour cacher une intimité qui, affirmait-elle en riant et en regardant son demi-frère dans les yeux, datait de leur enfance. A l'heure du café, elle mettait d'autorité deux sucres dans la tasse de l'avocat, lui arrangeait sa cravate quand, en compagnie de Liponne, il arrivait au Saint-Charles qu'il venait parfois de quitter une heure plus tôt. Elle savait tout de ses goûts, de ses lectures, s'entretenait avec lui de peintres méconnus, d'amis parisiens dont Liponne n'avait jamais entendu parler. Et puis elle n'aimait pas les enfants. Pas plus Marie-Virginie, qui allait sur ses cinq ans et promettait d'être une fort jolie fillette, que Paul Gratien, son filleul, qui commençait à manifester de la curiosité, ou Louise-Noëlle, que sa nounou brandissait à bout de bras en disant : « C'est le plus gros baby que j'aie jamais vu », ne retenait l'attention de Gratianne.

Liponne, mère exemplaire comme toutes les Acadiennes, avait fait à ce sujet une réflexion un peu acide à Charles :

– Que veux-tu, Gratianne ne peut pas avoir d'enfants, alors, bien sûr, elle est un peu désemparée devant les bébés des autres femmes.

– Désemparée, ce n'est pas l'impression qu'elle donne, plutôt indifférente et... agacée.

Gratianne, qui ne devait passer que six semaines à La Nouvelle-Orléans, pour rejoindre son mari à Chicago et l'accompagner au Canada, réussit à retarder ce voyage et à prolonger son séjour dans le Sud. Aussitôt que Liponne eut connaissance de cette modification du programme, elle se déclara fatiguée par le printemps trop chaud et décida d'aller passer trois semaines chez des parents.

– Je profite de votre présence, dit-elle, aigre-douce, à Gratianne. Vous tiendrez compagnie à Charles. Si vous n'aviez pas été là, j'aurais eu scrupule à l'abandonner en cette saison, mais, gentille sœur comme vous l'êtes, vous saurez, j'en suis certaine, veiller sur lui.

– Je veillais déjà sur lui à Bagatelle quand il faisait ses premiers pas... J'ai dix ans de plus que lui, même si ça ne se voit pas.

Gratianne avait promis à sa mère d'aller passer quelques jours à la plantation. Elle convainquit Charles de l'y accompagner pendant l'absence de sa femme et exigea de se rendre à Pointe-Coupée par le fleuve.

– Nous mettrons trois jours... et trois nuits, et rien n'empêche un frère et une sœur de partager une cabine à deux lits.

Amoureux comme il l'était de cette splendide femme de quarante ans, dont le corps n'avait pas eu à dominer les inévitables flétrissures des maternités, Charles était incapable de refuser quoi que ce soit à sa demi-sœur. Cependant, le séjour à Bagatelle, si bref soit-il, lui inspirait des craintes. La perspicacité de Dandrige et la curiosité fureteuse de Castel-Brajac, qui connaissait son penchant sentimental, mais n'imaginait pas la possibilité d'un aboutissement charnel, le conduisirent à mettre Gratianne en garde.

– Eh bien, moi, je ne crains ni Dandrige, qui est discret comme un tombeau, ni Gustave, qui m'amuse... La seule personne, crois-moi, capable de comprendre tout en un éclair et de nous jeter notre turpitude à la figure, c'est maman!

Si la dame de Bagatelle eut quelques soupçons sur l'exacte affection qui semblait lier, plus qu'elle ne l'aurait cru, sa dernière fille Damvilliers à son unique fils Vigors, elle n'en laissa rien paraître. Peut-être pensa-t-elle que ses enfants de deux lits différents, ayant passé de nombreuses années l'un près de l'autre à Paris, possédaient plus de souvenirs communs qu'elle ne l'avait supposé. La beauté plantureuse de Gratianne la réjouissait, même si elle supposait quelque perversité inconsciente de femelle dans bon nombre de ces petits incidents de toilette dont sa fille paraissait toujours être l'innocente victime et même si elle désapprouvait certaines postures négligées jusqu'à la provocation. Les corsages de Gratianne, cependant de bonne coupe, paraissaient toujours trop étroits et leurs boutons avaient une propension anormale et quasi abusive à vider ganses et boutonnières. Ces trahisons vestimentaires révélaient bien souvent, dans un éclair de chair blanche, l'ample rondeur d'un sein que l'on devinait prêt à bondir au-dessus du dernier rempart de dentelles.

De la même façon, et bien que Gratianne ait une carrure, les brides de ses robes du soir dérapaient sur ses épaules, glissaient sur ses bras, comme entraînées par une pesanteur maligne, tandis que ses ourlets de jupes et de robes semblaient toujours, comme le lierre parasite, trouver où s'accrocher en provoquant des retroussis fulgurants sur une cheville et parfois même un mollet.

Sa chevelure abondante, brune et d'une extrême sensibilité à l'hygrométrie ambiante, lui causait aussi bien des soucis. Quand elle portait un chignon, il arrivait que celui-ci prît, sans raison apparente, de la gîte comme une goélette malmenée par la tempête, à moins qu'il ne s'écroulât en cascade sur sa nuque et ses épaules. Dans ces cas-là, la Parisienne, rieuse, se recoiffait avec la plus gracieuse maladresse et des mouvements si spontanés et si naturels qu'on ne pouvait attribuer à de la coquetterie calculée la béance exagérée d'une échancrure, la déroute d'une pression, le revirement d'une agrafe, l'ouverture d'une broche, la brusque tension d'une soierie révélant sans malice les reliefs jumeaux et agressifs de tétins acuminés.

– Il n'y a que les couturières parisiennes, soutenait Gustave, pour construire avec autant de précision des pièges aux déclenchements aussi subtils.

En moins de vingt-quatre heures, le Gascon avait compris que, de demi-sœur désirable, Gratianne était devenue maîtresse enthousiaste.

– Alors! tout est consommé, hein? Boun Diou, Charlot, tu n'as pas peur!

– Elle s'en va bientôt, dit Charles comme s'il s'agissait d'une excuse.

– Essayez jusque-là de ne pas vous faire, en public, des yeux de merlans frits et cessez de jouer sous la nappe avec vos genoux, sacrebleu!

– Tu exagères, Gus, nous sommes d'une discrétion totale. Il faut être informé et... salace comme toi pour voir dans nos échanges autre chose qu'une affection... fraternelle.

– Enfin, ce sont tes affaires, mais soyez prudents, je t'en conjure, j'ai déjà l'impression que Liponne supportait mal les attentions dont Gratianne t'entoure.

Charles eut un geste de la main indiquant que cela était sans importance, puis il changea de sujet :

– Dis-moi, tu n'as pas dû t'ennuyer avec la Carmencita. Vous avez disparu comme de jeunes mariés, et le lendemain on a rapporté à Liponne vos accessoires retrouvés sur un banc : ton flûtiau et son éventail. Je n'ai pas eu l'occasion de t'en parler depuis, mais ma femme s'est beaucoup amusée..., elle qui est assez prude.

– Elle connaît la belle, bien sûr!

– Toi aussi, puisque vous avez tout de même dû vous regarder d'un peu près!

– Non, mon vieux! Je ne sais rien d'elle. Je l'ai emmenée chez moi, et là, interdiction d'allumer le gaz, défense de toucher au masque. Je peux te dire que je sais mieux la forme de son nombril que celle de son nez.

– Pas possible! Ce que c'est romanesque, on dirait un feuilleton de Dumas. Et tu ne l'as pas revue?

– Non! Mais je vais la revoir. Elle a accepté de venir visiter ma maison... dimanche... Elle aura une voilette rose et son éventail à la main, c'est comme ça que je la reconnaîtrai, à l'arrière du train... Elle m'a envoyé une lettre pleine d'esprit.

– Gus, fais attention, tu es amoureux! Peut-être est-elle laide, vieille, défigurée par la petite vérole ou bigleuse.

– Tout ce que j'ai vu, Charlot, était parfait : la main, le pied, le sein, la peau jeune et fraîche et...

– On en reparlera lundi. Si c'est vraiment une beauté, ne crains pas de l'amener dîner à Bagatelle, tu pourras toujours la présenter comme une cousine de passage!

– Ou une demi-sœur!

Ni Charles ni Gustave ne parvenaient à se débarrasser complètement, sous le climat de la Louisiane, et malgré la fuite des années, de cet esprit du Quartier latin qui teinte toujours la gravité des événements ou des situations d'une ironie lucide et parfois d'un humour irrespectueux.

Aussi ne prenaient-ils pas trop au sérieux leurs aventures présentes, sachant, l'un comme l'autre, qu'ils seraient peut-être amenés à en rire un jour.

Après les voluptueuses semaines passées avec Gratianne, l'avocat, comme chaque fois qu'il avait cause gagnée, commençait à ressentir cette lassitude que donne la possession répétée. Il se reprenait à penser aux prochaines élections, à houspiller ses collaborateurs qui depuis deux mois travaillaient mollement, à évoquer le souvenir de Marie-Gabrielle et même à désirer à nouveau, vaguement, Liponne, éloignée par son séjour familial. De son côté, Gratianne ressentait les mêmes symptômes, paraissait moins intensément amoureuse, exigeait que l'on compliquât les ébats pour rompre la monotonie du plaisir. Elle pensait aussi à un certain peintre américain vivant à Paris qui offrait de faire son portrait. Elle trouvait la société de La Nouvelle-Orléans et celle des plantations provinciale et guindée, dénuée de cette fantaisie qui faisait le charme du monde parisien.

Au cours d'une conversation dans le pigeonnier, autrefois occupé par les ruches de Castel-Brajac, qui maintenant prospéraient dans un enclos spécial, près de la propre demeure du Gascon, Charles et Gratianne abordèrent avec franchise le sujet de leur liaison. De tempéraments semblables, ils reconnurent qu'ils avaient vécu une passion hors du commun, mais sans avenir.

– Notre démon est maintenant exorcisé, Charles, dit Gratianne. Quoi qu'il nous arrive dans la vie, nous ne nous aimerons ni comme des frère et sœur, ni comme de vrais amants, mais d'une façon particulière, qui n'appartient qu'à nous.

– Nous avons franchi les interdits et compris qu'ils sont sans importance dans notre cas. Le désir contraint, mais on ne se contraint pas au désir. L'amour est toujours un jeu, plus encore pour nous que pour tous les autres...

– Un jeu d'enfants..., fit Gratianne en embrassant son demi-frère sur la moustache.

Il ne restait qu'à fixer la date du départ, ce que l'on fit. Après dix jours passés à Bagatelle, la belle Parisienne prit à Baton Rouge le nouveau chemin de fer de La Nouvelle-Orléans à Chicago. Virginie assista avec soumission au départ de sa fille. Elle osait à peine se dire qu'elle ne la reverrait peut-être jamais, bien qu'à soixante-quatre ans cette femme qui ne se résignait pas à la vieillesse se sentît encore capable d'affronter les saisons à venir. Sans ce rhumatisme de la hanche devenu chronique qui l'obligeait à user d'une canne ou à s'appuyer sur le bras de Dandrige quand elle voulait marcher sous les chênes ou se promener dans son jardin anglais, Mme de Vigors eût été parfaitement à l'aise dans sa peau.

Son visage à l'ovale si souvent évoqué autrefois par ses admirateurs et peint avec tant de vérité par Dubuffe avait certes perdu son modelé charnu, mais l'âge, en durcissant les traits, avait donné à ceux-ci un nouvel équilibre. Ses cheveux blancs, strictement coiffés en bandeaux séparés par une raie médiane, découvraient maintenant un front bombé, strié de rides fines, multiples mais peu profondes. Le corps lui-même, au fil des années, semblait avoir gagné en sveltesse ce qu'il perdait en splendeur. A l'âge où, par manque d'exercice, abus de sucreries ou simple laisser-aller, beaucoup de dames sudistes prenaient de l'embonpoint, Mme de Vigors, au contraire, s'amincissait, acquérant peu à peu une fragilité d'arbre sec. Ceux qui, autrefois, appréciaient en connaisseur les formes pleines du buste et des hanches de la jeune marquise de Damvilliers pouvaient concevoir que cette femme avait changé de corps afin d'offrir aux regards une silhouette plus conforme à l'image que l'on se faisait, dans une société raffinée, d'une vieille dame distinguée.

Virginie admettait qu'elle ne possédait plus ni la force ni la souplesse de l'époque, pas tellement lointaine, où elle montait chaque matin sa jument. Elle enviait aussi en secret cette sorte d'immuabilité physique qui semblait être le lot de Clarence Dandrige. Les années s'étaient certes inscrites sur le visage de ce dernier en rides et en rétractations légères, sa chevelure intégralement blanche et toujours agréablement bouclée ne pouvait être d'un homme jeune, mais ses muscles jouaient encore avec aisance sous une peau saine et souple. Et le tailleur qui, depuis bientôt cinquante ans, coupait les pantalons et les redingotes de l'intendant de Bagatelle affirmait à qui voulait l'entendre que les mensurations de son client étaient exactement les mêmes qu'au jour où il lui avait essayé son premier habit.

Au soir du départ de Gratianne, Castel-Brajac convia Clarence, Virginie, Charles et Mallibert, maintenant rétabli, au premier dîner qu'il donnait dans sa demeure. Il ne s'agissait pas d'un de ces orgueilleux manoirs de plantation de style « Greek revival », construits pendant ce que l'on commençait à appeler « l'âge d'or du Sud », c'est-à-dire entre 1835 et 1860. Le Gascon, après avoir choisi pour architecte un élève de James Gallier, auteur des plans de tant de beaux édifices de La Nouvelle-Orléans, comme le nouvel hôtel de ville ou la Bourse des Marchands, avait demandé à celui-ci de s'inspirer, sans trop tenir compte des goûts majestueux de son maître, d'une modeste demeure de Natchez (Mississippi) connue sous le nom de *The Briers* et datant de 1812. C'était la maison natale de Varina Howell, devenue plus tard l'épouse de Jefferson Davis, président de la Confédération. Si le modèle retenu était fait de bois, comme la plupart des maisons construites dans cette région au début du siècle, Gustave de Castel-Brajac, qui aimait les constructions solides et confortables, avait exigé des murs de brique recouverts de crépi blanc et un toit d'ardoises bleutées qu'on avait dû faire venir de France. Tous les voisins de Gustave s'étaient empressés de le mettre en garde contre les ouragans qui feraient courir de grands dangers à sa fragile toiture, mais le nouveau propriétaire n'avait pas voulu en démordre.

Le plan de la maison faisait appel à une géométrie simple.

C'était un long parallélépipède à deux façades sous galeries et sans étage véritable, les pièces du haut recevant la lumière par des chiens-assis. L'une des façades, du côté de l'entrée du petit domaine, donnait, par-delà une grande esplanade circulaire de gazon agrémentée de buissons d'azalées, de camélias et de *dog wood*, sur la route qui parcourait la rive extérieure du lac en forme de haricot, bras mort du Mississippi, nommé Fausse-Rivière. L'autre façade de la maison ouvrait sur une pente herbeuse, descendant vers le lac. Du côté de la route, l'immeuble semblait reposer à même le sol par l'intermédiaire de sa galerie à peine surélevée de trois marches, mais, du côté de l'eau, cette même galerie se trouvait, étant donné la pente du terrain, à hauteur d'un premier étage et constituait une terrasse couverte des plus agréables.

Quand, à l'heure violette du crépuscule, on se balançait sur un rocking-chair, le regard, par-delà le plan d'eau, portait jusqu'à la rive de cette grande île comprise entre Fausse-Rivière et le Mississippi et que les premiers colons avaient baptisée le « poulailler ».

Gustave de Castel-Brajac avait particulièrement soigné les aménagements intérieurs de sa maison, coupée en sa partie centrale d'un grand hall rectangulaire allant d'une façade à l'autre et fermé aux deux extrémités par des portes à double battant. Sur cette vaste entrée, meublée comme un salon, ouvraient toutes les pièces du rez-de-chaussée, ainsi que l'escalier qui permettait d'accéder aux appartements du haut. Des papiers peints frais et colorés tapissaient les murs, sauf, au premier étage, ceux de la chambre du maître de maison qui étaient tendus de soie turquoise et ceux de son cabinet de travail entièrement dissimulés par les rayons d'acajou d'une bibliothèque construite sur place.

– Eh bien! dit Virginie, après avoir fait le tour du propriétaire, il ne vous manque qu'une femme pour tenir cet intérieur!

– Dieu m'en préserve, madame, dit Gustave. J'ai trouvé, grâce à Brent, une gouvernante parfaite, qui répond au prénom sans prétention d'Olympe, et j'ai débauché un cuisinier mulâtre de chez Victor, dont l'épouse tiendra ma lingerie. Avec mes deux lascars qui s'occupent des ruches et un jardinier-cocher-palefrenier-gardien capable, à l'occasion, de repeindre un linteau et de conduire ma barque, me voilà servi comme un planteur.

Gustave montra encore à ses invités les abris construits sous les chênes, au milieu de massifs de fleurs, pour protéger ses ruches au nombre maintenant d'une trentaine, ainsi que le bâtiment où l'on conditionnait le miel. Il leur fit aussi les honneurs de son observatoire, sorte de tour carrée qui émergeait comme un phare au-dessus des frondaisons et constituait, à coup sûr, la construction la plus élevée de la paroisse.

A l'heure du cigare, sur la galerie, face au lac, de plus en plus fréquenté par les pêcheurs citadins qui venaient le dimanche de Baton Rouge pour pique-niquer avec leur famille, Dandrige félicita Gustave pour son bon goût, l'heureux choix de l'emplacement de sa maison et la qualité de sa table.

– J'envie vos dispositions au bonheur, dit l'intendant. Pour vous, les choses doivent toujours aller aisément.

– J'ai ce que ma mère appelle une heureuse nature et une immense confiance en ce Dieu auquel vous ne croyez pas, monsieur Dandrige. J'ai choisi d'épouser la vie telle qu'elle est, avec ses incertitudes, bien conscient qu'elle tient en réserve pour moi, comme pour les autres, de durs moments, mais aussi des heures agréables. Vous savez bien que la fortune ne m'intéresse pas. Il se trouve que j'ai toujours eu la chance d'avoir de quoi vivre confortablement et, depuis que mon miel se vend aussi bien à La Mobile qu'à Schreveport, mes revenus paraissent assurés. Je n'ai d'autre ambition que de prolonger cette croisière, qu'on appelle l'existence terrestre, le plus longtemps possible et dans les meilleures conditions, en fréquentant de bons amis, en lisant les poètes, en faisant de la musique, en vidant à l'occasion une bouteille d'armagnac, en suivant la course des étoiles, en dorlotant mes abeilles qui butinent pour moi le suc des fleurs et en réfléchissant à un certain nombre de mystères sans aucun espoir de les résoudre. Je n'ai pas l'ambition de Charles, qui veut devenir un homme d'État pour être utile à ses semblables et jouer avec l'instrument redoutable du pouvoir. N'ayant aucun génie, je ne pense pas qu'il soit utile que je me fatigue pour tenter de léguer à la postérité une œuvre quelconque et, comme j'ai fort à faire pour me diriger à peu près convenablement, je me sens bien incapable de conduire le destin des autres. Évidemment, cela dénote une philosophie un peu étriquée, un manque d'envergure et, peut-être, un certain égoïsme. Mais tout le monde n'est pas obligé de participer à la grande compétition... Il faut bien des spectateurs, des badauds, des anonymes. Je suis l'un d'eux et heureux de l'être.

– Eh bien! dit Charles entre deux bouffées de havane, voilà une belle profession de foi individualiste. Si tous les citoyens raisonnaient ainsi, il ne se trouverait personne pour diriger les États et gérer les affaires publiques.

– C'est, dit Clarence Dandrige, une crainte qui me paraît tout à fait vaine... Depuis que le monde est monde, il y a toujours eu plus de candidats que de sièges à pourvoir et Gustave sait sortir de cette apparente indifférence quand cela est nécessaire.

– A mes yeux, le premier devoir impérieux est de porter secours à ses amis, à son pays, à l'inconnu qui se noie, le second de respecter les règles naturelles et simples de ce grand club qu'on appelle la société humaine. Tous les autres efforts que fait l'homme, y compris pour améliorer le sort de ses semblables, ne sont dictés que par des ambitions plus ou moins nobles, car seul l'intérêt fait se mouvoir les créatures, sauf les saints et les fous qui, Dieu merci, sont rares.

– Pour un descendant de mousquetaire, je vous trouve devenu bien peu soucieux de gloire, fit Virginie.

– La gloire, madame, dans nos familles, nous fûmes contraints d'en faire quasiment un métier. A la longue, cela fatigue les générations... Je suis de celle qui veut se reposer et je ne troque le bonnet de coton contre le feutre à plumes qu'aux jours où l'on s'en prend à mon honneur, à mon pays... ou à ma cave.

– Mais vous gardez votre épée à portée de la main, n'est-ce pas? remarqua Dandrige avec sympathie.

– Comme je garde à mon chevet *les Essais* de Montaigne, *Le Voyage sentimental* et le *Tristram Shandy* de ce cher Sterne, le Rabelais anglais, qui vécut avec indifférence et mourut inconscient... « Hélas! pauvre Yorick... »

Ce n'était pas la première fois que l'intendant de Bagatelle se sentait en communion de pensée avec Gustave de Castel-Brajac. Dissemblables de bien des façons, l'un et l'autre se retrouvaient cependant à l'écart de toute vaine agitation du corps, de l'esprit et du cœur, tout en étant capables d'engager une action indispensable quand les principes fondamentaux de leur conception de l'homme et de la vie étaient en cause.

Au moment de quitter la petite propriété de Castel-Brajac, ce jour-là, Clarence sortit de la poche de son veston un petit paquet enveloppé d'un papier quelconque.

– C'est un petit cadeau pour votre maison, dit-il assez gauchement, car le Cavalier ne savait guère faire valoir un présent.

Vivement le Gascon fit sauter le ruban qui fermait le paquet, lequel contenait un losange de bois sombre sur lequel on remarquait des signes gravés, apparemment indéchiffrables.

– C'est un talisman indien qui protège du feu et de l'eau, dit Clarence devant l'étonnement de Gustave. Il m'a été offert, il y a bien longtemps, par une princesse indienne du côté de Prairie-du-Chien, à l'époque où j'avais encore la curieuse ambition d'être ethnologue.

Gustave remercia chaleureusement, et longtemps ce soir-là il considéra l'amulette de bois patiné, passant son index sur les reliefs des mystérieux signes sculptés en se disant que Clarence Dandrige lui avait fait présent d'un objet auquel il devait tenir beaucoup et qu'il ne voulait peut-être pas abandonner en n'importe quelles mains.

Huit jours plus tard, un dimanche matin, Gustave de Castel-Brajac fit atteler et sauta allégrement dans son nouveau cabriolet grenat aux fines roues caoutchoutées et à banquette capitonnée de velours crème. Il prit aussitôt le chemin de la station du chemin de fer de Bayou Sara. Le train qui devait amener une visiteuse attendue et même fortement désirée, la capiteuse Andalouse sans nom, du bal masqué, venait de Clinton, dans la paroisse de West Feliciana, où la jeune femme, d'après sa lettre, séjournait en famille. Le convoi était annoncé pour onze heures, mais, avec une bonne demi-heure d'avance, le Gascon arpentait le quai de planches, fumant, sans même en apprécier le goût, tant il était excité, un petit cigare. Et cependant, avant de quitter sa maison de Fausse-Rivière, il avait fait dresser sur une nappe de dentelle son plus élégant couvert : service de porcelaine et argenterie « à la coquille », et surveillé la mise en train d'un repas léger : foie gras, filets de pompano aux truffes, crème glacée à la cannelle. Trois bouteilles de champagne attendaient que l'on fît sauter leur bouchon.

Il ne s'agissait pas de somnoler après le café, au moment où il conviendrait d'inviter Carmencita à renouveler en plein jour et à visage découvert les exercices, un peu trop rudimentaires au goût de Gustave, auxquels elle avait accepté de participer, quelques semaines plus tôt, à La Nouvelle-Orléans.

Pour tomper son impatience, M. de Castel-Brajac tentait de donner un visage à cette inconnue qui semblait en être à ses premiers essais libertins. Il avait prévu qu'au cas où la demoiselle se révélerait d'une trop grande laideur ou affligée d'une tare physique dont la vue éteindrait le désir, comme un courant d'air glacé souffle une chandelle, il se conduirait néanmoins en gentleman, convierait la personne à prendre le lunch et s'efforcerait ensuite de la remettre dans le premier train.

Mais Gustave de Castel-Brajac, étant d'un naturel optimiste, se disait qu'une si romanesque aventure ne devait pas finir ainsi et que la femme, au corps si agréable, qu'il avait tenue entre ses bras ne pouvait être un repoussoir. Et puis on se faisait parfois de drôles d'idées de la laideur et de la beauté. Son propre père n'avait-il pas été contraint d'épouser une femme que l'on disait laide et qui, malgré son nez un peu pointu, avait fait une mère au physique tout à fait acceptable? Il en voulait un peu à Charles de lui avoir mis le doute dans le cœur au sujet de son inconnue.

Le train tiré par une locomotive qui fumait comme un steamboat du Mississippi, finit par entrer en gare. Bayou Sara n'étant pas une halte importante pour ce convoi, on ne vit descendre que quelques voyageurs, dont une personne brune tout de rose vêtue, portant un petit chapeau de paille à calotte plate à demi enfoncé, comme son visage, dans le tulle mousseux d'une écharpe.

Castel-Brajac décida tout de suite que ça ne pouvait être que celle qu'il attendait, bien que la voyageuse ait posé à côté d'elle sur le quai une valise de cuir souple. La vue de ce bagage mit le Gascon mal à l'aise. Une personne qu'on avait seulement conviée à une partie de campagne n'aurait pas dû s'encombrer ainsi et peut-être préjuger d'un plus long séjour. L'inconnue repéra aisément Papageno, malgré le complet veston gris souris et la cravate à pois, car, au cours de la nuit carnavalesque, Gustave n'avait pas fait, lui, mystère de ses traits et de son nez rond.

Le premier contact fut tout à fait formel, Gustave n'osant pas trop attacher son regard sur le nuage de mousseline qui tenait lieu de tête à la dame, dont seul le regard noir papillotait comme celui d'une oiselle inquiète.

Dans le cabriolet, il n'en fut pas de même. En aidant l'inconnue à monter, Gustave avait apprécié en un clin d'œil la taille, l'élégance des vêtements, le parfum et, bien que la dame parût fort avare de ses mots, la voix mélodieuse. Bien différente de celle qui lui était parvenue étouffée par un masque et sans doute aussi un peu contrefaite par l'invitée de Liponne de Vigors au soir du bal, cette voix venait d'éveiller chez le Gascon comme un écho lointain qui n'était peut-être, après tout, que celui de l'accent chantant et toujours susurrant des créoles de la bonne société, au parler lent et fleuri.

– Bon! dit Gustave, maintenant que le carnaval est fini, enlevez, s'il vous plaît, cette voilette qui me cache, je le devine, un fort gentil minois.

– Vous y tenez vraiment? dit la mousseline rose.

– Oui, madame!... Et puis vous allez étouffer là-dessous... et je ne vois pas comment vous pourriez déguster le lunch que je vous ai préparé...

– Vous allez être déçu et, moi, j'en serai peut-être malheureuse.

La mousseline sous canotier avait dit cette phrase avec une inquiétude qui n'était pas feinte.

– Je vous en prie, j'aime déjà tant de chose en vous que j'aimerai, j'en suis sûr, votre visage... et puis nous avons mis, si j'ose dire, la charrue avant les bœufs..., alors le plus simple reste à faire.

Un joli rire fusa de l'écharpe.

– On peut dire que vous avez d'heureuses comparaisons, bien dignes de Papageno... Ayant d'abord vu... la charrue..., vous souhaitez, bien sûr, voir...

– Je vous en prie, Carmencita!

La voix douce redevint sérieuse.

– C'est-à-dire que je me sens un peu gênée. Vous allez m'en vouloir, je le crains, dans un instant..., aussi, avant de vous prouver que je ne suis pas plus laide qu'une autre, je veux obtenir de vous une promesse.

– Dites!

– Si vous êtes fâché, vous me laissez descendre de votre cabriolet et remonter dans le train qui reste en gare quarante-cinq minutes. J'ai d'ailleurs un ticket valable jusqu'à La Nouvelle-Orléans.

– Promis! répondit sans hésiter Gustave en se disant qu'il n'aurait pas ainsi à faire des ronds de jambe toute la journée, si Carmen n'était qu'une carabosse.

La jeune femme déposa avec précaution son petit sac de cuir rose sur la banquette, saisit à deux mains son flot de mousseline et avec une lenteur qui parut calculée, mais qui ne traduisait en fait que sa crainte de déplaire, elle le releva par-dessus son chapeau.

– Mille boun Diou... macadieu... Gloria... Gloria Pritchard... Ça alors! Boun Diou. Quelle histoire!... C'est vous que j'ai... C'est vous qui... La Carmencita... Diou de Diou..., jamais j'aurais... cru... Gloria Pritchard!

– Non pas Gloria Pritchard, monsieur, Mme de Castel-Brajac... Croyez-vous que je me serais donnée aussi facilement à quelqu'un qui n'aurait pas été... mon mari?

– Macadieu, j'en suis plat comme une palombe tombée du nid... Gloria, quelle idée vous avez eue... Voilà notre mariage blanc consommé.

– Vous le regrettez?

– Non! mais tout de même... Ça ne serait pas une idée de Liponne? C'est une marieuse redoutable.

– Une entremetteuse seulement, puisque, pour le mariage, c'est déjà fait.

Il y eut un silence pendant lequel Gustave considéra Gloria comme s'il regardait un yearling à la vente des haras royaux.

– Très bien, je vois que je n'ai plus qu'à prendre le train... Je savais bien que le dénouement du carnaval ne vous plairait pas, fit soudain Gloria, qui sentait qu'elle allait se mettre à pleurer.

Gustave lui prit la main, caressa les doigts fuselés à travers le gant rose, puis tira sur les rênes en faisant claquer sa langue, ce qui était sa façon à lui de parler aux chevaux.

– Nous avons un bon déjeuner qui nous attend chez moi, dans une maison fraîche au bord du lac; vous pourrez ensuite vous reposer, car j'ai une chambre... à donner et, ce soir, si vous décidez de rentrer à La Nouvelle-Orléans, je vous mettrai au train de six heures... C'est le dernier... Enfin, vous choisirez.

– J'ai choisi, Papageno.

– Quel parti, Carmencita?

– Celui de continuer Carnaval..., si vous le voulez bien.

– Seul votre mari pourrait trouver à redire à cela?

– On s'arrangera pour qu'il n'en sache rien. Embrassez-moi.

6

Le 25 juin 1876 se produisait sur le territoire du Montana un événement qui allait peser, non seulement sur le destin immédiat de Willy Tampleton, mais aussi, par une capricieuse succession de ricochets, sur le destin d'un certain nombre de bambins encore accrochés aux jupons de leur nourrice.

Ce jour-là, le « général » George Armstrong Custer, qui n'était en fait que colonel de l'armée des États-Unis, trouva une mort qu'il avait bien cherchée à Little Big Horn, sous les balles des Sioux des six nations entraînés par le chef « Taureau-Assis » que les gens de Washington appelaient plus volontiers « Sitting Bull». Si Custer, grand pourfendeur d'Indiens et officier des plus indisciplinés, avait été la seule victime, l'idée ne serait venue à personne, à l'État-Major, de proposer au général ex-confédéré William Tampleton de reprendre du service, à égalité de grade, sous l'uniforme de l'Union pour mettre à la raison les « Hunkpapas », les « Cheyennes », les « Oglalas », les « Niniconjous », les « Sans-Arcs » et les « Black Feet » qui, excités par Sitting Bull, avaient déterré la hache de guerre. A Little Big Horn, les généraux Terry et Gibbon, envoyés en renfort, avaient non seulement retrouvé le corps intact de leur collègue Custer, mais les cadavres horriblement mutilés de 264 soldats du célèbre 7e de cavalerie, régiment qu'on avait vu en Louisiane, après les événements de 1874, assurer ce qu'on a appelé depuis le « maintien de l'ordre ».

Les Sioux avaient épargné les scalps, sinon la vie, de trois hommes : Custer qu'ils trouvaient brave, Kellog parce qu'il était reporter du *New York Herald*, journal qui avait pris, à l'occasion, la défense des Peaux-Rouges, et Keogh, un capitaine irlandais catholique, parce qu'il portait le même scapulaire que le révérend père Pierre-Jean de Smet, missionnaire belge, avait offert à Sitting Bull.

Les Sioux n'avaient laissé la vie sauve qu'à un seul homme, l'éclaireur indien Curly, afin que ce survivant aille annoncer le massacre aux Américains.

Et les Américains prenaient très mal la chose. C'était la plus grande défaite jamais infligée aux militaires par les Indiens. On ne pouvait laisser pareille tache sur le drapeau de l'Union, aussi convenait-il de monter une expédition contre les quelque six mille guerriers sioux qui, se doutant bien que l'affaire de Little Big Horn ne serait pas sans conséquences, marchaient vers le nord en comptant trouver refuge au Canada.

L'armée des Etats-Unis n'avait pas manqué, autrefois, d'officiers qui s'étaient illustrés comme lieutenants ou jeunes West Pointers dans les expéditions considérées aujourd'hui comme peu glorieuses contre les Indiens. Mais bon nombre de ces braves à trois poils avaient choisi, pendant la guerre civile, le camp des rebelles sudistes. Des gens qui se souvenaient du nom du capitaine Tampleton, ayant rencontré un général qui avait connu et fait soigner Willy à Appomatox, estimèrent qu'il y avait chez ce soldat un talent inemployé. Aussitôt, le secrétaire à la Guerre avait délégué un jeune capitaine d'état-major auprès du général manchot qui, comme Cincinnatus, vivait retiré sur ses terres. L'officier envoyé de Washington était porteur d'une lettre aimable du secrétaire à la Guerre et d'un brevet flatteur réintégrant Willy dans l'armée fédérale et lui assurant, quand le sort des méchants Indiens serait réglé, une confortable pension.

Tampleton demanda vingt-quatre heures de réflexion et vint trouver Dandrige.

– Je suis bien certain que votre décision est déjà prise, Willy, dit l'intendant en servant le porto des grandes occasions.

– J'aimerais tout de même connaître votre sentiment.

– Sur la guerre indienne, ou sur votre engagement?

– Les deux, pourquoi pas!

– Eh bien! je désapprouve la première, mais j'approuve le second.

– Ah!

– Ça vous paraît incompatible?

– Ben!

– Si, d'après ce que je sais, Custer n'avait pas enfreint les ordres et attaqué des Indiens qui avaient avec lui un vieux compte à régler depuis le massacre de Washita en 1868, où cent trois Sioux périrent, où le village du chef Black Kettle fut incendié et huit cents poneys exterminés comme à l'abattoir, peut-être n'en serait-on pas là. Mais, puisque la guerre est déclarée, autant qu'elle soit conduite par des chefs expérimentés qui ne soient pas comme Custer des autocrates vaniteux ou comme Crook des chasseurs d'Indiens sans scrupules. Allez-y, Willy, et montrez à Sitting Bull qu'on peut arrêter les massacres alternés des boys et des Indiens.

– Merci de m'avoir parlé ainsi, Clarence, fit le général, qui brûlait d'en découdre. Vous ne pensez pas que je trahis en rien la cause du Sud en endossant un uniforme bleu?

– D'abord, c'est un uniforme de général et, ensuite, la cause du Sud est aussi morte que Custer.

– J'aimerais embrasser ma vieille amie Virginie; les guerres les plus bénignes peuvent tuer les vieux généraux.

Pas plus que Dandrige, Mme de Vigors ne parut offusquée par

l'engagement de Tampleton dans les rangs de l'armée fédérale. Elle pensait même que le général pourrait acquérir, à l'occasion des opérations contre les Indiens pour le compte de la communauté américaine, un prestige et une autorité auxquels seraient peut-être sensibles les radicaux et les *carpetbaggers*, toujours soucieux d'être en bons termes avec les militaires.

Quand, au matin de son départ, Willy vint la saluer dans un uniforme neuf, sur un cheval frais et accompagné d'un capitaine respectueux qui découvrait ce qu'était une grande dame de plantation, Virginie s'approcha, en s'appuyant sur sa canne, du cavalier manchot au col brodé d'étoiles. Sans que l'aide de camp s'en aperçût, elle glissa dans la poche de la vareuse de Willy un mouchoir de batiste, réduction artistiquement tissée du drapeau confédéré.

– Voilà! dit-elle, une babiole qui vous rappellera le bel été de notre vie.

Et, comme chaque fois que Willy s'en était allé faire la guerre, elle déposa dans les fontes de sa selle une bouteille de ce vieux vin de Porto qu'il préférait à tous les breuvages.

Dandrige, debout sur la galerie, les deux mains à la balustrade, suivait cette scène touchante et dérisoire. Dans sa mémoire, des images identiques se superposaient à celle-ci. Il revoyait Tampleton, jeune lieutenant, aux joues roses et rondes comme un personnage de pièce montée, partant en chasse contre les Peaux-Rouges et Virginie, de qui l'officier était alors follement amoureux, le visage levé vers le cavalier, épanouie et désirable, l'œil un peu ironique, mais fière de cet hommage de l'étrier qu'aimaient se voir réserver toutes les belles du Sud. Plus tard, au pied de ce même escalier de Bagatelle, le commandant Tampleton et une autre Virginie, dans la pleine possession du charme de l'âge mûr, s'étaient encore trouvés face à face pour d'autres adieux, alors que les canons de Beauregard venaient d'allumer à Fort Sumter une guerre de quatre ans. Aujourd'hui, une femme aux cheveux blancs, silhouette frêle et noire dans l'ombre dorée des chênes, regardait s'éloigner le cavalier à la manche vide, à la barbe grise, au dos courbé, don Quichotte enrôlé pour des combats où ne périraient pas que des moulins à vent.

Regagnant la galerie, Mme de Vigors gravit lentement l'escalier en s'aidant de sa canne, sa main libre prenant appui sur son genou pour mieux enlever le poids du corps. Dandrige se retint de lui tendre la main, sachant que la dame de Bagatelle y verrait peut-être une désobligeante confirmation de sa décrépitude. Quand elle fut arrivée près de lui, il remarqua que Virginie pleurait doucement comme on pleure sur l'irremplaçable passé.

– Ce pauvre Willy, dit-elle, comme il m'a été fidèle... toute sa vie et comme je l'ai malmené... souvent. Pourvu qu'il n'aille pas se faire tuer bêtement par un de ces maudits Peaux-Rouges!

Clarence faillit lâcher que ce serait la meilleure mort possible pour ce soldat, qui n'avait été retenu à la vie que par le jeu un peu puéril des armes et cette passion, inexprimable et résignée, pour une femme qui s'était peut-être refusée à lui par respect de l'amour.

– Willy nous reviendra, dit-il, soyez sans crainte. Il est rare que les généraux meurent ailleurs que dans leur lit d'une cirrhose du foie ou d'une fièvre maligne.

La tristesse ressentie par Virginie lors du départ de Willy – car cette absence, qui n'aurait eu qu'une importance relative au temps de sa jeunesse, suscitait en elle maintenant l'angoisse du définitif – fut estompée par une nouvelle qui réjouit Dandrige et étonna la dame de Bagatelle.

Dans une lettre datée de Philadelphie, Gustave de Castel-Brajac annonçait qu'il effectuait... son voyage de noces, en compagnie de Gloria, c'est-à-dire sa femme légitime. Avec une certaine exubérance épistolaire, qui valait bien sa verve oratoire, le Gascon commentait l'Exposition du Centenaire organisée à Fairmount Park et à laquelle participaient cinquante-cinq pays. Il décrivait avec enthousiasme les dernières inventions les plus spectaculaires présentées au public : le téléphone de M. Graham Bell qui permettrait bientôt de converser à distance « dans un fil », la machine à écrire de Remington, le wagon réfrigéré pour voyageurs parcourant les pays chauds, les nouvelles voitures-lits et voitures-salons de M. Pullman, qui allaient transformer les circuits de chemin de fer en véritables croisières de luxe, la balayeuse électrique de M. Melville R. Bissel, la bicyclette à roue arrière motrice de M. Lawson et le premier moteur dit « à explosion » fonctionnant au gaz, dû à un certain M. Otto qui ne craignait pas d'affirmer que son « Ottocycle » remplacerait bientôt les chevaux, ce qui paraissait à Gustave un peu exagéré. L'ami de Charles critiquait, en revanche, avec vigueur l'hymne du Centenaire commandé à M. Richard Wagner *qui s'était fait grassement payer une œuvrette sans panache baptisée Marche de fête.* Il est vrai que le Gascon ne pardonnait pas au compositeur des *Maîtres Chanteurs* de s'être si fort réjoui de la défaite de la France en 1870 et d'avoir souhaité l'anéantissement de Paris. Il reconnaissait enfin que le mariage, tout au moins, sous la lune de miel, semblait avoir du bon et ajoutait que Gloria se portait à merveille.

Virginie, stupéfaite par cette nouvelle inattendue, déclara d'un ton péremptoire que Gustave avait su admirablement cacher son jeu.

– Et même celui des autres, rétorqua Clarence non sans malice.

– Il ne serait pas étonnant que Gloria ait su profiter de la situation; dans sa position, elle ne peut trouver meilleur établissement que... son mari... de convention.

– Ce sont deux êtres qui méritent d'être heureux, Virginie.

– Mais il y aura toujours entre eux cette petite Augustine, dont nous savons bien qui est le père.

– Ce n'est pas vous que j'aurai à convaincre du fait que les pères comptent assez peu dans la petite enfance...

– Et puis... Charles ne sera pas content d'apprendre cela, fit Mme de Vigors d'un ton sec. Je trouve que Castel-Brajac ne se conduit pas aussi bien qu'on l'escomptait.

Clarence Dandrige s'abandonnait rarement à des manifestations de gaieté, mais il ne put, en entendant ces mots, se retenir de rire.

– Vraiment, Charles ne sera pas content? Il aurait donc fallu que Gloria Pritchard, jeune fille à laquelle il a fait l'honneur de donner un enfant non désiré, à laquelle il a préféré une autre femme et qu'il a pourvue d'un mari putatif, passât sa vie à se morfondre, confite en admiration pour un homme qui ne le mérite guère? L'amour maternel vous aveugle, Virginie!

Mme de Vigors ne s'attendait pas à cette sortie. Elle rengaina son indignation et se contenta d'observer :

– Les relations me paraissent désormais impossibles entre le ménage de Charles et celui de Gustave... Vous ne les imaginez pas tous les quatre réunis... avec leurs enfants... J'espère que Gloria saura s'abstenir... D'ailleurs, rien n'indique que cette... union... soit faite pour durer.

Charles, comme sa mère, apprit la nouvelle par une lettre de Gustave, datée celle-la de Saratoga où les « jeunes mariés » avaient décidé d'aller prendre les eaux. L'avocat, ainsi que Mme de Vigors l'avait subodoré, en conçut de l'humeur. Il lui déplaisait d'imaginer Gloria, qu'il avait trouvée fort belle les rares fois où il l'avait aperçue, dans les bras de Gustave, offrant au Gascon un corps que lui, Charles, avait été le premier à posséder.

« Pff! pff! Gustave jouit de mes restes », pensa-t-il avec dépit, et il se consola avec cette idée.

A l'heure du dîner, comme, avec une feinte indifférence, il informait Liponne de « l'escapade de son amie Gloria avec Castel-Brajac », Charles vit sa femme rire comme un enfant espiègle satisfait d'un tour réussi, son regard bleu et franc pétillant de malice. Elle expliqua :

– J'ai reçu, moi aussi, une lettre de Saratoga. Gloria m'écrit qu'elle est heureuse comme jamais elle n'aurait espéré l'être. Gustave se montre, paraît-il, prévenant, aimant, la comble de cadeaux et paraît décidé à l'accueillir enfin sous son toit avec Augustine... Attention, c'est la troisième fois que vous ajoutez de la muscade dans votre potage!

Charles rejeta brusquement la râpe d'argent et la noix dont il usait abusivement, tant il était irrité par les révélations complaisantes de Liponne.

– Eh bien! ils sont mariés..., non?

– Je puis te dire maintenant, poursuivit Liponne, que c'est moi qui ai eu l'idée d'inviter Gloria à notre bal masqué, de la déguiser en Andalouse et de la pousser dans les bras de Gustave. Je l'avais chapitrée pour qu'elle se laisse enlever une seconde fois par le coureur de jupons, en lui conseillant de ne jeter le masque... qu'après...

Charles soupira. Liponne ne perdrait donc jamais cette habitude du tutoiement propre aux Cajuns quand ils parlaient français [1].

1. Il en est toujours ainsi. Les Cajuns n'utilisent le « vous » que pour s'adresser au bon Dieu et... à leur chien.

– Beau travail, en vérité, fit-il sèchement.

– Je ne comprends pas ce qui te choque. Gustave ne connaissait pas Gloria... Il fallait qu'il ait le temps de l'apprécier.

– Comment, il ne la connaissait pas! dit brutalement Charles, inquiet... Il lui avait tout de même fait un enfant.

– Oui..., bien sûr, admit Liponne évasivement.

Aussitôt, Charles, se demandant ce qui pouvait motiver le doute inexprimé de Liponne, relança la conversation sur une autre voie. Repoussant son assiette de potage beaucoup trop épicé, il reprit :

– D'ailleurs, là n'est pas la question. Gloria n'est pas une femme pour Castel-Brajac. Elle a horreur de la campagne, des insectes, du bétail, et ne saurait vivre sans magasins, sans théâtres, sans salons. Lui, c'est un rustaud, un paysan du Gers, ne l'oubliez pas, qui déteste la ville et ne se trouve bien qu'environné d'abeilles ou perché sur une tour à lorgner les étoiles.

– Eh bien! heureusement que Gustave est ton meilleur ami, sans cela je penserais que tu l'habilles drôlement!

– C'est parce que c'est mon ami que je ne veux pas qu'une personne à laquelle il a donné son nom en réparation d'une faute... profite de la situation pour obtenir davantage... Gustave m'a rappelé cent fois que leur contrat secret prévoyait qu'ils divorceraient quand Augustine aurait cinq ans..., c'est donc pour bientôt. Etant non seulement l'ami, mais aussi l'avocat de Gustave, je vais d'ailleurs être amené à m'occuper de ce dossier... Vous pouvez le dire à votre amie Gloria.

Liponne reposa son couvert et considéra son mari avec cette candeur désarmante des gens simples et bons, étonnés de découvrir que leurs vues saines ne sont pas partagées. Elle hésita un moment sur l'attitude à tenir face à l'irritation manifeste où la « réconciliation » de Gustave et de Gloria semblait plonger son mari. Elle choisit finalement la badinerie.

– Si je ne savais le peu de cas que tu as toujours fait de Gloria, je te croirais jaloux de Gustave.

L'entrée de « Seco » apportant le poisson mit fin aux considérations sur le voyage de noces de M. de Castel-Brajac, et Charles développa, pour Liponne, les nouvelles qui couraient la ville. Une des plus intéressantes, si l'on exceptait la fixation de la date des prochaines élections, touchait tous les Français ou descendants de Français de La Nouvelle-Orléans. Il s'agissait de la fondation, par une douzaine de notables d'origine française, dont six médecins, d'une société nouvelle qui, à l'enseigne de l'« Athénée louisianais », se proposait de perpétuer la langue française en Louisiane, de divulguer et de protéger les travaux littéraires, artistiques et scientifiques de ses membres et d'organiser entre eux un système d'assistance mutuelle [1]. Une telle entreprise semblait justifiée par la menace d'abandon de

1. Cette association poursuit, en 1978, ses activités, sous la présidence de M. Gary Manina.

la langue française au profit exclusif de l'anglais. L'administration républicaine, les fonctionnaires radicaux, souvent venus du Nord, les unionistes à courte vue, les hommes d'affaires yankees, tous les « méricains » qui peuplaient les nouveaux quartiers au-delà de la rue du Canal, souhaitaient que la réintégration de la Louisiane dans l'Union soit accompagnée de l'acceptation pleine et entière de l'unité linguistique. Washington désirait aussi, pensait-on, faire disparaître dans le plus grand des Etats ex-sécessionnistes ces caractères hérités du passé qui lui conféraient une si forte personnalité. Or la langue paraissait être le principal élément d'un particularisme irritant.

La Louisiane était, depuis sa première colonisation au XVIIIe siècle, une terre française. Les fonctionnaires du roi, les défricheurs de forêts, les premiers planteurs, les militaires des garnisons parlaient français. Leurs descendants, les créoles, avaient continué à s'exprimer dans cette langue qui était aussi celle de leurs maîtres d'école, de leurs professeurs, de leurs curés, de leurs médecins. La domination espagnole ne devait pas modifier cette situation linguistique et les émigrants espagnols, allemands, suédois ou italiens avaient dû peu à peu renoncer à leur langue maternelle pour pratiquer le français, « langue du pays ». A ces descendants de créoles, qui s'en allaient souvent étudier en France, s'étaient joints, entre 1789 et 1793, des familles françaises appartenant à la noblesse « menacée par la guillotine », puis les colons français de Saint-Domingue chassés par Toussaint Louverture et qu'on avait vu débarquer avec leurs esclaves francophones.

Avant ces exilés des révolutions, la Louisiane avait déjà accueilli, entre 1764 et 1785, quelque 3 000 Acadiens, victimes du « Grand Dérangement ». Le vocabulaire de ces cultivateurs et de ces charpentiers venus de la Nouvelle-Ecosse différait sensiblement de celui de l'élite créole qui parlait le « français de France », mais seuls les snobs pouvaient soutenir qu'ils ne comprenaient pas le parler « cadien », émaillé de mots des terroirs provinciaux, de termes de marine, d'emprunts faits à l'anglais, quand il s'agissait de désigner des inventions nouvelles, ou aux langues indiennes par le simple jeu des cohabitations coloniales. Avant la guerre civile, n'étaient contraints d'apprendre l'anglais que ceux qui désiraient faire des études dans les universités du Nord ou se lancer dans les affaires et le commerce, mais, en Louisiane, bon nombre de gens ignoraient la langue de Shakespeare et n'en vivaient pas moins bien pour ça.

La guerre civile avait développé l'usage de l'anglais; la Reconstruction entendait l'imposer. Déjà, dans les écoles publiques, en vertu de l'article 142 de la Constitution de 1864, repris dans celle de 1868, l'enseignement n'était plus dispensé qu'en anglais, et certains instituteurs punissaient les élèves qui s'obstinaient à parler français entre eux, comme ils le faisaient « à la maison » avec leurs parents. C'est pourquoi à La Nouvelle-Orléans, comme dans les autres villes de l'Etat, les descendants de Français préféraient envoyer leurs enfants dans les écoles catholiques où toutes les matières étaient encore enseignées en français, l'anglais n'apparaissant, malgré les dispositions constitutionnelles qui en avaient fait la seule langue officielle, qu'au rang de seconde langue.

Depuis 1864, les lois, documents administratifs, procès-verbaux ne pouvaient être rédigés qu'en anglais et les *carpetbaggers* avaient encore obtenu en 1868 l'addition d'un article stipulant l'interdiction formelle « d'ouvrir des procédures judiciaires dans une autre langue que l'anglais ».

Cette menace que la Reconstruction à la mode radicale faisait peser sur l'héritage culturel de leurs ancêtres, deux Français, parmi d'autres, l'avaient particulièrement ressentie. Placide-Jules-Armand et Jean-Justin-Charles-Alfred Mercier, fils d'un colon français marié à une Canadienne française, avaient été élevés avec leurs trois sœurs dans une grande plantation, près de La Nouvelle-Orléans. Après des études dans une école privée – on en comptait alors cent cinquante dans la seule paroisse d'Orléans – leur père les avait envoyés à Paris, au collège Louis-le-Grand. Armand, suivant sa vocation de médecin, obtint vite son doctorat, tandis que son frère, Alfred, plus dilettante et moins déterminé, tâtait du droit, avant de se décider pour la chirurgie. Le second des fils Mercier était surtout un érudit d'une curiosité insatiable, possédant le grec et le latin, doué d'un bon jugement en matière d'art, musicien et sachant tenir une plume aussi bien qu'un bistouri. Armand, plus intéressé par les problèmes scientifiques, venait d'être élu président de l'Athénée louisianais, qui se proposait de publier des « comptes rendus » rassemblant des articles sur des sujets divers.

« L'œuvre que nous entreprenons est une œuvre de désintéressement, de patriotisme et d'amour du bien, avait dit M. Mercier. N'importe qui peut demander à siéger parmi nous, à condition de parler français. »

Aussitôt, Charles avait envoyé son adhésion, mijotant déjà un texte qu'il serait flatté de voir publier dans une revue qui promettait d'être lue par l'élite louisianaise.

Pendant que commençait à La Nouvelle-Orléans une campagne électorale d'où les démocrates espéraient bien cette fois sortir vainqueurs, que Gratianne, rendue à Paris, écrivait à son demi-frère, sans faire la moindre allusion à leur liaison d'un printemps, des lettres où elle disait son admiration pour un tableau de Manet, *Le Moulin de la Galette,* et citait des vers d'un certain Mallarmé qui venait de publier *L'Après-midi d'un faune,* le général Tampleton, bronzé comme un coureur de brousse, remontait la vallée de la Tongue River sur les traces de Sitting Bull.

Le général Nelson Miles, qui commandait les troupes fédérales concentrées pour les besoins de l'expédition dans les postes militaires du Montana et du Dakota, venait d'intercepter des Indiens dévoués au chef hunkpapa. On savait que Sitting Bull et ses partisans campaient au confluent de la Tongue River et de la Yellowstone River.

Tampleton, afin de retenir les jeunes officiers qui, ne pensant qu'à venger les morts du 7ᵉ régiment de cavalerie, souhaitaient attaquer immédiatement les Indiens, s'arrangea pour faire savoir à Sitting Bull qu'il ferait bien de parlementer avant que les soldats de l'Union n'envoient ses guerriers « au pays des chasses éternelles ». Miles approuva discrètement cette initiative.

– J'ai connu Taurau-Assis en 1857, dit Willy, il venait d'être fait « homme-médecine » de sa tribu et ne rêvait que de devenir le fédérateur des nations indiennes en lutte contre les Blancs qui les repoussaient vers l'Ouest. Je l'ai déjà combattu quand il attaquait les bateaux sur le Missouri et j'étais à Fort Yuma, dans le sud de l'Arizona, le jour où il a méprisé les présents envoyés par le gouvernement de Washington en signe d'amitié et d'alliance. Croyez-moi, Sitting Bull n'aura jamais plus confiance en nous! A Fort Yuma, il m'avait dit : « Je tiens à ce que tous sachent que je n'ai pas l'intention de vendre une seule parcelle de nos terres; je ne veux pas non plus que les Blancs coupent nos arbres le long des rivières; je tiens beaucoup aux chênes, dont les fruits me plaisent tout spécialement. J'aime à observer les glands parce qu'ils endurent les tempêtes hivernales et la chaleur de l'été et – comme nous-mêmes – semblent s'épanouir par elles. »

Bien que les dispositions d'esprit du vieux chef sioux n'aient sans doute guère évolué, ce dernier envoya au général Miles un messager proposant une rencontre. Le général ne devrait être accompagné que de six officiers et Sitting Bull lui-même ne viendrait au rendez-vous qu'avec six guerriers.

– Vous faites confiance à ce vieux dur-à-cuire, général? demanda-t-on à Tampleton.

– Oui, il faut y aller, mais être prêt à l'attaque, car le vieux singe sait très bien concilier le respect des palabres et la stratégie guerrière.

La rencontre eut lieu comme prévu en terrain dégagé. Taureau-Assis, portant tous ses colliers de perles et toutes ses amulettes sur sa chasuble de peau, coiffé de sa « crinière » de plumes d'aigle, prit tout de suite le ton du propriétaire offensé à la vue d'un étranger sur ses terres.

– Que voulez-vous? dit-il au général Miles.

– Recevoir votre soumission, dit l'officier, vous accompagner, vous et les vôtres, sur les territoires qui seront désormais concédés à vos tribus et d'où elles ne devront plus sortir. Avant tout, éviter la guerre.

Ce n'était pas le langage que souhaitait entendre le vieil Indien orgueilleux.

– Jamais je n'accepterai d'imposer cela à mes frères. D'ailleurs, je ne crois plus à la parole des Visages-Pâles qui n'ont aucune considération pour la nation indienne.

On s'était séparé sur ces mots, sans que les pourparlers aient été officiellement rompus, sans non plus que Sitting Bull ait laissé entrevoir une possibilité d'accord.

– Il reviendra demain, dit Tampleton. En attendant, il faut surveiller discrètement, mais attentivement, les camps indiens et n'autoriser les hommes à dormir que par bordées, comme sur un navire. La moitié de nos effectifs doit être apte au combat à tout moment.

Sitting Bull, qui ne s'était adressé qu'au général Nelson Miles, commandant en chef du détachement américain, avait reconnu dans le général manchot à barbe grise, qui se tenait un peu à l'écart lors de l'entrevue, le capitaine qui, autrefois, l'avait contraint à un bain forcé dans le Missouri. A la nuit tombée, on vint dire à Tampleton, qui dînait, qu'un homme venu en pirogue sur la rivière voulait lui parler.

– Un homme ou un Indien? demanda-t-il à son aide de camp.

L'officier parut embarrassé.

– Ce doit être un sang-mêlé. Il est habillé à l'américaine, mais, d'après ce que j'ai vu de son visage, ce n'est certainement pas un pur Irlandais, général... Il se dit... avocat.

Dûment fouillé par les sentinelles, l'inconnu fut admis dans la tente du général Tampleton. La première chose que Willy remarqua à la lueur des lanternes à pétrole, et avant même que l'homme se découvre, fut, sous l'aile rigide de son chapeau à calotte plate, ses yeux d'un vert limpide et dur. Quand son visage apparut, le général comprit les hésitations de son aide de camp. L'homme qui se trouvait debout devant lui pouvait être une sorte d'Indien à la peau blanche et au nez busqué, à moins qu'il ne soit un Blanc aux yeux fendus en amande et aux pommettes un peu trop saillantes. Willy remit à plus tard ces considérations et invita l'homme à s'asseoir.

– Pourrais-je m'adresser à vous en français? dit le visiteur. Je crois savoir que vous entendez cette langue et je souhaiterais que ce que je vais vous dire reste..., provisoirement du moins, entre nous.

L'homme s'exprimait avec distinction et assurance.

– Mon nom est Tom English, mais les Sioux qui m'honorent de leur confiance m'appellent plus volontiers Black Jacket... ou « Tonnerre de Parole » à cause de mes vêtements ou de ma profession. Je suis avocat, j'ai étudié à Londres et à Paris, après avoir pris mes grades à Columbia. Ma mère était une Indienne choctaw et mon père, d'après ce que j'ai pu apprendre, un Anglais de passage, il y a bien longtemps, à la Prairie-du-Chien.

– Peut-on savoir qui a payé tes études? demanda à brûle-pourpoint Tampleton, qui se méfiait des sang-mêlé hâbleurs, mythomanes et souvent utilisés comme espions auprès des Indiens par l'armée fédérale.

L'homme se redressa, visiblement agacé par cette question. Ses yeux verts parurent à Tampleton dénués de toute aménité.

– Ma mère était la princesse Homachsch Kakatohs, ce qui signifie « Grande Etoile ». Chassée de sa tribu avec l'enfant blanc qu'elle portait, elle fut recueillie par des missionnaires et élevée dans un orphelinat de Saint-Louis. Elle est devenue professeur de danse et de chant. C'est par son travail qu'elle a gagné de quoi me faire instruire.

Cette histoire ne parut ni plus ni moins croyable à Tampleton qu'une grande quantité d'autres du même genre, qu'il avait entendu raconter par des métis aussi imaginatifs que les prostituées de la rue du Bassin et aussi menteurs que des arracheurs de dents. On pouvait être certain que leur mère était toujours une princesse indienne en rupture de tribu et leur père un riche négociant, un riche planteur du Sud, un riche banquier du Nord et quelquefois, même, un général ou un sénateur. La biographie de Thomas English lui paraissait, à vrai dire, plus vraisemblable que bon nombre d'autres, mais il se méfiait et ce type lui paraissait un peu jeune pour avoir vécu une telle vie. Il y avait bien longtemps que les Choctaws avaient quitté la Prairie-du-Chien. Lui-même n'avait jamais rencontré de représentants de cette nation contrainte, par le traité du 27 septembre 1830, d'abandonner toutes ses terres du Mississippi pour d'autres, offertes en Arkansas par le gouvernement des Etats-Unis.

– Quel est ton âge, Tom English?

– Cinquante-deux ans... Je vois que vous ne croyez pas à mon histoire, général. Je vous l'ai racontée sachant la prévention et parfois le mépris qu'ont les Blancs pour les métis. Tout cela n'a d'ailleurs aucune importance.

– Bon, bon, admettons que je te fasse confiance; quels renseignements veux-tu me vendre sur Sitting Bull et ses alliés, dis?

Le métis fit un effort pour conserver son calme. Tampleton s'en aperçut en voyant son nez busqué s'amincir comme une lame sous la force d'une aspiration prolongée et son regard se figer.

– Ma mère disait : « L'homme blanc ne trompe personne d'autre que lui-même », général. Vous avez été amené à fréquenter trop de traîtres au cours de votre carrière pour conserver votre liberté d'appréciation en face d'un métis. Non, je ne viens pas vous vendre quoi que ce soit. Je viens vous demander un service, une grâce personnelle, vous confier aussi ce que j'ai de plus précieux, ma fille, car demain, moi, le métis, j'aurai cessé de vivre. Alors je vous demande, général, d'emmener cette enfant avec vous et de la confier aux ursulines de La Nouvelle-Orléans, dont j'ai connu à Saint Louis la supérieure. Voici une lettre pour cette nonne, qui sait mon histoire et celle de ma mère. Et voici tout l'argent que je possède...

En disant ces mots, l'avocat avait jeté sur la petite table pliante du général une enveloppe et un paquet de dollars serrés par une ficelle.

Assez décontenancé, le général se renversa sur son siège de toile, posa sur le sous-main de cuir qui l'avait accompagné dans toutes ses campagnes son unique main et dit :

– Voyons, monsieur l'avocat! cela n'est pas très raisonnable. Comment vous est venue cette idée saugrenue?

– C'est Tatanka Yotanka (il donnait à Sitting Bull son nom indien) qui m'a conseillé de m'adresser à vous. Il vous connaît et vous tient pour un honnête Blanc. Il m'a chargé de vous dire qu'il n'avait pas oublié le jour où vous avez ramené, seul, au camp des Hunkpapas, une petite Indienne dont les parents avaient été tués dans la bataille de l'après-midi.

– Mais qui vous dit, ajouta Tampleton en abandonnant soudain le tutoiement qu'il appliquait toujours aux Indiens, que vous allez mourir demain, Tom English? Sitting Bull peut encore choisir la sagesse.

– La sagesse pour les Indiens équivaut maintenant à la lâcheté. Les Sioux, comme les Algonquins ou les Séminoles, ont été trop souvent dupés par les Blancs... Vous le savez bien, général. Si, demain, Tatanka Yotanka acceptait d'emmener ceux qui lui font confiance dans ces terres arides qu'on leur destine et qui n'intéressent pas encore les colons blancs, les enfants des exilés seraient un jour exilés à leur tour, rejetés toujours plus loin ou cantonnés dans les régions inhabitables. Cent fois, général, j'ai plaidé la cause de ces peuples devant les commissions indiennes, à Washington ou dans les capitales d'Etat. J'en ai toujours rapporté de bonnes paroles, toutes démenties par les faits. « Tuez-moi d'abord avant de prendre possession de ma patrie », dira Sitting Bull au général Miles. Demain, les Indiens périront en grand nombre et pour l'honneur de la mémoire de ma mère, moi qui n'ai pas pu obtenir plus pour les siens avec le savoir de l'homme blanc, qu'elle avait voulu me donner afin que les Indiens soient mieux défendus, je me battrai avec eux... Et vous savez que vos soldats visent toujours d'abord les métis.

– Et quel âge a votre fille?

– Cinq ans. Sa mère, une Blanche, fille d'un professeur de droit qui fut mon maître, est morte en la mettant au monde. Quand j'aurai disparu, elle sera seule. Comme elle a la peau aussi claire que celle de sa mère, je veux qu'elle vive parmi les Blancs et non pas au milieu des représentants d'une race condamnée.

– Mais je suis un vieil homme célibataire, comment voulez-vous que je m'occupe d'une fillette de cinq ans... Je ne sais même pas ce que ça mange à cet âge-là... et il y a loin d'ici à La Nouvelle-Orléans..., sans compter que moi aussi, demain, hein!... ce qui ne serait pas une mauvaise fin.

– Demain, général, vous passerez à travers les balles. Taureau-Assis s'en porte garant. Il a donné des ordres en conséquence... Si vous avez quelque considération pour lui, pour moi, pour l'espérance que représente un enfant, acceptez ce que je vous demande.

– Vous parlez bien, l'avocat. J'en connais un autre à Pointe-Coupée qui a, comme vous, la langue bien pendue... Il lui arrive aussi de distribuer ses enfants aux autres! Enfin..., si votre fille a une nourrice pour s'occuper d'elle pendant le voyage, ce que je suppose, envoyez-la ici demain matin. S'il y a bataille et que les choses tournent comme vous le pensez, j'emmènerai l'enfant chez les dames ursulines. Comme l'appelez-vous?

– Stella, en souvenir de ma mère.

Le métis, grand et mince, se leva et tendit la main au général en le fixant droit dans les yeux. Ce regard en rappela un autre à Templeton, semblable, dur et franc, de cette étrange couleur de pierre orientale, mais il ne put se souvenir où et quand il l'avait croisé.

– Dieu, que les Indiens appellent le Grand Esprit et qui est sans doute le même et unique maître de nos destinées humaines, vous rendra le bienfait que vous accomplirez pour un inconnu. Si Stella vous pose des questions à mon sujet, dites-lui que je chasse, avec mes amis indiens, le grand bison blanc... Adieu, général.

– Adieu, monsieur. Si vous n'êtes pas ici demain soir, libre ou prisonnier, à l'heure où je prends habituellement mon porto..., j'agirai suivant vos volontés... et dites à Taureau-Assis qu'il fasse mettre les femmes et les enfants à l'abri... Nous avons les deux cent soixante-quatre cavaliers du 7e régiment à venger.

Avant de se mettre au lit, Willy Tampleton déboucha le porto offert par Virginie en se coinçant la bouteille entre les cuisses et s'en versa une forte rasade. Son verre à la main, il sortit sur le seuil de sa tente, mit la sentinelle au repos et fit quelques pas dans le camp. La nuit d'octobre était claire et fraîche. On entendait l'eau de la rivière contourner le petit bief que les militaires avait établi pour les besoins du cantonnement. Sous leurs housses de molesquine, les nouvelles mitrailleuses Gatling montées sur trépied dressaient leurs silhouettes anguleuses et noires. Les hommes, tout en fumant, se racontaient mutuellement leurs précédentes chevauchées contre les Indiens, embellissant leurs récits, y ajoutant quelques flaques de sang, omettant leurs frayeurs, y intégrant toujours la jolie squaw qu'ils avaient épargnée ou gaillardement troussée, plus tard, dans les maïs ou sous un tipi.

Tampleton avait été, comme ces robustes garçons, ravi de faire la guerre à ces « sauvages » qui scalpaient leurs victimes, torturaient parfois leurs prisonniers, volaient les chevaux et le bétail. A cette époque, il ne doutait pas du bon droit américain, de la vertu des colons défricheurs, du mérite des aventuriers, explorateurs d'un immense pays dont il fallait bien inventorier les richesses.

Les Indiens disaient : « Nous avons nos bisons, notre maïs, l'herbe de la prairie, l'eau des rivières, les grands arbres pour nous donner de l'ombre, les nuits reposantes..., cela nous suffit. » Ces arriérés, qui se croyaient détenteurs d'un bonheur achevé, savaient tout juste assez d'agriculture pour ne pas mourir de faim. La chasse et la pêche leur fournissaient des menus d'une monotonie insupportable. Quand ils souffraient de quelque maladie, un sorcier les soignait. Méconnaissant l'utilité des chariots, ils transportaient encore leurs blessés sur des travois [1].

Ils ne voulaient rien savoir des villes aux mille ressources, ni d'un mobilier confortable, ni des merveilleux engins que des gens astucieux inventaient pour faciliter ou embellir la vie. Comme beaucoup d'autres jeunes officiers américains, Tampleton, en sortant de West Point, avait quelquefois pris en pitié ces obstinés, que certains hommes de science disaient « victimes d'un appauvrissement du sang par suite de trop nombreux mariages entre cousins ».

Et puis, à la veille de la guerre civile, le commandant Tampleton, qui avait déjà tué son contingent d'Indiens et reçu une ou deux

1. Civières formées de deux perches dont les extrémités sont attachées à la selle d'un cheval, les autres traînant sur le sol.

blessures sans réelle gravité, avait commencé à se poser des questions au sujet de gens « qui étaient là avant que Christophe Colomb et les pères pèlerins du *Mayflower* arrivent ». Au cours des interrogatoires de prisonniers, des palabres avec les chefs au moment des traités, des visites de courtoisie qui n'étaient que des inspections camouflées, l'officier avait pu constater que ces « sauvages » ne manquaient ni de sagesse ni de réalisme. Ils savaient se contenter de l'essentiel, rejetaient le superflu et ne semblaient pas s'ennuyer pour autant. Après tout, comme ils le répétaient à chaque occasion, l'Amérique était leur pays et tous les autres faisaient aussitôt figure d'intrus. Un vieux chef nommé « Nuage-Rouge » lui avait dit un jour : « Quand nous avons accueilli chez nous la race blanche, elle était petite et faible. Elle est devenue forte et tyrannique. » Aujourd'hui, les Blancs cultivaient sans le moindre respect leur blé et leur coton sur les tombeaux des Indiens morts; ils lançaient à travers la Prairie des chariots à vapeur qui effrayaient les derniers bisons, ils détournaient parfois le cours des rivières quand elles n'allaient pas où ils voulaient et ils rasaient, l'une après l'autre, des forêts entières, pour construire des maisons intransportables, bâtir des ponts combustibles. Tout avait commencé quand les Blancs avaient occupé les terrains de chasse des Indiens en leur disant : « Passez donc sur la rive ouest du Mississippi. Vous serez là chez vous. » Puis, quand d'autres Blancs étaient arrivés et que les terres trop sollicitées s'étaient appauvries, les envahisseurs, franchissant le fleuve, avaient dit une nouvelle fois aux Indiens : « Eloignez-vous, ou nous allons vous piétiner. » Et, désormais, tous les prétextes avaient été bons pour reprendre aux nations indiennes les territoires qu'on leur avait « donnés » la veille. Un jour, on trouvait de l'or en Californie, ou du pétrole au Texas un autre jour, il fallait faire passer le chemin de fer ici, construire une ville là ou donner dans l'Utah un établissement aux mormons dont les gens du Missouri, de l'Ohio et de l'Illinois ne voulaient plus. Puis arrivaient de nouveaux immigrants venus des pays sans soleil, guenilleux, qui n'avaient jamais possédé un cheval et qui s'apprêtaient à se tailler des domaines dans le Minnesota ou l'Oregon. Une autre fois, des aventuriers se ruaient dans le Comstock ou les Black Hills pour chercher de l'or et de l'argent, tandis que des fermiers forts en gueule s'adjugeaient les riches pâtures du plateau septentrional de l'Arizona où, de toute éternité, les troupeaux des nomades venaient au printemps brouter les jeunes prairies. Les Cheyennes et les Nez-Percés du Montana devaient céder leurs terrains de chasse aux mineurs de cuivre, tandis que dans cette partie de l'Oregon qu'on appelait Idaho des chasseurs de fourrure faisaient des hécatombes de castors et que les cow-boys, grands exécuteurs de Peaux-Rouges, conduisaient les troupeaux texans jusqu'aux pâturages du Wyoming.

Cent fois, les Indiens de toutes les nations, expulsés, menacés, parqués, avaient dit : « Si vous nous chassez de chez nous, nous irons comme la caille dans les montagnes pour y mourir », et peu à peu ils mouraient. Ceux qui, croyant recevoir une richesse nouvelle, avaient accepté de l'argent en échange de leurs peaux de bisons ou de loups, de la verroterie en échange de leurs chevaux, savaient maintenant qu'ils avaient fait des marchés de dupes. Alors, parfois, comme Sitting Bull, ils soulevaient leur tribu et se battaient à mort contre les Visages-Pâles.

Et cependant, se disait le général Tampleton en regagnant sa tente, quel prodigieux phénomène que la civilisation, l'organisation, la mise en exploitation d'un continent! On venait justement d'accueillir dans l'Union un nouvel Etat, le Colorado, baptisé, en cette année anniversaire, l'Etat du Centenaire. Une trente-huitième étoile avait été ajoutée à la constellation américaine et d'autres suivraient. Alors les Indiens avaient-ils le droit de se mettre en travers d'un chemin qui devait être ouvert à tous? Avaient-ils des raisons de s'opposer à une civilisation en marche? Et pourquoi, puisqu'on leur offrait de vivre à leur guise sur des territoires où ils ne gêneraient personne, n'acceptaient-ils pas de céder la place aux bâtisseurs? Il fallait bien cependant que l'autorité reste à l'homme blanc, porteur des espérances d'un monde nouveau. Toutes les chances d'une solution pacifique étaient repoussées par l'intransigeance de Sitting Bull. On se battrait donc demain, afin de faire place nette. Le général Tampleton se mit au lit, la conscience en repos. Il eût préféré des Indiens dociles à des Indiens morts..., mais il semblait bien qu'il n'avait plus à faire un tel choix.

Au petit matin, Willy fut informé par son aide de camp qu'une femme et une fillette blanche s'étaient présentées. La nourrice, une Indienne, soutenait que le général l'attendait. Le jeune capitaine d'état-major semblait un peu confus d'avoir à transmettre cette requête. Se pourrait-il que quelques années plus tôt... le général..., qui semblait bien connaître les Indiens..., se soit laissé aller à...

– Vous l'installerez ici avec l'enfant, fit Willy. Je me suis engagé cette nuit à emmener cette fillette à La Nouvelle-Orléans.

Puis, devant l'air ébahi de l'officier, il ajouta :

– Ne me regardez pas comme ça, capitaine, il s'agit d'une orpheline... de mère et de père.

L'ultime tentative pour éviter l'affrontement échoua. Le général Nelson Miles déploya cependant des trésors de patience pour amener le vieux chef « à plus de compréhension », puis il invita Tampleton à tenter sa chance.

– J'ai examiné les raisons de ton refus, Taureau-Assis, mais elles ne peuvent se concilier avec les décisions des grands chefs de Washington. Il faut que tu acceptes de te rendre où doivent désormais se tenir les Sioux, ou que tu envisages de mourir.

– Dieu m'a fait Indien, pas Indien de réserve. J'ai maintenant assez parlé. Retournez tous chez vous. Emportez avec vous vos mensonges... ou tuez-moi d'abord avant de prendre ce qui reste de la patrie des Sioux.

– Nous attaquerons dans trente minutes, dit rapidement le général Miles en faisant pivoter son cheval, enlevant ainsi à l'Indien la satisfaction d'amour-propre d'avoir parlé le dernier.

Sitting Bull s'éloigna au petit trot de son cheval blanc, suivi de ses guerriers, après avoir jeté un bref regard à Willy Tampleton

Une demi-heure plus tard, les trompettes donnaient le signal de l'assaut. Les hommes, bien entraînés, qui servaient les mitrailleuses Gatling avancèrent au pas de course, masqués par les cavaliers. A bonne distance des Indiens, groupés selon leur habitude par vagues prêtes à charger, les servants assurèrent les trépieds et aussitôt les tireurs commencèrent à « moudre » la mort. Les engins alignés crépitaient sans relâche, crachant en une minute par leurs canons multiples, serrés en faisceaux, plus de balles qu'une compagnie de fantassins. Les Sioux, qui se croyaient invulnérables depuis l'affaire de Little Big Horn, virent leur première ligne de cavaliers fauchée avant même qu'elle se soit élancée. Ils s'ensuivit une grande confusion, aggravée par l'entrée en jeu de quelques pièces d'artillerie légère, dont les obus allaient éclater sur les arrières, au milieu des guerriers tenus en réserve par Sitting Bull et ses deux lieutenants, Gall et Pretty Bear.

La débandade fut immédiate et si soudaine que la cavalerie américaine eut du mal à trouver le contact avec les fuyards, qui tentaient d'atteindre les forêts. Se souvenant des mutilations subies quatre mois plus tôt par leurs camarades du 7e régiment, les militaires ne pensaient qu'à tuer chacun leur douzaine d'Indiens, ce que beaucoup parvinrent à faire.

Sitting Bull et ses lieutenants, soucieux de mettre leur précieuses personnes à l'abri du carnage, car Taureau-Assis avait toujours été meilleur orateur que combattant, galopaient déjà droit au nord, vers la frontière canadienne.

Les Sioux avaient abandonné toutes leurs réserves, leurs tipis, des armes, des stocks de munitions, chevaux de parade et mulets de charge. Deux mille guerriers cernés par les mitrailleuses de Miles s'étaient rendus, pendant que la cavalerie poursuivait les Sioux en déroute.

Willy Tampleton, sans outrepasser ses prérogatives de conseiller du général Miles, avait donné la chasse à un groupe de guerriers galopant au plus près les uns des autres et entourant des chefs dont on distinguait les plumes d'aigle ébouriffées par le vent de la course.

– Ces Sioux veulent nous faire croire que Sitting Bull est au milieux d'eux... alors qu'il doit se trouver à une douzaine de miles d'ici.

– C'est ce qu'on appelle une diversion, général, fit le capitaine aide de camp, botte à botte avec Willy.

– Exactement, mais ce n'est pas une raison pour les laisser s'enfuir. Faites presser le train et rattrapez-moi ces sauvages... Il se pourrait que le vieux coyote soit avec eux... Je le connais, il est capable de feindre... une feinte !

Fatigué, souffrant à cheval du déséquilibre causé par l'absence de son bras droit, Willy choisit l'ombre d'un bouquet d'arbres pour abandonner la poursuite, sachant bien que les jeunes enragés de la cavalerie finiraient par rejoindre les Indiens. Lorsqu'un instant plus tard deux détonations seulement lui parvinrent, il comprit que la poursuite s'était terminée sans trop de dégâts. Bientôt les militaires réapparurent, poussant devant eux leurs prisonniers, dont les petits chevaux exténués bavaient des filets d'écume.

Le capitaine se détacha du groupe :

– Pas de grand chef, général ! C'était une vraie diversion. Ils sont tous là, sauf un qui nous a tiré dessus et que j'ai dû abattre. Un métis, sans doute, un de ces types qui se vendent à tout le monde et qui ne souhaitait pas tomber vivant entre nos mains.

– Conduisez-moi à l'endroit où il est tombé, dit le général, je veux le voir.

Un peu interloqué, l'officier confia le détachement et les prisonniers à un vieil adjudant, avant de guider le général Tampleton derrière un tertre boisé. Dans l'herbe sèche, entre une roche plate et un buisson d'épineux, le métis reposait sur le côté, le visage caché au creux du bras, comme un rêveur. Il portait la culotte de peau à franges et la tunique indienne. Les plumes d'aigle dont il s'était coiffé pour donner le change aux poursuivants gisaient, dépouille d'oiseau depuis longtemps abattu, à un mètre de lui.

– Retournez-le, je veux voir son visage, demanda Willy, bien qu'il sache déjà que ce cadavre était celui promis la veille par Tom English, l'avocat.

Le capitaine, qui commençait à s'habituer aux bizarreries de ce général manchot et taciturne, mit pied à terre et, de la pointe de sa botte, poussa l'épaule du mort, qui pivota sur lui-même et se retourna, étendu sur le dos, fixant le ciel d'un regard vertical.

– C'est bien lui... Vous enverrez deux hommes pour l'enterrer, car il se pourrait que ce soit un chrétien.

– Vous le connaissiez, général, qui était-il? osa demander l'officier en se remettant en selle.

– C'était un type d'entre deux races. Ni vraiment indien, ni vraiment blanc. Un type qui n'avait pas trouvé sa place. Un type qu'on aurait dû s'abstenir de mettre au monde, si vous voulez mon sentiment. C'était aussi le père de cette gamine que la vieille Indienne m'a amenée ce matin... et qu'il va nous falloir porter aux ursulines de La Nouvelle-Orléans...

7

Tous les démocrates américains et les Louisianais, plus peut-être que les autres, comptaient sur les élections de 1876 pour mettre fin au règne des républicains radicaux et des *carpetbaggers*. Ulysses Grant, que la Chambre des représentants, à majorité démocrate depuis 1874, avait dissuadé sans ambages, par 233 voix contre 18, de briguer – ce qui d'ailleurs ne s'était jamais vu – un troisième mandat présidentiel, s'apprêtait, disait-on, à consacrer trois années de sa vie à un tour du monde. Les républicains, soucieux de trouver un candidat d'une moralité irréprochable et capable d'assainir une administration de réputation douteuse, avaient désigné, lors de leur convention nationale de Cincinnati, un avocat austère, gouverneur de l'Ohio : Rutherford B. Hayes. L'homme passait pour ennemi des frivolités et son épouse, aimablement surnommée « Lucy Limonade », approuvait l'action des ligues antialcooliques. On avait failli lui préférer James G. Blaine, mais, comme ce dernier était soupçonné, peut-être à tort, d'avoir touché des pots-de-vin de l'Union Pacific Railroad, les républicains s'étaient refusés à prendre le risque d'un scandale en pleine campagne électorale.

Les démocrates, « qui ne craignaient personne sur le plan de la probité », avaient, eux aussi, comme candidat à la Maison-Blanche un avocat, gouverneur de l'Etat de New York : Samuel J. Tilden, l'homme qui avait envoyé « Boss » Tweed en prison et épuré Tamany Hall. Les républicains proposaient comme vice-président William A. Wheeler et les démocrates alignaient pour le même poste Thomas A. Hendricks, de l'Indiana.

En Louisiane, deux candidats gouverneurs se trouvaient face à face : le républicain radical Stephen B. Packard et le démocrate Francis Tillou Nicholls, ancien général de l'armée confédérée, ami de Willy Tampleton.

Le 7 novembre, quand furent connus les résultats, tant au plan de l'Union que de l'Etat, les démocrates pavoisèrent. Samuel Tilden avait obtenu 4 284 020 « suffrages populaires » et 184 « votes électoraux » contre 4 036 572 « suffrages populaires » à Hayes qui ne recueillait que 163 bulletins des « électeurs d'Etat ».

En Louisiane, la majorité allait aussi aux démocrates et Nicholls se voyait déjà gouverneur. Hélas! de Washington parvenaient assez vite des nouvelles inquiétantes. Avec ses 184 voix sur les 370 des « grands électeurs », Tilden passait à une voix près de la majorité. Comme Hayes contestait les quatre voix de la Floride, l'unique voix de l'Oregon, les sept de la Caroline du Sud et les huit de la Louisiane, le résultat n'était pas acquis. Les voix des électeurs désignés par chaque Etat décideraient seules, finalement, de l'élection présidentielle.

– Il n'y a aucune raison pour que les 19 voix du Sud ne reviennent pas à Tilden, disait Virginie.

Mais Charles, qui connaissait mieux que sa mère la versatilité intéressée de certains politiciens et possédait aussi des informations confidentielles dont elle ne disposait pas, se montrait moins confiant. Quand la commission, composée de dix membres du Congrès assistés de cinq juges de la Cour suprême, l'ensemble se divisant en huit républicains et sept démocrates, dépouilla les bulletins des 370 électeurs d'Etat, ce fut la stupéfaction pour le citoyen moyen. Tous les bulletins litigieux portaient le nom de l'honnête Hayes. Le démocrate Tilden, qui pouvait être fier d'avoir obtenu 250 000 voix populaires de plus que son concurrent, se voyait cependant privé du fauteuil présidentiel. « Lucy Limonade » allait pouvoir vider dans les toilettes de la Maison-Blanche la réserve de whisky abandonnée par M. Grant. Tous les démocrates ne furent pas surpris par cette « correction » apportée au suffrage universel. Quand on sut que le nouveau président défendrait la monnaie, les hauts tarifs douaniers, mettrait fin à la Reconstruction et rappellerait les troupes fédérales encore présentes au Sud, les plus naïfs se demandèrent s'il n'y avait pas eu quelque manigance. Quand le nouveau président recruta des fonctionnaires parmi les anciens confédérés et appela à son cabinet un Sudiste notoire, les derniers doutes furent levés [1].

En Louisiane aussi, les républicains contestaient les résultats des élections. Le 6 décembre, fidèles à l'odieux procédé qui leur avait si souvent réussi, les radicaux mettaient en branle le fameux « Bureau des retours électoraux ». Le Sénat désignait les cinq commissaires : quatre républicains et un démocrate..., lequel ne fut pas, quoique peu dangereux étant donné son isolement, admis à siéger avec les autres.

Les radicaux « arrangèrent » les résultats à leur manière et proclamèrent Packard élu. Ce *carpetbagger* venu du Maine installa aussitôt son gouvernement à l'hôtel Saint-Louis. Il bénéficiait de tout l'appui d'une administration mise en place par son prédécesseur et

1. M. Robert Lacour-Gayet écrit dans son *Histoire des Etats-Unis* (Ed; Fayard, Paris, 1977), vol. II, p. 21 : « On a souvent pensé que cette "combinazione" avait été mise sur pied dans un hôtel de Washington au cours des jours précédents (le 28 février 1877, jour de la proclamation des résultats). Des études récentes montrent au contraire qu'elle avait été préparée de longue date. Du "compromis de 1877" – puisque l'Histoire a ainsi baptisé l'élection de Hayes – on pourrait dire que ce fut un compromis de lassitude. Pressentant l'avenir grandiose qui attendait leur pays, le Nord et le Sud avaient assez d'une controverse dont la stérilité était devenue patente. »

ami, Kellogg. Personnellement, il n'avait pas la moindre chance d'être accepté par la population.

Cette fois-ci, cependant, la supercherie était trop flagrante pour faire illusion bien longtemps. Tandis que Packard se barricadait à l'hôtel Saint-Louis avec deux ou trois cents hommes de main dont un tiers étaient des Noirs brusquement promus « agents de police », le général Nicholls, homme de sang-froid et d'une grande détermination, prenait ses quartiers au « Old Fellow Hall », appelé aussi « Saint Patrick Hall ». Parti capitaine en 1861 pour la défense de la Confédération, Francis Tillou Nicholls, plus malchanceux encore que Willy Tampleton, avait laissé son bras gauche à Winchester et son pied gauche à Chancellorsville. Ce mutilé aux cheveux blancs frisés, à la barbichette bon enfant, en imposait à tous par sa fidélité à ses idées et son humanité. Charles de Vigors était de ceux que le gouverneur écoutait. Le fils de Virginie avait ainsi obtenu que la Ligue blanche soit réformée et devînt, sous les ordres du général Ogden, une « garde continentale » forte de 3 000 hommes, disciplinée et prête à faire respecter les décisions des représentants loyalement élus des citoyens.

Les radicaux espéraient que leur viendrait de Washington l'appui qui n'avait jamais fait défaut à leurs entreprises autoritaires, mais on balançait encore pour savoir qui de Hayes ou de Tilden allait l'emporter et Ulysses Grant, à la veille de quitter la Maison-Blanche, n'entendait pas, alors qu'il bouclait ses valises, plonger encore une fois la main dans le guêpier louisianais.

– On ne peut plus attendre; demain, nous passons à l'action. Nous allons prendre la ville qui s'est donnée librement à nous, dit un soir Charles à Liponne.

Cette dernière, qui savait la situation bien différente de celle que la Louisiane avait connue deux ans plus tôt, ne montra aucune inquiétude. Elle dit simplement ce que disent toutes les femmes : « Sois prudent. »

Au Boston Club, où Charles fit une apparition pour prendre la température chez les bourbons, on entourait chaleureusement Willy Tampleton, qui venait d'arriver. En cette période où les esprits paraissaient surexcités, où l'on se remémorait, comme pour mieux entretenir les ardeurs combatives, tous les méfaits des Yankees et de leurs alliés, il se trouva deux ou trois conservateurs qui ne tendirent pas la main à l'ex-général confédéré devenu, par la faute de Sitting Bull, général de l'Union.

– Quand on a eu l'honneur de servir la Confédération avec des épaulettes de général, on n'endosse pas l'uniforme de ceux qui vous ont humilié pour s'offrir le plaisir d'une randonnée indienne, dit un médecin égrotant.

Avant que Tampleton ait eu le temps de répliquer, Charles de Vigors intervint :

– Robert Lee n'a-t-il pas accepté la direction d'un grand collège moins d'un an après Appomatox? Et ici, dans cette ville, le général de Beauregard ne contrôle-t-il pas la loterie d'Etat?... Sans que vous y trouviez à redire! Le général Tampleton a donné assez de preuves de son patriotisme pour que ceux qui ont encore leurs deux mains s'honorent de serrer celle que la guerre lui a laissée.

Comme le médecin, qui venait de recevoir cette mercuriale de la part d'un membre influent du club, redoutait encore plus que le manchot, particulièrement chatouilleux sur l'honneur, ne lui adresse un cartel, il s'empressa de présenter des excuses et accepta d'offrir le champagne en guise de réparation à tous les clubmen qui avaient assisté à l'altercation.

C'est donc avec l'euphorie de bon aloi qu'engendre le vin pétillant qu'un moment plus tard Tampleton et Charles se rendirent au quartier général du gouverneur Nicholls. Une foule joyeuse, malgré le temps pluvieux, se tenait, dense et bruyante, sur l'esplanade devant « Saint Patrick Hall » pour acclamer les élus, groupés sur un balcon autour du général. Au-dessus des têtes, des mains brandissaient des parapluies; ceux et celles qui n'en portaient pas agitaient des mouchoirs, des hommes balançaient leurs chapeaux, des gamins juchés aux fourches des branches sur les hêtres de la place criaient aux badauds les noms des notabilités qui entraient dans l'immeuble pour apparaître quelques instants plus tard derrière le gouverneur.

– Rejoignez vos amis, c'est votre place, conseilla Willy à l'avocat. Je dois aller rendre visite aux dames ursulines pour une affaire dont je vous parlerai plus tard.

Cependant, en vieux soldat habitué à marcher au son du fifre et du tambour, le général, que des gens reconnaissaient parfois bien qu'il soit en civil, se dirigea vers le Cabildo, bâtiment jouxtant la cathédrale et abritant la Cour suprême. Charles ayant annoncé que ce serait le premier immeuble qu'investiraient les troupes de Nicholls qui voulait installer immédiatement des magistrats démocrates, Willy désirait assister à cette opération. Elle fut conduite sans aléas, aucune force n'étant présente pour s'opposer aux gardes continentaux qui avancèrent fusil sur l'épaule au pas de parade. A l'issue d'un impeccable défilé, des compagnies prirent position autour de Jackson Square, fermant les rues de Chartres, Saint-Pierre et Sainte-Anne. Les gens de Packard n'osaient pas, semblait-il, étant donné l'hostilité de la population, entreprendre le moindre mouvement de résistance, ni même se montrer en public. Quant aux soldats fédéraux, on ne les voyait nulle part.

Après la Cour suprême, l'arsenal, puis tous les postes de police de la ville furent remis sans coup férir aux gardes continentaux ou aux artilleurs de la « Washington Artillery », section spécialisée des troupes du général Ogden. Ainsi le général Nicholls se trouvait, quoi qu'en disent les radicaux, gouverneur de fait de la Louisiane tandis que le général Christopher Augur, chef des forces fédérales, conservait une prudente neutralité, sachant sans doute que, si le démocrate Tilden devenait président des Etats-Unis, Nicholls se verrait confirmé dans ses fonctions et que, si Hayes l'emportait, le poste de gouverneur ne reviendrait pas forcément à Packard, comme ce dernier semblait le croire. Les Noirs, d'abord inquiets des réactions éventuelles d'une foule blanche bien décidée, cette fois, à imposer dans la rue s'il le fallait les résultats sortis des urnes, se rassurèrent peu à peu, finissant par croire que le général Nicholls était sincère quand il disait que les droits des affranchis seraient respectés, ajoutant qu'il entendait lui-même tout mettre en œuvre pour créer enfin la bonne entente et la confiance entre les races.

Rentrant chez lui un soir de janvier, Charles put dire à Liponne :

– Cette fois, c'est gagné, nous allons enfin revenir à la « Home rule »... Les *carpetbaggers* n'ont plus qu'à faire leurs bagages et les *scallawags* qu'à se faire oublier.

Il fallut tout de même quatre mois pour que, Hayes ayant été déclaré président élu des Etats-Unis le 28 février 1877, ce dernier puisse envoyer en Louisiane une « commission présidentielle » chargée d'étudier la situation créée à La Nouvelle-Orléans par la coexistence parallèle et simultanée de deux gouverneurs et de deux gouvernements, dont l'un – celui de Packard – était sans aucune autorité hors du hall de l'hôtel Saint-Louis, promu Maison d'Etat, tandis que l'autre, disposant de la force publique, ne pouvait se faire obéir d'une administration mise en place depuis neuf ans par les radicaux. Les commissaires fédéraux, en majorité républicains, arrivés le 5 avril à La Nouvelle-Orléans, entendirent toutes les parties et, fort sagement, comprirent que la population de Louisiane n'accepterait plus un gouvernement imposé par la force des armes fédérales. Peut-être constatèrent-ils aussi qu'avant les « tripatouillages » du « Bureau des retours électoraux », qui avait aidé l'élection du président Hayes, les vrais résultats dans 69 bureaux de vote de 24 paroisses de l'Etat donnaient 13 211 voix à Tilden et 2 142 seulement à Hayes. A la mi-avril, les commissaires convainquirent M. Packard de renoncer à ses prétentions.

Quand, le 27 avril 1877, le président Hayes donna l'ordre aux troupes fédérales qui stationnaient encore en Louisiane d'évacuer leurs cantonnements, l'événement fut salué comme une libération. Il n'était pas assez soudain, cependant, pour amener des explosions de joie démesurées ou des manifestations délirantes. On se congratula entre amis autour de quelques bouteilles de champagne, mais ce fut tout.

Les Orléanais, pour prouver qu'ils étaient des triomphateurs sans rancune, applaudirent les soldats de l'Union quand ceux-ci défilèrent pour la dernière fois de l'hôtel d'Orléans, où logeait le général Augur, jusqu'à la station de chemin de fer.

La ville, qui depuis treize années se considérait militairement occupée, respirait enfin, en ce printemps, un air d'indépendance et de liberté. Les femmes arboraient des bibis fleuris, sur certains balcons la bannière étoilée apparaissait à côté des vieux drapeaux confédérés tirés du camphre et de la flamme louisianaise frappée du pélican blanc sur fond d'azur.

M. Packard et ses supporters, comme tous les politiciens *carpetbaggers*, se préparaient à quitter le pays pour aller occuper ailleurs, dans l'administration fédérale, des postes moins lucratifs peut-être que ceux qu'ils avaient tenus ou espérés dans le Sud. Dans un grand élan de générosité accompagné sans doute secrètement de la formule « bon débarras », les démocrates avaient voté avec les républicains, maintenant en minorité dans la législature, les traitements et frais de voyage du gouverneur invalidé et accordé des indemnités aux radicaux qui, régulièrement élus, n'avaient pu siéger pendant la période d'« incertitude ».

Le général Francis Tillou Nicholls avait pris possession de la Maison d'État, étant reconnu enfin par le gouvernement de Washington et le Congrès des États-Unis comme le seul et authentique gouverneur de la Louisiane. Son gouvernement et ses services, qui avaient jusque-là fonctionné grâce à des « avances sur impôts » consenties par des contribuables de bonne volonté et aussi sans doute par une contribution opportune de 250 000 dollars « spontanément consentie » par la loterie d'Etat, allaient devoir remettre de l'ordre dans les finances et l'économie du pays.

Charles de Vigors et tous les élus qui, depuis 1874, se voyaient frustrés de leurs sièges de représentants et de sénateurs faisaient preuve d'un dévouement enthousiaste pour la chose publique. Les imprimeurs de cartes de visite ne parvenaient pas à satisfaire la demande d'une clientèle à laquelle ils reconnaissaient des goûts plus sûrs qu'à la précédente. Dans le domaine immobilier, il y avait de bonnes affaires sur le marché, certains *carpetbaggers* souhaitant réaliser au plus vite des biens acquis de façon douteuse.

Charles obtint ainsi pour une bouchée de pain une grande maison entourée d'un des plus beaux parcs du « Quartier des Jardins ». La demeure, d'aspect seigneurial, avait hébergé autrefois une riche famille espagnole propriétaire d'immenses domaines dans l'île de Cuba et qui regrettait sans doute d'avoir liquidé ses biens en Louisiane à l'arrivée des radicaux.

Le changement de régime politique, depuis si longtemps désiré, était enfin intervenu sans violence ni règlements de comptes. Le seul geste regrettable, mais heureusement sans conséquence, avait été une tentative d'assassinat perpétrée le 15 février contre Stephen B. Packard par un homme dont le *carpetbagger* s'était débarrassé d'un uppercut et que la garde radicale avait désarmé. Les journaux démocrates soutinrent que le meurtrier en puissance était un policier et qu'il s'agissait d'un attentat simulé, destiné à soulever l'opinion nordiste en faveur du « locataire de l'hôtel Saint-Louis ». Le général Nicholls condamna sans tergiverser cette criminelle tentative. Tous les démocrates, même ceux ayant eu à pâtir des agissements de Packard quand ce dernier faisait la pluie et le beau temps à la douane, approuvèrent le gouverneur, estimant qu'un martyr eût été plus gênant qu'un *carpetbagger* vivant et dévalué.

Ainsi s'achevait en Louisiane la Reconstruction suivant le goût et les intérêts des républicains radicaux au service du Nord. Les Noirs, si souvent floués, manipulés, utilisés par ceux qui s'étaient soi-disant battus pour leur seule émancipation, se doutaient bien que leurs anciens maîtres revenus au pouvoir allaient d'une façon ou de l'autre leur faire payer la naïve arrogance d'esclaves libérés que les radicaux leur avaient permis d'étaler pendant une douzaine d'années. Déjà ceux qui vivaient d'expédients, de secours fortuits ou de charité intéressée songeaient sérieusement à reprendre le chemin des plantations pour trouver du travail. Les plus courageux ou ceux qui avaient gardé les plus mauvais souvenirs de l'esclavage risquaient maintenant l'aventure d'une émigration dans les plaines du Kansas, où l'on donnait de la terre aux fermiers, quelle que soit la couleur de leur peau, et où seuls des anciens soldats de l'armée fédérale avaient eu le droit de s'installer après la guerre civile.

Mais le Kansas n'était pas un paradis. Balayé par des tempêtes de sable, parcouru par des tornades qui renversaient les maisons, asséché parfois, comme l'antichambre des Enfers, par un vent brûlant, ce pays, encore soumis aux incursions des Indiens, était de surcroît régulièrement visité par les voleurs de bétail et les aventuriers de passage sur l'antique piste de Santa Fe. Enfin, le dicton « pas de dimanche à l'ouest de Newton et pas de Dieu à l'ouest de Topeka » disait assez que les habitants de ces régions ne s'embarrassaient guère de principes. Comble de malchance, c'est du Kansas encore que commençait à sévir une matrone de trente ans, nommée Carry Nation, qui ne pouvait voir une bouteille de whisky sans la briser sur la tête de son propriétaire.

« Veux-tu un ticket pour le Kansas » devint rapidement une façon d'éconduire les affranchis qui réclamaient de l'augmentation ou un jour de congé supplémentaire.

Comme si toutes les fées semblaient sourire cette année-là à la Louisiane, la récolte de coton fut abondante et celle de la canne à sucre battit un record. Comme dans d'autres Etats, la grève des ouvriers et employés des chemins de fer créa des perturbations dans le trafic, mais à aucun moment on ne connut les situations insurrectionnelles de l'Ohio, du Missouri et de la Virginie de l'Ouest, où les grévistes menaçaient de prendre possession des banques et des édifices publics. Les grévistes réclamaient une augmentation de 10 % de leur salaire et protestaient contre les mauvaises conditions de travail depuis qu'on avait doublé le nombre des voitures et wagons tirés par les trains sans augmenter les « équipages » de ceux-ci. A Martinsburg, la police avait ouvert le feu sur les cheminots qui voulaient bloquer un train militaire. Il y avait eu douze morts.

A Bagatelle, tous ces événements politiques et sociaux n'arrivaient qu'atténués par la distance et ne suscitaient guère de commentaires. Mme de Vigors, bien certaine maintenant que le destin de son fils Charles serait désormais lié aux grandes affaires de l'Etat, suivait plus attentivement que Clarence Dandrige les comptes rendus politiques des journaux. A la fin de l'année 1877, alors que Willy Tampleton se réjouissait d'apprendre que les troupes fédérales avaient enfin attrapé, à quelques milles de la frontière canadienne, le chef des Indiens « Nez-Percés », Joseph, un bon ami de Sitting Bull, Clarence Dandrige ne cachait pas sa satisfaction d'avoir embauché à la plantation ce brave Brent que la dissolution du Bureau des affranchis laissait sans travail. En lui conférant le titre nouveau de chef des travailleurs et employés de la plantation, en lui assurant un salaire mensuel de trente-cinq dollars, en l'autorisant à se construire une maison de brique sur le domaine et, enfin, en l'intéressant au rendement des cultures, l'intendant considérait qu'il mettait l'exploitation à l'abri d'un certain nombre d'aléas. Rosa avait accepté de tenir le rôle de gouvernante du personnel domestique sur lequel la vieille Anna, sa mère, n'avait qu'une autorité relative.

La vie de plantation avait donc retrouvé son rythme ancestral. Tôt le matin, la cloche appelait au travail la centaine de Noirs salariés, dont une vingtaine seulement habitaient encore sur le domaine, les autres demeurant à Sainte-Marie ou dans d'autres villages, quand ils n'occupaient pas de vieilles baraques abandonnées autour desquelles ils cultivaient pour leur compte un bout de terrain, élevaient des poules et produisaient même parfois un peu de coton que les planteurs leur achetaient.

Le rythme du travail était bien sûr différent de celui qu'on avait longtemps imposé aux esclaves et Virginie ne manquait jamais de faire remarquer à ses visiteurs : « Depuis qu'on paie les nègres, on ne peut plus rien en faire. »

Cependant, Dandrige ne se plaignait pas et n'intervenait que les jours où les ouvriers en prenaient trop à leur aise. Les choses allaient moins bien chez Oliver Oscar Oswald, surtout depuis son nouvel échec électoral. On murmurait que sans l'aide financière de Léonce Redburn, son beau-père, il n'aurait pas eu de quoi payer les journaliers embauchés pour couper ses cannes à sucre. Virginie, qui recevait souvent Clara et son filleul, un gros garçon à la chevelure rousse et bouclée comme celle de son père, demanda un soir à Dandrige de s'intéresser au sort de Triple Zéro. Depuis le coup de feu tiré sur Mallibert, un certain nombre d'événements s'étaient produits qui ne disposaient pas l'intendant à porter beaucoup d'intérêt au *carpetbagger*. Ce dernier reprochait non sans raison à Castel-Brajac et à Mme de Vigors de lui avoir menti en laissant croire pendant plusieurs jours que le blessé était Dandrige.

Cette cachotterie puérile avait mis l'intendant dans une situation peu plaisante le jour où, rencontrant Oswald sur la route de Sainte-Marie, ce dernier avait jeté dans le cabriolet de Dandrige un bonnet de laine rouge en s'écriant avec emphase : « Justice est faite, Monsieur Dandrige. Dans les mêmes circonstances, j'en attendrais autant de vous. »

– Qu'il vienne me voir, dit tout de même Clarence à Virginie.

Le *carpetbagger* des années précédentes avait perdu une bonne part de son assurance. Il se présenta à Bagatelle comme l'aurait fait un métayer conscient de n'avoir pas tiré de sa terre tout le produit qu'un fermier habile en aurait obtenu. Il apportait ses livres de comptes, dont l'examen fut pour Clarence plus éloquent que tous les exposés filandreux qu'aurait pu faire un expert.

A l'occasion de cette lecture, l'intendant constata que Triple Zéro avait toujours payé à ses ouvriers des gages de 10 ou 15 % plus élevés que ceux habituellement pratiqués dans la paroisse.

– C'est pour asseoir votre réputation d'ami des nègres? demanda l'examinateur, non sans ironie, en désignant la colonne des salaires.

L'autre parut surpris.

– Je n'ai pas pensé à ça, je vous assure, mais, voyez-vous, je sais, moi, ce que c'est que de gagner cinq dollars par semaine, d'avoir tout juste de quoi s'acheter du pain, un morceau de mauvais jambon et de la marmelade chaque jour. Je sais ce que c'est de coucher dans des chambres qu'on loue à quatre ou six pour vingt cents par jour. Je sais ce qu'est l'envie d'une bouteille de bière fraîche l'été, d'une tasse de thé chaud l'hiver, quand il y a de la buée aux carreaux des tavernes et que l'on ne possède pas le quarter ou la dîme qui vous donnerait ce plaisir royal... Alors, voilà pourquoi j'ai payé mes nègres plus que vous. Je leur ai payé le salaire qu'un homme doit normalement percevoir dans ce pays pour manger tous les jours et s'offrir une bière le dimanche..., pas plus... pas moins.

Triple Zéro chercha dans le regard de l'intendant une appréciation. Il crut y lire de la compréhension en même temps que de l'indulgence appliquée à sa naïveté et il compléta son exposé :

– D'accord, les nègres sont souvent idiots, parfois vicieux et toujours paresseux. Beaucoup ne nous aiment pas et certains même nous haïssent..., mais cela n'a rien à voir avec les besoins vitaux d'un type. Idiot ou malin, travailleur ou feignant, gentil ou détestable, il faut qu'il mange, qu'il boive et qu'il dorme, tout comme il faut qu'il aille « au petit jardin », comme dit Clara, et que de temps en temps une femme accepte de faire l'amour avec lui... Hein! vous croyez pas?... Ça vous choque, ça?

– Ça ne me choque pas et je trouve ce que vous dites, sinon très réaliste, du moins plein de générosité.

Triple Zéro parut réfléchir un instant, puis, se penchant vers l'intendant et plissant les paupières comme quelqu'un qui souhaite donner de l'intensité à son regard et de l'importance à ce qu'il va dire, il ajouta :

– Et je crois même qu'un imbécile, un paresseux, un méchant sera encore plus bête, moins porté au travail ou plus hargneux s'il a faim, s'il a soif et s'il a l'impression que les autres s'en foutent.

– Et un jour peut-être trouvera-t-il qu'on peut prendre aux autres ce dont on a besoin... et même un peu plus, n'est-ce pas?

– Voler, vous voulez dire... Ça aussi, je sais ce que c'est..., je l'ai fait... et croyez-moi, Monsieur Dandrige, quand on a volé pour survivre, on vole ensuite pour vivre et enfin pour bien vivre... Sans Mme de Vigors, peut-être bien que j'aurais continué à faire les bijoux sur les steamboats...

Une fois de plus, Clarence Dandrige reconnut que la nature de l'homme est complexe et impossible à mettre en comptabilité comme l'exploitation d'une plantation. A vouloir doser le bien et le mal sans savoir dans quel humus ni dans quelles décompositions les deux plongent leurs racines, on risque le grand péché capital, celui contre l'esprit.

L'intendant n'avait jamais eu de sympathie pour Oswald. Le *carpetbagger* représentait tout ce qu'il détestait : la suffisance, la vulgarité, l'ambition gloutonne, la brutalité du matamore, le goût des apparences flatteuses, mais il découvrait chez ce rustaud, qui à l'âge de dix ans ne devait pas savoir ce qu'était ni une fourchette ni un mouchoir, le respect des instincts élémentaires des autres.

Sur-le-champ, il décida de l'aider à rétablir sa situation. Pendant une semaine, on vit Dandrige parcourir l'ancienne plantation O'Neil, palper la terre, indiquer des arbres à abattre, conseiller des tracés pour des canaux d'irrigation, modifier l'alimentation du bétail et choisir avec le propriétaire la parcelle qu'il allait devoir vendre pour faire face à ses obligations, payer ses dettes et commencer plus sainement la saison.

Un soir où les deux hommes regagnaient côte à côte la maison du *carpetbagger*, après en avoir enfin terminé avec la réorganisation de l'exploitation, Dandrige proposa un *mint julep* à Bagatelle. Virginie vint saluer le visiteur et, tandis que Triple Zéro s'installait avec Dandrige sur la galerie, s'en fut commander les boissons d'une préparation délicate et quasi rituelle. Quand ils eurent leur verre en main et commencèrent à siroter avec la lenteur qui est le respect dû à ce breuvage, Oswald prodigua les remerciements que méritait Dandrige, puis il ajouta :

– Vous savez, ce n'est pas tellement pour moi que je tiens à m'en sortir – moi, je me débrouillerai toujours – mais c'est pour Clara..., parce que je crois qu'elle m'aime maintenant et qu'elle serait malheureuse si Triple Zéro, comme on m'appelle par ici, faisait banqueroute. J'ai renoncé à la politique, Monsieur Dandrige. Je ne veux plus être qu'un planteur au milieu des autres. Je crois bien qu'il n'y a pas grand-chose de meilleur pour un homme en ce monde que de se balancer le soir sur la galerie de sa maison en contemplant ses champs de coton, avec un *mint julep* à la main, pendant que sa femme se recoiffe pour le dîner...

– Je crois que vous êtes maintenant des nôtres, Monsieur Oswald, dit doucement Virginie qui, en approchant, avait entendu la dernière phrase du mari de Clara.

– La dame de Bagatelle est le meilleur juge de la paroisse en cette matière et je voudrais vous remettre un petit souvenir, Monsieur Oswald, ajouta Dandrige.

De la poche de son veston, l'intendant tira une boîte de cuir rouge, l'ouvrit et la tendit à l'homme à la chevelure flamboyante.

C'était une montre du genre dit « régulateur », ni quelconque ni précieuse, une simple montre destinée à faire de l'usage.

– Celle-là, personne ne pourra vous en contester la propriété, Monsieur Oswald... L'autre était d'un suicidé, ce qui explique son fâcheux destin.

– Merci, balbutia Oswald avec émotion.

Dandrige vit avec étonnement que le rouquin battait des cils comme quelqu'un qui a dans l'œil une poussière... ou une larme.

8

Les Castel-Brajac ne réapparurent à La Nouvelle-Orléans qu'au printemps 1877, presque un an, jour pour jour, après le fameux bal masqué de Me de Vigors. Après leur visite à l'Exposition du Centenaire à Philadelphie et leur séjour à Saratoga, ils s'étaient sentis si bien ensemble qu'ils avaient décidé de ne plus se quitter. La décision avait été prise au bout d'un mois de vie commune. Un beau matin, Gloria, à l'heure du petit déjeuner, poussant un soupir à émouvoir un usurier écossais, s'était écriée, avec les accents d'une tragédienne déclamant les stances de *Phèdre :*

– Et dire que tout cela va finir!

– Comment ça..., finir? avait répliqué Gustave en lui pressant tendrement la main.

– Notre bail mensuel ne se termine-t-il pas aujourd'hui? Et je crains bien que vous n'ayez pas l'intention de le renouveler. Je vous ai vu lire la *Physiologie du mariage* de M. de Balzac. Il paraît que c'est un livre odieux pour les femmes et qui encourage les hommes au célibat.

– De ma lecture, chère Gloria, je n'ai retenu que deux aphorismes. Le premier, dont je crois savoir qu'il est exact : *Une femme légitime est la meilleure amie d'un homme*, et le second, que j'ai déjà vérifié : *La femme mariée la plus chaste peut être aussi la plus voluptueuse.*

– Qu'est-ce à dire, monsieur?

– Que je vous propose un bail emphytéotique de quatre-vingt-dix-neuf ans à signer d'un baiser immédiat par-devant cette brioche aux cerises confites..., si vous le voulez bien.

Gloria, qui n'en espérait pas tant, s'en fut fouiller dans son coffret à bijoux et revint avec l'alliance que Gustave lui avait abandonnée au jour déjà lointain de leur mariage de convention.

– Donnez-moi votre doigt, s'il vous plaît. Un époux selon le cœur ne saurait aller sans anneau dans un monde plein de tentatrices.

Ils s'embrassèrent et Gustave dit avec la douloureuse mimique d'un banquier qui vient d'apprendre que son associé a levé le pied avec la caisse :

– Eh bien! me voilà marié!

Puis, aussitôt, ils commencèrent à échafauder des plans pour l'avenir, et notamment l'avenir immédiat. Gloria prévint ses parents de l'heureux aboutissement d'une aventure qui aurait pu paraître scabreuse si le séducteur n'avait pas été son mari et leur demanda de bien vouloir veiller sur Augustine quelque temps encore. Après quoi, les époux, sans même repasser par La Nouvelle-Orléans ou Fausse-Rivière, filèrent à New York où ils s'embarquèrent sans plus de façon sur le premier paquebot en partance pour Le Havre.

M. de Castel-Brajac tenait à montrer sa femme à sa vieille maman et à présenter son Gers natal à celle qu'il aimait. On expliqua l'existence d'Augustine comme étant le fruit d'une liaison maintenant régularisée. La douairière de Castel-Brajac, dont le long nez pointu détectait assurément quelque pieux mensonge, accepta la version proposée et embrassa sa bru sur les deux joues.

Pendant un mois, de châteaux en gentilhommières, de chais en fermes, les mariés apprécièrent l'hospitalité gasconne, car tous les amis de Gustave voulaient voir de près son « Américaine ». Le confit de foie gras, la palombe et le feuilleté à l'anis figurèrent à plus d'un menu. Dans des draps de toile rude, mais qui fleuraient bon les prés semés de violettes, les amoureux connurent des nuits fameuses. L'armagnac et l'air vif ajoutaient aux ardeurs naturelles de leur amour cette légère griserie qui donne au plaisir la dimension du bonheur.

C'est à Paris, au soir de la première de *Samson et Dalila*, de M. Camille Saint-Saëns, à laquelle ils venaient d'assister dans la loge de Gratianne, que Gloria, rentrant à l'hôtel, annonça à son mari que la gentille Augustine aurait, avant l'hiver, un petit frère ou une petite sœur. Le Gascon, fou de joie, entraîna le lendemain matin sa femme chez un bijoutier de la place Vendôme et lui offrit une émeraude de belle taille, particulièrement seyante à sa carnation de brune.

– C'est votre bague de fiançailles, je vous prie d'excuser le retard apporté à la livraison.

Restait à résoudre, maintenant qu'on se préparait à repasser l'Atlantique, le point des relations avec Charles et Liponne de Vigors. Gratianne, qui avait magnifiquement traité « les Américains » pendant leur séjour parisien, dut adroitement s'entremettre, puisque, dès leur arrivée à La Nouvelle-Orléans, les Castel-Brajac furent conviés à dîner chez l'avocat. Tandis que Liponne faisait à Gloria les honneurs de sa nouvelle maison en exigeant un compte rendu fidèle et détaillé « de la plus romanesque escapade amoureuse depuis la guerre civile », Charles et Gustave, au fumoir, eurent une conversation d'hommes.

– C'est tout simple, dit le premier, nous ne parlerons plus jamais du passé. Augustine est ta fille et c'est aujourd'hui que je vois Gloria pour la première fois.

– C'est tout simple, en effet, reconnut le second. Augustine n'aura que des frères et sœurs, pas de demi...

De leur côté, les Pritchard firent à leur gendre un accueil chaleureux, enchantés qu'ils étaient de restituer à Gustave une sympathie que seules de bizarres circonstances avaient annihilée. Au fil des années, ils s'étaient bien doutés qu'un mystère entourait la naissance de la petite Augustine et le mariage subit et imprévu de Gloria. Mais, comme cette dernière avait toujours découragé d'un mot, voire d'un simple regard, les curiosités maternelles, le couple s'en était tenu à une version sur laquelle leur fille ne tolérerait aucun commentaire. Que la jeune mère soit enfin établie avec l'homme qui l'avait épousée et qu'on devinait très amoureux d'elle réjouissait le cœur de ces parents trop souvent atteints dans leurs affections familiales. Le fait que Gloria paraisse véritablement heureuse mettait quelque douceur dans leur vieillesse mélancolique.

Aussi, quand M. Pritchard, à qui des morts tragiques avaient enlevé tous ses fils, offrit à son gendre de l'initier à la marche de ses affaires industrielles afin qu'il puisse, dans un proche avenir, prendre sa succession, la proposition fut faite avec sincérité et reçue avec gratitude.

Grâce à deux fondés de pouvoir, Gustave n'aurait pas à être présent plus de deux ou trois jours par mois à La Nouvelle-Orléans, Gloria s'étant entichée, comme son mari, de l'agréable résidence de Fausse-Rivière.

A Bagatelle, où Gustave et Gloria faisaient maintenant de fréquentes visites en voisins, Mme de Vigors commençait à prendre plaisir à jouer à la grand-mère. Depuis que Charles avait été élu membre de la Chambre des représentants, ce qui lui mettait le pied à l'étrier pour la grande carrière politique dont sa mère rêvait pour lui, Virginie acceptait son âge, qui lui permettait des toilettes noires ou grises, l'autorisait à marcher avec des lenteurs de duègne et donnait à ses opinions une prépondérance incontestée. Pendant un séjour que firent Charles et Liponne à Washington, où affaires et politique appelaient parfois l'avocat, la dame de Bagatelle s'était vu confier Paul-Gratien, Marie-Virginie et Louise-Noëlle plus souvent hébergés chez les Dubard, à Saint-Martinville, qu'à Bagatelle.

Jouissant de ce petit monde espiègle et bruyant qu'elle impressionnait sans le savoir, Mme de Vigors dit un jour à Gloria de Castel-Brajac, qui allait s'arrondissant :

– Amenez-moi donc Augustine. Elle retrouvera avec plaisir son amie Marie-Virginie.

L'habitude fut donc prise de réunir les enfants à Bagatelle pendant cet été-là. Marie-Virginie et Augustine, « les grandes », puisqu'elles allaient toutes deux sur leurs six ans, étaient des enfants faciles. Poupées et chiffons suffisaient largement à leur jeux entrecoupés de papotages et surveillés par les nounous caquetantes, que les apparitions de Mme de Vigors rendaient muettes et compassées.

Augustine, aussi brune et vive que Marie-Virginie était blonde et nonchalante, se déclarait, dans ces intimes conversations qu'ont les enfants à l'écart des grandes personnes, tout à fait heureuse que son papa soit enfin revenu de la guerre, activité dangereuse et violente qui l'avait retenu longtemps dans un vieux pays de l'autre côté de la mer.

– Les méchants soldats qui ont des chapeaux tout pointus, m'a dit maman, avaient attrapé mon papa. Heureusement, il a pu tous les battre et s'en courir jusque chez nous.

– Mon papa aussi, il connaît la guerre. Il s'a battu avec sa canne, tu sais, la grosse qui a une tête de « boumedogue » en or... Il s'a battu avec les « raditaux » et les nègres..., s'empressait d'expliquer Marie-Virginie, qui ne voulait pas être en reste.

Après ces instants de gravité, les fillettes reprenaient leurs minauderies, imitant leurs mères et les amies de celles-ci, qu'elles voyaient souvent réunies autour d'une théière fumante et de plateaux surchargés de gâteaux qu'on ne servait jamais aux repas.

En tant que seul garçon de la bande, Paul-Gratien, à qui on ne donnait que son second prénom, faisait l'objet d'attentions particulières. Les fillettes l'invitaient parfois à faire de la figuration comme frère d'une des poupées, après avoir tenté vainement de lui confier le rôle d'un mari, d'un maître d'hôtel ou d'un cocher. Gros bébé placide et peu douillet, il se montrait capable d'obstinations, voire d'entêtements, quand, ayant saisi un ustensile de dînette, il refusait de le lâcher, malgré les cris, les supplications et même les voies de fait des filles. Il était capable ainsi de passer des heures au pied de sa grand-mère à triturer la terre avec un bâtonnet ou à suivre le balancement de l'escarpolette suspendue pour Marie-Virginie et Augustine à la branche basse d'un chêne. Il détestait l'heure de la toilette et d'une manière générale tout ce qui avait rapport avec l'eau. La haute silhouette de M. Dandrige, qu'il appelait « Tout blanc », l'impressionnait visiblement et il suffisait d'évoquer l'intendant pour faire obéir ce bambin que sa grand-mère estimait assez peu doué.

Quant à Louise-Noëlle, la dernière fille de Charles, qui n'avait pas encore deux ans, elle risquait ses premiers pas sur la galerie où, depuis deux cents ans, tous les rejetons des Damvilliers avant ceux des Vigors avaient acquis, au prix de quelques bûches sur les planches disjointes, leur autonomie de mouvement.

Les séjours de la petite bande mettaient une animation particulière dans la vieille maison si remplie de souvenirs. Quelquefois, les jours de pluie, Virginie s'asseyait au piano et jouait pour les enfants des rondos et des comptines, tandis que, sur le grand canapé, le garçon et les deux fillettes regardaient, les yeux écarquillés, tous ces objets répandus sur les guéridons, étagères, tables et consoles du salon et auxquels il était rigoureusement interdit de toucher. Vases, miniatures, flacons de cristal, coupes, porte-montres, statuettes, lorgnettes, boules d'ivoire sculptées, boîtes mystérieuses de cuir ou de bois, bonbonnières, miroirs à manche d'argent, eussent fait leurs délices, mais il s'agissait, pensaient-ils, de jouets réservés aux grandes personnes. Augustine et Marie-Virginie ne rêvaient que de tromper la surveillance de leurs nourrices pour aller visiter une grande armoire de bois sombre cachée dans une chambre où personne n'allait jamais. Elle contenait une foule de vieilles poupées ébouriffées, au visage de porcelaine décoloré par trop de débarbouillages, que leur grand-mère leur avait montrées de loin en soupirant : « Ce sont les filles de ma pauvre petite Julie. »

Marie-Virginie avait retenu le nom, et le soir même elle avait demandé à la grosse Anna, occupée à border son lit, qui était « la pauvre petite Julie ».

– Aujourd'hui, c'est un ange, mamselle. Elle est partie au ciel, il y a bien longtemps, mais parfois, la nuit, elle revient là, sous le premier chêne qui est devant la maison...

– Pour chercher ses poupées? fit la fillette, qui savait bien par sa nourrice que les gens partis au ciel pouvaient revenir quand il leur en prenait fantaisie.

– Peut-être bien, mamselle, c'est pourquoi m'ame dit qu'il faut pas y toucher.

– Elle est gentille, la pauvre petite Julie.

– Elle était très gentille, mamselle.

– Alors, peut-être qu'elle me prêterait ses poupées?

– Ça, je crois pas, mamselle; les morts, y aiment pas prêter leurs affaires.

Le lendemain matin, en catimini, Marie-Virginie avait informé Augustine de tout ce qu'elle avait appris sur « la pauvre petite Julie ». Ensemble, les deux fillettes s'étaient approchées du chêne indiqué par Anna. Une petite plaque de marbre à demi cachée par l'herbe et tachée de jaune et de vert avait suffi à confirmer leur découverte.

– C'est une pierre avec des choses écrites dessus, comme on met sur les maisons, remarqua Augustine, qui ne savait pas encore ses lettres.

– C'est la maison de Julie. Elle habite dans l'arbre, quand elle vient du ciel, dit avec assurance Marie-Virginie.

Dès lors, quand elles parlèrent entre elles de ce chêne, elles ne le désignèrent plus que sous le nom de « Maison de Julie ».

Virginie, qui faisait parfois porter son fauteuil d'osier au grand dossier en corolle à l'ombre du feuillage, entendit un jour les fillettes mêler avec naturel à leurs papotages ludiques le nom de sa fille morte. Elle en fut émue aux larmes et rendue pensive pour toute la journée.

Cette année-là, partout dans le Sud on retrouvait le goût de vivre. La Reconstruction, période expiatoire imposée par le Nord aux États qui s'étaient en 1862 séparés de l'Union, venait de s'achever avec le règne des républicains radicaux. Beaucoup de *carpetbaggers* s'en retournaient, le plus discrètement possible, vers les contrées d'où ils étaient venus dans le sillage de l'armée fédérale pour piller le royaume du coton. Les aventuriers de cette catégorie qui avaient réussi à s'imposer ou à se faire admettre, comme Oliver Oscar Oswald, se savaient surveillés et ne souhaitaient que faire oublier les circonstances de leur installation dans le pays. En revanche, ceux que l'on appelait *scallawags*, qui avaient collaboré avec les Nordistes, pris part activement à la Reconstruction, soutenu les *carpetbaggers* dans leurs ambitions et, du même coup, profité eux aussi « des dépouilles du Sud », se voyaient voués au mépris le plus absolu de la part des Sudistes intransigeants.

Le prototype de ces brebis galeuses, de ces opportunistes sans scrupules, qui, ne disposant plus ni du pouvoir, ni de l'appui des baïonnettes fédérales, pouvaient être stigmatisés sans risques, semblait être Frank Moses, de la Caroline du Sud. Après avoir été un ardent sécessionniste, un des premiers à s'enrôler dans l'armée sudiste, puisqu'il avait lui-même hissé le drapeau de la Confédération sur Fort Sumter le 4 avril 1861, cet homme avait non seulement accepté la Reconstruction, mais s'était en 1867 inscrit au parti républicain. Devenu gouverneur de la Caroline du Sud, il avait puisé dans les finances publiques, sollicité des pots-de-vin et s'était assuré, par le truchement de présidences lucratives, des revenus scandaleux. Fort heureusement, les « rédempteurs » – ainsi qu'on appelait ceux qui venaient d'arracher le pouvoir aux radicaux dans plusieurs États et commençaient à rendre à l'aristocratie de plantation, aux « bourbons », certaines de leurs prérogatives ancestrales – se préparaient à reconstruire un « Solid South » qui pourrait profiter de ses propres richesses et équilibrer politiquement et économiquement les États du Nord.

Bien que le président Grant ait fait pratiquement dissoudre le Ku Klux Klan en 1871, en suspendant l'habeas corpus pour les membres de l'organisation convaincus d'avoir intimidé des Noirs pour les empêcher de voter, on comptait bien un peu sur ces défenseurs de la race blanche pour « remettre les nègres à leur place chaque fois que ce serait nécessaire ».

Il se trouvait fort heureusement des gens sensés comme Charles de Vigors pour calmer les plus conservateurs des « bourbons » qui ne souhaitaient que revenir au Vieux Sud... moins l'esclavage. On commençait à chercher des raisons valables pour limiter les droits civiques des Noirs, dont 130 000 étaient déjà régulièrement inscrits sur les listes électorales dans un État comme la Louisiane, qui comptait un peu plus de 800 000 habitants, dont 51 % de Noirs.

Le démocrate Nicholls n'avait obtenu après tout, sur 160 964 suffrages exprimés, que 84 487 voix, 76 477 allant au *carpetbagger* radical Packard.

Il convenait donc de ne pas s'endormir sur des lauriers qui pouvaient se révéler épineux pour peu que les « petits Blancs », qui n'avaient jamais beaucoup apprécié les « bourbons », ne se sentent soudain économiquement et socialement plus proches des Noirs et ne votent avec eux.

Le *Times Picayune*, qui ne contestait pas le bien-fondé des XIIIe et XIVe amendements, s'en prenait plutôt au suffrage universel : *Nous considérons le fait de voter plutôt comme un devoir que comme un droit et regrettons qu'il soit si répandu parmi les Blancs. Le suffrage universel est le suffrage illimité des ignorants, sans terre et sans lois.*

De la même façon, estimait Charles, qu'il fallait se garder de laisser croire au peuple que « les aristocrates n'avaient rien appris », il convenait d'éviter à tout prix les règlements de comptes. Ainsi, d'anciens officiers confédérés, les mêmes qui critiquaient Tampleton pour avoir repris du service dans l'armée fédérale pour se battre contre les Indiens, auraient volontiers recherché le général James Longstreet pour lui faire un mauvais parti. Le commandant de la police et de la milice de Kellogg, qui, lors des événements du 14 septembre 1874, avait fait tirer sur les membres de la Ligue blanche, était considéré par quelques-uns comme un traître. Général dans l'armée confédérée, il portait, d'après les stratèges de clubs, la responsabilité de la défaite de Gettysburg qui, du 1er au 3 juillet 1863, avait causé la perte de 31 621 soldats sudistes, tués ou blessés. Et cela pour n'avoir pas respecté les ordres de Robert Lee. En fait, on reprochait surtout à James A. Longstreet d'avoir mis son épée au service des radicaux.

Charles de Vigors était encore du nombre de ceux qui, tout en portant un grand respect à Jefferson Davis, ne souhaitaient pas le voir revenir aux affaires publiques. Le président de la défunte Confédération n'y tenait pas non plus. Libéré en 1867, après deux années passées dans la forteresse Monroë, en Virginie, grâce aux interventions de Gerrit Smith et Horace Greeley qui avaient obtenu son élargissement contre une caution de 100 000 dollars, Jefferson Davis vivait à Beauvoir dans une maison que lui avait prêtée Sarah A. Dorsey, une amie de Mme Davis. Il était pauvre, malade et venait de refuser aux démocrates du Mississippi l'honneur d'être un de leurs représentants au Sénat. Pour être éligible, Davis, qui ne faisait plus l'objet d'aucune poursuite, aurait dû demander son pardon au gouvernement fédéral. Sa dignité et les responsabilités qu'il avait prises devant l'Histoire lui interdisaient d'agir ainsi. Et ce n'était pas l'intervention que James G. Blaine, représentant du Maine au Congrès, avait faite en 1876 qui allait l'inciter à s'humilier pour reconquérir ses droits civiques. En effet, à l'occasion du centenaire de l'Indépendance et pour réconcilier tous les Américains du Nord et du Sud, un élu démocrate de Pennsylvanie, M. Randall, avait proposé à la Chambre des représentants un projet de loi tendant à « relever tous les citoyens des États-Unis des incapacités prévues par le 14e amendement à la Constitution ».

Aussitôt, M. Blaine s'était levé pour présenter un amendement. La parlementaire tenait à exclure de cette amnistie Jefferson Davis, « l'ancien président des soi-disant Etats confédérés ». Et il justifiait ainsi sa restriction : « Ce n'est pas à cause d'une responsabilité spéciale dans le mal qui a été fait à l'Union, ce n'est pas à cause de son importance personnelle et particulière que je fais exception pour lui. Mais je fais exception pour lui parce que, en connaissance de cause, délibérément, criminellement, volontairement, il fut l'auteur des crimes et des effroyables assassinats d'Andersonville [1]. »

---

1. A Andersonville (Géorgie) se trouvait pendant la guerre de Sécession un camp où les Sudistes internaient les prisonniers nordistes. Ces derniers y furent privés de nourriture, maltraités, torturés et parfois même sommairement exécutés. Le commandant du camp, le capitaine Henry Wirz, a été jugé, condamné à mort par un tribunal militaire fédéral et pendu le 10 novembre 1865.

Ce discours de Blaine, les débats tumultueux qui l'avaient suivi et l'excitation suscitée dans les milieux politiques eurent surtout pour résultat de mettre en vedette l'ambitieux représentant du Maine, qui se voyait déjà candidat désigné à la Maison-Blanche.

Il l'eût sans doute été par la convention républicaine de Cincinnati, à la place de Hayes, si l'on ne s'était aperçu que cet homme si intransigeant et capable d'attribuer à Jefferson Davis des responsabilités qu'il n'avait jamais encourues était moins exigeant pour lui-même et avait, dans une affaire de chemins de fer, empoché un emprunt de 64 000 dollars qu'il n'avait jamais remboursé.

Les démocrates, furieux des insultes de Blaine à l'encontre de Jefferson Davis, ravalé au rang de geôlier tortionnaire, n'étaient pas étrangers à l'émergence d'un scandale qui, dans l'Amérique du moment, n'avait rien d'exceptionnel.

Loin de toutes ces intrigues, ces haines et ces fureurs ranimées par le seul usage que l'on pouvait faire de son nom, M. Jefferson Davis, au bord du golfe du Mexique, dans une retraite ignorée, vivait chichement de la générosité de ses anciens supporters et écrivait *The Rise and Fall of the Confederate Government* pour justifier aux yeux de la postérité le schisme le plus sanglant qui ait jamais secoué les Etats-Unis.

Avec le retour des démocrates au pouvoir, était aussi revenue la confiance des milieux d'affaires. Les banquiers consentaient maintenant plus facilement des avances et les contribuables avaient accepté, pour aider le gouvernement du général Nicholls à remettre de l'ordre dans les finances de l'Etat, de payer d'avance 25 % de leurs impôts. Il faut dire que les bonnes récoltes assuraient l'avenir immédiat. Avec plus de 1 300 000 acres ensemencées en coton, la Louisiane atteignait presque la production d'avant-guerre et l'on savait déjà que les exportations de coton par le port de La Nouvelle-Orléans dépasseraient le million de balles, ce qui représentait plus de 225 millions de dollars de transactions.

A Bagatelle, on avait aussi toutes raisons de se réjouir. Les 3 000 acres ensemencées en coton avaient donné 1 360 balles de 450 livres que l'on vendrait en moyenne à 11,60 cents la livre. Dandrige évaluait les rentrées à plus de 72 000 dollars, ce qui laisserait un bon bénéfice, auquel viendraient s'ajouter ceux que l'on commençait à tirer de la graisse de coton, qui servait maintenant à fabriquer une huile très demandée, et ceux attendus de la canne à sucre.

Naturellement, si le coton américain, maintenant concurrencé par celui de l'Egypte et de l'Inde, avait continué à se vendre aux tarifs de 1865 – alors qu'on en récoltait si peu – les planteurs eussent rapidement refait leur fortune, mais déjà les middlings à près de 12 cents la livre retrouvaient les cours de 1861, à la veille de la guerre, quand on les payait couramment 13 cents la livre. De leur côté, les ouvriers noirs semblaient plus assidus au travail depuis qu'ils savaient ne plus avoir à compter sur les secours en nature que l'armée leur avait longtemps distribués. Certes, aucun des ouvriers de Bagatelle ne cueillait plus de 80 à 100 livres de coton par jour, mais les contremaîtres réussissaient à obtenir une régularité qu'on ne connaissait plus depuis la guerre civile [1].

L'introduction sur la plantation des nouvelles charrues à soc d'acier profilé et des semoirs mécaniques allait permettre d'améliorer encore les rendements au cours de la saison 1878-1879, qui promettait de se dérouler sans aléas, les Noirs sachant maintenant que tout homme inoccupé pouvait être poursuivi pour vagabondage et envoyé aux travaux de terrassement des levées.

Tout naturellement, on en revenait aux chères habitudes du passé. Bien souvent, à l'heure tranquille et fraîche qui précède le coucher du soleil, Willy Tampleton arrivait dans un cabriolet neuf qu'il avait voulu de laque bleu marine à filets rouges pour rester fidèle aux couleurs de la Confédération. Gustave de Castel-Brajac, plusieurs fois par semaine, débarquait impromptu, toujours joyeux, bavard, incapable de prononcer trois phrases sans citer le nom de Gloria. Un soir, on vit arriver le Gascon avec deux jeunes chiens dalmates qui tiraient sur leur laisse.

– C'est un cadeau de Gloria pour vous, Monsieur Dandrige. Nous avons eu du mal à en trouver, mais il paraît que ce sont vos chiens préférés.

Dandrige ne cacha ni son plaisir ni son émotion. Il y avait bien des années que Mic et Mac – car tous ses chiens portaient ces noms – reposaient dans le cimetière des animaux de la plantation, derrière le jardin anglais. L'intendant pensa tout de suite qu'il y avait un nombre raisonnable de chances pour que ces limiers à robe blanche tachetée de noir lui survivent.

– Je les accepte, dit-il, à condition qu'ils vous reviennent si d'aventure je quittais la vie avant eux.

On se récria sur tous les tons que Clarence Dandrige pouvait faire un centenaire, ce qui lui permettrait de connaître encore deux ou trois générations de chiens. Citoyen présenta les gobelets de *mint julep* et l'on se mit à parler coton, canne à sucre et aussi d'un appareil que venait d'inventer M. Edison et qui permettait d'enregistrer la voix humaine sur des cylindres de cire.

– A Paris, j'ai déjà entendu vanter le parléophone d'un certain Charles Cros, dit Gustave. Si on avait trouvé ça plus tôt, peut-être aurions-nous aujourd'hui les plaidoiries de Cicéron et les sermons de Bossuet.

Cette heure qui précédait le dîner, Dandrige l'avait toujours préférée à toutes les autres. De la galerie, à travers le rideau d'arbres, c'était un plaisir, par le jeu d'une perspective trompeuse et du rempart vert de la levée, de voir glisser sur l'herbe les balles de coton, en vérité empilées sur des bateaux dont on ne pouvait voir ni le pont ni la coque, mais dont on distinguait les hautes cheminées.

---

1. Au temps de l'esclavage, les performances étaient évidemment bien supérieures. Dans son ouvrage sur le coton, paru en 1902 chez Naud, M. Henri Lecomte, professeur agrégé de sciences au lycée Louis-le-Grand, rapporte qu'en 1839 86 travailleurs, hommes, femmes et enfants, atteignirent 133 livres, par ouvrier et par jour, pendant toute la durée de la cueillette.

Ils s'en allaient portés par l'infatigable Mississippi vers le grand port dont on allongeait chaque année les quais, dont on multipliait les entrepôts et que fréquentaient tous les marins du monde. C'est un soir où Barthew avait rejoint ses amis avec Clarence, son fils, filleul de Dandrige, qui à dix-sept ans pouvait prétendre vider un verre avec les hommes, que l'avocat apprit à l'intendant la mort, à dix jours de distance, des frères Louis et Alexandre Mertaux. Alexandre avait succombé le premier à une pneumonie. Louis l'avait suivi comme il avait toujours suivi son frère, non pas qu'il fût tombé malade à son tour, mais simplement parce qu'il s'était arrêté de vivre. Les jumeaux laissaient le souvenir de parfaits gentilshommes, dignes représentants de cette génération de juristes qui avaient apporté en Louisiane, avec le code Napoléon, les traditions du droit français.

Ces disparitions rapides, qui attristèrent tous les amis des Mertaux, furent acceptées plus aisément par Charles de Vigors. La rente viagère qu'il versait aux jumeaux pour disposer de leur étude s'éteignait avec eux. Le fils de Virginie, une fois encore, avait fait une bonne affaire.

Willy Tampleton n'avait pas manqué de raconter à ses amis la défaite et la fuite de Sitting Bull vers le Canada, sa rencontre avec le métis Thomas English et son retour en compagnie d'une fillette de cinq ans qu'il s'était empressé de conduire chez les ursulines. L'enfant, timide et résignée, dont les longs cheveux aile-de-corbeau, les yeux en amande et le nez busqué révélaient les ascendances indiennes de son géniteur, avait été fort bien accueillie par les religieuses. Le général, qui percevait maintenant une pension de l'armée des Etats-Unis, s'était engagé à assumer tous les frais que ne pourraient couvrir les quelque six mille dollars constituant l'héritage du métis.

– Nous la conduirons jusqu'à sa majorité, général, avait promis la supérieure, qui en savait peut-être plus que Tampleton sur la famille de cette orpheline.

Quand il se rendait à La Nouvelle-Orléans pour affaires ou pour fuir le chantier des Myrtes, la plantation familiale dont la reconstruction s'était miraculeusement accélérée depuis que Percy Tampleton siégeait à la Chambre des représentants à Washington, le général manchot ne manquait jamais d'aller faire une visite à Stella. Peu à peu, le vieux soldat s'était attaché à cette fillette fragile, au regard intelligent, peu loquace et que les autres orphelines appelaient déjà « l'Indienne ».

Stella ne faisait pas grand cas des jouets et des sucreries que le général ne savait peut-être pas très bien choisir. Comme il entretenait régulièrement sa belle-sœur, Isabelle, et ses nièces, qui s'acheminaient doucement vers un statut de vieilles filles, des progrès de l'orpheline, Lucie, l'aînée des demoiselles Tampleton, proposa :

– Pourquoi ne l'amenez-vous pas cet été aux Myrtes? Ce serait moins triste pour elle que la seule compagnie des enfants sans parents dans un pensionnat vide.

Ainsi Nancy, Clotilde et Lucie adoptèrent la petite fille. Choyée, dorlotée par les trois sœurs qui trouvaient à employer la tendresse maternelle dont peu de femmes sont dépourvues, Stella n'en demeurait pas moins une enfant mélancolique et sérieuse. Elle acceptait le rôle de gentille poupée au teint mat qu'on lui faisait tenir dans cette famille dont l'existence s'écoulait monotone et quiète. Percy Templeton, qui passait le plus clair de son temps à Washington où les membres du parti démocrate le considéraient comme l'un des élus les plus assidus et les plus consciencieux, tenta de convaincre son frère de la confier définitivement à ses filles, mais le général, soucieux de respecter les volontés exprimées par le métis à la veille de sa mort, refusa de retirer Stella du couvent des ursulines. Un soir où, après un séjour, il ramenait l'enfant au pensionnat de la rue du Camp, celle-ci lui dit avec une gravité surprenante : « Je sais bien que jamais je ne reverrai mon papa. Il est maintenant avec ma maman, sous la terre, comme tous les morts. » Bien incapable de trouver une réplique consolante, le général embrassa Stella et lui déclara que désormais elle serait considérée comme une Tampleton.

Quand, à la fin de l'année, Gloria et Gustave de Castel-Brajac donnèrent un dîner pour présenter à leurs amis un tableau découvert chez un antiquaire, lors de leur séjour à Paris, et qui, expédié après leur départ, venait seulement d'arriver à bon port, la petite communauté des « Bagatelliens » offrait ce qu'il est convenu d'appeler le spectacle du bonheur. Charles et Liponne figuraient le couple de notables fortunés, l'avocat ayant atteint un palier de ses ambitions et l'Acadienne paraissant à l'aise au côté de ce mari recherché par tous. Virginie, Clarence et Tampleton portaient assez allègrement leurs années de complicité équivoque. Percy et Isabelle semblaient avoir enfin trouvé, grâce peut-être aux responsabilités échues au congressman, cet équilibre qui avait si longtemps fait défaut à leur union. Edward Barthew, nommé district-attorney et dont la mèche rebelle avait depuis longtemps viré au blanc, se montrait fier de son fils, étudiant en droit et champion de ce nouveau sport qu'on appelait le lawn-tennis et dont le premier tournoi international venait de se dérouler à Wimbledon, en Angleterre. L'ancien avocat, qui s'était autrefois battu en duel avec Tampleton pour une mèche de cheveux de Virginie [1], entourait toujours son épouse, la trépidante Mignette, des mêmes attentions amoureuses, bien que les formes replètes de Mme Barthew ne rappellent en rien la minceur de la servante de Mlle Trégan.

Mallibert, régnant sur la plantation de Feliciana Garden comme s'il en était le propriétaire, continuait à trouver du charme aux soubrettes noires dont il faisait une consommation imprudente, étant donné son âge. Triple Zéro, que tout le monde appelait Oscar et dont on oubliait peu à peu qu'il avait débarqué à Pointe-Coupée avec pour tout bagage un sac de tapisserie, s'épanouissait dans

1. Voir *Louisiane*.

son rôle de planteur, sous le regard attendri de Clara qui allait être mère pour la deuxième fois.

Adèle Barrow, infatigable gouvernante du dispensaire J.F. Murphy agrandi à la dimension d'un hôpital, était toujours la personne la mieux informée des potins de la paroisse et dirigeait la vie du docteur Finks comme s'il se fût agi de son propre fils. Bien que la pruderie de la vieille demoiselle se soit un peu atténuée avec les années et le spectacle quotidien des petites misères physiques des humains, elle se déclara tout de même choquée par le tableau de Lucas Cranach, le Vieux, quand Gustave le dévoila aux yeux de ses invités.

Il s'agissait de *Vénus et l'Amour voleur de miel* qui, pour l'apiculteur, offrait un intérêt anecdotique et particulier. On y voyait un Cupidon, debout au pied d'un arbre et pourvu d'attributs de nature à lever toutes les incertitudes sur le sexe des anges, invitant une Vénus, « vêtue » d'un triple rang de perles et d'un bracelet, à déguster un pain de miel. Les abeilles posées sur le corps et le front de l'Amour expliquaient peut-être la vague réticence de la beauté qui semblait sortir de chez le coiffeur et retenait d'une main potelée un lambeau de voile, inutile, paré d'une transparence perverse.

– C'est Castel-Brajac enfant faisant le coup du bonbon au miel..., car il était précoce, s'esclaffa Charles.

– La gourmandise est un vilain défaut... même pour les jolies femmes, dit Virginie en posant un regard malicieux sur les rondeurs de Mignette.

– Erreur, madame, intervint le Gascon, qui souvent se référait à Brillat-Savarin, la gourmandise, quand elle est partagée, a l'influence la plus marquée sur le bonheur qu'on peut trouver dans l'union conjugale.

– La nudité est chaste, proposa Tampleton.

– En tout cas, conclut Dandrige, c'est vraiment le tableau d'une lune de miel.

On applaudit ce trait. Seule Clara, à qui la vue des abeilles rappelait toujours un pénible souvenir, eut un petit frisson. Oliver Oscar Oswald, qui n'avait pas comme la plupart des autres invités de références littéraires à jeter dans la conversation en guise de compliment, prit sa femme par l'épaule, l'attira contre lui et lui glissa à l'oreille :

– Comment s'appelait ce type qui dans l'Antiquité élevait des abeilles?

– Aristée, dit Clara, mais il vaut mieux ne pas en parler, c'est à cause de sa jalousie qu'Orphée fut privé d'Eurydice.

9

La première année du retour au pouvoir des démocrates s'acheva à La Nouvelle-Orléans par une brillante saison d'opéra, consacrée à Richard Wagner. Charles, bénéficiant d'une loge au théâtre des Variétés, invita sa mère à un séjour qui lui permettrait d'assister aux plus brillantes créations.

Mme de Vigors aurait souhaité que Clarence Dandrige l'accompagnât, mais l'intendant allégua que sa présence demeurait indispensable à la plantation. Virginie, qui prenait maintenant douloureusement conscience de la fuite du temps et supportait de moins en moins d'être éloignée de celui dont la force tranquille et rassurante lui paraissait chaque jour plus indispensable, conçut quelque tristesse de ce refus. Elle le mit en partie au compte de la répulsion qu'inspirait à Dandrige, comme à Castel-Brajac, le compositeur allemand « qui avait dévoyé la fille de Liszt », musicien admiré par le Gascon et l'intendant.

Comme toujours en pareil cas, le général Tampleton, qui ne demandait pas mieux, fut choisi comme chevalier servant, bien qu'il ait de plus en plus tendance à s'endormir au spectacle et à se jeter sur le porto aux entractes pour, affirmait-il, « se garder de toute somnolence ».

La mode, cette année-là, était aux robes à tournure, moulant la hanche jusqu'à mi-cuisse, évasées du bas et agrémentées, sous les fesses, de nœuds volumineux qui rendaient inconfortable la station assise. Pour le soir, heureusement, on pouvait se débarrasser de ces volutes encombrantes, à condition que la robe, décolletée ou non, enserre le corps, du buste aux genoux inclus, ce qui obligeait les élégantes à faire de tout petits pas. Les chapeaux devenaient, par la dictature des modistes, de minuscules bibis que l'on plaquait quasi verticalement sur le front ou que l'on posait sur le sommet de la tête quand ils étaient agrémentés d'aigrettes ou de panaches de plumes d'autruche ou de cygne. La dame de Bagatelle, qui voulait faire honneur à son fils et ne pas passer pour une de ces vieilles douairières de plantation qui en étaient toujours à la crinoline, étrenna cet hiver-là une série de toilettes inspirées par la mode mais adaptées à son âge. « C'est bien la plus jolie grand-mère que j'aie jamais vue », dit M. Pritchard, qui arborait, comme tous les hommes élégants, le frac ou le manteau court à bords arrondis.

Le 27 novembre, la compagnie J.C. Freyer inaugura le cycle wagnérien avec *Le Hollandais volant*. Le 3 décembre, les mêmes donnèrent *Lohengrin* et, le 12, ce fut l'apothéose avec *Tannhäuser*. Tous ces opéras étaient chantés en italien, ce qui augmentait sensiblement pour Virginie le risque de voir Willy s'endormir.

Pendant que Virginie se grisait de bel canto, soupait chez Antoine et jouait avec son petit-fils dans le jardin de Crescent Home, la nouvelle maison de Charles, Clarence Dandrige, ayant recruté charpentiers, menuisiers, plombiers et peintres, dirigeait les travaux de réfection de Bagatelle, suivi pas à pas par Mic et Mac espérant toujours une longue promenade sur la levée. En quelques jours, la vieille demeure des Damvilliers, que des étrangers demandaient parfois à visiter et à photographier, en soutenant que c'était la plus ancienne de la paroisse, fit une toilette quasi complète. On colmata tout d'abord les gouttières en remplaçant les petits panneaux de cyprès qui tenaient lieu de tuiles et que les vents avaient déplacés ou que l'insidieuse poussée des mousses soulevait. Puis les élégantes mais frêles colonnettes de bois, qui commençaient à ployer comme des membres fatigués sous le poids de l'auvent de la véranda, furent échangées contre des neuves, tournées dans le même bois de cyprès que le premier marquis de Damvilliers avait trouvé sur place pour bâtir « son château », vers 1730. L'intendant eut de la difficulté à recruter des ouvriers assez habiles pour confectionner et cuire, comme autrefois les premiers esclaves du marquis, à l'aide des vieux moules triangulaires, des briques d'argile destinées à remplacer celles fendues ou effritées et composant les supports trapus du plancher de la galerie.

Virginie ayant renoncé à faire repeindre les cloisons intérieures, ce qui eût exigé que l'on déménageât les meubles et décrochât les tableaux, Dandrige se contenta de faire badigeonner les ébrasements des fenêtres et les chambranles des portes que les menuisiers avaient dû remplacer ou rafistoler. En revanche, tous les murs, colonnes, escaliers, portes, vantaux, volets et portails furent soigneusement repeints. Bagatelle retrouva ainsi la blancheur des nefs radoubées et prêtes pour la traversée de nouvelles décennies.

Dandrige fit aussi rénover son petit appartement, situé dans l'annexe et auquel on accédait, à partir de la galerie de la grande maison, par une large passerelle où tous les chiens de l'intendant avaient successivement élu domicile comme si le passage méritait d'être strictement gardé.

Le logement de célibataire, qui se composait d'une entrée-salon, d'un cabinet de travail et d'une grande chambre, n'abritait que des meubles en citronnier et paraissait clair et sobrement équipé par comparaison avec les pièces de la demeure principale où le temps, les modes, les engouements de Virginie avaient réuni depuis des années des fauteuils, des canapés, des bergères, des guéridons, des tables, des consoles, des étagères de tous styles, des bibelots précieux ou non, des pendules, des lampes, des chandeliers auxquels il convenait d'ajouter les objets inutiles ou désuets pesant tous leur poids de souvenirs ou d'amitié. Charles, qui nommait bric-à-brac ce sédiment bagatellien, cette stratification des époques, du règne despotique de sa mère, avait bien tenté de convaincre cette dernière de « faire un tri » et d'envoyer aux antiquaires yankees, intéressés par ce qu'ils appelaient les *antebellum furniture*, bon nombre de vieilles choses inutiles, mais il s'était heurté à un refus catégorique.

– Quand je ne serai plus là, tu disposeras de tout selon ton choix, mais, moi vivante, rien ne sortira de cette maison.

Ainsi, respectant les consignes de Virginie qui interdisait que l'on déplaçât même un cendrier ou une bonbonnière, Clarence avait épargné les tentures éraillées, les cloisons décolorées sur lesquelles les tableaux, quand on les décrochait, faisaient apparaître des réserves claires, les tapis qui montraient leur trame et les passementeries effilochées.

Quand la dame de Bagatelle revint de La Nouvelle-Orléans, la tête encore remplie des airs des opéras wagnériens, elle ne cacha pas sa satisfaction.

– Je retrouve la maison telle que je l'ai vue la première fois, quand je suis descendue du landau, là, sous les chênes..., vous souvenez-vous? Ce bon Adrien m'attendait sur la galerie, les cheveux en bataille, un peu crispé, intimidé aussi par l'apparition de cette Parisienne qui allait bouleverser ses habitudes... et sa vie. Comme nous étions jeunes alors, vous et moi... Que d'événements se sont déroulés depuis...

– Toute une vie, Virginie..., et bien remplie...

– Et qui aurait pu être bien différente... Mais à quoi bon redistribuer les cartes?... Nos jeux sont faits..., la partie s'achève.

– Vous avez su jouer vos atouts judicieusement...

– Le présent, après tout, n'est pas si triste... Noël approche, je veux que ce soit une grande et belle fête. Nous réunirons tous les enfants ici...

Et aussitôt Mme de Vigors, avec cet allant et cette vivacité que toute la domesticité se devait de seconder, se lança avec enthousiasme dans les préparatifs d'une réception qu'elle voulait aussi brillante que celles d'avant-guerre.

Elle fit venir de Natchez un groupe de musiciens qui animait les parties et les barbecues des meilleures familles du Mississippi et chargea Brent, homme libre, enchanté de se voir confier des responsabilités qu'il avait aussi bien assumées quand il était esclave, de superviser le personnel de la maison, auquel on offrit pour la circonstance des tenues neuves.

Les résultats furent à la hauteur des efforts accomplis. On permit aux enfants, déjà comblés de cadeaux, de jouir un moment du spectacle élégant des grandes personnes au moment du dîner qui rassembla autour de Virginie tous les familiers de Bagatelle, auxquels furent invités à se joindre, pour la première fois, M. et Mme Oswald.

Dandrige eût souhaité y convier le docteur Finks, mais le médecin déclinait toutes les invitations qui ne comprenaient pas Ivy Barnett.

– Vous ne voudriez tout de même pas, Clarence, qu'une ancienne esclave de la plantation vienne plastronner à ma table... Non! Nous nous passerons de Finks.

– Vous aviez bien jugé l'institutrice digne du bal masqué de votre fils, l'an passé.

– Il s'agissait de tout autre chose, vous le savez bien..., une plaisanterie en quelque sorte!

– C'est égal, j'aurais bien encore ouvert le bal avec la belle Ivy, fit l'intendant, mi-sérieux, mi-ironique.

Clarence Dandrige savait, en parlant ainsi, qu'il exprimait un regret tout à fait gratuit. Depuis que les « bourbons » avaient reconquis une influence dans la politique de l'Etat, leur attitude vis-à-vis des Noirs, leurs anciens esclaves, se caractérisait par une nette volonté de ségrégation. Beaucoup souhaitaient même voir celle-ci passer dans les lois. Quelques Sudistes plus avisés, comme le général Toutant de Beauregard, l'un des héros des armées confédérées, actuellement absorbé par la reconstruction de sa fortune grâce à des postes d'administrateur dans les compagnies de « street-cars », de chemins de fer, à la loterie de Louisiane, tentaient sans succès de favoriser un rapprochement politique et social entre les Blancs les plus riches et les membres de l'élite noire de La Nouvelle-Orléans. Si l'intérêt des affaires commandait parfois de tels contacts, les aristocrates créoles demeuraient farouchement opposés à l'admission des Noirs, fussent-ils de grands bourgeois ou d'aimables poètes, dans les salons et les manifestations mondaines des communautés blanches. On parlait déjà de modifier la Constitution de 1868 afin « que chacun sache ses droits et ses devoirs ». Dans le Mississippi, on se proposait même, disait-on, de déclarer criminels, parce que contraires à la nature, les mariages interraciaux.

Le printemps s'annonçait chaud et l'on venait d'achever l'ensemencement de 3 500 acres de coton, quand Charles de Vigors décida d'emmener Liponne à Paris, où allait s'ouvrir une exposition universelle dont Gratianne disait dans ses lettres qu'elle serait la vitrine du xxe siècle.

Il fut décidé que pendant l'absence de leurs parents Gratien séjournerait chez sa grand-mère, à Bagatelle, tandis que ses sœurs, Marie-Virginie et Louise-Noëlle, seraient confiées aux Dubard. Les précoces chaleurs faisaient craindre pour l'été une apparition de la fièvre jaune et Liponne, heureuse d'aller à la découverte de Paris, préférait que ses enfants soient loin des miasmes de La Nouvelle-Orléans.

Accueilli comme un petit marquis à Bagatelle, Gratien pleura pendant quarante-huit heures. Le garçonnet, qui venait d'avoir cinq ans, ne réclamait pas sa mère, ne manifestait pas bruyamment la sensation qu'il pouvait avoir d'être abandonné. Il pleurait doucement, pour lui-même, dans l'encoignure d'une porte ou derrière un arbre, quand il se trouvait hors des regards de Virginie. Ce chagrin digne et discret semblait se dissiper à l'heure des repas, qu'il abordait avec un appétit sans défaillance. Gratien s'empiffrait de tartes à la rhubarbe ou de crème à la cannelle et, sitôt la dernière bouchée avalée, s'en allait pleurnicher dans un coin. Au troisième jour de cette mélancolie larmoyante, il découvrit Mic et Mac, les dalmates de Dandrige, et dès lors cessa de se lamenter.

Virginie soutenait que les facultés d'un enfant ne peuvent être éveillées que par un adulte en qui il ait confiance et qui accepte de lui parler chaque jour de tout et de rien, de répondre avec patience à ses questions les plus inattendues. Ayant décidé qu'on ne parlait pas assez à cet enfant, Mme de Vigors en fit son compagnon de toutes les heures de la journée. Dès le matin, elle guettait son apparition, exigeant que Gratien prît avec elle et à table, comme les grandes personnes, son petit déjeuner.

– T'a-t-on lavé les mains en te levant? demandait-elle tout d'abord.

– Mais j'ai été lavé complètement hier soir. La nuit, j'ai pas pu me salir. J'ai dormi, j'ai pas caressé le chien, ni joué à rien.

– Ça ne fait rien, va tout de même te faire laver les mains, Gratien; la nuit, on ne sait pas ce que font les mains.

Ces mots, répétés presque chaque jour, plongeaient le bambin dans un abîme de perplexité. Que pouvaient bien, la nuit, faire ses mains? Se détachaient-elles de ses bras pour aller ailleurs, dans le cellier par exemple, ou jouer avec les outils du jardinier, ce qui était défendu? Il y avait là un mystère. Et si, s'éveillant soudainement pendant la nuit, il allait découvrir que ses mains s'étaient absentées! Plus que les mots eux-mêmes, le ton de sa grand-mère l'intriguait. Quand elle disait un peu sèchement et comme quelqu'un qui sait des choses dont ne parle pas aux enfants : « La nuit, on ne sait pas ce que font les mains », ne faisait-elle pas allusion à des choses défendues, comme si pendant le sommeil les mains touchaient des choses sales ou s'égaraient en des endroits du corps qu'il ne faut à aucun prix tripoter si l'on ne veut pas souffrir plus tard de maladies épouvantables ou devenir aveugle? Comme sa nature le portait facilement à l'obéissance, le meilleur moyen de protéger sa tranquillité et de ne pas attirer l'attention des grandes personnes, Gratien s'habitua à se laver les mains au saut du lit. Peu à peu, au fil des semaines, il se prit aussi d'affection pour sa grand-mère, qui lui apprenait les noms des fleurs et des arbres et lui donnait toujours à choisir le gâteau qu'elle demanderait à Anna de confectionner pour le dessert. Cette femme soignée « qui sentait bon » lui montrait des petites images qu'on appelait cartes postales, collées dans de gros albums à couverture de cuir et à fermoir de cuivre. Mieux que sa nourrice, elle savait peigner ses cheveux avec douceur. Souvent, elle l'emmenait sur la levée, voir les gros bateaux qui remontaient le fleuve, et ensemble ils agitaient leur mouchoir pour saluer les passagers accoudés au bastingage, qui leur répondaient d'un geste de la main. Gratien en déduisait que sa grand-mère était connue de tous ces gens et il en concevait de la fierté, tout en partageant cette popularité supposée, dont ne semblaient jouir ni ses parents ni aucune des grandes personnes qu'il approchait.

Quand, par hasard, le commandant d'un steamboat, ayant aperçu de la passerelle le couple édifiant que formaient sur la levée la vieille dame et l'enfant, lançait un grand coup de sifflet à vapeur, Gratien restait béat d'admiration pour une aïeule qui recevait de pareils hommages.

De la même façon qu'au bout d'un mois le garçonnet ne pouvait plus se passer de « Bagamie », nom qu'il avait très tôt attribué à Virginie qu'on désignait toujours pour les enfants comme « la mamie de Bagatelle », afin de la différencier de la grand-mère Dubard, Mme de Vigors se sentait attachée au fils de Charles par un sentiment qu'elle n'avait encore jamais éprouvé. C'était une sorte de tendresse instructive et protectrice, doublée d'une sorte d'impatience de donner généreusement des joies faciles et d'enseigner des notions simples.

Cet enfant, qu'elle avait cru lymphatique et indifférent, se révélait seulement placide et pacifique. Les questions qu'il posait prouvaient qu'il ne manquait ni de curiosité ni d'intelligence et ses déductions énoncées parfois vingt-quatre heures après un événement ou une conversation surprenaient toujours par leur originalité ou leur pertinence.

Gratien sera un homme réfléchi et paisible, qui ne s'engagera pas à la légère et sera, j'en suis certaine, agréable à vivre, écrivit la dame de Bagatelle à sa bru, le même jour où Castel-Brajac annonçait à tout le monde qu'un fils lui était né « dont le nez était rond comme une rate [1] et l'appétit pantagruélique ».

Comme Gratien de Vigors, bien campé sur ses robustes petites jambes, suivait pas à pas Virginie dès qu'elle se dirigeait vers le jardin anglais pour couper des fleurs, il fut le seul témoin d'un événement dont tous les détails devaient rester fidèlement présents à sa mémoire, bien qu'au moment précis où il survint il ait été incapable d'en mesurer la gravité et même d'en comprendre la signification.

– Je vais cueillir quelques branches de camélias et des lupins pour fleurir le salon, veux-tu venir avec moi? Tu me tiendras ma canne pendant que je couperai les fleurs, avait proposé Mme de Vigors à son petit-fils.

Aussitôt, Gratien, se retenant de gambader comme lorsque l'on partait pour une vraie promenade, réglant son pas sur celui assez lent de sa grand-mère, s'était engagé avec elle sur l'allée sablée qui, derrière la maison, conduisait au jardin d'agrément baptisé « jardin anglais ». En cette saison fleurissaient déjà la rose et l'amarillys, le jasmin jaune, l'azalée, le petit magnolia du Japon, les pois de senteur, les arums et cent autres variétés de la flore subtropicale dont on se faisait gloire, à Bagatelle, de posséder de beaux spécimens.

1. Petite pomme de terre nouvelle.

Gratien aurait bien voulu porter le sécateur, instrument aux mâchoires redoutables qui tranchait en mordant avec un claquement sec les tiges des fleurs et les branches fines des arbustes, mais il savait que « Bagamie » invoquerait d'excellentes raisons pour refuser. Il était donc inutile, estimait sagement Gratien, de solliciter quelque chose que l'on sait d'avance ne pouvoir obtenir. Quand, arrivée près du buisson de camélias, Mme de Vigors tendit à son petit-fils le jonc à pommeau d'ivoire dont elle ne se séparait guère, l'enfant le reçut avec le même respect qu'un évêque empoigne sa crosse le jour de son sacre. Absorbé qu'il était par l'évaluation du poids de la canne, le poli de la bille d'ivoire jauni, l'engagement qu'il prenait mentalement d'en posséder une toute pareille dès qu'il serait en âge d'user d'un objet qui conférait à la démarche tant de dignité, le cri de sa grand-mère le fit sursauter.

– Oh! mon Dieu, comme je me suis piquée... Suis-je bête!

Tout ému d'avoir failli lâcher la canne, Gratien dit d'une voix un peu rauque :

– C'est la rose; la rose, ça pique!

– Non, ce n'est pas la rose. C'est quelque chose dans le buisson de camélias. Il doit y avoir une épine... ou une branche cassée en biseau, peut-être, ajouta Mme de Vigors en se dirigeant vers les lupins qui dressaient leurs clochetons bleus et blancs à deux pas de là.

– C'est à votre doigt? demanda l'enfant.

Virginie, qui portait une gerbe de camélias au creux des bras, posa sa main droite sur son sein gauche.

– Non, c'est là, et ça m'a piquée à travers mon corsage et ça me fait mal, sais-tu... Tiens, on dirait qu'il y a déjà une enflure ou... plutôt une induration... Nous allons couper quelques lupins et puis j'irai montrer ça à Anna, elle sait soigner toutes les piqûres... C'est peut-être une abeille ou l'un de ces gros bourdons velus.

La dame de Bagatelle renonça vite à poursuivre sa cueillette. Étonnée par le vague malaise que lui procurait cette piqûre, elle reprit sa canne des mains de son petit-fils et fit mine de se hâter vers la maison.

– Je crois qu'il vaut mieux rentrer..., vois-tu... Nous reviendrons plus tard... J'ai le bras tout engourdi...

A mi-chemin de la maison, il y avait un banc qu'elle fut contente de trouver là. Elle s'y assit avec soulagement. L'enfant, qui l'observait, comprit que « Bagamie » se sentait un peu malade. Il se jucha à côté de sa grand-mère sans rien dire, les deux mains sous ses cuisses, posées à plat sur le banc pour protéger sa chair de la sensation de brûlure que donnait le bois chauffé par le grand soleil.

Quelques minutes s'écoulèrent, puis Mme de Vigors, dont la pâleur et les traits défaits impressionnaient l'enfant, dit d'une voix lasse :

– Va jusqu'à la maison chercher Anna, je ne me sens pas très bien.

Le garçonnet sauta sur ses pieds et prit sa course, persuadé que sa grand-mère devait être assez malade pour avoir tout à l'heure abandonné le sécateur sur le banc, à portée de sa petite main.

Il fit le tour de la maison aussi vite qu'il put et finit par trouver Anna dans le petit salon, où elle dressait la table pour le thé. Il eut le temps de voir bien en évidence un gros biscuit luisant de sucre caramélisé et qu'on venait de démouler. A l'heure du goûter, on lui en servirait certainement une belle tranche. Bien plus tard, quand tous les événements qui allaient s'enchaîner furent, sinon oubliés, du moins intégrés dans le passé, il se demanda souvent ce qu'était devenu ce jour-là le majestueux gâteau qu'on ne revit jamais. Et longtemps, au cours de sa vie, la vue d'un biscuit conique aux cannelures dorées et luisantes de caramel le ramena à Bagatelle un jour de mars 1878.

– Bagamie est malade, il faut venir, Nana!

– Hein?

La vieille cuisinière, qui devenait un peu dure d'oreille, fit répéter la phrase, puis elle appela Citoyen, traversa la galerie et dévala aussi vite qu'elle le put l'escalier de bois sans plus s'occuper de l'enfant. Celui-ci hésita un moment sur la conduite à tenir, puis, surpris par le silence qui régnait dans la maison, retourna au jardin. D'assez loin sur l'allée, le garçonnet vit sa grand-mère, soutenue par Citoyen et Anna, qui revenait vers la maison.

Elle ne semblait plus avoir la force de faire ses pas. Les pointes de ses bottines traçaient dans le sable deux lignes zigzagantes et parfois interrompues quand la vieille dame parvenait à lever le pied. Elle parut à Gratien être devenue toute molle et flasque comme cette poupée de Marie-Virginie qu'une déchirure avait à demi vidée de sa sciure de bois.

Mme de Vigors ne paraissait pas seulement d'une extrême faiblesse, elle était blême et de grands cernes violets agrandissaient son regard douloureux.

Gustave de Castel-Brajac, visiteur quotidien, descendit à point nommé de son cabriolet pour venir en aide à Anna et au maître d'hôtel.

– Boun Diou! que se passe-t-il?... Faîtes voir, donnez-la-moi.. Vous permettez, madame?

Le robuste Gascon, passant un bras autour de la taille de Virginie, l'autre sous ses cuisses, enleva la dame de Bagatelle sans qu'elle eût le temps de s'en rendre compte. Il gravit l'escalier, franchit la galerie en trois pas rapides et déposa son léger fardeau sur le canapé du salon, sous le portrait autrefois peint par Dubuffe.

– Eh! si Gloria m'avait vu avec une dame dans les bras, j'aurais été privé de dessert, tenta de plaisanter le Gascon.

Mais Virginie n'eut qu'un pauvre sourire.

– Allez-vous-en chercher le docteur Finks, m'sieur, dit Anna, et, en passant devant le moulin à cannes, dites, s'il vous plaît, à M. Dandrige que m'ame Maîtresse a été piquée par quelque bête en ramassant des fleurs.

Le Gascon s'exécuta sans mot dire, frappé par la pâleur de Virginie qui s'était mise à grelotter et répéter : « J'ai froid, ce que j'ai froid! » d'une voix où perçait une réelle inquiétude. Quand Citoyen eut déposé sur un tabouret un bassinet d'eau chaude et la serviette réclamés par Anna, celle-ci dégrafa sans façon le corsage de sa maîtresse, fit glisser les brides de la chemise de jour et de la brassière pour découvrir le haut du sein gauche.

– Ben, c'est rien du tout, ça, m'ame, on dirait une piqûre de maringouin, sauf que ça fait un peu bleu autour... On va mettre du vinaigre par là-dessus. Si vous êtes mal, c'est à cause de ce soleil blanc, pas à cause de la piqûre... Faut vous reposer à l'ombre...

Virginie, qui cependant avait grande confiance dans le diagnostic d'Anna, insista :

– C'est peut-être une abeille ou un bourdon, regarde si tu ne vois pas de dard..., d'épine.

Anna se pencha, écarquillant les yeux, pinçant doucement la peau étonnamment blanche sous ses doigts noirs.

– Non, m'ame, je vois rien. On dirait seulement qu'y a deux petits trous rouges, comme deux piqûres pareilles l'une à côté de l'autre..., tout près.

– Je voudrais me mettre au lit, Anna. J'ai froid, fais-moi une bouillotte...

Après avoir rhabillé sa maîtresse, la cuisinière rappela Citoyen et, quand Clarence Dandrige arriva, Mme de Vigors reposait dans ses draps, un édredon de plumes remonté jusqu'au menton, essayant de dominer les frissons qui la parcouraient de la mâchoire aux orteils. Une odeur de vinaigre de vin flottait dans la chambre, dont on avait tiré à demi les volets.

Tout de suite, Dandrige, sans comprendre pourquoi, pressentit la gravité de l'état de Virginie. Il jeta son panama sur une bergère et vint se pencher sur elle.

– Expliquez-moi ce qui vous est arrivé.

Elle raconta, d'une voix rendue chevrotante par ce tremblement incoercible qui l'agitait tout entière, comment, en avançant le buste dans le buisson de camélias pour atteindre une fleur particulièrement belle, elle avait senti au-dessus du sein comme un coup de lancette. Son corsage de soie n'était même pas déchiré..., ce n'était donc pas une branche brisée.

– Anna dit... qu'il y a... deux... petits trous... rouges... et depuis j'ai froid... Cla...rence..., on dirait que rien ne... peut me réchau...ffer.

Dandrige se détourna du lit. Son visage était grave, ses sourcils contractés; les deux petites marques rouges repérées par Anna ne lui disaient rien de bon et l'abattement qu'il constatait chez une femme dont il connaissait la force et la volonté le préoccupait plus encore.

– Je reviens, dit-il, ne vous inquiétez pas... Ça ne peut pas être méchant..., une piqûre.

En traversant l'office, il envoya Citoyen chercher Rosa pour qu'elle vienne tenir compagnie à Mme de Vigors puis se dirigea à grands pas vers la maison des jardiniers. Il voulait parler avec Télémaque de ces « petits trous rouges proches comme des piqûres jumelles et cette sensation de froid ». Déjà, le rythme de la maison se ressentait de l'événement. La femme de chambre desservait la table à thé autour de laquelle personne n'était venu s'asseoir. La nourrice de Gratien s'efforçait de retenir sur la galerie l'enfant qui, chaque instant, demandait à voir sa grand-mère. Anna ne faisait qu'aller et venir, proposant à sa maîtresse une compresse de vinaigre, un café bouillant ou un petit verre d'alcool de fruit. Les deux filles de peine lavaient sans conviction, parce que c'était le jour, les vitres de la salle à manger en essayant de savoir ce qui se passait.

Finks, en arrivant au chevet de la malade – il fut le premier à prononcer le mot – haussa les sourcils d'un air étonné.

– Une telle mine pour une simple piqûre, allons, allons, chère madame, n'êtes-vous pas restée trop longtemps au soleil après le repas?... Nous allons voir... Montrez-moi ça.

La loupe à la main, le médecin examina « la piqûre ». Il vit lui aussi ce qu'Anna avait vu, mais ne fit aucun commentaire. Son silence impressionna Virginie.

– Alors? fit-elle doucement.

– Nous allons voir... les réflexes...

Prestement, le praticien enleva édredon et couverture et, du manche de sa loupe, frappa de petits coups sous la plante des pieds de la patiente. Il ne s'attarda pas à cet examen, qui lui donna sans doute l'indication qu'il cherchait.

– Pouvez-vous lever votre bras gauche?

Virginie fit un effort démesuré pour soulever de quelques centimètres son membre.

– Il me paraît si lourd, dit-elle, comme pour s'excuser.

Finks rabattit la couverture et remit l'édredon en place.

– Je vais devoir vous faire une piqûre, madame..., un antidote... Je crains bien que vous n'ayez été mordue par un serpent!

Au même instant, alors que reprenaient, décuplés par la peur qui l'assaillait, les tremblements de Virginie, Dandrige ouvrit, sans frapper, la porte de la chambre, ce qu'il ne s'était jamais permis. Le visage de l'intendant était aussi pâle que celui de Mme de Vigors. Lui, toujours si calme, ne dissimulait qu'avec peine une fébrilité qu'il savait cependant sans objet. Télémaque avait été formel, étant donné la description que Dandrige lui avait faite des deux petits trous rouges séparés de trois ou quatre millimètres, de la sensation de froid intense éprouvée par Virginie et aussi de la précocité exceptionnelle de la saison anormalement chaude : ce ne pouvait être qu'un serpent-corail. Ces petits reptiles aimaient à s'enrouler autour des branches des arbustes. Leur morsure, quoi qu'on fasse, était mortelle en quelques heures. « Le venin y glace le sang; les bras et les jambes peuvent plus remuer et tout à coup le cœur y s'arrête tout de bon », avait dit Télémaque.

Il existait bien une décoction de plantes que l'on pouvait préparer, mais justement, à cause de l'avance prise par la nature, ces plantes étaient déjà fanées. Télémaque soutenait d'ailleurs que cette tisane-là n'avait jamais sauvé un Blanc mordu par un corail, seuls les

Noirs en réchappaient quelquefois, s'ils étaient jeunes et parce que leur sang était plus fort.

Finks et Dandrige échangèrent un regard.

– C'est un serpent, n'est-ce pas? fit l'intendant.

– Oui, mais lequel? Murphy les connaissait tous. Est-ce un vert, un noir, un jaune, un serpent d'eau ou à sonnettes, il y en a tellement dans ce pays!

– C'est un serpent-corail, dit assez bas Clarence pour ne pas être entendu de Virginie, qui se rendait bien compte maintenant qu'elle ne pouvait plus du tout remuer le bras gauche.

– On va essayer ça, un antipoison, un calmant qui la fera s'assoupir, fit le médecin en chassant l'air de sa seringue hypodermique. Corail ou pas, c'est le seul remède dont je dispose.

Pendant que Finks opérait, Dandrige s'avança vers la fenêtre comme s'il cherchait à voir par la fente des volets mi-clos. Le sang lui battait les tempes et une phrase lui martelait l'esprit, en arrière-plan de toutes ses pensées désordonnées : « Virginie va mourir, Virginie va mourir, Virginie va mourir. »

Souvent il avait médité sur le thème d'une telle disparition naturelle, prévisible, admise, puisque la mort ne peut être éludée. Mais le réalisme brutal des faits balayait les sereines spéculations de la pensée et l'intendant se trouvait aussi désemparé que n'importe quel homme découvrant la proximité fatale de la fin d'un être cher.

Quand Finks se retira, lentement il revint vers le lit.

– Je vais... mourir..., n'est-ce pas, Clarence? demanda Virginie dont le regard violet paraissait retrouver son intensité.

– Ne dites pas cela, Virginie, cet antidote va vous faire beaucoup de bien. Vous allez vous endormir et quand vous vous réveillerez... tout ira bien.

– Je ne veux pas dormir, Clarence; si je m'endors, je sais que je ne vous reverrai plus.

Elle semblait parler plus facilement et commençait à ne plus savoir si son corps avait froid ou chaud.

Dandrige, sous la courtepointe, alla chercher la main de la condamnée. Elle était froide, inerte et légère. Les veines dessinaient un réseau bleu à travers la peau lisse, à peine tavelée. Les ongles en amande, polis, paraissaient décolorés. C'était déjà la main d'une morte.

– Cher Clarence, murmura Virginie, avec dans le regard une tendresse et une compassion qu'il ne lui connaissait pas, comme je vous aurai tourmenté... jusqu'au bout. Souvent j'ai pensé à votre mort et à la mienne comme à des événements incroyablement lointains... et il suffit d'une morsure de serpent pour que cela devienne proche, possible... Mais je ne vais pas mourir cette fois, n'est-ce pas?

En jetant cette phrase, Mme de Vigors fixa Dandrige intensément, comme si la force des regards rivés l'un à l'autre constituait un lien capable de résister à tous les arrachements.

A voir le visage émacié de l'intendant dont la lumière atténuée de la chambre accusait le modelé des traits comme la pénombre des sanctuaires augmente la rigidité géométrique des faciès sculptés de certains saints, Virginie devinait qu'elle courait pour la première fois le risque de perdre la vie, de se dissoudre dans l'absence. Parler l'empêchait de croire à cette issue stupide. « Les gens qui parlent ne meurent pas », se disait-elle, mais son angoisse était telle qu'elle ne pouvait parler que de la chose à taire.

– La mort, Clarence, j'en ai peur, comme d'un gouffre. Dites-moi, oh! dites-moi, où serai-je... où serons-nous?

– C'est la grande question.

Elle s'agitait, ses bandeaux blancs se défaisaient quand elle remuait la tête de gauche et de droite sur l'oreiller de dentelle.

Clarence Dandrige était maintenant bien conscient que le dernier devoir qu'il pouvait rendre à cette femme à laquelle il avait consacré sa vie était de l'accompagner jusqu'au seuil que personne n'avait repassé. Oubliant sa propre angoisse, il trouva la force de sourire.

– Épicure a peut-être raison, Virginie, qui dit : « La mort n'existe pas, car, tant que nous existons, il n'y a pas de mort et, quand il y a mort, nous cessons d'exister. »

– Mais... si nous pouvons, ailleurs, nous souvenir de la vie, Clarence..., quelle affreuse privation!

– Vous croyez en Dieu, Virginie, donc à la pérennité de l'âme, à la résurrection des corps et à toutes ces choses qui peuvent arriver au-delà du passage, non?

– Maintenant, je ne crois plus qu'en la vie... et en vous.

A ce moment-là, on entendit frapper à la porte de la chambre et le visage barbu de Tampleton apparut dans l'entrebâillement de la porte. A voix basse, comme s'il craignait de réveiller quelqu'un, il glissa :

– On m'a dit que ça n'allait pas fort.

Dandrige lui fit signe d'entrer, et le général timidement s'approcha du lit. Virginie lui sourit faiblement, il lui répondit par un petit geste enfantin de son unique main. Quand elle voulut parler, ses lèvres tremblotèrent, mais aucun son n'en sortit.

– Vous voulez que je vous envoie un prêtre? demanda Willy à Dandrige en ravalant sa salive et ne sachant que dire.

– Laissons les intermédiaires où ils sont, Willy, qu'on ne la tourmente pas. Si un Dieu l'attend, ce que je ne crois guère, elle saura, seule, répondre de sa vie.

Tampleton, après un dernier regard à sa vieille amie, recula jusqu'à la porte, laissant en tête à tête ces deux êtres qui occupaient une place à part dans ce qu'il connaissait de l'humanité.

Nul ne sut jamais quels furent les derniers mots de Virginie Trégan. A la fin de la journée, à l'heure mauve dont Dandrige appréciait le calme et la douce luminosité, peu de temps après que Colin, le palefrenier, eut vivement fait tinter la cloche annonçant aux ouvriers de la plantation que les travaux du jour étaient suspendus jusqu'au lendemain, Mme de Vigors s'endormit.

Et Clarence, qui n'avait pas lâché sa main, sentit peu à peu la vie se retirer de ce corps apaisé comme s'écoule une flaque de soleil devant l'ombre portée et mouvante d'un chêne.

Quand l'intendant apparut dans le salon, où silencieusement Tampleton, Castel-Brajac, Clara Oswald, Mallibert, Mignette Barthew, Brent, Rosa et quelques autres, qui avaient aimé Virginie, attendaient la nouvelle redoutée, tous se levèrent et, dans une attitude respectueuse, suivirent du regard ce grand vieillard, droit et sec, qui marchait vers la galerie, emportant son chagrin, après avoir conduit sa Dame jusqu'à la frontière de l'Éternité... ou du Néant.

10

Au cours de la nuit qui suivit le décès de Mme de Vigors, les lumières de la plantation restèrent allumées et une agitation extrême régna aux alentours de la vieille maison. Par Brent, que l'on avait envoyé chercher le docteur Finks, afin qu'il constate la mort et délivre le permis d'inhumer, les gens de Sainte-Marie surent très vite que la dame de Bagatelle avait cessé de vivre. Bientôt, aussi bien du village que des plantations de la paroisse, des gens qui pouvaient se dire des amis de la défunte et d'autres, qui n'étaient que de simples relations, se mirent en route sans plus attendre, comme s'il y avait urgence à lui faire l'hommage de leurs regrets.

Les cabriolets, les calèches, les charrettes anglaises se suivaient ou se croisaient sur la route comme aux jours des grands barbecues. Mais tous ces gens demeuraient silencieux ou parlaient à voix basse, évoquant, à l'aller comme au retour, les heures fameuses de Bagatelle, en même temps que les épisodes connus ou supposés d'une existence ambiguë, mais exemplaire.

Tous avaient voilé de crêpe les lanternes de leurs voitures et, dans la nuit claire de printemps, ces lampions sans éclat et tressautant ressemblaient à des feux follets courant la farandole sur les levées et par les chemins. Pour qui connaissait un peu les mœurs du Sud, l'empressement qu'ils mettaient tous à venir apporter leurs condoléances tenait autant à l'événement qu'à la personnalité de celle qui venait de disparaître.

Avec l'aide d'Anna, sanglotante et disant des patenôtres pour sa maîtresse « qu'était passée comme une païenne, sans avoir reçu le bon Dieu », Mignette Barthew fit la dernière toilette de cette femme qui avait décidé de son destin comme de ceux de tant d'autres.

La voir silencieuse et inerte étonnait plus que tous la femme de l'avocat, qui pendant des années avait dû soutenir le rythme trépidant qu'imposait à sa servante la belle Virginie Trégan. L'ancienne camériste choisit de passer à la morte une robe de dentelle parme, qui mettait en valeur ses cheveux argentés et l'ovale de son visage, dont la peau redevenait miraculeusement lisse après les crispations de la souffrance.

Sur le grand lit à baldaquin des Damvilliers, Virginie retrouvait cette rigueur souveraine et un peu pincée que l'on avait souvent prise pour expression de mépris à l'égard de ses semblables.

– Elle était plus femme que les autres, dit Mignette, et l'on pouvait l'aimer en la détestant...

– Oh! c'était une vraie maîtresse d'autrefois, une vraie lady, ajouta Rosa, venue apporter une coupe d'eau bénite et un rameau de buis.

– Y a personne des nègres de la maison qu'y peut dire qu'elle y a fait du mal, conclut Anna en se mouchant bruyamment.

Quand tout fut en ordre, la cuisinière s'empressa d'emporter la lampe à pétrole dont Mme de Vigors n'eût pas de son vivant toléré, même un moment, la présence dans sa chambre. Rosa alluma ensuite les chandelles roses, parfumées à l'essence de jasmin, que la défunte préférait. C'est alors seulement qu'on alla prévenir M. Dandrige que la dame de Bagatelle était parée pour recevoir ses derniers visiteurs. L'intendant approuva les arrangements de Mignette qui, discrètement, fit sortir les domestiques et s'éclipsa à son tour. Quand, deux heures plus tôt, Clarence avait quitté cette pièce où Virginie venait de glisser du sommeil des humains dans celui définitif des morts sans même s'en douter, comme il l'avait espéré pour elle, ce n'était pas encore une vraie morte qu'il laissait. Maintenant, dans sa robe de dentelle, une des dernières fleurs de camélia qu'elle avait coupées posée sur l'oreiller, près de son visage altier et gris, ses mains jointes sans aucun naturel et ses yeux clos aux paupières bleuies faisaient d'elle un simple cadavre qu'on avait voulu coquet. Reposant sous le baldaquin à colonnes d'acajou où d'autres hommes et d'autres femmes avaient rendu l'âme, certains d'entre eux longtemps après y avoir vu le jour, la dame de Bagatelle tenait avec majesté son rôle de gisante.

Dandrige se détourna de cette étrangère et rappela Mignette.

– Elle est belle, n'est-ce pas? On dirait que la mort l'a prise sans l'atteindre. Je crois qu'elle a eu la vie qu'elle avait souhaitée.

– Elle a eu la vie et la mort de Cléopâtre, Mignette, et les hommes s'en souviendront.

Déjà Brent, sur les conseils de Castel-Brajac, avait placé sous la galerie un lutrin emprunté à la bibliothèque et sur lequel un gros cahier recouvert de toile noire servirait aux visiteurs à signer leur passage.

Dès l'annonce du décès, le Gascon, après en être convenu avec l'intendant, avait envoyé des télégrammes à Charles et à Gratianne. Les gens de la Southern Express Company l'avaient assuré qu'en moins de soixante-douze heures les dépêches seraient délivrées à Paris, grâce au câble transatlantique qui remplissait parfaitement son office.

Edward Barthew, qui était de ceux, peu nombreux, capables d'apprécier l'étendue du chagrin que pouvait dissimuler Dandrige, avait proposé ses services pour l'organisation des funérailles. Déjà le curé-doyen de Sainte-Marie, venu parmi les premiers avec Adèle

Barrow, offrait son église, craignant seulement qu'elle ne se révèle un peu exiguë pour recevoir tous les amis et connaissances de Mme de Vigors.

Clarence, qui en l'absence de tout membre de la famille, autre que le petit Gratien, dut jusqu'au petit matin recevoir les condoléances, accepta, sur les injonctions de Mignette, d'aller se reposer un moment. Au seuil de son petit appartement, il ne laissa, sous la forme d'un vœu, qu'une seule consigne à Castel-Brajac :

– J'aimerais que Mme de Vigors ne quittât pas Bagatelle.

C'est pourquoi le Gascon suggéra que le service funèbre soit célébré à la plantation même, sous les chênes, devant la maison, puisque la petite chapelle autrefois ouverte aux Noirs avait été détruite, comme la plupart des bâtiments ayant hébergé des esclaves.

Il fallait aussi résoudre la question du lieu de l'inhumation et, bien qu'une décision soit difficile à prendre en l'absence de Charles, lequel ne serait pas là avant trois semaines au moins – en admettant qu'il interrompe son séjour en France – on dut convenir que l'antique caveau des Damvilliers au cimetière de Sainte-Marie ne pouvait accueillir un autre cercueil. De plus, le mausolée supportait mal les mouvements de terrain consécutifs aux crues du Mississippi. Quant au caveau des Vigors, qui se trouvait en France, personne n'envisagea d'y placer l'épouse du général-baron, lequel reposait d'ailleurs au Mexique.

Ce fut encore Castel-Brajac qui émit l'idée que la dame de Bagatelle devait rester sur son domaine.

– Il existe, dit-il, à la corne nord-est de la plantation, en bordure du fleuve, en face du confluent du bayou Ditch et du Mississippi, un tertre élevé, ou plutôt un mamelon, qui est peut-être bien le point culminant du domaine. C'est un lieu tranquille, sorte de tumulus qui domine à la fois le fleuve et la plantation. Trois jeunes chênes y composent un beau triangle d'ombre. Mme de Vigors, m'a-t-on dit, y a fait installer un banc, sur lequel parfois elle allait lire, ou simplement se reposer, en admirant le plat paysage des forêts et les méandres du Mississippi.

– Ce serait bien la meilleure place possible, intervint Dandrige en remerciant Gustave d'un regard.

– Une simple fosse de ciment, cachée sous le gazon et recouverte d'une belle dalle...

– Chargez-vous de ça, Gustave, coupa l'intendant.

Les funérailles de Virginie Trégan, épouse et veuve du marquis Adrien de Damvilliers, épouse et veuve du général-baron Charles de Vigors, furent d'une pompe inhabituelle et, par leur simplicité même, plus grandioses et impressionnantes que bon nombre de services funèbres mondains. Cela fit dire à Adèle Barrow, parlant de la défunte :

– Elle n'aura jamais rien fait comme tout le monde, même pas son enterrement.

Par une belle matinée de mars, sous les chênes de la grande allée, nef de verdure aux quarantes colonnes séculaires, aux voûtes bruissantes d'où tombaient comme des oriflammes déchiquetées des cascades de mousse espagnole encore grise en cette saison, le curé-doyen de Sainte-Marie célébra la messe des morts, devant un bon millier de personnes. Au bas de l'escalier, devant la demeure récemment restaurée dans sa blancheur initiale et qui figurait l'abside de cette cathédrale de plein air, sur un catafalque, le cercueil de la maîtresse des lieux était visible de tous. Du grand salon, dont on avait ouvert les doubles portes et les fenêtres donnant sur la galerie, s'échappait la musique dont Gustave de Castel-Brajac avait voulu faire un dernier hommage à Virginie. Les notes pures d'un choral-prélude de J.-S. Bach, transcrit pour le piano par Liszt, parvenaient aux assistants, atténuées par la distance, avant de se dissoudre dans les frondaisons. Dandrige redoutait l'oraison funèbre dont on avait vainement tenté de dispenser le prêtre pour qui pareille cérémonie était un événement. L'intendant et Castel-Brajac furent heureusement surpris quand le curé-doyen lut devant les fidèles qui tous entendaient le français un texte de Bossuet :

– *C'est dans la sainte volonté de Dieu que se trouvent l'égalité et le repos*, commença l'officiant, qui lisait avec application les phrases de l'Aigle de Meaux – la voix sous les arbres retrouvait un naturel imposé par l'absence des échos de la pierre familiers aux prêcheurs. *Dans la vie des passions et de la volonté propre*, disait le curé, *on pense aujourd'hui une chose et demain une autre ; une chose durant la nuit et une autre durant le jour, une chose quand on est triste, une autre quand on est de bonne humeur, une chose quand l'espérance rit à nos désirs, une autre chose quand elle se retire de nous. Le seul remède à ces altérations journalières et à ces inégalités de notre vie, c'est la soumission à la Sainte Volonté de Dieu.*

Les Noirs, parmi lesquels le vieux Télémaque et sa fille, Iléfet, le valet de Dandrige, Brent, Rosa et leurs enfants, tous les domestiques de la plantation, mais aussi des affranchis, anciens esclaves de Bagatelle devenus métayers, ouvriers agricoles sur d'autres domaines, ne paraissaient pas les moins recueillis. Peut-être avaient-ils conscience de participer ce matin-là à une autre émancipation, celle des souvenirs mêmes de leur servilité. Avec la marquise de Damvilliers, puis la baronne de Vigors, ils avaient partagé les singularités de « l'institution particulière ». Vivante, elle demeurait à leurs yeux la maîtresse exigeante, rigoureuse dans ses droits, mais aussi capable, hors de tout sentimentalisme, de leur apporter la sécurité, si étriquée fût-elle, de leur condition. Morte, ils pouvaient l'identifier à leur passé servile avec plus d'indulgence et, parfois, plus de fantaisie.

Ivy Barnett était venue, elle aussi, se souvenant de l'époque où, petite fille, elle observait de loin, des palissades du « village nègre », la maison des maîtres avec ses galeries ombreuses où passaient des femmes aux toilettes claires et d'où venaient de la musique et des rires. Elle se disait aussi qu'en dépit du courage et de la générosité de quelques-uns, comme Clarence Dandrige, ce monde blanc lui demeurait inaccessible et que cette morte couchée sous les arbres, dont le fils avait sans doute autrefois décidé involontairement de son destin, lui restait aussi étrangère que les chiens aux robes tachetées qu'elle voyait aller et venir au loin sur les pelouses.

Quand la bière fut chargée sur le landau des Damvilliers et que lentement se composa le cortège qui prit, par la route des berges, la direction de la colline aux trois chênes, Gustave de Castel-Brajac attaqua la pièce de Bach que préférait Virginie : le choral de la cantate *Jésus, que ma joie demeure,* qui prit au piano le phrasé d'une mélodie dépouillée, presque enfantine.

Lorsque le Gascon rejoignit le groupe des intimes, au moment où l'on descendait le cercueil de Mme de Vigors dans son étroit caveau, le soleil était au zénith. Une vague brise, venue du fleuve, faisait frissonner les mantilles des femmes, ébouriffait les gerbes de fleurs et provoquait d'innombrables palpitations dans le feuillage des chênes. La dalle de marbre rose, obtenue à grand-peine par Oswald chez un entrepreneur de Natchez, fut mise en place et l'on put lire : *A Virginie Trégan, marquise de Damvilliers, baronne de Vigors, 1812-1878,* et, dans le coin inférieur droit de la pierre tombale, cette phrase dictée par Dandrige : *Tous ses jours furent des adieux.*

Le petit Gratien, donnant la main à Mignette Barthew, vint seul déposer une énorme fleur de magnolia sur la pierre et la foule se retira, dévalant silencieusement le tertre.

Dandrige s'approcha de Castel-Brajac et lui fit observer que la tombe n'avait pas été creusée exactement au milieu du triangle formé par les trois chênes.

– C'est à cause des racines ou d'un rocher. Je ne sais plus très bien, expliqua le Gascon.

Et les deux hommes, fermant la marche, descendirent vers le fleuve, dont les eaux paraissaient immobiles.

11

Charles de Vigors et Liponne ne regagnèrent La Nouvelle-Orléans qu'au mois de septembre. L'avocat, après avoir un moment balancé, s'était finalement décidé à ne pas écourter son séjour en France. Ne pouvant prétendre faire retarder de trois semaines les funérailles de sa mère, il s'était contenté d'envoyer une dépêche à Dandrige ainsi conçue : *Sommes atterrés par la triste nouvelle. Faites le nécessaire pour tout. Lettre suit.*

A la demande de l'avocat et de sa demi-sœur, Gratianne, on avait dit plusieurs messes à la Madeleine pour le repos de l'âme de Mme de Vigors, et puis la vie parisienne avait repris ses droits. Charles avait fait coudre un crêpe à son revers, choisi quelques cravates et paires de gants noirs. Liponne ne força pas son chagrin. L'Acadienne n'avait jamais porté une grande affection à sa belle-mère et ne ressentait de la tristesse que par compassion pour son mari. Ce dernier lui ayant expliqué qu'il ne voulait pas que ce voyage, dont elle s'était fait une joie, soit gâché par un deuil qui ne l'atteignait que par ricochet, les époux décidèrent, après avoir décliné pendant deux semaines les invitations à dîner, de s'en tenir au programme fixé. Ayant parcouru l'exposition universelle dans tous les sens, puis visité la Côte d'Azur avant d'aller prendre les eaux à Vichy, comme le leur avait recommandé le médecin de Gratianne, M. et Mme de Vigors débarquèrent en Louisiane pour tomber en pleine épidémie de fièvre jaune.

Les médecins paraissaient d'accord pour estimer que c'était la plus forte poussée depuis les épidémies de 1833, 1853 et 1867 qui avaient fait respectivement 7 849, 9 600 et 3 300 victimes. Tout le monde savait qu'entre 1817 et 1860 il y avait eu vingt-trois épidémies de fièvre jaune, qui avaient tué 28 000 personnes. Les chaleurs exceptionnellement précoces du printemps, la grande sécheresse de l'été passaient pour responsables de ce désastre, dont on croyait s'être garanti par une meilleure hygiène. On citait aux Vigors les noms de leurs amis ou relations atteints par le mal, comme M. Miguel Suarez, le consul d'Espagne, qui venait de perdre en un mois sa fillette de cinq ans et sa jeune femme.

A chaque instant, on rencontrait dans les rues de la ville, où les employés municipaux brûlaient des tonneaux de soufre et de goudron, la lugubre charrette dite « de la corporation » qui enlevait les cadavres des indigents. On dénombrait déjà plus de vingt-cinq mille cas et le nombre des victimes dépassait trois mille. Stimulés par les sermons du révérend père Peter Thevis, les chrétiens faisaient des offrandes à saint Roch, suppliant le Montpelliérain, qui avait guéri les pestiférés de 1350 et mérité tant d'ex-voto, de déclencher les grandes pluies qui, seules, pourraient conjurer le fléau.

Un médecin de La Havane soutenait que les moustiques étaient les vrais dispensateurs de la fièvre jaune et se proposait de le démontrer. En attendant, on continuait à penser que l'air était plutôt empoisonné par les marécages, puisque toujours les épidémies correspondaient à des années dont les printemps étaient humides et chauds et les étés torrides.

– Heureusement que les enfants sont à l'abri dans des paroisses plus salubres, remarqua Liponne.

– Nous allons les rejoindre, fit Charles, qui redoutait par-dessus tout les maladies « qu'on n'avait pas cherchées ». A Bagatelle, où je dois me rendre tout de suite, le climat reste sain.

Le docteur Just Touatre, de la faculté de médecine de Paris, un natif du Gers, avait déjà déconseillé à son « pays » Castel-Brajac de venir à La Nouvelle-Orléans; quant au docteur Landry, né à Saint-Martinville, mais qui lui aussi avait fait ses études à Paris, on le disait atteint par le mal qu'il combattait avec un dévouement exemplaire depuis vingt-six ans [1].

Clarence Dandrige tint à aller lui-même au-devant du fils et de la bru de Virginie, à la station de chemin de fer de Bayou Sara. Gratien, qui semblait s'ennuyer ferme depuis la mort de sa grand-mère, avait obtenu que l'intendant le prenne avec lui dans le grand landau qui, six mois plus tôt, débarrassé de ses banquettes, avait transporté le cercueil de Mme de Vigors jusqu'au tertre où elle reposait.

Le petit garçon, que Dandrige impressionnait beaucoup, osait à peine ouvrir la bouche en présence de l'intendant. Blotti au creux de la banquette, moelleuse et douce sous ses mains toujours en exploration, il considérait le vieillard, qui lui paraissait d'une taille démesurée et d'une minceur anormale. « M. Tout blanc » oubliait, c'était sûr, sa présence. Il regardait le paysage à travers ses paupières mi-closes et pensait certainement à tout autre chose qu'au petit garçon qu'il avait accepté d'emmener. La nourrice pensait bien être du voyage, mais « M. Tout blanc » avait dit d'un ton qui n'admettait pas de réplique : « Je n'ai besoin de personne pour m'occuper de cet enfant... » Et, constatait Gratien, « il ne s'en occupait pas plus que du chien vert », comme aurait dit Anna. Le garçonnet désirait cependant savoir ce que pouvaient bien être ces arbres étranges, hauts, droits,

1. Cet ancien interne des hôpitaux de Paris de 1837 à 1839 est en effet mort de la fièvre jaune à La Nouvelle-Orléans le 28 novembre 1878.

rouges, sans branches et qui fumaient comme les machines des trains. Il s'enhardit jusqu'à toucher du bout de l'index le genou de l'intendant après qu'une demi-douzaine de « Dites, monsieur, s'il vous plaît... » furent restés sans réponse.

« Tout blanc » parut se réveiller et posa sur le bambin des yeux verts comme ceux des chats. Gratien posa sa question.

– Ce sont des cheminées, les cheminées des sucreries. La canne à sucre, ces grandes tiges vertes que tu vois là dans les champs, eh bien, on les écrase dans des moulins. Il en sort un jus que l'on fait bouillir... comme les confitures... Tu comprends?

– Alors on fait du feu?

– On fait du feu.

Suivit une série de questions auxquelles Dandrige dut répondre en s'efforçant de se mettre au niveau de l'enfant. Finalement, il posa lui-même une question à Gratien :

– Qu'aimes-tu le mieux, la ville ou la campagne?

– Oh! j'aime mieux la campagne, tiens, et quand je serai grand je serai avocat comme papa et aussi planteur comme Bagamie ou papy Dubard.

L'intendant sourit, s'efforçant d'imaginer ce que serait Bagatelle dans vingt ou trente ans, quand toutes ces mécaniques que le progrès promettait, disait-on, pour faciliter les travaux des hommes seraient à la disposition des planteurs. Gratien, si une vocation impérative le poussait à renoncer aux facilités de la vie urbaine, pourrait peut-être exploiter, mieux que les Damvilliers ou lui, Dandrige, n'avaient pu le faire, les 10 000 acres d'un des plus beaux domaines de la Louisiane.

– Et où est votre maison à vous, monsieur? demanda l'enfant, qui n'avait jamais bien compris quel rôle jouait l'intendant dans une famille à laquelle il n'appartenait pas, mais où il donnait l'impression de commander.

– Ma maison... est, heu... c'est Bagatelle, mon garçon; c'est là où j'habite, en tout cas.

– Mais c'est pas à vous, Bagatelle; vous, vous êtes pas un vrai planteur.

– Oh! non, Bagatelle, c'est pas à moi et tu as raison, je ne suis pas un vrai planteur.

– Alors, vous avez une maison, plus loin, ailleurs?

– Non, Gratien, je n'ai pas d'autre maison, ni d'autre plantation... En fait, vois-tu, je n'ai rien.

– Rien, rien du tout?

– Non.

L'enfant paraissait incrédule. Il parut réfléchir un moment, puis demanda plus timidement :

– Et vous avez pas de petit garçon ou de petite fille et pas de madame?

– Non, pas de femme, pas d'enfants, personne.

– Alors, vous êtes tout seul comme ça, tout seul.

Gratien, qui ne savait comment illustrer sa conception de la solitude, avait agité les bras comme quelqu'un qui jette des choses autour de lui.

– Oui, je suis seul, comme tu le dis, mais j'ai des amis comme ton papa ou M. Gustave ou M. Barthew et d'autres.

– Bagamie, elle vous aimait bien. Elle disait toujours : « Va dire bonjour à M. Tout blanc », et un jour elle m'a dit : « C'est le bon Dieu qui l'a envoyé, il y a longtemps, à Bagatelle... » C'est vrai que c'est le bon Dieu qui vous a envoyé?

Dandrige considéra le garçonnet qui, le nez en l'air, l'œil vif sous la visière de sa petite casquette ronde, le fixait avec franchise, espérant une réponse sans détour.

– Si ta grand-mère disait que c'est le bon Dieu, c'est sans doute vrai... Elle savait tant de choses!

L'intendant, qui croyait avoir réussi depuis des mois à dominer toutes les émotions qui l'assaillaient chaque jour à Bagatelle où, à tout instant, l'image de Virginie apparaissait dans son décor familier, ne put supporter l'évocation que faisait de « Bagamie » cet enfant pur et serein. Une des rares larmes que cet homme ait jamais versées roula sur sa joue maigre jusqu'au menton.

Le garçonnet baissa la tête, fixant la pointe de ses petits souliers vernis, gêné d'avoir surpris cette faiblesse chez un homme qui lui paraissait si fort et si rigide. Ayant évoqué Bagamie, il lui revint qu'il ne la verrait plus jamais. Il se mit à penser à sa voix qui pouvait être dure ou douce, à son parfum, à sa façon d'arranger les fleurs ou de déplier sa serviette et, sans même qu'il y prenne garde, les larmes lui montèrent aux yeux.

Le landau laqué, au petit trot des deux chevaux bais conduits par Colin, qui faisait l'important sur son siège élevé, emportait ainsi à travers les champs de coton, où des Noirs méticuleux cueillaient les derniers flocons de la récolte, un vieil homme et un enfant qui n'osaient pas se regarder.

Au bout d'un moment, comme l'attelage approchait du fleuve que l'on passerait sur le bac à vapeur, Dandrige, qui s'était ressaisi, tendit sa pochette à Gratien.

– Essuie ton œil doucement, mon garçon, nous arrivons au bac.

– Merci, monsieur, j'ai quelque chose qui m'a piqué l'œil... tout à l'heure.

– Un moucheron, sans doute, Gratien, j'en ai moi-même reçu un.

Avant de s'installer pour quelques jours à Bagatelle, Charles de Vigors voulut s'arrêter devant la tombe de sa mère. En compagnie de Gratien, qui, tout à la joie de revoir ses parents, sa mère surtout, oubliait que le tertre aux trois chênes n'était pas un but de promenade ordinaire, le fils et la bru de Virginie gravirent le sentier qui conduisait au monument.

Cette mère qu'il avait si peu et si mal connue à l'époque de sa pleine maturité, puisque, ayant quitté une jeune femme, il avait retrouvé une dame à cheveux blancs, Charles ne parvenait pas à s'en faire une image exacte. Au cours des dernières années, il s'était comporté en fils respectueux et prévenant, mais sans parvenir à cette complicité de goût et de sentiments qu'il croyait naturelle entre une mère et un fils. Aussi ne ressentait-il pas l'absence de Mme de Vigors aussi intensément qu'il eût été convenable qu'il la ressentît. L'avocat eût été bien étonné si quelqu'un avait suggéré – et Castel-Brajac eût pu le faire – que son égoïsme, sa façon de tout évaluer à partir de ses propres goûts, sentiments ou intérêts pouvaient expliquer en partie la fragilité de l'attachement qu'il avait porté à la dame de Bagatelle.

– Vous avez parfaitement bien fait de la mettre là-haut, c'est un site admirable, dit-il à Dandrige en reprenant place dans le landau où l'intendant avait attendu.

Quarante-huit heures plus tard, on aborda le sujet de la succession. Celle-ci ne posait aucun problème, Gratianne ayant donné un blanc-seing à son demi-frère pour qu'il dispose à son gré des terres de Bagatelle ainsi que de toutes les propriétés louisianaises des Damvilliers. La Parisienne, étant sans enfant, autorisait même Charles à vendre, en tout ou partie, les biens de leur mère. Elle ne réclamait que les bijoux de celle-ci et deux meubles de Boulle auxquels elle tenait.

L'avocat devenait donc le seul maître de la plantation. Restait à régler le cas de Clarence Dandrige, qu'il ne savait comment traiter. Il ignorait même quelle était ou quelle avait été la nature exacte des relations entre l'intendant et sa mère. Un soir, alors que, la cueillette du coton terminée, Dandrige s'apprêtait à rendre les comptes de la saison à Charles, celui-ci demanda :

– Comment voyez-vous votre avenir, Dandrige?

Assez interloqué, aussi bien par la question que par le ton affecté de Charles, l'intendant prit un temps de réflexion.

– Un homme de mon âge vit au jour le jour, Charles. Mais je vous répondrai quand les 2 200 balles de coton cueillies cette année seront vendues, que la canne aura été roulée et que tout sera en ordre pour l'hiver à Bagatelle.

Le ton parut à l'avocat assez catégorique pour qu'il n'insistât pas.

– Vous avez toute ma confiance, comme vous aviez celle de ma mère, Dandrige. Vous êtes ici chez vous. Mon plus cher désir est que vous continuiez à diriger la plantation aussi longtemps qu'il vous plaira.

L'intendant remercia d'un signe de tête.

La veille du jour où les Vigors quittèrent Bagatelle pour se rendre à Saint-Martinville chez les Dubard, Charles invita les Castel-Brajac, les Barthew, les Oswald, Adèle Barrow, Mallibert et Tampleton à un dîner. Liponne, promue au rang de maîtresse de maison, eut la sagesse de laisser Anna « faire comme pour m'ame Virginie ». Ce fut un repas mélancolique. Bien que Charles soit intarissable sur les merveilles de l'exposition universelle, largement pourvu en anecdotes parisiennes qui amusèrent surtout Gustave, et que Gloria puisse, avec Mignette et Clara, écouter Liponne parler de la mode « qui se faisait maintenant aussi bien à Vichy ou à Biarritz qu'à Paris », aucun des convives ne pouvait oublier l'absence de celle dont le portrait dominait le salon où le café fut servi.

Ce fut Gustave qui, le premier, osa rompre la contrainte du silence.

– Voilà sept mois aujourd'hui qu'elle nous a quittés, dit-il en montrant le portrait peint par Dubuffe.

Depuis que le demi-cercle s'était formé autour du canapé vide, comme si personne n'osait s'asseoir à la place qu'occupait habituellement Virginie sous l'immense tableau, aucun des assistants ne pouvait détacher son regard de celui-ci.

– Vous avez tous eu la chance de la connaître ainsi, pas moi, lança Oswald.

– Dandrige et moi, nous l'avons connue beaucoup plus jeune encore... et Barthew aussi, tiens, je devrais m'en souvenir, précisa Tampleton.

Les trois hommes, qui partageaient les mêmes images d'un duel [1] sur le vieux *Prince-du-Delta*, premier du nom, eurent le même sourire mélancolique.

– Eh bien! moi, je l'ai connue pensionnaire à Paris, fit Mignette; tous les frères de ses compagnes lui envoyaient des billets doux.

Peu à peu, les uns et les autres se mirent à raconter, sans souci de la chronologie ni de la diversité des circonstances, des épisodes de la vie de Virginie. Ses mots, ses gestes, ses attitudes, ses calculs aussi et ses générosités, ses goûts, sa façon de jouer au clavecin ou de claquer son ombrelle venaient pêle-mêle dans les échanges de souvenirs.

Seul Dandrige se taisait. Il entendait soudain, traduite en mots, en verbes conjugués à l'imparfait ou au passé, en qualificatifs plus ou moins nuancés, en exclamations chaleureuses, en indiscrétions bénignes, cette vie dense et qu'il avait quasi de bout en bout partagée. Les interprétations inattendues, justes ou erronées que les conteurs donnaient parfois avec assurance des faits et gestes ou des décisions de la marquise de Damvilliers ou de la baronne de Vigors le surprenaient. Ainsi naissait la légende de la dame de Bagatelle. Par amour, par amitié, par affection ou par le biais de sentiments plus mélangés, les hommes et les femmes réunis sous le seul regard que la postérité connaîtrait à Virginie Trégan commençaient à combler l'absence, comme si l'approximation des mots suffisait à restituer la complexité d'un être.

Quand, au lendemain de ce dîner, Charles prit congé de Dandrige, celui-ci, ayant reçu « une grosse bise » de Gratien, demanda à l'avocat :

– J'aimerais que vous reveniez passer quarante-huit heures fin novembre, afin que je vous remette les comptes et que nous réglions... l'avenir.

---

1. Voir *Louisiane.*

– Entendu, je serai là le 25 novembre.

Tampleton, qui avait craint que l'intendant ne réduise le train de la plantation, fut satisfait de constater qu'il n'en était rien. Aussi le voyait-on souvent débarquer à l'heure de l'apéritif, s'incrustant jusqu'à l'heure du dîner que Dandrige l'invitait fréquemment à partager. L'intendant, bien que personne n'y mît de malice, faisait figure de veuf.

Afin de rompre sa solitude, ses amis s'étaient entendus pour l'inviter souvent. Quand il ne dînait pas en tête à tête avec Willy, qui commençait à radoter et racontait des histoires cent fois entendues, on le voyait le soir se rendre à pied chez Oscar et Clara Oswald, ou faire atteler le cabriolet pour une soirée aux Myrtes chez les Tampleton, un repas chez le docteur Finks ou une fin de semaine au bord de Fausse-Rivière, chez les Castel-Brajac. C'était là, entre Gloria et Gustave, qu'il se sentait le plus à l'aise, écoutant Augustine qui venait d'avoir sept ans et demi lui réciter les poésies que lui apprenait sa maman ou racontant le passé au Gascon, qui envisageait sérieusement de se faire naturaliser américain.

De tous les hommes qu'il avait approchés, Gustave était celui qui inspirait à Dandrige le plus de confiance. De race forte et sincère, le Gersois dissimulait sous sa truculence méridionale et ses appétits une sensibilité et une intelligence qui en faisaient un confident privilégié. Mieux que Charles, il avait compris la complexité et apprécié le charme étrange de Virginie. Plus que Charles aussi, il aimait Bagatelle et se complaisait dans l'envoûtement de la vieille demeure.

– Vous devriez reprendre Bagatelle, lui dit un jour Dandrige, en attendant que Gratien soit en âge.

– Je n'ai pas votre vocation, ni votre tempérament. J'ai déjà beaucoup donné à Charles dans ma vie. Maintenant, j'ai une femme et deux enfants. C'est à eux que je me dois d'abord. Si j'étais seul, alors, peut-être pourrais-je être, toute proportion gardée, le Dandrige des Vigors.

– Je comprends, mais Bagatelle...

– Charles n'a jamais aimé Bagatelle, vous le savez bien. C'est un citadin, un animal urbain, un homme de relations. Une plantation, c'est comme un bateau qui fait sans arrêt la traversée d'une saison à l'autre. La terre, comme la mer, comporte des incertitudes. Certains voyages sont difficiles. Il y a des caps à doubler et des périodes de calme plat qu'il faut savoir occuper. Charles ne dirigera jamais Bagatelle lui-même, il lui faudra toujours un intendant...

Ce que Gustave n'osait pas dire – mais Dandrige, se demandait-il, ne le savait-il pas depuis longtemps – c'est que, lui disparu, la plantation serait fermée..., peut-être vendue.

Ce fut à l'occasion d'un séjour de Dandrige chez les Castel-Brajac que l'intimité de l'intendant et de Gustave fit un nouveau pas. Les deux hommes, devant la cheminée du salon, venaient d'allumer leur cigare. A la force du vent qui secouait les arbres, à la fréquence des rafales de pluie qui battaient les vitres, à l'attitude de Mic et Mac couchés dans le hall d'entrée, mais attentifs à la colère du ciel, on pouvait craindre l'approche d'un ouragan.

– Votre observatoire tiendra-t-il? s'enquit Dandrige.

– Il tiendra! Les haubans d'acier peuvent résister à des vents de plus de cent kilomètres à l'heure...

Gustave allait se lancer dans une description de ces fameux haubans qu'il avait fait venir de France, quand le heurtoir de la porte fut frénétiquement agité.

– Il faut être complètement fou pour mettre le nez dehors aujourd'hui si on n'est pas obligé, dit Gloria en traversant le salon, afin de voir quel individu pouvait correspondre à la définition qu'elle venait de donner.

Gustave et Clarence reconnurent tout de suite la voix de Willy Tampleton.

– Sale temps, nom de Dieu!

– C'est pas jurer qui fera tomber le vent, général... Mais qu'est-ce que ce paquet?

En entendant Gloria s'exclamer ainsi, les deux fumeurs s'approchèrent juste assez tôt pour voir Willy dégoulinant de pluie démailloter d'un vieux poncho de l'armée confédérée la petite Stella, décoiffée par la toile caoutchoutée, mais aussi sereine que si elle descendait d'un carrosse. Mic et Mac, frétillant de la queue, reniflèrent l'enfant puis s'en retournèrent à leur garde inquiète.

– Quelle idée de promener un enfant par ce temps, général!

– Nécessité fait loi, mon vieux... Je voudrais vous la confier quelques jours... Isabelle vient de recevoir une dépêche de Washington, Percy est au plus mal, nous devons partir demain matin avec mes nièces.

Willy prit le temps d'avaler un verre de vin chaud, d'expliquer que le représentant souffrait d'une congestion cérébrale, puis il embrassa Stella, qui réclamait Augustine.

– Elle dort, à cette heure-ci, et nous allons te coucher aussi, ça te réchauffera.

Tampleton parti, Dandrige, qui n'avait jamais eu l'occasion de voir Stella, se mit à observer la petite fille sagement assise près du feu pendant que les domestiques et Gloria s'activaient pour lui préparer un lit.

Plus la petite fille de l'avocat métis, Thomas English, grandissait et plus les caractères indiens, qu'elle ne tenait cependant que de sa grand-mère paternelle, paraissaient s'accentuer : membres fins, visage régulier, nez busqué et légèrement épaté, teint mat, cheveux noirs sans aucune ondulation et rebelles à toute coiffure autre que les tresses, grands yeux fendus en amande et remontant vers les tempes. Seul le regard était inattendu.

Stella, au contraire des Indiennes, possédait des yeux clairs, d'un gris-vert très doux et pailletés de reflets dorés.

– Elle a des yeux, cette petite, qui seront la perdition de son âme, comme on dit chez nous, car ce sera une belle fille, n'est-ce pas, Dandrige?

– J'ai rencontré autrefois, quand je jouais à l'ethnologue, de fort belles Indiennes, Gustave, chez les Choctaws notamment.

– Ma grand-mère était choctaw, monsieur, intervint timidement Stella.

– Vraiment? De quelle tribu? Le sais-tu?

– Oh! non, papa m'avait dit que sa maman était une princesse choctaw qui habitait Saint Louis, monsieur, c'est tout.

Cette brève conversation avec la petite fille recueillie par Tampleton rendit Dandrige pensif. Castel-Brajac mit cela sur le compte de cette nostalgie de leur jeunesse que ressentent tous les hommes âgés quand un événement, une rencontre ou une vieille lettre d'amour oubliée vient la leur rappeler.

– Où vivaient-ils, ces Choctaws, en Louisiane?

– Si l'on veut, à l'époque où la Louisiane était un immense territoire et non un État américain moyen. Les Choctaws résidaient surtout dans l'Alabama et le Mississippi jusqu'à ce que les Blancs les forcent à s'établir sur les rives de l'Arkansas, comme les Creeks et les Cherokees. C'était un petit peuple heureux, rieur et accueillant à l'étranger. Leur légende originelle explique qu'à l'époque où la terre était plongée dans la nuit les Choctaws virent du côté du nord une grande lumière. Ils se réjouirent en pensant que c'était le jour. Mais il s'agissait du déluge, de grandes mares d'eau argentée qui roulaient sur la terre. La plupart des Choctaws furent noyés, sauf quelques familles qui eurent le temps de construire un radeau, qui n'est pas sans ressemblance avec l'arche de Noé.

– Puisque le déluge s'étendit à toute la terre, pourquoi les Choctaws n'auraient-ils pas eu la même idée que d'autres sur d'autres continents?

– Je n'ai jamais connu plus grands joueurs de balle que les Choctaws, reprit l'intendant. Je les ai vus parfois se réunir à six ou huit cents sur une grande prairie. Après avoir mesuré le terrain, qui devait avoir au moins deux cent cinquante mètres de longueur, ils plantaient à chacune des deux extrémités deux poteaux de quatre mètres de haut espacés de deux mètres et reliés entre eux au sommet par une barre transversale. Au centre du terrain ainsi délimité, ils enfonçaient un bâton pour indiquer l'endroit où la balle serait remise en jeu chaque fois qu'elle aurait été jetée entre les poteaux de l'un ou l'autre camp ou que les arbitres, un groupe de vieillards, le décideraient. Chaque joueur disposait de deux longs bâtons, un pour chaque main, se terminant par des sortes d'épuisettes peu profondes, ou plutôt deux raquettes tendues de filets souples. Avec une adresse stupéfiante, les joueurs attrapaient la balle entre leurs palettes et la renvoyaient à un partenaire mieux placé ou la lançaient directement entre les poteaux de l'équipe adverse. Pendant le jeu, les femmes, les vieillards et même les enfants pariaient comme des marins anglais jusqu'à leurs couteaux, leurs boucles d'oreilles et même leurs pagnes et leurs pots à soupe. C'était un peuple heureux, conclut Dandrige, sans complications, ignorant l'hypocrisie et doué d'un grand sens de la justice...

Peut-être, en s'animant jusqu'à oublier de tirer sur son cigare, l'intendant aurait-il continué à tresser des lauriers au bon peuple choctaw si Gloria, qui venait de border Stella, apparaissant dans le salon, ne l'avait interrompu :

– Regardez, monsieur Dandrige, regardez ce que Stella porte autour du cou. Je viens de comparer, c'est la reproduction réduite, mais exacte, de ce talisman indien que vous nous aviez donné pour protéger la maison de l'eau et du feu, quelle coïncidence!

– Montrez, dit vivement Clarence, arrachant presque le pendentif des mains de Mme de Castel-Brajac.

Gustave vit que la main de l'intendant tremblait, tandis qu'il examinait avec une étonnante concentration le losange de bois sculpté qui se serait aisément inscrit dans une pièce de cinq dollars. Un lacet de cuir noir, lustré par le contact de la peau, traversait l'un des angles de l'amulette.

L'examen de Dandrige fut si long et si minutieux que Gloria et Gustave échangèrent discrètement des regards interrogateurs. Finalement, l'intendant retourna lentement l'objet, comme s'il hésitait à en consulter le verso. Castel-Brajac et sa femme, que l'attitude du vieillard commençait à intriguer, le virent nettement sursauter comme quelqu'un qui vient de recevoir un coup.

– Homachsch Kakatohs... Grande Étoile, dit-il enfin, le regard perdu sur les braises du foyer.

Gustave se retint de poser des questions. Il attendit que Dandrige, ayant rendu à regret, semble-t-il, la plaquette de bois sculpté à Gloria, parle de lui-même.

– D'où Stella tient-elle ce bijou?

– De sa grand-mère, m'a-t-elle dit... C'est son père qui le lui a passé au cou la veille de sa mort.

– Très bien, dit Clarence Dandrige en se levant avec une certaine vivacité. Veuillez m'excuser, Gloria, mais je dois parler seul à seul avec Gustave.

Impressionnée par le ton impératif de leur ami et stupéfaire de le voir si pâle, Mme de Castel-Brajac s'empressa de quitter le salon, dont elle ferma avec soin la porte.

L'intendant ayant retrouvé son calme, comme toujours quand une décision grave était prise, ralluma son cigare, accepta le demi-verre de porto que Gustave, prêt à être un auditeur attentif, venait de lui verser et commença :

– Je me vois contraint, mon cher Gustave, de vous raconter mon histoire [1]. Trois personnes seulement la connaissaient, Adrien de Damvilliers qui l'apprit dès notre rencontre, le docteur Murphy la sut plus tard, et c'est à ma demande que ce dernier en informa Mme de Vigors. Il s'agit d'une aventure tragique survenue dans ma

---

1. Voir *Louisiane.*

jeunesse et qui a décidé, vous comprendrez pourquoi, de mon comportement au cours de toute ma vie... En 1822..., j'avais alors dix-huit ans, je partis à Prairie-du-Chien pour faire une étude ethnologique des Indiens choctaws, car je me destinais alors à cette science toute nouvelle qui n'avait encore que peu d'adeptes...

12

Fidèle au rendez-vous fixé, Charles de Vigors apparut le 25 novembre à Bagatelle, seul et pressé, car il ne comptait y faire qu'une brève étape sur la route de Chattanooga (Tennessee) où l'appelait une grosse affaire. Les comptes que lui rendit Clarence Dandrige ne pouvaient que le satisfaire. La cueillette du coton avait fourni 2 200 balles de 450 livres pour lesquelles l'intendant venait de trouver preneur à 11,28 cents la livre, ce qui laissait un large bénéfice malgré les dépenses occasionnées par l'achat de nouvelles machines et les travaux de réfection de la maison. La canne à sucre et le maïs, productions moins aléatoires, donnaient les résultats attendus. Pour la première fois, une centaine de pacaniers plantés sept ou huit ans plus tôt commençaient à produire des noix de belle qualité à la coque en forme de cocon, lisses, brunes et brillantes, qu'un grossiste du Nord s'était engagé à acheter. Tous frais d'exploitation déduits, ainsi que les gages des ouvriers, c'est près de 100 000 dollars que rapportait cette saison-là la plantation.

Charles s'en déclara enchanté, mais, analysant avec soin la comptabilité claire et minutieuse tenue par Dandrige, l'avocat se prit à penser que le train de maison, qui, des palefreniers au maître d'hôtel en passant par les jardiniers, la cuisinière, les femmes de peine, la lingère, etc., comprenait tout de même dix-sept personnes, pourrait être sensiblement allégé.

Cette domesticité pléthorique héritée du temps de l'esclavage, alors que les serviteurs ne coûtaient guère que la nourriture qu'ils absorbaient et quelques vêtements ou livrées, ne se justifiait plus depuis la mort de Mme de Vigors.

Restait l'intendant. Charles ne savait comment traiter cet homme estimable et précieux, qui depuis cinquante ans dirigeait Bagatelle. La position de Dandrige lui paraissait particulière et même, depuis un certain nombre d'années, équivoque. N'était-il que l'homme de confiance scrupuleux et fidèle que l'on considérait avec raison en membre d'une famille dont il avait toujours défendu les intérêts comme les siens propres, ou depuis le second veuvage de Virginie n'était-il pas devenu davantage? Charles, pour en avoir parlé avec Castel-Brajac, savait que des liens affectifs, indéfinissables en termes courants, devaient exister entre sa mère et cet homme dont la rigueur morale forçait le respect. Si l'avocat s'était laissé aller à son impulsion, il aurait immédiatement mis la plantation en sommeil. Il n'avait jamais eu grand plaisir à y résider et se souciait peu d'exploiter lui-même un domaine qui rapportait par année, sous l'excellente gestion de Dandrige, moins qu'un seul bon procès ou qu'une belle affaire. Peut-être aurait-il même vendu ces terres, épuisées par le coton, et qui réclamaient chaque année plus d'engrais et plus de soin. Quand il avait évoqué avec Liponne et le père de celle-ci la destination future de Bagatelle, le Cajun et sa fille, terriens dans l'âme, étaient tombés d'accord pour lui conseiller de renoncer à l'exploitation, mais de conserver, même en friche, un domaine qui, au fil des années, ne ferait que prendre de la valeur. Dandrige, Charles l'avait appris avec beaucoup d'étonnement, allait avoir soixante-quatorze ans. C'était un grand âge. Un âge, en tout cas, où l'on ne change pas aisément ses habitudes. Disposant d'un appartement et d'un valet personnel, il suffirait peut-être de lui laisser Anna et, à la rigueur, une lingère pour tenir son ménage.

Cela supposait, bien sûr, que l'on fermât la grande maison, ce qui permettrait de licencier bon nombre de gens qui en assuraient le service et l'entretien. Un palefrenier suffirait aux écuries, l'intendant n'étant pas obligé de conserver autant de chevaux et de mules, et deux des trois jardiniers pourraient ainsi être renvoyés. Car peu importait maintenant à Charles qu'on entretînt ou non des massifs de fleurs rares ou fragiles dont, en tant que propriétaire de la plantation, il n'aurait guère l'occasion de jouir, Liponne n'ayant aucun plaisir, elle non plus, à villégiaturer à Pointe-Coupée.

C'est encore en examinant les comptes des années antérieures que l'avocat s'aperçut que Clarence Dandrige avait renoncé à ses gages annuels pendant les dix années de misère supportées par le Sud. Calculant largement, il établit pour l'intendant un chèque de 50 000 dollars, car il le savait dénué de tout bien ou propriété.

Hésitant à aborder les questions en suspens, Charles de Vigors, à l'issue du second dîner qu'il prit à Bagatelle, la veille de son départ, commença par demander à Dandrige, dont il connaissait l'érudition, de lui faire un petit cours d'histoire sur la colonisation de la Louisiane. Cette année-là l'Athénée louisianais, société francophone et francophile qui rassemblait l'élite créole d'origine française, proposait pour thème de son concours littéraire de 1879 « un éloge de Bienville ». Le texte retenu devant être publié dans *Les Comptes rendus*, revue de la société à laquelle toutes les familles de quelque importance étaient abonnées, Charles désirait concourir afin de se donner une position littéraire, comme il avait déjà des positions politique, mondaine et dans les milieux d'affaires. Il savait, d'autre part, que des bas-bleus amies de Liponne allaient participer au concours réservé aux femmes dont le thème était des plus sudistes : « La femme louisianaise, avant, pendant et après notre dernière guerre. »

– Si je remportais la palme, mon cher Dandrige, cela me ferait un peu de réclame dans la colonie française forte de 30 000 âmes et parmi tous les « parlant français » dont on évalue le nombre à 250 000.

– C'est bien volontiers que je vous parlerai des premiers temps de la colonisation, mais je puis faire davantage peut-être. J'ai prévu en effet de vous remettre un document qui vous revient de droit : cette « histoire des Damvilliers », devenue depuis la mort de Pierre-Adrien « l'histoire de Bagatelle », que j'ai commencé à rédiger en 1825, à la demande du marquis de Damvilliers, le premier mari de votre mère. Tous les événements politiques, économiques et familiaux de quelque importance y sont consignés... jusqu'à la mort récente de Mme de Vigors. Un arbre généalogique l'accompagne. Cela représente cinq forts volumes de manuscrits... Vous aurez de la lecture.

Charles, qui ne tenait pas à se charger d'une pareille documentation pendant son voyage à Chattanooga, proposa à Dandrige de remettre ces écrits à Gustave, qui les lui apporterait à l'occasion de son prochain séjour mensuel à La Nouvelle-Orléans.

– Je suis certain, ajouta l'avocat, qu'il sera enchanté de lire ça... Il est plus féru de l'histoire bagatellienne que moi-même.

– Il s'agit, Charles, d'affaires de famille, parfois assez intimes, fit observer l'intendant.

– Gustave et moi n'avons pas de secrets l'un pour l'autre, mon cher Dandrige...

Comme la soirée s'écoulait, Charles dut enfin en venir au vif du sujet. Il remit tout d'abord à Dandrige le chèque qu'il avait préparé. Contrairement à ce qu'il craignait, l'intendant considéra le montant, le trouva exagéré, mais empocha le billet en se déclarant heureux que le rétablissement financier de l'exploitation puisse permettre à Charles cette générosité.

– Ce n'est que justice, se défendit M. de Vigors, qui aussitôt répéta la question posée quelques semaines plus tôt : Comment voyez-vous l'avenir de Bagatelle?

– C'est à vous d'en décider, pas à moi, cher Charles. Je suis un vieillard fatigué et, grâce à ce que vous venez de me remettre, largement à l'abri du besoin jusqu'à sa mort.

– Si je savais que cela ne soulève nulle objection de votre part et ne puisse vous causer aucun chagrin, eh bien! je fermerais la maison et je laisserais les terres... se reposer quelques années. Et il me plairait assez que vous, qui avez si durement travaillé toute votre vie pour les maîtres de ce domaine, puissiez vous reposer aussi, fréquenter vos amis, lire, chasser. Vous jouissez d'un appartement confortable, vous retiendrez les domestiques qui vous seront nécessaires et agirez comme il vous plaira...

Bien qu'il soit préparé à une telle solution, Clarence Dandrige, peut-être parce qu'il était vieux et un peu las, sentit son cœur battre plus vite. « Fermer la maison » signifiait pour lui perdre tout ce qui restait de Virginie dans ce décor construit par elle où sa longue présence avait donné aux meubles, aux objets, une sorte de patine invisible à quiconque, que lui Dandrige décelait dans la position d'un vase, dans l'usure d'un accoudoir, dans le fouillis du casier à musique.

– Très bien, dit-il à Charles, c'est pour vous la solution la plus sage. Votre vie et votre carrière sont ailleurs et il vous faudrait trouver un jour ou l'autre prochain sans doute un intendant pour me remplacer. Pensez à Gratien, cependant, qui a l'air d'aimer Bagatelle...

– Il est bien jeune pour avoir des penchants, Dandrige. Puisque tout est réglé, j'aimerais aller au lit. Je dois prendre demain un train pour Jackson.

– Tout est réglé en effet. Je congédierai les nègres et les domestiques. Il serait bon toutefois que vous prévoyiez un gardien sérieux, logé à demeure. Je pense à Brent qui connaît la maison. On pourrait lui laisser un cheval et une carriole et peut-être Colin, le palefrenier, pour l'aider à assurer un minimum d'entretien. Je pense que la vieille Anna souhaitera finir sa vie entre son gendre et sa fille.

– Mais vous devez aussi prévoir... des gens pour votre service. Je ne voudrais pas que vous réduisiez votre confort.

– Partez, tranquille, Charles, mon confort est assuré. Je ferai pour le mieux.

L'intendant se déplia lentement, émergeant de son fauteuil avec la dignité d'un grand prêtre à la fin de l'office. Il serra la main de Charles et se dirigea vers la porte pour regagner, comme chaque soir depuis toujours, sa chambre de célibataire au bout de la galerie. C'est alors que le fils de Virginie l'arrêta d'un geste.

– Dites-moi, Dandrige, j'aimerais vous poser une question. Il ne s'agit pas, croyez-moi, de satisfaire une curiosité malsaine ou de percer des secrets qui ne peuvent m'appartenir, mais seulement d'essayer de mieux comprendre ce qu'a été la vie de ma mère et aussi de vous mieux connaître...

Dandrige pivota sur ses talons et fit face à son interlocuteur avec une vivacité animale. Son regard, au profond des orbites sombres, était celui d'un félin sur la défensive au seuil de sa tanière. Charles le crut phosphorescent, tant il lui parut intense, pénétrant et lumineux.

– Vous voulez savoir, n'est-ce pas, si j'ai été l'amant de votre mère? De la part d'un homme qui a tant de maîtresses, ce n'est même pas une question indiscrète. Eh bien! non. Soyez déçu ou rassuré, je n'ai été l'amant ni de Virginie Trégan, ni de la marquise de Damvilliers, ni de la baronne de Vigors, ni même de la dame de Bagatelle... Je n'ai été toute ma vie auprès d'elle... qu'un... intendant fidèle, intègre et respectueux... comme celui de la Parabole. Voilà pour la chair qui tant vous préoccupe. Quant aux passions de l'esprit..., elles sont impondérables, libres et secrètes!

La porte-fenêtre du salon donnant sur la galerie souligna d'un claquement sec le dernier mot. Charles se prit soudain à détester Dandrige, comme l'ignorant déteste celui qui sait.

– Quelle sortie pour si peu de chose! murmura-t-il en jetant un regard de biais au portrait de Virginie, dont il remarqua pour la première fois que le sourire vu sous un certain angle pouvait aisément passer pour énigmatique et méprisant.

« Le diable est froid, même comme amoureux [1]... », cita-t-il mentalement en gagnant sa chambre, car il trouvait à l'intendant une autorité démoniaque.

Aussitôt après le départ de Charles, Clarence Dandrige envoya Colin prévenir Gustave de Castel-Brajac qu'il souhaitait le voir à Bagatelle le lendemain.

Puis, comme un capitaine venant d'apprendre que son navire est désarmé, doit licencier l'équipage, verrouiller les écoutilles, déborder les voiles et emmailloter le chadburn, Clarence Dandrige se mit en devoir d'anesthésier Bagatelle. Ce que la guerre civile et les plus mauvaises années de la Reconstruction n'avaient pu obtenir, le désintérêt du nouveau maître le provoquait au moment où la prospérité semblait rétablie.

Clarence, avec beaucoup de précautions oratoires, prévint Brent qu'il ne renouvellerait aucun des contrats des travailleurs, puis il lui annonça qu'il devenait, lui, l'ancien esclave, le gardien de cette plantation où il était né. Il aurait à veiller à ce que les ouragans ne fassent pas trop souffrir les huisseries, à ce que les pluies d'automne ne trouvent pas d'insidieux chemins sous les toits pour ouvrir des gouttières. Peut-être lui faudrait-il aussi défendre la vieille maison contre des pillards éventuels. Il proposa également à l'ancien secrétaire du Bureau des affranchis de prendre chez lui la vieille Anna, sa belle-mère, et lui alloua un salaire de trente dollars par mois.

Colin, Citoyen, les femmes de peine, les jardiniers, tous ceux et celles qui constituaient ce petit monde aimable et paisible se montrèrent fort ennuyés. Brutalement, une sécurité qu'ils croyaient acquise pour longtemps leur était enlevée. Certes, l'ouvrage ne manquait pas et les certificats distribués par M. Dandrige étaient élogieux, mais retrouveraient-ils des maîtres de cette qualité, exigeants mais justes, capables de générosités inattendues aux jours de fête, et qui ne fermaient pas à clef les portes des placards à provisions ni des celliers?

Anna se mit à pleurer aussi fort qu'au moment de la mort de sa maîtresse. Elle n'avait connu dans sa vie d'esclave que deux plantations et deux familles, les Barrow et les Damvilliers. Devenue libre, elle considérait l'office et les cuisines de Bagatelle comme son domaine personnel. Se retrouver à la charge de son gendre ne lui plaisait guère, même si ce dernier se déclarait satisfait de voir arriver sous son toit une belle-mère excellente cuisinière.

– C'est vous qui aurez les clefs de la maison, Anna. Et vous devrez venir l'aérer régulièrement et veiller à ce que la poussière ne submerge pas tout. Et puis, quand M. Charles sera là, vous reprendrez du service tout naturellement.

---

1. Henri Heine : *De l'Allemagne*.

– Oh! m'sieur Dandrige, j' suis ben tranquille que m'sieur Charles y viendra pas souvent. C'est un homme de la ville, lui. Un maringouin le fait courir et il ose même pas ramasser une araignée. L'autre fois, qu'un ouaouaron s'était rentré dans la toilette, il a crié comme après un voleur.

L'intendant avait à peu près accompli sa désagréable besogne, quand Willy Tampleton se présenta. Anna prit plaisir à servir les deux amis et le repas fut un vrai festin. A Washington, on avait fait à Percy des funérailles impressionnantes et, dans une semaine, sa dépouille arriverait à Fausse-Rivière, transportée depuis la capitale fédérale aux frais de l'État.

– Eh! vivre longtemps n'est finalement pas drôle, fit Willy qui, de plus en plus, se livrait aux consolations du porto. Voyez-vous, Dandrige, j'ai deux ans de moins que notre pauvre Virginie, mais, tout de même, ça va me faire bientôt soixante-quatre ans. Quand je regarde autour de moi, je vois de moins en moins de gens à qui je peux dire : vous vous souvenez du grand ouragan de 45 ou de la catastrophe du *Zebulon Pike*.

– Que devrais-je dire, moi qui ai dix ans de plus que vous!

– Ah! vous êtes comme moi. Nous autres, nous pouvons nous vanter d'avoir vu encore les Indiens vivre dans un état d'heureuse sauvagerie... Aujourd'hui, on dit que les Peaux-Rouges vont se donner en spectacle avec ce saltimbanque de William Cody.

Puisque le général, légèrement éméché, en était au chapitre des Indiens, un de ses sujets favoris, Dandrige le pria de lui parler encore du père de Stella. Willy s'exécuta et conclut :

– Pour un métis, ce type n'était pas bête, ni déloyal. Je crois même que c'était un homme intelligent et malheureux, oui, malheureux d'être ce qu'il était...

– Mais au physique, à quoi ressemblait-il?

– Une espèce de grand gaillard efflanqué, tout en nerfs probablement... Et alors il avait des yeux curieux, pas des yeux d'Indien, ni de métis. Des yeux pâles, un peu verts ou un peu bleus comme en ont souvent les marins... J'ai remarqué. Tiens, des yeux un peu comme les vôtres quand vous êtes en colère, des yeux où on peut lire ce qui risque de se passer si on ne parvient pas à arranger les choses...

Quand Tampleton se leva, non sans difficulté, pour regagner les Myrtes, il confessa à Dandrige que rentrer dans une maison où quatre femmes, sans compter la cuisinière, pleuraient son frère Percy le rendait profondément mélancolique.

– Vous savez, Dandrige, que Percy s'était un peu arrangé ces dernières années, mais pendant très longtemps la pauvre Isabelle et ses filles n'ont pas été à la noce, hein! Eh bien! mon vieux, elles ont oublié toutes les misères qu'il leur a faites. C'était le meilleur des époux et le père le plus affectueux, disent-elles entre deux sanglots... Enfin, c'est aussi bien comme ça!

L'intendant aida le général, sérieusement éméché, à prendre place dans son cabriolet, dont il alluma la lanterne.

– Heureusement que cette vieille carne connaît le chemin, reconnut le manchot.

– La nuit est particulièrement sombre, vous pourriez dormir ici.

– Sombre ou pas, la nuit, ça m'est égal; quant à Tempête, elle est à demi aveugle et puis mes pleureuses m'attendent... A bientôt, ami!

Clarence regarda s'éloigner sous les chênes le cabriolet du vieux soldat. Voilà longtemps que, côte à côte, ils participaient ensemble à la vie dans ce lieu béni du Sud.

En regagnant son appartement, ses chiens sur les talons, Dandrige estima que le hasard n'avait pas manqué de générosité, à son égard, puisque c'était son plus ancien complice, Willy Tampleton, qui lui avait apporté la révélation, à la fois humaine et désespérante, que son infime jeunesse n'était pas restée sans conséquences.

Quand, répondant à l'invitation ou plutôt à l'appel de Clarence Dandrige, Castel-Brajac se présenta au milieu de la matinée à Bagatelle, il trouva son vieil ami souriant et serein comme il ne l'avait plus vu depuis la mort de Mme de Vigors.

– Si nous montions « là-haut », proposa l'intendant, nous y serions à l'aise pour parler. Anna nous prépare un gombo de poulet et un gâteau au chocolat. Nous avons deux bonnes heures avant midi.

Gustave acquiesça. Dandrige siffla ses chiens et les deux hommes se mirent en route en bavardant de choses et d'autres, du prix du miel et de la première dent de Félix, le fils du Gascon, qui ne se gênait pas pour pousser des clameurs au milieu de la nuit. Lentement, ils gravirent le tertre des trois chênes, s'arrêtant parfois pour apprécier le coup d'œil sur le plat paysage. Après une période de pluie et de vent, novembre s'achevait avec un regain de soleil, une aubaine de lumière qui tiédissait les champs où les feuilles des cotonniers viraient au brun sombre en se desséchant. Sur le fleuve, les vapeurs, rendus difformes par leurs chargements de balles en toile de jute, bourrées à craquer du coton de l'année, se suivaient en désordre, comme d'énormes canards gris à col noir. La richesse de la terre s'en allait ainsi au fil de l'eau jusqu'à La Nouvelle-Orléans. Les prairies, brûlées par l'été, se couvraient par endroits de taches vert tendre que les bestiaux lapaient avec application. Dans une grande clairière rectangulaire, les pacaniers, ronds comme ces ifs ou ces fusains adroitement taillés par des jardiniers-paysagistes, semblaient attendre que l'on vînt inspecter leurs rangs impeccablement alignés. Un ciel pervenche, sans un nuage, reposait sur l'horizon des forêts comme une cloche d'opaline, enfermant cette heureuse part d'univers que l'œil possédait.

Parvenus au sommet du mamelon, près de la tombe de Mme de Vigors dont la dalle disparaissait à demi sous des feuilles arrachées aux arbres par la dernière tempête, Clarence et Gustave s'assirent sur le banc, qui depuis les funérailles de la dame de Bagatelle avait été consolidé et repeint.

Mic et Mac, détestant la fraîcheur du gazon sous les chênes, s'allongèrent sans façon sur la pierre tombale, offrant ainsi l'image de ces chiens de marbre qui veillent les gisants des princes ou des rois.

Ayant ôté son chapeau et croisé ses jambes de faucheux, Clarence Dandrige tira de sa poche une mince enveloppe.

– Mon cher Gustave, étant donné ce qu'a été ma situation au long de mon existence, je n'ai jamais eu personnellement besoin des services d'un notaire. Je n'ai ni fortune, ni biens, ni parenté. Me voilà donc fort démuni au moment où, n'étant pas éternel, je dois me préoccuper tout de même de certains arrangements... *post-mortem*. Puis-je vous demander de conserver ceci jusqu'à ce que je sois parti pour ce que d'incorrigibles optimistes appellent un monde meilleur?

– J'allais bêtement répondre : avec plaisir, fit le Gascon en acceptant le pli. Faites tout de même que j'aie à l'ouvrir le plus tard possible.

– Cette question étant grâce à vous réglée, je dois vous informer que Charles a décidé de fermer Bagatelle.

– Comment ça... fermer! Arrêter les cultures et boucler la maison?

– Exactement!

– Mais, boun Diou, il est fou. Renoncer au coton, à la canne, aux noix, abandonner ces terres, si bien domestiquées, aux orties et aux ajoncs et aux rats et à la poussière, cette vieille maison pleine des souvenirs de sa mère... Quelle mouche l'a piqué?

Dandrige eut un geste évasif de la main traduisant son ignorance.

– Mais... et vous, que devenez-vous dans tout ce chambardement? Il ne vous congédie pas comme... un intendant, tout de même!

Dandrige expliqua les décisions prises, le licenciement du personnel et rassura Gustave quant au sort de l'intendant.

– Je vais vous dire, monsieur Dandrige, Charles n'aime pas la terre. D'abord, il ne met jamais les pieds à Feliciana Garden où règne comme un despote Mallibert. La nature de Charles le porte à vouloir posséder illico ce qu'il convoite, bien qu'il soit capable de préparer de longue main une conquête, quand il s'agit d'une femme ou d'un paquet d'actions des chemins de fer. Or la terre, c'est la patience, l'incertitude, l'effort qui n'est pas toujours récompensé. Et puis il y a autre chose. Bagatelle, c'est le fief des Damvilliers, pas celui des Vigors, qui depuis des générations ne possèdent en fait de terres que les six pieds qu'il a fallu pour les enterrer les uns et les autres aux quatre coins du monde, sous les remparts d'Antioche ou les faubourgs de Puebla. Et je me demande si en « désarmant » Bagatelle notre homme n'éprouve pas une petite jouissance. En rendant ces champs et ces pâtures aux forêts et aux marais des origines, il efface les travaux des orgueilleux marquis dont son père, le colonel, a chaussé les bottes.

Les deux hommes évoquèrent encore d'autres aspects du changement provoqué par la décision de M. de Vigors, puis le Gascon conclut :

– C'est égal ! J'imagine ce que vous devez ressentir, quel déchirement ce doit être pour vous. Après avoir perdu la plus précieuse des amies, voilà qu'on vous prive de la plantation, de cette entreprise que vous avez sauvée du désastre de la guerre, de cet instrument que vous avez remis en état et perfectionné avec tant de foi... Quel ingrat !

Clarence interrompit net le réquisitoire dans lequel risquait de se lancer le Gascon en saisissant affectueusement le bras de celui-ci.

– Non, Gustave, nous sommes, vous et moi, au-delà des conventions de la gratitude ou de l'ingratitude. Nous savons l'un et l'autre que certains êtres ne sont pas faciles à aimer. Celui qui se dit leur ami doit s'interdire de les juger à l'aune commune. Laissons les triviales compensations des torts et des raisons. Tout cela est sans importance pour qui s'apprête à quitter une scène dont d'autres, dont c'est la vocation, tiennent si fort à occuper le devant.

– *Ils ne comprennent pas, ces amants de la gloire,*
Le bonheur de vivre inconnu, déclama Castel-Brajac.

– *Et de partir après comme l'on est venu,* enchaîna Dandrige.

Les deux amis échangèrent un sourire satisfait de leur complicité.

Ainsi, les choses graves étant dites, l'intendant se recoiffa et donna le signal de la descente vers la maison, dont la blancheur en contrebas filtrait entre les frondaisons des chênes comme une lumière inamovible.

En passant près de la tombe de Virginie, Dandrige balaya de la main quelques feuilles éparses.

– Voulez-vous que je nettoie ça? proposa aimablement Castel-Brajac, prêt à utiliser son panama comme balayette.

– A quoi bon, Gustave. Ce n'est qu'une pierre. S'il subsiste quelque part dans la création un atome subtil de ce que fut Virginie, croyez-vous que ce soit sous cette dalle? Les tombes ont ceci de rassurant, mon ami, c'est qu'elles nous permettent à tout moment, si quelque doute macabre nous prenait, de vérifier qu'un être a charnellement existé comme un vêtement abandonné indique qu'il y a eu quelqu'un pour le porter. Un hasard nous a projeté dans la vie, un hasard identique nous en extirpe. Méfiez-vous des méditations sur la mort, comme disait Montaigne, elles sont inutiles, scabreuses ou distrayantes. Il n'est pas une capucinade ni une pure exaltation mystique capable d'en dire plus qu'Hamlet : *Etre ou ne pas être, voilà la seule alternative.*

Tandis qu'ils redescendaient le sentier, étroite spirale de gravier entourant le mamelon, et que Mic et Mac folâtraient, aboyant après un cardinal ou reniflant une taupinière, Gustave, qui marchait derrière l'intendant, se demandait comment ce dernier passerait ses journées dans une plantation déserte.

Après le déjeuner, avant que Castel-Brajac ne reprenne la route de sa maison de Fausse-Rivière, Dandrige lui confia un volumineux paquet.

– C'est l'histoire de Bagatelle, depuis les souvenirs du premier marquis de Damvilliers jusqu'à la mort de Mme de Vigors. Charles m'a demandé les manuscrits, vous pouvez en prendre connaissance.

– Est-il un peu question de vous là-dedans?

– Je n'ai été qu'un témoin, Gustave, au long de cette longue idylle entre les hommes et cette terre du bord du fleuve... Embrassez Gloria et les enfants...

A la fin de l'après-midi, Dandrige se rendit chez Télémaque, qu'il avait autorisé, étant donné ses infirmités et son grand âge, à demeurer dans la case que le vieux serviteur occupait depuis l'incendie du village des esclaves.

Sur la minuscule galerie, l'intendant s'assit sur une chaise défoncée et écouta un moment celui qui, autrefois, courait plus vite que les autres, pour apporter au maître la première fleur de coton.

– Vous vous souvenez, m'sieur Dand'ige, quand on chantait pour les fêtes du coton? Le jour où m'sieur Marie-Adrien, il a fait descendre son grand piano sous les chênes pour nous accompagner... et le jour où m'sieur Pierre-Adrien y s'est noyé là-bas dans la mare et la noce de mamselle Pom Pom, hein! Vous vous rappelez? Ah! dire qu'on a vu tout ça, nous autres, et que maintenant ceux qui viendront y verront rien de cette vie qu'on a connue. Y a des jours, m'sieur Dand'ige, qu'on était bien malheureux d'être esclaves et de travailler et de se faire houspiller sans pouvoir rien répondre et battus quelquefois par le contremaître..., mais c'était notre vie et, plutôt que partir, j'aimerais mieux la recommencer. N'importe comment, je vivrai pas le prochain coton, moi, je suis trop vieux et malade.

Quand le Noir à la toison blanche fut à court de jérémiades séniles et d'anecdotes cent fois rabâchées, Dandrige lui demanda une certaine tisane. Sans un mot, le vieillard se leva péniblement et disparut dans l'obscurité de la case. Il revint avec un minuscule sachet que l'intendant empocha. Une pièce de cinq dollars changea de main et Télémaque se rassit après avoir remercié l'intendant, qu'il regarda s'éloigner d'un œil fixe en remuant encore de très anciens souvenirs ou de curieuses pensées.

C'est ce soir-là que la grosse Anna dut évacuer sa cuisine et son office. Citoyen, maître d'hôtel stylé, avait été embauché par Castel-Brajac. Les deux filles de peine et Colin avaient trouvé à se caser chez Oswald, qui venait de faire une bonne récolte et voyait sa plantation remise à flot. Les jardiniers et les autres domestiques se dispersaient.

A la tombée de la nuit, la maison vide et silencieuse, volets clos et portes verrouillées, parut tout à coup plus vieille d'un siècle. Seule l'animation que mettaient derrière ses murs de bois peint des êtres de chair et de sang avait jusque-là fait oublier le grand âge de la bâtisse. Déserte, elle semblait se recroqueviller comme un emballage inutile. La galerie, sans les rocking-chairs, ressemblait au quai d'une gare désaffectée. Les premières chauves-souris écourtaient leurs voltiges, déroutées par l'absence de lumières, des rouges-gorges et des courlis venaient se jucher sur la balustrade, ravis de trouver les lieux si calmes. Sur la passerelle qui reliait la galerie à l'appartement de l'intendant, Mic et Mac, assis et le museau pointé vers la porte « de derrière », paraissaient anxieux.

Ils attendaient leur maître qui évoluait seul et une lampe à pétrole à la main dans la maison muette. La raison de cette inspection était banale. L'intendant voulait vérifier lui-même que les issues avaient bien été verrouillées, qu'aucun feu ne subsistait dans une cheminée ou un fourneau, que les housses de toile grise recouvraient les fauteuils et les canapés, que les armoires et placards ne dissimulaient aucun désordre. Dandrige ne voulait pas s'avouer que cette promenade était aussi un pèlerinage d'adieu.

Il resta un long moment dans la chambre de Virginie, appuyé à l'une des colonnes d'acajou du baldaquin sous lequel sa vie s'était arrêtée. Considérant cette large couche où elle avait initié Adrien de Damvilliers à des jeux de la chair qu'il ignorait, où plus tard Vigors, mieux instruit des choses de l'amour que son prédécesseur, avait tiré certaines nuits des miaulements entendus des domestiques..., où... « Mais à quoi bon tenter de lui restituer la vie, se dit l'intendant; absente, définitivement absente..., voilà son lot. »

Tout en se blâmant de céder à un sentimentalisme mièvre et vulgaire, il pénétra dans le dressing-room et, sollicitant douloureusement sa mémoire, voulut camper la silhouette de la morte dans ces chiffons, reconstruire les circonstances de ces toilettes. Tel surah mauve datait de la fin du premier veuvage, telle cotonnade blanche, telle dentelle anglaise lui restituaient la dame de Bagatelle chez elle, pendant les longs étés. Cette jupe de moire à bouillons, cette écharpe d'indienne le ramenaient aux barbecues de l'âge d'or, une robe de bal en soie vert d'eau réveillait le souvenir d'un Noël joyeux, sous les girandoles du grand salon. Ce tailleur de pékin lui montrait Virginie assise au clavier du Pleyel jouant la *Bamboula* de Gottschalk. Ce velours grenat, elle le portait le soir de l'explosion du *Soleil-d'Or*. Cette veste à basques et ce corsage au point d'Alençon, il les lui avait vus à son retour d'Europe... et ce très ancien déshabillé de plumetis..., ce voile de Salomé qu'il froissait lentement dans sa main sèche, comme il restait léger et... transparent. Ce matin-là, au petit déjeuner, sur la galerie ensoleillée, la sculpturale Virginie Trégan s'était approprié son parrain... comme on ferre un poisson. Et ces voiles de crêpe de Chine lourds, épais et d'un noir fatal : le manteau de la reine de la Nuit. Certaines de ces défroques élégantes, les robes pourvues de bustiers, particulièrement, semblaient encore contenir les formes pleines d'un corps désirable. Aux hanches, les coutures distendues marquaient que ces soies ou ces cotonnades avaient enserré une taille ronde et mobile. Tous ces atours, toutes ces parures qu'on livrerait un jour au fripier comme hardes camphrées exhalaient encore un parfum composite, subtil et froid, où Dandrige distinguait les essences préférées de Virginie et les exsudations tenaces de sa chair vivante. Dandrige les respira comme pour s'en imprégner avec ce qui chez tout autre homme eût pu passer pour volupté perverse. Puis, avec précaution, il referma la porte de la garde-robe et se rendit au salon.

Là, sa lampe à manchon d'opaline haut levée, il fit le tour des portraits comme quelqu'un qui prend congé d'une famille, puis il s'arrêta devant celui de la maîtresse de maison. Dans une robe de soie puce au vaste décolleté, Virginie, au plein midi de sa beauté, esquissait le sourire à la fois grave et ironique qu'il lui avait toujours connu. Le pinceau magique de l'artiste avait eu le pouvoir d'arrêter le temps. Grâce à Dubuffe, la dame de Bagatelle serait à jamais cette lady de plantation coiffée à la Sévigné, à la fois gracieuse et digne, dont de jeunes collégiens romantiques pourraient plus tard tomber sans dommage amoureux. Figé dans une sereine contemplation, Dandrige cessa d'être un instant ce vieillard sec comme un arbre privé de sève. Il redevint le jeune Cavalier qui, un matin de mai 1830, avait accueilli sur les quais de La Nouvelle-Orléans une orpheline aux cheveux de cuivre roux. Leurs vies à tous deux s'étaient écoulées sans qu'ils y prissent garde, comme un roman. Il ne lui restait plus qu'à clore les portes de Bagatelle sur un univers de sentiments et de passions qui, doucement, comme ces alcools capiteux, trop longtemps conservés, finiraient par se volatiliser et dont il ne resterait qu'un décor peuplé de fantômes incompris.

En abaissant la lampe, l'intendant restitua le portrait de Virginie à l'ombre du salon. Sans hâte, il se dirigea vers l'office, son flambeau à hauteur du visage, solitaire et déterminé.

Pendant qu'il traversait pour la dernière fois cette demeure, lui revint à l'esprit un texte grec depuis bien longtemps négligé par sa mémoire : « Orphée s'acheminait vers la sortie des demeures infernales où Pluton et Proserpine lui avaient rendu sa fiancée, Eurydice. Elle marchait derrière lui; déjà ils touchaient presque aux portes du jour, quand, impatient de revoir celle qui le suivait et oubliant la défense qui lui avait été faite de la regarder avant d'avoir franchi la limite des Enfers, le malheureux amant se retourna. Il vit Eurydice mais pour la dernière fois, elle échappa à ses étreintes et retomba dans les abîmes pour toujours. » Plus sage que le fils du roi de Thrace, Clarence Dandrige ne se retourna pas sur Virginie et ses chiens lui firent fête quand il réapparut sur la galerie, ayant donné deux tours de clef sur son passé.

Comme il marchait sous les chênes, Mic et Mac sur les talons, Brent vint à sa rencontre, une lanterne à la main.

– Je vous cherchais partout, m'sieur Dand'ige, le docteur est là, chez moi, avec Ivy, ils veulent vous parler tous les deux.

Dandrige, qui ne souhaitait que regagner son appartement, eut un petit geste d'impatience :

– Envoie-les-moi dans cinq minutes.

Finks venait simplement aviser Dandrige – car Ivy avait exigé cette démarche – de leur prochain départ pour Haïti.

– Nous avons décidé de nous marier pendant que les unions entre Blancs et Noires sont encore autorisées. M. Percy Tampleton, peu de temps avant de mourir, nous a obtenu une licence, ce fut peut-être sa façon de réparer un peu ses méfaits vis-à-vis des nègres... Aussitôt mariés, la semaine prochaine, nous embarquons pour Haïti, car la vie ici serait pour nous impossible, surtout depuis que les radicaux ont été chassés du pouvoir. Haïti est une république noire, on y manque de médecins et d'institutrices, nous devrions y être bien accueillis.

– Vous avez raison de tenter l'aventure, dit l'intendant. Je vous souhaite bonne chance. Ivy mérite d'être heureuse.

– Notre premier garçon s'appellera Clarence, monsieur Dandrige, en souvenir de vous.

L'institutrice embrassa le vieil homme. Finks, qui toujours avait cru reconnaître dans l'affection de Dandrige pour Ivy un vestige du paternalisme raffiné propre dans le passé à tempérer les rigueurs de l'esclavage, entraîna vivement sa fiancée vers son cabriolet.

Enfin, l'intendant put rentrer chez lui. Il avait encore à faire et il se sentait las. Maintenant que toutes les décisions étaient prises, il ne pensait qu'au repos. Dans l'après-midi, scrupuleusement, il était allé remettre en place sur les rayons de la bibliothèque des Damvilliers les derniers volumes empruntés. Méthodiquement, comme le fait un voyageur prêt à quitter une chambre d'hôtel, il inspecta un à un tous les tiroirs de sa commode et de son bureau. Les premiers contenaient des chemises bien repassées et différentes pièces de lingerie prêtes à l'emploi, les seconds se révélèrent à peu près vides. La comptabilité et les papiers de la plantation ayant été remis à Charles, les manuscrits de l'histoire des Damvilliers et de Bagatelle ayant été confiés à Castel-Brajac, qu'auraient-ils pu contenir?

Toutes les notes rassemblées par l'intendant pour la rédaction des cinq volumes historiques avaient été détruites au fur et à mesure qu'elles devenaient inutiles, ainsi que toute sa correspondance personnelle, d'ailleurs extrêmement réduite. Il ne restait donc aucune paperasse à trier. Quand cette inspection fut terminée, M. Dandrige passa dans son cabinet de toilette et se rasa avec soin, remettant en place, une fois l'opération terminée, ses rasoirs à manche d'ivoire et nettoyant méticuleusement son blaireau. Puis il choisit une chemise de soie à jabot tout à fait démodée, avant de nouer sous son col une cravate de velours châtaine, sa couleur préférée. En gentleman qui a prévu sa tenue vestimentaire, il décrocha de la penderie un costume de lin blanc dont il passa le pantalon et le gilet, mais déposa la veste longue sur le dossier d'une chaise. Fixée à l'intérieur de la porte de la penderie, l'unique glace de l'appartement, si l'on exceptait le miroir de la barbière, renvoya à l'intendant une image fort acceptable de sa personne. Celle d'un vieillard encore droit, aux traits marqués de rides profondes, à la chevelure d'argent toujours abondante et au regard indifférent.

Après un dernier coup d'œil sur le bureau à sous-main de cuir, encrier de verre et tampon buvard de bois, M. Dandrige alluma un petit réchaud à pétrole et mit une bouilloire d'eau à chauffer. Les vibrations du couvercle indiquèrent bientôt que le liquide atteignait son point d'ébullition. Ayant versé dans le bol le contenu du petit sachet que lui avait, quelques heures plus tôt, remis le vieux Télémaque, Clarence Dandrige y ajouta l'eau bouillante. Aussitôt une odeur agréable légèrement anisée emplit la pièce. La tisane lui paraissant un peu trop chaude pour être absorbée aussitôt, l'intendant ouvrit la boîte de cuir à fermoir d'argent qui se trouvait sur un guéridon. Elle contenait encore un cigare; il l'alluma et, déverrouillant sa porte, passa sur la galerie. Le ciel de novembre, limpide et rendu plus lumineux par une lune au premier quartier, indiquait que l'aube serait fraîche. Dans la pénombre se détachait sur la masse sombre des chênes la vieille demeure des Damvilliers. Bien que déserte et verrouillée, elle avait à cette heure-là son aspect familier des nuits tranquilles. Les jeunes dalmates, toujours prêts à se jeter dans les jambes de leur maître, se dressaient déjà quand Dandrige, ayant fait demi-tour, entra chez lui. Après avoir évalué de la paume la température du breuvage qu'il venait de préparer, il éteignit posément son cigare, s'assit sur le bord de son lit et, sans précipitation ni atermoiement, avala sa tisane. Il remonta comme chaque soir sa montre de gousset, vérifia qu'elle indiquait la même heure que la pendule et s'allongea sur son lit après avoir mis au plus bas la mèche de sa lampe de chevet. Puis, les yeux clos, il attendit le sommeil.

13

M. Dandrige avait dit à plusieurs reprises à son vieux valet, Iléfet : « S'il arrive quelque chose de grave, alors que je suis absent, après avoir fait ce qui s'impose dans l'immédiat et si tu ne peux me trouver dans un délai convenable, alerte M. de Castel-Brajac, à Fausse-Rivière. C'est un homme en qui j'ai confiance et qui peut prendre des initiatives. »

Or c'était bien le moment ou jamais d'appliquer cette consigne. M. Dandrige ne pouvait pas être plus absent, puisque, n'ayant pu le réveiller, Iléfet était bien obligé de se résoudre à considérer que son maître était mort. Il l'avait trouvé vêtu comme pour aller en visite, mais allongé sur son lit comme quelqu'un qui a voulu se reposer un peu avant un rendez-vous et qui s'est assoupi. Le fait que la veste de l'intendant soit posée sur le dossier d'une chaise suffisait, en bonne logique, à confirmer à Iléfet que M. Dandrige avait dû « passer » pendant son sommeil. Le bol à tisane vide, trouvé sur la table de nuit, n'indiquait pas forcément que l'intendant ait eu un malaise.

Aussi vite que ses jambes fatiguées pouvaient le lui permettre, Iléfet, en pestant contre le fait qu'« on ne rencontrait plus un nègre sur la plantation depuis deux jours qu'on ne sonnait plus la cloche du matin », s'en fut prévenir Brent. En chemin, il aperçut Télémaque sur son seuil et lui annonça la nouvelle. Serviteur consciencieux, Iléfet ne se permettait pas encore d'avoir du chagrin. Cet homme qu'il servait depuis un demi-siècle lui avait toujours paru immortel. Jamais malade, jamais fatigué, sachant toujours exactement ce qu'il y avait lieu de faire en chaque circonstance, l'intendant l'impressionnait bien davantage que les maîtres de la plantation. Il savait bien, lui, Iléfet, que le vrai patron du domaine, c'était M. Dandrige. Tant qu'il vivait, on pouvait compter que le coton continuerait à pousser, qu'on toucherait des gages et qu'on aurait de quoi manger. Maintenant qu'il s'était endormi comme ça pour ne plus se réveiller, sûr et certain que bien des choses allaient changer.

Brent, en responsable conscient de ses devoirs, courut d'une traite jusqu'au chevet de l'intendant. Il dut, pour y parvenir, affronter

Mic et Mac qui défendaient la porte de l'appartement avec de bizarres aboiements de loups. Télémaque arriva sur les talons du gendre d'Anna et, tandis que l'ancien secrétaire du Bureau des affranchis posait une main tremblante sur le cœur du mort, comme il l'avait vu faire au docteur Finks, le vieux sorcier, avisant le bol qui avait contenu la tisane au parfum anisé, le renifla et le fit prestement disparaître sous son ample chemise.

– L'a pas dû rien sentir, hein? fit Iléfet qui, essoufflé, venait de rejoindre ses amis.

– Sûr qu'il a rien senti, ça se voit, ses yeux et sa bouche sont fermés. C'est la bonne mort qu'il a eue, moi, je vous dis, assura Télémaque.

Brent, ayant promptement attelé, prit au galop la direction de Fausse-Rivière, tandis que sa femme et sa belle-mère, cette dernière pleurant comme si elle venait de perdre un enfant, venaient assister Iléfet.

– Tout est bien propre, dit le valet, y a qu'à attendre M. de Castel-Brajac; y nous dira ça qu'y faut faire à présent.

Puis il s'assit face à son maître mort sans oser s'appuyer au dossier qui supportait le veston de lin et, prenant à deux mains sa tête blanche et crépue, il se mit à sangloter.

Gustave ne fut pas autrement étonné d'apprendre le « départ » de Dandrige. Avant de sauter dans son cabriolet, il prit le temps d'ouvrir le pli que l'intendant lui avait confié vingt-quatre heures plus tôt. Il contenait un chèque de 50 000 dollars endossé à son nom et une lettre qu'il lut à haute voix à Gloria pour laquelle il ne pouvait avoir de secrets.

Mon cher Gustave,

Le chèque ci-joint représente une somme qui est destinée à Stella English, quand vous jugerez opportun de la lui remettre. Vous qui savez maintenant qu'elle est de ma descendance, ce que j'ai ignoré jusqu'à mes derniers jours, obligeriez ma mémoire en veillant sur elle dans le cas où notre vieux Willy serait défaillant.

Toutes mes affaires sont en ordre. Ne possédant rien en ce monde sinon quelques meubles et objets de famille, je voudrais que vous en disposiez de la façon qui vous paraîtra la plus judicieuse. Il me plairait assez toutefois que vous conserviez personnellement la pendule de ma chambre, qui est une pièce assez rare. Vêtements et linge reviennent de droit à Iléfet, ainsi que la petite somme en numéraire que vous trouverez dans le tiroir principal de ma table de travail. Vous éviterez, je le sais, à ma dépouille des pompes funéraires inutiles et, connaissant mon scepticisme devant les promesses que font les religions d'un au-delà de justice et de clarté, vous dispenserez mes amis des prières des prêtres. Et vous me rendrez à la terre où bon vous semblera.

Never more,

CLARENCE DANDRIGE.

– Ecce Homo, commenta M. de Castel-Brajac en sautant dans

son cabriolet, tandis que Brent filait à Sainte-Marie quérir le docteur Finks et, à coup sûr, répandre la nouvelle que le plus authentique Cavalier de la paroisse ne s'était pas réveillé ce matin-là.

Castel-Brajac trouva le petit appartement de Dandrige en ordre, comme ce dernier le lui avait écrit. Iléfet tint absolument à ce que son maître ne soit pas mis en bière sans son veston et ses chaussures. On acheva donc d'habiller ce mort qui s'était lui-même rasé avant d'en finir avec la vie. Quand Finks arriva pour constater le décès, il ne cacha pas son étonnement.

– Je l'ai quitté hier soir vers neuf heures parfaitement dispos... Un arrêt du cœur..., l'émotion contenue..., les contrariétés subies ces jours-ci, et puis l'âge... aussi, bien sûr.

Gustave, qui se doutait bien que Dandrige avait choisi lui-même l'heure de sa mort, laissa le jeune médecin développer sa théorie de l'embolie foudroyante et, quand le praticien eut disparu, se mit à questionner Iléfet. La seule chose qui avait paru étrange au Noir était cette toilette inattendue.

– D'habitude, quand il allait dîner, c'était moi qui lui posais sa rechange sur son lit... Là, il m'a rien demandé... et puis c'était trop tard... Je l'avais vu à huit heures, il ne m'avait rien dit. Peut-être qu'il a bu cette tisane parce qu'il s'est senti bien.

– Quelle tisane?

Iléfet ne put mettre la main sur le bol qu'il était cependant certain d'avoir vu en arrivant sur la table de chevet.

– Et qui est entré dans la chambre avant moi?

– Brent, m'sieur, Télémaque et les femmes, Rosa et Anna.

Le fait que ce sorcier de Télémaque ait été un des premiers à venir se pencher sur le corps de l'intendant confirma Gustave dans l'opinion que son vieil ami s'était suicidé.

Ce fut aussi l'opinion du général Tampleton, abasourdi par la nouvelle.

– Je le connaissais bien, il n'a pas voulu rater sa sortie. Un vrai Cavalier convoque la mort, il ne l'attend pas... Dandrige était bien le meilleur d'entre nous.

Ed Barthew, lui aussi très affecté, fut le premier à poser une question que seul Castel-Brajac avait depuis longtemps résolue :

– Où va-t-on l'enterrer? Nous pourrions nous cotiser pour acheter une concession à Sainte-Marie.

– Mes amis, intervint le Gascon, nous le mettrons sous les chênes... à côté de Virginie. C'est la place qui lui a été assignée de toute éternité.

– Mais, objecta Tampleton, Charles ne sera peut-être pas enchanté de cette sépulture si... proche de celle de sa mère. Il verra peut-être dans cette proximité une confirmation des bruits qui ont autrefois couru sur les relations qui pouvaient exister entre notre cher Clarence et notre chère Virginie.

– Je me charge d'expliquer tout cela à Charles, répliqua assez sèchement le Gascon. Ceux qui ont fait de ce domaine de Bagatelle ce qu'il est et qui ont vécu en partage avec cette terre un amour idéal, quasi mystique et à coup sûr inaccessible aux humains ordinaires, ne doivent pas être séparés par la mort plus qu'ils ne l'ont été par les cruautés et les passions contradictoires de la vie. Que les imbéciles et les médisants jacassent, c'est l'expression de leur petitesse. Avec Clarence et Virginie, nous sommes dans un monde exemplaire. De l'amour, ils n'ont connu ensemble que les élégances.

– Bravo, Gustave, voilà qui est parlé!

La voix d'Adèle Barrow, qui, péniblement aidée de Rosa, venait de gravir l'escalier, avait claqué comme un coup de fouet.

Un peut essoufflée, la vieille dame aux mitaines de filoselle se pencha sur le corps de Dandrige, lui effleura la joue du bout des doigts comme s'il se fût agi d'un nouveau-né et dit :

– Avoir été pendant des années la plus mauvaise langue d'une paroisse dont je suis maintenant la doyenne m'autorise à vous dire à tous devant lui – elle désigna le cadavre – que, si Virginie Trégan était une grande garce, Clarence Dandrige, lui, qui ne croyait en rien, était un saint. Et je suis certaine que leur étrange couple ne déplaisait pas au bon Dieu.

Les terrassiers envoyés par Brent pour creuser sous les trois chênes la fosse destinée à M. Dandrige ne trouvèrent pas les racines des arbres qui, d'après Castel-Brajac, avaient justifié le décentrage du caveau de Mme de Vigors. Quand la dalle identique à celle de la tombe de Virginie recouvrit la tombe de Dandrige, on remarqua que les modestes mausolées apparaissaient posés symétriquement par rapport à l'axe de l'espace triangulaire délimité par les arbres. Gustave en fut satisfait comme un architecte considérant son ouvrage.

Si le soleil d'un printemps neuf avait présidé aux funérailles de Mme de Vigors, celles de l'intendant se déroulèrent dans la grisaille et sous la pluie de fin novembre. Le curé-doyen de Sainte-Marie, venu proposer ses services, avait été éconduit par Castel-Brajac et Adèle Barrow n'y avait rien trouvé à redire, estimant sans doute qu'au contraire du docteur Murphy l'intendant de Bagatelle entrerait au ciel sans passeport.

– Si je ne puis rien faire en tant que prêtre, puis-je venir en ami comme chacun d'entre vous pour l'accompagner? avait timidement demandé le brave homme.

Et, bien sûr, on l'avait admis dans le cortège, derrière le cercueil que portèrent à bras, en se relayant, tous les intimes, y compris Willy qui remarqua qu'« un seul bras suffit pour soutenir un ami, vivant ou mort ».

Au moment de la levée du corps, Gustave, ayant fait rouvrir le salon de la grande maison, avait joué, pendant que tous se recueillaient devant la bière de chêne clair, une transcription pour piano de l'*Ode funèbre maçonnique* de Mozart, dont la spiritualité aurait été en harmonie, estima-t-il, avec les dernières pensées de l'intendant. Triple Zéro n'était pas le moins ému de ceux qui suivirent le chemin de la berge et gravirent le tertre. Noirs ou Blancs, tous ceux qui avaient approché cet homme rigoureux et juste ne pouvaient le comparer à aucune autre de leurs connaissances. Mignette, Barthew,

Clara Oswald, Ivy, Nadia Redburn, la vieillle Anna, Isabelle Tampleton et ses filles, leurs châles et leurs mantilles trempés, cheminaient en silence. Ni les uns ni les autres ne diraient plus à leur mari ou à leurs fils, quand un problème d'apparence insoluble se présenterait : « Va donc demander conseil à M. Dandrige. »

Quand la dalle fut mise en place, une fois le cercueil descendu dans la fosse, un grand silence se fit sur la colline. Puis, de la brume qui débordait du fleuve et roulait sur les champs, le hululement lugubre d'un vapeur aveugle monta comme une plainte, dont le son retomba pour se perdre dans l'épaisseur des forêts.

Certains des intimes de Dandrige, comme Tampleton ou Ed Barthew, élevés dans la religion catholique, se consolaient de la perte de l'ami en imaginant que l'intendant et sa dame devaient être enfin réunis, âme contre âme, dans cet univers fluide et inimaginable, promis par le fils de Dieu aux courageux et aux sincères.

Gustave de Castel-Brajac, plus proche qu'eux tous du disparu, savait que Dandrige avait été de ceux qui ne peuvent suivre leur propre voie ni vivre leur propre vie. Son honneur, à la fois suave et amer, avait été de se satisfaire d'une projection dénaturée du bonheur de celle qu'il aimait. L'intendant avait favorisé le destin de Virginie Trégan avant de servir celui de la dame de Bagatelle.

Assumant le subalterne comme le sublime, il s'était consacré à la cause fatale d'une femme qu'il ne pouvait posséder comme si un pacte l'avait lié à quelque puissance occulte qui, en échange de l'abandon de ses propres espérances, s'était engagée à porter celles de l'autre.

Aux yeux du Gascon, Clarence mort apparaissait comme une sorte d'anti-Faust acceptant les risques de la malédiction en même temps que le vide du renoncement, afin que l'être aimé reçoive, non pas l'accès à quelque nirvâna douteux, mais seulement la bénédiction de la vie.

Sur la pierre maintenant luisante de pluie, Castel-Brajac avait fait graver le nom et les deux dates censées contenir d'une façon dérisoire tout le destin de son ami :

Clarence DANDRIGE
Intendant de Bagatelle
1804-1878

et cette phrase, relevée autrefois sur le tombeau d'un philosophe grec : *Ainsi pour moi, pour d'autres autrement, pour tous de toute façon.*

Le soir même, fidèle à sa promesse, Gustave, ayant informé Iléfet qu'il était le seul légataire de son maître, prit la vieille pendule bostonienne qui lui revenait et attacha les chiens qui, sans laisse, ne l'eussent pas suivi.

Charles de Vigors, voyageant dans le Nord, n'apprit que trois semaines plus tard le décès de Dandrige et son inhumation sous les chênes. Il ne trouva rien à redire quant au lieu de cette dernière. Peut-être eût-il été moins indifférent à ces choses s'il n'avait découvert dans son courrier confidentiel, en regagnant La Nouvelle-Orléans, une lettre de Genève bordée de noir. Une huître pas très fraîche inconsidérément avalée par M. Jean Grigné-Castrus, l'espoir de la Banque genevoise et le plus charmant dandy de la rue de la Corraterie, avait fait de Marie-Gabrielle une veuve riche et aisément consolable. Elle annonçait son arrivée pour les fêtes de fin d'année. Cette perspective réjouit l'avocat, encore qu'il ait maugréé que « les femmes ne savent jamais choisir exactement le moment où l'on souhaite les voir », car il attendait à la même époque l'épouse, toute prête, à être infidèle, d'un de ses confrères de Chicago.

Après avoir enterré cette année-là les 3 800 victimes de la dernière épidémie de fièvre jaune, La Nouvelle-Orléans entra dans une période de prospérité inconnue depuis la guerre civile. Les saisons, au sens anglo-saxon du terme, qui se succédèrent furent chaque année plus brillantes et la « ville en forme de croissant », ayant reconquis de haute lutte son titre de plus grande métropole du Sud, oublia vite les mauvaises heures de la Reconstruction. Les Nordistes, qui ne cachaient pas toujours leur amertume devant le peu d'empressement que mettaient les dames créoles à répondre à leurs invites, disaient : « Les femmes du Sud, les Louisianaises en tête, n'ont jamais été reconstruites. » A cela les Cavaliers répliquaient en citant les souvenirs des innombrables turpitudes des occupants yankees, dont Butler resterait à jamais le prototype méprisable. Ne venait-on pas de découvrir, vingt ans après la fin de la guerre, qu'il s'était emparé pendant son « règne » sur La Nouvelle-Orléans de tous les objets de bronze et de cuivre, y compris les cloches, offerts en 1862 par les planteurs à l'armée confédérée sur la sollicitation de Beauregard.

Ces dons n'avaient pas eu le temps de parvenir jusqu'aux usines d'armement du Sud et Butler, qui avait eu vent de l'existence de ce stock de métaux non ferreux, se l'était approprié. Ayant expédié le tout à Baltimore, il en avait tiré, disait-on, 35 000 dollars. Tandis que se fabriquait à coups d'anecdotes mondaines, d'articles de journaux, de mémoires d'officiers confédérés, de romans pour dames et demoiselles, de discours, de commémorations, la saga de la cité qui avait supporté le plus longtemps les exactions des gouvernements radicaux, les démocrates conservaient le pouvoir et, au fil des élections, affirmaient leur prépondérance. Le général Francis T. Nicholls, remplacé au poste de gouverneur en 1880 par Louis Alfred Wiltz, qui devait mourir dans son bureau l'année suivante, ce qui amenait tout naturellement le lieutenant-gouverneur Samuel Douglas McEnery à lui succéder, était devenu le premier magistrat de la Cour suprême. Avant d'accepter cette haute charge, cet homme intègre et bon, qui avait tant fait pour la réconciliation des Louisianais, que Blancs et Noirs respectaient, s'était empressé de formuler avec humour ses scrupules : « A un homme qui a perdu, à la fois, le bras et le pied gauches, ne pourra-t-il pas être reproché, en tant que juge, de pencher toujours du même côté? »

Depuis que les bourbons et les démocrates avaient prouvé leur capacité à travailler au mieux de leurs intérêts réciproques avec les hommes d'affaires et industriels du Nord, le négoce était florissant et les commerçants s'efforçaient de proposer à leur clientèle « plus de produits que partout ailleurs aux Etats-Unis ». Philip Verlein, 135, rue du Canal – artère fameuse bordée de beaux immeubles qu'on appelait plus souvent Canal Street – vendait de 50 à 250 dollars les tout derniers pianos de Chikering, de Mathusek ou de Hale. Léon Godchaux, à deux pas du marchand de musique, offrait dans son magasin moderne des costumes en percale « importés de France », des nouveautés en grenadine noire ou en pékin satiné. A « l'Étoile Rouge » et à « la Ville de Paris », on était assuré de trouver les escarpins faits du chevreau le plus fin et les bottes les plus souples; on pouvait chez « Olympe » commander des robes à la mode de Paris et il se murmurait qu'une parure de noces avait été payée 25 000 piastres chez Hyde et Goodrich. Il était de bon ton d'acheter ses meubles chez Mallard et de souper chez Manessier. Chez Chapotel, à l'angle des rues Bienville et Bourbon, on trouvait des baignoires et des machines à coudre « Singer » à des prix abordables. Les gens de qualité achetaient leurs véhicules chez Bodley frères, qui fabriquaient des « voitures de famille à quatre et six places, à essieux durcis et moyeux gorgés à froid », et importaient des cabriolets et des tilburies d'une légèreté et d'une élégance exceptionnelles. *La Quittance de minuit*, un feuilleton de M. Paul Féval, faisait se pâmer les lectrices du *Courrier*, tandis que *Le Chalet des lilas*, de M. Xavier de Montépin, enthousiasmait celles du *Petit Journal* et que *L'Abeille* publiait *Les Mariages de Garisson*, un roman amusant de Mlle Claire de Chandeneux.

Car, malgré l'anglicisation de l'enseignement... et des enseignes, l'influence du français se maintenait dans une cité dont la bourgeoisie tenait toujours Paris pour la capitale des lettres, des arts et de l'élégance. Les dames qui se faisaient coiffer chez Eugène Lacoste et confiaient leurs chiens de manchon à un vétérinaire venu de Lyon, M. J. Morice, aimaient aussi à applaudir les opérettes d'Offenbach, comme *La Belle Hélène* et *La Grande-Duchesse de Gérolstein*, ou celles de Lecoq dont *La Fille de Madame Angot et Le Petit Duc* étaient les meilleurs succès aux Variétés. Les bals, les fêtes, les réceptions laissaient encore le temps aux jeunes gens de louer pour 10 cents une paire de patins à roulettes et, après avoir payé 25 cents d'entrée, de connaître une griserie nouvelle sur la piste du « Roller Skating Ring ».

La cité possédait aussi son médecin à la mode : le docteur W. Bille, 196, Canal Street, qui soignait « l'impuissance, la débilité nerveuse, les suites de l'âge ou des abus chez les hommes ainsi que les maladies privées et chroniques des femmes ». Diplomé d'une école de Copenhague, il ne pouvait prétendre à la notoriété professionnelle des anciens internes des hôpitaux de Paris, mais son « savoir-faire » suppléait aux déficiences de son savoir et ses patients ne succombaient pas plus souvent que ceux de ses confrères.

Les prix du coton avaient retrouvé une stabilité réconfortante. Au cours d'une semaine où l'on avait vendu 58 200 balles, la qualité supérieure (fair) avait été payée 13 cents la livre et la plus ordinaire

10,75 cents la livre. Le middling (bonne qualité moyenne) s'était vendu 12,60 cents. Quant aux transports, ils s'amélioraient de jour en jour. Le réseau des « street-cars » qui desservait les différents quartiers de la ville passait pour commode, encore que générateur d'accidents sur les lignes où les machines à vapeur remplaçaient la traction hippomobile. Les « cabs » se multipliaient, conduits par des cochers noirs flegmatiques qui, tous – ils l'affirmaient en tout cas – avaient conduit les équipages des plus riches planteurs du temps de l'esclavage. Pour les longues distances, la régularité des trains commençait à être appréciée et les compagnies ferroviaires enlevaient des clients aux vapeurs du Mississippi. On pouvait en effet se rendre de La Nouvelle-Orléans à New York en pullman, avec un seul changement, en soixante heures et trente minutes pour la somme de 36,40 dollars. Il en coûtait un dollar de plus pour aller jusqu'à Boston et 2,40 dollars de moins si l'on s'arrêtait à Washington. Le *Natchez*, capitaine B.S. Leathers, appareillait cependant chaque samedi pour Vicksburg sans une cabine libre et le *Saint-John* partait chaque lundi à cinq heures de l'après-midi et chaque vendredi à dix heures du matin pour Baton Rouge. Quant à ceux qui, pour se rendre à New York, préféraient le charme d'une croisière côtière au trajet en chemin de fer, ils pouvaient emprunter les navires de la « Cromwell Line », dont le plus couru, commandé par le capitaine F. Kemble, avait été baptisé du nom curieux de *Knickerbocker*. La traversée coûtait 40 dollars et l'on pouvait danser à bord, si l'état de la mer le permettait.

Pour Charles de Vigors les affaires allaient bon train et, les élections de 1879 lui ayant permis de conquérir un siège de sénateur de l'Etat, il en recueillait un accroissement d'influence devant les tribunaux. Il avait d'ailleurs lancé une offensive juridique assez audacieuse en demandant que les citoyens français qui avaient autrefois possédé des esclaves soient indemnisés de la perte de ceux-ci au jour de l'émancipation. Tous les planteurs français de Louisiane savaient que, en vertu de la loi du 11 février 1851, étaient punis de la perte de leur nationalité tous les citoyens « possédant ou faisant commerce des esclaves à l'étranger ». « Puisqu'on nous a privés de la nationalité française, qu'on ne nous punisse pas de deux façons et qu'au moins on nous indemnise », disaient-ils, pratiques et résignés.

A partir de 1861, la plupart des Français propriétaires d'esclaves s'étaient déclarés sécessionnistes et Napoléon III avait profité de la révolte du Sud pour envahir le Mexique. Les compatriotes de Charles de Vigors avaient donc beaucoup à se faire pardonner par le gouvernement fédéral.

A ceux qui trouvaient les demandes d'indemnité des esclavagistes outrecuidantes, Me de Vigors expliquait qu'en bonne justice ce qu'il comptait obtenir serait une indemnité que les planteurs devraient partager avec les affranchis. Le consul de France, un vrai républicain, ne soutenait pas cette initiative scabreuse et quand, à l'occasion de la visite du croiseur *Château-Renard*, commandé par le capitaine de frégate Desnoux, une réception fut organisée au consulat, 92, rue Royale, Me de Vigors ne fut pas convié.

Si le consul de France boudait un peu ce juriste qui évoluait avec aisance dans le milieu des bourbons où le diplomate n'était pas toujours admis, les sociétés francophiles qui gravitaient autour de la Chambre de Commerce française ne manquaient pas de solliciter les avis et les conseils de l'avocat. On en comptait une bonne douzaine de l'« Union française » au « Club de la Démocratie française » en passant par la « Société des Cuisiniers français », l'« Association française des Garçons de Restaurants », celle des « Francs-tireurs d'Orléans », des « Bouchers français », des « Gardes de La Fayette », etc.

Depuis 1879 on admirait beaucoup, au foyer de l'Opéra, le grand tableau allégorique dû au pinceau d'un artiste français de génie et représentant la Louisiane. Le peintre avait choisi pour symboliser « cette vieille colonie vendue à l'Amérique » une fort jolie femme drapée à l'antique dans un voile des plus décents ne laissant nus que les bras et les épaules. Cette beauté aux robustes appas évoluait entre une balle de coton, un pied de tabac, des gerbes de riz, avec au second plan un champ de cannes à sucre au bout duquel on distinguait une ferme et une cyprière. Dans le ciel, des nuages transportaient des scènes rappelant les batailles du passé et un des angles inférieurs du tableau était occupé par la Muse de l'agriculture appuyée sur une charrue. Un affranchi promu au nettoyage du foyer fit remarquer un jour à son chef qu'il était bien dommage que l'artiste français ait oublié de peindre « un beau nègre qui eût bien fait dans le tableau ». Son interlocuteur, Blanc et radical, répondit emphatiquement : « Elle a péri, la loi formidable qui livrait l'être à l'être et l'esclave au tyran, souvent ivre; l'allégorie doit en effacer jusqu'au souvenir. »

Le brave balayeur estima que cette allégorie – il pensa que ce devait être le nom de la dame aux épaules nues – n'était pas des plus généreuses envers une race qui continuait de faire pousser le coton, le riz, la canne à sucre et le tabac.

Parmi les événements remarquables de cette période, qui semblait promettre une heureuse fin de siècle, la visite du général Boulanger à La Nouvelle-Orléans resta dans les annales parmi les mondanités franco-américaines exemplaires. Le Brave Général Boulanger, comme l'appelaient en France avec un brin d'ironie ceux qui ont toujours aimé – en temps de paix surtout – se moquer des militaires, s'était embarqué le 24 septembre 1881 au Havre à bord du paquebot *Le Canada*. Il dirigeait une délégation militaire de onze membres envoyés pour participer aux fêtes marquant le centième anniversaire de l'Indépendance des Etats-Unis, après un séjour à Washington et une visite à Yorktown pendant lesquels « le général avait personnifié l'armée française de la façon la plus heureuse ». Les hommes admiraient la finesse de ses appréciations et l'étendue de son savoir, les femmes, sa tournure élégante et martiale et la grâce de ses manières. Boulanger était arrivé fin décembre à La Nouvelle-Orléans, où la colonie française lui avait fait un triomphe. L'aviso

Dumont-d'Urville, commandé par M. de La Barrière, était à quai et toute la ville apparaissait parée aux couleurs françaises. Le 16 décembre, un grand bal donné à l'Opéra avait rassemblé deux mille invités qui, tous, avaient dû payer 25 dollars par tête pour être admis. Quarante-huit heures plus tard, le général de Beauregard avait convié les Français à assister en uniforme à la revue générale des milices louisianaises avant qu'ils aillent participer à une fête donnée par l'« Union française » dans son nouveau local. Au cours de cette soirée élégante où l'on vit le gouverneur en habit et tous les officiers du *Dumont-d'Urville* en grande tenue, les invités entendirent le *Trio en si bémol majeur* de Beethoven pour piano, violon et violoncelle, Mlle Léona Queyrouze tenant le clavier. Puis Mlle Frémeaux chanta le *Salut à la France* extrait de *La Fille du régiment* avant que ne retentisse une *Marseillaise* qui mit les larmes aux yeux du général. La délégation, confortablement logée au Saint-Charles, dut encore le lendemain visiter l'hôpital de bienfaisance, la presse à coton Natchez, la manufacture de glace et l'hôtel de la monnaie avant d'assister à une séance exceptionnelle du Sénat, au cours de laquelle le sénateur Charles Parlange, descendant d'aristocrates français, fit un discours très remarquable.

Quelques mois avant cette visite dont les Louisianais devaient longtemps se souvenir, les Nouveaux-Orléanais avaient eu un autre sujet de fierté. Le 2 avril 1881, le vapeur *Henry Frank* avait établi un record difficile à battre en arrivant au port avec 9 226 balles de coton, ce qui représentait une charge de plus de 4 millions de livres.

Charles de Vigors, en tant que conseil des dirigeants de la Bourse du Coton, fut à cette époque l'un des artisans de la Nouvelle Bourse. L'extension des affaires, la multiplication des transactions rendaient nécessaire la construction d'un immeuble vaste et confortable qui puisse accueillir tous les services commerciaux intéressés par le coton.

C'est ainsi qu'en deux ans, de 1881 à 1883, l'architecte Henry Walters construisit un véritable palais qui n'était pas sans rappeler à la fois ceux des patriciens florentins et des banquiers allemands. Un portail orné de cariatides, des colonnes et des piliers encadrant une bâtisse de nobles proportions et de deux étages donnaient à l'immeuble, situé à l'angle des rues Carondelet et Greviers, l'aspect d'un temple du commerce. Inaugurée le 12 mai 1883, la Nouvelle Bourse avait une hauteur de trente pieds sous plafond, lequel était soutenu par de puissantes colonnes reposant sur des piédestaux. Murs et plafonds étaient ornés de motifs reproduisant en d'innombrables variantes les thèmes de la floraison et de la cueillette du coton. Les cours se faisaient autour d'une fontaine jaillissante promue au rang de corbeille et c'était un plaisir que de déambuler dans cette ambiance affairiste sous les lustres électriques à globes et pendeloques en échangeant avec ses amis et connaissances, tous gens fort élégamment vêtus, des potins qui, parfois, étaient sans rapport avec le commerce. « Enfin, disaient planteurs et négociants, le Roi-Coton a son Versailles », ce qui les consolait des difficultés que connaissait une exposition commémorative du centenaire du coton dont l'inauguration était sans cesse retardée par les grèves des ouvriers, les bouderies des bailleurs de fonds, l'indolence des responsables dont l'enthousiasme fondait au fil des mois. On finit par ouvrir cette grande foire du coton le 16 décembre 1884. Elle couvrait 250 acres et pouvait s'enorgueillir d'être la première exposition éclairée à l'électricité. Les halls de l'agriculture, de l'horticulture, où jaillissait en permanence la plus étonnante fontaine lumineuse qu'on ait vue, les salons des arts et de l'industrie, ainsi que le pavillon des Etats participants allaient drainer vers la capitale d'un Etat qui dépassait le million d'habitants des foules curieuses et, ce qui était bon pour le commerce, dépensières. La cloche de la Liberté aimablement prêtée par la ville de Philadelphie prenait pour les Louisianais noirs et blancs l'importance d'un symbole sacré. Les premiers, en la faisant tinter sous l'œil vigilant d'un policier à casquette, se plaisaient à entendre sonner l'avènement d'un nouvel âge d'or sudiste; les seconds, surtout les vieux affranchis, tentaient de se persuader qu'ils entendaient le glas de l'esclavage.

Toutes ces illustrations d'une prospérité publique heureusement rétablie pour la classe qui de tous temps s'estimait seule capable de gérer les affaires du pays se répercutaient dans la vie quotidienne des Vigors, dont la fortune ne cessait de s'accroître.

A quarante-cinq ans, le sénateur Charles de Vigors connaissait la satisfaction de l'homme arrivé. Au physique, il restait « le beau Charles », ainsi que le désignaient entre elles les amies de sa femme, dont plus d'une aurait accepté des tête-à-tête galants avec cet avocat qui ne pouvait voir un nouveau jupon sans s'enflammer. Un embonpoint de bon aloi qui mettait en valeur sur le gilet de piqué blanc bien tendu la chaîne d'or la plus fine qui se puisse trouver – car seuls les parvenus en arboraient d'énormes – conférait à Charles la dignité qu'on aime voir aux hommes publics. Une calvitie naissante, des paupières inférieures un peu lourdes et gonflées, une couperose des pommettes apparaissaient déjà comme les stigmates du viveur, mais l'esprit était clair, la repartie vive, l'éloquence convaincante et le geste prompt. On ne comptait plus à La Nouvelle-Orléans les bonnes fortunes de ce juriste qui n'avait recherché, disait-on, la clientèle des directeurs de théâtre que pour avoir des introductions dans les coulisses. Même les plus mauvaises langues de la ville faisaient preuve d'indulgence à son égard. « Il ne serait pas français s'il était autrement », déclaraient les dames qui avaient épousé des Anglo-Saxons.

Sa famille lui donnait autant de satisfaction que ses affaires. Depuis la mort de Mme Dubard, Liponne passait six mois de l'année à Saint-Martinville auprès d'un père que ses enfants entouraient de soins vigilants. A près de quatre-vingts ans, le Cajun, qui ignorait les rhumatismes mais « n'avait plus toute sa tête à lui », menaçait au moins une fois par mois de se remarier avec quelque femme de vingt-cinq ou trente ans, alléchée par le magot et à laquelle il eût été capable de faire encore quelques héritiers... Cette surveillance constante à laquelle Liponne participait plus fréquemment que ses frères et sœurs, tous nantis d'affaires et de nombreux enfants, assura à Me de Vigors une liberté fort appréciée. Liponne ne conserva d'ailleurs aucune illusion sur l'usage que pouvait faire de se absences un mari qu'elle savait volage, mais attaché à une sorte d respectabilité familiale qui la garantissait du scandale. La seul menace sérieuse jamais encourue par son ménage était venue d cette Suissesse au teint pâle, pour laquelle Charles avait loué un maison à Carrollton et qu'il lui avait présentée comme une ami d'enfance de Gustave !... Le Gascon s'était empressé de confirmer cette affection oubliée, mais il avait fait comprendre à son ami que la gentille Marie-Gabrielle ne devait pas s'incruster. Liponne était maintenant rassurée. La jolie veuve ne quittait le pays de Guillaume Tell que pour venir chaque été passer deux mois à La Nouvelle-Orléans... pour ses affaires. Car Charles, qui avait l'art de joindre le plaisant au profitable, s'était fait son conseiller financier et son investisseur !

L'avocat, dans sa triomphante maturité, cette époque bénie où l'homme surpris d'avoir dompté son destin se croit « maître de lui comme de l'univers », n'était pas mécontent qu'au fil des années le clan des Bagatelliens se dissolve peu à peu chaque fois que la mort frappait du côté de Pointe-Coupée où il refusait ostensiblement de remettre les pieds, sauf pour les enterrements. Il avait ainsi dû s'y rendre successivement pour accompagner au cimetière de Sainte-Marie son ancien associé, Edward Barthew, Mallibert, son intendant de Feliciana Garden, Mme Barthew, qui avait de près suivi son mari, et un peu plus tard Léonce Redburn.

Ed Barthew, qui autrefois avait si aimablement « mis le pied à l'étrier » au fils de Virginie, avait été emporté par une complication pulmonaire consécutive à un refroidissement. Sa femme Mignette, dont le cœur « noyé dans la graisse », d'après le nouveau médecin de la paroisse, n'avait pu surmonter le chagrin causé par la mort de son mari, s'en était allée brusquement, comme Léonce Redburn qu'un domestique avait trouvé, par une fin d'après-midi, étendu de tout son long dans son cabinet de travail, la langue pendante et l'œil injecté de sang. Quant à Mallibert, il avait eu une mort des plus scabreuses. Le père d'une de ses très jeunes conquêtes noires étant venu lui faire quelques remontrances, en espérant peut-être obtenir un dédommagement pour la cueillette largement prématurée de la vertu de sa fille, l'ancienne ordonnance du général de Vigors avait reçu le géniteur à coups de fusil. Quarante-huit heures plus tard, on avait retrouvé M. Mallibert le crâne fracassé par un madrier malencontreusement tombé d'un toit, au moment où l'intendant s'y attendait le moins.

Dernier survivant de ceux qu'il avait toujours considérés à des degrés divers comme amoureux, anciens amants ou chevaliers servants de sa mère, le général Tampleton, à plus de soixante-dix ans, semblait tenir vaillamment son poste. Chaque fois que le héros confédéré venait à La Nouvelle-Orléans, pour rendre visite chez les ursulines à sa fille adoptive, la gentille Stella, il faisait une halte au cabinet de Me de Vigors ou rencontrait ce dernier au Boston Club.

« Avec la quantité de porto qu'il ingurgite, il n'ira pas loin », estimait Charles. Mais Willy soutenait que le porto avait tout naturellement, dans son régime alimentaire, succédé au lait de sa nourrice et qu'il s'en était toujours bien trouvé.

Le seul jour de sa vie où Charles ait vraiment ressenti un pincement au cœur était celui où il avait accompagné son fils Gratien au train de New York. C'était en septembre 1888 et l'adolescent de quinze ans, que tout le monde se plaisait à reconnaître « très raisonnable pour son âge », s'en allait achever à Paris et à Londres des études de droit déjà commencées à l'université Tulane de Louisiane, ainsi nommée en souvenir d'un extraordinaire médecin, Paul Tulane, qui, en 1881, avait offert un demi-million de dollars pour créer une institution « où l'on enseignât le savoir à un haut degré ». Gratien de Vigors tenait de sa mère un caractère doux et réservé, mais résolument optimiste. Il préférait voir d'abord le bon côté des choses, quitte à faire front aux difficultés quand elles survenaient. Très tôt, on avait su qu'il aurait de son père la stature élevée et la résistance physique. Il ne souhaitait d'ailleurs que lui ressembler en tout et devenir avocat. Il s'était embarqué pour la France en cachant son émotion et avait aussitôt écrit de New York une longue lettre à sa mère, dont il n'ignorait pas les fréquentes mélancolies.

Sportif, bon danseur, Gratien ne connaissait des fréquentations féminines que celles de ses sœurs, Marie-Virginie et Louise-Noëlle, qu'accompagnaient, quand elles étaient à La Nouvelle-Orléans, Augustine de Castel-Brajac et cette demi-Indienne, chétive et timide, que le général Tampleton avait ramenée d'une expédition contre les Indiens et que l'oncle Gustave et la tante Gloria, cependant nantis de cinq enfants, couvaient comme le canard égaré au milieu des poussins.

Charles devait convenir parfois que son garçon lui manquait. Les nouvelles étaient arrivées très régulièrement, chaque quinzaine, de Paris où Gratien habitait sous le toit de Gratianne, la demi-sœur de son père, puis ensuite de Londres où il occupait un petit appartement de célibataire de la gentry à Belgravia Square.

« Quand il reviendra, les poches pleines de diplômes français et anglais et possédant les bonnes théories juridiques du vieux continent, il ne me restera qu'à lui apprendre à se servir des uns et à oublier les autres pour la meilleure défense de ses causes..., donc de ses intérêts..., et nous ferons une belle paire d'amis », se disait certains soirs l'avocat en fumant son cigare.

Et les temps approchaient.

14

Les quatre jeunes filles qui remontaient la rue du Canal le 20 juin 1892, vers cinq heures de l'après-midi, auraient facilement inspiré un peintre épris de grâce et attentif au mouvement. Car elles allaient, deux robes blanches, une robe rose, une robe paille, comme des ballerines descendues sur la chaussée. A chaque instant, le petit groupe, obéissant à une chorégraphie fantaisiste, s'étirait, se scindait, se reconstituait, virevoltait, se plaquait contre une vitrine pour s'en détacher aussitôt dans un élan de farandole. Les couleurs jouaient aussi avec vivacité comme si quelque calicot inspiré eût cherché la meilleure composition tonale en intervertissant les juxtapositions des robes. Les blanches passaient des extrémités au centre, à moins que la jaune et la rose ne s'intercalent. Quelquefois, le temps d'une douzaine de pas sur les dalles qui sonnaient agréablement sous leurs petits talons, les demoiselles avançaient en ligne comme des chasseurs à pied ou des girls. Il arrivait que des messieurs les saluent, levant leur panama et inclinant la tête, que des dames à demi cachées sous leur ombrelle les reconnaissent. Les premiers, une fois croisé le charmant quatuor, mouraient d'envie de se retourner sur ces tailles fines, ces hanches rondes, ces démarches nerveuses. Les secondes pinçaient les lèvres, estimant que des demoiselles de la bonne société venant tout juste de sortir de pension n'eussent pas dû aller sans chaperon en ville en pépiant comme des hirondelles de mer.

Les quatre jeunes filles, sous leurs petits chapeaux de paille fleurie, se moquaient bien de ce que pouvaient penser les dames à voilettes. Elles savaient, en revanche, d'instinct, ce que pouvaient penser les jeunes messieurs qui leur tiraient des coups de feutre ou de canotier.

La plus calme des quatre, la plus timide aussi – c'était la robe jaune paille – avait un teint mat, un joli petit nez busqué, des pommettes hautes et des dents qui, par contraste avec sa carnation et ses lèvres rouges, paraissaient d'une extraordinaire blancheur. Sa coiffure, destinée sans aucun doute à dissimuler la raideur de longs cheveux, se résumait à deux tresses enroulées en coquilles sur les oreilles, une raie partageant du front à la nuque la masse ainsi disciplinée de ses cheveux de jais. L'équilibre du canotier posé sur une telle tête donnait beaucoup de souci à sa propriétaire. Peut-être était-ce un peu pour cette raison que la demoiselle à la robe jaune, dont le prénom était Stella, paraissait moins remuante que les autres. La robe rose, qui se tenait plus fréquemment près de la robe jaune que des robes blanches, habillait une jeune beauté à la chair nacrée. Brune avec des yeux noisette, on devinait que, plus que sa compagne au teint doré et aux yeux pâles, elle devait être gourmande. Elle avait d'ailleurs renoncé à maintenir dans sa ganse le premier bouton de son corsage. Les autres l'appelaient Augustine et parfois Gustine tout simplement. Les deux robes blanches étaient les demoiselles de Vigors: Marie-Virginie et Louise-Noëlle. La cadette de la petite bande – Augustine n'ayant qu'un mois de plus qu'elle – venait tout juste d'avoir vingt et un ans. C'était une grande blonde aux membres déliés, au buste large, à la taille marquée. Son visage rappelait à la fois gentillesse et volonté. Elle se trouvait la bouche trop petite et les hanches trop fortes, mais le fils du maire, qui était son fiancé, s'accommodait de l'exiguïté de la première et de l'ampleur des secondes.

Louise-Noëlle, l'autre robe blanche, n'aurait dix-sept ans qu'en décembre. Ses anglaises châtaines lui battaient les joues, qu'elle avait rondes, et ses yeux bleus pétillaient, car c'était miracle que sa mère l'ait autorisée à se rendre à pied, avec les grandes, du couvent des ursulines, où l'on venait d'assister à la distribution des prix, jusqu'au quai Saint-Pierre où, tout à l'heure, apparaîtrait, descendant d'un paquebot comme Ulysse rentrant en Ithaque, son frère adoré, choyé, admiré, désiré : Gratien de Vigors. Amies d'enfance, les quatre jeunes filles allaient retrouver « le garçon de la bande », celui qui réparait les boucles de souliers, poussait les balançoires, trouvait des billets pour le cirque, offrait des sucres d'orge, relisait les dissertations, débrouillait les équations confuses et faisait répéter *Polyeucte* ou *Iphigénie* les veilles d'examen. Comme, tout au long des années d'absence, c'était Augustine, la plus douée pour raconter, qui avait tenu la plume afin de donner des nouvelles à l'absent, peut-être attendait-elle plus que les autres de ces retrouvailles. Entre les informations, les récits, les comptes rendus de « parties », elle avait quelquefois glissé quelques soupirs très mesurés, mais qui peut-être auraient éveillé chez Gratien la pensée que plus que les autres elle prendrait plaisir à son retour. Stella, elle, ne se posait pas de questions de ce genre, elle était contente de revoir Gratien. Grâce à sa nouvelle coiffure, il ne pourrait plus, comme autrefois, tirer ses nattes ou les attacher, pendant les goûters, au dossier de sa chaise.

Après avoir remonté la longue façade de la « Custom House », zone brûlante à cause de la réverbération du soleil sur la pierre, les jeunes filles avançaient vers la levée et les quais. Ces derniers, comme toujours poussiéreux, grouillaient d'une foule des plus mélangées où les dockers côtoyaient les commis en douane, les armateurs guettant un bateau annoncé par la vigie de La Mobile, les négociants venus reconnaître un arrivage de coton ou de sucre, les commerçants pressés d'identifier leurs colis et de les faire enlever par des portefaix noirs qu'un pourboire pouvait détourner de leur engagement, des marins éméchés et des désœuvrés capables d'arracher un sac à main aussi bien que de voler un tonneau de whisky.

– Jamais nous ne retrouverons maman dans cette foule, lança Louise-Noëlle.

– On verra le landau de loin. Golo a un plumet vert à son chapeau, fit Marie-Virginie.

Groupées au plus près les unes des autres, car aucune ne paraissait très rassurée, les jeunes filles se frayaient un chemin vers le quai Saint-Pierre où accostaient habituellement les paquebots venant d'Europe.

– Mais il est déjà là, le bateau ! s'écria, toute surprise, Augustine. Le voilà, là, c'est bien celui de la Harrisson Line... Gratien doit être arrivé... Dépêchons-nous.

Et aussitôt les quatre robes prirent leur course, se faufilant entre les balles de coton, les boucauts de mélasse, les chariots des *rustabouts*, les charrettes à trois mulets, les bagasses, les wagons à coton. Stella, la main bien à plat sur son chapeau, son réticule sous le bras, soulevant sa jupe au bout des doigts, courait plus vite que ses compagnes avec une souplesse féline qui fit l'admiration d'un gros monsieur bousculé au passage. Elle fut la première à reconnaître Gratien qui, grimpé sur une caisse, tournait de droite et de gauche des regards inquiets, se demandant sans doute pour quelle raison il n'était pas attendu. Stella bifurqua entre deux rangées de tonneaux, qui exhalaient une forte odeur de saumure, pour rejoindre Augustine rose et essoufflée.

– *Here*, leur cria-t-elle, en anglais, emportée par l'habitude qui voulait que, chez les dames ursulines, les élèves parlent le matin en français et l'après-midi en anglais.

Puis Stella ralentit le pas, redressa son chapeau, donna un peu de bouffant à sa jupe et laissa le temps à ses trois amies d'embrasser le garçon qui, les ayant enfin aperçues, jetait son canotier en l'air, sautant à pieds joints sur sa caisse en vociférant comme un prédicateur de la ligue antialcoolique. Elle n'était pas de la famille comme Marie-Virginie et Louise-Noëlle, ni même des intimes ou de la même classe sociale comme Augustine de Castel-Brajac. Elle n'était qu'une orpheline ayant du sang indien, adoptée par un général manchot qui l'avait ramenée du camp de Sitting Bull et dont M. de Castel-Brajac assumait, par pure gentillesse, la charge depuis que ce « parrain » militaire était mort d'une cirrhose du foie. Dix ans plus tôt, il n'y avait pas de différence entre elle et les autres enfants, même s'ils l'appelaient « l'Indienne », ce qui ne lui déplaisait pas, car elle savait sa grand-mère princesse chez les Choctaws. Mais, aujourd'hui, les choses devenaient bien différentes. La naissance, le rang, la fortune prenaient de l'importance. Elle devait se tenir à l'écart et, parce qu'elle avait de l'orgueil, s'y tenait.

Elle assistait avec plaisir aux embrassades exubérantes de ses trois compagnes et de Gratien qui avait toujours son gentil sourire, son air rassurant et le regard un peu candide du petit garçon qui, autrefois, avec la même tranquillité d'âme, barbouillait un tapis d'encre violette ou cassait sa tirelire pour un malheureux.

Enfin, il l'aperçut et, comme surpris de la voir, retint un bref instant son élan.

– Mais c'est Stella! Comme tu es belle, princesse!... Tu as coupé tes nattes?

Stella retira son canotier pour montrer les tresses enroulées sur ses oreilles.

– On dirait une demoiselle du téléphone avec ses écouteurs... Tu ne frises toujours pas, hein? ajouta-t-il d'un air qui se voulait exagérément tragique.

– Je ne friserai jamais, Gratien.

– Tant pis, ma Stella, viens m'embrasser.

Mme de Vigors arriva à point nommé dans sa calèche crème pour charger son fils, les quatre demoiselles et les petits bagages, les malles du juriste devant être enlevées plus tard.

– Papa n'est pas venu? demanda tout de suite Gratien.

– Il nous attend à la maison. Il est rentré ce matin de Philadelphie.

Les Castel-Brajac étant à La Nouvelle-Orléans avec Félix, le frère d'Augustine, et Lucile, la dernière-née de leurs filles, la soirée fut joyeuse dans la belle maison des Vigors. Gratien, avec verve, commença aussitôt le récit de ses aventures parisiennes et londoniennes, citant pêle-mêle anecdotes et rencontres, passant la Manche en une phrase, la repassant d'un mot, mimant les tics de ses professeurs de droit, les manières des amis de tante Gratianne. Les filles et le jeune Félix de Castel-Brajac, qui allait avoir quatorze ans, écoutaient bouche bée ce jeune homme dont l'humour quelquefois les déroutait, qui commençait une phrase en français et l'achevait en anglais, et n'accepta que contraint par son père de reconnaître qu'il avait aussi beaucoup travaillé son droit, comme en attestaient des diplômes et des certificats élogieux.

Quand les invités se furent retirés, Charles, prenant son fils par l'épaule, conduisit le jeune homme dans son cabinet de travail, le fit asseoir et, pour la première fois, lui proposa un cigare.

– Merci, je n'ai jamais pu m'habituer au tabac. J'ai essayé, mais les résultats sont désastreux, nausées, toux – bref, aucun plaisir.

M. de Vigors parut surpris, puis aussitôt amena la conversation sur le terrain qui avec le droit lui était le plus familier : les femmes.

– Alors, les Parisiennes sont-elles toujours aussi jolies? et les Anglaises aussi belles? Tu as eu des petites amies, j'espère, à ton âge, hein? C'est presque nécessaire à un bon équilibre.

– Oh! oui. Quelquefois, comme ça.

– Mais pas de maîtresse attitrée, que tu as laissée en larmes sur le quai de Southampton?

– Oh! non. Les femmes, c'est un peu encombrant parfois. J'ai compris très vite qu'il valait mieux faire confiance au hasard pour vous les apporter et vous les reprendre.

– Le cœur est intact, alors?

– Intact, Dieu merci. J'ai eu des amis amoureux..., ils n'avaient pas l'air heureux.

– L'amour, cependant, ça compte dans la vie, Gratien.

– L'amour certainement, mais cette espèce d'exaltation de l'esprit dont on orne le simple désir me paraît hypocrite et même un peu fumiste, non?

Rassuré de savoir que son fils ne traînait pas un fil à la patte, M. de Vigors lui alloua généreusement trois mois de congé, puis lui annonça que pour « se faire les dents sur les paysans », les plus retors en affaires, il l'enverrait en octobre à Sainte-Marie, chez Clarence Barthew, qui, ayant succédé à son père, serait enchanté de l'accueillir dans son cabinet.

– Je te remercie, dit Gratien. Rien ne pouvait me faire plus plaisir. J'aime cette paroisse et, l'oncle Gus étant à Fausse-Rivière, j'aurai de la distraction. Il y aura Augustine... qui, je crois l'avoir compris dans ses lettres, ne sera pas fâchée de me voir assez souvent. Quel dommage que Bagatelle soit toujours fermée!

Charles de Vigors sursauta si violemment que la petite colonne de cendre de son havane, qu'il s'appliquait toujours à conserver entière le plus longtemps possible, tomba sur son gilet blanc.

– Que dis-tu, Augustine?... Elle serait amoureuse de toi, hein?

– Je ne vais pas jusque-là, mais, enfin, j'ai cru, j'ai perçu, j'ai cru percevoir dans ses lettres une petite tendresse touchante, enfantine.

– Et tu...?

– Je l'aime bien, c'est tout..., c'est comme une autre sœur pour moi, tu sais; mais je me suis dit que, nos pères étant les deux meilleurs amis du monde, peut-être s'étaient-ils mis dans l'idée...

– Aucune idée de ce genre de mon côté, je t'assure, ni du côté de Gustave, j'en suis certain... Peut-être vaudrait-il mieux que tu n'ailles pas à Fausse-Rivière.

– Je ne vois pas pourquoi je me priverais d'un stage qui me plaît fort... Je n'aurais pas dû te parler de ça. Je vais t'avoir mis dans la tête des pensées que tu n'avais pas. Surtout ne parle pas de ça à maman... Tu sais qu'elle a une vocation de marieuse... et pour moi rien ne presse.

M. de Vigors termina l'entretien en disant :

– Va te reposer. Demain, je te ferai donner des cartes pour le club de tennis et le yachting-club du lac Pontchartrain, il faut que tu te refasses un peu les muscles...

Cette nuit-là, M. le sénateur de Vigors ne ferma pas l'œil. Au petit matin, il s'en fut tirer la sonnette de la maison des Pritchard, où résidaient Gloria et Gustave pendant leurs séjours à La Nouvelle-Orléans.

– Gus, il faut que je te parle..., c'est grave.

– Aïe, que j'aime pas ces interventions matinales qui me gâchent mon petit déjeuner! Que t'arrive-t-il encore? Tu veux que j'assume une cousine, une vieille connaissance, tu veux un alibi pour la semaine écoulée?... S'il s'agit d'épouser une demoiselle que tu as rendue mère, c'est fini, je suis casé...

– Tais-toi, il ne s'agit pas de moi. Il s'agit de nos enfants..., enfin, je veux dire de mes enfants... Augustine est amoureuse de Gratien.

– Augustine est amoureuse de Gratien.

Manifestement mal réveillé, Gustave de Castel-Brajac répéta la phrase comme si elle n'avait pour lui aucune signification.

– Augustine, Gratien! hein, ça ne te dit rien? hurla Charles.

– Tu vas la réveiller, Augustine, si tu cries comme ça... Boun Diou, ça n'arrangerait rien. Si ce que tu dis est vrai, c'est embêtant.

– Enfin tu comprends!

– Moins que toi qui es passé par là, bien sûr.

– Ah! je t'en prie, ton persiflage est déplacé... Il faut faire quelque chose.

– Le mieux serait de leur dire la vérité.

– Jamais! Je m'y oppose formellement, ils ne sont pas seuls en cause, non? Tu n'as qu'à envoyer Augustine à Saratoga ou en Europe ou au Mexique..., elle adore les Mayas. En tout cas, il ne faut plus qu'ils se rencontrent.

– Macadieu, tu délires. Parce que tes bêtises passées, et quand je dis bêtises je suis aimable, te retombent sur le nez, tu rugis et tu décides du sort des autres. Doucement, Charles, laissons ces enfants flirter tranquillement, en admettant qu'ils flirtent, et attendons. Je puis te dire, à voir l'appétit et la gaieté d'Augustine, qu'elle n'est pas tenaillée par une passion fatale et définitive.

– Tu en prends la responsabilité!

– Comme toujours, j'ai toujours pris *tes* responsabilités, ça ne change pas... Mais, je te préviens, je ne mettrai pas en balance le bonheur d'Augustine et ta tranquillité.

– Tu seras bien obligé..., les deux sont liés.

Quand Me de Vigors eut disparu, Gustave fut bien obligé de reconnaître que son curieux ami avait raison. « On se croirait chez Corneille », estima-t-il en attaquant sans faiblesse son petit déjeuner.

Il fallut cependant des semaines pour que Charles retrouve sa tranquillité. Quand « les enfants » étaient réunis, il guettait ces signes bien connus de lui qui indiquent à un observateur subtil et attentif qu'un homme et une femme éprouvent l'un pour l'autre un sentiment tendre. Il n'en vit aucun. Gratien ne dansait pas plus souvent avec Augustine qu'avec ses sœurs ou Stella. De cette dernière, Charles aurait volontiers fait sa secrétaire, car la jeune sang-mêlé, mince et souple, lui paraissait particulièrement désirable. « Comme il ne faut pas tenter le diable, pensait-il aussitôt en appréciant la stature élégante de son fils, ses cheveux noirs et plats partagés par une raie de côté, son regard clair et assuré, le mieux serait de trouver une héritière pour Gratien. Une fille qui ait du bien, la fille du juge Perrier, de M. Falconnet, propriétaire des plus grosses sucreries du pays. »

Pendant que son père s'abandonnait à des pensées peu avouables quand elles touchaient à l'avenir des amies de ses filles ou très spéculatives quand elles concernaient le sien, Gratien passait d'agréables journées. La bande d'autrefois reconstituée courait les bals, les réceptions, les expositions, les concerts. Gratien racontait Paris, les cafés du boulevard des Italiens, le nouvel immeuble du Crédit lyonnais, le grand Opéra de M. Garnier, la construction de la tour Eiffel, le suicide du général Boulanger sur la tombe de sa maîtresse, épisode romantique qui plaisait particulièrement aux dames sudistes présentées au général lors de son passage à La Nouvelle-Orléans. Il parlait de Londres aussi. Des boutiques de Bond Street, de la selle d'agneau de chez Simson, de ses amis les journalistes de Fleet Street, du vieux pub où le docteur Johnson avait ses habitudes, de Piccadilly, des jardins de Kensington et des soirées à Covent Garden.

En échange et pour montrer que La Nouvelle-Orléans n'était pas une cité sans importance, on lui racontait comment la foule, scandalisée par l'indulgence des magistrats à l'égard des assassins du surintendant de la police, M. David C. Hennessy, avait envahi la prison et lynché onze membres d'une association de criminels qu'on appelait « la mafia ». Le 7 septembre, peu de temps avant que les Castel-Brajac ne regagnent Pointe-Coupée, Gustave avait emmené Gratien assister au match de boxe qui opposait James J. Corbett à John L. Sullivan, lequel fut mis knock-out au vingt et unième round.

Les demoiselles n'étant pas admises, oncle Gus et le jeune de Vigors mimèrent le combat, qui rapporta la somme fabuleuse de 25 000 dollars à Corbett.

Au cours de ces mois d'été, les Castel-Brajac s'étaient peu à peu rassurés. Augustine ne semblait nullement entichée à l'extrême de Gratien. Ce dernier avait su maintenir sur le ton de la camaraderie affectueuse des rapports qui auraient pu facilement évoluer vers des sentiments plus tendres, l'adolescence étant la période où le cœur est le plus vulnérable et l'esprit le plus intransigeant.

Quand Gratien débarqua à Sainte-Marie de Pointe-Coupée pour « apprendre le métier d'avocat de la campagne » avec Clarence Barthew, il sut très vite que son aîné nourrissait une tendresse particulière pour Augustine de Castel-Brajac. Ce sportif de trente-deux ans, qui passait pour un célibataire endurci parce qu'il consacrait tous ses loisirs au tennis, à la natation et à la course à pied, avait craint lui aussi que la jeune fille ne soit destinée au jeune de Vigors, par des parents complices. Gratien l'assura qu'il n'en était rien et qu'aucune rivalité ne pouvait exister entre eux. Habitant sous le même toit, Clarence Barthew et Gratien de Vigors, que leur différence d'âge avait autrefois séparés, devinrent vite les meilleurs amis du monde. Avec Augustine et Stella, on les vit bientôt rendre visite à tous les amis, excursionner à Natchez et à Opelousas, faire des emplettes à Baton Rouge où des magasins nouveaux s'ouvraient depuis que la ville était redevenue capitale officielle de l'Etat de Louisiane.

Ce fut Gratien qui, un jour, eut l'idée de demander à l'oncle Gus les clefs de Bagatelle.

– Je n'ai jamais eu le courage d'y remettre les pieds depuis la mort de Clarence Dandrige, mais, ton père m'ayant dit qu'il voulait t'en faire le propriétaire, je vais te les donner. Ce doit être une vraie jungle autour de la maison, d'après ce que j'en vois quand je prends la route de la berge. Quant à l'intérieur, ce doit être le royaume des araignées et des rats, je ne te conseille pas d'y aller en gandin.

– Qui m'aime me suive, lança Gratien. Nous allons réveiller les fantômes de Bagatelle.

Aussitôt, Gustave proposa de prendre la grande voiture.

– Pendant que tu iras explorer le passé, je monterai aux Trois-Chênes, comme je le fais souvent, et je t'y attendrai.

– Ne voulez-vous pas venir avec moi, Stella et Augustine? Nous pourrions prendre Barthew au passage.

– J'ai peur des souris, dit Augustine, mais j'attendrai dehors.

Une demi-heure plus tard, le landau familial des Castel-Brajac roulait en direction de la plantation abandonnée.

Dans la voiture, on échangeait des souvenirs. Gratien racontait la mort de sa grand-mère, cette Bagamie qu'il avait trop peu connue, et parlait des belles fleurs de Bagatelle. Augustine se souvenait des goûters fameux qu'on y servait. Clarence Barthew l'avait trop peu fréquentée pour en dire autre chose que des banalités. Gustave, qui, lui, avait aimé passionnément cette maison, se taisait, se demandant s'il avait eu raison d'autoriser la profanation qui se préparait. Quand on eut déposé M. de Castel-Brajac au pied du tertre aux trois chênes, le seul site du domaine qui soit parfaitement entretenu par des jardiniers payés par le Gascon, Clarence Barthew, qui tenait les rênes, mit les chevaux au pas et les jeunes gens longèrent le domaine qui semblait être une jungle impénétrable. Bagatelle offrait l'aspect d'une terre abandonnée depuis un siècle. C'était un peu comme si la végétation originelle, autrefois anéantie par les pionniers et tenue en lisière pendant des saisons par les planteurs, montrait sa propension démoniaque à se réinstaller sur son territoire. A considérer le fouillis inextricable d'arbres, d'arbustes, de buissons, d'herbes folles et de plantes sauvages, on avait le sentiment que la nature s'était en quelques années vengée d'avoir été soumise par les charrues et les haches des hommes.

Quand l'attelage s'arrêta devant le portail que fermaient une chaîne et un cadenas rouillés, Stella dit doucement, comme si le lieu imposait que l'on parlât à voix basse :

– On dirait la maison de la Belle au bois dormant!

– C'est un peu ça, fit Clarence Barthew : ici vivaient autrefois une belle dame et un preux chevalier. Elle s'appelait Virginie et lui Clarence... C'était mon parrain.

– En tout cas, moi, je ne rentre pas là-dedans, dit Augustine en remuant la tête... Mais je ne veux pas non plus rester seule dans la voiture, il y a des drôles d'oiseaux dans ces arbres.

Tous les autres se mirent à rire de l'inquiétude de la jeune fille.

– Eh bien! allez faire un tour tous les trois, lança Gratien en sautant de la voiture, on se retrouvera aux trois chênes avec oncle Gus.

En disant cela, le jeune homme avait regardé Stella en souriant.

– Puis-je venir avec toi?... Une Indienne, la jungle, ça ne lui fait pas peur.

– Faites attention aux serpents, cria Augustine quand la voiture démarra.

Côte à côte devant le vieux portail, dans ce curieux silence de la forêt qui n'est fait que de la suspension brève des chants d'oiseaux et que brise, comme un coup de cymbale, une branche qui craque, Gratien et Stella s'avancèrent. Au-delà de la barrière, on distinguait bien l'allée de chênes, mais le gravier, autrefois scrupuleusement ratissé, disparaissait sous une véritable prairie parsemée d'arbustes à feuilles pointues, qui attaquaient presque les flocons pendants de mousse espagnole. La clef ne pouvant être introduite dans le cadenas rongé par la rouille, Gratien, d'un coup de talon qui résonna comme une détonation, fit sauter un montant du portail. En poussant de toutes ses forces, il parvint à entrouvrir le vantail et passa de l'autre côté. Puis il tendit la main à Stella.

– On y va?

A pas très lents, car il fallait fouler les hautes herbes d'où se levaient une foule d'insectes, Gratien progressa vers la maison, exigeant que Stella mît ses pas dans les siens. L'escalier de bois, maintenant complètement disjoint, dont les planches, sous l'alternance des ondées et du soleil, avaient pris de curieuses formes bombées – en réaction peut-être à la courbure ancienne que leur avaient imposée les pas des gens depuis longtemps disparus – parut à Gratien d'une solidité toute relative.

– Je vais monter en marchant sur les meilleurs supports. Regarde où je mets les pieds. Si ça tient pour moi, ça tiendra pour toi, tu es moins lourde.

La dernière étape les amena, après une traversée hasardeuse de la galerie recouverte d'une mousse verte, glissante et de la fiente des oiseaux de nuit, qui semblaient avoir élu domicile dans les encoignures de la véranda, devant la porte-fenêtre du salon. Cette fois-ci, la clef fut utile. Avec des précautions de cambrioleur, en provoquant la chute d'une quantité de débris inidentifiables, Gratien tira la porte.

– Attends, je vais ouvrir les volets, sinon nous n'y verrons rien.

Tandis que Stella secouait de sa jupe les petits flocons jaunes qu'y avaient laissés les graminées, Gratien, non sans mal, ouvrit les fenêtres et repoussa les volets.

– Viens, dit-il, c'est moins sale que je croyais.

Avec leurs housses recouvertes de poussière grise, de particules de plâtre détachées du plafond, les fauteuils et les canapés ressemblaient à des fantômes recroquevillés ou affalés sur des tapis rougis par la vermine. Un craquement de plancher détermina dans un coin de la pièce une galopade de retraite.

– Les rats, souffla Stella, dont les yeux clairs semblaient capter toute la lumière que les frondaisons disproportionnées des arbres et les rideaux que Gratien n'osait pas tirer autorisaient à entrer dans cette maison.

Leurs pas mirent en branle, par le jeu de vibrations assoupies depuis des années, les pendeloques du lustre, qui s'entrechoquèrent doucement. Des toiles d'araignée gigantesques reliaient les dossiers des chaises aux angles des meubles, aux couronnes des pendules. C'était comme si un mystérieux artisan ayant l'éternité devant lui avait entrepris sans méthode de tisser un voile qui finirait par tout recouvrir.

– Tu n'as pas peur, Stella? dit Gratien en prenant la main de la jeune fille.

– Non, pas du tout...

Mais elle lui laissa sa main.

– Quand je pense qu'autrefois tous ces bibelots, tous ces objets, qui sont là engloutis par la poussière, on me défendait d'y toucher, et ce piano...

Il souleva le couvercle du clavier et tenta un accord. Il n'obtint qu'une sorte de cri discordant, un rire sinistre des cordes qui se répercuta sous la galerie.

– Si tu tirais un peu ce rideau, peut-être y verrait-on plus clair.

Gratien s'exécuta en provoquant un brouillard qui, dissipé, fit apparaître un rayon de soleil qu'une conjonction de l'heure, de la saison, de l'orientation des lieux et du hasard envoya frapper dans le haut d'un grand tableau le visage d'une femme au sourire énigmatique.

– C'est elle, c'est Bagamie, dit Gratien, un peu ému par la soudaineté de cette apparition.

– Comme elle est belle! fit Stella. Peut-être n'est-elle pas contente que nous soyons ainsi entrés chez elle, toi et moi, et peut-être faudrait-il faire quelque chose pour se concilier ses bonnes grâces.

– Je crois savoir ce qu'on pourrait envisager qui lui ferait plaisir, à cette bonne Bagamie... Embrassons-nous.

– Mais...

Stella n'eut ni le loisir, ni, sans doute, l'envie d'en dire plus. Quand leurs bouches se séparèrent et qu'ils levèrent les yeux sur le portrait, le visage de la dame de Bagatelle était rentré dans l'ombre et, par une nouvelle conjonction du lieu, de la saison, de l'heure et du hasard, le soleil s'en était allé éclairer autre chose.

Une demi-heure plus tard, ayant suivi le bord du fleuve en se tenant par la main, puis gravi la butte aux trois chênes, Gratien et Stella retrouvèrent l'oncle Gus. Le joyeux Gascon referma son livre : *la Vie d'Agricola*, dans lequel Tacite faisait l'éloge funèbre d'un général qui n'était pas, comme Willy Tampleton, mort dans son lit.

– Alors, comment est-ce, Bagatelle?

– Très habitable, je vous assure, fit Gratien. Un bon nettoyage et cette vieille maison peut encore loger des gens heureux. Plus que la poussière ou l'humidité de la forêt, je crois que c'est le silence qui la mine.

– Peut-être as-tu raison, les demeures ne vivent que par les vies qu'elles abritent.

Après avoir donné au Gascon tous les détails qu'il souhaitait sur l'état des lieux, Gratien dit résolument :

– Si d'aventure, oncle Gus, il me venait l'idée d'épouser Stella, à qui devrais-je demander sa main?

– Eh bien!... à moi, je suppose; n'est-ce pas, Stella? Depuis que notre pauvre Willy s'en est allé..., je ne vois plus guère que moi...

La jeune fille inclina la tête, ce qui était à la fois un signe d'assentiment et une façon de dissimuler l'émotion qui l'étreignait.

– Et vous me l'accorderiez?

– Avec plaisir, sacré boun Diou, avec encore plus de plaisir que personne ne peut l'imaginer...

– Alors, je vous demande Stella, oncle Gus!

– Accordée, embrassez-vous, embrassez-moi, croyez-moi si c'est Bagatelle qui vous a inspirés, je bénis une fois de plus ce temple... laïque.

Quand l'exaltation fut retombée, Stella, blottie contre l'épaule de Gratien, osa dire timidement :

– Mais Me de Vigors ne sera peut-être pas enchanté du choix de Gratien. Je ne suis qu'une orpheline et, de surcroît, il sait bien que j'ai du sang indien.

– C'est même ce qui fait ton charme, compléta Gratien.

– Macadiou, mes enfants, Charles, ton père, j'en fais mon affaire, je vous le dis, et puis il faut que tu saches, Gratien, que Stella a une dot, oui, confortable, qui doit atteindre maintenant, avec les intérêts composés, plus de 100 000 dollars. Sans compter ce que lui a laissé Tampleton.

– Et d'où vient cet argent, mon Dieu? fit la jeune fille, surprise.

– Ça, je vous le dirai peut-être un jour; pour le moment, soyez heureux et descendons, car je vois là-bas le landau qui revient avec les deux autres.

Tandis que Gratien et Stella se lançaient sur le sentier après avoir esquissé un signe de croix sur les tombes jumelles, M. de Castel-Brajac, qui ne sortait jamais sans sa longue-vue, déploya celle-ci pour observer très indiscrètement de quelle façon ce cher Clarence Barthew menait ses chevaux. Ce qu'il vit dut lui plaire, car il sourit et murmura : « Nous pourrions peut-être, macadiou, les marier tous le même jour. »

En repliant sa lunette, le Gascon considéra les dalles près desquelles, depuis bientôt quinze ans, il venait souvent lire et rêvasser, en regardant les bateaux glisser sur le fleuve. Chaque saison donnait aux pierres une couleur, une patine, une importance différentes suivant que les herbes folles en ourlaient les arêtes ou que l'hiver les dénudait et les dressait nettes et anguleuses.

Ce jour-là, le soleil de septembre, jouant à travers le feuillage des chênes, les parait d'une ombre verte mouchetée d'or, impalpable manteau de cour frémissant, ou voile de fête.

Avec précaution, car une crise de goutte, juste sanction des abus de bonne chère et de trop généreuses libations, le tenaillait, Gustave de Castel-Brajac entreprit de descendre la pente au pied de laquelle l'attendaient les jeunes gens. Il était heureux, le Gascon. Par-dessus deux générations et d'étranges vicissitudes, le sang de Virginie Trégan, dame de Bagatelle, allait enfin s'unir candidement à celui de Clarence Dandrige, le Cavalier.

OUVRAGES CONSULTÉS

BARO (Gene). – *After Appomatox* (Corinth Books, New York, 1963).

BELSOM (Jack). – *Reception of major operaties premieres in New Orleans during the ninetienth century* (Louisiana State University, Baton Rouge LA).

BERTRAND (Edward). – *La Conduite du Rucher* (Payot, Lausanne, 1972).

BLAKE (Christopher). – *The Fair, Fair ladies of Chartres Street* (Christopher Blake's Books, New Orleans, 1965).

BRANTHOME. – *Le Brave Général Boulanger* (Ed. Marcel Seheur, Paris, 1930).

BROWNE (Turner). – *Cajuns de la Louisiane* (Louisiana State University Press, Baton Rouge, 1977).

CHRISTIAN (Marcus). – *Negro ironworkers of Louisiana 1718-1900* (Pelican Publishing Company, Gretua, 1972).

COLLIER (Peter) et HOROWITZ (David). – *Les Rockefeller* (Le Seuil, Paris, 1976).

COMETTANT (Oscar). – *Trois aux Etats-Unis* (Daguerre Libraire-éditeur, Paris, 1858).

CURTIS (Edward S.). – *Scènes de la vie indienne en Amérique du Nord* (Albin Michel, 1972).

DEVOTO (Bernard). – *L'Amérique de Mark Twain* (Seghers, Paris, 1966).

DONALD (David) et RANDALL (J.G.). – *The civil war and reconstruction* (Heath and company, Lexington, Mass., 1969).

DU MONT (E.L.). – *Genève d'autrefois* (Le Pavé, Genève, 1969).

FABRE (Michel). – *Esclaves et planteurs* (Julliard, Paris, 1970).

FEVRE (Jeanne). – *Mon oncle Degas* (Ed. P. Cailler, Genève, 1949).

GUILBEAU (J.L.). – *The St. Charles street car* (Guilbeau Publisher, New Orleans, 1975).

HALEVY (Daniel). – *Degas parle* (La Palatine, Paris, 1960).

HUBER (Leonard V.). – *New Orleans* (Crown Publishers, New York, 1971).

HUBER (Leonard V.). – *Louisiana* (Charles Scribner's sons, New York, 1975).

JACKSON (Joy L.). – *New Orleans in the gilded age* (Louisiana State University Press, Baton Rouge, 1969).

KANE (Harnett J.) – *Plantation Parade* (Bonanza Books, New York).

LANIER (Edmond). – *Compagnie générale transatlantique* (Plon, Paris, 1962).

LASSAIGNE (Jacques). – *Tout l'œuvre peint de Degas* (Flammarion, Paris, 1974).

LAUGEL (Auguste). – *Les Etats-Unis pendant la guerre* (Germer-Baillère, Paris, 1866).

LECOMTE (Henri). – *Le Coton* (G. Naud, Editeur, Paris, 1902).

LEMONNIER (Léon). – *La Jeunesse de Mark Twain* (Ed. Desclée de Brouwer, Bruges).

LEMONNIER (Léon). – *Les Mormons* (Gallimard, Paris, 1948).

LOONEY (Ben Earl). – *Beau séjour* (Claitor's Publishing Division, Baton Rouge, 1972).

MAETERLINCK (Maurice). – *La Vie des abeilles* (Editions du Livre, Monaco).

MARTINEZ (Raymond J.). – *Marie Laveau, Woodoo Queen* (Hope Publications, Jefferson LA, 1956).

MCLUHAN (T.C.). – *Pieds nus sur la terre sacrée* (Denoël, Paris, 1971).

MONTEAUX (Jean). – *Barnum* (Grasset, Paris, 1975).

OAKEY HALL (Abraham). – *The Manhattaner in New Orleans* (Louisiana State University Press, Baton Rouge LA, 1976).

PARKINSON KEYES (Frances). – *All this is Louisiana* (Harper Brothers, New York, 1950).

RAND (Clayton). – *Sons of the South* (Holt Rinehart and Winston, New York, 1961).

RANDEL (William Peirce). – *Le Ku Klux Klan* (Albin Michel, Paris, 1966).

REED (Reveon). – *Lâche pas la patate* (Parti Pris, Montréal, 1976).

ROUBEROL (Jean) et CHARDONNET (Jean). – *Les Sudistes* (Armand Colin, Paris, 1971).

SAUCIER (Corinne-L.). – *Traditions de la paroisse des Avoyelles en Louisiane* (American Folklore Society, Philadelphie, 1956).

SHORT (Sam B.). – *Ti so* (Claitor's Publishing Division, Baton Rouge, 1972).

SMITH THIBODEAUX (John). – *Les Francophones de Louisiane* (Entente, Paris, 1977).

TASSIN (Myron). – *We are Acadians* (Pelican Publishing Company, Gretna, 1976).

TAYLOR (Joe Gray). – *Louisiana Reconstructed (1863-1877)* (Louisiana State University Press, Baton Rouge, 1974).

THURSTON PECK (Harry). – *Vingt années de vie publique aux États-Unis (1885-1915)* (Plon, Paris).

WATTS (Mrs. Beulah Smith). – *Bayou Sara* (Claitor's Publishing Division, Baton Rouge).

WERNER (M.R.). – *Barnum* (Payot, Paris, 1924).

WHITSON (Skip). – *Louisiana 100 years ago* (vol. I et II) (Sun Publishing Company, Albuquerque, New Mexico, 1976).

The Bicentennial Almanac, edited by Calvin Linton (Thomas Nelson Inc. Publishers, Nashville, Tennessee, 1976).

ARCHIVES ET SOURCES DIVERSES

Correspondance des consuls de France à La Nouvelle-Orléans. (Archives du ministère des Affaires étrangères, Paris).
Historic New Orléans Collection.
Archives de « Louisiana State University ». Baton Rouge.
Archives de l'État de Louisiane à Baton Rouge.
Collection de l'« Athénée louisianais ». La Nouvelle-Orléans.
Archives privées de la famille Bastard de Péré.
Archives de la Ville de Genève.

TABLE DES MATIÈRES

Cet ouvrage reproduit par procédé photomécanique
a été achevé d'imprimer sur presse Cameron
dans les ateliers de ***Bussière Camedan Imprimeries***
à Saint-Amand (Cher), en octobre 1999

Édition exclusivement réservée aux adhérents du Club
Le Grand Livre du Mois
15, rue des Sablons
75116 Paris
avec l'aimable autorisation des Éditions J.-C. Lattès

Imprimé en France

Dépôt légal : octobre 1999.
N° d'impression : 994650/4.

ISBN : 2-7028-2786-1